MIRA®

Der Preis dieses Bandes versteht sich einschließlich der gesetzlichen Mehrwertsteuer.

Umwelthinweis:
Dieses Buch wurde auf chlor- und säurefreiem Papier gedruckt.

Die Handlung und Figuren dieses Romans sind frei erfunden. Ähnlichkeiten mit lebenden oder verstorbenen Personen sind nicht beabsichtigt und wären rein zufällig.

J. T. Ellison

Symbole des Bösen

Roman

Aus dem Amerikanischen von
Ivonne Senn

MIRA®

MIRA® TASCHENBUCH
Band 25666
1. Auflage: Juni 2013

MIRA® TASCHENBÜCHER
erscheinen in der Harlequin Enterprises GmbH,
Valentinskamp 24, 20354 Hamburg
Geschäftsführer: Thomas Beckmann

Deutsche Erstveröffentlichung

Titel der nordamerikanischen Originalausgabe:
The Immortals

erschienen bei: MIRA Books, Toronto

Published by arrangement with
HARLEQUIN ENTERPRISES II B.V./S.àr.l.

Konzeption/Reihengestaltung: fredebold&partner gmbh, Köln
Umschlaggestaltung: pecher und soiron, Köln
Redaktion: Thorben Buttke
Titelabbildung: Thinkstock / Getty Images, München;
pecher und soiron, Köln
Autorenfoto: © Harlequin Enterprises S.A., Schweiz
Satz: GGP Media GmbH, Pößneck
Druck und Bindearbeiten: CPI – Ebner & Spiegel, Ulm
Printed in Germany
Dieses Buch wurde auf FSC®-zertifiziertem Papier gedruckt.
ISBN 978-3-86278-722-7

www.mira-taschenbuch.de

Für Jill Thompson (*ti amo molto!*)
und meinen Darling Randy.

Diese acht Worte erfüllen die Wicca-Weisung:
„Wenn du niemandem schadest, tue was du willst."
– DOREEN VALIENTE
The Wiccan Rede

Weil ich für ihn nicht halten konnt,
Der Tod hielt an für mich;
Sein Wagen war nur für uns zwei
Für jetzt und ewiglich.
– EMILY DICKINSON
Ich konnt' nicht halten für den Tod

Dreiviertelmond
Samhain (Halloween)

1. KAPITEL

Nashville, Tennessee
31. Oktober
15:30 Uhr

Taylor Jackson stand stramm, die Arme hinter dem Rücken, ihre blaue Uniform kratzte an den Handgelenken. Die Situation war ihr mehr als nur ein wenig peinlich. Sie hatte gebeten, dass es ohne große Zeremonie vonstattengehen würde. Ein einfaches „So, hier hast du deinen Job wieder" hätte ihr genügt. Aber der Chief wollte davon nichts hören. Er hatte darauf bestanden, dass sie nicht nur ihren Rang als Lieutenant wiederbekam, sondern zudem in einer öffentlichen Zeremonie ausgezeichnet wurde. Ihr Gewerkschaftsvertreter war ganz begeistert und hatte auf ihren Wunsch hin die Klage gegen das Department fallen lassen, die Taylor nach ihrer unrechtmäßigen Degradierung hatte einreichen müssen. Sie war ebenfalls zufrieden. Sie hatte darum gekämpft, ihre alte Position zurückzuerhalten und fand es jetzt sehr angenehm, das alles hinter sich lassen zu können. Doch dieses Brimborium war ihr ein wenig zu viel.

Es war ein langer Nachmittag gewesen. Taylor fühlte sich wie ein Zirkuspferd und errötete unter den übertriebenen Lobgesängen auf ihre Karriere, ihre Rolle beim Ergreifen des Dirigenten, eines Serienmörders, der zwei Frauen ermordet und eine dritte entführt hatte, bevor er mit Taylor auf den Fersen aus Nashville geflohen war. Sie hatte ihn in Italien festgenommen und die Geschichte hatte es sofort auf die Titelseiten der internationalen Zeitungen gebracht, weil ihr gleichzeitig mit ihm einer von Italiens berüchtigsten Serienmördern ins Netz gegangen war. Il Macellaio. In einer Welt, in der die neuesten Nachrichten immer nur einen Mausklick entfernt waren, hatte das Ergreifen von zwei Serienmördern so viel Aufmerksamkeit erregt, dass der Chief gezwungen gewesen war, etwas zu unternehmen.

Taylor wurde nicht nur wieder in den Rang des Lieutenants erhoben, sie hatte auch die Leitung der Mordkommission zurück und ihr altes Team wieder um sich versammelt. Detectives Lincoln Ross und Marcus Wade waren aus dem südlichen Sektor zurückbeordert worden, und nach einer längeren Unterhaltung mit dem Chief hatte Taylor ihn davon überzeugen können, auch Renn McKenzie zu einem festen

Teil des Teams zu machen. Sie hatte ihre Jungs wieder.

Nun ja, die meisten von ihnen.

Pete Fitzgerald war wie vom Erdboden verschwunden. Das letzte Mal hatte Taylor mit ihm gesprochen, als er mit seinem Schiff im Hafen von Barbados lag und auf Ersatzteile für seinen Motor wartete. Er hatte sie angerufen, um ihr zu sagen, dass er ihren alten Erzfeind gesehen hätte. Seitdem hatte sie nichts mehr von Fitz gehört. Sie machte sich furchtbare Sorgen und war überzeugt, dass der Pretender ihn sich geschnappt hatte – ein obszöner, grausamer Mörder, der es schaffte, in ihre Träume einzudringen und an den sie selbst in wachen Augenblicken immer wieder denken musste. Ein Mörder, den Taylor bisher nicht gefasst hatte; der eine, der davongekommen war.

Mittlerweile machte sie sich noch größere Sorgen, da die Küstenwache letzte Woche einen Notruf vor der Küste North Carolinas auffing. Das GPS-Signal passte zu der registrierten Nummer von Fitz' Boot. Doch trotz tagelanger Suche war nichts gefunden worden. Die Küstenwache hatte die Suche abbrechen müssen, und da kein Verbrechen geschehen war, konnte die Polizei von North Carolina sich nicht einschalten. Taylor hatte das North Carolina State Bureau of Investigation angerufen, in der Hoffnung, dass man die Sache dort anders sähe, doch bisher hatte sie noch keine Rückmeldung erhalten.

Taylor versuchte den Gedanken an Fitz zu verdrängen, an seinen geschundenen, geschlagenen Körper, an das, was der Pretender ihm antat oder angetan hatte. Schuldgefühle übermannten sie, ließen ihr das Blut in den Adern gefrieren. Sie hatte den Pretender herausgefordert, hatte ihm gesagt, er solle doch kommen und sie holen. Doch statt ihrer hatte er sich ihren Freund geschnappt, dessen war sie sicher. Den Mann, der ihr abgesehen von Baldwin am nächsten stand. Ihren Vaterersatz. Sie war vermutlich dafür verantwortlich, dass Fitz umgebracht worden war, und dieses Wissen war nur schwer für sie zu ertragen.

Sie schaute sich in der Menge um, ließ ihren Blick über den See aus blauen Anzügen vor sich schweifen. John Baldwin, ihr Verlobter, saß in der ersten Reihe und grinste. Sein Haar war schon wieder zu lang, die schwarzen Wellen fielen ihm in die Stirn und über die Ohren. Sie widerstand dem Drang, die Augen zu verdrehen; das würde sicher in den Abendnachrichten gezeigt, und sie wollte nicht noch mehr Aufmerksamkeit, als sie bereits hatte. Stattdessen berührte sie ihren Verlobungsring und drehte die schlicht gefassten Diamanten um ihren Finger.

Ihr Team saß neben Baldwin: Lincoln Ross, dessen Haare gerade lang genug nachgewachsen waren, um in winzigen Dreadlocks von seinem Kopf abzustehen; Marcus Wade, dessen braune Augen glücklich strahlten. Zwischen ihm und seiner Freundin wurde es langsam ernst, und Taylor hatte ihn noch nie so zufrieden gesehen. Das neue Teammitglied, Renn McKenzie, saß zu Marcus' Linker. McKenzies Lebensgefährte Hugh Bangor saß ein paar Reihen weiter hinten. Die beiden waren sehr diskret – nur Taylor und Baldwin wussten, dass sie ein Paar waren.

Sogar ihr alter Boss Mitchell Price war da und lächelte ihr wohlwollend zu. Er war der Kollateralschaden in den Vorfällen gewesen, die zu Taylors Degradierung geführt hatten, doch inzwischen war er darüber hinweg. Er leitete jetzt eine Firma für Personenschutz von Country-Music-Stars und hatte Taylor angeboten, sie könne jederzeit bei ihm einsteigen, wenn sie ihren Job bei der Nashville Metro satthabe.

Fitz war der Einzige, der fehlte. Taylor zwang sich, den Kloß herunterzuschlucken, der sich in ihrer Kehle gebildet hatte.

Der Chief steckte ihr jetzt etwas an die Uniform. Er trat mit einem breiten Lächeln zurück und fing an zu klatschen. Das Publikum fiel sofort ein, und Taylor wünschte sich, im Erdboden verschwinden zu können. Ihr gefiel dieser öffentliche Enthusiasmus bezüglich ihrer Person überhaupt nicht.

Der Chief deutete aufs Mikrofon. Taylor atmete tief ein und trat dann ans Rednerpult.

„Ich danke euch allen, dass ihr heute hier seid. Ich weiß das mehr zu schätzen, als ihr ahnt. Aber wir sollten dem gesamten Team danken, das mitgeholfen hat. Ich hätte nichts von all dem ohne die Hilfe von Detective Renn McKenzie, Supervisory Special Agent John Baldwin, Detective James Highsmythe von der London Metropolitan Police und all den anderen Officers der Metro Police geschafft, die im Großen wie im Kleinen an dem Fall mitgearbeitet haben. Die Stadt Nashville ist diesen Männern und Frauen zu tiefstem Dank verpflichtet. Und jetzt genug geredet. Machen wir uns wieder an die Arbeit."

Lachen erschallte im Raum, und erneut brandete Applaus auf. Lincoln pfiff auf zwei Fingern, und dieses Mal verdrehte Taylor die Augen. Baldwin blinzelte ihr zu, seine klaren grünen Augen strahlten vor Stolz. Mit kerzengeradem Rücken und roten Ohren dankte sie dem Chief und den anderen Würdenträgern, nickte ihrer neuen Chefin Commander Joan Huston zu und verließ das Podium. Die Menschen erhoben sich und fingen an, sich zu unterhalten; die Stimmen der Truppe klangen in ihren Ohren wie ein Wiegenlied. Sie war zurück – und das fühlte sich verdammt gut an.

Baldwin fing sie ab und nahm ihre Hand. „Wie geht es der Ermittlerin des Jahres?“

Sie atmete tief ein und stieß die Luft geräuschvoll durch die Nase wieder aus. „Frag nicht“, sagte sie. „Das ist so schon peinlich genug.“

Er lachte und gab ihr einen Kuss auf die Handfläche. Ein Versprechen für später.

Lincoln und Marcus umarmten sie und McKenzie schüttelte ihre Hand.

„Glückwunsch, LT!“ Lincolns zahnlückiges Grinsen gab ihr das Gefühl, nach Hause gekommen zu sein. Sie klopfte ihm auf den Rücken. Price gesellte sich zu ihrer Gruppe, schüttelte Taylor mit ernster Miene die Hand. Er hatte seinen roten Schnurrbart extra für den Anlass getrimmt und gewachst.

„Was wird deine erste Amtshandlung als neu ernannter Lieutenant sein?“, fragte Marcus.

„Euch allen ein Bier auszugeben. Immerhin ist heute Halloween. Kommt, verschwinden wir von hier. Wir wäre es, wenn wir auf ein Guinness ins Mulligan’s gehen?“

„Klingt gut“, sagte Marcus.

Taylor deutete auf ihre gestärkte Uniform. „Ich muss mich nur eben noch umziehen.“

„Wir auch. Wer als Erster in der Umkleidekabine ist.“

Zehn Minuten später fühlte Taylor sich in ihrer Zivilkleidung – Jeans, Cowboystiefel, ein schwarzer Kaschmirrollkragenpullover und ein offener grauer Cordblazer – wesentlich wohler. Sie klippte das Holster an den Gürtel und riskierte dann einen Blick auf ihre Marke. Ihren Phantompanzer. Als Taylor sie verloren hatte, hatte sie damit beinahe alles verloren. Zärtlich strich sie kurz über das goldfarbene Relief und steckte sie dann vor dem Holster an den Gürtel. Endlich war sie wieder komplett. Energisch schloss sie die Spindtür und gesellte sich zu den Jungs in den Flur. Sie bemerkte, dass Baldwins Blick zu ihrer Hüfte glitt und tat so, als sähe sie sein zufriedenes Lächeln nicht.

Nachdem sie das Criminal Justice Center verlassen hatten, hob sich

Taylors Laune augenblicklich. Die laute, Witze machende Gruppe von Männern hinter ihr und Baldwin an ihrer Seite erinnerten sie daran, wie viel Glück sie hatte. Wenn sie jetzt nur noch Fitz finden und den Pretender unschädlich machen könnte, wäre ihr Leben perfekt.

Sie waren gerade auf Höhe des Hooters, als Taylors Handy klingelte. Sie warf einen Blick auf das Display und sah, dass es die Zentrale war. Sie hob eine Hand, um den anderen zu signalisieren, dass sie den Anruf entgegennehmen musste, und blieb am Straßenrand stehen.

„Jackson“, sagte sie.

„Lieutenant, Sie werden bei einem 10-64J gebraucht; möglicherweise Mord. 3800 Estes Road. Ich wiederhole, ein 10-64J.“

Das *J* jagte ihr einen Schauer über den Rücken. *J* stand für *juvenile*, das Opfer war also ein Jugendlicher. Sie hasste es, Verbrechen zu bearbeiten, in die Kinder verwickelt waren.

„Roger, habe verstanden. Bin auf dem Weg.“ Sie klappte das Handy zu. „Hey, Jungs. Tut mir leid. Ich muss an einen Tatort.“ Sie zog ihr Portemonnaie aus der Innentasche ihres Blazers und reichte Lincoln zwei Zwanziger. Er schüttelte den Kopf.

„Kommt nicht infrage, LT. Wenn du wieder im Dienst bist, sind wir es auch.“

„Aber ihr habt heute frei. Also geht was trinken, wie geplant.“

„Auf gar keinen Fall“, widersprach Marcus. Sie stellten sich Schulter an Schulter auf, eine Wand aus Testosteron und Beharrlichkeit. Taylor wusste, wann es keinen Sinn hatte zu streiten. Die Männer waren genauso froh, wieder mit ihr vereint zu sein wie sie.

„Ich fahre“, bot McKenzie an.

Taylor lächelte die Männer an und drehte sich dann zu Baldwin um. „Kommst du auch mit?“

„Was? Die Nashville Police braucht die Hilfe von einem Profiler?“, zog er sie auf; in seinen grünen Augen tanzte der Schalk.

„Natürlich brauchen wir die. Kommt, lasst uns gehen. Wir müssen mit zwei Autos fahren.“

Sie fuhren ins West End. McKenzie im ersten Wagen, Taylor und Baldwin folgten. Zu dieser Tageszeit nach Green Hills zu kommen war gelinde gesagt schwierig. Es herrschte ein ständiges Stop-and-go, aber McKenzie führte sie über diverse Nebenstraßen. Erst die West End hinauf, dann links auf die Bowling, durch die wunderschön bewaldeten

Viertel mit den riesigen grünen Rasenflächen und den großen Häusern, die weit zurückgesetzt auf den weitläufigen Grundstücken standen.

Viele der Häuser waren für Halloween geschmückt. Einige sehr professionell mit gruseligen Horrorbildern im Vorgarten: schwarzorange blinkende Lichter, Grabsteine und lebensgroße Mumien – einige offensichtlich von Kinderhand erschaffen –, falsche Spinnennetze und freundliche Geister. An der Ecke Bowling und Woodmont gab es einen großen, aufblasbaren kopflosen Reiter. Die Dämmerung hatte bereits eingesetzt und früher am Tag hatte es geregnet. Der Nebel erhob sich in dünnen Schleiern aus dem Rasen. Ein paar Kürbislaternen waren schon angezündet, ihr orangefarbenes Leuchten vermittelte einen düsteren Trost.

Nachdem sie links auf die Estes abgebogen waren, brauchten sie nur noch wenige Minuten, um die angegebene Adresse zu erreichen. Die Erstmelder – Feuerwehrleute und Rettungssanitäter – waren bereits wieder abgerückt. Streifenwagen säumten die Straße, die mit Flatterband abgesperrt war. Blaue und weiße Lichter blitzten unterm Abendhimmel auf und wurden an die Wände der Backsteinhäuser geworfen. Ein Stück die Straße hinunter war eine kleine Gruppe auf dem Weg von Tür zu Tür. Die jüngsten Halloweenfans, begleitet von ihren Eltern, bevor die Dunkelheit ganz hereinbrechen würde. Doch auch ohne Halloween hätte die Szene gruseliger kaum sein können.

Paula Simari stand an ihrem Streifenwagen. Ihr Diensthund Max saß auf der Rückbank und schien sich die Aktivitäten mit einem breiten Hundegrinsen im Gesicht anzuschauen. Seine Dienste wurden heute Abend anscheinend nicht gebraucht.

Die fünf gingen auf Paula zu, die abwehrend die Hand hob. „Wow. Kein Grund, die großen Geschütze aufzufahren. Es ist nur eine Leiche.“ Sie zeigte über die Schulter auf ein weitläufiges rotes Backsteinhaus. „Wie ist es, wieder im Dienst zu sein, Lieutenant?“

„Sehr schön, Officer.“ Taylor mochte Simari. Sie war ein netter Mensch, immer einen Spruch auf den Lippen, aber auch ernst, wenn es sein musste. „Warum gibst du uns nicht eine kurze Zusammenfassung, und danach schauen wir uns in Ruhe am Tatort um?“ Sie trug sich in die Anwesenheitsliste ein und reichte den Stift an Baldwin weiter. Alles genau nach Vorschrift, so war es ihr am liebsten.

„Gerne. Die Leiche ist ein siebzehnjähriger weißer Junge namens Jerrold King. Seine Schwester Letha hat ihn entdeckt, nachdem sie von einer Einkaufstour mit ihren Freundinnen zurückkam – sie gehen beide auf die Hillsboro, hatten heute aber wegen einer Lehrerfortbildung einen halben Tag frei. Sie sagt, sie wäre in sein Zimmer gegangen, um sich eine CD zu leihen, und habe ihn nackt auf dem Bett vorgefunden. Sie rief 911, doch er war bereits tot, als die Rettungssanitäter eintrafen."

„Selbstmord?", fragte Taylor.

„Glaube ich kaum", erwiderte Simari grimmig. „Außer er stand auf Schmerzen."

„Schmerzen?" Baldwin hob fragend die Augenbrauen.

Simari biss sich auf die Unterlippe. „Ich denke, ihr solltet euch das selber anschauen. Deshalb habe ich dich direkt angefordert."

Taylor musterte sie für einen Moment, dann zuckte sie mit den Schultern. „Okay. Gehen wir. Baldwin, du kommst mit mir. Marcus, Lincoln, könnt ihr euch mal unter den Leuten umhören?" Sie zeigte auf die Auffahrt des Nachbarhauses, auf der sich eine kleine Gruppe Menschen versammelt hatte, einige in Kostümen, andere offensichtlich gerade von der Arbeit kommend. Die Anzüge waren den Verkleidungen im Verhältnis von drei zu eins überlegen. „Fragt, ob irgendjemand was gesehen hat. McKenzie? Sorg dafür, dass die Rechtsmedizin auf dem Weg ist. Wir brauchen jemanden, der die Todesursache untersucht, und Kriminaltechniker zur Spurensicherung."

„Wird erledigt."

Taylor folgte Simari die kunstvollen Stufen zum Haus hinauf und zwischen weißen, dorischen Säulen hindurch auf eine breite Veranda. Ein Hexentrio hockte zwischen zwei mit Spinnweben verzierten Schaukelstühlen; die Tür wurde von Chrysanthemen in schwarzen, schmiedeeisernen Töpfen flankiert, die orangefarbenen Blüten wirkten frisch und neu.

Taylor band sich ihre Haare schnell zum Knoten und zog dann die lilafarbenen Gummihandschuhe über. Baldwin tat es ihr gleich – mit einem Mal waren ihre Hände die Werkzeuge von Profis und nicht mehr die Empfänger von zärtlichen Küssen. Sie konnten weder riskieren, den Tatort mit ihrer eigenen DNA zu verunreinigen, noch die Ermittlung in dem Fall durch ihre persönliche Beziehung zu beeinträchtigen. Anfangs war es Taylor schwergefallen, so zu tun, als wären sie und Baldwin nicht gefühlsmäßig miteinander verbunden. Inzwischen fiel es ihr leichter. Sie hatte sich einige seiner Techniken zur Wahrung emotionaler Distanz abgeschaut.

Simari hatte sich auch schon Handschuhe übergezogen und betrat nun als Erste das Haus.

Ein Teenager mit schlechter Haut und einem tiefschwarzen Bob saß am Fuß der Treppe. Das Mädchen war kreidebleich und zitterte. Sie hatte schwarze Ringe unter den Augen und einen Hauch dunklen Lippenstift im Mundwinkel. Ihre Lippen waren zu einer dünnen Linie zusammengepresst, als fürchtete sie, ihre Welt würde zusammenbrechen, sobald sie den Mund öffnete.

„Lieutenant Jackson, das ist Letha King. Sie hat die Leiche gefunden."

Taylor beugte sich vor, um mit dem Mädchen auf Augenhöhe zu sein. „Letha. Dein Verlust tut mir sehr leid. Sind deine Eltern auf dem Weg hierher?"

Das Mädchen sah ihr nicht in die Augen, sondern schüttelte nur den Kopf. Simari schaltete sich ein. „Sie sind auf Reisen. Wir versuchen gerade, sie zu erreichen."

Letha schlang die Arme um ihre Taille, versuchte, sich selber zusammenzuhalten. Ihre Nägel waren schwarz lackiert, der Lack blätterte an einigen Stellen bereits ab. Taylor war versucht, die Hand auszustrecken und das Mädchen zu berühren, ihr ein wenig Wärme und Trost zu spenden, doch sie hielt sich zurück. Erst musste sie den Toten sehen, danach konnte sie sich Gedanken über die Lebenden machen.

Sie trat zurück auf die Veranda und pfiff nach McKenzie. Er war am Handy und hob fragend die Augenbrauen. Sie bedeutete ihm, herzukommen. Er nickte, sagte noch etwas ins Telefon, klappte es dann zu und kam zu ihr. Taylor sprach sehr leise.

„Im Haus sitzt die Schwester des Opfers. Das Mädchen ist total verstört. Sie bräuchte jemanden, der sich ein wenig um sie kümmert. Würde es dir etwas ausmachen?"

„Überhaupt nicht. Alles andere ist organisiert."

„Super. Danke. Komm mit rein."

Gemeinsam kehrten sie ins Haus zurück und Taylor führte McKenzie zu Letha.

„Letha, das ist Detective McKenzie. Er wird sich einen Moment um dich kümmern, während wir nach deinem Bruder sehen. Wir gehen jetzt nach oben. Wenn du irgendetwas brauchst, sag Detective McKenzie Bescheid, okay?"

Das Mädchen nickte stumm wie ein Grab. Taylor beschlich ein seltsames Gefühl, eine Vorahnung, dass noch Schlimmeres auf sie wartete, obwohl sie nicht sagen konnte, warum.

„Wie wäre es, wenn wir in die Küche gehen, Letha?“ McKenzie streckte ihr die Hand hin. Das Mädchen nahm sie und erhob sich unsicher auf die Füße. Ihr Blick war völlig ausdruckslos. Sie ließ zu, dass McKenzie sie mit sich zog. Das lag am Schock. Armes, schauriges kleines Ding.

Die Treppe aus Mahagoni schwang sich an den gegenüberliegenden Wänden der Eingangshalle in den ersten Stock hinauf, wo die beiden Seiten mit einer Art Laufsteg verbunden waren. Unbewusst zählte Taylor die Stufen mit, als sie die linke Treppe nahmen. Dreiunddreißig Stufen. Der Blick ins Foyer hinunter wurde nur leicht von einem funkelnden Kronleuchter verdeckt, der mit künstlichen Spinnweben geschmückt war, die wie ein durchsichtiger Vorhang wirkten. Der Fußboden im ersten Stock bestand aus breiten Holzplanken, auf denen teure orientalische Teppiche lagen und kapriziös platzierte Tische mit Kristallvasen und Nippes aus aller Welt standen. An den Wänden hingen Stammesmasken. Entweder reisten die Eltern sehr viel oder sie waren Sammler.

Von dem Flur gingen vier Türen ab. Eine davon stand offen.

Taylor warf Baldwin einen Blick zu. Er wirkte ruhig, gelassen, auf alles vorbereitet. Ganz kurz schaute er sie fragend an. Ihr war gar nicht aufgefallen, dass sie stehen geblieben war, bis Simari sich räusperte.

„Alles in Ordnung?“

War es das? Taylor hatte ein seltsames Gefühl, als wenn eine starke Hand gegen ihre Brust drückte, sie von der Zimmertür wegschob. Sie konnte keinen der üblichen Gerüche entdecken, die normalerweise mit einem Gewaltverbrechen einhergingen – Blut, Angst, menschliche Exkremente. Es roch nach … Blumen. Nachdem sie erkannte, dass der Geruch aus der offenen Zimmertür kam, konnte sie ihn auch benennen. Jasmin. Der Tatort roch nach Jasmin. Sobald sich ihre Nase an diese Vorstellung gewöhnt hatte, war sie in der Lage, den unterschwelligen Duft nach Kupfer wahrzunehmen, der sich unter der extremen Süße verbarg.

Das seltsame Gefühl verschwand. Sie lächelte Simari an.

„Tut mir leid. Mir geht es gut. Ich musste nur … riechen.“

„Ich weiß“, sagte Simari. „Es ist komisch. Bei Jungen erwarte ich normalerweise nicht, dass sie Parfüm benutzen. Aber was weiß ich schon. In dieser Welt ist alles möglich. Er ist hier drin." Sie zeigte auf die offene Tür und ließ Taylor vorangehen.

„Vermutlich das Parfüm seiner Schwester. Obwohl ich es unten nicht gerochen habe", merkte Baldwin an.

Manchmal hatte Taylor an einem Tatort das überwältigende Gefühl, auf Film gebannt zu werden; als wenn ein unsichtbarer Videograf jede ihrer Bewegungen mit der Kamera aufnahm. Sie auf der Leinwand, einen dunklen Flur entlanggehend, während die Zuschauer wussten, dass sie etwas Grauenhaftes erwartete. *Sieh dich um, geh nicht allein in den dunklen Raum, lauf lieber aus der vermeintlichen Sicherheit des Hauses in den Wald, wenn der Mörder mit einem Messer hinter dir her ist.* Sie hatte Gänsehaut auf den Unterarmen. Gott, sie hasste Horrorfilme.

Sie schüttelte den Gedanken ab. Halloween machte sie jedes Jahr nervös. Und an Halloween einen Tatort zu besichtigen spielte ihrer überbordenden Fantasie nur in die Hände.

Gewappnet betrat sie Jerrold Kings Zimmer.

Sie bemühte sich, die ganze Szene in sich aufzunehmen, ohne sich ein Urteil zu bilden. Es war ihr Job als leitende Ermittlerin, sicherzustellen, dass ihre Detectives keine voreiligen Schlüsse zogen und keine unbesonnenen Entscheidungen trafen. Sie legte viel Wert auf fundierte Meinungen, begründete Schlussfolgerungen und die Kraft der Beweise.

Aber Jerrold Kings Leiche weckte in ihr den Wunsch, alles zu vergessen, was sie je gelernt hatte.

Sie ging näher heran. Er lag nackt auf dem Rücken, die Arme seitlich ausgebreitet. Sein Mund stand offen, in den Mundwinkeln hatte sich Spucke gesammelt. Die Lippen waren blau, die Pupillen starrten ins Leere. Es gab keine Anzeichen einer Fesselung, keine Würgemale. Gut, das konnte noch kommen – Quetschungen brauchten eine Weile, um sich zu zeigen. Im Moment war seine nackte Haut frei von sichtbaren Hämatomen. Aber es gab Blutkanäle, die ihm ins Fleisch geritzt worden waren. Der Effekt der roten Linien auf der weißen Haut war erschreckend. Klaffende Wunden in zartem Fleisch. Ohne Zweifel mit einem sehr scharfen Messer verursacht. Doch es waren keine Stichverletzungen. Die Schnitte folgten einem bestimmten Muster.

Taylor stand einen halben Meter vom Bett entfernt und beugte sich vorsichtig vor, um besser sehen zu können. Baldwin stand auf der anderen Seite des Bettes. Sie schaute von den Wunden in seine besorgt blickenden Augen.

„Nein“, sagte sie. „Das kann nicht sein.“

„Doch, das kann es“, erwiderte er.

„ Großstadtsage“, warf Simari ein.

Taylor trat ein paar Schritte zurück, um zu sehen, ob sie in den Wunden irgendeinen Sinn erkennen konnte. Ja, aus der Entfernung sah sie es deutlich.

Fünf Schnitte, an den Punkten verbunden und von einem leicht zackigen Kreis eingefasst.

Ein in die Brust des toten Jungen geritztes Pentakel.

2. KAPITEL

Der Schrei erschreckte Taylor so sehr, dass sie von der Leiche zurückzuckte.

Simaris Funkgerät knackte, und beinahe gleichzeitig fing Taylors Handy an zu klingeln. Die angezeigte Nummer verriet ihr, dass es Lincoln war.

„Ja?“, sagte sie.

„Du musst sofort herkommen. Wir haben ein ernsthaftes Problem.“

„Was für eins?“

„Wir haben hier noch eine.“

„Noch eine Leiche?“

Simari stürmte bereits aus Jerrold Kings Zimmer. Taylor klappte ihr Handy zu und folgte ihr zusammen mit Baldwin die Treppe hinunter und auf die Veranda. Der Schrei kam von der anderen Straßenseite drei Häuser weiter unten.

„Hilfe! Bitte helfen Sie mir!“

Auf der Auffahrt stand eine Frau und wedelte mit den Armen. Lincoln war bei ihr und versuchte vergeblich, sie zu beruhigen.

Die Straße war taghell erleuchtet – die Außenbeleuchtungen aller umliegenden Häuser waren an, dazu kamen die Scheinwerfer der Streifenwagen und die Unmengen an Taschenlampen, deren Strahlen auf die Gesichter der Schaulustigen gerichtet waren, die wie erstarrt in ihren Auffahrten standen.

Während Taylor die Straße hinunterlief, spürte sie, dass alle Augen sich auf sie richteten. Ihre Stiefel schlugen laut auf dem Asphalt auf und übertönten Baldwins Schritte. Ihr kam ein seltsamer Gedanke: Angst war ein Gefühl, mit dem man sich in dieser Nachbarschaft nicht auskannte.

Bei Lincoln angekommen, kam Taylor schlitternd zum Stehen und hätte sich auf dem losen Kies beinahe den Knöchel verdreht. Sie schnappte nach Luft.

„Ma'am, ich bin Taylor Jackson von der Mordkommission. Was haben Sie für ein Problem?“

„Meine Tochter. Meine Tochter ist …“ Ihre Stimme brach, laute Schluchzer entrangen sich ihrer Kehle. „Sie liegt tot in ihrem Zimmer.“

„Führen Sie uns hin“, sagte Taylor.

„Ich kann nicht. Ich kann da nicht wieder reingehen.“

Taylor gab Lincoln mit den Augen ein Zeichen und nickte Baldwin und Simari zu. Gemeinsam eilten sie ins Haus, das dem der Kings erstaunlich ähnlich war, und die geschwungene Treppe hinauf. Der Duft von Jasmin lag in der Luft. Taylor spürte, wie sich ihr der Hals zuschnürte.

Der Tatort war leicht zu finden. Überall auf dem Fußboden lagen Handtücher verstreut. Die Mutter musste gerade die Wäsche hochgebracht haben. Auf einem Schild an der Tür zum Zimmer des Mädchens stand der Name Ashley in pinkfarbenen Buchstaben. Darunter hing ein Stoppschild mit der Aufschrift: Unbefugtes Betreten verboten!

Die Tür war nur angelehnt. Taylor machte einen großen Schritt über den Handtuchberg hinweg und betrat das Zimmer.

Das Mädchen lag rücklings auf dem Bett, die Arme über den Kopf gestreckt. Ihr braunes Haar war zu einem Pferdeschwanz zusammengefasst, auf ihrem Gesicht war eine grüne Maske getrocknet. Neben dem Bett stand eine offene Nagellackflasche, die einen beißenden Geruch verströmte. Das Mädchen hatte sich einen Schönheitstag gegönnt – Gesichtsmaske, Maniküre. Ein typischer Nachmittag im Leben eines Teenagers, doch ihre unschuldige rituelle Reinigung war brutal vom Tod unterbrochen worden.

Genau wie das vorherige Opfer war sie vollständig nackt. Die Haut an Brust und Lenden war beinahe durchsichtig verglichen mit dem wohlgebräunten Teint am restlichen Körper. Sie lag entweder gerne in der Sonne oder war kürzlich im Solarium gewesen. Die braune Haut war von den Messerschnitten auf ihrem Bauch nur ein wenig eingedrückt worden. Ein inzwischen vertrautes Symbol: Fünf Punkte, durch einen ausgefransten Kreis miteinander verbunden.

„Ich würde sagen, irgendeine Art von Überdosis“, sagte Baldwin mit Blick auf die blauen Lippen des Mädchens.

„Genau wie bei Jerrold King. Was zum Teufel ist hier heute Nachmittag passiert?“

Aus dem Augenwinkel nahm Taylor eine hektische Bewegung wahr. Hastige Gesten und wirr durch die Dunkelheit irrende Lichter. Taschenlampen, deren blauweiße Strahlen sich die Straße hinunter entfernten. Sie wandte sich von der Leiche ab und trat ans Fenster. Menschen liefen auf und ab, schrien, weinten, fluchten. Das scharfe Heulen einer Sirene zerriss die wolkenverhangene Luft. Streifenwagen kämpften sich ihren Weg durch die Schaulustigen die Estes hinauf in

Richtung Abbott Martin Road. Einer von ihnen fuhr weiter und verschwand hinter einem Hügel.

Als ihr Handy klingelte, wäre sie beinahe nicht rangegangen. Weglaufen kam ihr wie ein guter Plan vor. Doch wenn sie ehrlich war, spürte sie schon, wie sich das Adrenalin, die Faszination in ihr aufbaute. Ein neuer Fall. Sie nahm den Anruf an.

„Was zum Teufel ist hier los?“, fragte sie statt einer Begrüßung.

„Ich brauche dich sofort!“, rief Lincoln durchs Telefon.

„Ich bin auf dem Weg.“ Sie drehte sich zu Baldwin um. „Wir müssen gehen.“

„Was um alles in der Welt passiert hier?“, fragte er.

„Ich weiß es nicht. Aber wir sollten es besser herausfinden.“

Gemeinsam eilten sie die Treppe hinunter und in die Nacht hinaus. In den letzten fünf Minuten, die Taylor und Baldwin sich in Ashleys Zimmer aufgehalten hatten, war auf der Straße das reinste Chaos ausgebrochen. Es sah aus, als wenn eine Bombe explodiert wäre – keine blutigen Körperteile oder qualmende Autowracks, aber Menschen, die ziellos die Straße hinauf- und hinunterliefen. Vor vielen Jahren hatte Taylor gesehen, wie ein Mann aus einem brennenden Gebäude gekommen war – die Augen leer, die Kleidung in Flammen – und versucht hatte, die Straße entlangzugehen, weg von der Hilfe, die auf ihn wartete. Schock. Das konnte sie nur zu gut verstehen.

Die Menschenmenge wogte die Straße hinauf und herunter, Anwohner vermischten sich mit Streifenpolizisten und Rettungssanitätern. Taylor konnte Lincoln nicht gleich entdecken, fing aber den Blick von Marcus Wade auf und winkte ihn heran.

„Was ist los? Wir waren eben im Zimmer des zweiten Opfers, als hier unten die Hölle losbrach.“

„Es gibt noch mehr, Taylor. Ich habe bereits Berichte über drei weitere erhalten, doch die Zentrale erhält seit zehn Minuten einen Notruf nach dem anderen.“

„Noch mehr?“, fragte Taylor verständnislos. „Drei weitere Leichen?“

Marcus strich sich die Haare aus den Augen und Taylor sah, dass sich auf seiner Stirn kleine Schweißperlen gebildet hatten, die im Licht der Scheinwerfer eines in der Nähe stehenden Streifenwagens glänzten. „Ja. Alles Teenager. Alle in diesem Viertel.“

In diesem Moment rannte Lincoln an ihnen vorbei. Er bog in die Auffahrt des übernächsten Hauses ein. Das Heulen der Sirenen war so ohrenbetäubend laut, dass Taylor glaubte, ihre Trommelfelle müssten platzen.

Ihr Handy klingelte erneut. Das Hauptquartier. Sie atmete tief durch, um sich zu beruhigen, und ging dann ran. Es war ihre neue Chefin, Joan Huston.

„Was ist da draußen los, Jackson? Ich habe gerade von der Zentrale erfahren, dass sie mit Notrufen nur so überschüttet werden."

„Ja, Ma'am. Mehrere Opfer an verschiedenen Tatorten. Ich habe noch keine genauen Informationen über die Anzahl der Opfer, aber derzeit sind es mindestens fünf Leichen. Wir brauchen ein vollständiges Sondereinsatzkommando auf der Estes Road in Green Hills. Schicken Sie jeden verfügbaren Officer. Ich brauche Dan Franklin und alle Rechtsmediziner, die er erübrigen kann. Ich muss mich jetzt um die Einsatzleitung kümmern. Ich rufe Sie an, sobald ich Näheres weiß."

„Gibt es eine Bedrohung durch biologische Kampfstoffe? Brauchen wir einen Kampfmittelräumtrupp? Ich kann sofort den Notstand ausrufen."

„Ich denke nicht, dass das nötig sein wird. Es sieht mir nach mehreren Morden aus, aber wir werden eine Weile brauchen, bis wir das mit Gewissheit sagen können. Wir wissen ja noch nicht einmal, mit wie vielen Tatorten wir es zu tun haben." Sie hielt inne und schaute auf die Straße. Die Menschenmenge schien mit jeder Minute zu wachsen. „Die Eltern kommen nach Hause und finden ihre Kinder tot auf. Mehr kann ich im Moment noch nicht sagen." Es hatte keinen Zweck, etwas über die Pentakel zu erzählen, bis sie nicht klarer sah, was hier los war. Das Letzte, was sie jetzt brauchte, war, dass die Information an die Presse durchsickerte. Die Schlagzeilen konnte sie schon förmlich vor sich sehen: „Satanisten wüten in Green Hills."

Sie wandte sich von dem Chaos auf der Straße ab und sprach ganz leise in ihr Telefon. „Wer auch immer das hier getan hat, wollte unsere Aufmerksamkeit – und die hat er jetzt. Wir haben bereits einen Teil der Estes Road abgeriegelt. Ich werde die Absperrung zur Hobbs Road und zum Woodmont Boulevard vorverlegen lassen, den Radius vergrößern, sodass er alle Häuser einschließt, und anfangen, dem hier auf den Grund zu gehen. Sie müssen der Presse zuvorkommen. Für die ist das sonst ein gefundenes Fressen."

Taylor hörte ein Fingerschnippen im Hintergrund. Huston versuchte, irgendjemandes Aufmerksamkeit zu wecken. „Danke, Lieutenant. Machen Sie weiter.“

Baldwin legte ihr eine Hand auf die Schulter, als Taylor das Telefon wegsteckte. Ihr Team reagierte bereits, führte die Menschen in kleinere Gruppen zusammen, die besser kontrolliert werden konnten. An den Ecken der Estes und des Woodmont Boulevards blockierten Streifenwagen den Zugang zum Viertel. Sie hörte weitere Sirenen näherkommen und schaute Baldwin an. Seine Augen wirkten im Zwielicht der anbrechenden Nacht tiefschwarz.

„Satanisten, die Menschen umbringen, das ist etwas für Großstadtsagen, nicht für Nashville“, sagte sie.

„Stimmt. Es ist schwer zu glauben, aber andererseits ist heute Halloween.“

„Soll heißen?“

„Gibt es einen besseren Zeitpunkt, um die Leute mit okkulten Bildern zu schockieren?“

Taylor schüttelte den Kopf. „Jemand wollte eine Nachricht hinterlassen. Das hier war eine koordinierte Aktion. Es gehört schon ein gewisses Level an Erfahrung dazu, mehrmals so kurz hintereinander zu morden. Schauen wir mal, was wir herausfinden können.“

3. KAPITEL

Das Chaos wieder in geordnete Bahnen zu bringen hatte ungefähr eine halbe Stunde gedauert, was in Anbetracht der Umstände ziemlich schnell war. Taylor hatte das vorübergehende Hauptquartier auf der Straße vor dem Haus der Kings aufgeschlagen. Jedem aus ihrem Team war eine Gruppe von Streifenpolizisten zugeteilt worden, die er bei ihrer jeweiligen Aufgabe leiten sollte. Sie hatte Beamte, die von jedem, der die Straße betreten wollte, die Adresse erfragten und ob er oder sie Kinder hatte. Letztere wurden zu einem zweiten Kontrollpunkt weitergeschickt, an dem man sie fragte, ob sie wüssten, wo ihr Kind sei. Wenn das Kind nicht per Telefon erreicht werden konnte, wurde die Adresse notiert und ein Team dorthin geschickt. Eine vierte Gruppe von Streifenbeamten nahm die Notrufe an und leitete die Informationen weiter.

Inzwischen gab es sieben Leichen in fünf verschiedenen Häusern. Taylor konnte nur beten, dass sie alle Opfer gefunden hatten.

Vier weibliche und drei männliche Teenager, alle im Alter zwischen vierzehn und achtzehn, waren tot. Schnell hatte sich herausgestellt, dass sie alle auf die Hillsboro High School gegangen waren – von den verschiedenen Privatschulen oder den Kindern, die zu Hause unterrichtet wurden, hatte es bisher noch keine Meldungen über vermisste oder tote Schüler gegeben.

An zwei Tatorten fanden sich mehrere Opfer – ein Paar beim sexuellen Intermezzo, der Penis des Jungen noch immer von einem Kondom geschützt, und zwei Mädchen, die gemeinsam den Nachmittag verbracht hatten, die Physikbücher zwischen lauter Zeitschriften wie *US Magazine*, *People* und *Cosmopolitan* auf dem Boden verstreut.

Die Anwohner waren nicht sehr erfreut über Taylors Identifikationssystem, aber ihr fiel kein effizienterer Weg ein, um die Situation in ihrer ganzen Tragweite zu erfassen. Sie musste eine unbewegte Miene zeigen, präsent sein. Sie musste gefasst und vernünftig wirken. Sie war dafür ausgebildet worden, Notfälle dieser Größenordnung zu handhaben und nutzte alles, was sie gelernt hatte. Sie hatte die Situation unter Kontrolle.

Eine kleine Stimme in ihrem Hinterkopf schrie unaufhörlich – vielleicht verpasst du ihn, vielleicht lässt du den Mörder mit noch mehr davonkommen –, aber sich selber infrage zu stellen würde die Sache nicht besser machen. Sobald sie abschließend festgestellt hatten, dass das primäre Ereignis vorbei war, konnten sie anfangen, die Puzzleteile zusammenzufügen.

Das erste gefundene Opfer, Jerrold King, war schon mindestens ein paar Stunden tot. Taylor arbeitete mit der Prämisse, dass die Morde irgendwann zwischen halb eins und drei Uhr am Nachmittag stattgefunden hatten. Schulschluss war um zwölf Uhr gewesen, die erste Leiche war um fünfzehn Uhr gefunden worden. Vorausgesetzt, die Opfer hatten den Vormittag in der Schule verbracht, ergab sich daraus ein vorläufiger Zeitrahmen, mit dem sie arbeiten konnten.

Bei dem Gedanken an die methodische Inszenierung der Leichen überlief Taylor ein Schauer. Sie wünschte, sie könnte einen Tag vorspulen, damit sie eine Vorstellung davon hätte, was die Kinder getötet hatte. Irgendeine Form von Drogen – die Blaufärbung der Haut und die stecknadelkopfgroßen Pupillen deuteten auf eine Überdosis hin –, irgendetwas, das sie alle eingenommen oder gespritzt hatten. Ihr kam der düstere Gedanke, dass es sich um einen Massenselbstmord handeln könnte. Aber das erklärte nicht die Pentakel, oder? Konnten sieben Teenager einen Massenselbstmord koordinieren und sich, während sie starben, Pentakel in die Brust ritzen?

Nein. Diese Verbrechen zeugten von Einwirkung von außen. Sie waren von jemandem begangen worden, der schnell, gnadenlos und effizient zuschlug.

Taylor sah, dass McKenzie der jungen Letha King half, in einen Streifenwagen einzusteigen. Der Wagen fuhr davon, der leere Blick des Mädchens war stur nach vorne gerichtet. McKenzie stellte sich neben Taylor und schaute dem Auto hinterher.

„Was ist los?“, wollte Taylor wissen. „Hast du von ihr irgendetwas in Erfahrung bringen können?“

„Sie hat nicht viel gesagt. Ich dachte, es wäre besser, sie im Auge zu behalten und außer Haus zu bringen, bis ihre Tante kommt und sie holt. Sie hat vor ein paar Minuten angerufen, dass sie auf dem Weg ist.“

„Gut. Wenn sich alles ein wenig beruhigt hat, wollen wir noch mal mit ihr sprechen.“

Sie gingen zum Haus der Kings zurück. Trotz der vielen Leute war es in der Küche ungewöhnlich ruhig.

Baldwin reichte ihr einen Stapel Fotos. „Bist du bereit? Simari hat mir ihre überzähligen Polaroids überlassen, damit wir anfangen können, die Tatorte nachzustellen. Auch wenn mir das noch eine Weile aus dem Gedächtnis gelingen wird, fürchte ich."

„Ja, mir auch. Konnten alle Opfer identifiziert werden?"

Lincoln nickte. „Prinzipiell schon. Einige müssen noch bestätigt werden, sobald ihre nächsten Angehörigen informiert wurden. Zwei der Familien befinden sich auf Reisen."

„Wir können die Namen erst dann der Presse mitteilen, wenn alle Opfer offiziell identifiziert sind. Ich denke, wir sollten so lange warten und dann alle Namen gemeinsam bekannt geben."

„Wir können es versuchen, aber du weißt, dass einige der Namen durchsickern werden. Das liegt in der Natur der Sache."

„Ich weiß. Versucht es einfach, so gut es geht, okay? Jetzt hätte ich gerne einen kurzen Überblick über die Tatorte und ein paar Namen zu den Gesichtern. Wer wurde nach Jerrold King und Ashley Norton als Nächstes gefunden?"

Sie legte die Bilder auf die Granitarbeitsfläche. Lincoln schob sie hin und her, bis sie in der richtigen Reihenfolge lagen.

„Wir haben Jerrold, dann Ashley Norton. Danach die beiden Doppelmorde, Xander Norwood mit Amanda Vanderwood und Chelsea Mott mit Rachel Welch. Danach haben wir wieder ein einzelnes Opfer gefunden, Brandon Scott." Er tippte auf das letzte Foto, auf dem das erstarrte Gesicht eines jungen Mannes zu sehen war, der noch nicht genügend Sonnenaufgänge gesehen hatte. Wunderschöne Gesichtszüge, vom Tod zerstört. Taylor fragte sich, wie er wohl lebend ausgesehen hatte, schob den Gedanken dann aber beiseite. Es hatte keinen Sinn – die toten Gesichter der Teenager würden sie sowieso ihr Leben lang verfolgen.

„Gibt es irgendwelche Hinweise auf besondere Verbindungen zwischen den Opfern? Irgendwelche Feinde?"

„Nein. Hier weiß niemand irgendetwas."

„Wo wurde das erste Pärchen gefunden?"

„Im Haus der Vanderwoods."

„Okay, schauen wir uns das mal an."

Der Weg dorthin dauerte nicht lange – die Villa der Vanderwoods lag nur eine Viertelmeile die Estes Road hinauf. Sie war weniger protzig als die anderen beiden Häuser, in denen Taylor gewesen war. Kleiner, mit weiß getünchten Fensterläden und einer roten Vordertür. Alle Lichter brannten und die Kriminaltechniker gingen ein und aus. Eine kleine Gruppe Nachbarn hatte sich im Vorgarten versammelt und schaute schweigend zu. Die Trauer hatte sich bereits tief in ihre Gesichter eingegraben.

Die Treppe nach oben schien endlos, der inzwischen vertraute Geruch nach Jasmin hing schwer in der Luft. Amandas Zimmer war gleich das erste auf dem Flur. Ein Todesermittler schoss Fotos. Das laute Klicken des Auslösers war ein für Tatorte typisches Geräusch, aber heute kam es Taylor laut und aufdringlich vor.

Xander Norwood lag auf dem Rücken auf dem Boden. Er war nackt. Amanda Vanderwood war ebenfalls nackt, sie lag halb auf dem Bett, die Arme hingen über den Rand. Taylor fiel auf, dass Amandas Zeigefinger Xanders Handfläche berührte. Es wirkte, als hätte sie es geschafft, mit letzter Kraft halb aus dem Bett zu kriechen, und Xander hatte seine Hand nach ihr ausgestreckt, damit sie sich in den letzten Minuten ihres schwindenden jungen Lebens noch einmal berühren konnten. Immerwährende Liebe.

Zum ersten Mal seit vielen Jahren verspürte Taylor an einem Tatort eine leichte Übelkeit.

Wäre Baldwins Berührung nicht auch das, was sie als Letztes in ihrem Leben spüren wollte? Würde sein Gesicht nicht das letzte Bild sein, dass sie sehen wollte, seine Lippen, die sie berührten, seine Worte, die ihre Ohren füllten? Mit dem, den man liebte, gemeinsam zu sterben war die höchste Gnade.

Taylor schob die romantischen Gedanken beiseite und zwang sich, die Szene klinisch und rational zu betrachten. Die Leichenstarre setzte ein. Die Lippen waren blau gefärbt, die Körper wiesen die gleichen Pentakel auf wie bei den anderen. Xander trug ein nicht ganz abgerolltes Kondom, dessen Verpackung neben dem Nachttisch auf dem Boden lag. Hatten sie gerade davor gestanden, Sex zu haben, waren sie mitten dabei gewesen oder gerade fertig, als der Killer zuschlug? Sie nahm an, dass es egal war. Es gab keine Verteidigungswunden, keine sichtbare Unordnung im Zimmer. Es wirkte, als wären sie in diesen unbequemen Haltungen einfach eingeschlafen und nicht wieder aufgewacht. Abgesehen von dem großen, hervorstechenden Stern, der ihnen in die Haut geritzt worden war.

Baldwin umkreiste die Körper einmal und trat dann an den Schreibtisch des Mädchens.

„Haben Sie das hier alles fotografiert?", fragte er. Der Ermittler nickte. Baldwin durchsuchte die Sporttasche des Mädchens und widmete sich dann ihrer Handtasche. Aus der Innentasche des Lederbeutels zog er einen Plastikbeutel, in dem sich vier kleine Tabletten befanden.

„Taylor", sagte er.

„Ja?"

„Sieh dir das mal an."

Die Pillen waren blau, winzig klein wie Babyaspirin, und hatten auf einer Seite ein eingestempeltes Herz.

„X", sagte Taylor.

„Jupp." Er reichte die Tüte dem Todesermittler, der sich gerade um die Leichen kümmerte.

„Verlieren Sie die nicht", wies Baldwin ihn an.

„Wird schon nicht passieren", erwiderte der junge Mann. Er war neu – Taylor kannte ihn nicht. Sie hatte das dumpfe Gefühl, ihn schon einmal irgendwo gesehen zu haben, konnte ihn aber nicht einordnen. Was nicht weiter verwunderlich war – der ständige Strom an neuen Mitarbeitern bei der Metro Police sorgte dafür, dass es viele Gesichter gab, zu denen sie die Namen nicht kannte. Sein Ausweis hing an einem schwarz-gelben Band um seinen Hals. Unter dem Foto stand der Name B. Iles. Er nahm Baldwin den Beutel ab, fotografierte und beschriftete ihn und packte ihn zu den Beweisen.

„Die Leichen sind genauso gefunden worden?", fragte Taylor.

„Ja, Ma'am. Es ist nichts verändert worden. Wir warten auf den Rechtsmediziner, damit er den Tod feststellt und die Leichen freigibt."

„Können Sie das nicht machen?" Sie war überrascht. Todesermittler hatten eigentlich die Befugnis, ohne Anwesenheit eines Rechtsmediziners an einem Tatort Entscheidungen zu treffen.

„Das könnte ich schon, aber ich habe den Befehl erhalten, dass jeder Tatort hier von einem der Rechtsmediziner freigegeben werden muss."

„Wer hat den Befehl erteilt?"

„Commander Huston."

Ah. Ihre neue Chefin ging auch genau nach Vorschrift vor. Taylor hatte damit kein Problem, aber sie wusste, dass Sam fürchterlich frustriert sein würde. Sie würden die gesamte Belegschaft der rechtsmedizinischen Abteilung – alle sechs Rechtsmediziner – aufscheuchen müssen, um diesen Fall zu bearbeiten.

„Na, ich hab nichts dagegen. Ist Ihnen irgendetwas aufgefallen, von dem ich wissen sollte?“

„Nein, Ma’am. Ich habe alles sowohl per Foto als auch per Kamera dokumentiert. Die Spurensicherung sucht nach der Waffe, dem Messer, das benutzt wurde, aber soweit ich weiß, ist bislang an keinem Tatort etwas gefunden worden. Wir haben Unmengen an Fasern eingesammelt, Spuren, Fingerabdrücke. Wenn der Mörder irgendetwas von sich selbst hinterlassen hat, werden wir es finden.“

„Warum sagen Sie *der* Mörder?“, hakte Taylor nach.

Iles errötete. „Ich weiß, ich sollte keine voreiligen Schlüsse ziehen, aber wir haben ein paar schwarze Haare gefunden, die offensichtlich zu keinem der beiden hier gehören. Eines lag direkt auf der Brust des männlichen Toten. Es war kurz, daher ging ich davon aus, es stamme von einem Mann.“

„Das ist interessant. Hat es noch eine Wurzel?“ Bei vorhandener Wurzel wäre es ein Leichtes, die DNA zu bestimmen.

„Nein, es war abgebrochen.“

„Schade. Halten Sie die Augen auf. Es könnte noch mehr geben. Wenn Sie irgendetwas finden, das zu dem passt, womit er sie aufgeschlitzt hat, lassen Sie es mich sofort wissen. Wir müssen sicherstellen, dass das gesamte Hab und Gut der Kids durchsucht wird, alle Sporttaschen, Rucksäcke und Handtaschen. Suchen Sie außerdem nach Handys und Kalendern oder Tagebüchern. Leiten Sie diese Information an ihre Kollegen und die Kriminaltechniker weiter. Und bitten Sie sie, die Augen offenzuhalten, was weitere Drogenfunde angeht.“

„Ich kümmere mich sofort darum.“

„Danke. Hey, wie heißen Sie eigentlich mit Vornamen?“

„Barclay. Barclay Iles.“

„Okay, Barclay. Ich bin Taylor Jackson. Das hier ist Supervisory Special Agent John Baldwin.“

„Ich weiß.“ In seiner Stimme klang die Art Bewunderung mit, die Taylor innerlich zusammenzucken ließ. Aber was sollte es, besser Bewunderung als Hohn.

„Okay, legen Sie los.“ Der Ermittler eilte aus dem Zimmer. Taylor hörte ihn auf dem Flur tief durchatmen. Dieser Fall war für sie alle sehr hart – die Hälfte des Ermittlungsteams bestand aus Leuten, die selber gerade erst vom College kamen.

Taylor schaute sich noch einmal um. Die einander berührenden Hände, das Pentagramm, die stumme Tortur, die Xander und Amanda durchlitten hatten. Sie wünschte, sie könnte den Tag für die beiden zurückdrehen und das hier verhindern. Aber sie wusste, dass es ein sinnloser Wunsch war.

„Was glaubst du ist hier passiert, Baldwin? Übersehe ich irgendetwas?"

Er ging vorsichtig durch den Raum, nahm alles in sich auf. Sie kannte diesen Blick – er war da, aber vollkommen geistesabwesend, während er über die Ereignisse nachdachte, die zu den Morden geführt haben mussten.

„Das Timing gibt mir Rätsel auf."

„Du meinst wegen Halloween?"

„Nein. Ich meine die Todeszeitpunkte. Alle Opfer sind ungefähr zur gleichen Zeit gestorben. Wenn der Mörder in jedem Haus war ..."

„Wir müssen auf Sam warten, um den genauen Todeszeitpunkt und die Todesursache zu erfahren. Aber ich glaube, du hast recht. Das sind zu viele Tote für nur einen Mörder – wolltest du darauf hinaus?"

Er schenkte ihr ein anerkennendes Lächeln. „Ja, das wollte ich."

„Was glaubst du, wie viele Mörder waren es?"

„Ich weiß es nicht." Er wandte sich von ihr ab und fuhr mit einem behandschuhten Finger über einen Buchrücken. Taylor sah, dass es sich um eines ihrer Lieblingsbücher handelte, *Sturmhöhe*, und verspürte einen Stich. Amanda Vanderwood würde nie wieder ein Buch lesen.

Von unten drangen laute Stimmen herauf.

„Und nun?" Sie widerstand dem Drang, ihren Zopf zu lösen und sich mit den Fingern durch die Haare zu fahren, um besser nachdenken zu können. Die Geste war so zwanghaft, war ihr so in Fleisch und Blut übergegangen, dass sie die Hände in die Taschen stecken musste, was mit den Latexhandschuhen gar nicht so leicht war. Baldwin streckte seinen Kopf in Richtung der offenen Tür, hinter der die Stimmen immer lauter wurden.

„Wir sollten besser mal nachsehen, was da los ist."

„Ich weiß." Taylor seufzte. *Bitte, gütiger Gott, keine weiteren Leichen.*

Als sie die Treppe hinunterkamen, sahen sie Lincoln in eine hitzige Diskussion mit einem älteren Ehepaar verwickelt. Taylor war überrascht, sie hatte gedacht, die Vanderwoods wären auf Reisen. Lincoln stellte ihnen das Pärchen vor, und sofort wurde Taylor alles klar.

„Lieutenant, das sind Laura und Aaron Norwood, die Eltern von Xander."

Taylor zog ihre Handschuhe aus und schüttelte den beiden die Hand. Die Norwoods waren schon etwas älter, der Mann trug immer noch seinen blauen Anzug mit Krawatte von der Arbeit, seine Frau einen Jogginganzug aus braunem Nickistoff, der sich über ihrem üppigen Busen spannte. Sie hatte geweint, ihre Augen waren rot und geschwollen, aber im Moment trocken.

„Mein herzliches Beileid", sagte Taylor automatisch, obwohl sie wusste, dass die Worte kaum tröstlich waren.

Mr Norwood nickte kurz. „Wir sind sofort hergekommen, als wir davon erfahren haben. Wir wollen bei ihm sein. Wir wollen unseren Sohn sehen. Wer hat ihm das angetan?"

„Das versuchen wir gerade herauszufinden, Sir. Wenn Sie uns einen Moment entschuldigen mögen?"

Sie trat mit Lincoln und Baldwin in den Flur hinaus und sprach leise zu ihrem Mitarbeiter.

„Wir brauchen Father Victor und weitere Geistliche. Kannst du ihn herholen?" Der Polizeiseelsorger wurde gebraucht, wenn Familienmitglieder über den Tod eines Angehörigen informiert werden mussten. Taylor war es so gewohnt, dabei einen Geistlichen an ihrer Seite zu haben, dass sie sich unwohl fühlte, allein mit den Norwoods zu sprechen.

Lincoln erwiderte ebenfalls flüsternd: „Er ist an einem anderen Tatort. Wir haben um Unterstützung gebeten und werden sie auch morgen bekommen, aber im Moment sind wir auf uns allein gestellt. Nur zu deiner Information, Mr Norwood ist ziemlich aggressiv. Ich musste ihn körperlich zurückhalten, als er ins Haus kam. Im Moment ist er einigermaßen ruhig, aber ich bin mir nicht sicher, wie lange das anhält."

In diesem Moment gab Taylor ihrem Impuls schließlich nach, löste ihren Zopf und fuhr sich mit den Fingern durch die Haare, bevor sie sie wieder zusammenfasste. Sie konnte ja schlecht zu den Norwoods zurückkehren und sagen, tut mir leid, ich kann nicht mit Ihnen reden, weil mein Lieblingspriester nicht bei mir ist, um mich vor ihrem Kummer abzuschirmen.

Baldwins Handy klingelte. Er hob entschuldigend die Hand, murmelte: „Da muss ich eben ran", und verschwand nach draußen.

Taylor schaute ihm hinterher. „Kann ich ihm nicht verdenken. Ich hasse diesen Teil auch. Aber egal. Bringen wir es hinter uns."

Sie kehrte ins Wohnzimmer zurück und stellte sich dem Schmerz in den Augen der Norwoods. Beide hatten sich in diesen hilflosen Zustand zurückgezogen. Sie wirkten ungläubig, widerstandslos, die Realität des Todes ihres Sohnes versuchte immer noch, in ihre Seelen einzusickern. Taylor hatte nicht viel Zeit – die beiden würden sich entweder in eine so tiefe Trauer fallen lassen, dass nichts sie mehr erreichte, oder vollkommen aus der Haut fahren, angriffslustig und schwierig werden. Es war besser, sie auf das Hier und Jetzt zu konzentrieren, wenn das überhaupt möglich war.

„Mr und Mrs Norwood, können Sie mir mehr über Xander und Amanda erzählen?"

Mr Norwood schüttelte den Kopf und wiederholte seine Bitte. „Wir wollen Xander sehen. Das ist unser gutes Recht. Sie müssen uns die Gelegenheit geben, uns von unserm Sohn zu verabschieden."

Nur für den Fall, dass sie beschlossen, sie zu ignorieren, verschränkte Taylor die Arme vor der Brust und lehnte sich gegen den Türrahmen, womit sie den Zugang zu der Treppe nach oben sehr effektiv versperrte.

„Es tut mir leid, aber das kann ich nicht zulassen. Am Tatort wird noch ermittelt, und um ehrlich zu sein, es ist kein schöner Anblick. Das wollen Sie nicht als letztes Bild von Xander für den Rest Ihres Lebens vor Augen haben. Sie müssen mir vertrauen. Ich gebe Ihnen mein Wort, dass ich mich gut um ihn kümmere."

Mr Norwood schaute ihr sehr lange direkt in die Augen. Sie erwiderte den Blick, ohne mit der Wimper zu zucken. *Ich werde ihn mit Respekt behandeln. Ich werde dafür sorgen, dass sein Mörder bestraft wird.* Nach einer Weile senkte er den Blick und nickte. Sie nutzte die Gelegenheit, um es noch einmal zu versuchen.

„Es wäre mir eine große Hilfe, wenn Sie versuchen könnten, mir einige Fragen zu beantworten. Können wir uns ein paar Minuten über Xander unterhalten? Können Sie mir von ihm erzählen? Von Amanda?"

Laura Norwood stieß einen zittrigen Seufzer aus, dann erschien ein kleines Lächeln auf ihren Lippen, als sie nachdachte.

„Was wollen Sie wissen? Die beiden waren unzertrennlich. Sie waren schon seit gut zwei Jahren zusammen und es sah so aus, als wären sie für die Ewigkeit bestimmt. Sie kennen das sicher, es gibt immer ein Pärchen, das sich früh kennenlernt und sofort ist alles klar. So war es mit Xander und Amanda. Sie haben immer Witze darüber gemacht, dass sie ihren gemeinsamen Nachnamen zu Woods ändern, weil unsere Namen sich so ähnlich sind. So wurden sie auch immer von ihren Freunden genannt. Die Woods. Bevor Amanda Xander getroffen hatte, wurde sie Woodie genannt, und danach zogen ihre Freunde sie weiter auf und nannten sie Woodie Woodpecker. Xander und Amanda fanden das toll. Sie war Cheerleaderin und hatte gerade erfahren, dass sie nächstes Jahr zum Captain der Truppe ernannt werden sollte. Mein Gott, ich kann nicht glauben, dass das passiert." Ihre Hände fingen an zu zittern, und ihr Ehemann griff nach ihnen und hielt sie zwischen seinen Handflächen fest.

„Aber Laura, das sind nicht die Geschichten, die die Polizei hören will. Sie wollen wissen, ob die beiden Feinde hatten, was sie zuletzt getan haben, ob sie Alkohol tranken oder Drogen nahmen. Sie wollen nur das Schlimme wissen. Das habe ich oft genug im Fernsehen gesehen. Nur das Schlimme …" Er brach schluchzend ab.

Taylor legte ihm eine Hand auf den Arm und sprach ganz sanft zu ihm.

„Nein, Sir. Wir wollen alles wissen. Alles, was Sie uns erzählen können, ist wichtig. Alles zählt, das Gute wie das Schlechte. Je mehr Informationen wir heute erhalten, desto schneller können wir die Person schnappen, die Ihrem Sohn wehgetan hat. Aber wenn er irgendwelche Feinde oder Probleme hatte, müssen wir das eben auch wissen."

Während sie das sagte, fiel ihr auf, dass sie diese Unterhaltung mit sieben Familien führen müssen würde. Bei dem Gedanken drohten ihre Knie unter ihr nachzugeben. Wer war zu so etwas in der Lage? Wer konnte sieben Kinder auslöschen? *Konzentrier dich, Taylor.*

Sie schaute sich im Zimmer um. „Wissen Sie was? Warum setzen wir uns nicht? Dann haben wir es etwas bequemer. Und Sie erzählen mir alles, was Ihnen über Ihren Sohn einfällt. Es klingt so, als hätte er viele Freunde gehabt. Stimmt das?"

Sie setzten sich an die gegenüberliegenden Seiten des Walnusstisches auf rote Sofas, die zu einem perfekten Ensemble im Wohnzimmer zusammengestellt waren. Die Vanderwoods empfingen offensichtlich gerne Gäste – im ganzen Haus waren kleine Nischen und Sitzecken verteilt, in denen man sich zu kleinen Grüppchen zusammenfinden konnte.

Mrs Norwood wischte sich die Augen mit einem zerknüllten Taschentuch. „Natürlich. Xander war sehr beliebt. Er war Captain des Wrestlingteams, Träger des Schulabzeichens, Mitglied der Ehrenverbindung. Unser Junge war sehr klug. Er ist sehr früh an der Vanderbilt angenommen worden, womit er das erste Collegejahr zu Hause bleiben konnte, bis Amanda ihren Abschluss gemacht hatte und sie zusammenziehen könnten. Amanda ist ... Oh Gott, sie war so ein süßes Mädchen. Wir waren stolz, sie als Teil unserer Familie zu betrachten. Sogar Xanders Schwester schien Amanda zu mögen, und normalerweise ist sie den Freunden ihres großen Bruders gegenüber nicht sonderlich aufgeschlossen." Während sie sprach, fingen ihre Augen an zu glänzen. Die Erinnerungen zogen sie einen Moment lang aus ihrem Kummer. Doch genauso schnell brach sie wieder in Tränen aus. Mit zittriger Stimme versuchte Mr Norwood, den Faden aufzunehmen.

„Xander war ein guter Junge. Manchmal etwas leichtsinnig, wie jeder Junge seines Alters. Er hatte einige Strafzettel wegen zu schnellen Fahrens. Wenn er sich nicht zusammengerissen hätte, wäre er seinen Führerschein vermutlich bald losgeworden und hätte zu einer Nachschulung gemusst. Aber er liebte es, Auto zu fahren."

„Hat er einen eigenen Wagen?"

„Ja, einen Volvo. Nach einem Blick auf seine Fahrkünste besorgten wir ihm den sichersten Wagen, den wir finden konnten. Amanda hatte einen Jeep, und ich habe mir immer Sorgen gemacht, dass er ihn fahren und damit umkippen könnte."

Die Norwoods lachten leise. Taylor war erstaunt, wie gefasst die beiden waren. Es war selten, dass Eltern sich so schnell zusammenrissen. Die Schale verhärtete wieder; die kühlen, ruhigen, rationalen Menschen kamen langsam zum Vorschein. Es war seltsam – einige Eltern wurden hysterisch und brachten kein Wort heraus, andere setzten sich hin und erzählten jedes kleinste Detail. Sie wusste nie, was sie erwartete, war aber froh, dass die Norwoods zur letzteren Gruppe gehörten. Sie brauchte diese Informationen, um ein Opferprofil von ihrem Sohn zu erstellen.

„Ist das der Volvo, der in der Auffahrt steht?"

„Ja, genau der."

Sie nickte Lincoln zu, ein stummer Hinweis, dass die Spurensicherung sich den Wagen genauer anschauen sollte. Er nickte zurück. Oh, es war so gut, das alte Team wieder zusammenzuhaben.

Taylor versuchte, die nächste Frage möglichst schonend zu stellen.

„War es … üblich, dass Xander und Amanda Zeit allein verbrachten?"

Mrs Norwood putzte sich die Nase und sagte dann: „Wollen Sie wissen, ob wir wussten, dass die beiden Sex hatten, Lieutenant?"

„Ja, Ma'am."

Sie seufzte schwer. „Sicherlich erinnern Sie sich daran, wie es war, ein verliebter Teenager zu sein. Wir haben natürlich versucht, sie davon abzuhalten, aber sie waren wild entschlossen. Wir haben ausführlich mit Xander darüber gesprochen – er hat uns versprochen, vorsichtig zu sein. Ich glaube, Amanda hat die Pille genommen, aber dazu müssen Sie ihre Mutter fragen. Wir haben ihre Eltern angerufen, aber sie sind in Übersee. Sie werden einen Tag brauchen, um zurückzukommen. Wie fürchterlich für sie. Wir sind wenigstens hier und können Xanders Schwester in dem Ganzen beistehen."

„Wo ist Ihre Tochter?"

„Susan? Sie ist mit unserer Haushälterin zusammen bei uns zu Hause. Aaron, wir sollten wirklich langsam zu ihr zurückfahren." Ihre kleinen Bewegungen, die den Aufbruch andeuteten, verrieten Taylor, dass ihr Gespräch erst einmal zu Ende war.

„Bevor Sie gehen, können Sie mir noch irgendetwas über Amanda erzählen?"

„Oh, Mandy war … ein Sonnenschein. Wunderschön. Klug. Sie war auch in der Ehrenverbindung, im Debattierklub, der Schülervereinigung. Ihre Eltern stammen aus einer alten Nashviller Familie, die wollte, dass ihr Kind so bodenständig wie möglich aufwächst. Sie sollte später ein Leben im Dienst der Öffentlichkeit führen. Sie hätten sich jede Schule für sie leisten können, aber da die Eltern beide auf eine öffentliche Schule gegangen waren, sollte Amanda das auch tun. So empfinden viele von uns hier in der Gegend. Wirklich, sie und Xander waren das perfekte Paar."

Ein perfektes Paar, das von einem Verrückten angegriffen worden war. Irgendetwas stimmte daran nicht, dessen war sich Taylor sicher. Kein Kind ist perfekt, und wenn Taylor ihren eigenen Hintergrund als Leitfaden nahm, verbargen oft die, die oberflächlich betrachtet am unschuldigsten aussahen, die tiefsten Geheimnisse.

„Wissen Sie, ob die beiden mit Alkohol oder Drogen zu tun hatten?"

„Wusste ich es doch", murmelte Mr Norwood.

„Es tut mir leid, Sir, aber ich muss die Frage stellen."

„Sie nahmen nichts, was ungewöhnlich wäre. Xander war ein achtzehn Jahre alter Junge. Aber grundsätzlich war er vernünftig in Bezug auf solche Sachen – das muss er für sein Wrestling auch sein."

Mrs Norwood schüttelte den Kopf. „Er ist ein paar Mal mit einem Bier erwischt worden, aber mehr nicht. Wir haben ihm immer Hausarrest gegeben, er hat immer die Konsequenzen seines Handelns zu spüren bekommen. Aber Sie wissen doch, wie das ist. Manchmal ist es leichter, sie das, was sie tun, an einem Ort tun zu lassen, an dem man ein Auge auf sie haben kann."

Das war der Trick. Man ließ die Kinder zu Hause Alkohol trinken, wo sie unter Beobachtung standen. Taylors Familie hatte zum Essen immer Alkohol erlaubt, aber wenn sie abends mit ihren Freunden ausging und beim Trinken erwischt wurde, hatte sie Hausarrest bekommen. Obwohl die Eltern damit gegen das Gesetz verstießen, war es ein übliches Vorgehen in bessergestellten Familien.

Taylor nickte. Das war im Moment nicht ihr Thema. „Okay. Also Schulschluss war heute gegen Mittag. Haben Sie danach noch mit Xander gesprochen?"

Mrs Norwoods Mundwinkel sackten ab. „Nein, das haben wir nicht. Als er heute Morgen aus der Tür ging, gut gelaunt, weil heute Halloween ist, habe ich ihn das letzte Mal gesehen. Sie wollten heute Abend auf eine Party."

Das weckte Taylors Interesse. „Wo sollte die stattfinden?"

„Bei seinem Freund Theo Howell. Evelyn und Howard sind Freunde von uns. Sie sind derzeit mit Amandas Eltern gemeinsam unterwegs. Wir kennen sie gut und haben Xander immer erlaubt, bei Theo zu sein, auch wenn dessen Eltern nicht da waren."

Taylor machte sich eine Notiz. Mit etwas Glück war die Party noch im Gange oder wenigstens noch ein paar Kids versammelt, die die Opfer besser gekannt hatten. Sie konnte den Gedanken nicht verdrängen, dass diese Teenager vielleicht auch mögliche Opfer waren. Dieses Risiko wollte sie nicht eingehen, sie wollte die Norwoods aber auch nicht unnötig verängstigen.

„Haben Sie vielleicht die Adresse? Ich würde gerne mit Theo sprechen, wenn das möglich ist."

„Aber sicher. Ich habe auch Theos Telefonnummern, sowohl zu Hause als auch sein Handy. Ich hole sie schnell, sie sind in meiner Handtasche." Mrs Norwood stand auf und verschwand, um einen Augenblick später mit einem handgeschriebenen Zettel und einem neuen

Taschentuch zurückzukehren. Als sie sich setzte, bemerkte Taylor, wie aschfahl die Frau im Gesicht war. Es war an der Zeit, zu einem Ende zu kommen. Diese Familie brauchte die Gelegenheit, alleine zu trauern, und Taylor juckte es in den Fingern, jemanden zu der Party zu schicken, um weitere Informationen zu sammeln. Und um die Teenager zu beschützen, sollte das nötig sein. Sie erhob sich und schüttelte den beiden die Hand.

„Ma'am, Sir, ich lasse Sie jetzt allein. Ich muss zu einem anderen Tatort. Wenn Ihnen noch irgendetwas einfällt, das wichtig sein könnte, rufen Sie mich bitte sofort an."

Sie kamen ihr jetzt kleiner, weniger fordernd vor als vorhin. So war es immer – sobald die Realität einsetzte, beraubte sie die Hinterbliebenen ihrer Kraft, ihrer Luft, ihrer Persönlichkeit.

Mr Norwood schaute seine Frau an. Er war selber bleich wie ein Geist. „Sind Sie sicher, dass wir ihn nicht sehen dürfen?"

Taylor berührte ihn leicht und beruhigend an der Schulter.

„Ja, da bin ich sicher. Es ist zu Ihrem Besten, glauben Sie mir. Ich denke, Sie und Mrs Norwood sollten jetzt zu Susan nach Hause fahren."

Geschlagen kämpften sie sich auf die Füße, die Arme umeinander geschlungen. Sie hielten sich gegenseitig aufrecht. „Wir sind zu Hause, falls Sie noch irgendetwas von uns brauchen."

Taylor war zutiefst erleichtert. Manchmal kämpften Familien härter, beharrten darauf, am Tatort zu bleiben, gingen sogar so weit, sich für einen kurzen Blick an den Ort des Verbrechens zu schleichen. Das war nie eine gute Idee. Im Büro der Rechtsmedizin fand die Identifizierung per Videoübertragung statt, sodass Eltern und Angehörige ihren Toten nicht von Angesicht zu Angesicht gegenüberstehen mussten. Eine gewisse Distanz schien in diesen Momenten manchmal zu helfen.

Aber nicht immer.

Lincoln begleitete die Norwoods zur Haustür. Kaum waren sie außer Hörweite, rief Taylor bei McKenzie an und beorderte ihn zum Haus der Howells. Er sollte vier Streifenbeamte mitnehmen, die Wache stehen sollten. Zum Schutz ihres Falles – und zum Schutz der unschuldigen Leben. Alles in einem Aufwasch.

Sie hoffte nur, dass es noch nicht zu spät war.

4. KAPITEL

Samhain
Mondaufgang

Sie waren zu viert – die vier Himmelsrichtungen, die vier Enden der Erde. Norden, Süden, Osten und Westen. Die Elemente ihrer Verehrung: Erde, Luft, Feuer und Wasser. In Schwarz gekleidete Geister, die einer nach dem anderen über den Friedhof huschten, um von der Straße aus nicht gesehen zu werden.

Es war ein trostloser Ort, weit entfernt von den Lichtern der Geborgenheit, die die moderne Landschaft erhellten, an einer abgeschiedenen Landstraße gelegen. Ein Familienfriedhof; die Ehemänner und Ehefrauen waren am oberen Ende, entlang des mit Schlaglöchern übersäten Weges begraben. Die kleine Straße schnitt durch ihre Nachkommen, eine Seite des Weges für die Familie des Mannes, die andere für die der Frau. Er hatte vor Jahrhunderten als Pfad begonnen, hatte sich langsam in die Erde hineingetreten, bis er zu einer klar sichtbaren Grenze geworden war. Die Menschen empfanden es als prophetisch, als eine Möglichkeit, unter ihren Toten zu wandeln, ohne auf ihren Seelen herumzutrampeln. Sie waren rücksichtsvoll und bedachtsam, diese abgehärteten Männer und Frauen. Der Drang zu reisen, zu wandern, war allen Abkömmlingen in die Wiege gelegt worden, auf alle Zeiten gezeichnet durch den sich über ihr geweihtes Land schlängelnden Weg, der es Reisenden gestattete, ihre ewige Ruhe zu stören.

Entscheidend war das richtige Gleichgewicht. Deshalb hatte er sich für diesen Friedhof entschieden. Auf der Suche nach seinem heiligen Ort hatte er Stunden damit zugebracht, die Landschaft zu durchkämmen. Nachdem er ihn gefunden hatte, erklärte er ihn zu seinem, zog einen unsichtbaren Kreis, erdete seinen Körper und wirkte seinen Zauber, bot dem Land sein Opfer dar – drei Tropfen seines Blutes mit der Erde unter der großen, stattlichen Eiche vermischt, die die Westgrenze des Friedhofs markierte. Die Eiche hatte freundlich reagiert, hatte sein Opfer angenommen und ihm als Dank einen Ast vor die Füße fallen lassen. Er hatte genau die Länge seines Unterarms von der Elle bis zur Spitze des Mittelfingers, war ganz glatt, ohne Borke und Blätter und lief am Ende leicht konisch zu, was sich als perfekt passender Griff für seine Hand erwies.

Der Ast wurde sein Zauberstab, und er nutzte seinen Athame, seinen doppelschneidigen Zeremonialdolch mit dem Heft aus tiefschwarzem Obsidian, um seinen Namen in Sigillen – der Schrift der Hexen – in das Holz zu ritzen. Jeder Buchstabe korrespondierte mit einem Punkt auf der Nummerntafel und verlieh dem Zauberstab unermessliche Kräfte. Der Athame hatte ihn das Taschengeld eines ganzen Jahres gekostet, der Zauberstab hatte ihn sein Blut gekostet, aber das war es wert. Sie waren die Werkzeuge seiner Religion.

Allein am Fuße der Eiche begann er das Gebet, rief die Göttin an, ihn zu segnen, den Gott, ihm Kraft zu verleihen. Er tanzte im Mondlicht, sprach mit höchster Vorsicht harmlose Zaubersprüche gegen seine Feinde aus, hielt sich eng an die *Wiccan Rede*. Als Erstes, tue niemandem etwas Böses. Er wusste, was auch immer er aussendete, würde dreifach zu ihm zurückkehren, also versuchte er nicht, zu schaden, sondern lediglich zu nerven. Er betete mit Freude, mit Verzweiflung, mit Liebe in seinem Herzen, mit Schmerzen in seinen Gliedmaßen.

Als er fühlte, dass der Ort sich im vollkommenen Einklang mit seiner Natur befand, dass er ihn begrüßte, wann immer er zurückkehrte, indem die Eiche Blätter fallen ließ oder sich in der sanft flüsternden Brise neigte, brachte er seine Freunde mit.

Sie waren zu viert – die Himmelsrichtungen, die Wächter. Norden, Süden, Osten und Westen. Zwei Jungen. Zwei Mädchen. Gleichgewicht.

Das ältere der beiden Mädchen gehörte zu ihm; einen Meter zweiundachtzig groß, milchig weiße Haut von solch exquisiter Blässe, dass sie kaum Make-up benötigte, um sich selbst verschwinden zu lassen. Dazu wilde schwarze Locken, die ihr beinahe bis zur Taille reichten. Sie hatte grüne Augen und war gertenschlank, aber mit Kurven an den genau richtigen Stellen. Und wenn es nicht all seinen Überzeugungen widerspräche, würde er sie als Göttin anbeten. Aber sie war aus Fleisch und Blut. Sein Fleisch und Blut. Sie teilten alles, jeden wachen Moment, jede Flüssigkeit. Er fühlte sich unvollständig, wenn sie nicht bei ihm war, und hielt sie ständig in seiner Nähe.

Der Junge war sein engster Freund und gelegentlicher Liebhaber. Er sah sehr gut aus, hatte zerzauste blonde Haare und braune Augen sowie einen gedrungenen, kräftigen Körperbau. Und er war unglaublich stark. Das jüngste Mitglied hatte dunkle, kaum zu bändigende Locken.

Sie passte körperlich sehr gut zu ihrem Partner, klein und robust mit kräftigen Waden und einem Grübchen im Kinn.

Er vertraute ihnen mit seinem Leben.

Die vier teilten ihr Blut; durch Opfer, durch eine gemeinsame Vision, durch den Großen Akt. Sex war ihre mächtigste Form der Vereinigung, der Segen für ihre Gebete. Sie waren in der Handfeste vereint, der Tradition der Alten Sitten, hatten sich einander versprochen. Sie schauten sich nach einem Wicca-Priester um, der die offizielle Zeremonie abhalten und somit ihre Ehe im Auge der Göttin legalisieren würde. Sie würden sowohl als zwei Pärchen als auch zu viert den ewigen Bund eingehen.

Während seine eigene Magie schon sehr mächtig war, konnte er zusammen mit seinen Gefährten die Erde selbst versetzen. Seine Himmelsrichtungen waren seine Freunde und Liebhaber. Sein Hexenzirkel. Sein Coven. Sie würden ihm überallhin folgen, und im Gegenzug würde er sich für sie opfern.

Als er ihnen also sagte, dass die Nichtgläubigen sterben müssten, glaubten sie ihm. Sie waren die Unsterblichen – und die Nacht gehörte ihnen.

Sie waren heute Nacht zusammengekommen, am ersten Abend des neuen Mondes, um Azræl, den Engel des Todes, um einen Zauber zu bitten. Beim letzten neuen Mond hatten sie sich versammelt, hatten Erde vom Friedhof genommen, ihre Zauber darüber gesprochen und sie magisch aufgeladen, um der Erde Zeit zu geben, sich zu öffnen, einen Riss im Universum zu bilden. Heute suchten sie Azræls Segen für eine Feier ihres eigenen wundersamen Abends.

Samhain, von Christen und Juden Halloween genannt, war eine heilige Nacht, in der der Schleier zwischen den Welten am dünnsten war und die Geister offen zwischen dem Leben nach dem Tod und dem Leben selber hin und her wanderten. Samhain war der Beginn des neuen Wicca-Jahres, eine Zeit der Reflexion. Botschaften wurden verschickt, Vorfahren geehrt, Segen ausgesprochen. Er hatte sich für Samhain als Nacht der Reinigung entschieden. Die Nacht, in der sie die Welt von ihren Feinden befreien würden. Wenn sie heute den richtigen Segen erhielten, konnte er den Rest seines Plans in die Tat umsetzen.

Es war beinahe so weit. Sie hatten noch viel Arbeit vor sich. Er führte die drei zu der Eiche.

„Wer kommt, um Azræl anzurufen?“, rief er.

Sie traten nacheinander vor, das große Mädchen fing an.

„Ich bin es, Fane. Gesegnet sollst du sein."

„Ich bin Thorn. So soll es sein."

„Ich bin Ember, der helle Funke. Sei gesegnet."

Er stand bei ihnen, den Kopf zurückgeworfen, und sprach langsam und überlegt gen Himmel. Ihre Namen beschworen große Macht herauf – er spürte bereits die ersten Energiewellen durch die Luft jagen.

„Ich bin Raven, der Führer dieses Covens. Im Namen des Gottes und der Göttin, so soll es sein."

Er riss ein Streichholz an und hielt die Flamme an ein nach Jasmin riechendes Räucherstäbchen. Dann entzündete er zwölf schwarze Kerzen, drei für jeden von ihnen. Die Lichtung fing an zu erstrahlen. Die Steine hatten sie bereits ausgelegt: einen violetten Amethyst, einen Melanit, ein Tigerauge und ein Stück Kohle. Der Elestial, ihr Geschichtenbewahrer – ein zerklüfteter, milchiger Quarz –, lag oben auf dem Stapel. Er würde nach der Zeremonie in der Nähe vergraben werden, eine stete, archaische Verbindung zur Mutter Erde.

Der Kontakt mit dem Totenreich sollte eine stille Meditation sein, aber Raven hatte einen wunderschönen Zauberspruch in sein Buch der Schatten geschrieben und ihn sorgfältig drei Mal für seinen Coven abgeschrieben. Auf dem Weg hierher hatten sie ihn stumm auswendig gelernt, ein jeder vergraben in die Buchstaben, bis die Worte sich in ihre Herzen eingebrannt hatten.

Sie entledigten sich ihrer Kleidung, schoben den dunklen Haufen weit genug von den Kerzen weg, damit er nicht in Brand geraten konnte. Sie beteten nackt, die kühle Nachtluft auf der Haut, ohne einen Augenblick der Peinlichkeit zu empfinden. Ihre Körper waren astrale Tempel und trotz oberflächlicher kultureller Makel wunderschön.

Sie holten Kordeln aus ihren Taschen, jede neun Fuß lang. Dann nahmen sie ihre Athames und Zauberstäbe. Sie wiegten sich von einem Fuß auf den anderen, schüttelten den letzten Rest jeglicher Energie ab, die ihr Ritual stören konnte. Konzentration.

Raven schaute auf seine Uhr, dann zum mondlosen Himmel hinauf. Es war an der Zeit.

Sie stellten sich in ihren Ecken auf, die Gesichter einander zugewandt, schweigend und ernsthaft. Das Dunkel wurde nur von den flackernden Kerzen durchbrochen, deren Schimmer sich auf ihren blassen Körpern abzeichnete.

Raven eröffnete die Zeremonie. „Wir haben uns in vollkommener Liebe und vollkommenem Vertrauen versammelt. So soll es sein."

„Vollkommene Liebe und vollkommenes Vertrauen. So soll es sein", wiederholten sie in geübtem Gleichklang. Er nutzte seinen Athame, um einen großen, unsichtbaren Kreis um ihre Füße zu ziehen, wobei er sang: „Zieh den Kreis, gib fein acht, bring die Himmelsrichtungen zu uns heut Nacht." Er beschritt einen weiten Bogen und tauchte seine Fingerspitzen in eine Schüssel mit Salzwasser und versprengte es, um die Grenzen des Kreises festzulegen. Fane folgte ihm mit dem brennenden Räucherstäbchen, um ihre Schritte zu weihen. Der Kreis war ihr Ort, in dem sie ihre Zauber wirkten – innerhalb des geweihten Raumes würden ihre Gebete erhört werden.

Nachdem der Kreis gezogen war, trat Raven hinein und bat seinen Coven, es ihm gleichzutun. Als sie alle sicher waren, rief er die Himmelsrichtungen an. Mit seinem Athame zeichnete er spezielle Pentakel in die Luft, jedes ein wenig anders im Winkel als das davor, abhängig davon, welche Himmelsrichtung er gerade anrief.

„Heil dir, Element des Wassers, Wachturm des Ostens. Mögest du stark und aufrecht stehen und unsere Gebete segnen. Mächte der Luft, wir rufen euch in unseren Kreis." Er drehte sich nach rechts und malte wieder in die Luft. Kräftige Striche. Entschlossen. Geübt.

„Heil dir, Element des Feuers, Wachturm des Südens. Mögest du stark und aufrecht stehen und unsere Gebete segnen. Mächte des Feuers, wir rufen euch, unseren Kreis zu beschützen."

Er drehte sich noch einmal und ein weiteres Mal. „Heil dir, Element des Wassers, Wachturm des Westens. Mögest du stark und aufrecht stehen und unsere Gebete segnen. Macht des Wassers, wir rufen dich an, über unseren Kreis zu wachen."

„Heil dir, Element der Erde, Wachturm des Nordens. Mögest du stark und aufrecht stehen und unsere Gebete segnen. Mächte der Erde, wir rufen euch an, uns Führung zu geben und unserer liebevollen Fürsorge Erfolg zu schenken."

Nachdem die Anrufung vollendet war, griff Raven in den Beutel neben sich und verstreute die magisch aufgeladene Erde, die sie beim letzten Neumond mitgenommen hatten, gleichmäßig in dem Kreis. Das würde das Portal zwischen den beiden Welten öffnen und sie gleichzeitig sicher im Hier und Jetzt verankern.

„Mögen die Göttin und der Gott uns ihr Wohlwollen schenken. Heil dir, Göttin. Heil dir, Gott.“

Die Gruppe sprach ihm einzeln nach. „Heil dir, Göttin. Heil dir, Gott.“

Er küsste die Klinge seines Athame, die anderen taten es ihm gleich. Dann nahm er ihre Kordeln auf, verknüpfte sie miteinander und führte sie durch ihre Hände, bis sie alle verbunden waren. Raven schaute jedem in die Augen und nickte sanft. Es war an der Zeit, Azræl zu rufen. Es war an der Zeit für ihre Belohnung.

Sie leiteten ihre persönliche Energie in den Boden, um sich zu erden, und sogen dann die Kraft der Erde in ihre Körper hinauf. Die Macht ließ sie erzittern. Mit den Händen nach vorne in den Kreis gestreckt, leiteten sie die Macht in die Mitte und kreierten so einen unsichtbaren Kegel, dann gingen sie drei Mal gegen den Uhrzeigersinn und drückten die Energie nach unten, in Richtung ihres Ziels, bevor sie auf den gleichen Plätzen endeten, auf denen sie zuvor gestanden hatten. Es barg große Gefahr, den Kreis entgegen dem Uhrzeigersinn zu ziehen, aber Raven hatte ihnen versichert, der beste, direkteste Weg zu Azræl wäre durch ein negatives Portal, nach unten, nicht nach oben ins Licht. Außerdem wurden sie von den vier Wachtürmen und dem Gott und der Göttin beschützt. Er war zuversichtlich, dass sie sicher waren.

Er griff hinter sich und zog einen kleinen Fingerknochen aus seinem Beutel. Dem Tod gefielen Knochen – sie waren die wahrste Form der Seele. Der Tod verstand, dass er Teil alles natürlichen Lebens war.

Gleichzeitig drehten sich alle vier in Richtung Westen, und Raven legte den Fingerknochen vorsichtig in den Staub neben den Steinen. Sie atmeten langsam, passten ihren Atem dem ihres Partners an, beruhigten und balancierten ihre Energie aus. Die Atemzüge wurden tiefer, es entstanden Pausen, die halfen, das Blut mit Sauerstoff überzuversorgen und dadurch ihr Bewusstsein zu erhöhen. Raven spürte, dass alle perfekt eingestimmt waren, und fing an, die Beschwörungsformel aufzusagen. Die anderen fielen den Bruchteil einer Sekunde später ein. Ihre Stimmen erhoben sich über dem Friedhof.

„Azræl Azræl Az-rah-el
Azræl Azræl Az-rah-el
Azræl Azræl Azzz-raaaah-ellll.
Engel der Dunkelheit, segne uns.
Engel der Dunkelheit, beuge uns.

Engel der Dunkelheit, bringe unsere wahre Natur zum Vorschein.
Bring uns deine Macht und ein Zeichen deines Segens.
Wir rufen dich an, Oh Uralter Engel, der hinter den Welten wohnt.
Du, der einst regierte in der Zeit vor unserer Zeit.
Komm, höre unser Rufen.
Hilf uns, den Weg zu öffnen, gib uns die Macht."

Diesen monotonen Sprechgesang wiederholten sie drei Mal.

Dann sprach Raven, die Arme ausgebreitet, den Kopf in den Nacken gelegt. „Gib uns deinen Segen, auf dass wir die Kraft finden, die Welt von denen zu befreien, die uns verletzt, die uns betrogen und gequält haben. Bekämpfe unsere Feinde – bestrafe diejenigen, die grausam zu uns sind. Erlaube uns, deine Göttlichkeit zu erkennen, deine Wege zu verstehen, einen schmerzlosen Pfad zu finden, der uns vor der Schande bewahrt. Zeige uns deinen Weg, oh Azræl. Nacht und Not schenken deinem helfenden Feuer Leben. Bereinige unsere Dunkelheit, breite deine schattigen Flügel in unseren Seelen aus. Bewache unsere Häuser, wende ihren Zorn ab."

Am Ende sprachen sie wieder und wieder den Namen ihres Gottes der Nacht, gingen im Kreis, wanden sich geschmeidig wie Schlangen umeinander, und in dem Moment, als sie spürten, dass ihre Energie den Höhepunkt erreicht hatte, segneten sie ihre Gebete mit dem Großen Akt. Raven und Thorn waren so aufeinander eingestimmt, dass sie gleichzeitig kamen. Sie vergossen ihre Energie und ihren Samen auf die Erde und heiligten damit ihren Pakt. Die Mädchen küssten einander, dann die Jungen. Sie verschmierten die Flüssigkeiten gegenseitig auf ihren Körpern, verschachtelte, glühende Symbole, dann tauschten sie die Partner. Die Männer wanden sich untereinander, während sich die Frauen einander gegenseitig zu einem wilden, atemlosen Höhepunkt brachten. Sie waren alle so gut zusammen, so richtig. Die stärkste Magie wurde während des Großen Aktes gewirkt, in dem Moment des gemeinsamen Orgasmus.

Schwer atmend erlaubten sie ihrem Verstand, in der einsetzenden Dämmerung langsam zurückzukehren. Sie erhoben sich mit zittrigen Beinen, lösten ihre Kordeln. Raven dankte den Himmelsrichtungen, segnete und verabschiedete sie. Er schloss den Kreis, sorgsam darauf bedacht, dem Lauf der Sonne zu folgen, also im Uhrzeigersinn zu gehen, um den Zugang nach unten zu schließen.

Die Energie hing immer noch knisternd und knackend in der Luft, also bat Raven seinen Coven, sich erneut zu erden, um ihre Essenz zu schützen und nicht ausgelaugt zu werden. Er schloss die Augen und sah eine lange, glühende Wurzel vor sich, die seinen Körper verließ und sich in die Erde grub. Dann ließ er all seine überschüssige Energie in diese Wurzel hineinfließen. Als er fertig war, fühlte er sich schon besser. Er lächelte Fane an. Dann beendeten sie ihre Gebete, vergruben den Stein und den Fingerknochen, bliesen die Kerzen aus und zogen sich schweigend an.

Eine Brise frischte auf, wurde stärker, bis ihnen die Haare um den Kopf flatterten. Donner rumpelte in der Ferne, Blitze zuckten überraschend nah. Raven drang der scharfe Geruch von Ozon in die Nase. Er lächelte.

„Ich hätte nicht erwartet, dass es heute Nacht regnen würde", flüsterte Fane.

„Das tut es auch nicht. Azræl hat unsere Gebete gesegnet", erwiderte Raven. „*Wir* wurden gesegnet. Jetzt kann uns nichts mehr aufhalten."

5. KAPITEL

Nashville
19:50 Uhr

Baldwin ging um das Haus der Vanderwoods herum, bis er eine ruhige Ecke im rückwärtigen Garten gefunden hatte.

„Tut mir leid, Garrett. Ich konnte drinnen nicht sprechen. Was ist los?“

„Nun, ich habe keine sonderlich guten Neuigkeiten. Die Jungs aus der Technik haben uns einen Bericht über einige Sachen geschickt, die sie auf Charlotte Douglas’ Computer gefunden haben.“

Baldwin richtete sich gerade auf. Charlotte Douglas war eine Profilerin gewesen, mit der er vor Jahren gearbeitet hatte und dann wieder vor ein paar Monaten im Fall des Schneewittchenmörders. Sie hatte das FBI zum Narren gehalten, bevor sie vorzeitig durch die Hand des Mörders dahingeschieden war, den sie rekrutiert hatte – der gleiche Mörder, der jetzt Taylor verfolgte. Der Pretender war Charlottes Kreation. Anfangs nur der Lehrling vom Schneewittchenmörder, dann selbst ernannter Terror, der in ihrer aller Leben eingedrungen war.

Charlotte hatte den Tod zu ihnen gebracht, und nun sah es so aus, als ließe das Bureau die Vergangenheit wieder aufleben. Baldwin hegte immer noch die Hoffnung, dass Charlottes Aufzeichnungen die wahre Identität des Pretenders enthüllen würden. Aber als sie starb und das Bureau ihre Dateien durchging, lösten sie einen ausgeklügelten Selbstzerstörungsmechanismus aus. Seit Monaten arbeiteten ihre besten Dechiffrierer daran, die Daten wiederherzustellen.

Charlotte war im Tod genauso gefährlich, wie sie es lebend gewesen war.

„Und?“

„Es scheint, als habe sie ein paar Dateien, die sich auf dich beziehen. Auf eine … Beziehung, die ihr beide hattet. Sie drückt sich sehr bildhaft aus. Und sie erhebt noch weitere Anschuldigungen gegen dich.“

„Elendes Miststück.“

„Nun ja. Wir wussten, dass einiges davon auf uns zurückfallen würde. Also mach dir keine Sorgen, okay?“

„Garrett, du weißt, dass Charlotte …“

„Baldwin, ich weiß. Vertrau mir. Es tut mir leid, aber das liegt nicht in meinen Händen. Ich bin angewiesen worden, dich sofort nach Quantico zurückzubeordern, damit du gleich morgen früh einen kleinen Plausch mit dem Disziplinarausschuss halten kannst. Ich habe ganz schön was einstecken müssen, als sie erfuhren, dass du in Nashville bist. Also komm so schnell wie möglich her. Ich habe dir das Flugzeug geschickt. Es müsste in Kürze für dich bereitstehen."

„Ist es ernst, Garrett?"

Sein Boss schwieg einen Moment. „Ja, ich glaube, das ist es. Sie haben mir noch nicht alles gesagt. Ich habe Reginald Beauchamp zu deiner Verteidigung bestellt, nur für den Fall, dass du ihn bei der Anhörung brauchst."

„Wow, ich brauche einen Anwalt? Sagtest du nicht, es handelt sich nur um einen kleinen Plausch?"

„Baldwin, ich will kein Risiko eingehen. Ich habe dich bereits verteidigt, ihnen erklärt, dass alle Anschuldigungen dieser Frau gegen dich vollkommen haltlos sind. Aber sie sind sehr hartnäckig."

„Sie wollen an mir ein Exempel statuieren", murmelte Baldwin.

„Das kann sein. Sie haben jetzt Charlottes Dateien. Der Fokus liegt aber nicht auf dir und ihr, sondern es geht viel tiefer. Sie sind vor allem an dem Harold-Arlen-Vorfall interessiert. Die Vergangenheit holt uns ein."

Dieses Mal stöhnte Baldwin lauter. „Verdammt, dieser Fall ist seit Jahren geschlossen. Ich bin von allen Vorwürfen freigesprochen worden. Warum bringen sie ihn wieder aufs Tapet?"

„Das weißt du genau."

Baldwin atmete tief durch die Nase ein. Er war überrascht, verbrannte Blätter und Blut zu riechen. Er hatte Jahre damit verbracht, zu vergessen, weiterzumachen. Den feuchten Geruch des verrotteten Kellers auszulöschen, die Visionen von zerschmetterten Leben. Die selbsterfüllende Prophezeiung, die sich Charlotte Douglas nannte. Gott, Taylor durfte das nie erfahren. Dafür musste er sorgen.

Garrett sprach wieder.

„Ich muss dich warnen, offensichtlich gab es in Charlottes Dateien einige Extras, die in deinen Originalberichten nicht vorhanden waren. Sie verlangen eine Erklärung."

„Eine Erklärung, für die eine Anhörung mit Anwälten vonnöten ist. Willst du mir damit sagen, was ich vermute?"

„Ja. Offensichtlich, das Telefon …“

Baldwin spürte, wie er dichtmachte, wie die rigide Professionalität, die ihn die schlimmsten Verbrechen ertragen ließ, sich in seinem Körper ausbreitete. Diese Abkapselung war eine Gabe, und er empfing sie mit offenen Armen. Darüber nachzudenken, zu spekulieren, was ihn in Quantico erwartete, würde ihn zu Fall bringen, bevor noch die erste Frage gestellt worden war. Er brauchte all seine Kraft, seine Stabilität, um sich diesem Thema erneut zu stellen. Das letzte Mal hatte es ihn fast das Leben gekostet. Dieses Mal hatte er wesentlich mehr zu verlieren.

„Ich werde da sein. Danke für deinen Einsatz, Garrett. Du trägst diese Last schon eine ganze Weile. Wir müssen einfach abwarten, wie sich alles entwickelt.“

Baldwin legte auf und ließ sich auf die Veranda sinken. Der Wald hinter dem Haus war dunkel und Unheil verkündend, das Zirpen der Grillen und das Rascheln von kleinen Nagetieren verliehen ihm etwas Lebendiges. Er meinte, in der Ferne Donnergrollen zu hören. Das waren keine guten Neuigkeiten. Zweitausendvier war ein schreckliches Jahr gewesen, und es noch einmal zu durchleben würde es nicht besser machen. Er hatte damals hart dafür gekämpft, seinen Namen reinzuwaschen, und das würde er jetzt wieder tun. Sicher handelte es sich bei Charlottes Aufzeichnungen um eine Übertreibung der Wahrheit. Darin war sie immer gut gewesen.

Er hoffte nur, dass nicht mehr dahintersteckte.

6. KAPITEL

Nashville
20:00 Uhr

Taylor schloss die Tür hinter den Norwoods und lehnte sich gegen den Rahmen. Sie musste die letzten beiden Tatorte sehen – vor allem den des zweiten Doppelmordes –, aber sie brauchte eine Pause. Sie fragte sich, wo Baldwin hingegangen war.

Sie hatte gerade ihr Handy aufgeklappt, um ihn anzurufen, als er um die Hausecke bog, die Hände im Haar vergraben, sodass es am Hinterkopf abstand. Sie ging die Stufen der Veranda hinunter und empfing ihn im Vorgarten. Er war sehr bleich im Gesicht und offensichtlich sehr wütend.

„Was ist los?“, fragte sie.

Einen Moment wirkte er überrascht, dann schüttelte er den Kopf. „Nichts. Ich muss nur zurück nach Quantico. Garrett braucht mich bei einem Fall.“

Irgendetwas in seiner Stimme, ein leichtes Zweifeln, ließ sie sofort wachsam werden. Er erzählte ihr nicht die ganze Wahrheit. Sie streckte die Hand aus, umfasste sein Kinn und drehte seinen Kopf so, dass er sie anschauen musste.

„Ein Fall?“

Er schenkte ihr ein halbherziges Grinsen. „Ein alter Fall. Sie brauchen meine Aussage. Es tut mir leid, dass ich dich hiermit allein lassen muss.“

„Wir kommen schon klar. Fährst du morgen früh?“

„Nein, Garrett schickt mir den Jet. Ich muss noch mal meine Notizen durchgehen und die Anhörung beginnt morgen früh um sieben.“

Sie spürte, dass er abgelenkt war, entschied sich aber, ihn nicht zu bedrängen. Wenn sie eines über Baldwin gelernt hatte, dann, dass er ihr irgendwann erzählen würde, was los war. Ihn zu drängen, wenn er noch nicht bereit war, brachte gar nichts. Und außerdem hatte sie selber genug um die Ohren.

„Soll ich einen Streifenwagen bitten, dich zum Flughafen zu bringen?“

Er nickte. „Das wäre toll. Danke.“

Er küsste sie, ließ seine Hand einen Moment in ihrem Nacken ruhen. Er fühlte sich so … traurig an. Die Traurigkeit strahlte in Wellen von ihm aus. Sie wünschte, sie könnte ihm helfen, aber sie wusste, sobald er bereit war, sich mit ihr zu beraten, würde er zu ihr kommen.

„Honey, kann ich irgendwie helfen?“, fragte sie leise.

Seine Antwort bestand aus einem düsteren Lächeln. „Ich wünschte, du könntest, Taylor. Aber das muss ich alleine durchstehen.“

Taylor schaute dem Streifenwagen hinterher und fragte sich, was um alles in der Welt Baldwin um diese Uhrzeit nach Quantico zurücklocken konnte. Sie hatte jedoch keine Zeit, sich darüber Gedanken zu machen; hier wartete zu viel Arbeit auf sie. Es wurde langsam kühl, die Luft war klar und kalt. Sie zitterte und wollte gerade ins Haus der Vanderwoods zurückkehren, als ihr Handy klingelte.

Es war Marcus. Er war kurz angebunden und wirkte verstört.

„Wir haben noch eine Leiche“, sagte er. „Weiblicher Teenager, vier Straßen von der Estes entfernt an der Warfield Lane. Vollkommen abseits des ursprünglichen Weges.“

Mein Gott! Sie dachte, sie hätten alle gefunden. Seit über einer Stunde hatte es keine neuen Berichte mehr gegeben. Die Wanderungen von Haus zu Haus hatten aufgehört, die Leute waren von der Straße und hatten sich in ihren Häusern verschanzt. Die Presse war frustriert, weil sie keinen Zugang zu den Tatorten bekam. Pech gehabt. Mit diesem Abend würden sie noch wochenlang ihre Nachrichten füttern können.

„Ich bin gleich da“, sagte sie.

Sie machte kehrt und stieß direkt mit Sam zusammen. Sie packte Sams Arm, um nicht das Gleichgewicht zu verlieren und die Treppe hinunterzufallen.

„Guter Gott, Mädchen, wer hat dir denn Feuer unterm Hintern gemacht?“

„Tut mir leid, Sam. Gerade ist noch eine gefunden worden. Willst du mit mir kommen?“

„Noch eine? Oh nein. Wie viele sind es jetzt?“

„Acht. Können wir gehen? Marcus hat mich gerade angerufen, er ist völlig fertig.“

„Ja. Ich komme danach wieder her und kümmere mich um den hier. Wo ist Baldwin?“

„Er ist nach Quantico zurückgerufen worden. Irgendein Notfall.“

„Als wenn das hier keiner wäre."

„Wem sagst du das."

Sie schlüpften unter der Polizeiabsperrung durch, die quer über die Straße gespannt war, und fuhren die wenigen Straßen zur Warfield Lane. Das Haus war nicht so schick wie die auf der Estes – nur ein einstöckiges, großzügiges Häuschen mit einem liebevoll angelegten und gepflegten Garten. Ein noch nicht geschnitzter Kürbis lag auf der Eingangstreppe.

Marcus erwartete sie mit bleichem Gesicht an der Tür.

„Sie ist im Hinterzimmer. Und nur damit ihr es wisst, das ist nicht das einzige Muster, das durchbrochen wurde. Sie ist keine Schülerin der Hillsboro, sie geht auf die St. Cecilia's."

Taylor dachte darüber nach. „Hm. Sie war auch nicht in ihrem Zimmer?"

„Nein. Im Arbeitszimmer. Sieht aus, als wäre sie gerade dabei gewesen, ihre Hausaufgaben zu machen. Sie liegt hinter dem Schreibtisch auf dem Boden. Ihre Mom sagt, sie arbeitet gerne in der Fensternische. Der Hund liegt neben ihr. Er weicht nicht von ihrer Seite."

Seine Stimme war belegt. Taylor fühlte mit ihm. Wenn das hier vorbei war, würden sie sich alle beim Polizeipsychologen die Klinke in die Hand geben. Jetzt waren es also acht. Acht Teenager an einem einzigen Tag. Noch schlimmer wäre nur gewesen, wenn es an einer Schule passiert wäre und andere Kinder den Tod ihrer Mitschüler hätten mit ansehen müssen.

Ein schmaler Flur, Stimmen aus der Küche. Sie erhaschte einen Blick auf einen Farbklecks – eine rote Bluse, die Mutter, die schluchzend am Küchentisch saß. Dann standen sie an der Tür zum Arbeitszimmer. Der Raum war mit Walnussholz getäfelt, klein und gemütlich mit Bücherregalen an den Wänden und einem großen Erkerfenster. Taylor und Sam traten hinter den Schreibtisch.

Ein brauner Labrador knurrte sie an. Er ließ seinen Kopf wieder auf seine Pfoten sinken und winselte; sein Nackenfell war gesträubt.

„Platz, Junge. Ist alles gut." Taylor wandte sich an Marcus. „Wie heißt er?"

„Ranger."

„Okay, Ranger, alles in Ordnung." Sie näherte sich vorsichtig. Der Hund schien das Unausweichliche zu spüren. Er fletschte die Zähne und schnappte nach ihr, dann erhob er sich ganz langsam, als schmerzten seine Knochen. Er hinkte etwas mit den Hinterbeinen. Hüftdysplasie, dachte Taylor abwesend. Der arme Kerl war schon alt.

„Du hast deinen Job gut gemacht, Ranger. Aber bei uns ist sie jetzt in Sicherheit.“ Während Taylor sprach, legte sie vorsichtig ihre Hand an den Hals des Hundes und packte sein Halsband. Sie spürte ihn zittern. „Er ist erschöpft. Okay, guter Junge. Es ist an der Zeit zu gehen.“

Der Hund seufzte und ließ dann zu, von ihr weggeführt zu werden. Taylor kraulte ihn hinter den Ohren und reichte ihn dann an Marcus weiter, bevor sie sich wieder der Leiche zuwandte.

Das Mädchen war zierlich, die blonden Haare steckten in einem unordentlichen Pferdeschwanz, aus dem sich einige Strähnen gelöst hatten und ihr ums Gesicht fielen. Ihre Lippen waren blau. Sie war von der Hüfte aufwärts nackt, ihre knospenden Brüste blutverschmiert, der oberste Knopf ihrer Jeans geöffnet. Aus dem Pentakel, das in ihren flachen Bauch geritzt worden war, sickerte Blut. Ihr kleiner Körper fing an zu zittern.

„Warte mal“, sagte Sam. „Heilige Scheiße. Sie krampft.“ Taylor sah, wie sich eine kleine Blutblase zwischen den Lippen des Mädchens bildete. Stumm vor Entsetzen starrte sie eine Weile darauf, dann eilten beide Frauen an die Seite des Mädchens. Taylor drückte ihre Finger gegen den Hals und spürte einen zarten, flatternden Puls.

„Ruft einen Notarzt! Das Mädchen lebt noch!“

Der Krankenwagen fuhr mit heulenden Sirenen in die Nacht, die Rettungssanitäter versuchten mit aller Kraft, das Mädchen am Leben zu halten, die Mutter weinte, hielt die freie Hand ihrer Tochter. Taylor stand in der Tür zu Brittany Carsons Haus. Ranger drückte sich gegen ihre Beine.

Sam stand hinter ihr. Sie zog die Handschuhe aus. „Es ist innerhalb der letzten Stunde passiert. Und es sind definitiv Drogen im Spiel – ihre Pupillen waren stecknadelkopfgroß und starr. Was auch immer sie genommen haben, es ist eine Art Betäubungsmittel.“

Taylor drehte sich zu ihrer besten Freundin um. „Glaubst du, dass der Hund deshalb nicht von ihrer Seite gewichen ist? Weil er wusste, dass sie noch lebt?“

Sam strich sich eine Haarsträhne hinters Ohr und rieb sich dann mit dem Handrücken über die Augen. Mit einem Mal sah sie älter aus, abgespannt. Sie seufzte und sagte: „Ich weiß es nicht. Vielleicht. Das werden wir wohl nie erfahren. Sie hat sehr viel Blut verloren und war schon blau angelaufen. Alle anderen Leichen sind post mortem verstümmelt worden. Ihre Herzen haben kein Blut mehr gepumpt. Bei ihr ging der Blutverlust langsam und stetig vonstatten. Je nachdem, was sie eingenommen hatte … auf jeden Fall ist es nicht so lange her wie bei den anderen."

Taylor musterte sie eindringlich. „Ist bei dir alles in Ordnung?"

„Ja. Ich bin nur sehr müde. Irgendwie scheine ich dieser Tage nie genug Schlaf zu bekommen." Sam trat beiseite und fing an, ihre Sachen in ihren Koffer zurückzuräumen.

„Sam?"

„Was?"

„Weißt du, wann du das letzte Mal so müde ausgesehen hast?"

„Nein, wann?"

Taylor verschränkte die Arme vor der Brust. „Ich weiß nicht. Lass mich überlegen. Vielleicht … vor zwanzig, einundzwanzig Monaten?"

Sam hielt in ihren Bewegungen inne und blickte Taylor in die Augen. „Nein."

„Ich denke, das ist die falsche Antwort, Mommy."

Sam ließ sich stöhnend in einen Stuhl sinken. „Nein, nein, nein! Das kann nicht sein. Nicht jetzt, nicht hier. Ich weigere mich. Die Zwillinge haben gerade erst ihren ersten Geburtstag gefeiert. Oh verdammt. Simon wird mich umbringen."

Taylor lachte. „Ich glaube eher, er wird begeistert sein. Was glaubst du, wie weit bist du?"

„Warte, ich versuche zu rechnen." Einen Moment lang wurde sie ganz still. „Ich kann nicht … ach ja." Sie lachte auf und errötete. Dann schaute sie Taylor an. „Kann nicht mehr als sechs Wochen sein. Ich habe Simon auf diese forensische Konferenz in Dallas begleitet. Wir hatten eine Suite und einen Babysitter und haben uns einen schönen Abend gemacht. Ich war so beschäftigt, dass mir das Ausbleiben meiner Periode überhaupt nicht aufgefallen ist."

Taylor kniete sich neben den Stuhl und zog ihre Freundin in die Arme. „Honey, das sind wundervolle Neuigkeiten. Ich freue mich so für dich."

Sam erwiderte die Umarmung kurz. „Erzähl um Himmels willen niemandem davon. Ich muss erst mal Simon warnen und dann zum Frauenarzt. Mist, Mist, Mist." Aber sie lächelte und die dunklen Ringe unter ihren Augen wirkten schon gleich weniger bedrohlich.

Taylor zeigte zur Tür. „Wenn du ihn warnst, sag ihm, dass ich eventuell seine Dienste benötige. Ich bezweifle, dass ihr die toxikologischen Untersuchungen und die Auswertung der Beweise für all diese Fälle auf einmal schafft, und das TBI ist auf Monate hinaus ausgebucht. Wir könnten vielleicht Baldwin bitten, einige der Proben zu seinem Labor in Quantico zu schicken, aber ich würde das lieber schnell und diskret erledigen. Ich kümmere mich um ein zusätzliches Budget, damit Simons Labor euch aushelfen kann."

Sams Ehemann Dr. Simon Loughley leitete eine Firma namens Private Match, eines der führenden Labors im Bereich der Forensik. Ihr Auskommen hatten sie hauptsächlich durch Vaterschaftstests, was es Simon ermöglichte, auch andere Aufträge anzunehmen, die ihn interessierten. Er war immer da, wenn die Metro schnelle Ergebnisse brauchte. Das Labor des Tennessee Bureau of Investigation war mit den Proben aus Vergewaltigungs- und Mordfällen so weit hinterher, dass es manchmal nötig war, private, unabhängige Labors zu beschäftigen. Das würde Geld kosten, aber Taylor glaubte nicht, dass das in diesem Fall ein Problem darstellen würde. Mein Gott, sechs Tatorte an einem Tag? Selbst ihr als äußerst geizig bekannter Chief würde die Notwendigkeit einsehen.

Sie konnte nicht warten, bis das neue Kriminallabor eröffnet war. Die Finanzierung war gesichert, der Standort ausgewählt. Alles bewegte sich in die richtige Richtung. Bald würden sie nicht mehr auf die Gunst anderer angewiesen sein, um ihre dringendsten forensischen Beweise bearbeiten zu können.

Der Hund winselte an der Tür und riss Taylor damit aus ihren Tagträumen.

„Okay. In diesem Sinne sollten wir uns wieder an die Arbeit machen." Sie betrachtete das Blut, das an der Stelle in den Teppich gesickert war, an der Brittany Carson beinahe verblutet wäre. „Ich wünschte, wir wären früher gekommen. Dann hätte sie vielleicht eine größere Chance gehabt."

„Woher hätten wir es wissen sollen? Hast du inzwischen telepathische Fähigkeiten?"

„Nein, aber …"

Sam schüttelte den Kopf. „Kein Aber. Du bist keine Gedankenleserin. Wir haben es hier mit einem Mörder zu tun, der das alles offensichtlich sehr, sehr gut durchdacht hat. Ich bete, dass das der letzte Anruf für heute war."

Taylor schoss ein grauenhafter Gedanke durch den Kopf. „Glaubst du, er hat uns beobachtet, womöglich auf uns gewartet, bevor er hergekommen ist, um sich Brittany zu widmen?"

„Beobachtet? Sicher. Du weißt, wie sehr diese Irren es lieben, zuzuschauen. Er hätte an einem der Häuser am anderen Ende der Straße gewesen sein können, während wir uns an den Tatorten aufhielten."

„Meine Güte. Die Presse wird mir den Kopf abreißen."

Sam hatte schon wieder in den Arbeitsmodus geschaltet. Taylor und sie hatten sich ein paar Wochen lang nicht gesehen und Taylor vermisste ihre Freundin. „Taylor, du hast alles getan, was du konntest. Lass uns zurückgehen. Ich habe noch zwei Leichen für tot zu erklären."

„Okay. Ich sage nur eben Marcus Bescheid, dass ich nachher noch einmal vorbeikomme."

Sie fand ihn in der Küche, wo er aus dem Fenster ins Nichts starrte. Er stand gebeugt da, wie geschlagen. Sie wusste genau, was ihm durch den Kopf ging. Vorwürfe, Schuldgefühle. Taylor beschloss, ihm die gleiche aufmunternde Ansprache zu halten, die sie eben von Sam gehört hatte.

„Hey", sagte sie leise. „Es ist okay. Es war nicht dein Fehler."

Er schaute sie an, seine Augen leer und verzweifelt. „Sie hatte vorhin keinen Puls, Taylor. Das schwöre ich. Der Rettungssanitäter konnte auch keinen finden. Mein Gott, sie hat die ganze Zeit dort im Sterben gelegen, während ich mit ihrer Mom geplaudert habe und versuchte, den Hund von ihrer Seite zu locken."

Ranger setzte sich auf Marcus' Füße. Er beugte sich vor und tätschelte den Hund abwesend.

„Hatte die Mutter irgendeine Idee, was hier heute Nachmittag los war?"

„Nein. Sie ist alleinerziehend. Krankenschwester. Sie heißt Elissa. Sie hat lange gearbeitet, kam dann nach Hause und fand Brittany im Arbeitszimmer. Ich habe herausgefunden, dass Brittany ein Stipendium hat. Sie ist sehr prüde und schüchtern. Ihre Mom sagt, dass sie auf gar keinen Fall freiwillig Drogen genommen hätte."

„Es gibt keinerlei Anzeichen für ein gewaltsames Eindringen. Wer auch immer versucht hat, sie umzubringen – sie hat ihn hereingelassen."

„Sie ist jünger als die anderen. Ich habe eine Streife losgeschickt, aber das Haus liegt so zurückgezogen, dass bisher niemand etwas Ungewöhnliches bemerkt hat."

„Dann müssen wir nach dem Gewöhnlichen suchen. Nach einem Mörder, der in dieser Gegend stundenlang untertauchen kann, ohne aufzufallen."

„Dann ist er definitiv weiß. Entweder trägt er einen Anzug oder ein Halloweenkostüm. Es könnte also jeder sein."

„Auch ein Jugendlicher."

„Du glaubst, das ist das Werk eines Teenagers?"

„Ich weiß es nicht. Aber wir sollten den Gedanken im Hinterkopf behalten."

„Wenn ich doch nur früher hier gewesen wäre", sagte er mit hohler Stimme.

Taylor stellte sich direkt vor ihn und zwang ihn, ihr in die Augen zu schauen.

„Marcus, konzentrieren wir uns auf das Jetzt und Hier. Besorge mir den Bericht aus dem Krankenhaus und von da aus sehen wir weiter. Wenn das Mädchen überlebt, postier eine Wache an ihrem Zimmer. Sie ist die einzige Zeugin, die wir für die Ereignisse des heutigen Nachmittags haben. Ich muss zurück zur Estes – da warten immer noch zwei Leichen, die Sam noch nicht für tot erklärt hat. Mach dir keine Vorwürfe. Sorge dafür, dass ein paar Streifenbeamte dieses Haus hier sichern, bis wir zurückkommen. Dieser Fall gehört noch auf die positive Seite, okay?"

„Okay", murmelte er, der Kummer sichtbar in seinem hübschen Gesicht. Er konnte ihr nichts vormachen. Sie würde noch mal mit ihm reden, aber im Moment musste sie sich erst einmal um die restlichen Toten kümmern.

„Hier, ich habe etwas, das dich ablenken wird. Ich denke, unser Mörder beobachtet uns vielleicht, will unsere Reaktionen sehen. Wir müssen mit jedem im Umkreis von hundert Metern um die Tatorte sprechen, der eine Überwachungskamera an seinem Haus hat. Sprich als Erstes mit der Presse. Die machen immer auch Aufnahmen von den versammelten Menschen. Mir ist außerdem aufgefallen, dass einige der Häuser private Sicherheitsvorkehrungen getroffen haben – vielleicht gibt es da unsichtbare Kameras, deren Aufnahmen uns weiterhelfen können. Geh die Sicherheitsfirmen in der Gegend durch, frag nach, ob sich eines der von ihnen betreuten Häuser in der Nähe der Tatorte befindet. Kannst du das für mich tun?"

„Natürlich." Nickend schob er seine Trauer beiseite und war mit einem Mal wieder ganz professionell. Er schloss kurz die Augen und klappte dann sein Handy auf und fing sofort an, Anweisungen zu erteilen. Taylor drückte seine Schulter und kehrte zu Sam zurück.

Sie schloss die Haustür und trat auf die kleine Veranda hinaus. Dort blieb sie einen Moment lang stehen, atmete tief ein und wieder aus. *Was für ein Abend. Acht Kinder. Acht.*

Sie ging die Treppe hinunter und nahm aus dem Augenwinkel etwas wahr. Sie wirbelte herum, drückte sich eng gegen die Brüstung, die Hand an der Glock. Sie hörte ein Schnappen, dann das Rascheln von Schritten in trockenem Laub. Im Garten ging ein Scheinwerfer an.

„Sam, runter", flüsterte sie und rannte dann um die Ecke. „Stehen bleiben, Polizei!", rief sie. Die Gartenbeleuchtung wurde durch Bewegungsmelder gesteuert und das bewaldete Grundstück war mit einem Mal hell erleuchtet wie ein Weihnachtsbaum. Taylor blieb einen Augenblick stehen, um sich an die Helligkeit zu gewöhnen und auf die Schritte zu lauschen, die von ihr weg in die Dunkelheit stolperten.

„Marcus", rief sie, aber er stand bereits mit gezogener Waffe neben ihr.

„Ich habe die Lichter angehen sehen. Was ist los?"

„Da war jemand seitlich am Haus und ist weggelaufen, als ich rauskam. Er entfernt sich Richtung Westen, tiefer in den Wald hinein. Was liegt auf der anderen Seite?"

„Die Hobbs Road. Dazwischen gibt es nichts mehr."

„Okay. Ganz langsam. Pass auf dich auf. Du nimmst die linke Seite, ich die rechte. Mal sehen, ob wir ihn einkreisen und fassen können, bevor er die Straße erreicht."

„Hast du ihn sehen können?"

„Nein. Aber es waren schwere Schritte." Taylor war nicht dumm – sie würde nicht ohne Verstärkung loslaufen. Sie nahm ihr Funkgerät. „An alle Einheiten, hier spricht Lieutenant Jackson. Ich verfolge einen unbekannten Verdächtigen in westlicher Richtung auf die Hobbs Road zu. Wir befinden uns 2135 Warfield Lane. Ich brauche einen Hundeführer hier, wiederhole, bringt Simari und Max sofort hierher."

Sie wartete die Bestätigungen ab und steckte ihr Funkgerät dann wieder ein. In einem leicht auseinanderdriftenden Winkel liefen sie in den Wald hinein. Der Nebel war hier dichter, die Blätter an den Bäumen zeigten ihre Unterseiten, die im schwachen Mondlicht schimmerten. Der Nebel hüllte sie ein – Taylor konnte Marcus kaum noch sehen, obwohl er keine fünf Meter entfernt relativ parallel zu ihr lief.

Je weiter sie sich vom Haus der Carsons entfernten, desto dunkler wurde es. Das war nicht gut. Das war überhaupt nicht gut. Ein leichter Nieselregen setzte ein, benetzte ihr Gesicht. Der lehmige Geruch verrottenden Laubes wurde stärker. Sie hörte den Verdächtigen immer noch durch die Dunkelheit laufen. Er war vielleicht vierzig bis fünfzig Meter vor ihnen. Der dichte Nebel und das fehlende Licht bedeuteten, dass auch er langsamer werden musste. Das war gut. Sie machte sich wieder auf den Weg, ging mit großen Schritten weiter, die Waffe gezückt.

Ein lauter Knall ließ sie innehalten und hinter dem nächsten Baum Deckung suchen. Ihre Glock lag fest in ihrer Hand, ihr Zeigefinger auf dem Abzug. Ihr Herz pochte in ihrem Hals – was war das? Sie lauschte, spürte, wie ihre Brust sich hektisch hob und senkte, atmete tief durch die Nase ein, um wieder Luft zu kriegen. Ein weiterer, heller Knall, dann noch einer und noch einer. Feuerwerkskörper, definitiv keine Schüsse. Verdammt.

Irgendetwas an der Tatsache, dass der Kalender einen Feiertag verzeichnete, veranlasste die Menschen von Nashville, ihn mit Feuerwerk zu feiern, obwohl das in Davidson County eigentlich verboten war.

Ihr Herz fand zu seinem normalen Rhythmus zurück, und sie pfiff leise nach Marcus. Er antwortete mit einer beeindruckenden Imitation einer Nachtschwalbe inklusive Triller am Ende, und gemeinsam setzten sie ihren Weg vorsichtig fort.

Taylor konnte ungefähr zwei bis drei Meter weit sehen. Sie blieb erneut stehen und hörte das Rauschen von Reifen auf nassem Asphalt. Sie kamen der Straße näher. Aus dem Süden erklang ein kehliges, stakkatoartiges Bellen. Simari war angekommen und Max hatte bereits die Spur aufgenommen. Nun würde es nicht mehr lange dauern. Max war äußerst flink und konnte einen Verdächtigen im Bruchteil der Zeit stellen, die ein menschlicher Officer dafür brauchte. Es war immer wieder faszinierend zu beobachten, und Taylor bedauerte die schlechten Lichtverhältnisse.

Es dauerte ungefähr eine Minute, bis sie einen Schrei zu ihrer Rechten hörte. Sie drehte sich um und sah einen dünnen Pfad, der zu einer kleinen Lichtung führte. Max hatte seinen Job erledigt und den Verdächtigen gestellt. Sein starker Kiefer hatte sich in den Unterschenkel des Mannes verbissen. Von allen Seiten strömten Officers mit gezogenen Waffen herbei, die Taschenlampen auf den Verdächtigen gerichtet. Simari rief Max mit einem Befehl zurück. Er winselte kurz, ließ aber die Jeans des Verdächtigen los und trottete mit einer gewissen Zufriedenheit zu seinem Frauchen zurück. Simari gab Max immer vor Ort ein blutiges, rohes Steak, wenn er jemanden erfolgreich gestellt hatte; heute Abend würde der Deutsche Schäferhund dann seine ausgiebige Belohnung erhalten.

Der Verdächtige stöhnte und hielt sich das Bein, als wenn es unterhalb des Knies amputiert worden wäre. Taylor näherte sich ihm vorsichtig, erkannte aber schnell, dass der Mann wirklich außer Gefecht gesetzt war. Unter seiner zerrissenen Jeans sammelte sich eine kleine Blutlache. Max hatte ein gutes Stück Fleisch aus dem Unterschenkel gerissen.

Nein, es war gar kein Mann. Im Licht der Taschenlampen zeigte sich ein glattes, rundes Gesicht. Ein Junge, weiß, nicht älter als dreizehn oder vierzehn Jahre und für sein Alter sehr klein, wie es aussah.

Das Adrenalin baute sich langsam ab, die Anspannung löste sich bei allen, es wurde gelacht und gescherzt. Die Beamten kehrten in die Nacht, zu ihren Autos, zu den diversen Tatorten zurück, von denen sie abgezogen worden waren.

„Ich hoffe, das war es wert", hörte Taylor einen Polizisten murmeln.

Er hatte nicht ganz unrecht. Sie stieß den Atem aus, den sie unbewusst angehalten hatte, und sah zu, wie Marcus dem Jungen Handschellen anlegte.

Taylor las dem Verdächtigen seine Rechte vor und verfluchte innerlich die neuen Gesetze, die sie dazu verpflichteten, das sofort zu tun, weil sonst keinerlei Befragung zulässig wäre. Dann fragte sie: „Wie heißt du?"

Er schüttelte nur den Kopf und schaute auf sein Bein.

„Ich brauche einen Arzt", sagte er mit erstaunlich tiefer Stimme.

„Sag mir erst, wie du heißt."

Er schüttelte erneut den Kopf.

„Okay, Anonymus, wir rufen einen Krankenwagen, aber kein Krankenhaus der Stadt wird dich ohne einen Namen behandeln. Sie verschenken ihre Dienste nicht, weißt du? Sie müssen deine Eltern anrufen, damit die ihnen die Zahlung zusichern. Es wäre doch eine Schande, ein Bein zu verlieren, nur weil du mir gegenüber den Harten markieren willst."

Der Junge wurde weißer als der Strahl der Taschenlampe. Er dachte einen Moment lang darüber nach, dann zuckte er mit den Schultern. „Mein Nachname ist Edvin. Mein Vorname Juri."

„Wie schreibt man das?"

„J-U-R-I. Das ist Finnisch."

„Wo wohnst du?"

Er blinzelte sie an, und sie wusste nicht, ob das an den Schmerzen oder dem hellen Licht lag, das auf ihn gerichtet war. „Am Granny White Pike, direkt neben der Lipscomb University", sagte er schließlich.

„Wir müssen deine Eltern informieren."

Das Weiß in seinen Augen blitzte auf und er fing wieder an, sich zu wehren. Taylor legte einen Arm quer über seine Brust und übte genügend Druck aus, um ihn am Boden zu halten.

„Hör auf damit. Sag mir ihre Telefonnummer, damit ich sie anrufen kann."

Er verengte seine Augen und murmelte dann sieben Ziffern. Taylor merkte sie sich und nahm ihren Arm weg. Sie bedeutete den Sanitätern, sich um den Jungen zu kümmern. Sie arbeiteten schweigend, schnitten die zerrissene Jeans auf und legten eine beeindruckende Reihe von tiefen Löchern frei. Sie drückten eine Kompresse auf die sickernde Wunde und banden den Jungen dann mit geübten Handgriffen auf der Trage fest.

„Hast du dich gewehrt, als der Hund dich gepackt hat?", wollte einer der Sanitäter wissen.

„Ja", murmelte Edvin. „Ich habe versucht, mich zu befreien. Habe ich dem Hund wehgetan? Ich habe ihm auf die Schnauze gehauen, als er mich gebissen hat."

Taylor unterdrückte ein Lächeln. Max war zäh und hatte im Jagdfieber vermutlich gar nicht mitbekommen, dass ein kleiner Junge ihn geschlagen hatte.

„Ihm geht es gut", sagte sie. „Warum bist du vor uns davongelaufen?"

Nachdem seine Angst erst einmal verebbt war, wurde der Junge richtig gesprächig.

„Sie sind Cops. Was sollte ich sonst tun?"

„Zum Beispiel stehen bleiben, wenn ich es sage? Was hattest du beim Haus der Carsons zu suchen?"

„Wessen Haus?" Sein Blick glitt nach links unten und Taylor wusste, dass er log.

„Versuchen wir das noch einmal. Du warst am Haus der Carsons. Was kannst du uns über die dortigen Vorfälle des heutigen Nachmittags erzählen?"

„Ich kenne niemanden namens Carson. Ich war auf dem Heimweg von meiner Halloweentour."

„Ohne Kostüm? Und ganz zum Granny White Pike hinauf? Das ist ein ganz schön langer Weg."

„Ich bin zu alt, um mich zu verkleiden. Und ich gehe gerne zu Fuß. Sie haben mir Angst gemacht, also bin ich weggelaufen. So einfach ist das."

Im Bruchteil einer Sekunde hatte Juri sich von einem ängstlichen, verletzten Jungen in einen defensiven Teenager verwandelt, der meinte, es mit ihr aufnehmen zu können. Ohne Frage hatte sie einen Nerv getroffen.

Einer der Sanitäter machte eine kreisende Bewegung mit seinem Finger. Sie schaute ihn an und ging ein paar Schritte zur Seite. Er kam zu ihr und flüsterte: „Wir müssen ihn sofort wegbringen. Er blutet stark. Kann sein, dass der Hund eine Arterie verletzt hat."

Sie warf einen Blick zu dem Jungen, der aussah, als würde er ohnmächtig werden. „Okay. Ich schicke euch Marcus mit. Der Junge lügt sich hier was zurecht und ich will sichergehen, dass alle spontanen Äußerungen genau mitgeschrieben werden."

„In Ordnung, Boss."

Sie winkte Marcus zu sich und wiederholte ihre Anweisungen. Dann bat sie ihn, Juri Edvins Eltern anzurufen. Sie sagte die Nummer aus dem Gedächtnis auf und wartete, während er sie in sein Notizbuch schrieb. Er versprach ihr, sich nach Brittany Carson zu erkundigen. Sie sah ihm nach, wie er der Trage zum Krankenwagen folgte, deren dünne Metallbeine über den unebenen Untergrund wackelten. Einmal wäre der Junge beinahe kopfüber heruntergefallen.

Kopfschüttelnd rief sie Lincoln an und übergab ihm die Aufgabe mit der Überprüfung der Videobänder an den Tatorten. Dann meldete sie sich bei McKenzie. Er war auf der Party und hatte das Haus absperren lassen. Guter Gott, das Ganze war ein logistischer Albtraum. Ihre

Officers und Detectives waren über halb Davidson County verstreut.

In weniger als fünf Minuten hatte sie sich ihren Weg aus dem Wald zurückgebahnt und war wieder an ihrem Auto. Sam hatte ihr eine Nachricht hinter den Scheibenwischer geklemmt. *Musste los. Ruf mich an, wenn du fertig bist.*

Taylor klappte ihr Handy auf. Sam nahm beim ersten Klingeln ab.

„Habt ihr ihn?“, fragte sie.

„Ja. War nur ein Kind, aber er hat mich angelogen, was seine Anwesenheit am Haus anging. Ich werde die Spurensicherung herschicken, sie sollen das Grundstück durchkämmen. Irgendetwas stimmt da nicht.“

„Ich bin am fünften Tatort und habe was Interessantes gefunden. Du solltest herkommen.“

„Welcher ist das?“

Sam gab ihr die Adresse und Taylor legte auf. Sie stieg in ihren Wagen und fuhr die paar Straßen zur 5567 Foxhall Close, dem Haus von Opfer Nummer fünf, Brandon Scott.

Langsam wurde das alles ermattend vertraut – das wunderschöne Haus, die unpassende gelbe Polizeiabsperrung, die Menschen, die einem wohl koordinierten Plan folgend in das Haus hinein und wieder aus ihm herausgingen. Es sah aus wie ein Umzug, nur mit Forensikern und Experten für Blutspritzer statt Möbelpackern.

Sie ging hinein. Wieder war es der erste Stock, auf den sich die gesamte Aufmerksamkeit konzentrierte. Sie nahm zwei Stufen auf einmal und trat in den Bienenstock.

Sam stand an einer Wand und machte sich Notizen. Die Leiche war von der Tür aus sichtbar und Taylor hielt kurz die Luft an, bevor sie näher trat.

Der Junge lag wie die anderen auf dem Rücken, die Arme dieses Mal eng an den Seiten, aber die Schnitte in seiner Brust waren wesentlich tiefer als bei den anderen. Sie zeugten von purer Raserei und gingen so tief, dass teilweise Knochen zu sehen waren. Die Laken waren blutbefleckt, der Duft von Jasmin vermischte sich mit den Ausdünstungen der Organe zu einem Übelkeit erregenden Pesthauch.

Die Leiche war noch teilweise bekleidet mit einer grauen Jogginghose, deren Kordel an der Taille geöffnet war – die Hose hing seitlich herunter und legte seine linke Pobacke frei. Das Bündchen der Hose war schwarz vor Blut.

Taylor schluckte. „Er ist gehäutet worden", sagte sie. „Scheint, als wenn der Mörder Mr Scott hier überhaupt nicht leiden konnte."

Sam stemmte sich von der Wand ab, verstaute ihr Notizbuch in der Tasche und gesellte sich zu Taylor.

„Das ist noch untertrieben. Dreh ihn mal auf die Seite", bat sie den Todesermittler, der sich mit ihnen im Zimmer befand.

Die Haut des Jungen war mit blutigen Striemen übersät, die sich lang und ungleichmäßig über den ganzen Rücken zogen.

„Was hat das verursacht?", fragte Taylor.

„Ehrlich?" Sam schürzte die Lippen und eine Strähne ihres zu langen Ponys blieb an ihrem Lipgloss hängen. „Ich glaube, es war eine Peitsche."

„Er ist ausgepeitscht worden?"

„Ja. Erinnerst du dich an den Keller von Todd Wolff? Die ganzen Sexspielzeuge, die er da hatte?"

Ob sie sich erinnerte? Das war ein Fall, den sie nicht so schnell vergessen würde. Sie nickte.

„Es gibt ein SM-Spielzeug, das sich Neunschwänzige Katze nennt. Es wird meistens aus Leder gefertigt und soll nur Schmerzen verursachen, aber keine Verletzungen. Einige haben jedoch scharfe Metallspitzen an den Peitschenenden. Ich habe so etwas schon mal gesehen, bei einem Fall vor vielen Jahren. Ein Typ in East Nashville, der sich an seinem Freund ausgetobt hat. Es ist irgendwie mit ihm durchgegangen und sein Lover landete schließlich auf meinem Tisch. Er war von Kopf bis Fuß mit solchen Striemen übersät."

„Mein Gott."

Der Todesermittler legte Scott vorsichtig wieder zurück. Taylor ließ den Zorn, die Wut, die schiere Raserei auf sich wirken. Sie konnte den Hass förmlich spüren.

„Er hat einige Abwehrverletzungen, Sam. Sieh dir seine Hände an. Die sind ganz zerkratzt. Das unterscheidet ihn auch von unseren anderen Opfern, oder?"

„Ja. Die anderen Leichen sehen aus, als wenn das Pentakel post mortem zugefügt worden wäre. Außerdem sind sie komplett unbekleidet. Bei zwei von ihnen nehme ich an, dass sie schon nackt waren – das Pärchen. Aber der Rest ist vermutlich nach dem Tod ausgezogen worden, bevor ihnen die Verstümmelungen zugefügt wurden."

„Gab es bei irgendeinem der Opfer Anzeichen sexueller Gewalt?"

Sam schüttelte den Kopf. „Nichts, das mir ins Auge gesprungen wäre. Aber genau kann ich dir das erst sagen, wenn ich Abstriche gemacht habe.“

„Es ist nicht ganz einfach, einer Leiche die Kleider auszuziehen. Wenn es sich nicht um sexuelle Übergriffe gehandelt hat, warum hat der Mörder dann deiner Meinung nach die Kleidung entfernt? Vielleicht waren sie alle schon vorher nackt.“

„Da liegt ein Fehler in deiner Denkweise. Denk mal darüber nach, Taylor. Wie viele Kids kennst du, die nackt in ihrem Zimmer herumsitzen? Abgesehen von dem Pärchen, das offensichtlich unterbrochen wurde. Außerdem, wenn du unter Zeitdruck stehst und deine Opfer zwingen musst, etwas einzunehmen, würdest du sie dann erst die Kleidung ausziehen lassen?“

„Wenn ich sie erniedrigen wollte, ja. Ich denke einfach nur, wir können es zu diesem Zeitpunkt noch nicht ausschließen.“

„Aber hatte er denn die Zeit, sie zu demütigen? Diese Morde fanden innerhalb eines sehr begrenzten Zeitfensters statt. Ich wette, der Mörder hat ihnen die Kleidung nach dem Tod ausgezogen. Außer bei dem hier.“ Sie zeigte auf das Opfer. „Diese Wunden sind ihm zugefügt worden, als er noch lebte und angezogen war. Und er hat sich entschieden gewehrt. Siehst du die Prellung auf seiner rechten Schulter?“

Taylor sah genauer hin. Eine leichte Verfärbung an der Stelle, wo das Schlüsselbein in die Schulter überging, ein längliches Oval.

„Ein Knie?“

„Würde ich sagen. Er ist niedergedrückt worden.“

„Müsste man sehr groß sein, um so eine Stelle zu hinterlassen? Er macht auf mich einen Eindruck, als wäre er in ziemlich guter körperlicher Verfassung.“

„Nicht unbedingt. Es hat einen heftigen Kampf gegeben, aber unter den richtigen Umständen kann jeder überwältigt werden. Es gibt außerdem Flecken an seinem Hals – vielleicht eine versuchte Strangulation.“

„Hoffentlich hat der Mörder irgendetwas von sich hinterlassen. Der neue Todesermittler, Barclay Iles, hat auf der Leiche von Xander Norwood ein paar schwarze Haare gefunden. Vielleicht gibt es hier noch mehr davon.“

„Ja, vielleicht. Du weißt, dass ich immer sehr sorgfältig arbeite.“

„Danke, Sam, das weiß ich. Was ich gerne wissen würde ist, warum der hier nicht unter Drogen gesetzt wurde wie alle anderen. Vor allem, wenn er überwältigt werden musste."

„Das werde ich dir erst nach der Obduktion sagen können. Er ist ein kräftiger Bursche, größer als die anderen. Vielleicht zeigt uns die toxikologische Untersuchung irgendwelche interessanten Ergebnisse. Ich weiß es einfach noch nicht. Wo wir gerade davon sprechen, ich muss in die Gass Street zurück und das Eintreffen der Leichen überwachen." Sam zog sich in ihre Rolle als Rechtsmedizinerin zurück und setzte wieder die kühle, professionelle Fassade auf.

Taylor ließ es zu. Sie musste sich ebenfalls ein wenig von all dem distanzieren.

7. KAPITEL

Taylor fuhr schweigend zum Kommandoposten auf der Estes Road zurück. Sie wählte Baldwins Handynummer, er ging nach dem ersten Klingeln ran.

„Ich bin gerade gelandet. Was ist inzwischen bei euch passiert?"

„Wir haben ein Mädchen gefunden, das noch lebte. Brittany Carson. Sie war aber schon in einem sehr schlechten Zustand. Es würde mich überraschen, wenn sie es schafft. Dann haben wir uns ein Wettrennen mit einem Jungen geliefert, der an ihrem Haus herumgelungert hat. Simari musste Max auf ihn hetzen. Irgendetwas Neues von Garrett?"

„Nein. Nur dieser Notfall morgen früh."

„Okay, bring es hinter dich und komm zurück. Ich glaube, wir brauchen dein Expertenwissen. Wir haben die ersten Brüche im ursprünglichen Verhaltensmuster. Ein Tatort unterschied sich grundlegend von allen anderen – das Opfer ist ausgepeitscht worden, vermutlich mit einer Neunschwänzigen Katze. Ich dachte ja, wie wären hiermit durch, aber ich fürchte, es gibt noch mehr. Ich muss denjenigen, der dafür verantwortlich ist, unbedingt in die Finger kriegen."

„Was meint Sam?"

„Sie glaubt, die Kids haben irgendeine Art von Betäubungsmittel eingenommen, obwohl der Letzte, den ich mir angeschaut habe, Brandon Scott, keinerlei Anzeichen von Zyanose hat. Bei ihm sieht es eher so aus, als wäre er erwürgt worden oder verblutet. Wir werden uns jetzt gleich noch einmal alle Tatorte nacheinander ansehen."

Es piepte in der Leitung, ein weiterer Anruf. Sie schaute aufs Display und sah, dass er von Lincoln kam. „Hey, ich muss aufhören. Ruf mich morgen früh an, okay? Ich liebe dich."

„Ich liebe dich auch. Viel Glück."

Sie nahm den zweiten Anruf an. „Hey, Linc, was ist los?"

„Wir haben die ganze Nachbarschaft abgeriegelt und es nun mit ein paar sehr aufgebrachten Eltern zu tun. Sie sind dabei, die Mistforken und Fackeln herauszuholen."

„Das ist verständlich. Aber für den Moment müssen wir die Tatorte noch so lassen, wie sie sind. Sag ihnen, dass wir dabei sind, die Leichen freizugeben, damit sie so schnell wie möglich in ihre Häuser zurückkehren können."

Sie hoffte, dass das stimmte.

Quantico

Garrett hatte ihm einen Wagen geschickt. Baldwin kletterte auf den Rücksitz und nannte dem Fahrer die Adresse. Er hatte ein kleines Apartment in der Nähe des FBI-Geländes, in dem er wohnte, wenn er dort war.

Er war müde, aber Schlaf zu finden war beinahe unmöglich. Er musste am Morgen wach und bei scharfem Verstand sein. Also würde er den Schlaf auf künstliche Art herbeiführen. Er schaute auf seine Uhr, rechnete nach, entschied sich gegen eine halbe Bikalm und für eine Benadryl. Die würde ihn für mindestens sechs Stunden außer Gefecht setzen. Das musste reichen. Er schluckte die Tablette trocken herunter und starrte in die dunkle Nacht hinaus.

Vor der Dämmerung ist es immer am finstersten. Er konnte nur hoffen, dass das Licht des Tages gute Nachrichten mit sich bringen würde.

8. KAPITEL

Nashville
21:00 Uhr

Der Regen ließ langsam nach und es folgte eine bittere Kälte. Taylor bahnte sich einen Weg zwischen den blau-weißen Streifenwagen und Vans der Rechtsmedizin die Estes Road hinunter. Ein Streifenbeamter winkte sie durch und sie parkte ihren Wagen vor der Einfahrt der Kings.

Dan Franklin, der Sprecher des Police Departments, erwartete sie bereits. Er hatte hellbraunes Haar und blaue Augen, ein relativ nichtssagendes, beinahe unscheinbares Gesicht, war aber fast eins neunzig groß und mindestens zweihundertdreißig Pfund schwer. Er verbrachte viel Zeit im Fitnessstudio und das zahlte sich aus. Körperlich war er einschüchternd, emotional war er der Fels, der das Department zusammenhielt. Er war die erste Verteidigungslinie gegen die Presse. Was eine sehr prekäre Position war – Metro brauchte die Medien und die Medien brauchten Metro, aber manchmal spielten sie nicht fair. Franklin stellte sicher, dass beide Seiten zu ihrem Recht kamen.

Er öffnete die Tür und Taylor stieg aus. „Was ist los?"

„Ich muss mit dir reden."

Taylor blieb stehen. „Schieß los."

„Ich glaube, es wäre gut, wenn du die Pressekonferenz geben würdest." Er unterstrich seine Worte dadurch, dass er mit der Hand auf die Motorhaube ihres Wagens klopfte, und diese Betonung wirkte irgendwie gekünstelt. Taylor war sofort misstrauisch.

„Ach, komm schon. Die Pressekonferenz ist dein Job."

„Ich weiß, und ich werde auch bei dir sein." Er hörte mit dem Klopfen auf und lehnte sich gegen das Auto. Dann verschränkte er die massigen Arme vor der Brust und sagte: „Wir sind schon seit langer Zeit befreundet, oder?"

„Beinahe zehn Jahre."

„Und du vertraust mir?"

„Ja."

„Dann gib die Pressekonferenz. Ich verspreche dir, es ist das Richtige."

„Aber, …"

Er unterbrach sie. „Taylor, die Stadt Nashville will sehen, dass du wieder die Führung übernommen hast. Du warst ein paar Monate lang Futter für die Medien, und in dem Moment, wo du wieder deinen alten Verantwortungsbereich übertragen bekommst, passiert in deiner Schicht eine Reihe von Morden. Sie wissen, dass Fitz vermisst wird, wissen von dem Lehrling des Schneewittchenmörders. Du musst ihr Vertrauen zurückgewinnen. Du musst sie wissen lassen, dass du die Kontrolle hast, dass die alte Taylor Jackson wieder im Geschäft ist. Deine Aufklärungsrate liegt immer noch weit über der jedes anderen Cops in der Stadt – was sage ich, im ganzen Land. Dies ist die perfekte Gelegenheit für dich, die Leute wieder auf deine Seite zu ziehen." Er atmete tief durch und fügte dann schnell hinzu: „Und wir können eine Kamera hinter dir aufstellen, die Menge filmen und gucken, ob uns was auffällt."

„Ah, das ist also der Plan. Bestechung durch die Gegenschüsse. Du appellierst an mein Bedürfnis, den Irren zu finden, der das hier getan hat." Sie lächelte bei ihren Worten, und Dan erwiderte das Lächeln.

„Ich glaube wirklich, dass es gut für dich ist. Es setzt dem Klatsch ein Ende."

Taylor atmete laut aus und dachte ein paar Minuten darüber nach. Dan hatte recht, sie musste das Vertrauen der Bewohner von Nashville zurückgewinnen. Marken und Ehrungen waren schön und gut, aber auf lange Sicht zählte nur der Erfolg, die Lösung eines Falles. Die Bewohner der Stadt waren zwar schnell bereit, zu vergeben, aber die Eskapaden des letzten Jahres hatten Taylors makellosen Ruf befleckt und damit auch den der Metro. Sie mussten erfahren, dass sie zu einhundert Prozent zurück war, zuverlässig und in der Lage, diesen Fall zu lösen. Denn acht tote Teenager an einem Abend würden Nashville schwerer erschüttern als jeder andere Fall, mit dem sie es bisher zu tun gehabt hatte.

Zu schade, dass Baldwin die Stadt hatte verlassen müssen. Sie hatte schon bei anderen Fällen mit seinem Team zusammengearbeitet und wusste, dass der Chief trotz ihrer Differenzen in der Vergangenheit froh war, bei einem Kapitalverbrechen die Unterstützung des FBI zu haben. Er meinte, es erzeuge Vertrauen in der Bevölkerung. Egal was passiert war, wenn die Menschen die drei magischen Buchstaben *F-B-I* hörten, fühlten sie sich sofort sicherer. Nun ja, zumindest die meisten Menschen.

Sie hörte die Stimme ihrer Mutter in ihrem Kopf. *In der Not frisst der Teufel Fliegen.* Wie wahr.

Sie ging in Gedanken noch einmal alles kurz durch. Sie konnten die zusätzlichen Aufnahmen gebrauchen, denn sie hatte das dumpfe Gefühl, dass der Mörder zuschaute, den Aufruhr genoss, den er verursacht hatte.

„Okay. Ich mach's. Wann?"

„Wir gehen in fünfzehn Minuten live auf Sendung."

Sie hielt ihn am Arm zurück. „Hey, Dan? Danke."

Er nickte nur und ging.

Sie eilte ins Haus und fand Lincoln, der sich auf seinem Netbook Notizen machte.

„Hey", sagte sie.

„Selber hey", erwiderte er. „Ich habe gerade mit McKenzie gesprochen. Er hat die Party beendet und das Haus erst einmal abgeriegelt. Er meint, die Eltern stünden mit Schaum vor dem Mund vor der Tür, um ihre Kinder mit nach Hause zu nehmen. Wenn du hier fertig bist, sollst du bitte zu ihm rüberkommen und mit den Kids reden."

„Hast du dich um die Videobänder gekümmert?"

„Ja. Ich fahre gleich ins CJC zurück, lade alles hoch, was wir haben, und fange an, mich auf die Suche nach etwas Verdächtigem zu machen."

„Gut. Dan will, dass ich die Pressekonferenz gebe, also warte so lange und nimm die Aufnahmen auch gleich mit. Habt ihr diesen hübschen kleinen Plan zusammen ausgeheckt?"

„Nein. Es war seine Idee. Aber er hat gefragt, ob du ihn auf der Stelle erschießen würdest, wenn er ihn dir vorschlägt. Ich hab ihm gesagt, dass du so schießfreudig nun auch wieder nicht bist."

Sie schaute ihn aus zusammengekniffenen Augen an und er schenkte ihr ein kleines Lächeln.

„Ich muss mich vorbereiten. Haben wir schon alle Eltern aller Opfer informiert?"

„Alle außer von einem. Hier sind deine Informationen." Lincoln reichte ihr ein paar Blätter. Es war kaum zu glauben, dass seit ihrem Eintreffen am ersten Tatort erst vier Stunden vergangen waren. Es fühlte sich eher wie vier Tage an.

„Hast du Bilder von den anderen Tatorten?"

Er reichte ihr einige Polaroids und sein Notizbuch, in dem er jeden Tatort akkurat nachgezeichnet hatte.

„Das ist perfekt, danke. Oh, und noch was, das du im Hinterkopf behalten kannst – der Tatort, von dem ich gerade komme, der von Brandon Scott. Du wirst sehen, das Level an Gewalt war dort zehnmal höher als bei allen anderen Opfern. Ich denke, er könnte das eigentliche Opfer gewesen sein und die anderen dienten nur dazu, die Spuren des Mörders zu verwischen. Du musst über diesen Jungen so viel wie möglich herausfinden, und zwar möglichst schnell. Er könnte die beste Verbindung zu unserem Mörder sein, die wir haben."

„Wirklich? Dann ist der Verdächtige vielleicht noch in der Nähe."

„Ja, das Gefühl habe ich auch. Das wirkt alles so verdammt … inszeniert."

„Ja, stimmt. Und koordiniert. Niemand, mit dem wir gesprochen haben, hat etwas Ungewöhnliches gesehen. Keine dunklen Gestalten, die in den Gärten herumschleichen. Nichts. Der Mörder passt in diese Nachbarschaft."

Taylor blätterte durch Lincolns Notizen. Er war so gewissenhaft, dass sie das Gefühl hatte, die letzten vier Stunden noch einmal zu erleben.

„Was unseren Verdächtigen angeht, wage ich die Vermutung, dass wir es mit jemandem zu tun haben, der weiß ist, männlich und zwischen fünfzehn und fünfundzwanzig Jahre alt."

„Fünfzehn … glaubst du wirklich, ein Kind könnte für dieses Maß an Zerstörung verantwortlich sein?"

„Möglich ist alles. Die Viktimologie ist der erste Hinweis – das weißt du. Aber ich würde nicht empfehlen, das laut zu sagen. Ich denke, wir müssen uns unter den Lehrern und Angestellten der Schule umhören, ob es irgendwelche Drohungen gegeben hat."

„Ich werde alle Möglichkeiten in Betracht ziehen."

„Okay." Sie nahm Lincolns Notizen und ging in die Küche der Kings, um ihre Gedanken zu sammeln. In ihrem Kopf tanzten die verschiedenen Möglichkeiten durcheinander.

War Brandon Scott wirklich das eigentliche Opfer und die anderen Morde nur Kollateralschäden? Das war ein grauenhafter Gedanke, den sie dennoch nicht außer Acht lassen durfte. Es war durchaus möglich, dass das hier nicht das Werk eines Erwachsenen war. Sie wusste, sie hatten es mit einem Monster zu tun, aber wenn das Monster sich selber noch als Kind herausstellte, hatten sie ein noch größeres Problem.

9. KAPITEL

Nashville
22:00 Uhr

Taylor stand vor laufenden Kameras, Dan Franklin an ihrer Seite. Sie schaute in die auf sie gerichteten Scheinwerfer und konnte nicht viel erkennen, nur die Umrisse von Körpern, eine Art journalistische Version von *Nacht der lebenden Toten*. Sie hatte gehofft, in die Menge sehen zu können, den Mörder zu erkennen und diese Scharade zu beenden, aber dazu würde es wohl nicht kommen.

Sie hob eine Hand, um die versammelten Journalisten zum Schweigen zu bringen, und fing an.

„Es tut mir leid, dass wir uns unter diesen Umständen wiedersehen. Heute Abend sind wir von einer schrecklichen Tragödie heimgesucht worden, deren ganzes Ausmaß wir erst langsam anfangen zu begreifen. Wir haben sieben unserer Kinder verloren, ein achtes kämpft im Vanderbilt Children's Hospital um sein Leben. Wir haben bei der Metro die besten Männer und Frauen und sie arbeiten rund um die Uhr, um zwei Dinge sicherzustellen: erstens, dass wir den Täter fassen, der diese Verbrechen begangen hat, und zweitens, dass Sie und Ihre Kinder wieder sicher sind.

Ich werde die Namen der Opfer in diesem Augenblick noch nicht veröffentlichen, weil noch nicht alle Angehörigen benachrichtigt wurden. Wir tun alles, was in unserer Macht steht, um die Familien zu informieren. Sobald das geschehen ist, wird Dan Franklin eine entsprechende Liste für Sie bereitstellen. Ich gehe davon aus, dass das im Laufe der Nacht passieren wird. Ich kann jedoch schon bestätigen, dass es sich um drei männliche und fünf weibliche Opfer handelt.

Wir sind zuversichtlich, dass wir den Täter sehr schnell seiner gerechten Strafe zuführen können. Wir bitten noch einmal eindringlich darum, dass jeder, der irgendetwas über die Verbrechen weiß, sich bei uns meldet. Die Hotline für diesen Fall ist die 0800-555-9880, sie ist rund um die Uhr besetzt. Sie können auch anonym bleiben, wenn Sie das möchten. Wir bitten Sie, diese spezielle Hotline zu benutzen, anstatt sich wie üblich bei *Crime Stoppers* zu melden, damit wir alle relevanten Informationen zu diesem Fall an einem Ort sammeln können."

Sie wappnete sich kurz und sagte dann: „Und nun Ihre Fragen, bitte."

Sofort erhob sich ein wildes Stimmengewirr. Sie wählte eine aus, die sie kannte, Cindy Carter von FOX, und konzentrierte sich vollständig drauf. Cindy fragte: „Gibt es schon irgendwelche Spuren?"

Die Menge verstummte.

„Die Frage war, ob wir schon irgendwelche Spuren haben. Seien Sie versichert, wir tun alles nur irgend Mögliche, um den Verdächtigen zu fassen und behandeln diese Taten als ein einziges Verbrechen. Wir glauben, dass eine Person für all die Morde des heutigen Nachmittags verantwortlich ist. Aber, wie Sie sicher wissen, bin ich nicht in der Position, irgendwelche Einzelheiten zu den laufenden Ermittlungen preiszugeben."

Es wurde gestöhnt, dann erfolgte das übliche Umformulieren von Fragen, die Taylor alle zurückweisen musste. So lief das Spiel nun einmal – füttere die Reporter mit ein paar Informationshäppchen an, lass sie ihre Fragen stellen in dem Wissen, dass sie vor laufender Kamera sowieso keine Antwort erhalten. Nachdem die Kameras ausgeschaltet waren, würde man sich an Taylor oder Dan oder einen der anderen Officer heranmachen und versuchen, einen Insidertipp abzugrasen. Die meisten Reporter Nashvilles waren es gewohnt, die Wahrheit erzählt zu bekommen, denn die Polizei vertraute ihnen, dass sie diese Wahrheit nicht direkt veröffentlichen und ihnen damit den Fall ruinieren würden.

„Wenn Sie mich jetzt entschuldigen würden, ich muss zurück an die Arbeit. Ich übergebe jetzt an Dan Franklin, er wird Ihre Fragen so gut wie möglich beantworten. Danke für Ihre Aufmerksamkeit und Ihre Geduld." Sie hielt einen Moment inne und schaute direkt in die Kameras. „Sie haben mein Wort. Wir tun alles in unserer Macht Stehende, um diese abscheulichen Verbrechen aufzuklären."

Sie verließ das provisorische Podium. Dan fing ihren Blick auf und nickte ihr unmerklich zu. Dann nahm er ihren Platz ein, wandte sich der Menge zu und wurde sofort mit Fragen bestürmt. Taylor unterdrückte ein Grinsen und zog sich zurück, bis sie außer Sichtweite der Kameras war. Lincoln trat an ihre Seite.

„Ich habe die Menge beobachtet. Ich kann nicht sagen, wer hier wohnt und wer nicht. Es kommt mir vor, als wäre halb Nashville hier, um zuzusehen. Wir haben eine verdammt lange Nacht vor uns."

„Wem sagst du das. Okay, ich fahre zur Party. Du fängst mit den Videobändern an. Lincoln? Finde etwas. Irgendetwas."

„Mach ich."

„Okay. Ich bin dann weg."

Taylor klappte ihr Handy auf und rief Marcus an. Er antwortete mit einem mürrischen „Hey".

„Selber hey. Was Neues vom Opfer?"

„Sie liegt im Koma. Sie haben sie mit Naloxon vollgepumpt. Man vermutet, sie hatte eine Überdosis. Aber sie wissen nicht, ob sie es schaffen wird – du weißt, wie schnell Naloxon wirkt. Sie ist jedoch nicht zu sich gekommen, sondern ins Koma gefallen."

„Eine Überdosis ergibt Sinn. Das hat Sam auch vermutet. Die ganze Aufmachung schreit nach Drogen – ich habe die Todesermittler und die Kriminaltechniker angehalten, die Augen nach der möglichen Ursache offen zu halten. Ich brauche dich jetzt als Verstärkung an folgender Adresse, 8900 Sneed Terrace. Dort wohnt Theo Howell, der beste Freund von Opfer Nummer drei, Xander Norwood. Er hat heute eine Halloweenparty gegeben. Ich habe McKenzie vor einer Weile dorthin geschickt, um erst einmal alle Kids festzuhalten, und offensichtlich sind inzwischen auch einige Eltern aufgetaucht. Ich brauche deine Hilfe beim Aufnehmen der Aussagen. Ich bin sicher, dass die Neuigkeiten inzwischen die Runde gemacht und ein paar Kinder die Party schon vorher verlassen haben, aber McKenzie hat mindestens dreißig Leute bei sich warten.

Die Opfer wurden alle als perfekte Kinder beschrieben und ich will herausfinden, wie sie wirklich waren. Sam ist in der Gass Street und Lincoln kümmert sich um die Videoaufnahmen. Damit bleibst nur du. Kannst du kommen?" Sie wollte ihn von Brittany Carson loseisen, von den Schuldgefühlen, wollte ihn mit etwas anderem beschäftigen. Dreißig Teenager zu interviewen sollte dabei helfen.

„Ja, bin gleich da. Gib mir fünfzehn Minuten. Soll ich ein paar Milchkaffees mitbringen? Ich befinde mich direkt gegenüber von einem Starbucks."

Ihr Magen knurrte in einem pawlowschen Reflex. „Das wäre himmlisch. Wir sehen uns dort."

„Alles klar, Taylor."

„Danke, Marcus. Halt durch, okay? Ich weiß, du hattest einen beschissenen Nachmittag."

„Ich komm schon klar."

„Guter Mann. Bis gleich."

10. KAPITEL

Nashville
23:45 Uhr

Raven lag auf seinem schmalen Bett und sah zu, wie Fane ihr Make-up auflegte. Gleich nach dem Gefühl, sich in ihr zu versenken, von ihrer Wärme umfangen zu werden, war das vermutlich das sinnlichste Erlebnis, das sie miteinander teilten.

Sie war ein Profi mit ruhiger, sicherer Hand. Erst die Grundierung, zwei Töne heller als ihr Teint, was ihrer Haut einen perligen Schimmer verlieh. Dann Puder, ebenfalls zwei Töne heller, um das Make-up zu fixieren. Mit einem Schwamm verwischte sie die Farbe am Hals, damit keine harte Linie zu sehen war. Sie tupfte sich nur einen Hauch Rouge auf die Wange, von den Wangenknochen in einer geraden Linie bis zum Haaransatz, und fing dann mit den Augen an.

Einmal hatte Raven sie während dieser Prozedur gefilmt. Er hatte das Video mit Musik hinterlegt, einem treibenden Stück von den Crüxshadows, das – passenderweise – „Immortal“, also unsterblich hieß. Schon beim allerersten Mal hören hatte er gewusst, dass dieser Song ihr Lied war. „Mit unsterblichen Herzen stehen wir vor unserem Leben.“ Es passte perfekt zu dem Film – schnell, heiß und allein ihres.

Er hatte das Video in fünffacher Geschwindigkeit abspielen lassen und als Anleitung für Goth-Make-up auf YouTube gepostet. Bisher hatte es über fünfhunderttausend Klicks generiert. Es gab ihm einen unglaublichen Rausch, an all die Frischlinge da draußen zu denken, die seine Frau als Vorbild nahmen.

Und jetzt hatten sie noch mehr, wofür sie ihn bewundern konnten.

Raven setzte sich hin und stützte das Kinn in die Hand. Er sah zu, wie Fane die geheimnisvolle schwarze Wolke zauberte, die ihre grünen Augen wie fünfzehnkarätige Smaragde glitzern ließ. Die langen Striche flüssigen Eyeliners, der tiefschwarze Lidschatten von M-A-C, noch mehr Eyeliner, fünf Schichten Mascara, dann die kunstvollen Wirbel, die an ihren äußeren Augenwinkeln hingen, als wäre sie eine Beduinenprinzessin, die sich auf ihre Hochzeitsnacht vorbereitete. Eine dunkle Prinzessin. Die Herrscherin seines Herzens.

Sie war mit den Augen fertig, schraubte den Eyeliner zu und umrahmte dann ihre Lippen mit einem burgunderfarbenen Lipliner. Sie wühlte in ihrer Make-up-Schublade und zog einen tief, tief kirschschwarzen Lippenstift heraus. Er wusste die Symbolik zu schätzen. Manchmal hatte Fane Schwierigkeiten, mit anderen zu sprechen, und schwarzer Lippenstift erinnerte sie daran, dass sie diejenige mit der Macht war. Er wusste, dass sie den Lippenstift mit Kraft aufgeladen hatte – sie hatten den Zauber gemeinsam gesprochen.

Sie beugte sich vor und zerzauste ihr Haar, sodass es ihr vom Kopf abstand und in herrlichen Wellen bis zu ihrem Hintern fiel. Eine ordentliche Dosis Haarspray beendete die Verwandlung.

Als sie sich umdrehte und ihn anlächelte, konnte er kaum an sich halten. Seine Liebste. Seine perfekte, perfekte Liebste.

„Du bist dran", sagte sie und schlüpfte in ihr Korsett, das ihre Taille so weit einschnürte, dass er sie beinahe mit zwei Händen umfassen konnte.

Raven versuchte, sich von der makellosen Gestalt dieser Frau zu lösen und trug nun ebenfalls sein Make-up auf, ließ sich hinter der Grundierung verschwinden. Nie fühlte er sich stärker als in vollem Goth-Aufzug. In der Schule musste er es ein wenig herunterfahren – es gab strenge Regeln, was Jungen mit Make-up anging. Kapitalistische Hurensöhne. Sie hatten ja keine Ahnung, wie stark er war.

Aber heute Nacht würden sie zum Feiern in einen Club gehen. Sie würden sich an der Energie der Menge laben, würden einfach sie selber sein. Es gab nichts Besseres, als nachts durch die Clubs zu ziehen. Das Subversion nahm heute zu Ehren von Samhain nur fünf Dollar Eintritt und hatte The Baron eingeladen, einen Gast-DJ aus Los Angeles. Raven hatte nur Gutes über seine Playlist gehört – er schien immer die neuesten Bands zu haben. Das lag vermutlich an der Nähe zu Hollywood. Die Gothic-Szene von Nashville rockte zwar, aber trotzdem blieb es Nashville. Industrielles Brachland. Er war in ein paar Clubs in Washington, D. C., gewesen, die nicht von dieser Welt waren. Aber in der Not frisst der Teufel Fliegen – die traditionelle Gothic-Szene war alles, was Nashville heute Abend zu bieten hatte. Eines baldigen Tages würden er und Fane nach Los Angeles fahren, auf der Goth-Welle reiten, den Gipfel erklimmen und ihre Macht alles überstrahlen lassen. Ihre Kunst würde von Millionen betrachtet und sie würden sich nie wieder trennen müssen. Dieser Tag rückte näher. Er hatte bereits die Tickets gekauft – Montag wären sie weg. Bis dahin hatten sie nur noch ein paar Dinge zu erledigen.

In der Zwischenzeit mussten sie sich mit dem begnügen, was ihnen zur Verfügung stand. Zuerst das Subversion, dann zum Abschluss der Nacht ins Salvation, wo sie sich mit Thorn und Ember treffen würden. Ember würde sich heute Nacht rausschleichen müssen, vor allem nachdem …

„Raven, Liebster, du musst dich beeilen. Ich will endlich los."

Fane hatte die Hände in die Hüften gestemmt und stampfte trotzig mit dem Fuß auf. Ihre schweren Stiefel mit der Plateausohle hatten Schnallen bis zum Knie und machten sie eins neunzig groß. Sie sah spektakulär ätherisch aus. Er lächelte sie über den Spiegel an und leckte sich verführerisch mit der Zunge über seine spitzen Fangzähne. Sie hatten ihn eine ganze Stange Geld gekostet, aber das war es so was von wert gewesen. Fane liebte ihre genauso – sie machten es so viel leichter, einander zu beißen. Er zog echte Zähne seinem Athame jederzeit vor. Es war so viel realistischer.

Ein letzter schwarzer Strich unter den Augen, dann schaltete er das Licht am Schminkspiegel ab. Er nahm Fane bei der Hand und tanzte im Kreis durch die Mitte seines Zimmers.

„Komm, lass uns gehen."

Eine Straße weiter kreisten blaue Lichter, doch auf ihrer war es ruhig. Raven wurde von einer ungekannten Aufregung erfasst und drückte Fanes Hand. Der Aufruhr fand seinetwegen statt. *Seinetwegen.*

Sie quetschten sich in seinen alten Elantra, auch liebevoll die Ratte genannt, und ließen den Tumult hinter sich.

Die Ratte war heute guter Dinge, also ließ er ihr die Zügel schießen. Außerdem waren sowieso alle Cops nach Green Hills beordert worden. Sie nahmen die Abkürzung durch den Westteil der Stadt zur Twenty-first Avenue und dann weiter auf den Broadway. Auf den Straßen wimmelte es nur so von Leuten und fast alle waren verkleidet. Es war die eine Nacht im Jahr, in der er und Fane sich ohne aufzufallen unter die Menschen mischen konnten.

Er fand das langweilig. Er wollte nicht dazugehören. Er wollte auffallen, anders sein. Anders war faszinierend, aufregend. Diese Poser, die glaubten, so Avantgarde zu sein, die ihre Individualität in Halloweenkostüme hüllten, waren nichts im Vergleich zu Raven. Sein Talent zur Einzigartigkeit war Legende unter seinen Brüdern.

Er bog links auf die Second Avenue ab und fuhr seine Ratte dann in das Parkhaus über der SATCO; der San Antonio Taco Company. Das Parkhaus war heute Nacht voll – sie mussten bis zum sechsten Parkdeck hinauffahren, um einen Platz zu finden. Sie stiegen aus und gingen zum Fahrstuhl. Mit jedem Stockwerk, an dem sie anhalten mussten, um Leute einsteigen zu lassen, wurde Fane genervter. Sie mochte es nicht, von allen angestarrt zu werden. Schließlich reichte es Raven und er zeigte einem als Pirat verkleideten Idioten seine Zähne. Der zeigte ihm nur den Mittelfinger und drehte sich um.

Sie liefen einfach quer über die Straße, ohne sich die Mühe zu machen, die Ampel an der Kreuzung zu nutzen, und wären beinahe mit einem Auto zusammengestoßen. Als sie den schockierten Gesichtsausdruck des Mannes sahen, brachen sie in lautes Lachen aus. Ihre Umhänge wehten hinter ihnen her. Sie gaben Tony, dem riesigen Türsteher des Subversion, das Eintrittsgeld, stiegen die düstere Treppe hinauf und spürten bereits das tiefe Dröhnen des Basses durch die Wände.

Als sie den von Stroboskoplichtern erhellten Raum betraten, wurde gerade Zombie Girls „Creepy Crawler“ gespielt und die Energie hätte sie beinahe umgehauen. Raven packte Fanes Hand und zog sie daran durch die Menschenmenge in die Mitte der Tanzfläche. Aus seiner Hosentasche holte er zwei kleine blaue Pillen, die er sorgfältig eingetaucht und von den restlichen getrennt aufbewahrt hatte. Eine gab er Fane, die andere ließ er unter seine Zunge gleiten. Das Ecstasy fing sofort an zu wirken und sandte goldene Wärme durch seinen Körper.

Dann ging der Trip richtig los. Sie küssten einander, spürten die Energie zwischen sich und durch ihre Adern fließen. Sie wiegten sich und sprangen, warfen ihre Arme in die Luft. Raven spürte, wie sich ein Schrei in seiner Brust aufbaute, und ließ sich von ihm mitreißen, ritt auf der Energie, die immer stärker wurde, bis sie sich in einem intensiven Schrei löste und er feststellte, dass er eine Erektion hatte und kurz davor stand, zu kommen.

Und genau darum ging es. Das war sein Platz, sein Leben, seine Welt.

Er hielt inne, stand ganz still auf der Tanzfläche, den Kopf zurückgeworfen, der Musik völlig ergeben, die sich in seiner Seele aufbaute. Am Höhepunkt des Liedes erreichte er seinen Orgasmus und stieß ein lautes Heulen aus. Jetzt war er ein Gott.

Sie beobachtete ihn aus einer Ecke des dunklen Raumes. Wie ein Lauffeuer hatte sich in ihrer Gemeinde die Neuigkeit über die Morde verbreitet, und sie wusste tief in ihrer Seele, dass, wer immer es gewesen war, sich in diesem Moment genau hier in diesem Raum aufhielt. Ein paar Minuten zuvor hatte sie gespürt, wie sich die Luft veränderte, die Energie sich verschob. Ein sehr mächtiger Zauber war gewirkt worden, und sie fing an, ihre Energie zu verlieren. Ganz in der Nähe stillte jemand seinen Hunger. Verdammte Vampire. Sie riss sich zusammen und schützte sich noch tief gehender, spürte, wie ihre Stärke zurückkehrte. Sie behielt ihren Blick wachsam auf die Menge gerichtet.

Er war hier. Sie fühlte ihn.

Was er getan hatte, war falsch. Verstieß gegen alle ihre Gesetze. Dafür würde er bestraft werden müssen.

Sie seufzte. Heute sollte ein Abend der Reflexion und inneren Einkehr sein, eine Nacht, um Kontakt mit den Verstorbenen aufzunehmen und ihnen zu versichern, dass die Erinnerungen an sie und ihr Leben immer noch wertvoll waren. Eine Nacht, um mit großer Erwartung auf den Tod des Gottes und die Wiedergeburt der Göttin zu schauen. Sie hatte ihre Zaubersprüche früher am Abend, beim Sonnenuntergang, aufgesagt. Hatte eine weiße und eine schwarze Kerze auf ihren Altar gestellt, ihr Athame, ihren Zauberstab, einen kleinen Totenschädel, echt und sehr, sehr mächtig, den sie vor ein paar Jahren auf einem heidnischen Festival im Montgomery Bell State Park erstanden hatte, dazu schwarze, rote und weiße Bänder.

Während des letzten Neumonds hatte sie ein paar Zweige von dem Rosmarin auf ihrem Fensterbrett abgeknipst und trocknen lassen, damit er seine volle Wirkung entfaltete. Daraus hatte sie ein Sträußchen gebunden, die Bänder geflochten und drei Mal um den Rosmarin geschlungen und dabei aufgesagt: „Rosmarin dient der Erinnerung, und heute Abend erinnere ich mich an die, die von uns gegangen sind. An die, die den Schleier durchschritten haben, werde ich mich erinnern." Sie hatte über denen meditiert, die sie verloren hatte, hatte mit ihren Geistern Kontakt aufgenommen. Nach der Zeremonie war sie von einem tiefen Frieden erfüllt gewesen. Der Rosmarinstrauß würde bis zum Julfest auf dem Altar liegen bleiben. Sie empfand immer eine tiefe Verbundenheit mit Samhain – die Feier des Kreislaufs von Tod und Leben hatte sie überhaupt erst zum Wicca geführt.

Obwohl ihr Handy ausgeschaltet war, hatte sie noch vor Ende ihrer Zeremonie Anrufe erhalten. Als sie schließlich fertig war, hatte sie acht Nachrichten auf der Mailbox. Nachdem sie sie abgehört hatte, wusste sie, dass der Friede des Abends dahin war. Es lag in ihrer Verantwortung, denjenigen zu finden, der ihre Gesetze gebrochen hatte. Sie musste erneut durch den Schleier schauen, also entzündete sie ein Feuer, bereitete ihren Altar vor und führte ein Wahrsageritual durch. Die Flammen sagten ihr, sie müsse sich heute unter die Massen mischen. Also hatte sie sich eilig angezogen und war zu der Versammlung gegangen.

Sie erkannte viele der Gesichter in der Menge, war umgekehrt aber nicht ebenso vielen bekannt. Sie hatte einen starken Schutzzauber mit einem verhüllenden Element gewirkt, sodass sie sich relativ ungesehen unter ihresgleichen bewegen konnte. Sie war nicht unsichtbar oder gar geisterhaft – ganz im Gegenteil. Der Zauber bewirkte nur, dass die Leute wegschauten, denn sie konnte keine Aufmerksamkeit gebrauchen.

Unter den Gästen herrschte die übliche Gesprächigkeit, die heute Abend jedoch wie ein Fieber um sich griff. Das Gerücht ging um, dass die multiplen Morde eine satanische Komponente gehabt haben sollen. Alle im Raum wussten, dass das ein Witz war – Satan war eine christliche Gottheit und niemand von ihnen war praktizierender Christ. Wicca, Heiden, Goths, Vampire – sie alle existierten in diesem Club harmonisch miteinander. Satan war etwas für die, die nichts verstanden.

Aber wenn Verbrechen wie diese geschahen, fiel es auf sie alle zurück. Der kleine Rückhalt, den sie in der Gesellschaft genossen, wurde sofort zerstört und sie mussten sich wieder verstecken.

Sie zog sich tiefer in die Ecke zurück, die den besten Blick gewährte, und beobachtete. Heute Abend waren viele Poser im Club, Zivilisten, die einen Abend lang auf der dunklen Seite spazieren wollten. Sie waren einfach zu erkennen, an ihrem unprofessionell aufgetragenen Make-up und den lächerlich neugierigen Blicken, die sie durch den Raum schweifen ließen. Sie kamen rein, tanzten ein Lied oder zwei, schubsten einander peinlich berührt herum und gingen wieder. Die wahren Getreuen taten dann einen tiefen Seufzer und konnten endlich wieder sie selbst sein.

Da.

In der Mitte der Tanzfläche wiegte sich ein Paar im Rhythmus der

Musik, jung, aber mächtig. In dem Augenblick, in dem sie sie sah, zog sich ihr Herz zusammen. Hellsehen war eine elegante Kunst, die am besten von denen mit einem wahren Verständnis für die Begehung des Pfades, wie die Wicca ihre Reisen durch die Astralwelt nannten, ausgeübt wird. Sie hatte dieses Verständnis, konnte in ihren Geist schauen. Sie spürte das Böse darin lauern und wusste es.

Sie erhob sich, bereit, sich den beiden zu nähern, hielt jedoch noch einmal inne, als ein kleines Mädchen sich durch die Menge bewegte, direkt auf den Jungen zuging und ihn an der Schulter zog, bis er sich zu ihr umdrehte. Dann gab sie ihm eine Ohrfeige. Sein Kopf flog zur Seite und in seinen kohlschwarz umrahmten Augen bildeten sich Tränen. Sie fingen an, miteinander zu streiten, also wartete sie erst einmal ab, was geschehen würde. Der Junge wirkte kurz überrascht und zuckte dann mit den Schultern. Das Mädchen ging davon, Tränen liefen ihr übers Gesicht. Seine Begleiterin legte dem Jungen eine Hand auf die Schulter. Sie unterhielten sich kurz, dann folgten sie dem Mädchen. Als sie gingen, hellte die Atmosphäre im Club schlagartig auf. Die Musik wurde lauter und der ganze Raum fühlte sich fröhlicher an.

Was für Frischlinge waren diese drei? Dominante, so viel war sicher. Sie besaßen eine Dunkelheit und Autorität, die in so jungen Jahren selten war.

Sie folgte ihnen mit wehendem Umhang und fühlte, wie sich die Energie in ihr wieder aufbaute. Um mit den dreien fertig zu werden, würde sie ihre gesamte Kraft benötigen.

11. KAPITEL

Nashville
23:58 Uhr

Theo Howells Party wollte sich anscheinend niemand entgehen lassen.

Es sah aus, als wenn die ganze Oberstufe der Hillsboro High School sich versammelt hätte. Alle möglichen Autos säumten die Straße – VWs, BMWs, Mercedes, Volvos und Jeeps, die Räder halb im Straßengraben, halb auf dem Schotter. McKenzies Auto stand auf der anderen Straßenseite.

Doch es war weder Musik noch lautes Grölen zu hören, vielmehr lag eine traurige Düsternis über der Szene. Der Regen hatte wieder eingesetzt, dieses Mal kräftiger als zuvor, und die Lichter am Haus der Howells schafften es kaum, die Auffahrt zu beleuchten. Nebenan schlug ein Hund an. Taylor spürte jedes Bellen wie einen Schlag gegen den Hinterkopf.

Es war an der Zeit, das Land der lols, rofls und hdgdls zu betreten. Die rote Eingangstür zierte ein massiver Löwenkopf aus Messing. Taylor packte die heraushängende Zunge und klopfte drei Mal gegen die Platte.

Ein gut aussehender Teenager öffnete die Tür. Seine braunen Haare fielen ihm etwas länger in die Stirn, er trug ein Ralph-Lauren-Oberhemd und Kakihosen. Seine Augen waren geschwollen, Zeichen kürzlich vergossener Tränen. Er schenkte ihr ein trauriges Lächeln und wirkte viel älter als er war.

„Ich bin Theo Howell. Kommen Sie bitte rein.“ Er schüttelte ihre Hand und trat ein Stück beiseite. Nachdem sie den Flur betreten hatte, schloss er die Tür hinter ihr ab.

Stille senkte sich über die versammelten Kids. Taylor sah sich einer Schar verängstigter Teenager gegenüber, die sie alle anstarrten; dazu ein paar Eltern – sie zählte sieben, die im Wohnzimmer Kaffee tranken. Sie standen bei ihrem Eintreten auf, die Mienen ausdruckslos und besorgt.

Sie hörte das Gemurmel. *Was ist passiert? Gibt es noch weitere Opfer?*

McKenzie löste sich aus der Gruppe der Mädchen, die ihn in der Küche umringten und versuchten, einander zu trösten, und kam in den

Eingangsflur, um sie zu begrüßen.

„Oh gut, du bist hier und hast Theo schon kennengelernt, wie ich sehe."

„Ja." Taylor wandte sich an den Jungen. „Danke, dass du für uns alle hierbehalten hast."

„Gern geschehen, Ma'am. Um ehrlich zu sein, uns allen war bewusst, dass wir in der Gruppe sicherer sind. Es wäre schwierig, hier einzudringen und irgendjemanden zu überwältigen. Einige der Eltern haben darauf bestanden, vorbeizukommen, und der Rest ist einfach so reingeschneit. Wir sind Ihnen sehr dankbar dafür, dass Sie uns Detective McKenzie geschickt haben, um ein Auge auf uns zu haben. Haben Sie schon irgendeine Vorstellung, wer das getan hat? Wer unsere Freunde umgebracht hat?"

Die verriegelte Tür. Die mit Furcht aufgeladene Luft. Diese bedauernswerten Jugendlichen hatten den ganzen Abend hier gesessen, während ein paar Straßen weiter ihre Freunde gestorben waren, und hatten sich Sorgen gemacht, auch angegriffen zu werden. Und die Eltern wussten nicht, warum oder wie oder wer das Leben ihrer Kinder bedrohte. Sie konnte ihnen keinen Vorwurf machen. Sie hatte selber schon oft genug gefürchtet, jemandes Zielscheibe zu werden, aber die tiefe Furcht dieser Menschen zu sehen gab ihr eine ganz neue Perspektive auf diese Tragödie.

Sie wandte sich der Gruppe zu und beantwortete die nicht gestellten Fragen. „Wir tun alles, was wir können. Bis jetzt gibt es noch nichts Neues. Wir haben weder einen Verdächtigen noch ein Motiv. Es war eine gute Entscheidung von euch, zusammenzubleiben. Wir werden euch weiter auf dem Laufenden halten."

Das Gemurmel setzte wieder ein, dieses Mal war eine gewisse Erleichterung herauszuhören. Taylor ging wieder in den Flur zurück, außer Sichtweite der Gruppe, und wandte sich an Theo.

„Wir hoffen, dass du uns etwas sagen kannst, was etwas Licht in die Ereignisse bringt. Ich weiß, dass du eng mit Xander Norwood befreundet warst. Ich würde mit dir gerne über ihn und über alle anderen sprechen, die heute getötet worden sind. Können wir das irgendwo in Ruhe tun?"

„Ja, Ma'am. Das Büro meines Vaters ist gleich hier entlang. Der Zutritt ist niemandem gestattet, wenn ich, ich meine, wenn Daisy und ich Besuch haben."

„Wer ist Daisy?“

„Meine Schwester.“ Er zeigte auf ein hübsches blondes Mädchen, das auf einem Barhocker am Küchentresen saß. „Sie ist dort mit einigen ihrer Freundinnen. Sie geht auf die Junior-Highschool. Sie alle kennen Amanda, Chelsea und Rachel.“

Es klopfte hinter ihr und Theo zuckte zusammen. *Armer Junge.*

„Das wird Detective Wade sein. McKenzie, hast du schon von allen die Aussagen aufgenommen?“

„Beinahe. Ein paar fehlen noch.“

„Okay, lass dich nicht aufhalten. Marcus und ich sprechen gemeinsam mit Theo.“

„Verstanden, Boss. Ich lass ihn rein.“

„Detective, Sir, bitte schließen Sie die Tür hinter sich wieder ab“, bat Theo leise. McKenzie nickte. Taylor freute sich, dass McKenzie einen guten Draht zu den Teenagern aufgebaut hatte – das würde helfen. Ihrer Erfahrung nach waren Jugendliche nämlich ein sehr verschwiegener Haufen.

Marcus gesellte sich zu ihr und sie stellte ihm Theo vor. Er schüttelte Marcus die Hand und führte sie dann zu einer Doppeltür. Mit einem Schlüssel, den er aus seiner Hosentasche zog, sperrte er das Schloss auf und ließ den rechten Türflügel aufschwingen. Dann ließ er Taylor vorgehen und griff um den Türrahmen herum, um die Stehlampe anzumachen. Das warme Holz des Raumes glomm im weichen Licht. Bücherregale säumten die Wände, und eine Leiter auf Rollen lehnte an der hinteren Wand. Es roch angenehm nach Papier und Leder ohne den geringsten Hauch von Muffigkeit.

Theo schaltete ein paar weitere Lampen an und blieb dann sehr ruhig und aufrecht neben dem Rosenholzschreibtisch mit der Lederauflage stehen. Er sah, dass Taylor die Bücher musterte, und deutete nonchalant auf die Regale.

„Mein Vater ist ein Sammler. Ihm gehört der *Classics Bookstore* in Franklin. Er arbeitet auch mit normaler Laufkundschaft, aber seine Leidenschaft, seine Berufung sind die ernsthaften Sammler in Übersee. Derzeit ist er auf einer Konferenz in Genf. Meine Mom begleitet ihn. Sie haben ein Auge auf eine Hemingway-Erstausgabe geworfen und bieten heute Abend auf einer Auktion. Dad glaubt, er kann ein Schnäppchen machen. Er hat einen Klienten in Toronto, der alles dafür zahlen würde.“ Er brach ab. „Tut mir leid, das langweilt Sie sicher.

Ich vergesse, dass nicht jeder bibliophil ist. Ich hoffe, das Geschäft eines Tages von ihm übernehmen zu können."

„Das ist überhaupt nicht langweilig, im Gegenteil. Ich liebe Bücher. Und ich würde gerne mehr darüber hören, was dein Vater macht. Ich kenne seinen Laden sogar. Aber das müssen wir auf ein andermal verschieben. Können wir uns setzen?"

In der Mitte des Raumes standen zwei große Ledersessel einem cognacfarbenen Sofa gegenüber. Theo nickte und setzte sich aufs Sofa. Er wirkte nicht wie ein Achtzehnjähriger, dessen bester Freund gerade gestorben war. Seine Anwesenheit war irgendwie tröstlich.

Marcus trat an eines der Regale und ließ seinen Zeigefinger über die Buchrücken gleiten. Taylor machte es sich mit ihrem Notizblock in einem der Sessel bequem.

„Also, Theo. Xander war dein bester Freund. Wie viele der Opfer kennst du persönlich?"

„Nach allem, was ich gehört habe, kenne ich sie alle."

„Von wem hast du gehört?"

„Jerry King, Ashley Norton, Mandy und Xander. Chelsea Mott und Rachel Welch waren auch zusammen, und Brandon. Ich habe außerdem das Gerücht gehört, dass ein weiteres Mädchen ins Krankenhaus gebracht worden ist."

„Die Neuigkeiten sprechen sich schnell herum. Es ist kein Gerücht. Kennst du Brittany Carson?"

„Heißt sie so? Nein. Ich kenne sie nicht. Habe noch nie von ihr gehört."

„Sie geht auf die St. Cecilia's. Ich hatte gehofft, sie hätte irgendwelche Verbindungen zu deinen Freunden auf der Hillsboro."

„Sie wissen doch, wie das ist. Die Kids aus den Häusern rechts und links von uns gehen auf Privatschulen – Montgomery Bell und Ensworth –, aber wir sind nicht miteinander befreundet. Die Mischung macht dieses Viertel aus, nehme ich an."

„Wie hast du dann von den Morden erfahren?"

Er hielt sein Handy hoch. „Alle reden darüber. Ich habe heute Nachmittag beinahe zweihundert SMS bekommen. Das ist weit über meinem Limit – meine Eltern werden mich umbringen." Er zuckte zusammen, sobald er die Worte ausgesprochen hatte.

„Dürfte ich die Nachrichten einmal sehen?", fragte Taylor.

Er zögerte nur den Hauch einer Sekunde. „Auf Sie müssen die wie hohles Geschwätz wirken. Mein Vater hasst es, wenn ich Wörter abkürze. Er kann die Sprache, die wir benutzen, nicht ertragen. Er glaubt, sie wäre ein Zeichen für den Niedergang der modernen Gesellschaft. Aber die Abkürzungen machen es so viel einfacher, schnell was mitzuteilen."

„Ich kann deinen Vater schon verstehen. Mein Computerexperte ist ziemlich gut in allem, was Technik angeht. Er sollte in der Lage sein, das für uns zu übersetzen. Erzähl mir, wie du von Xander erfahren hast."

Theo wand sich auf seinem Sofa. Als sie Lincolns Fachwissen erwähnt hatte, war er ganz blass geworden, und Taylor wusste, dass er etwas verbarg.

„Theo?"

Seine Augen füllten sich mit Tränen. „Ich glaube, ich habe direkt vor seinem Tod noch mit ihm gesprochen."

„Wirklich? Wie kommt das?"

Von einem Moment zum anderen wurde Theo von einem etwas zu sehr von sich eingenommenen jungen Mann zum Kind. Er verzog das Gesicht und versuchte, nicht zu weinen. Sie schenkte ihm ein paar Minuten, um sich wieder zu fassen.

„Ist in Ordnung, Theo. Wir reden nur miteinander. Wenn du mit den Morden nichts zu tun hattest, hast du auch nichts zu befürchten."

„Gott, nein. Natürlich habe ich damit nichts zu tun. Das können Sie doch nicht wirklich glauben."

„Dann entspann dich. Ich will einfach nur wissen, was heute Nachmittag passiert ist."

„Werden Sie meinen Eltern erzählen, was ich Ihnen jetzt sage?"

„Bist du achtzehn?" Er nickte. „Solange du kein Gesetz gebrochen hast, sehe ich dazu keine Notwendigkeit. Sag mir einfach die Wahrheit, okay? Das macht es für uns alle einfacher."

Theo sah einen Moment lang wirklich elendig aus. „Ach verdammt. Okay. Ich sag's Ihnen. Aber Sie müssen schwören, es niemandem zu erzählen. Versprochen?"

„Ich werde mein Bestes geben."

„Okay. Xander … er und Mandy haben sich heute Nachmittag schon mal in Stimmung gebracht. Genau wie Jerry und die Mädchen. Chelsea und Rachel sind nicht gerade für ihre Zurückhaltung bekannt", fügte er hinzu.

„In Stimmung gebracht?“, fragte Marcus.
„Drogen. Sich auf den Abend vorbereiten, auf die Party.“
„Was für Drogen?“
Theo stand auf und trat an den Schreibtisch seines Vaters. Er hob die lederne Schreibunterlage an einer Ecke an und holte darunter einen weiteren Schlüssel hervor. Taylor sah ihm angespannt zu. Sie mochte es nicht, wenn jemand sich in ihrer Gegenwart an verschlossenen Schubladen zu schaffen machte. Aber Marcus stellte sich neben Theo, und sie entspannte sich ein wenig.
Theo zog die oberste Schublade auf und holte einen geschlossenen Plastikbeutel heraus. Er war voll mit hellblauen und gelben Pillen in der Größe von Aspirin. Es mussten hundert sein, vielleicht sogar hundertfünfzig. Behutsam reichte er ihr den Beutel.
„Heilige Muttergottes … was ist das?“ Sie sah die Herzprägung auf einigen der Tabletten. Genau wie bei denen in Amanda Vanderwoods Zimmer. „Ecstasy?“
„Ja.“ Theo setzte sich wieder auf das Sofa und stützte den Kopf in die Hände.
„Dealst du damit? Hast du deshalb so viele?“
„Meine Güte, nein. Ich bin kein Dealer. Die hier gehören uns allen.“
„Was meinst du damit, sie gehören allen?“
Taylor ließ sich in den Sessel gegenüber von Theo sinken. Der Junge schaute auf und schenkte ihr ein halbherziges Lächeln.
„Oh Gott, dafür werde ich gehängt.“
„Fangen Sie endlich an zu reden, Mr Howell.“
Jetzt, wo er sich zur Zusammenarbeit entschieden hatte, flossen die Worte auf einmal leicht über seine Lippen. „Die stammen alle von den Vi-Fris. Den Vicodin-Fridays. Jeden Freitag bekommen die Kids, die feiern gehen wollen, ihre Drogen. Normalerweise im Bus nach Hause oder nach der sechsten Stunde in der Umkleide. Wir wissen nie, was es sein wird. Es ist eine Art Lotterie. Das erste Mal war es Vicodin – daher der Name. Aber es kann alles sein – Pilze, X, Oxy, Valium, Meth, sogar Koks. Was immer er zu verkaufen hat. Sie dürfen das nicht den Eltern erzählen. Sie würden es niemals verstehen.“
Taylor konnte nicht glauben, was sie da hörte. Nicht, dass ein paar Idioten von der Highschool Drogen nahmen – zu ihrer Zeit war damals Koks angesagt gewesen. Dank vermögender Eltern und üppiger Taschengelder war es jederzeit zu kriegen gewesen. Nein, was sie hier-

bei überraschte war, dass diese Jugendlichen alles nahmen, was sie in die Hände bekamen.

„Wer ist der Dealer?“

„Irgendein Versager aus der Unterstufe. Ich weiß nicht, wie er wirklich heißt. Er hat sich irgend so einen dummen Namen gegeben, ich vermute aus einem Comic. Fängt mit einem T an. Thor, glaube ich. Er ist seit diesem Jahr auf der Hillsboro, und in seiner zweiten Woche hatte das Gerücht die Runde gemacht, dass er dealt. Er hat gutes Hasch, schön rein und billig. Alle kaufen bei ihm.“

„Wer könnte seinen echten Namen wissen?“

„Ehrlich. Ich habe keine Ahnung. Vielleicht ein paar der Jüngeren. Aber von denen sind keine hier. Heute Abend sind hier nur Juniors und Seniors. Dieser Junge ist aber ein Freshman und ich versuche, ihm aus dem Weg zu gehen. Ich bin kein großer Freund der Vi-Fris.“

Taylor schüttelte den Plastikbeutel. „Könntest du ihn identifizieren, wenn wir dir Fotos zeigten? Oder ist er vielleicht im Jahrbuch?“

„Noch nicht. Ich bin in dem Team, das fürs Jahrbuch zuständig ist, und wir haben die Klassenfotos noch nicht gemacht. Ich weiß erst, ob seines drin sein wird oder nicht, wenn der Fotograf, der die Bilder macht, uns nächstes Semester die Abzüge schickt. Allerdings taucht die Hälfte der Leute gar nicht zu den Fotosessions auf. Das Jahrbuch ist nicht mehr sonderlich angesagt.“

„Wie sieht der Junge aus?“

„Klein. Blonde Haare. Hängt mit den Goth-Kids ab.“

„Okay, damit ich das richtig verstehe: Hast du diesen Beutel von dem Dealer?“

„Nein. Sehen Sie, ich habe mit Xander gesprochen. Er sagte, er und Mandy wollten vor der Party ein paar Tabletten einwerfen und noch ein wenig rummachen. Danach wollten sie herkommen, damit wir uns alle zusammen fertigmachen könnten. Nachdem ich aufgelegt hatte, hab ich angefangen, das Haus für die Party vorzubereiten. Dann hat meine Schwester Daisy eine SMS von Letha King bekommen, Jerrys Schwester.“

„Wir haben sie heute Nachmittag bei den Kings kennengelernt.“

„Letha sagte, sie wäre nach Hause gekommen und Jerry hätte mit blauen Lippen bewusstlos in seinem Zimmer gelegen. Auf seinem Bauch hätte er irgendeine komische Wunde. Sie wusste nicht, was sie tun sollte. Also sind wir zu ihr gefahren …“

Marcus beugte sich in seinem Sessel vor und unterbrach den Jungen. „Du warst heute Nachmittag im Haus der Kings?“

„Nur ein paar Minuten.“

„Oh Gott“, stöhnte Taylor. „Wer war noch da? Und was habt ihr alles berührt?“

„Nichts. Es waren nur ich, Daisy und Letha, das schwöre ich. Letha ist total ausgeflippt. Ich habe Jerry nur angeschaut, ihn aber nicht berührt. Er hatte dieses verrückte Zeichen auf seinem Bauch und sah total tot aus. Es machte den Eindruck, als hätte er eine Überdosis genommen. Ich habe Letha gesagt, sie solle den Notruf wählen, und wir haben zugesehen, so schnell wie möglich zu verschwinden. Ich habe einen Rundruf gestartet und alle gewarnt, das X nicht zu nehmen.“

„Um welche Uhrzeit war das?“, fragte Taylor.

„Ungefähr gegen drei. Lassen Sie mich nachschauen, wann genau sie die SMS geschickt hat.“ Er drückte ein paar Tasten auf seinem Handy. „Um zehn vor zwei. Ich habe Xander angerufen, aber er ist nicht rangegangen. Letha hat Daisy wissen lassen, dass die Polizei gekommen war, und hier trudelten nach und nach die ersten Partygäste ein. Sie haben ihr Zeug mitgebracht und ich habe es eingesammelt.“

„Du hast sehr verantwortlich gehandelt, Theo.“

„Ja, na ja. Ich weiß nicht, was verdammt – entschuldigen Sie, Ma'am –, was da passiert ist. Dieses Zeichen auf Jerrys Bauch hat mich total fertiggemacht.“

Marcus nahm den Ziploc-Beutel und drehte ihn in seinen Händen hin und her. Die Pillen darin stießen leise gegeneinander. Immer noch mit dem Beutel spielend hob er die Brauen und fragte: „Theo, da steckt noch mehr dahinter, oder? Du kannst es uns sagen. Du hast uns sowieso schon beinahe alles erzählt. Wir verstehen, was du getan hast, und ich muss dir sagen, ich bin wirklich beeindruckt. Du hast heute enormes Verantwortungsgefühl und großen Mut bewiesen. Aber irgendetwas verschweigst du uns noch.“

Er schüttelte unglücklich den Kopf. „Ich weiß nicht, was Sie meinen. Ich habe Ihnen alles gesagt, was ich weiß.“

„Nein, das hast du nicht. Du bist automatisch davon ausgegangen, dass das Ecstasy für den Tod deiner Freunde verantwortlich war. Du hast gesagt, du dachtest, Jerry hätte eine Überdosis genommen. Wie bist du zu dieser Schlussfolgerung gelangt?“

Theo vergrub seinen Fuß in dem dicken Perserteppich. Die klobigen Doc-Martens-Stiefel passten nicht recht zu seinem restlichen Outfit. Taylor und Marcus ließen ihm einen Moment. Sie wussten, hier würden sie noch einige Antworten kriegen können.

Theo räusperte sich, aber trotzdem kamen die Worte nur leise heraus.

„Wir haben vielleicht gehört, dass jemand vorhat, uns fertigzumachen."

„Wen fertigmachen?"

Theo machte eine kreisende Handbewegung. „Uns. Die Sportler. Die coolen Kids. Die Beliebten. Mit welchem lächerlichen Klischee Sie uns auch immer belegen möchten. Wir waren das Ziel, und wer immer es auf uns abgesehen hatte, hat ganze Arbeit geleistet."

„Von wem kam die Drohung?"

„Ich weiß es nicht. Aber schauen Sie sich um. Wer auch immer es war, es ist ihm gelungen, zwei Cheerleader, den Captain des Wrestlingteams und vier Mitglieder des Schülerausschusses zu erwischen. Ich weiß nicht, wer dieses letzte Mädchen ist, aber vermutlich hatte sie irgendwann mal irgendetwas mit uns zu tun. Wenn Daisy und ich die Leute nicht gewarnt hätten, wer weiß, wie viele noch gestorben wären?"

„Bist du sicher, dass es sich nicht um eine von den Opfern geplante Aktion handelt?"

„Sie meinen wie Jonestown? Oder Heaven's Gate? Ich kann mir kaum vorstellen, dass der kollektive Selbstmord Einzug in Hillsboro gehalten hat." Er sah ihren fragenden Blick und ergänzte: „Ich habe letztes Jahr in Geschichte ein Referat über Sekten gehalten. Mein Dad interessiert sich sehr für solche Themen."

„Stimmt, das wäre meine Frage gewesen."

„Ich kann es mir nicht vorstellen. Keinem aus dieser Gruppe ging es um mehr, als ab und zu ein wenig Spaß zu haben, wenn Sie wissen, was ich meine."

„Glaubst du, jemand, mit dem ihr zur Schule geht, wäre fähig, diese Morde zu begehen?", fragte Marcus.

„Ich weiß es nicht. Ich weiß es ehrlich nicht."

„Könnte es der Dealer gewesen sein, von dem du uns erzählt hast?"

Man merkte Theo an, dass er langsam frustriert war. Auf seiner Stirn erschienen kleine Falten. „Ich schwöre Ihnen, ich weiß nicht, wer dahintersteckt. Es war nicht mehr als ein vages Gerücht, das umging. Ich weiß nicht, woher er seine Drogen bezieht, aber er hat immer einen

großen Vorrat. Es könnte auch jeder gewesen sein, der bei ihm kauft."
„Warum aber die Pentakel, die in die Haut der Opfer geritzt wurden? Weißt du darüber irgendetwas?"
Er schaute überrascht auf. „Das war nicht nur bei Jerry?"
Taylor nickte. „Alle Opfer sind perimortem geritzt worden. Das bedeutet, zum Zeitpunkt ihres Todes."
„Ich weiß. Ich gucke *Medical Detectives*", sagte er mit solcher Verachtung, dass Taylor beinahe laut gelacht hätte. Die DNA-Generation. Taylor beobachtete das in letzter Zeit immer öfter. Menschen, die *CSI* und *Law & Order* guckten und glaubten, sie wären Experten für Kapitalverbrechen. Das war verdammt unangenehm – und am schlimmsten traf es die Staatsanwälte. Alle Jurys schienen DNA für die Wunderwaffe zu halten, die einzige Möglichkeit, um einen Freispruch oder eine Verurteilung zu erzielen und trotzdem nachts noch gut schlafen zu können.
„Tut mir leid", sagte Theo. „Ich bin nur ein wenig gestresst. Ich nehme an, Sie werden mich jetzt verhaften?"
„Wegen der Drogen?"
„Ja." Er straffte die Schultern. Dann stand er auf und legte die Hände aneinander, damit sie ihm Handschellen anlegen konnten.
Taylor schaute ihm tief in die Augen und er erwiderte den Blick ruhig und tapfer. Sie sah, dass seine Unterlippe ganz leicht zitterte.
„Im Moment bist du für uns mehr Hilfe als Bedrohung, Theo. Wärest du einverstanden, mit aufs Revier zu kommen und eine formale Aussage zu machen? Dir vielleicht sogar ein paar Fotos anzuschauen, um zu sehen, ob du den Dealer erkennst?"
„Sie werden mich nicht verhaften?"
„Im Moment nicht, nein."
„Gott sei Dank." Er ließ den Kopf zur Seite fallen. „Ja, natürlich. Ich tue alles, was Ihnen hilft."
„Okay. Ich kann dir nicht versprechen, dass im Laufe der Ermittlungen nicht doch Anklage gegen dich erhoben wird, aber ich werde alles tun, was ich kann, um sicherzustellen, dass mildernde Umstände geltend gemacht werden. Was ich von dir am dringendsten brauche, sind Informationen darüber, wer deine Clique bedroht hat. Meinst du, die könntest du mir besorgen?"
Der stolze Kerl in ihm fiel endgültig in sich zusammen und er sah mit einem Mal jung und verletzlich aus. Taylor sah das Kind hinter

dem Mann durchscheinen, der er heute geworden war.

„Ja, Ma'am. Ich werde alles tun, was nötig ist. Danke, Ma'am."

Taylor schickte Theo zu seinen Gästen zurück und schloss die Tür hinter ihm. Sie setzte sich wieder in den Sessel und seufzte tief.

„Glaubst du ihm?", fragte sie Marcus.

„Ich würde gerne ja sagen, aber ich muss mich noch länger mit ihm unterhalten. Er hat Angst, Angst genug, sich einer möglichen Anklage zu stellen, um dem Ganzen auf den Grund zu gehen. Natürlich hat er die Schuld ziemlich offen auf jemand anderen geschoben, jemanden, an den wir nicht herankommen. Wir müssen die Drogen testen lassen – Theo hat heute vielleicht ein paar Leuten das Leben gerettet."

„Oder er ist unser Dealer und versucht, seinen Arsch zu retten. Ein sehr von sich eingenommener junger Mann, unser Mr Howell." Sie nahm Marcus den Beutel aus der Hand. „Ich muss die ins Labor bringen lassen. Tim Davis wird uns ziemlich schnell eine erste Analyse liefern können, ob diese Pillen irgendetwas enthalten, das bei den Kids zu einer Überdosis geführt hat. Aber wer ist dann hingegangen und hat ihnen Pentakel in den Bauch geritzt? Was zum Teufel soll das?"

„Das ist die eine Frage. Aber ich habe noch eine andere: Wie konnte der Mörder wissen, wer von den Teenies die Drogen genommen hatte und wer nicht?"

Taylor erhob sich. „Das habe ich mich auch schon gefragt. Ich bin immer mehr davon überzeugt, dass unser Verdächtiger diese Jugendlichen sehr gut kennt. Komm, bringen wir die Pillen zu Tim und schauen dann, wo wir stehen."

Sie fanden McKenzie und traten mit ihm zusammen vor die Haustür, um ihre Notizen zu vergleichen.

„Haben die Kids dir irgendetwas erzählt, das uns weiterbringt?", wollte Taylor wissen.

McKenzie nickte. „Die Mädchen, Chelsea und Rachel. Offensichtlich waren sie sich in letzter Zeit spinnefeind – alle waren überrascht, dass man sie zusammen gefunden hatte."

„Mädchen." Taylor schüttelte den Kopf. „Sie streiten und sie vertragen sich, streiten und vertragen sich. Deshalb habe ich es immer vorgezogen, mit Jungen befreundet zu sein. Da weiß man wenigstens, woran man ist."

McKenzies Augen funkelten. „Ja, ich weiß, was du meinst. Man hat mir erzählt, sie waren beste Freundinnen, und wenn sie sich nicht gerade gestritten haben, haben sie fast alles gemeinsam gemacht. Bis zum letzten großen Streit waren sie eine verschworene Gruppe – Rachel, Chelsea und Ashley Norton. Alle Teenies da drin kannten Brandon Scott und Jerry King. Xander Norwood schien der Anführer der coolen Kids zu sein, derjenige, mit dem jeder befreundet sein wollte. Man merkt sofort, wer ihm wirklich nahestand und wer es gerne getan hätte, aber alle liebten ihn. Ich bezweifle allerdings, dass es unserem Verdächtigen auch so ging."

„Theo Howell hat etwas von einer Drohung gegen die Gruppe erwähnt. Hat noch jemand anderes davon gesprochen?", fragte Taylor.

„Nur Daisy Howell", erwiderte McKenzie. „Sie ist allerdings zu erschüttert, um eine wirklich zusammenhängende Aussage zu machen. Sie war mit den Mädchen befreundet. Sie hat gesagt, es hätte ein Gerücht die Runde gemacht, dass irgendetwas passieren würde. Niemand hat das wirklich ernst genommen. Wie das an der Highschool eben so ist, jeden Tag ein anderes Drama. Was die Kids nicht direkt betrifft, wird einfach ignoriert."

„Gute Arbeit, Jungs. Wir müssen die Befragung der Familien der Opfer noch zu Ende führen. Vielleicht können wir dann eine ungefähre Zeitachse zusammenstellen, anhand derer sich bestimmen lässt, was passiert ist, nachdem die Kids die Schule heute Mittag verlassen haben. Wir müssen herausfinden, mit wem sie entweder auf dem Heimweg oder zu Hause Kontakt hatten. Die Spurensicherung hat alle Beweise an allen Tatorten gesichert, sodass wir ausreichend zu tun haben. Fangen wir also an."

12. KAPITEL

Raven jagte Ember hinterher. Sie stürmte aus dem Club auf die Second Avenue, schlängelte sich behände durch die Menschenmenge. Fane rannte neben ihm her und fluchte unterdrückt.

„Ember, warte! Warte, verdammt noch mal. Hör doch mal mit dem Drama auf."

Ember schaute über ihre Schulter zurück, pure Wut im Gesicht, die Lippen bewegten sich schnell. Raven spürte, dass der Zauberspruch, den sie sprach, ihn wie eine Ziegelwand traf. Verdammt, das Mädchen war inzwischen richtig gut darin, sich zu schützen. Aber er war noch besser. Er blendete alle Umgebungsgeräusche aus, alle Gedanken, Gefühle und Ängste, und las sie. Sogar im Laufen, so wie jetzt, konnte er in eine Art Schlaf fallen und ihre Gedanken hören. Das ausgiebige Üben zahlte sich aus. Nach so langer Zeit der gemeinsamen Arbeit und Liebe waren sie aufeinander eingestimmt wie ein Sender und sein Empfänger. Inzwischen konnte er sich mit Leichtigkeit in ihre Gedanken einschleusen.

Er spürte sie, als sie sich von der Menge entfernten und in Richtung Fluss liefen. Sie war wütend, das fühlte er. Und sie hatte Angst.

Der Riverfront Park war heute Nacht dunkel, voller Menschen, zwischen denen sich die Obdachlosen tummelten. Eine Reihe berittener Polizisten, die Flanken der Pferde zitternd von zu langer Untätigkeit, standen auf der Brücke zum Stadion der Titans Wache, versuchten, die Menschenmassen irgendwie unter Kontrolle zu halten.

Ember lief auf das im Blockhausstil erbaute Fort zu, das sich über dem Cumberland River erhob – das erste Gebäude von Nashville, das gebaut worden war, als der Ort noch Nashboro hieß und die Cherokee mit den frisch eingetroffenen Siedlern um ihr Land kämpften. Der Originalbau stammte aus dem Jahr 1779; beinahe zweihundert Jahre später war 1962 eine originalgetreue Kopie erstellt worden. Eigentlich sollte das Fort abends verschlossen sein, aber Raven hatte einen Weg hinein gefunden und nahm an, dass Ember jetzt dorthin unterwegs war. Letzten Monat hatten sie hier geübt, weil sie für die Wirksamkeit eines besonderen Zaubers das Licht des Vollmonds über dem Wasser benötigten.

Ember schlüpfte durch die losen Bretter an einer Ecke des Forts. Raven und Fane folgten ihr hinein.

Obwohl von außen erleuchtet, war es im Inneren des Gebäudes dunkel und kühl. Raven spürte, wie Fane neben ihm erschauerte. Er zog sie kurz an sich, um sie zu wärmen. In dem Moment, in der er seinen Gedanken erlaubte, sich Fane zuzuwenden, unterbrach er die Verbindung mit Ember. Er hörte Bewegungen im Dunkeln, dann explodierte die Welt in tausend Farben. Er fiel zu Boden, die Hände schützend vor seinen Schritt gehalten.

Er hörte ein tiefes Stöhnen und erkannte, dass es aus seiner eigenen Kehle stammte. Spürte einen Druck auf seinem Rücken. Fane fauchte wie eine wütende Katze.

„Mein Gott, Ember, musstest du ihm wirklich in die Eier treten? Werde endlich erwachsen. Raven wehzutun ändert an der Situation gar nichts. Du bist die letzten Wochen sowieso mehr Gothic als sonst gewesen. Was hast du für ein verficktes Problem?"

Sie kniete sich neben Raven und zog seinen Kopf auf ihren Schoß. Ember tauchte am Rande seines Blickfelds auf, aber er konnte sie nicht scharf stellen. Sie hatte ihr Schild fallen lassen und strahlte eine mächtige Negativität aus, die scharf wie eine Messerklinge war.

Fane schob Raven eine schwarze Locke aus der Stirn. „Es war nicht Ravens Schuld. Dein dummer Bruder konnte die Hände nicht von der perfekten kleinen Mandy lassen. Xander ist zu ihr gegangen, um sie zu ficken. Wie hätten wir wissen sollen, dass sie ihre Ration mit ihm teilt? Ich dachte, du hättest gesagt, er nimmt kein X."

Ember beugte sich vor, sodass ihr Gesicht ganz nah vor Fanes war. Durch zusammengebissene Zähne stieß sie ihre nächsten Worte aus. „Hat er auch nicht. Und so ist es auch nicht passiert und das weißt du. Als ihr angekommen seid, war er da, und ihr habt ihn gezwungen, das X zu nehmen. Ihr habt ihn umgebracht. Und dann habt ihr ihn aufgeschlitzt wie alle anderen. Wie konntet ihr nur? Wie konntest *du* nur? Er ist mein Bruder! Und ihr zwei geht fröhlich feiern. Ich hätte nie geglaubt, dass ihr mir, dass ihr *uns* je so etwas antun könntet."

Raven war immer noch nicht wieder ganz bei Sinnen. Verdammt, das tat weh. Fane schob ihn ein wenig nach rechts, und langsam ließ der Druck etwas nach.

„Ember, du musst dich zusammenreißen. Sofort. Wo ist Thorn?"

Das kleinere Mädchen scharrte unsicher mit den Füßen. „Ich habe keine Ahnung."

„Was meinst du damit, du hast keine Ahnung?"

„Er sollte sich in unser Haus schleichen. Meine Eltern sind sofort zu Mandy gefahren, als sie es gehört haben. Ich habe ihn angerufen, aber er geht nicht ans Telefon."

Endlich ließ der Schmerz nach und Raven fing an, sich besser zu fühlen. Wenigstens glaubte er nicht mehr, sich jeden Moment übergeben zu müssen. Er rappelte sich zu einer sitzenden Position auf und stützte sich dabei auf Fane. Seiner Stimme hörte man den Schmerz an, aber ihre Autorität war ungebrochen.

„Ember. Wie bist du in die Stadt gekommen, wenn Thorn dich nicht mitgenommen hat?"

„Ich bin mit dem Bus gefahren. Es waren so viele Leute unterwegs, da bin ich gar nicht aufgefallen."

„Wo sind deine Eltern jetzt?"

„Ich weiß es nicht. Ich bin weg, als sie weggefahren sind."

„Wir müssen dich nach Hause bringen. Sie werden merken, dass du weg bist, und sich Sorgen machen. Du solltest so lange im Haus bleiben, bis sie schlafen gehen."

„Für den Fall, dass du es vergessen hast, du hast heute meinen Bruder umgebracht, du Scheißkerl. Ich bezweifle, dass sie viel Schlaf finden werden. Ich habe mein Bett, mein Zimmer entsprechend präpariert. Sie werden nicht nach mir schauen. Das tun sie nie."

„Du musst wieder nach Hause."

„Fick dich, Raven. Ich muss gar nichts tun, was du mir befiehlst. Ich will wissen, warum du Xander in deinen Plan eingeschlossen hast."

Jetzt regte sich die Wut in Raven. Er vergaß den Schmerz in seinem Schritt und stand auf, sodass er Ember überragte. Er packte sie bei den Schultern und schüttelte sie heftig. Der Zorn brodelte in seinem Magen. „Ich habe es dir doch gesagt. Darüber hatte ich keine Kontrolle. Er war einfach da. Er ist derjenige, der sich in den Plan eingemischt hat. Lass mich also damit in Ruhe, ansonsten wird das Konsequenzen haben. Verstehen wir uns?"

Sie antwortete nicht.

„Verstehst du das?", brüllte er.

Einen Moment lang schwieg Ember, dann entzog sie sich seinem Griff. Er ließ sie gehen. Sie drehte ihm den Rücken zu. Er sah, dass sie tief durchatmete, und spürte, wie sich eine tiefe Ruhe über sie senkte. Gut. Er hatte sie zurück. Die Kontrolle über seinen Coven zu verlieren wäre im Moment das Schlimmste, was geschehen könnte.

Er wandte sich an Fane, suchte im Dämmerlicht ihre Augen. Sie glühten in der Dunkelheit. Ihre Zähne blitzten kurz auf. Er erwiderte das Lächeln, zentrierte sich und wandte sich wieder Ember zu.

„Ember, es tut mir leid. Ich wusste nicht, dass es dich so erschüttern würde. Es war einfach unvermeidbar. Aber jetzt müssen wir los, bevor uns jemand hört."

Embers Schultern fingen an zu zittern. Sie wirbelte herum und bleckte ihre kleinen scharfen Zähne.

„Ich glaube dir nicht", zischte sie Raven an. „Ich glaube, du hast Xander nicht aus Versehen ermordet, sondern weil du es wolltest. Hörst du mich, du Freak? Ich denke, du hast es mit Absicht getan. Doch damit werde ich dich nicht durchkommen lassen, Raven. Ich breche mit dir und Fane. Ich breche mit dir. Ich breche mit dir."

Sie rannte in die Nacht hinaus, ihre Schluchzer folgten ihr wie ein wehender Schleier im Wind.

Abnehmender Halbmond
Fünfundzwanzig Prozent vom Vollmond
Hallowmas
(Allerheiligen)

13. KAPITEL

Quantico, Virginia
1. November
7:00 Uhr

„Hey, Reever, ich bin's noch mal, Baldwin. Ich warte auf dich. Wo steckst du, Kumpel? Ich will nicht ohne dich in diese Anhörung gehen. Ruf mich an, okay?"

Baldwin legte auf und steckte das Handy in seine Tasche. Er hätte sich einfach selber verteidigen sollen. Er besaß eine Lizenz für Virginia, seitdem er vor drei Jahren die entsprechende Prüfung abgelegt hatte. Er hatte Jura an der George Washington University studiert. Was ihn direkt zum FBI und Garrett Woods geführt hatte. Wenn er nicht Medizinethiker hätte werden wollen, befände er sich jetzt vielleicht nicht in dieser Situation.

Er könnte Taylor anrufen. Sie hätte bestimmt Mitleid mit ihm und würde ihn ein wenig ablenken. Aber sie steckte selber knietief in ihrer eigenen Morduntersuchung. Er beschloss, sie nicht zu stören. Das würde außerdem nur zu viele schlechte Erinnerungen hochholen – allein schon Taylor während dieser Angelegenheit in seinen Gedanken zu haben, besudelte sie.

Wie war es nur dazu gekommen? All die Jahre, die er so hart daran gearbeitet hatte, die Unschuldigen zu beschützen, seinen Kollegen bei den Strafverfolgungsbehörden zu helfen, sich beim FBI einen Namen zu machen, sich von seinem persönlichen Trauma zu erholen … war das alles umsonst gewesen? Würde er heute seine Stellung beim FBI verlieren? Das wäre die reinste Ironie, wenn man bedachte, wie widerstrebend er überhaupt auf eine Vollzeitstelle zurückgekehrt war.

Baldwin tigerte auf und ab und fragte sich, wo zum Teufel sein Anwalt steckte. Er schaute auf die Uhr. Die Anhörung sollte in weniger als fünf Minuten anfangen, und Reever war immer noch nicht aufgetaucht. Er klappte sein Handy auf, um ihn noch einmal anzurufen, wurde aber von hektischer Betriebsamkeit auf dem Korridor abgelenkt. Reginald Harold Beauchamp, von seinen Freunden und Klienten auch Reever genannt, eilte um die Ecke.

„Tut mir leid, tut mir leid. Das dritte Kind hat mich angespuckt, als ich ihm einen Abschiedskuss gegeben habe. Ich musste mich umziehen, steckte dann hinter einem Traktor fest und wurde von einem Zug aufgehalten. Das ist bisher nicht mein Morgen. Sorry."

Er kam schlitternd zum Stehen und streckte seine Hand aus. „Wie geht's dir, Baldwin?"

„Jetzt, wo du da bist, definitiv besser. Ich dachte schon, ich müsste meine Lizenz wieder hervorkramen."

„Ha, ha. Als wenn das jemals passieren würde. Ich würde dich doch in der Stunde der Not niemals im Stich lassen." Reever zog ihn am Arm von der Wand weg. Sie gingen ein paar Schritte gemeinsam, die Köpfe konspirativ zusammengesteckt. Baldwin nahm eine ganze Reihe von Düften war, die sein Anwalt ausströmte. Volle Babywindel vermischt mit einem Hauch von Aftershave, Schweiß und einer Unternote von saurer Milch. Großartig. Was für eine Freude, das den ganzen Tag neben sich zu haben.

„Ich habe die Anklage gesehen. Alles wird gut."

„Das sagst du so. Ich bin erledigt, oder?", fragte Baldwin.

Reevers braune Augen blickten besorgt. „Hör mal, Doc. Ich verspreche dir, es handelt sich um reine Formalitäten. Deine Karriere ist nicht wirklich in Gefahr. Sie wollen, dass du dich windest und zugibst, wie leid dir alles tut. Vielleicht verhängen sie eine vorübergehende Suspendierung und wir kehren alle glücklich und zufrieden an unsere Arbeit zurück. Okay? Rein, raus, fertig aus." Er schnippte mit den Fingern.

„Okay, verstanden." Baldwin glaubte ihm kein Wort. Reever war bekannt für seine aufmunternden Reden, aber das FBI berief nicht einfach ohne Grund eine Disziplinaranhörung ein.

Baldwin hörte Schritte, dann wurde eine Tür geöffnet. Ein Mann, den er nicht kannte, sagte: „Wir sind für Sie bereit, Dr. Baldwin."

Reever klopfte ihm auf den Rücken. „Dann mal los."

Baldwin unterdrückte einen überwältigenden Seufzer, straffte die Schulter und ging hoch erhobenen Kopfes in den Saal. Sein Herz klopfte stärker, als es sollte. *Hör auf, Baldwin. Du wusstest, dass es früher oder später so kommen würde. Du hast nichts zu verbergen. Du hast nichts falsch gemacht. Zumindest nicht komplett falsch.*

Der große Raum, den er betrat, war leer und besaß keinerlei Persönlichkeit. Die einzige Dekoration waren die amerikanische Flagge und die des FBI an goldenen Standarten. Ein übergroßes FBI-Logo zierte die hintere Wand, daneben ein großes Foto des Präsidenten und eines des FBI-Direktors. Es gab ein hölzernes Podium – alles in allem glich der Raum einem kleineren Anhörungssaal des Senats, komplett mit der Einrichtung aus amerikanischer Eiche und Messing. Drei Männer warteten bereits, die Mienen streng und abweisend. Sie saßen hinter einem Tisch mit zwei Mikrofonen. Ein Schreiber saß an der Seite, die Finger über der Stenoschreibmaschine in Stellung gebracht. Eine subtile Erinnerung daran, dass es sich um eine offizielle Anhörung handelte und die Abschriften in Baldwins Personalakte landen würden.

Er setzte sich an den Tisch. Reever nahm neben ihm Platz und machte eine große Show daraus, Blöcke und Stifte für sie beide herauszuholen. Baldwin wusste nicht, ob er lachen oder weinen sollte. Reever war einer der besten Berater des FBI und außerdem ein guter Freund. Baldwin war sehr froh, ihn als Unterstützung an seiner Seite zu haben. Das Herumgefummel war eine List, um die Männer zu entwaffnen, die über Baldwin zu Gericht sitzen würden. Sie alle erkannten den Trick, sagten aber nichts. Nach einigen unendlich erscheinenden Minuten nickte Reever in Richtung des Podiums.

„Wir sind so weit", sagte er. Sein schmutzig-blondes Haar fiel ihm in die Augen. Er schob es zurück und grinste.

„Wie erfreulich." Der Mann in der Mitte, Supervisory Special Agent Perry Tucker, nickte dem Schreiber zu, der sogleich lostippte.

„Dr. Baldwin, bitte heben Sie Ihre rechte Hand. Schwören Sie, in Ihrer folgenden Aussage die Wahrheit zu sagen, die ganze Wahrheit und nicht als die Wahrheit?"

„Ja, das schwöre ich." Baldwin rührte sich nicht, sondern behielt seinen Blick stur nach vorne gerichtet. Die Disziplinarverfahren des FBI waren kürzlich überprüft und überarbeitet worden, um sicherzugehen, dass die höhergestellten Mitarbeiter und die niederen Angestellten alle fair behandelt wurden. Was bedeutete, die eigenen Kollegen entschieden über dein Schicksal und waren gerade in den höheren Etagen besonders darauf bedacht zu zeigen, wie unparteiisch sie waren.

Alle Mitarbeiter des FBI – Agenten aller Stufen – wurden dazu verpflichtet, abwechselnd sechsmonatige Schichten im Disziplinarausschuss zu übernehmen. Baldwin hatte gerade erst letztes Jahr in diesem Ausschuss gesessen und wusste, dass es weit darüber hinausging, einfach nur Fakten zu sammeln. Das Komitee hatte die Macht, zu bestrafen, zu zensieren und einem Agenten das Leben anderweitig schwer zu machen, aber es bedurfte schon eines besonders ungeheuerlichen

Vorfalls, um seine Marke abgeben zu müssen. Baldwin hatte nichts getan, was einen Verlust seines Status als Agent rechtfertigen würde. Zumindest noch nicht. Und schon gar nicht etwas, von dem das Komitee wusste.

Trotzdem hing der Hauch des Verdachts erwartungsvoll in der Luft. Ihm standen ein paar heftige Tage bevor.

Der Stuhl quietschte protestierend auf, als Tucker sich zurücklehnte und Baldwin anstarrte. Nach ein paar Augenblicken der Stille beugte er sich wieder vor, stützte sein Kinn auf die zusammengelegten Fingerspitzen und schaute wie ein von der Leistung seines Quarterbacks enttäuschter Rektor über den Rand seiner Lesebrille aus Schildpatt.

„Wie Sie sicher wissen, sind wir hier, um die Wahrheit im Fall *Vereinigte Staaten gegen Harold Arlen* herauszufinden. Uns sind neue Informationen zugetragen worden, die in diesem Fall auf ein akutes Fehlverhalten von Ihrer Seite hindeuten. Die Anklagepunkte beinhalten das Fälschen von Beweisen, Unterlassung, fahrlässige Tötung, ungebührliches Verhalten eines FBI-Agenten und Verbrüderung mit einer Untergebenen. Die Vorwürfe wurden von dem ehemaligen Special Agent Charlotte Douglas erhoben, die leider nicht mehr unter uns weilt, um die Anklage persönlich einzubringen. Ihr Computer war, wie Sie wissen, eine Quelle reicher Informationen über den Arlen-Fall. Die Anschuldigung wegen Fehlverhaltens war ihren ausführlichen Notizen zu entnehmen.

Der Schwerpunkt der heutigen Anhörung liegt darauf, zu klären, inwieweit Sie Schuld am Tod der Agents Caleb Geroux, Jessamine Sparrow und Olen Butler tragen. Laut der auf dem Computer gefundenen Daten behauptet Agent Douglas, dass der Tod dieser drei Agents eine direkte Folge Ihres Verhaltens während des Arlen-Falles war. Das Komitee nimmt diese Anschuldigungen sehr ernst."

Baldwin wollte etwas sagen, irgendetwas, um sich zu verteidigen, aber Reever kam ihm zuvor. „Wir nehmen diese Anschuldigungen ebenfalls sehr ernst. Wir alle wissen, was für eine Agentin Charlotte Douglas war, Sir. An ihren besten Tagen war sie eine Lügnerin, die das gesamte Department zum Gespött gemacht hat. Wir können nicht darauf vertrauen, dass irgendetwas von dem, was sie behauptet, auch nur einen Funken Wahrheit enthält. Fürs Protokoll möchte ich anmerken, dass alle Anklagepunkte gegen meinen Klienten lächerlich sind. Dr. Baldwin ist einer der am höchsten ausgezeichneten Agents des Bureaus. Sein Ruf ist ohne Tadel, und wir haben Unmengen an Zeugen, die gewillt sind, für ihn auszusagen."

Tucker räusperte sich missbilligend und die anderen beiden Richter rutschten unruhig auf ihren Stühlen umher. Alle wussten, dass diese Anhörung höchst ungewöhnlich war. Charlotte Douglas war keine sonderlich vertrauenswürdige Quelle. Baldwin spürte, wie sich eine gewisse Ruhe in seinem Inneren ausbreitete. Während Tucker wirkte, als könne er es gar nicht erwarten, ihn zu zerstören, war den anderen beiden offensichtlich unbehaglich zumute. Ein toter Agent gab keinen besonders guten Zeugen ab, schon gar nicht, wenn sein Ruf so befleckt war wie der von Special Agent Douglas.

„Wie dem auch sei, wir müssen den gesamten Fall im Blick haben. Vorwürfe dieser Größenordnung können nicht einfach ignoriert werden." Er blätterte in seinen Papieren. „Dr. Baldwin. Da es sich um eine höchst delikate Angelegenheit handelt, glaube ich, es wäre am besten, wenn Sie am Anfang beginnen und uns in allen Einzelheiten durch den Fall führen. Doch seien Sie gewarnt – sparen Sie nichts aus. Wir bemerken, wenn Sie versuchen, etwas zu verschleiern. Bitte fangen Sie damit an, diese Frage zu beantworten: Welcher Art war Ihre Beziehung zu Dr. Douglas genau?"

Baldwin konnte nicht anders. Sein Kiefer verspannte sich und seine Hände ballten sich zu Fäusten. Allein die Erwähnung von Charlotte reichte, um ihn auf die Palme zu bringen. Dieses Echo aus dem Grab war die ultimative Ohrfeige dieser hinterhältigen, lügenden Schlampe.

Er räusperte sich und warf einen Blick auf seine Notizen. Nicht zum ersten Mal war er froh über seine Eigenschaft, auf das kleinste Detail zu achten.

„Wir standen uns … nahe."

Kein großer Schock für die Männer im Komitee – das war nicht das erste Mal, dass zwei Agents sich nähergekommen waren.

„Können Sie ‚nahe' bitte genauer definieren?"

Reever nickte Baldwin beinahe unmerklich zu.

Näher definieren. Sicher konnte er das. Er könnte ihnen den ganzen Tag schmutzige Einzelheiten erzählen. Aber das würde er nicht tun. Stattdessen zog er noch einmal seine Notizen zurate, straffte die Schulter und hob den Blick.

„Es begann am 14. Juni 2004. Dem Tag, an dem die fünfte Leiche gefunden wurde."

14. KAPITEL

Nashville, Tennessee
1. November
7:00 Uhr

Die Morgendämmerung war hereingebrochen und Taylors Magen knurrte entsetzlich, bevor sie alle Aussagen von den Familien der Opfer aufgenommen hatte. Sie war erschöpft, und die meisten ihrer Fragen blieben unbeantwortet. Die Fakten waren ganz einfach – jemand hatte sich Zutritt zu jedem Haus verschafft und das Opfer gezeichnet. Jedes Opfer hatte irgendeine Form von Gift zu sich genommen.

Die einzige Ausnahme bildete Brandon Scott.

Taylor und McKenzie holten sich Kaffeenachschub im Starbucks auf der West End. Es wäre sinnlos gewesen, jetzt schlafen zu gehen. Taylor wusste, dass Sam schon hellwach bei der Arbeit wäre – sie hatte heute sieben Autopsien auf dem Plan stehen und ihr Team hatte die Nacht durchgearbeitet. Das letzte Opfer, Brittany Carson, hielt bislang noch durch, lag aber in einem tiefen Koma.

Tim Davis hatte die Ecstasy-Tabletten, die Theo Howell ihnen übergeben hatte, die ganze Nacht über unterschiedlichen Tests unterzogen. Theos Theorie war falsch – die Drogen, die er eingesammelt hatte, waren nicht präpariert worden. Was bedeutete, dass es sich nicht um zufällige Opfer handelte, was Taylors ursprünglichen Verdacht bestätigte.

Die vorläufigen toxikologischen Tests zeigten ein Durcheinander aus verschiedenen chemischen Komponenten: Ecstasy kombiniert mit hohen Dosen von Amphetaminen, Codein, Ritalin und Valium. Einzeln gesehen war keiner dieser Inhaltsstoffe besonders schädlich. Zusammen ergaben sie jedoch eine tödliche Mischung. Es mussten noch mehr Tests durchgeführt werden, deren Ergebnisse zusammen mit den Funden der Autopsien helfen würden, exakt zu bestimmen, welchen Einfluss die Drogen auf die Kinder gehabt hatten.

Lincoln hatte die ganzen Videobänder durchgesehen und nach wiederkehrenden Gesichtern Ausschau gehalten. Eines hatte er gefunden, und nun wartete er im CJC auf Taylor, damit sie es sich anguckte.

Marcus und McKenzie hatten die Aussagen von allen Kids auf der

Party aufgenommen, die alle sehr offen und ehrlich über die Vorfälle des Nachmittags gesprochen hatten. Ganz offensichtlich hatten die beiden Detectives gehörigen Eindruck auf sie gemacht. Die Jugendlichen wussten noch nicht, dass die Tabletten, die sie Theo Howell übergeben hatten, nicht tödlich gewesen wären. Sie waren immer noch in dem Glauben, wenn sie ihre SMS nicht gecheckt oder ihr Handy ausgeschaltet hätten, wenn sie ins Kino gegangen oder sonst irgendeine Kleinigkeit an diesem Tag anders gemacht hätten, könnten sie jetzt tot sein. Die eigene Sterblichkeit lastete schwer auf den Schultern der Jugend – die ganze Schule war in tiefer Trauer. Sorge, Erleichterung und extremer Schmerz hatten sie alle zusammenkommen lassen. Taylor hoffte nur, dass sie jetzt ein für alle Mal die Finger von Drogen lassen würden.

Man erwartete Taylor und ihr Team um zehn Uhr an der Hillsboro High School, damit sie über mögliche Verdächtige unter den Schülern sprachen. Taylor hatte um drei Uhr morgens mit der Rektorin telefoniert – die sofort dafür gesorgt hatte, dass am nächsten Morgen ein Trauerberater für die Schüler bereitstehen würde. Es war kurz überlegt worden, den Unterricht am Montag ausfallen zu lassen, aber Taylor hatte davon abgeraten. Normalität würde den Kindern jetzt am ehesten helfen. Außerdem könnte sie sich dann in der Schule umsehen, mit ein paar Leuten sprechen, versuchen herauszufinden, wer dieser jugendliche Dealer war, angenommen, er ging tatsächlich auch auf die Hillsboro. Keiner der Partygäste letzte Nacht hatte seinen echten Namen gewusst.

Taylor brauchte ein paar Minuten, um sich wieder zu sammeln. Sie nahm einen großen Schluck von ihrem Triple Shot Latte macchiato und hoffte, das wenige Koffein aus den Espressobohnen würde ihr ein wenig Kraft verleihen. Sie hätte vermutlich lieber einen schlichten schwarzen Kaffee nehmen sollen, aber das hätte ihr Magen nicht mitgemacht. Während sie an einem Stück Zitronenkuchen knabberte, fiel ihr auf, dass sie am Vorabend nichts gegessen hatte. Mit einem Mal war sie hungrig wie ein Wolf und schlang den Rest des Kuchens in drei Bissen hinunter.

McKenzie ließ sich in den Stuhl neben ihr fallen. Er hatte dunkle Ringe unter den Augen, sein aschblondes Haar war total durcheinander. Taylor konnte sich ungefähr vorstellen, wie sie selber aussehen musste.

„Wir haben große Fortschritte gemacht, das weißt du", sagte McKenzie.

„Ja, ich weiß. Trotzdem müssen wir diesen Fall so schnell wie möglich lösen. Erzähl mir, was du über diesen mysteriösen Drogendealer denkst, bevor wir uns wieder ins Gefecht stürzen."

„Nun, ich glaube kaum, dass ein Vierzehnjähriger ein in ganz Nashville operierendes Drogenkartell führt. Du solltest mal bei der Specialized Investigation Unit nachfragen, wer an ihn verkauft. Er wird definitiv von jemandem außerhalb geführt."

„Ich bin schon drei Schritte weiter als du. Ich habe bereits einen Freund dort angerufen. Lincoln sagt, der gleiche Typ war an vier der Tatorte auf den Videos zu sehen und lungerte auch auf der Pressekonferenz im Hintergrund herum. Er versucht, ihn mit Sexualstraftätern und anderen Verbrechern aus der Datenbank abzugleichen."

„Das mit den Sexualverbrechern sollten wir auf jeden Fall weiterverfolgen. Wer auch immer hinter den Drogen steckt, ist ein Erwachsener. Wer wäre sonst in der Lage, eine solche Menge in dieser Qualität in eine Schule zu schmuggeln? Und wir wissen alle, wie sehr unsere netten Pädophilen aus der Nachbarschaft es mögen, ihre Opfer mit Drogen anzulocken."

„Das erweitert den Kreis der Verdächtigen enorm, das weißt du."

„Ja, das weiß ich. Bist du bereit? Warum schauen wir uns die Videos nicht mal an?"

Sie sammelten ihre Becher und Mäntel zusammen. Als sie gerade den Parkplatz erreicht hatten, klingelte Taylors Handy. Auf dem Display stand nur *Tennessean*. Ohne Zweifel ein Reporter. Sie ließ den Anruf auf die Mailbox weiterschalten und stieg in ihren Chevy Lumina – sie hatte es gestern Nacht nicht mehr geschafft, zum Hauptquartier zurückzukehren, um ihren 4Runner abzuholen.

Sie bog rechts auf die West End ab, vorbei an dem prächtigen Farbenspiel der Bäume auf dem Vanderbilt-Campus. Der Herbst war dieses Jahr spät gekommen, die Farben hatten ihren Höhepunkt erst in der letzten Oktoberwoche erreicht. Die Bäume trugen noch reichlich Laub, aber das Rot und Gold wurde von immer mehr toten braunen Flecken durchsetzt. Bald wäre es wieder an der Zeit, einen der Nachbarsjungen anzuheuern, um das Laub einzusammeln und den Rasen winterfertig zu machen. Mein Gott, hatte sie diesen Gedanken gerade wirklich gehabt? Acht Opfer, alles Kinder, und sie machte sich Sorgen um ihren Garten. Irgendetwas stimmte nicht mit ihr.

Ihr Handy klingelte erneut. Dieses Mal war es Commander Huston.

„Guten Morgen, Ma'am", grüßte Taylor sie.

„Lieutenant, David Greenleaf versucht Sie zu erreichen."

Mist. Das war also der Anruf gewesen. Sie stellte sich dumm.

„Der Redakteur des *The Tennessean*? Warum?"

„Sie müssen sofort dorthin fahren. Ich schicke Tim Davis mit. Sie haben ein mögliches Beweisstück, das Ihren Fall betreffen könnte."

„Sie machen Witze. Was ist es?"

„Ein Brief über die Morde. Sie wissen, beim *Tennessean* sind sie gut darin, die echten von den falschen Briefen zu unterscheiden. Greenleaf hat mich direkt angerufen. Er sagte, er hätte es bei Ihnen versucht, Sie wären jedoch nicht rangegangen. Er hat mir nicht gesagt, was in dem Brief steht, sondern nur, dass sich ein Brief in ihrem Besitz befindet, der ihnen glaubwürdig vorkommt und sie es für sinnvoll hielten, wenn ein Kriminaltechniker sich den einmal anschauen würde."

„Das ist interessant. Ja, ich habe einen Anruf erhalten. Ich nahm jedoch an, es wäre ein Reporter. Tut mir leid."

„Keine Ursache, ich wäre auch nicht rangegangen."

Taylor lächelte. Was sie an Joan Huston besonders mochte, war, dass sie kein Blatt vor den Mund nahm.

„Ich fahre sofort rüber. Danke, dass Sie mich informiert haben."

„Melden Sie sich, sobald Sie wieder im CJC sind."

„Ja, Ma'am." Sie legte auf und schaute McKenzie an.

„*The Tennessean* hat einen Brief, der sich auf unseren Fall bezieht. Da müssen wir jetzt zuerst hin."

Sie überquerte gerade die Interstate; das Gebäude des *The Tennessean* lag zu ihrer Linken. Sie bog links auf den Parkplatz ein und quetschte ihren Wagen in die letzte, viel zu kleine freie Lücke. An ihrer Parksituation konnte die Zeitung noch arbeiten.

Sie und McKenzie gingen hinein, nannten dem Sicherheitsbeamten am Empfang ihre Namen und warteten. Seitdem sie das letzte Mal hier gewesen war, hatte sich die Lobby extrem verändert. Damals hatte Taylor dem geschäftsführenden Redakteur David Greenleaf erzählen müssen, dass sein Freund Frank Richardson ermordet worden war.

Greenleaf kam höchstpersönlich durch die Sicherheitstür in die Eingangshalle. Sie schüttelten einander die Hände und Taylor stellte McKenzie vor. *The Tennessean* hatte sich wochenlang an ihrem tiefen Fall gelabt, und das schmerzte Taylor immer noch. Doch sie hatten versucht, es wieder gutzumachen und hatten erst vor wenigen Tagen einen positiven Artikel über ihre Rückkehr in die Leitung der Mordkommission geschrieben. Sie konnte ihnen keine allzu großen Vorwürfe machen – sie waren nun mal im Nachrichtengeschäft und unglücklicherweise war sie die Titelgeschichte gewesen.

Greenleaf winkte ihnen mitzukommen. Er sprach, während sie gingen.

„Wie geht es Ihnen, Lieutenant?"

„Gut, David. Wie läuft das Geschäft?"

„Ach, Sie wissen ja, Übernahmen und Entlassungen. Dieses Gebäude ist manchmal eine wahre Geisterstadt. So, da sind wir schon."

Er führte sie in einen Konferenzraum, in dem zwei Leute mit dem Rücken zur Tür standen und ein einzelnes Blatt Papier anschauten, das vor ihnen auf dem Tisch lag.

„Lieutenant, erinnern Sie sich noch an Daphne Beauchamp? Sie ist jetzt unsere leitende Archivarin. Und das ist George Rodríguez, unser Sicherheitschef."

Taylor erinnerte sich an Daphne mit den flippigen Brillen und der ruhigen Stärke, die sie ausstrahlte. Als sie sich das erste Mal begegnet waren, war sie Praktikantin in der Archivabteilung gewesen und hatte am Rande mit einem Fall zu tun gehabt. Ihre Zimmergenossin war vom Schneewittchenmörder entführt und gefangen gehalten worden und nur knapp mit dem Leben davongekommen. Außerdem war Daphne mit Marcus Wade liiert, aber Taylor wusste, dass die beiden die Ernsthaftigkeit ihrer Beziehung vor ihren jeweiligen Chefs verheimlichten.

„Daphne, schön, dich wiederzusehen. Hast du in letzter Zeit etwas von Jane Macias gehört?"

„Sie lesen wohl nicht die *New York Times*, Lieutenant, oder? Jane macht sich einen Namen als investigative Journalistin. Sie ist schon auf dem halben Weg zum Pulitzer. Detective McKenzie." Sie schüttelte ihm ernst die Hand. „Ich habe den Brief heute Morgen gefunden, als ich ins Büro kam. Er lag in der Nähe der Hintertür auf dem Boden – das ist der Eingang von der Porter Street."

Daphne war sehr viel erwachsener, die letzten Spuren der Collegestudentin waren durch eine ruhige Selbstsicherheit ersetzt worden. Das passierte, wenn man mit einem gewalttätigen Verbrechen in

Berührung kam.

Taylor wandte sich an den Sicherheitschef, einen kleinen, kräftigen hispanischen Mann mit pechschwarzen Augen. „Mr Rodríguez, ich bin Lieutenant Jackson. Das ist mein Kollege Renn McKenzie. Könnten Sie uns die Bänder aus den Sicherheitskameras aus der Lobby besorgen, damit wir versuchen können, denjenigen zu identifizieren, der den Brief dort abgelegt hat?"

„Nennen Sie mich bitte George. Ich habe mir die Aufnahmen bereits angeschaut, doch mir ist nichts Besonderes aufgefallen. Nur das übliche Kommen und Gehen durch den hinteren Eingang. Die Kamera ist auf die Straße gerichtet und ich habe nichts gesehen, was da nicht hingehört. Es ist durchaus möglich, dass sich jemand unter der Kamera hindurch geduckt hat und durch die Tür geschlüpft ist."

„Gibt es an dem Eingang keine Sicherheitskontrolle?"

„Doch, aber die war heute Morgen unbesetzt. Stellenabbau, Sie wissen schon."

„Wir würden uns die Bänder trotzdem gerne einmal genauer ansehen. Danke, dass Sie sich darum kümmern." Taylor holte ein paar Latexhandschuhe aus ihrer Jackentasche und zog sie über. „Ist das der Brief?"

Greenleaf nickte. „Ja. Ich wusste, dass Sie ihn sich anschauen müssen. Ich vertraue darauf, dass Sie ihn uns drucken lassen. Ich habe das Recht, diese Geschichte zu erzählen."

Taylor ignorierte die letzte Aussage. „Wer hat ihn alles berührt?"

„Security, Daphne und meine Assistentin. Er war an mich adressiert, also hat Daphne ihn in meinem Vorzimmer abgegeben. Meine Assistentin hat ihn geöffnet, erkannt, um was es sich handelt, und ihn auf ihren Tisch gelegt. Danach hat ihn niemand mehr angefasst. Wir haben ein anderes Stück Papier benutzt, um den Brief für Sie hier hereinzubringen."

„Okay. Jemand von der Spurensicherung ist auf dem Weg hierher. Er wird von den entsprechenden Personen Fingerabdrücke nehmen müssen, damit wir sie ausschließen können. Danke, dass Sie so vorsichtig waren – das hilft uns sehr." Sie hatte nur noch einen weiteren Handschuh in ihrer Tasche – Zeit, wieder aufzustocken. Sie reichte ihn McKenzie und trat dann näher an den Tisch heran.

Der Brief war auf schlichtem weißem Papier gedruckt. Doch was sie las, raubte Taylor den Atem.

The Tennessean
David Greenleaf, Redakteur
1100 Broadway
Nashville, Tennessee 37203

31. Oktober 2010

Sehr geehrter Mr Greenleaf,

Sie werden kaum verstehen können, aus welchem Antrieb wir diesen Brief schreiben, also raten wir Ihnen davon ab, es überhaupt erst zu versuchen. Wir sind sicher, Sie werden erkennen, dass unsere Taten, obgleich schwierig, doch aus einer reinen Motivation erfolgten und absolut gerechtfertigt sind.

Wir sind verantwortlich für die Morde. Es tut uns nicht leid. Es waren grausame Menschen, die vom Antlitz dieser Erde getilgt werden mussten. Wir müssen Ihnen erklären, wie wir zu dieser Entscheidung kamen. Wir fühlten uns genötigt, ihr Leiden zu beenden. Wir haben den einen wahren Weg gefunden. Den mussten wir ihnen zeigen. Sie haben uns verletzt. Immer und immer und immer wieder haben sie uns verletzt und gedemütigt.

Wir versuchten nur, sie von ihrer elenden Existenz zu befreien, sie ahnungslos aus ihrer Höhle zu führen und sie im hellen, harschen Licht der Realität zu lehren, ihnen die zugrunde liegende Wahrheit ihrer Existenz zu zeigen. Wir sind Güte und Licht, Mäßigung und Gerechtigkeit, Sophisten, Skeptiker, Verkünder der platonischen Liebe. Ideale Schönheit und absolute Tugend. Wir sind die Wahrheit. Wir sind ihre Befreier. Wir sind die Sonne, unabdingbar für das Erschaffen und Erhalten ihrer Welt. Wir führen den Erzengel zu ihren materiellen Körpern, kämpfen darum, ihre Seelen ins Licht zu leiten, wo wir zusammen als ein Wesen die ultimative Glückseligkeit erfahren.

Aber Worte werden unserer Bedeutung nicht gerecht. Der beste Weg, uns zu erklären, ist durch das Medium des Films. Wir haben eine Website-Adresse beigefügt, auf der ein Film der gestrigen Ereignisse zu sehen ist. Wir würden es sehr zu schätzen wissen, wenn Sie diese Information mit Ihren Mitarbeitern teilen und uns helfen, den Film in die Hände eines Produzenten zu legen, der ihn auf die große Leinwand bringt.

Die Unsterblichen
Φ ✮ ∇ ☽ ☼ ☥ ↯
Blut ist Stärke; es ist alles, was ich dir geben kann.
http://www.youtube.wearetheimmortals.com

Die Symbole waren verschmiert, die Ränder ausgefranst, die Tinte verdächtig gebrochen und ungleichmäßig, die Farbe reichte von dunklem Rosa bis zu tiefstem Burgund.

„Heilige Scheiße. Ist das Blut?", fragte Taylor.

McKenzie beugte sich über den Brief und schaute genauer hin. „Sieht so aus. Tim wird das durch einen Test bestätigen müssen."

„Was ist das Schwarze darunter?"

„Handgeschriebene Worte unter den Symbolen."

„Kannst du sie erkennen?"

„Ich glaube schon." Er nahm den Brief in die Hand und hielt ihn gegen das Licht. „Es sieht so aus, als stünde da: ‚Blut ist Stärke; es ist alles, was ich dir geben kann.'"

„Was zum Teufel soll das bedeuten?"

Er schaute ihr in die Augen. „Ich habe keine Ahnung."

Sie wandte sich an Greenleaf. „Wir brauchen einen Computer. Ich will diesen Film sehen, von dem da geschrieben wird. Haben Sie ihn sich schon angeschaut?"

„Nur den Anfang. Mehr … mehr habe ich nicht ausgehalten."

Greenleaf wurde ganz bleich und Taylors Magen zog sich in dunkler Vorahnung zusammen.

Greenleaf brauchte nur wenige Minuten, um alles vorzubereiten – er hatte vorhergesehen, dass sie sich den Film auf der Website sofort würden anschauen wollen. Daphne hatte den Laptop bereits an eine hochauflösende Leinwand angeschlossen, die normalerweise für Präsentationen benutzt wurde. Sie entschuldigte sich dafür, das Licht ein wenig dimmen zu müssen, aber im Dunkeln würde man auf der Leinwand mehr erkennen.

Taylor schüttelte den Kopf. Was käme nun?

Sie sah, dass das Video zwanzig Minuten lang war, wollte sich aber nicht vorstellen, was sie in dieser Zeit zu sehen bekäme.

Der Film begann in absoluter Dunkelheit. Ein dünner Lichtpunkt in der Mitte wurde größer und größer, bis sie klar erkennen konnten, dass es sich um den Vollmond handelte. Die tiefe Erzählerstimme kam Taylor bekannt vor, aber sie wusste nicht, woher. Die Worte waren ein einziges Durcheinander, überfrachtet mit blumiger Prosa, doch ihre Bedeutung war klar. Die Vampire frischten ihre Rasse mit Nichtgläubigen auf. Es erinnerte Taylor an die unzähligen Horrorfilmtrailer, die sie im Laufe ihres Lebens gesehen hatte – Filme, die sie sich niemals anschauen würde. Sie lebte den Horror jeden Tag und hatte ihre eigenen Albträume. Ganz sicher benötigte sie nicht noch die kranken Vorstellungen eines anderen Menschen in ihrem Kopf.

Der Erzähler verstummte, Stille sickerte aus den Lautsprechern. Das typische Geräusch von Schritten wurde lauter, als ein neues Bild erschien. Taylor erkannte die Szene – sie war im Vorgarten des Hauses der Kings gefilmt worden.

„Vorspulen", sagte sie.

„Das braucht noch eine Minute. Das Video ist noch nicht ganz hochgeladen." Daphne fummelte mit der Maus herum und versuchte, den Ladebalken nach rechts zu schieben, doch er rührte sich nicht. „Wir werden warten müssen, bis es komplett gebuffert ist."

Sie mussten nicht lange warten. Die nächste Szene flammte auf, und Taylor beugte sich auf ihrem Stuhl vor. Es war eine Aufnahme den Flur hinunter, der zu Jerrold Kings Schlafzimmer führte. Taylor hielt den Atem an, als eine Hand am Türrahmen erschien und die Tür zum Zimmer des Jungen aufdrückte. Jerrold King lag mit ausgebreiteten Armen und Beinen auf dem Bett. Er war nackt. Die Kamera hielt nie auf sein Gesicht, sondern zeigte nur die Totale und dann seinen Oberkörper. Der Junge wirkte tot.

Die körperlose Hand verschwand und kehrte dann, ein glänzendes, langes Messer haltend, ins Sichtfeld zurück. Taylor zwang sich, hinzusehen, als die Klinge sich Jerrolds Körper näherte, ihre Spitze sich liebevoll, beinahe zärtlich in sein Fleisch drückte und dann mit peitschenhaften Zügen die Linien und den Kreis zog und das Pentakel in einem Wirbel von Bewegungen erschien. Es sickerte ein wenig Blut aus der Wunde, doch es floss nicht frei – Jerrold war noch nicht lange tot, aber er war tot.

Schnitt zu einem offenen Mund. Ein hohes, schrilles Lachen, körperlos und androgyn, erfüllte die Leinwand. Die Kamera zog ein wenig auf, weit genug, um den Blick auf eine Gestalt freizugeben, einen Geist in Schwarz, nicht erkennbar, aber mit schwarzen Haaren. Die Kamera zoomte auf sein Kinn, dann folgte ein Close-up auf seinen Mund. Schwarz angemalte Lippen verzogen sich zu einem Grinsen, während scharfe, spitz gefeilte Zähne sich Jerrolds Bauch näherten. Eine spitze Zunge schnellte aus dem Mund gegen die frische Wunde und schleckte ein wenig von Jerrolds Blut auf. Die Lippen färbten sich rot und wurden verführerisch abgeleckt. Taylor bemerkte abwesend, dass die Lippen sehr rau wirkten.

„Mein Gott", murmelte McKenzie.

„Halt direkt hier an", sagte Taylor und Daphne drückte auf Pause.

Taylor stand in der Hoffnung auf, dass die Bewegung helfen würde, ihren Magen zu beruhigen. Sie klappte das Handy auf und rief im Rechtsmedizinischen Institut an. Kris, die Empfangsdame, ging ran. Taylor bat darum, mit Sam verbunden zu werden.

Ein paar Augenblicke später hatte sie Sam in der Leitung.

„Ich bin froh, dass ich dich erwische. Hast du schon mit der Autopsie an Jerrold King begonnen?"

„Ich bin gerade dabei. Stuart bereitet gerade alles vor."

„Halte ihn schnell auf. Es könnte sein, dass wir an Kings Leiche die DNA des Mörders finden."

15. KAPITEL

Den Rest des Films schauten sie sich schweigend vor Entsetzen an. Die Szene wiederholte sich noch drei Mal – die Vampire, die am Tatort eintrafen, mit dem Messer die Leichen schändeten. Die tanzende Gestalt in Schwarz, deren Reißzähne und Lippen sich wieder und wieder rot färbten. Taylor erkannte die Leichen nur, weil sie an allen Tatorten gewesen war. Der Mörder hatte sehr darauf geachtet, die Gesichter der Opfer nicht zu zeigen.

Sie schauten sich das Video noch einmal an, hielten nach allem Ausschau, was ihnen einen Hinweis auf die Identität des Mörders geben könnte. Der Schnitt war perfekt, an den richtigen Stellen waren tiefschwarze Bilder eingesetzt worden, um die Identität des Hauptdarstellers des Films zu verschleiern. Vom Mörder wurde nie mehr gezeigt als sein Mund und die in schwarz gehüllte Hand mit dem Messer.

Taylor ließ Daphne den Film mehrmals vor- und zurückspulen – es wirkte, als wäre der Akt des Leckens an der Wunde immer der gleiche. Sie wusste nicht, was das bedeuten sollte. Hatte der Mörder nur an Jerrold Kings Wunde geleckt oder an allen? Sie schob den Gedanken für eine spätere Analyse beiseite.

Erst als sie zu Brandon Scott kamen, änderte sich alles. Brandon wurde dabei überrascht, wie er sich umzog, offensichtlich, um eine Runde laufen zu gehen. Er drehte sich zur Kamera um, rief mehrere Male „Nein!“ und wurde dann wütend angegriffen. Die Neunschwänzige Katze grub sich wieder und wieder in seine Haut, seine rauen Schreie wurden zu bettelndem Weinen.

Ein Schleier zog sich vor die Linse und dann war es vorbei. Brandon Scotts Schmerzensschreie verebbten zu einem Schweigen, das laut durch den Konferenzraum hallte. Der Angriff auf Brittany Carson war nicht dokumentiert worden.

Einen Moment schwiegen alle, versuchten, das Gesehene zu verarbeiten. Taylor war die Erste, die sich wieder im Griff hatte.

„Das war’s. Wir werden dieses Video sofort von der Seite nehmen lassen“, sagte sie. Lincoln würde sich darum kümmern. „Wie viele Leute haben das bisher gesehen?“

Daphne zeigte auf den Zähler am unteren Rand des Videos. „Es verbreitet sich schnell. Es ist erst gestern Nacht hochgeladen worden und hatte bereits fünfhunderttausend Klicks.“

McKenzie sah auf den Bildschirm. „Können Sie sagen, wer es gepostet hat?“

„Danach hatte ich gerade geschaut, bevor Sie kamen. Aber ich fürchte nicht – der Username besteht aus sinnlosen Buchstaben und Nummern, nichts Persönliches. Das ist das erste Video, das unter diesem Namen gepostet wurde. Es gibt keine Anhaltspunkte, die Rückschlüsse auf den User zulassen. Die Firma, die die Seite betreibt, könnte jedoch im Besitz weitergehender Informationen sein.“

„Lieutenant?“

Greenleaf saß immer noch auf seinem Stuhl; er war ganz grün um die Nase.

„Ja?“

„War das, ich meine, könnte das …?“, er atmete tief durch. „War das *echt*?“

Taylor war sich mit einem Mal sehr bewusst, wo sie sich befand. Sie saßen im Konferenzraum einer überregionalen Tageszeitung, die zu dem nationalen Medienkonzern *Gannett* gehörte, und das, was sie da gerade gesehen hatten, waren so dermaßen ungeheuerliche Neuigkeiten, dass sie für Tage die Schlagzeilen füllen würden. Von einer Story wie dieser konnte die Zeitung wochenlang zehren.

„Ich bin mir nicht sicher“, sagte sie deshalb vorsichtig. „Es scheint, dass dieses Video einige reale Elemente enthält. Aber David, bitte, bringen Sie es nicht. Bitte.“ *The Tennessean* hatte eine treue Online-Gemeinde, die sich aktuelle Nachrichten auf ihre Computer, Smartphones und Tablets schicken ließ. Würde die Zeitung das Video online stellen, würde es sich noch schneller und weiter verbreiten als bisher. Andererseits, vielleicht würde das den Server lahmlegen und ihnen die halbe Arbeit abnehmen.

Greenleaf schaute ihr nicht in die Augen, nickte aber. Sie hoffte, das bedeutete, er würde es erst einmal unter Verschluss halten, bis sie die Gelegenheit hatten, das Video von der Seite zu entfernen.

„Danke, Daphne. David.“ Taylor schüttelte Greenleaf die schwitzig feuchte Hand. Sie konnte es ihm nicht verdenken – dieser Film hätte jeden entsetzt. Ihr selber war auch etwas flau. Es gab keinen Zweifel – das Video war höchstwahrscheinlich echt.

Taylor und McKenzie nahmen die Filme aus den Überwachungskameras mit und kehrten ins CJC zurück. Tim Davis hatte den Brief als

Beweis gesichert und würde ihnen zusammen mit seinen Ergebnissen eine Kopie vorbeibringen. Taylor hatte Lincoln angerufen und bezüglich des Videos auf der Website vorgewarnt. Er wollte sich gleich dransetzen.

Taylor war immer noch ein wenig zittrig. Sie glitt hinter das Lenkrad, drehte sich zu McKenzie um und schaute zu, wie er sich in aller Ruhe anschnallte.

„Ich kann das nicht glauben. Ich kann mich an keinen einzigen Mordfall erinnern, bei dem es ein Begleitvideo gegeben hat. Hast du so etwas schon mal gesehen?", fragte sie.

Er nickte. „Unglücklicherweise ja. Einmal. Dieser Typ in Orlando hat in seinem Keller Filme gedreht. Er hat drei Mädchen getötet, bevor das Orange County Sheriff's Office ihn geschnappt hat. Aber die Filme damals wurden auf dem Schwarzmarkt verkauft, über Fetischclubs und so, und nicht übers Internet jedem zugänglich gemacht, der sie sehen wollte. Und ich habe auch die Opfer nicht dort gesehen, wo er die Filme gemacht hat. Aber das Ganze ist kein Einzelfall – wir leben in unserer eigenen schönen, neuen Welt."

McKenzie hatte sich die Symbole aus dem Brief abgeschrieben und betrachtete sie nun mit einer Intensität, dass Taylor dachte, er brenne ein Loch in sein Notizheft.

„Was meinst du, was sie bedeuten?", fragte sie.

„Ich weiß es nicht. Ich glaube, sie sollen heidnisch sein oder zumindest irgendetwas Okkultes symbolisieren – mehr kann ich im Moment auch noch nicht sagen."

„Wirklich? Du glaubst, sie passen zu den Pentakeln?"

„Ja, auf gewisse Weise schon. Die Ironie ist, das Pentakel ist ein Zeichen des Schutzes. Ein Symbol des unendlichen Lebens, des Kreislaufs des Jahres, der Vernetzung des Universums. Es steht nicht für das Böse, und es ist auch nicht dazu gedacht, Angst einzuflößen. Es ist ein sehr oft falsch interpretiertes Symbol."

Taylor warf ihm einen Blick zu. „McKenzie, woher weißt du das alles?"

Er schwieg einen Moment und seufzte dann laut. „Okay, das klingt jetzt bestimmt lächerlich."

„Gut."

„In der Junior-Highschool hab ich mich ziemlich viel mit diesen Sachen beschäftigt. Das ging bis in die Highschool."

„Du warst ein Goth?“

„Nein, na ja, so in der Art. Ich habe mich da hineingeflüchtet, um mich nicht mit meiner Sexualität auseinandersetzen zu müssen. Es war irgendwie sehr erleichternd, auf andere Kinder zu stoßen, die ebenfalls vom Leben verwirrt waren. Wir haben ein wenig herumexperimentiert und ich habe … ziemlich viel Wissen angehäuft.“

„Renn, du erstaunst mich immer wieder. Also kann ich dich als Experten für alles Okkulte betrachten?“

„Ich schätze schon. Aber das müssen wir ja nicht an die große Glocke hängen, oder? Ich komme mir deswegen irgendwie dumm vor.“

„Wir werden ja sehen, wie dumm du dich noch fühlst, wenn du erst einmal geholfen hast, sieben Morde auf einen Streich zu lösen. Du hast gesagt, das Pentakel steht für Schutz. Die Opfer sind definitiv nicht beschützt worden. Könnte es also als Schutz für den Mörder gedacht gewesen sein?“

„Ich glaube, dahinter steckt noch viel mehr. Die Reißzähne waren echt. Wer auch immer in dem Film mitgespielt hat, hat sie gefeilt und verlängern lassen, damit sie so aussehen. Es gibt Zahnärzte, die so etwas anbieten. Wir sollten uns mal vorsichtig unter den örtlichen Zahnärzten umhören, die kosmetische Korrekturen anbieten, und gucken, ob einer seine Arbeit wiedererkennt. Wir haben es hier mit jemandem zu tun, der glaubt, ein Vampir zu sein. Den meisten reicht es, diese Rolle nur zu spielen – es gibt sehr wenige tatsächlich sanguine Vampire da draußen. In Kombination mit den Symbolen würde ich sagen, hier probiert jemand verschiedene Religionen aus, um seinen Platz zu finden.“

„Sanguine Vampire?“

„Solche, die Blut trinken.“

„Ah. Also waren es religiös motivierte Morde, ausgeführt von einem blutsaugenden Vampir?“ Der Sarkasmus in ihrer Stimme war unüberhörbar. Mein Gott, sie glaubte nicht an Vampire. Oder an Hexen.

„Nein, es fühlt sich nicht so an, als hätten wir es mit einem wahren Gläubigen zu tun, mit jemandem, der gegen alles Heidnische ist und versucht, seinen Standpunkt klarzumachen. Für mich fühlt es sich eher suchend an. Jemand, der nach Antworten sucht, nach seinem Platz in der Welt. Die Symbole von dem Brief sind alte Zeichen. Einige von ihnen sind offensichtlich – das Pentagramm, der Mond und die Sonne, die die Zyklen der Erde repräsentieren, das Kreuz und der Blitz. Das umgedrehte Dreieck und das Phi-Zeichen könnten irgendetwas anderes bedeuten. Es könnte sich auch einfach nur um eine Reihe Zeichnungen handeln, die wie heidnische Symbole aussehen sollen. Vielleicht haben sie, abgesehen davon, dass sie interessant aussehen, überhaupt keine Bedeutung für unseren Mörder. Das kann man nie wissen."

„Also wenn diese Symbole nicht für das Böse stehen, was zum Teufel bezweckt dieser selbst ernannte Vampir dann damit, sie unter einen Brief zu setzen? Und warum spricht er immer von ‚wir'?"

„Vermutlich, weil es sich um mehr als einen handelt. Vielleicht um einen Zirkel. Wenn du mich an der Bücherei rauslässt, könnte ich die Bedeutung der Zeichen bestimmt schneller herausfinden."

Sie startete das Auto und bog auf den Broadway ab. „Sicher, aber warum recherchierst du nicht online?"

„Das könnte ich auch, aber ich habe, was diese Zeichen angeht, so eine Vermutung. Sagt dir Strega etwas?"

„Nein."

„Das steht für Stregheria oder auch italienische Hexenkunst. Es handelt sich um eine sehr erdverbundene Religion, heidnisch bis ins Mark, vermutlich der älteste heidnische Kult, der heute noch praktiziert wird. Natur ist Leben, und Magie ist das Wissen darum, wie man die Verbundenheit aller natürlichen Lebenskräfte kontrolliert. Strega sucht nach Wegen, die Erde durch ihre Anbetung zu verändern. Es ist eine positive Reise. Sie beten nicht den Teufel an oder so. Keine Tieropfer oder dunkle Engel. Zumindest heute nicht mehr – oder nicht mehr öffentlich."

Sie warf ihm einen Blick zu und sah, dass er versuchte, zu scherzen. Doch das funktionierte heute nicht. Dazu waren sie beide zu verstört. McKenzie schaute aus dem Fenster und fuhr fort.

„Einige dieser Zeichen sehen verdächtig nach Strega-Symbolen aus. Wir sprechen hier von mythologischer Verehrung, der polytheistischen Gesellschaft. Erde, Mond und Sterne repräsentieren verschiedene Götter und Göttinnen."

„Lass mich raten. Du sprichst auch Hexisch?"

Er schaute sie an und sah, dass sie ihn nur aufzog. „Sehr witzig. Hast du auf dem College nicht die Klassiker studiert?"

„Ich habe eine Vorlesung in Mythologie belegt, um meine Pflichtpunkte im Fach Freie Künste zu kriegen, aber das war's auch schon.

Ich erinnere mich nur an Zeus und seinen Blitz und irgendetwas mit einem Turmbau zu Babel."

„Du Ärmste. Das ist eigentlich ziemlich cooles Zeug. Die ganzen heidnischen Religionen fußen in polytheistischer Götterverehrung. Bei der Konvertierung der Massen mussten sich die Christen die Strukturen der Heiden zunutze machen. Deshalb gibt es bei den Katholiken auch heute noch so viele heidnische Rituale. Der Weihrauch, die Kerzen, die Fastentage, die Heiligen. Maria entspricht der Göttin, Christ dem Gott. Die Heiligen stehen für das Gleiche wie früher die Götter im Olymp – sie schützen bestimmte Teile des Lebens wie die Ernte, die Gesundheit, den Krieg. Ehrlich gesagt ist das alles sehr faszinierend."

„Honey, wir sitzen hier quasi in der Schnalle des Bibelgürtels. Solche Sachen hat man uns nicht beigebracht. Zugegeben, es ist interessant, aber welche Verbindung besteht zu unserem Fall? Meinst du, wir haben es mit Heiden zu tun? Ich dachte, du hättest etwas von sanguinen Vampiren erwähnt."

Er seufzte. „Ich glaube, dass mehr dahinter steckt, als auf den ersten Blick zu erkennen ist, und versuche, für alles offen zu sein."

„Tja, ich denke, wir haben es mit Verrückten zu tun, die sieben Kinder umgebracht haben. Ich kann beim Gedanken an früher auch ganz romantisch werden, aber das wird mir nicht helfen, den Fall zu lösen. Ich muss einen Verdächtigen finden, und zwar schnell. Was bedeutet, sich auf gute alte Polizeiarbeit zu verlassen anstatt auf einen Vortrag in Geschichte."

„Lass mich ein wenig recherchieren. Der Mörder könnte sich in einem veränderten Bewusstseinszustand befinden, vor allem, wenn er unter dem Einfluss von Drogen steht. Wir dürfen nicht vergessen, dass irgendjemand das Video gedreht hat, und vom zittrigen Bild her tippe ich auf eine Handkamera. Wir haben es definitiv mit mehr als einer Person zu tun."

„Großartig. Genau, was wir brauchen." Sie dachte einen Moment nach. „Vielleicht ist der Mörder in dem Video der Typ, den Lincoln auf den Bändern von den Tatorten gestern gesehen hat. Mein Gott. Wir haben sieben Tote, ein Mädchen, das sich mit letzter Kraft ans Leben klammert, einen Brief von jemandem, der behauptet, sie alle getötet zu haben, und einen Film von dem ganzen Vorgang. Vampire und Hexen, die in Nashville Amok laufen. Das schafft es definitiv in die landesweiten Nachrichten“, murmelte sie und bog erst auf die Eighth Avenue und dann auf die Church ab.

Vor der öffentlichen Bücherei von Nashville hielt sie an. Das hoch aufragende, dreistöckige Gebäude mit seinen römischen Säulen wirkte erdrückend, Unheil verkündend. Großartig, würde sie jetzt anfangen, in allem ein Zeichen zu sehen?

Ein Obdachloser blieb neben dem Wagen stehen und funkelte sie an. Dann setzte er sich wieder schlurfend in Bewegung und gesellte sich zu seinen Kumpels im Park. Die Ironie blieb ihr nicht verborgen – über die Bücherei und die Aufklärung und Bildung, für die sie stand, wachten die vergessenen Menschen der Stadt.

„Willst du immer noch mit zur Hillsboro? Ich kann dich auf dem Weg dahin wieder abholen.“

„Ja. Das klingt gut, ich ruf dich dann an. Das hier sollte nicht allzu lange dauern.“

Er stieg aus dem Auto, bereits vollkommen in seine Welt vertieft. Taylor seufzte, als er durch die reich verzierten Türen verschwand. Sie wusste nicht, warum, aber ihn weggehen zu sehen erinnerte sie an Memphis. James „Memphis“ Highsmythe, den Viscount Dulsie, besonderer Verbindungsmann der Terrorismusabteilung in der BAU in Quantico oder, um es präziser auszudrücken, der Metropolitan Police bei New Scotland Yard.

Baldwin hatte Memphis letzte Woche in Quantico gesehen, wo er sein neues Büro bezogen hatte. Sie hatte Baldwin nicht erzählt, dass Memphis außerdem mit ihr in Kontakt geblieben war.

Memphis hatte sich in den letzten Wochen anständig verhalten. Nach ihrem kleinen Intermezzo in Florenz und einem Kuss, der ihr noch tagelang durch den Kopf gegangen war, hatte sie ein paar diskrete SMS und E-Mails erhalten; nichts, was sie Baldwin nicht zeigen könnte, sollte das Thema mal aufkommen. Aber gestern, bevor man ihr öffentlich ihren Titel wieder verliehen hatte, war auf ihrem Schreibtisch ein Strauß weißer Rosen aufgetaucht. Auf der Karte stand nur *In Liebe, M.*

Sie hatte alle angemessenen und auch die nicht so angemessenen Gefühle durchlebt. *In Liebe, M.* Es wäre alles gut gewesen, wenn Baldwin es nicht gesehen hätte. Er hatte nichts gesagt, aber seinen Kiefer so fest angespannt, dass die Muskeln hervorgetreten waren. Sie hasste Memphis dafür, Baldwin so verletzt zu haben. Hasste ihn für seine Arroganz, ihr Rosen mit einer Karte zu schicken, auf der das Wort Liebe stand. Aber gleichzeitig war sie glücklich und wusste nicht, was das zu bedeuten hatte.

Beim Gedanken daran wurde sie wieder wütend, legte schnell einen Gang ein und trat fester aufs Gaspedal, als nötig gewesen wäre. Mit quietschenden Reifen schoss sie vom Bürgersteig auf die Straße zurück. Abwesend achtete sie kaum auf die Autoschlangen vor ihr, auf die Touristen, die sich auf den Bürgersteigen drängten und auf eine Gelegenheit warteten, die Straße zu überqueren, um sich auf dem Lower Broadway ein paar Stunden unterhalten zu lassen. Schließlich reichte es ihr und sie bog auf die Union Street ab und fuhr die Fifth hoch, während sie alle Gedanken an Memphis in die entsprechenden Schubladen zurückstopfte. Sie konnte nicht so weitermachen, aber sie wusste auch nicht, wie sie damit aufhören sollte. Sie wollte ihn nicht. Das sollte eigentlich alles sein, was zählte. Doch die Gedanken an ihn schlichen sich in den unangebrachtesten Augenblicken immer wieder ein.

Sie wollte mit Sam darüber sprechen, aber Sam war sowieso schon verärgert und reagierte höchst allergisch auf den Bruch in Taylors mentalem Protokoll. Sie hatten das Thema geflissentlich gemieden, nachdem Sam ihr vorgeworfen hatte, während einer Autopsie mit Memphis geflirtet zu haben. Bei dem Gedanken an ihren Streit brannten Taylors Wangen. Sie hatte nicht absichtlich geflirtet und war verletzt, dass Sam etwas anderes andeutete. Doch nun, nachdem Memphis ihr so offen gesagt hatte, was er für sie empfand, nachdem sie körperlichen Kontakt gehabt hatten, wusste sie nicht mehr, wie sie ihre Gefühle in Worte kleiden sollte, sodass ihre Freundin sie verstand.

Und da Sam wieder schwanger war, würde sie sich sowieso mehr auf sich und ihre Familie konzentrieren. Taylors Dummheiten hätten für sie keine Priorität. Mit einem Mal fühlte sie sich allein und isoliert. Das erste Mal seit Jahren. Um die Wahrheit zu sagen, sie hatte nicht viele Freunde, mit denen sie reden konnte – zumindest nicht über Herzensangelegenheiten.

Im Moment konnte sie deswegen also nichts unternehmen. Mit einem inneren Schulterzucken verbuchte sie es als Glück, von zwei Männern attraktiv gefunden zu werden, und beließ es dabei. Baldwin war der Bessere der beiden, derjenige, mit dem sie für immer zusammen sein wollte, und sie hatte gewiss nicht vor, ihre Beziehung zu gefährden, nur weil ein anderer Mann ein wenig in sie verliebt war.

Der Gedanke an andere Männer führte sie unweigerlich zu Fitz. Sie musste nachher unbedingt noch einmal beim North Carolina State Bureau of Investigation anrufen. Sicher würde sie dort jemanden finden, der sich ihre Seite der Geschichte anhörte und gewillt war, ein wenig Druck auf die Küstenwache auszuüben oder die Häfen zu überprüfen – irgendetwas, um ihr zu helfen, ihn zu finden. Sie spürte, wie allein der Gedanke an ihre Theorie, dass der Pretender sich Fitz geschnappt hatte, ihren Blutdruck in die Höhe schnellen ließ und fühlte sich besser. Tatendurstig. Sich Sorgen über Fitz zu machen war viel wichtiger, als sich den Kopf über Memphis zu zerbrechen.

Sie fuhr an den Büros von Channel Five vorbei und fragte sich, was da gerade zusammengeschnitten wurde. Das „Green-Hills-Massaker" hatten sie es heute Morgen genannt und Bilder von Taylor auf der Pressekonferenz gezeigt. Sie glaubte nicht, jemals größeren Druck verspürt zu haben, einen Fall zu lösen, als in diesem Augenblick.

16. KAPITEL

Quantico
15. Juni 2004
Baldwin

Der Wecker klingelte unerbittlich.

Guter Gott, war es etwa schon Morgen? Er verspürte einen dumpfen Kopfschmerz und hielt die Augen gegen das helle Licht geschlossen. Letzte Nacht hatte er vergessen, die Vorhänge vorzuziehen, und nun schien die Sonne durch die Holzstreben der Jalousien. Sein Mund war wie ausgedörrt – er brauchte ein paar Anläufe, um ausreichend Speichel anzusammeln und schlucken zu können. Als er es tat, flutete der Geschmack von Bourbon seinen Mund. Ah, richtig. Er hatte letzte Nacht getrunken. Sie alle hatten getrunken. Der Anblick der kleinen Leiche direkt neben dem Weg im Great Falls Park, zerbrochen und blass, die Beine zerschmettert, die blonden Haare wie eine Augenbinde über dem Gesicht, war ihnen allen nahegegangen.

Er bewegte den Kopf. Ein scharfer Schmerz schoss durch seine Schläfe. *Na toll.* Ein Kater würde bei der Autopsie der kleinen Susan Travers sicher hilfreich sein.

Vorsichtig öffnete er ein Auge und schaute auf den Wecker: 7:45 Uhr. Das Piepen schien immer lauter zu werden. Er wollte die Hand ausstrecken, um das grauenhafte Geräusch auszustellen, und merkte, dass er seinen Arm nicht bewegen konnte. Er probierte es noch mal und verspürte einen leichten Druck, war aber noch nicht wach genug, um zu erkennen, woher der kam. Langsam drehte er den Kopf auf die andere Seite und sah dunkelrotes Haar, das sich wie Blut über sein Kissen ergoss.

Er unterdrückte den Drang, seinen Arm mit aller Kraft zurückzuziehen, als wenn er von einer Schlange gebissen worden wäre. Verdammter Mist. Was hatte er getan?

Die Besitzerin der roten Haare rührte sich leicht und ermöglichte es ihm so, seinen Arm an sich zu ziehen. Er war komplett ohne Gefühl und Baldwin keuchte leise auf, als das Blut in die tauben Nervenenden zurückrauschte.

„Willst du das nicht mal ausstellen?“, fragte eine heisere, schläfrige Stimme.

Charlotte.

Mein Gott, er musste mehr getrunken haben, als er dachte. Er konnte sich nicht erinnern … oh, jetzt kam die Erinnerung wieder. Er hatte sie zu ihrem Auto gebracht. Sie hatte geweint. Er, ganz der galante Retter, hatte ihre Tränen mit seinen Fingern weggewischt, und dann war sie ihm auf einmal ganz nah gewesen, hatte ihn auf eine Weise berührt, von der sie beide wussten, dass sie keine gute Idee war. Sein Kopf hatte sich wie von allein geneigt, und das Gefühl ihrer weichen Lippen überwältigte ihn. Es war zu lange her, dass er mit einer Frau zusammen gewesen war, und sein Körper schmerzte vor Sehnsucht, in ihr zu sein.

Und er war in ihr gewesen. Er fühlte die Klebrigkeit an seinen Lenden, und bei der Erinnerung spannte sich die Haut wieder an.

Endlich war sein Arm wieder so weit einsatzbereit, dass er ihn ausstrecken und den Alarm ausstellen konnte. Er schaute zu seiner Linken, sah die großen, bernsteinfarbenen Augen, die ihn anstarrten. Ein unbehagliches Schweigen senkte sich auf sie herab, dann lächelte Charlotte. Er spürte eine zarte Hand seinen Oberschenkel hinauffahren. Er konnte nicht anders – seine Reaktion kam schnell und ohne nachzudenken. Während ein Teil seines Gehirns schrie: *Was zum Teufel tust du da?*, verlagerte er das Gewicht ein wenig, sodass ihre Hand direkt auf ihm landete. Sie streichelte ihn sanft, gekonnt, ließ ihre andere Hand über seine Brust wandern, und als er es nicht länger aushielt, rollte er sich auf sie, schob ihre Beine mit dem Knie auseinander und nahm ihre Lippen mit einem tiefen Kuss in Besitz. Er schob sich tief zwischen ihre Schenkel, es war ihm egal, ob er ihr wehtat. Wenn seine Erinnerung an letzte Nacht ihn nicht trog, mochte Charlotte es ein wenig rauer.

Er hörte, wie sie den Atem anhielt, als er in sie eindrang, spürte ihre Zähne an seiner Unterlippe. Sie krallte ihre Nägel in die extrem empfindliche Haut seines Rückens – mein Gott, sie hatte ihn letzte Nacht blutig gekratzt. Einen Moment lang verspürte er den Drang, sie aus Rache zu beißen. Doch stattdessen schob er seine Arme unter sie, umfasste ihren Hintern und hob sie leicht an, um noch tiefer in sie eindringen zu können. Sie schlang ihre Beine um seine Taille und erwiderte jeden seiner Stöße mit einer Bewegung ihrer Hüfte. Ihr Blick war nach innen gerichtet. Baldwin spürte, wie sich die Erlösung in ihm aufbaute, wie der uralte Rhythmus sich immer mehr beschleunigte und er sich verlor, ohne ihre triumphierenden Schreie zu hören.

Dreißig Minuten später stand er frisch geduscht und mit einem dampfenden Kaffeebecher in der Hand in der Küche seines Apartments und beobachtete, wie Charlotte sich mit geübtem Auge in seinem Zuhause umschaute.

Sie hob den neuen John Connolly hoch, den er gerade las, *Die Insel*, und lächelte ihn an, eine gefährliche Hauskatze auf der Pirsch. „Du hast einen guten Geschmack."

„Er ist einer meiner Lieblingsautoren. Kaffee?"

Sie schaute ihn quer durch den Raum hinweg an. Die Maske fiel, sie bog ihren Rücken einladend durch und schnurrte: „Mmh, ja, bitte."

„Kommt sofort." Er ging zur Kaffeekanne und schenkte eine Tasse ein, wobei er so tat, als höre er Charlottes nächste Bemerkung nicht.

„Hieran könnte ich mich gewöhnen", sagte sie und er erschauerte innerlich. Das Letzte, was er gebrauchen konnte, war, sich mit jemandem aus seinem Team einzulassen. Er hatte die Grenze bereits überschritten, weiter würde er nicht gehen.

Er goss sich auch noch einen Schluck Kaffee ein und drehte sich dann mit einem so neutralen Gesichtsausdruck wie möglich zu ihr um. Er wollte sie nicht ermutigen. Die letzte Nacht war ein Fehler gewesen. Er reichte Charlotte die Tasse.

„Wenn du ausgetrunken hast, setze ich dich an deinem Auto ab. Wir können nicht gemeinsam im Büro auftauchen. Ich kann nicht riskieren, noch genauer unter Beobachtung zu stehen als ohnehin schon."

Einen kurzen Moment lang hatte sie ihre Miene nicht unter Kontrolle, dann erholte sie sich und hob eine fein geschwungene Augenbraue. „Das war's also? Du tust lieber so, als wären die letzte Nacht und der heutige Morgen nicht passiert?"

Geschmeidig und elegant schlich sie zu ihm in die Küche und schlang ihre Arme um seine Taille. Er musste zugeben, dass sie ungemein anziehend war. Der Geruch nach Moschus und Rosen stieg ihm in die Nase. Er atmete tief ein und merkte, dass er schon wieder hart war. Guter Gott. Er hatte den Geist aus der Flasche gelassen.

„Das ist keine gute Idee, Charlotte. Du bist eine wunderschöne, intelligente Frau, aber …"

Charlotte rieb sich an ihm, presste ihre Hüften gezielt gegen seine. Sie stellte ihre Tasse ab, nahm auch ihm seinen Kaffee ab und legte seine warme Hand auf ihre nun entblößte Brust. Wie war sie so schnell aus ihrer Bluse herausgekommen? Er senkte den Kopf und ließ seine

Zunge über ihren Nippel schnellen. Sie nahm die Einladung an und öffnete den Reißverschluss seiner Hose. Er warf über ihren Kopf hinweg einen Blick auf die Uhr am Herd und dachte: Was soll's. In letzter Zeit hatte er genug unter Druck gestanden. Vielleicht war es ein Fehler, sich hiergegen zu wehren. Vielleicht war mit Charlotte zusammen zu sein genau das, was er jetzt brauchte.

Charlotte war klein, nur ungefähr einsfünfundsechzig, und er konnte sie mit Leichtigkeit anheben. Sie trug den gleichen engen schwarzen Rock, der ihn letzte Nacht schon gestört hatte. Schnell entdeckte er, dass sie keine Unterwäsche anhatte. Er setzte sie auf die Arbeitsplatte, drückte sie nach hinten, fuhr mit der flachen Hand an ihrem Körper entlang und zog sich ein Kondom über. Sie kicherte, und er spürte, wie sich auch in seiner Brust ein Lachen aufbaute. Sie benahmen sich wie die Teenager, machten sich noch nicht einmal die Mühe, sich auszuziehen. Es fühlte sich gut an. Besser, als er es hätte erwarten können.

Charlotte

Auf dem Weg zu ihrem Auto herrschte angestrengtes Schweigen. War es Baldwin peinlich? Schämte er sich? Sie kannte seine Gesichtsausdrücke noch nicht gut genug, um sagen zu können, was er dachte.

Sie respektierte sein Unbehagen und schlüpfte aus dem Auto, ohne etwas zu sagen. Im Kofferraum hatte sie einen Satz Kleidung zum Wechseln – den hatte sie immer dabei für den Fall, dass sie zu einem Tatort gerufen wurde. Sie fuhr zur Arbeit, schlang sich die Tasche über die Schulter und betrat beinahe ungesehen das Gebäude. Lediglich der Wachmann am Eingang bemerkte sie, aber was sollte der schon sagen? Es war nicht das erste Mal, dass ein Agent morgens den Weg der Schande antrat.

Nachdem sie sich umgezogen hatte, ließ Charlotte sich extra viel Zeit im Waschraum. Sie hatte keine Gelegenheit gehabt, ihre Haare vernünftig zu richten – anstelle feiner, seidiger Strähnen hingen die Enden wellig und ein wenig ausgefranst über ihre Schultern. Mit einer speziellen Bürste mit Wildschweinborsten bürstete sie wieder Glanz hinein und legte dann ein wenig Make-up auf.

So, schon besser. Würde man es ihr ansehen? Sie schaute sich im Spiegel ganz genau an. Ja, ihre Lippen waren ein wenig geschwollen und rot an den Rändern. Sein Bartschatten hatte ihre zarte Haut aufgekratzt. Sie dachte an die anderen Körperteile, die sich ebenfalls wund anfühlten, und bemerkte erfreut, dass eine leichte Röte sich ihren elfenbeinfarbenen Hals hinauf in ihre Wangen stahl. Oh, das war hübsch. Sie sah reif aus, wie eine perfekte Weintraube, die nur noch gepflückt werden musste.

Kein Wunder, dass er nicht hatte widerstehen können. Sie würde dafür sorgen, dass das so blieb. Jetzt wusste sie ja, welche seiner Knöpfe sie drücken musste.

Sie nahm die Taschen und ging zu ihrem Arbeitsplatz. Der Rest des Teams hatte sich bereits versammelt. Butler und Geroux schenkten ihr kaum Aufmerksamkeit, aber Sparrow sah sie misstrauisch an. Charlotte setzte das unschuldigste, engelhafteste Lächeln auf, das sie konnte, und hob dann eine Augenbraue in einer sinnlichen Begrüßung. Sparrow schmolz dahin.

Sie musste vorsichtig sein. Es würde nicht einfach, zwei Beziehungen parallel zu führen, vor allem wenn Sparrow langsam anfing, besitzergreifend zu werden. Sparrow war ein hübsches Mädchen, hübscher als sie wusste, durchtrainiert und sportlich mit einem entzückend schief stehenden Gebiss. Charlotte hatte sie vor drei Wochen verführt, nach einem langen Abend, an dem sie den Abschluss ihres ersten Falles als Team gefeiert hatten. Sie hatten das typische Mädchending gemacht, waren zusammen aufs Klo gegangen, wo Charlotte dann die Tür hinter ihnen zugeschlossen und sich mit weit gespreizten Beinen auf den Waschtisch gesetzt hatte, um sich von Sparrow oral befriedigen zu lassen.

Meine Güte, ihr wurde ganz warm. Hm, vielleicht Sparrow und Baldwin? Nein, vermutlich nicht. Dafür war Baldwin ein wenig zu provinziell. Aber es war eine schöne Fantasie. Das war genau die Weise, auf die sie ihr Leben am liebsten lebte – mit einem Partner jeden Geschlechts am Haken. Hart und weich, dunkel und hell. Sie lächelte innerlich und fuhr ihren Laptop hoch, wobei sie es kaum schaffte, das Bild, wie sie sich zu dritt auf dem Fußboden von Baldwins Büro herumwälzten, beiseitezuschieben. Sie musste sich konzentrieren. Dieser Fall, dieser Fall mit dem dummen Namen, trieb sie in den Wahnsinn.

Sie verstand nicht, wie Männer sich an kleinen Kindern vergehen konnten. Gewalt unter Erwachsenen, ja, das konnte sie nachvollziehen. Das war mit ein Grund, warum sie eine so gute Profilerin war – sie besaß eine gewisse Empathie für Mörder. Für ihre Dissertation hatte sie mehr als vierzig Serienmörder befragt und von beinahe allen neue Informationen zu ihren Fällen erhalten. Einer hatte sogar das Versteck einer Leiche preisgegeben – was schockierend war, wenn man bedachte, dass er dieses Geheimnis eigentlich als Druckmittel benutzte, um seine Privilegien im Knast zu behalten.

Ja, sie konnte gut mit Mördern. Sie war immer die Beste in ihrer Klasse gewesen, hatte ihren Doktortitel in Rekordzeit erworben, war direkt von der Uni weg vom FBI rekrutiert worden. Sie hatte sich ihren Weg in die BAU mit einer Kombination aus Intelligenz und Dreistigkeit erkämpft. Aber Fälle, in denen es um Kinder ging, waren nicht ihre Stärke.

Sparrow kam mit einem Stapel Akten in ihr Büro.

„Noch mehr Sexualverbrecher, die wir heute befragen müssen." Sie strich wie beiläufig mit ihrem Arm über Charlottes Schulter, als sie die Akten auf den Tisch legte.

Charlotte schob ihren Stuhl ein Stück zurück und drehte sich um, sodass sie Sparrow direkt anschauen konnte. Sie hob eine Augenbraue und wartete schweigend ab. Sie wusste, was kommen würde.

„Ich habe gestern Abend versucht, dich zu erreichen. Ich dachte, wir wollten uns treffen."

„Du hast angerufen?" Charlotte spielte die Unschuldige – Gott, für diesen Tonfall sollte sie den Oscar gewinnen. „Da muss ich schon geschlafen haben. Der gestrige Tag war so furchtbar und ich habe einiges getrunken. Es tut mir wirklich leid, Honey."

Sparrow errötete unter dem Kosenamen. „Naja, vielleicht klappt es ja heute Abend? Wir könnten uns was vom Inder holen. Ich weiß, wie sehr du das magst. Einfach nur zusammen ein Glas Wein trinken und entspannen."

„Ja, vielleicht heute Abend, Süße. Wir müssen sehen, was der Tag so bringt, stimmt's? Gott weiß, dass da draußen ein Verrückter nur darauf wartet, von uns gefasst zu werden. Sehen wir zu, dass wir ihn kriegen, hm?"

Sie fuhr mit einem Fingernagel an Sparrows Bein entlang, drehte ihren Stuhl dann wieder in Arbeitsposition und zog sich die erste Akte aus dem Stapel heran. Sparrow zögerte einen Moment, dann ließ sie sie in Ruhe.

Ja, es würde sehr, sehr kompliziert werden.

17. KAPITEL

Nashville
8:50 Uhr

Das Criminal Justice Center stand in der prallen Sonne, die Backsteinwände flimmerten in der Hitze. Taylor hatte bisher gar nicht gemerkt, wie warm es heute war – nach der Kühle der letzten Nacht fühlte es sich beinahe wie Sommer an. Verrücktes Wetter für den ersten November.

Menschen strömten in das Gebäude hinein und aus ihm heraus. Officers in Uniform, Detectives in Zivil, Fremde auf der Suche nach dem richtigen Gerichtssaal, Schwarze und Weiße und Gelbe und Braune, alle vermischten sich auf den Stufen der Gerechtigkeit. Nie wurde die Vielfalt Nashvilles besser ersichtlich als hier – vor dem CJC am Morgen.

Sie stellte den Lumina auf dem rückwärtigen Parkplatz ab und machte sich auf den Weg hinein, die Außentreppe hinauf, an deren oberem Ende ein neuer, großer Aschenbecher aus dunkelgrauem Kunststoff stand, der oben einen Schlitz hatte, in dem die ausgerauchten Kippen verschwanden. Obwohl sie vor mehr als einem Jahr mit dem Rauchen aufgehört hatte, überfiel sie hin und wieder das Verlangen nach einer Zigarette. Sie musste zugeben, es war nett, nicht mehr die Kippen wie zur Schlacht aufgereihte Strichmännchen in der Katzenstreu stecken zu sehen, die in dem alten Aschenbecher als Sandersatz hergehalten hatte.

Sie zog ihre Karte durch den Schlitz und fragte sich, wie oft in der Vergangenheit sie genau dieser Routine schon gefolgt war. Hunderte, Tausende Male. Immer in Eile auf dem Weg zu ihrem Büro, um sich um die dringendsten Fälle zu kümmern. Ein wenig beneidete sie ihren alten Boss Mitchell Price um seine neuen Arbeitszeiten.

Das Innere des Gebäudes summte nur so vor Aktivität. Die Flure waren voll mit Leuten, die zu ihren verschiedenen Terminen eilten. Taylor nickte denen zu, die sie erkannte, und hielt kurz am Getränkeautomaten an – heute Morgen brauchte sie dringend eine Cola light. Mit der kalten Dose in der Hand betrat sie die Mordkommission.

Commander Huston stand an Marcus Wades Tisch und blätterte in einer Akte.

„Guten Morgen, Ma'am", grüßte Taylor.

Huston drehte sich um und nickte ihr zu. Die Frau war knapp eins siebzig groß, eine Läuferin mit muskulösen Waden und einem kompakten Körperbau. An ihren Unterarmen traten die Adern hervor. Sie trug kein Make-up. Ihr Haar war kurz und hellbraun mit von der Sonne heller gefärbten Strähnen. Sie trainierte derzeit für einen Marathon und Taylor wusste, dass sie jeden Abend nach der Arbeit fünfzehn Meilen lief. Sie bewunderte die Entschlossenheit, mit der Huston ihr Leben führte – arbeiten und laufen waren alles, was sie interessierte, und in beidem war sie sehr gut.

Und sie ließ Taylor die Mordkommission so führen, wie sie es für richtig hielt, was noch besser war.

Huston drehte sich um und deutete auf Taylors Büro. Die beiden Frauen traten ein und schlossen die Tür hinter sich. Huston setzte sich auf den Besucherstuhl.

„Bringen Sie mich auf den neuesten Stand, Lieutenant. Was haben wir?"

„Wir haben offensichtlich ein paar Verrückte. Der Brief, der zum *Tennessean* geschickt wurde, ist mit einer Reihe heidnisch aussehender Symbole unterzeichnet, die vermutlich in Blut geschrieben wurden. McKenzie ist in diesem Augenblick in der Bücherei und versucht sie zu entschlüsseln. Unter den blutigen Zeichen stand ‚Blut ist Stärke, es ist alles, was ich dir geben kann'. Tim Davis führt alle möglichen Tests durch, um so viele Informationen wie möglich daraus zu ziehen."

„Gibt es Fingerabdrücke? Wie ist der Brief übergeben worden?"

„Bezüglich der Abdrücke weiß ich noch nichts, und der Brief wurde im Erdgeschoss auf dem Fußboden gefunden – am Hintereingang in der Nähe der Druckerei. Diese Tür ist verschlossen – nur Mitarbeiter des *Tennessean* haben dort Zutritt. Der Sicherheitschef glaubt, jemand hat den Brief durch die Tür geschoben, aber auf den Aufnahmen der Überwachungskameras ist seiner Aussage nach nichts zu sehen. Wir haben die Bänder mitgenommen. Ich werde Lincoln bitten, sie sich noch einmal genau anzuschauen. Was mir mehr Sorgen bereitet ist allerdings der Film."

Während sie sprach, tippte sie auf ihrem Computer die Adresse der Website mit dem Video ein. Sie drehte den Bildschirm zu Huston herum und passte auf, dass die Lautstärke nicht zu hoch eingestellt war. Sie wollte nicht, dass alle Kollegen angelaufen kamen, sobald die Schreie einsetzten.

Huston schaute ein paar Minuten lang zu. Sie wurde unter ihrem Teint ganz blass. Mit besorgtem Blick sah sie Taylor an.

„Was können wir tun?“, fragte sie.

Taylor drückte auf Stopp. Das Bild fror ein, der weit aufgerissene Mund mit den Reißzähnen schien sie zu verspotten. „Ich habe Lincoln bereits gebeten, sich mit dem Webseitenbetreiber in Verbindung zu setzen und den Film herunternehmen zu lassen. Ich kann mir nicht vorstellen, dass sie sich uns in diesem Fall widersetzen. Ich bin noch nicht dazu gekommen, Lincoln zu fragen, wie der aktuelle Stand ist.“

„Sie haben heute Vormittag einen Termin mit der Verwaltung der Hillsboro High School?“

„Ja, Ma'am. Um zehn Uhr.“

„Jetzt ist es fast neun. Ich lasse Sie dann mal lieber wieder Ihre Arbeit machen. Halten Sie mich auf dem Laufenden, vor allem, was diesen Film angeht. Das Krankenhaus hat sich bei mir gemeldet. Der jungen Brittany Carson geht es nicht so gut. Man erwartet nicht, dass sie es schafft. Es ist wohl nur noch eine Frage der Zeit. Sie hat bisher nicht das Bewusstsein wiedererlangt. Die Drogen haben wohl einen zu großen Schaden angerichtet. Es tut mir leid. Ich weiß, wie sehr Sie sich bemüht haben, sie zu retten.“

Taylor stieß einen tiefen Seufzer aus. „Ich bemühe mich, sie alle zu retten, Ma'am. Manchmal scheint es, als kämpfe ich auf verlorenem Posten.“

„Ja, das tut es, Lieutenant. Ja, das tut es. Sorgen Sie dafür, dass Ihre Detectives heute nach Feierabend mit dem Polizeipsychologen sprechen. Ich habe das Gefühl, dieser Fall wird uns alle noch eine ganze Zeit beschäftigen. Das gilt auch für Sie.“

„Ich werde es weitergeben, Ma'am. Bevor Sie gehen, habe ich noch eine Bitte. Unsere Rechtsmedizin ist mit diesem Fall vollkommen überlastet. Die verschiedenen toxikologischen Untersuchungen und DNA-Tests werden Wochen dauern, wenn wir sie ans TBI schicken.“

„Ja, das stimmt. Was schlagen Sie vor?“

„In der Vergangenheit haben wir in solch eiligen Fällen auf die Dienste einer Firma namens Private Match zurückgegriffen. Ich würde gerne die Erlaubnis bekommen, auch dieses Mal die Proben direkt dorthin zu schicken.“

Huston legte den Kopf auf die Seite. „Das halte ich für eine gute

Idee. Ich bekomme von oben ziemlichen Druck, den Fall so schnell wie möglich zu lösen. Wenn Sie glauben, dass Private Match uns helfen kann, dieses Ziel zu erreichen, bin ich dafür. Ich werde alle notwendigen Vorkehrungen treffen."

„Danke. Das wird uns sehr weiterhelfen."

„Achten Sie darauf, ein wenig Schlaf zu bekommen, Lieutenant. Das ist ein Befehl."

Huston schüttelte Taylors Hand und verschwand dann durch die Tür. Taylor löste ihren Zopf und kämmte sich die Haare mit den Fingern. Mit Huston zusammenzuarbeiten war einfach, aber auch wesentlich formeller, als sie es gewohnt war. Aber egal wie, sie war eine Frau, die wusste, wie man bekam, was man wollte, und das war genau das, was Taylor im Moment brauchte.

Ein Problem wäre also gelöst. Taylor hatte keine Zeit, in Gedanken über Brittany Carson zu versinken. Sie musste zugeben, sie hatte gehofft, das Mädchen würde es schaffen. Und sie hatte überhaupt keine Lust, sich mit dem Polizeipsychologen zusammenzusetzen.

Marcus kam an ihre Tür und klopfte leise an.

„Ja?", sagte sie.

„Wir haben einen Namen für den Mann, der auf den Überwachungsvideos von den Tatorten zu sehen ist. Wir haben einen Streifenwagen losgeschickt, ihn herzubringen. Mit etwas Glück ist er gegen elf Uhr hier."

„Warum dauert das so lange?"

„Er lebt im Norden der Stadt – die Fahrtzeit ist so lang."

„Wie heißt er?"

„Keith Barent Johnson."

„Okay. Was ist so besonders an Mr Johnson, dass wir ihn so schnell identifizieren konnten?"

„Der Name sagt dir nichts?"

„Nein. Sollte er?"

Marcus lächelte. „Er war im System, also habe ich ihn mal überprüft. Er ist letztes Jahr verhaftet worden, nachdem er unseren Präsidenten bedroht hat. Schlussendlich ist er wegen Steuerhinterziehung verurteilt worden."

„Oh, ja, ich erinnere mich. Er ist ein Spinner."

„Stimmt. Ein Spinner, der sich im Internet ‚König der Vampire' nennt."

Das weckte ihre Aufmerksamkeit. „Du machst Witze.“

„Mache ich nicht. Lincoln bittet dich, eine Minute zu ihm zu kommen, wenn du die Zeit hast.“

„Ja, aber wirklich nur eine Minute, ich muss zur Hillsboro. Magst du dir in der Zwischenzeit die Sicherheitsvideos vom *Tennessean* anschauen und gucken, ob du irgendjemanden siehst, der den Brief durch die Hintertür geschoben hat?“

„Den Brief des Mörders?“

„Ja. Aber behalte das noch für dich. Ich will so viel wie möglich zurückhalten.“ Sie briefte ihn kurz und sagte dann: „McKenzie recherchiert gerade die Symbole. Hey, sag mal, was ist eigentlich aus dem Jungen von letzter Nacht geworden? Der, aus dem Simaris Hund ein Stück herausgerissen hat?“

„Er liegt immer noch im Krankenhaus. Der Biss hat einen Muskel in seinem Bein verletzt. Er wird heute Nachmittag operiert und muss dann noch eine Weile zur Erholung im Krankenhaus bleiben.“

„Gut. Ich will noch mal mit ihm sprechen.“

Lincoln gesellte sich zu ihnen, die Dreadlocks standen wirr von seinem Kopf ab. Er sah fertig aus. Das taten sie alle – niemand hatte in der letzten Nacht geschlafen. Sie trugen alle noch die Klamotten vom Vortag und überlebten nur dank Koffein und Adrenalin.

„Die Firma, auf deren Seite das Video steht, arbeitet mit uns zusammen, aber das scheint nichts zu bringen“, sagte er und ließ sich in den nächstbesten Stuhl sinken. Halbherzig versuchte er, ein wenig Ordnung in seine Dreadlocks zu bringen.

„Was meinst du damit? Nehmen sie das Video nicht runter?“

„Doch, doch, sie haben unserem Wunsch sofort entsprochen. Er verstößt gegen die Regeln ihrer Online-Community. YouTube hat den Film sofort runtergenommen, nachdem er von einigen Zuschauern als obszön gemeldet wurde. Aber er hat sich schon zu weit verbreitet. Die Leute haben ihn auf ihren eigenen Computern gespeichert und laden ihn jetzt auf anderen Video-Sharing-Seiten rauf. Das Video ist inzwischen überall zu sehen – Vimeo, Vuze, MSN, Yahoo! – und alle Firmen versuchen, uns zu helfen, aber es wächst einfach zu schnell. Nach letzter Zählung befand es sich auf zehn Video-Sharing-Websites. Einige haben das Ende abgeschnitten, wo Brandon Scott ermordet wird, andere zeigen alles. Wir tun unser Bestes, aber wir kommen nicht dagegen an. Auf der Straße geht das Gerücht um, es wäre von einem

Independent-Filmteam gedreht worden. Irgendwelche Hollywood-Möchtegerns bieten offensichtlich qualitativ hochwertige, unabhängige Filme vor allem im Horrorgenre an. Die Zahl der Messageboards und Kommentare steigt sekündlich zu dem Thema. Alle debattieren darüber, ob das alles echt ist oder nur hervorragend bearbeitet. Inzwischen wird das Video auch schon per E-Mail verschickt."

„So eine Scheiße. Das ist ja wie eine verdammte Hydra. Informiere sofort Richter Botelli und ruf die stellvertretende Staatsanwältin Julia Page an. Mal sehen, ob es irgendwelche legalen Mittel gibt, dem Einhalt zu gebieten. Und sorg dafür, dass YouTube uns die Informationen zukommen lässt, von wem und wo das Video ursprünglich hochgeladen wurde. Das ist ein Beweis, und ich will verdammt sein, wenn ich zulasse, dass ihr Recht auf freie Meinungsäußerung einer möglichen Verurteilung im Weg steht."

„Das ist kein Problem, sie arbeiten bereits daran. Wer auch immer es gepostet hat, war ziemlich fit. Es wurde über verschiedene Server geroutet, um die Spur zu verwischen. Sie melden sich bei mir, sobald sie etwas in Erfahrung gebracht haben."

„Hat die Presse schon Wind davon bekommen?"

„Ja."

„Fuck!", sagte sie und schlug mit der flachen Hand auf den Schreibtisch.

Mit vor Müdigkeit verschwommenem Blick zog Lincoln eine Grimasse. „Du sprichst mir aus der Seele."

Taylor schickte McKenzie eine SMS, als sie das CJC verließ, um ihn wissen zu lassen, dass sie ihn in fünf Minuten am Eingang der Bibliothek abholen würde. Sie hatte gerade den Parkplatz betreten, da rief Sam an.

„Wir haben Abstriche von den Wunden aller Opfer genommen. Ich bin mir ziemlich sicher, dass die Todesursache eine Überdosis war, deshalb schicke ich die Blutproben zu weiteren toxikologischen Tests ein. Ich habe mit dem Vanderbilt telefoniert. Brittany Carsons Blut weist eine hohe Konzentration von Methylphenidat, Methylmorphin, Paramethoxyamphetamin, Methylendioxymethamphetamin und Diazepam auf. Die Dosen sind jeweils tödlich. Ich nehme an, damit haben wir es bei den anderen Opfern auch zu tun."

„Und das Ganze noch einmal für Laien, Sam?"

„Tut mir leid. Es ist genau das, was die ersten toxikologischen Untersuchungen ergeben haben: Ritalin, Kodein, PMA und MDMA – das ist das Zeug, das in Ecstasy und Valium steckt."

„Alles von dem gepanschten Ecstasy? Mein Gott. Da hat jemand aber viel Zeit investiert, um die richtigen chemischen Komponenten zusammenzustellen und sie in Ecstasy-Tabletten zu verstecken. Wann sind die Autopsien dran?"

„Nicht vor heute Nachmittag. Ich wollte dich nur wissen lassen, dass wir an den möglichen DNA-Spuren dran sind. Es wird allerdings ein Weilchen dauern."

„Schicke alles an Private Match. Ich habe die Erlaubnis bekommen, dass sie die toxikologischen und DNA-Untersuchungen durchführen dürfen. Sag ihnen, sie sollen sich beeilen, okay?"

„Mach ich. Bei dir sonst alles okay? Ich habe gehört, im Internet kursiert ein Video von den Morden?"

Taylor stieg in ihr Auto und schnallte sich an. „Stimmt. Die Internetfirmen versuchen gerade, es herunterzunehmen. Es hat aber schon sehr weite Kreise gezogen und taucht jetzt überall auf. Zum Glück halten die meisten Leute es im Moment noch für einen Horrorfilm, aber die Wahrheit wird noch schnell genug ans Licht kommen."

„Ich tue hier alles, was ich kann. Halte durch."

In Sams Stimme lag ein beinahe zärtlicher Unterton, der in den letzten Wochen gefehlt hatte. Taylor spürte, wie ihr die Tränen in die Augen stiegen. Sie vermisste Sam schrecklich.

„Ich bemühe mich. Danke, dass du die Autopsien so schnell angesetzt hast. Gibt es noch etwas, das ich wissen müsste?"

„Nein, aber wenn ich etwas finde, sage ich dir sofort Bescheid."

„Gut. Wir hören uns später." Sie steckte das Handy in ihre Jackentasche und holte McKenzie von der Bücherei ab. Er stieg mit einem breiten Grinsen im Gesicht ins Auto.

„Hey, bevor ich es vergesse, du musst dich heute irgendwann mit dem Seelenklempner zusammensetzen. Befehl von Huston."

„Oh, mit Victoria? Ich meine, Dr. Willig."

„Du kennst sie?"

„Klar. Sie ist toll. Ich habe mich ab und zu mit ihr über … na ja, über verschiedene Sachen unterhalten, du verstehst."

Taylor verstand. McKenzie hatte seine Verlobte durch Selbstmord verloren und trug diese Last auf seinen Schultern. Er würde sich immer dafür verantwortlich fühlen, weil seine sexuellen Vorlieben dazu geführt hatten, dass er die Verlobung löste. Das Mädchen war damit nicht klargekommen. Letztes Jahr war er von Orlando nach Nashville gekommen, um das Trauma endlich hinter sich zu lassen. Taylor wusste, dass sie eine von nur zwei Leuten war, die die ganze Geschichte kannten – der andere war McKenzies Freund, Hugh Bangor. Sie hatten sich bei einem Fall kennengelernt und standen sich sehr nahe.

Nun waren es wohl drei Leute. Dr. Victoria Willig schien auch eingeweiht zu sein. Das war gut. Je wohler McKenzie sich mit seiner Sexualität fühlte, desto weniger Bedeutung hätte sie bei der Arbeit. Taylor hatte eine tolerante Gruppe von Leuten um sich geschart, sie hätten garantiert kein Problem damit, dass McKenzie schwul war. Aber was den Rest des Departments anging, das war eine ganz andere Sache. Die Metro Police war wie das Militär und der Profisport – frag nicht, sag nichts.

„Wir kommen zu spät", sagte er.

„Ich weiß." Sie fädelte sich in den fließenden Verkehr ein, bog links auf die Sixth ab und fuhr quer über den Broadway zur Twenty-first. „Du bist offensichtlich fündig geworden."

„Ja, bin ich. Die Symbole, die ich nicht erkannt habe, das Dreieck und das Phi-Symbol. Sie repräsentierten zusammen mit dem Kreuz und dem Blitz die Wächter. Das sind die Schutzengel, die zum Schutz des magischen Zirkels angerufen werden." Er hielt ihr eine Zeichnung unter die Nase. Sie schaute kurz drauf, um sich etwas anzuschauen, das wie vier Strichmännchen aussah.

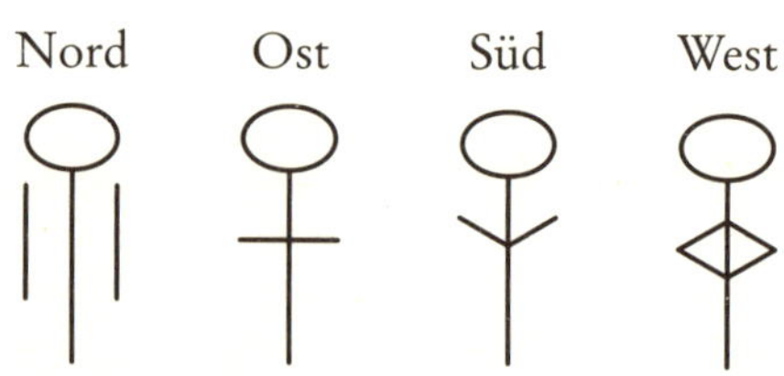

Sie richtete den Blick wieder auf die Straße. „Die Wächter repräsentierten die vier Himmelsrichtungen?"

„Mehr als das. Sie korrespondieren mit den Elementen, den Jahreszeiten, den Sternen, den Planeten. Nord, Süd, Ost, West – Erde, Luft, Feuer, Wasser. Die Wächter spielen in nahezu jedem Aspekt der Hexenkunst eine große Rolle. Aber am wichtigsten ist, dass sie zum Schutz angerufen werden. Die Symbole auf dem Brief repräsentieren die schützenden Elemente. Der Mörder, der Verfasser des Briefs, hat versucht, den Segen für sich zu erhalten, so viel steht fest. Wie ein Talisman. Ein Glücksbringer."

Taylor schaute ihn an. „Ich wusste nicht, dass es Glück bedeutet, etwas in Blut zu schreiben."

„Aus Blut erwächst Kraft. Und nur darum geht es."

„Was hat es dann mit den Strichmännchen auf sich?"

„Das sind die Positionen, die die Wicca einnehmen, wenn sie die Wächter anrufen. Wenn du dir die Tatortfotos noch einmal anschaust, wird dir auffallen, dass die Opfer genau in diesen Posen vorgefunden wurden – entweder die Arme an den Seiten oder ausgestreckt, wie die Wächter des Nordens, des Ostens, des Westens und des Südens."

„Ah, natürlich."

McKenzie hörte den Sarkasmus in ihrer Stimme. „Einige Leute nehmen das sehr ernst, LT. Sie leben in dieser Welt. Sie glauben daran. Es unterscheidet sich nicht so sehr vom normalen Kirchgang, weißt du. Jeder braucht etwas, an das er glaubt. Heiden glauben einfach nur an Dinge, derer du und ich uns nicht bewusst sind."

Taylor gähnte so ausgiebig, dass es in ihren Ohren knackte. Die Sonne stahl sich hinter einer Wolke hervor und spiegelte sich auf den Autos um sie herum. Sie setzte ihre Sonnenbrille auf.

„Ich verrate dir mal was. Glaube oder nicht, ich will denjenigen fassen und bestrafen, der das getan hat. Ich habe mich der höheren Macht der Handschellen verschrieben, verstehst du?"

18. KAPITEL

Quantico
1. November
8:50 Uhr

„Also geben Sie zu, eine Affäre mit Dr. Douglas gehabt zu haben?"

Tucker schaute ihn lüstern an, und Baldwin fragte sich, was ihm wohl gerade durch den Kopf ging. War Tucker auch einer der Männer gewesen, die Charlottes Zuwendungen genossen hatten? Er schaute ihn sich genauer an – die Halbglatze, den Bauchansatz, die graue Haut. Schon möglich. Charlotte hatte sich nie für die Verpackung interessiert, sondern nur dafür, was sich in der Geschenkbox befand. Sie hatte den Hang, das, was sie da vorfand, so lange hin und her zu schieben, bis all ihre Bedürfnisse befriedigt waren. Er musste ab jetzt noch umsichtiger vorgehen.

„Das habe ich nie bestritten. Wir waren Kollegen, die sich in einer höchst angespannten Situation befanden. Wir haben gemeinsam an einem grauenhaften Fall gearbeitet. Sie wissen, wie so etwas läuft, Sir. Wir waren nicht die ersten Teamkollegen, die sich einander zugewandt haben, um Trost und Zuspruch zu finden." Baldwin weigerte sich, den Blick zu senken, sondern schaute Tucker gerade in die Augen. *Komm schon, Wichser. Du hast deine Assistentin jahrelang gevögelt und alle haben es gewusst. Worauf bist du wirklich aus?*

Tucker besaß den Anstand, leicht zu erröten. „Ich denke, wir können die schmutzigen Einzelheiten überspringen, Dr. Baldwin. Fangen wir noch einmal mit Susan Travers an. Sie war das vierte vermutliche Opfer von Harold Arlen, richtig?"

„Nein, sie war das fünfte Opfer."

Northern Virginia
15. Juni 2004
Baldwin

Bei dem Geruch wurde ihm übel. Egal, wie vielen Autopsien er auch beiwohnte – zum Glück waren es nur einige, immer mal wieder –, sie schlugen ihm immer wieder wortwörtlich auf den Magen. Die Fahrt von Quantico hierher, gepaart mit dem Kater der letzten Nacht und einem leicht unangenehmen Gefühl, weil er mit Charlotte herumgemacht hatte, machte es nicht besser.

Er ließ seine Gedanken abschweifen von dem kleinen Körper, der auf dem Autopsietisch lag. Susan Travers war das fünfte Opfer in genauso vielen Wochen: Baldwin war nach dem dritten Opfer dazugerufen worden. Die achtjährige Ellen Hughes war auf dem Weg von der Schule verschwunden. Man hatte sie drei Tage später an einen Baum im Great Falls Park gebunden gefunden – die Beine gebrochen, ein Stich in die Brust.

Sein Team war damals noch relativ neu. Vor zwei Monaten waren sie alle noch jugendlich-frische Agents, die gerade erst von der Abteilung für Verhaltensforschung akquiriert worden waren. Sie fanden es immer noch cool, dort zu arbeiten, hatten noch nicht genug von dem Grauen gesehen, das diese Arbeit für sie bereithielt. Normalerweise wurden sie nur bei Verbrechen gegen Erwachsene eingesetzt, aber als der leitende Profiler der BAU One einen Herzanfall erlitt, hatten sie in diesem Fall aushelfen müssen.

Der Great-Falls-Fall hatte ihrem Enthusiasmus relativ schnell einen Dämpfer verpasst.

Baldwin hatte das Team persönlich zusammengestellt: Caleb Geroux war aus New Orleans, ein Detective der Mordkommission mit einem ungeschlagenen Talent, Verdächtigen ein Geständnis zu entlocken; Jessamine Sparrow, so zierlich, wie ihr Name besagte, eine ehemalige Hackerin und nun sein Computergenie; und Olen Butler, sein forensischer Experte.

Butler war ein ganz besonderer Fund. In den Monaten, bevor Baldwin ihn ins Team holte, hatte er ein brandneues DNA-Programm für ihr CODIS-System entwickelt. Das kombinierte DNA-Index-System arbeitete schwer daran, DNA-Proben aus dem ganzen Land zu vergleichen, und Butlers intuitives Programm nutzte einen Teil von ViCAP, dem Violent Criminal Apprehension Program, wie die landesweite Datenbank zur Verbrechensbekämpfung genannt wurde, um schnellere und bessere Treffer in CODIS zu erzielen als jemals zuvor.

Diese Ansammlung ungewöhnlicher Talente bildete die Behavioral Analysis Unit Two, Baldwins Einheit.

Charlotte Douglas war die erfahrenste Profilerin in diesem Team. Sie hatte einen Doktor in Kriminalpsychologie von der Universität in

Georgetown und einen unschlagbaren Selbsterhaltungstrieb. Anders als die anderen war sie dem Team schon vor zwei Monaten zugeteilt worden. Baldwins Boss Garrett Woods hatte einem anderen Bureau-Chief „einen Gefallen getan“ und sie an Bord geholt.

Baldwin kannte nur die grundlegenden Fakten über Charlotte. Die Teile ihrer Personalakte, die er hatte einsehen dürfen, waren stringent und in sich stimmig: Ausbildung, Empfehlungen, Erfahrungen. Sie war niemand, der viel über seine Vergangenheit sprach, und er fragte sich kurz, wieso. Einmal hatte sie etwas von einem Internat erwähnt, und dass sie nicht bei ihrer Familie aufgewachsen war, aber mehr wusste er auch nicht.

Wollte er mehr wissen?

Du weißt heute eine ganze Menge mehr über sie, als du gestern gewusst hast. Zum Beispiel, dass ihre roten Haare echt waren. Dass sie im Bett keine Angst hatte. Dass sie im Schlaf schrie wie ein Kätzchen, das einen Albtraum hatte.

Siehst du, Trottel? Das passiert, wenn du eine Kollegin vögelst. Super gemacht.

Er schalt sich innerlich ein paar Minuten lang, dann zwang er sich, seine Aufmerksamkeit wieder auf die Autopsie zu richten. Sie kamen gerade zu einem Ende, erste Schlussfolgerungen wurden gezogen. Die Wundspuren waren identisch, die Signatur zu spezifisch. Susan Travers war von dem gleichen Mann getötet worden, der schon vier andere kleine Mädchen ermordet hatte. Die Presse nannte ihn den Uhrwerk-Mörder. Für Baldwin war er einfach ein Täter.

Der Rechtsmediziner war sich ziemlich sicher, dass Travers seit vier Tagen tot war, was bedeutete, ihnen lief die Zeit davon. Ihr Täter hielt sich an einen wöchentlichen Plan; es war möglich, dass heute ein weiteres Mädchen verschwinden und heute Nacht getötet würde, um in drei Tagen irgendwo aufzutauchen. Außer, Baldwin schaffte es, ihm zuvorzukommen und ihn aufzuhalten.

19. KAPITEL

Nashville
10:00 Uhr

Die Hillsboro High School besaß nichts von dem Charme der vielen Privatschulen in der Stadt. Sie sah aus wie eine Fabrik aus den Sechzigern – überall schmale Fenster und Stahlbeton. Die Sporthalle aus schmutzig weißen Ziegeln mit grünen Akzenten stand direkt an der Straße, die Schule selber war ein wenig zurückgesetzt und duckte sich in die umgebende Landschaft.

Traurigkeit hing in der Luft, alles fühlte sich seltsam leer an. Sogar für einen Samstag wirkte es ungewöhnlich verlassen.

Sie betraten das Gebäude und Taylor fiel sofort auf, wie klein alles wirkte. Gut, es war eine Weile her, seitdem sie das letzte Mal hier gewesen war – während eines Intermezzos mit einem definitiv nicht zu den Privatschülern gehörenden Jungen, der auf die Hillsboro gegangen war. Sie hatte mit ihm irgendeine Tanzveranstaltung besucht – die üblichen Kulissen aus Pappmaschee, Rosen und handgemalte Banner, die in der Turnhalle gespannt waren – und war von dem Abend so gelangweilt gewesen, dass sie danach auf keinen seiner Anrufe mehr reagiert hatte. Sie konnte sich gerade noch an seinen Vornamen erinnern, Edward, und dass er ein Motorrad hatte, was der Grund dafür gewesen war, sich überhaupt mit ihm einzulassen.

Jetzt sah nichts in der Schule mehr so aus, wie sie es in Erinnerung hatte. Sie zuckte mit den Schultern. Es war beinahe zwanzig Jahre her, dass sie zuletzt einen Fuß hineingesetzt hatte.

Ein kleines, grauhaariges Energiebündel tauchte vor ihnen auf und streckte seine runzelige Hand aus, um sie zu begrüßen.

„Lieutenant Jackson? Ich bin Cornelia Landsberg. Danke, dass Sie gekommen sind."

„Ah, Sie sind die Rektorin. Ausgezeichnet. Sehr erfreut, Sie kennenzulernen, Ma'am. Das hier ist Detective Renn McKenzie. Er wird die Befragung heute mit mir gemeinsam durchführen."

Landsberg ging vor in Richtung ihres Büros. Taylor konnte das Gefühl nicht unterdrücken, etwas angestellt zu haben. Sie sah, dass McKenzie ihr einen Blick zuwarf und ihre Körpersprache richtig deutete – *Wann bist du das letzte Mal im Büro der Rektorin gewesen?* Sie hustete und verbarg ihr Lächeln hinter der Hand.

Sie betraten das Schulsekretariat, das genauso aussah wie tausend andere Schulsekretariate. Es roch jedoch anders. Taylor verband das Vorzimmer der Schule immer mit dem Geruch nach Matrizen, obwohl man zu der Zeit, als sie an der Oberstufe auf der Father Ryan war, schon auf Computer umgestellt hatte.

Poster der Maskottchen hingen an den Wänden, feuerten die Schülervertretung und das Basketballteam an. Eine junge Brünette, vermutlich eine Assistenzlehrerin, saß geschäftig hinter dem Schreibtisch. Landsberg ignorierte sie und führte Taylor und McKenzie durch eine hölzerne Schwingtür in die Tiefen der lehrkörperlichen Autorität.

„Gwen Woodall und Ralph Poston werden auch dabei sein – sie sind unsere Vertrauenslehrer. Sie haben bereits alle Akten unserer Problemschüler herausgesucht." Sie blieb stehen und schaute Taylor aus ihren dunklen Knopfaugen an. Taylor war überrascht über die Ähnlichkeit der Frau mit einer kleinen Taube.

„Wir haben unsere Kinder im Blick, Lieutenant. Nach Columbine haben alle Schulen ein engeres Verhältnis zu ihren Problemkindern aufgebaut. Es tut mir leid, sagen zu müssen, dass wir einen Trauerplan für genau solche Situationen entwickelt haben. Wir haben die Schüler heute herkommen lassen, um ihnen Trost zu spenden. Sie sind jetzt in der Sporthalle und sprechen mit extra dafür angeforderten Trauerberatern. Es tut ihnen gut, zusammen zu sein, ihre Gefühle miteinander zu teilen. Das macht es nicht leichter, aber erträglicher, zu wissen, dass andere das Gleiche durchmachen. Glauben Sie, einer unserer Schüler könnte dafür verantwortlich sein?"

„Ich wünschte, ich könnte es mit Sicherheit sagen, Ma'am. Wir versuchen im Moment nur, so viele Informationen wie möglich zu sammeln. Wir haben allerdings einen Schüler, über den wir gerne reden würden – ein Junge aus der Unterstufe namens Thor."

„Thor? Den Namen habe ich noch nie gehört. Haben Sie auch einen Nachnamen dazu?"

„Nein, wir wissen nur, dass er seinen Mitschülern Drogen verkauft."

„Drogen?" Sie schüttelte den Kopf. „Sie finden doch immer einen Weg, oder? Zu meiner Zeit war es Gras und die Lehrer haben es mit ihren Schülern gemeinsam geraucht. Jetzt haben wir diesbezüglich eine Null-Toleranz-Politik, aber natürlich hört man immer wieder mal Gerüchte. Es scheint, als können wir sie nicht mehr davor beschützen, nicht davon isolieren. Sie alle haben MySpace- und Facebook-Seiten, Twitter und SMS – meine Güte, sie haben sogar ihre eigene Sprache. Unsere Englischlehrer hatten gerade letzte Woche ein Treffen, um zu besprechen, ob einige der umgangssprachlichen Abkürzungen in den Lehrplan aufgenommen werden sollten, da die Kinder ja sowieso nicht aufhören, sie zu benutzen. Wir haben uns dagegen entschieden, sind aber gewillt, alles zu tun, was nötig ist, um zu unseren Schülern durchzudringen. Ich habe selber einen Twitter-Account und alle Schüler haben meine Handynummer. Ich ermutige sie, mir jederzeit eine SMS zu schicken, wenn sie das Bedürfnis danach haben. Aber Drogen ... So ein Verhalten kann ich hier nicht dulden. Wenn wir denjenigen erwischen, wird er sofort der Schule verwiesen. Da sind wir."

Sie öffnete die Tür zum Lehrerzimmer. Ein Hauch von Zigarettenrauch hing in der Luft – da in Landsberg noch ein winziger Rest Hippie zu schlummern schien, nahm Taylor an, sie würde nicht allzu viel Wirbel veranstalten, wenn einer ihrer Lehrer diesen Raum für eine kleine Zigarettenpause nutzte. Besser, es zu verstecken, als den entsprechenden Lehrer nach draußen zu schicken, wo er womöglich von Schülern gesehen würde. Sie war sicher, dass es irgendeine Regelung gab, die Tabak an Schulen verbot, aber solange die Staatsvertreter heimlich im Parlamentsgebäude rauchten, würde man bei den Lehrern sicher auch ein Auge zudrücken.

Tue, was ich sage, nicht, was ich tue. Diese Lektion hatte sie von jedem Erwachsenen in ihrem Leben gelernt, aber hauptsächlich von ihrem Vater. Sie schluckte den Ärger herunter, der sich beim Gedanken an Win Jackson in ihr aufbaute, der gerade in einem Staatsgefängnis in West Virginia einsaß, und an ihre mal wieder abwesende Mutter Kitty, die sich nun, beinahe ein Jahr später, immer noch mit einem Mann in Europa aufhielt, den Taylor nie kennengelernt hatte. Sie hatten in dieser Zeit nur einmal miteinander gesprochen, als Taylor sie angerufen und ihr berichtet hatte, dass sie Win festgenommen hatte. Ihre Mutter war erst wütend geworden, dann hatte sie resigniert.

„Das ist einfach nur peinlich, Taylor. Was werden meine Freunde über dein Verhalten denken?"

Taylor hatte heißblütig erwidert: „Was werden sie von deinem halten, Mutter, wenn du mit irgendeinem reichen Playboy durch die Länder ziehst, mit dem du keine wirkliche Beziehung hast?" Kitty hatte daraufhin einfach aufgelegt, und seitdem hatten sie nicht mehr miteinander gesprochen.

Landsberg stellte alle einander vor. Taylor richtete ihre Aufmerksamkeit wieder auf die Gegenwart.

„Gwen Woodall, Ralph Poston, das sind Lieutenant Taylor Jackson und Detective Renn McKenzie. Ich werde Sie jetzt ein wenig allein lassen – ich will mal nach den Schülern in der Turnhalle sehen. Rufen Sie mich an, wenn Sie irgendetwas benötigen." Sie tippte an ihr Telefon, das an ihrem Gürtel klemmte, schlüpfte dann leise aus dem Raum und schloss die Tür hinter sich.

„Bitte setzen Sie sich doch." Poston zeigte zu den Stühlen auf der anderen Tischseite. „Wir haben den Vormittag damit zugebracht, die Akten durchzugehen und uns zu unterhalten. Das ist alles einfach ... einfach so ..." Er brach ab und seine Kollegin kam ihm zu Hilfe. Sie legte ihm eine Hand auf den Arm.

„Ist schon gut, Ralph. Lass deine Gefühle raus."

Er fing an zu schluchzen, und Woodall schenkte Taylor ein entschuldigendes Lächeln. „Es hat uns alle schwer getroffen, wie Sie sich vorstellen können. Wir haben eine Liste mit Namen der Jungen, mit denen wir in letzter Zeit Schwierigkeiten hatten."

Taylor und McKenzie setzten sich an den Tisch und Taylor öffnete ihr Notizbuch.

„Bitte erzählen Sie uns alles."

„Okay." Woodall reichte Poston ein Taschentuch. „Schon gut, Ralph. Alles wird wieder gut."

Er putzte sich die Nase mit einem lauten Tröten, wie eine Gans, die erdrosselt wird. Taylor biss sich auf die Lippe, um nicht laut zu lachen.

Woodall sah aus, als müsste sie sich auch zusammenreißen, um nicht loszukichern. Taylor mochte sie. Sie hatte wache Augen und lächelte viel, ihre braunen Haare waren zu einem kinnlangen Bob geschnitten und auf der Nase hatte sie viele kleine Sommersprossen. Sie sah eher wie eine Schülerin als eine Psychologin aus. Sie schob einen Stapel Papier über den Tisch.

„Wir sind die Akten durchgegangen und haben alle Schüler rausgesucht, bei denen narzisstische und psychopathische Tendenzen diagnostiziert wurden. Da wir es hier mit Teenagern zu tun haben, ist der Stapel unglücklicherweise einigermaßen dick. Ich habe sie deshalb noch einmal daraufhin überprüft, wer von ihnen schon einmal mit Drogen in Konflikt gekommen ist und bin bei fünfzehn Namen gelandet. Sie stehen auf der zweiten Seite."

Taylor blätterte die Akten durch. Große, zornige Augen schauten sie an, Gesichter, auf denen sich Streitlust, Angst oder Verachtung abzeichneten. Viele waren schwarz, nur ein paar weiß, und es gab lediglich einen asiatischen Jungen, vermutlich vietnamesischer Abstammung. Sie alle sahen verloren aus. Taylor gab die Seiten an McKenzie weiter.

„Wie sieht es mit Drohungen gegen die Schule oder andere Schüler aus? Wir haben gehört, dass es letzte Woche möglicherweise eine Drohung gegenüber den Schülern gegeben haben soll, die umgebracht wurden."

Woodall schaute auf ihre Hände. „Sie wissen doch, wie es ist, Lieutenant. Wir haben Metalldetektoren an den Türen, auf dem Flur patrouilliert ein Wachmann. Unter den Schülern wird ständig irgendjemand gemobbt und herumgeschubst. Es ist fast nicht möglich, das komplett zu verhindern. Wir haben eine sehr vielfältige Schülerschaft, alle Hautfarben, von reich bis arm, von der glücklichen Familie bis zum Heim. Rivalität flammt auf, es entsteht Feindseligkeit, die Clique wird gespalten. In letzter Zeit hatten wir ein paar Probleme mit verschiedenen Gangs, und ich bin sicher, Sie haben die Gerüchte gehört, dass die Einbruchsserie vor Kurzem von Schülern der Hillsboro begangen worden sein soll. Aber wir geben jeden Tag unser Bestes."

Taylor hatte davon gehört – innerhalb der letzten Monate waren drei verschiedene Familien von einer Gruppe junger Männer als Geiseln genommen und ausgeraubt worden. Dann hatte man sie gezwungen, die Geldautomaten der Umgebung abzufahren und an jedem Geld abzuholen. Bislang war der Fall noch nicht in ihren Zuständigkeitsbereich gefallen, weil es Gott sei Dank keine körperlichen Übergriffe oder gar Tote gegeben hatte. Das Raubdezernat hatte jedoch alle Hände voll damit zu tun, die Verdächtigen aufzuspüren.

Poston steckte endlich das Taschentuch weg. „Wir glauben nicht, dass es einer unserer Schüler war, aber natürlich versuchen wir, nur das Beste von ihnen zu denken."

„Natürlich", erwiderte McKenzie. „Ich glaube, die Person, nach der wir suchen, ist sehr schüchtern und würde sich nicht auf offene Streitereien mit den anderen Schülern einlassen. Er wäre still und leise wütend. Er hat gute Noten, sagt im Unterricht aber nicht viel. Er hat nicht viele Freunde, vielleicht ein oder zwei, mit denen er seine Zeit verbringt. Jungen und Mädchen, die sind wie er. Er könnte religiös sein oder sich aktiv vom Rest der Schüler abgrenzen. Beobachter. Wir suchen nach Beobachtern."

Taylor hob eine Augenbraue. Das ergab Sinn.

Poston schüttelte den Kopf. Er erinnerte Taylor an einen von Winnie Puuhs Freunden, I-Aah. „Sie haben gerade die Hälfte der männlichen Schülerschaft beschrieben. Die andere Hälfte interessiert sich vorwiegend für Sport und Mädchen."

„Wie steht es mit Goths?", fragte Woodall. „Ich habe gehört, dass es an den Tatorten Pentagramme gegeben haben soll. Das könnte zu der Szene passen."

„Pentakel, nicht Pentagramm. Ein Pentagramm ist ein geometrisches Symbol, ein einfacher Stern. Ein Pentakel ist ein Stern in einem Kreis. Haben Sie irgendwelche Schüler, die sich verstärkt für das Okkulte interessieren?"

„Oh, sicher. Die Goths zelebrieren ihre Andersartigkeit. Sie bemalen ihre Hefte mit seltsamen Zeichnungen, schreiben schwarze Poesie. Sie werden ab und zu drangsaliert, bleiben aber meistens unter sich. Wir haben strikte Regeln gegen Make-up – wir wollen nicht, dass sie sich zu sehr von ihren Altersgenossen unterscheiden. Aber sie hocken zusammen, besuchen oft die gleichen Kurse."

„Wer ist in dieser Gothic-Clique?", wollte Taylor wissen. „Und befindet sich irgendwer von ihnen in diesen Akten, die Sie für uns herausgesucht haben?"

Woodall blätterte durch die Seiten, als wenn sie ihr Gedächtnis auffrischen müsste, obwohl Taylor das Gefühl hatte, sie kannte die Akten in- und auswendig. „Seltsamerweise ist keiner von ihnen dabei. Sie sind alle so traurig, aber keinen von ihnen würden wir als bedrohlich einstufen. Wir versuchen, sie dazu zu bringen, sich zu öffnen, aber sie ziehen sich zurück und wollen an nichts wirklich teilnehmen."

„Was ist mit einem Jungen, der Drogen an die Schüler der Oberstufe verkauft, vor allem an die beliebten? Laut der uns vorliegenden Beschreibung ist er eher klein, hat blondes Haar und nennt sich vermutlich nach einem Comichelden wie Thor."

„Thor?" Woodall wirkte einen Moment verwirrt. „Meinen Sie vielleicht Thorn? Den Namen habe ich schon mal gehört. Aber ich kann mich nicht erinnern, wo. Ralph, weißt du das noch?"

„Ich dachte, es wäre ein Codewort dafür, den Unterricht früher zu verlassen. So wie der Stachel im Herzen."

Woodall verdrehte die Augen. „Nein, ich erinnere mich definitiv an eine Unterhaltung, die ich letzte Woche gehört habe. Es ging um einen Jungen namens Thorn. Es waren zwei aus der Oberstufe ... oh mein Gott, es waren Jerrold King und Brandon Scott. Sie haben sich gestritten. Ich bin dazwischengegangen, bevor die Fäuste anfingen zu fliegen. Aber ich kann Ihnen ums Verrecken nicht sagen, worum es in dem Streit ging."

„Irgendeine Ahnung, wer mehr darüber wissen könnte?"

Woodall biss sich auf die Unterlippe. „Sie können ihre Freunde fragen, vielleicht wissen die etwas. Aber nachdem ich den Streit beendet hatte, haben sie sich getrollt und ich habe nicht weiter darüber nachgedacht. Jungen halt."

Taylor machte sich eine Notiz, sich nach dem Streit zu erkundigen. Der Zufall war für ihren Geschmack ein wenig zu groß.

„Wir hätten gerne eine Liste aller Schüler, die Sie als Goth bezeichnen würden", sagte McKenzie.

„Sicher. Die stelle ich Ihnen gerne zusammen."

„Danke. Hat irgendeiner der getöteten Schüler Probleme mit seinen Klassenkameraden gehabt? Wissen Sie von anderen Streitigkeiten oder Ähnlichem? Und was wissen Sie über Drogen auf dem Schulgelände?"

„Wir dürfen stichprobenartig die Spinde durchsuchen – dabei finden wir alles Mögliche. Auch Drogen wie Marihuana, Ecstasy und so weiter."

Taylor beugte sich etwas vor. „Können Sie sich erinnern, in wessen Spind sie als letztes Ecstasy gefunden haben?"

Woodall trat an einen Aktenschrank und zog eine Mappe heraus. Sie klappte sie auf und ließ sich Zeit damit, die Seiten durchzublättern. Taylor wurde schon unruhig. Sie hatte das Gefühl, hier würden sie nicht weiterkommen, da drehte sich Woodall mit einem breiten Lächeln um.

„Wir haben gerade erst letzte Woche einen Jungen der Schule verwiesen. Er hatte Tabletten in seinem Besitz. Ich war überrascht, weil er eigentlich ein sehr liebenswerter junger Mann ist. Er hat behauptet, die Tabletten gehörten seiner Mutter und wären unabsichtlich in seinem Rucksack gelandet. Wenn ich genauer darüber nachdenke, gehört er zu den ruhigen Schülern, wie Sie gesagt haben."

„Wie heißt er?", wollte Taylor wissen.

Woodall schloss die Mappe. „Juri Edvin."

20. KAPITEL

Nashville
Allerheiligen
10:00 Uhr

Raven und Fane waren Ember gefolgt, hatten versucht, sie aufzuhalten, aber sie war zu schnell für sie gewesen. Sie konnten nicht zu ihr nach Hause gehen. Raven wollte sich nicht an einem der Tatorte blicken lassen. Er war nicht dumm. Er wusste, wenn sie dort auftauchten mit ihren blassen Gesichtern und den tiefschwarzen Haaren, würden die Ermittler sie sehen und sich alles zusammenreimen.

Schweigend waren sie aus der Innenstadt hinausgefahren. Vielleicht könnte er sich eine Baseballkappe und ein paar Chinos kaufen und versuchen, auf diese Weise reinzukommen. Er verwarf den Gedanken wieder. Egal, was er versuchen würde, um wie alle anderen auszusehen, es würde ihm nicht gelingen. Er würde immer anders sein, sich immer abheben. Sie würden ihn in Nullkommanichts als Blender enttarnen. Er hatte die Schatten der Nacht in sein Gesicht gegraben, so unwiderruflich wie eine Tätowierung.

Sie verbrachten den Rest der Nacht zusammen, nur sie beide. Sie schliefen aus, dann brachte er Fane nach Hause und verabschiedete sich mit einem inbrünstigen Kuss. Bei sich zu Hause angekommen war alles still, abwartend. Er nahm sich eine Flasche Milch aus dem Kühlschrank und ging in sein Zimmer.

Was sollten sie wegen Ember unternehmen?

Er trat an den kleinen Altar in der Ecke auf dem Boden, den er für die Begehung seiner dunkelsten Pfade benutzte. Auf dem kleinen Tischchen stand ein Kelch, daneben lagen sein Athame und eine schwarze Box ohne Deckel. Seine Werkzeuge, seine Hilfsmittel. Sie warteten auf ihn, ihre Energie strömte in Wellen aus der Box.

Das hier waren seine tragbaren Utensilien, die er normalerweise immer in seinem Auto dabei hatte, für den Fall einer Letzten Ölung. Er hatte sie letzte Nacht zur Stärkung mit zu den Häusern seiner Feinde gebracht. Eine Feder für die Luft, ein Stück Obsidian für die Erde, ein Streichholz fürs Feuer und eine Muschel fürs Wasser. Jedes Teil mit einem speziellen Zauber versehen, der im Mondlicht gesprochen worden war, um die Gegenstände mit Macht zu tränken und an ihn zu binden. Er brauchte keinen Luxus, musste sich nicht mit Opulenz umgeben. Er betete die Erde an, und das drückte sich in seinem Werkzeug aus.

Er legte die Gegenstände auf ihre entsprechenden Plätze auf dem Altar – Norden, Süden, Osten und Westen –, entzündete eine Kerze mit Jasminduft und Ylang-Ylang, setzte sich dann mit dem Gesicht zur Flamme auf den Boden und beobachtete. Er ignorierte das klingelnde Telefon, wusste instinktiv, dass es Fane war. Er brauchte Frieden und Stille. Oh, wie er sich wünschte, es wäre draußen dunkel. Er konnte sich ohne Sonne und Licht so viel besser konzentrieren.

Er entspannte sich in tiefer Kontemplation, meditierte über den korrekten Weg, bis die Flamme der Kerze schließlich im geschmolzenen Wachs erlosch.

Er kam wieder zu sich und wusste, was er zu tun hatte. Er öffnete sein Buch der Schatten und suchte nach dem richtigen Zauberspruch, um Embers Wut auszubalancieren, sie wieder in die Mitte des Covens zurückzubringen.

Er fand den Spruch, kehrte zu seinem Altar zurück und nahm die Puppe in die Hand, die er vorsichtshalber vor zwei Wochen schon gebastelt hatte. So ungern er es auch tat, er musste Ember bestrafen. Nachdem sie gelitten hatte, würde sie den Weg sehen. Er dachte nach, während er zu Werke ging, das Wachs in eine etwas femininere Form knetete.

Die Pentakel waren ein Geniestreich gewesen. Die Polizei würde falschen Spuren nachjagen, nach Verdächtigen suchen, die ihren dummen Profilen entsprachen, sich im Untergrund nach Satanisten und ähnlichem Pack umsehen. Satanisten. Was für ein Witz. Sie verfügten in dieser Welt über keinerlei Macht. Satan existierte nicht. Dunkle Engel, Boten des Bösen – ja, die gab es. Aber mit dem richtigen Zauber, der richtigen Menge an Kontrolle und Macht aus dem Elysium und der Unterwelt, konnten sie so eingeschüchtert werden, dass sie zur Zusammenarbeit bereit waren.

Er schickte einen kurzen mentalen Dank an Azræl und spürte, wie seine Haut heiß wurde, als der Gedanke mit ihm verschmolz. Azræl war jetzt bei ihm, war in ihm. Er hatte seine Seele dem dunklen Engel geöffnet, ihm erlaubt, in die tiefsten Tiefen seines Geistes vorzudringen. So wurde er mächtiger. Das Blut der Ungläubigen zu vergießen verlieh ihm größere Würde. Er fragte sich einen Moment lang, wie stark er noch werden würde, dann legte er die Puppe beiseite. Sie war fertig, und um Mitternacht würde er zum Friedhof gehen, die Worte sprechen, die Embers Unabhängigkeitsbestreben ein Ende setzen würden und sie an seine Seite zurückbrächten.

Raven zählte darauf, dass die Ignoranz der Unwissenden für genügend Verwirrung sorgen würde, um ihm ein wenig Zeit zu verschaffen. Er brauchte einfach noch ein paar Tage, um den Rest seines Plans in die Tat umzusetzen. Thorn war wie vom Erdboden verschwunden; er nahm an, Ember hatte Kontakt mit ihm aufgenommen und versuchte, sie auseinanderzubringen. Ember selbst hatte ihr Handy abgestellt und reagierte auf nichts mehr. Er spürte, wie sich Teile seines Lebens, seiner Welt auflösten, aber beschwichtigte sich mit dem Gedanken an das, was noch zu tun war. Er war allmächtig und er hatte Fane. Sie würde ihn niemals verlassen, ihn niemals verraten. Das wusste er.

Er fuhr den Computer hoch, routete sich selber über mehrere Server, bis er sicher war, dass die Ursprungsadresse nach Japan weisen würde, und rief dann YouTube auf. Das Video war verschwunden.

Wut rauschte durch seine Adern, die Wut des dunklen Engels. Er tippte wie wild auf die Tasten, suchte, fand es schließlich auf einer anderen Seite namens Vimeo wieder. Er warf einen Blick auf die Kommentare; sie reichten von Schock bis Bewunderung. Er stieß einen erleichterten Seufzer aus – der Plan hatte funktioniert. Das Video verbreitete sich viral, genau, wie er es gewollt hatte. Er überprüfte noch ein paar andere Seiten – einige zeigten es, andere hatten es runtergenommen. Das war in Ordnung. Die Leute würden es immer weiter und weiter posten, bis die ganze Welt sein Meisterstück gesehen hatte.

Er verzog die Mundwinkel zu einem Grinsen und fuhr sich mit der Zunge über die spröden Lippen. Trotz konstantem Peeling mit Fanes Philosophy Kiss-Me-Lippenpeeling schien der schwarze Lippenstift, den er am liebsten mochte, die oberste Hautschicht auf seinen Lippen anzugreifen und sie konstant rau und spröde zurückzulassen. Sein nervöses Lecken half auch nicht. Wenn er alleine war, schmierte er sich inzwischen seinen Mund immer mit einer dicken Schicht Vaseline ein. Es war eine Schande, denn er hasste es, in den Spiegel zu schauen, wenn er nicht zurechtgemacht war. Das Make-up verlieh ihm Stärke, half ihm, sich zu verstecken. Er schaltete die Schreibtischlampe hinter sich aus, sodass er sein Spiegelbild im Monitor des Laptops nicht sehen musste.

Er startete den Film, lehnte sich zurück und schaute zu.

Es hatte ihn und Fane viele Wochen gekostet, den Film zu drehen. So viel hatte dazugehört – der Kurs in Drehbuchschreiben, den sie am Watkins belegt hatte, der Lehrgang über Filmdrehs mit Digitalkameras, den er letzten Sommer am The Art Institute absolviert hatte. Die Ausgaben für die Kamera und den Laptop, auf dem er den Film schneiden konnte. Sie hatten ihr Geld zusammengelegt und gemeinsam investiert – er war sicher, auf lange Sicht würde sich das auszahlen. Das Filmschnittprogramm hatte sich als sehr leicht zu bedienen herausgestellt. Er und Fane hatten das Drehbuch geschrieben und sich beim Drehen der Sequenzen abgewechselt. Sie hatten drei Wochen gebraucht, um alles perfekt hinzubekommen – die Aufnahmen, die Szenen richtig aneinander zu schneiden, die Teile umzuschreiben, die noch nicht richtig flossen. Sie hatten den Film Bild für Bild aufgebaut. Den Film mit Musik zu hinterlegen war schwerer gewesen als gedacht, aber nachdem sie auf *Audacity* gestoßen waren, einen Online-Music-Editor, war auch dieses Problem schnell aus der Welt geräumt.

Gut, er hatte mit der Musik bis gestern herumgespielt, aber dabei war es mehr um Effekte gegangen. Er hatte die echten Namen, die geschrien wurden, herausgelöscht und durch die Namen der Charaktere ersetzt. Er musste zugeben, einen brillanten Job abgeliefert zu haben. Fane hatte ihm auch geholfen – sie waren inzwischen im Umgang mit der Software so gut, so fehlerlos, dass sie die tatsächlichen Mordszenen nachher in weniger als einer Stunde eingebaut hatten. Okay, in anderthalb Stunden, weil sie zwischendurch eine Pause eingelegt hatten, um wilden, erbarmungslosen Sex zu haben. Es war die tiefste Vereinigung, die sie je erfahren hatten und die sie atemlos und zitternd zurückließ, die Hände immer noch vom Blut der Ungläubigen befleckt.

Ja, die Qualität war an einigen Stellen etwas wackelig, aber immerhin ging es hier um einen Horrorfilm. *The Blair Witch Project* war ein Riesenhit gewesen, und da war die Kamera den ganzen Film über wild hin und her gesprungen. Alles würde gut werden. Nachdem ein Studio auf den Film aufmerksam geworden war, würde der neue Producer vielleicht die eine oder andere zu verwackelte Stelle austauschen wollen, aber Raven glaubte, dass sein Genie zum Großteil gewürdigt werden würde. Den Beweis dafür sah er ja vor sich. Der Film verbreitete sich wie von selbst, womit der erste Teil seines Plans schon mal funktioniert hatte.

Er lehnte sich in seinem Stuhl zurück. Er hatte immer gewusst, dass er zu Größerem berufen war. Zu sehr viel Größerem.

Raven hatte schon in frühen Jahren bemerkt, dass er anders als andere Kinder war. Seitdem tat er alles, um sich selber zu verstehen. Die Philosophie verschaffte ihm eine Atempause, die Bürde der Selbstverwirklichung erlaubte es ihm, seine wahren Beweggründe zu entdecken. Er konnte nicht anders, als dunkle Gedanken zu hegen – das war seine Natur. Er konnte auch nichts dafür, ein geborener Anführer zu sein – das war seine Rolle im Universum. Er verschlang Sartre und Nietzsche, Jung und Freud. Plato, Aristoteles, Sokrates. Er füllte seinen Geist mit den großen Werken, tauchte in das Studium der Mythologie ein, entdeckte eine große Affinität für die Konzepte des Pantheons, der polytheistischen Religionen. Ein Gott reichte nicht, das war für ihn sofort offensichtlich. Er hörte auf, fernzusehen und widmete sich lieber Büchern. Er fing an mit Hesiods *Theogonie* und *Bulfinchs Mythologie* und baute von da aus weiter auf. Seine Büchersammlung war enorm. Er spürte eine Affinität zur Erde, zur Natur, zum Mond und den Zyklen der Erde und fing in seinen Teenagerjahren an, offen das Heidentum zu praktizieren.

Bei dem Gedanken daran berührte er den Rücken des italienischen Hexenbuchs, das er immer auf seinem Tisch liegen hatte. Er verspürte eine tiefe Verbundenheit mit der Stregheria, der italienischen Variante der Wicca. Sie kam den Alten Sitten so nah wie sonst nichts, was er gefunden hatte. Sie ähnelte den Ursprüngen vom Olymp, den Anfängen der Zeit. Er liebte ihre Rituale und fand die modernen Versionen der Wicca, der Gardneria- und der Alexandria-Wicca nicht halb so schön. Er hatte es nie als falsch empfunden, dem alten Glauben zu folgen, hatte nie gemeint, sich vor dem Rest der Welt verstecken zu müssen, vor den strengen Blicken der älteren Hexen, die in Nashville praktizierten. Er zog es vor, jeden an seiner Freude teilhaben zu lassen, aber die traditionellen Coven akzeptierten ihn nicht. Zu jung, zu kontrovers. Das war ihm egal gewesen – er hatte einfach seinen eigenen Coven gegründet.

Er war ein Evangelist der Strega. Vor zweihundert Jahren wäre er auf dem Scheiterhaufen verbrannt worden, gebrutzelt unter den fröhlichen Rufen der Dorfbewohner, verdammt für das Talent der Vorhersehung.

Doch das war einmal. Heute waren die Strega mächtig, und er war stolz, auf ihre Art zu beten.

Es war nur natürlich, dass sein dunkler Weg, seine nachtaktive Tradition, seine Selbstinitiationen, die seine Verbindung mit den Göttern stärkten, ihn unweigerlich den Weg zum Gothic zeigen würden. Ihr Lebensstil – der echte Goth-Stil, nicht der, bei dem Make-up und schwarze Kleidung einfach als cool galten – beruhte auf einer Mischung aus Selbsterkenntnis, hingebungsvoller Beobachtung und Huldigung, einer tiefen Trauer für den Rest der Welt, die unter der kapitalistischen Gier zusammenbrach, und einer Affinität für individuelle Rituale. Das alles sprach ihn an. Hier endlich hatte er seinen Platz gefunden.

Er nahm den Namen Raven an und wurde einer von ihnen.

Damit begann seine wahre Erweckung. Er war unermüdlich in seiner Suche, sein Buch der Schatten füllte sich mit Zaubersprüchen und Schutzzaubern, mit Ideen und Rezepten. Es handelte sich um ein ledergebundenes Buch, das er in einem Buchladen gefunden hatte und das mit einem Band aus Rohleder zusammengehalten wurde. Er wand das Band liebevoll um das Leder, wusste, dass nur er die Kräfte darin verstehen konnte. Die Schatten der Zaubersprüche, die Ideen, die auf weißem Pergament glitzerten – in ihnen lag seine wahre Macht.

Er recherchierte und bildete sich weiter fort. Er machte sich zu einem Experten im Entwickeln von Zaubersprüchen, benutzte lyrische Worte, um Sachen zu ändern, mit denen er nicht zufrieden war, schrieb seine eigenen Versionen der traditionellen und nicht so traditionellen Gebete. Er praktizierte den Halbschlaf – las Gedanken; beschritt den Weg – fand seinen Weg zu den Ahnen, gewährte ihnen Zutritt in seine Welt. Er glaubte wirklich, wenn er nur offen und willig war, würden die Götter und Göttinnen sich ihm auf unendliche Weisen zeigen. Und das taten sie. Die Zeichen, dass sie ihn akzeptiert hatten, fanden sich überall.

Das Weissagen, verschiedene Wege, um die Zukunft durch ausgefeilte Zaubersprüche vorhersagen zu können, folgte bald danach. Er fing an, mit den Gedanken von anderen zu spielen. Er zog gleichgesinnte Individuen an und entschied sich schließlich für die Stärksten unter ihnen – seine drei, seine Unsterblichen. Er lehrte sie die Alten Sitten und sie beteten ihn an.

Der Weg war gerecht und gut. Der Weg würde ihn zu Höherem führen. Der Weg würde ihm zeigen, wie er so mächtig werden konnte wie die Zyklen der Erde, wie der aufgehende Mond, wie die Göttin Diana.

Es fing so einfach an. Er schmiedete Pläne, wusste, dass er sein Wort verbreiten, dass er rekrutierten musste. Die Unsterblichen waren nur vier, aber ihre Zahl würde wachsen. Seine eigene Armee, geleitet von wahrer Liebe und wahrem Vertrauen. Gemeinsam würden sie die Welt verändern. Gemeinsam würden sie all die, die sie mit Hohn und Verachtung behandelten, für ihre Sünden zahlen lassen.

Er merkte, dass der Film zu Ende war. Er drückte noch einmal auf Play und wollte dieses Mal genauer hinsehen. Es war schwer, eine Arbeit von solch umwerfender Herrlichkeit anzuschauen und sich nicht von der Geschichte dahinter einfangen zu lassen. Er fragte sich, ob er ein paar Untertitel dazu verfassen sollte, ein paar Zeilen, die erklärten, was ihr Zweck war, wie sie tickten. Aber für den Moment musste der Brief reichen.

Schreie erklangen aus seinem Laptop, blechern, das Leben wurde genommen, während er danebenstand, sich an den Seelen der Geächteten labte.

Er fragte sich, was passieren würde, wenn alle auf der Welt starben.

21. KAPITEL

Quantico
15. Juni 2004
Baldwin

Baldwins Konferenzraum sah aus wie nach einem Zugunglück. Er hatte die Unterlagen vor sich ausgebreitet, fünf Sätze Tatortfotos, Whiteboards voller Hypothesen. Jeder Stuhl war besetzt; der Geruch von angebranntem Kaffee hing in der Luft. Das Team wurde langsam müde, war ausgelaugt von zu viel Kaffee und zu wenig Schlaf, wartete nur auf den einen Anruf, von dem sie wussten, dass er bald kommen würde. Der Anruf, dass ein weiteres Mädchen entführt worden war.

Es war egal, dass die Eltern im Dreistaateneck ihre Kinder hinter Schloss und Riegel hielten – der Uhrwerk-Mörder würde einen Weg finden. Es gab immer jemanden, der sich im Supermarkt oder auf dem Spielplatz den Tick zu lange wegdrehte und ihm damit Gelegenheit gab, sich anzuschleichen und das Kind zu schnappen.

Er war unsichtbar, ein Chamäleon. Er verschmolz so gut mit seiner Umgebung, dass niemand ihn für fehl am Platz hielt. Seine Normalität war seine Gabe. Sie ermöglichte es ihm, zu beobachten, zu entführen, zu töten und die Leichen zu entsorgen, ohne dabei aufzufallen.

Baldwin hatte schon oft die Erfahrung gemacht, je normaler ein Täter äußerlich wirkte, desto schlimmer war seine Krankheit. Der Uhrwerk-Mörder schien genau so ein Mann zu sein.

Und sie waren überzeugt, dass es sich um das Werk eines Mannes handelte. Der Schlüssel war die Gewalt, die den Leichen angetan worden war. Es gab keine körperliche Vergewaltigung, aber der Stich des Messers durch die Brust war ein klarer Ersatz für eine echte Penetration.

Das Team hatte den ganzen Tag in den Straßen verbracht, die unzähligen Möglichkeiten untersucht, die ihre Kollegen von der Mordkommission in Fairfax County aufgetan hatten. Sie hatten mit den üblichen Verdächtigen gesprochen, deren Liste von den örtlichen Sexualstraftätern angeführt wurde. Es wurden Alibis überprüft, Bewährungshelfer interviewt, Nachbarn informiert und befragt. Es war im Laufe des Tages immer wärmer und die Stimmung immer schlechter geworden. Sie hatte in dem Moment ihren Tiefpunkt erreicht, als Baldwin und Charlotte am Haus des unheimlichsten Mannes ankamen, den Baldwin je getroffen hatte.

Der Mann hieß Harold Arlen.

Sogar jetzt noch, vier Stunden später und in einem perfekt eingerichteten und klimatisierten Raum, brach Baldwin beim Gedanken an Arlen der Schweiß aus.

Der Uhrwerk-Mörder mochte die Fähigkeit besitzen, sich nahtlos seiner Umgebung anzupassen, aber Baldwin besaß das einzigartige Talent, die Wahrheit aufzuspüren. Er war kein Hellseher – ganz im Gegenteil. Er konnte nur hinter die Worte, die gesprochen wurden, in die Seele der Person schauen, die er befragte. Er sah, wenn etwas nicht zusammenpasste. Sein Boss nannte ihn den menschlichen Lügendetektor. Baldwin wusste nicht, ob das stimmte, aber als er nun die Akte noch einmal durchging, konnte er sich des Gefühls nicht erwehren, dass mit Harold Arlen irgendetwas nicht stimmte. Er war ein Serientäter, ja, aber da war noch mehr. Irgendetwas an ihm passte nicht.

Baldwin hatte die Befragung selber durchgeführt. Sie war ... glatt verlaufen. Arlen hatte sich vollkommen unter Kontrolle gehabt. Höfliches Desinteresse. Er lieferte die richtigen Antworten, wusste, was er zu den fraglichen Zeiten gemacht hatte. Seine Alibis waren perfekt. Aber Arlens Blick hatte sich ein wenig verengt, als er einen Blick auf die Fotos der Mädchen warf. Die Augen zogen sich zusammen, die Lippen wurden dünne Striche, die Mundwinkel hoben sich kaum merklich. Baldwin hatte diesen kalten Schauder verspürt, das Gefühl, dass irgendetwas nicht stimmte, das einem Anruf vorausging, der schlechte Neuigkeiten brachte.

Baldwin blätterte die Akte des Mannes noch einmal durch, machte sich mit den Einzelheiten vertraut.

Während der vergangenen zehn Jahre war Harold Arlen immer wieder der exhibitionistischen Handlungen gegenüber Minderjährigen beschuldigt worden. Er war, wenn nicht noch mehr, auf jeden Fall ein Exhibitionist. Es machte ihn an, sich vor kleinen Mädchen zu entblößen. Er hielt mit dem Auto an Schulbushaltestellen, ließ das Fenster herunter und fragte die Mädchen, ob sie seinen kleinen Hund sehen wollten. Wenn sie sich dem Fenster näherten, zog er blank.

Das letzte Mal war er 1998 festgenommen worden, nachdem man ihn mit einem kleinen Mädchen erwischt hatte, das auf dem Beifahrersitz saß und seinen Penis in der Hand hielt. Der Richter war gnadenlos;

da Arlen zum fünften Mal wegen unzüchtigen Verhaltens angeklagt war und dieses Mal sexueller Missbrauch dazukam, wurde er zu drei Jahren Gefängnis und einer chemischen Kastration verurteilt. Er war ein Vorzeigegefangener und war als neuer Mann aus dem Gefängnis entlassen worden. Er hatte sich in der Datenbank für Sexualstraftäter registrieren lassen, war immer rechtzeitig zu den Auffrischungsterminen für seine Depo-Provera-Injektionen erschienen und hatte ohne sich zu beschweren akzeptiert, dass seine Nachbarn sein Haus manchmal mit Eiern bewarfen. An Halloween schaltete er alle Lichter aus und reagierte nicht auf das Klingeln an der Tür. Kurz, er tat alles, was von ihm erwartet wurde.

Harold Arlen. Er passte perfekt ins Profil – ein Verdächtiger, der so sehr darauf stand, sich kleinen Mädchen zu zeigen, hörte damit normalerweise nicht einfach auf, selbst, wenn er dank der Spritzen nicht mehr vollständig funktionierte.

Es gab noch andere Verdächtige, die zu Teilen des Profils passten, und sie würden auch nicht aufhören, in diese Richtungen zu ermitteln, aber für den Moment ...

Er klopfte mit den Fingerknöcheln drei Mal aufs Holz des Tisches, um Glück zu haben, und reichte die Akte dann mit einem Seitenblick an Charlotte weiter. „Schau dir das mal genauer an“, sagte er.

Sie schlug die Akte auf und fing, ohne ihm vorher in die Augen zu schauen, an zu lesen.

Er schob seinen Stuhl zurück, streckte sich und fuhr sich mit den Händen durch die Haare. Alle verstanden das Signal. Geroux fing an, die Papiere zu ordentlichen Stapeln zusammenzuräumen. Sparrow gähnte, ohne die Hand vor den Mund zu halten. Butler klappte seinen Laptop zu. Nur Charlotte rührte sich nicht. Sie war den ganzen Nachmittag über sehr zurückhaltend gewesen, hatte nur etwas gesagt, wenn man sie direkt ansprach. Sie war sehr auf ihre Arbeit konzentriert, was Baldwin als gutes Zeichen deutete. Vielleicht hatte sie auch noch einmal über das Geschehene nachgedacht und erkannt, dass es keine sonderlich gute Idee war, mit ihrem Boss ins Bett zu gehen.

Ohne den Blick von der Akte zu nehmen, setzte sie schließlich zum Sprechen an. „Hast du seinen derzeitigen Beruf gesehen? Er ist Fotograf bei Sears. Es ist ihm zwar nicht gestattet, Kontakt mit Kindern zu haben, aber ich wette, er hat ihn trotzdem. Wenn er es ist, besteht die Möglichkeit, dass er durch seinen Job seine Opfer stalkt. Wir sollten die Mordkommission noch einmal die Liste der Opfer durchgehen lassen, um zu sehen, ob irgendeines davon in den letzten sechs Monaten fotografiert worden ist."

„Das ist ein guter Gedanke. Also stimmst du mir zu?"

„Alle seine vorherigen Arbeitsstellen hatten immer etwas mit Kindern zu tun. Er ist ein gut aussehender Kerl – er würde nicht auffallen." Sie kaute einen Moment auf ihrer Unterlippe, und Baldwin verspürte ein Ziehen tief in seinem Magen. „Ja, ich stimme dir zu. Ich denke, wir sollten uns einmal intensiver mit Mr Arlen unterhalten."

„Auch die chemische Kastration passt. Das würde nämlich erklären, wieso keines der Mädchen vergewaltigt worden ist. Wir haben immer gewusst, dass das Messer für ihn ein Ersatz ist."

„Wir müssen ihn noch einmal genauer unter die Lupe nehmen." Sie reichte Baldwin die Akte mit einem höflichen Nicken zurück.

„Dann sollten wir uns gleich mit Goldman und der Mordkommission aus Fairfax County treffen. Sie sollen wissen, dass wir mehr über ihn wissen wollen. Das Mindeste, das sie tun können, ist Arlen zu beschatten, um zu sehen, ob er irgendetwas Verdächtiges unternimmt."

In diesem Moment klingelte das Telefon und sein Herz setzte einen Schlag aus. Zu spät. Sie waren zu spät.

Charlotte nahm den Anruf noch vor dem zweiten Klingeln an. Sie hörte aufmerksam zu.

„Was ist los?", wollte Baldwin wissen, doch sie schüttelte nur den Kopf und bedeutete ihm, sie in Ruhe zu lassen. Alle vier standen stocksteif da und warteten darauf, dass sie auflegte.

Nach einer schier endlos wirkenden Zeit beendete sie das Gespräch. Ihr Gesicht war blass, ihre bernsteinfarbenen Augen funkelten wütend.

„Die Polizei von Great Falls hat gerade einen Anruf erhalten. Ein weiteres Mädchen wird vermisst. Ihr Name ist Kaylie Fields."

Sie stießen kollektiv den angehaltenen Atem aus. Geroux zog eine Grimasse und setzte sich wieder an den Tisch. Der Rest des Teams blieb erwartungsvoll stehen.

„Wo ist sie entführt worden?", fragte Baldwin.

„Ihre Eltern sind mit ihr und ihrem Bruder zu einer Baumschule gefahren, um ein paar Pflanzen für den Garten zu kaufen. Der Laden liegt mitten in Downtown Great Falls. Sie ist um eine Ecke gebogen und war weg. Natürlich gibt es in der Baumschule keine Kameraüberwachung. Er hat die Stelle mit Bedacht gewählt."

„Sind wir sicher, dass er es war?“

„Die Beschreibung des Mädchens passt. Zehn Jahre alt, zierlich, blondes Haar. Der Zeitpunkt ist auch perfekt. Ich bin mir sicher, dass er es ist.“

Baldwins Herzschlag beschleunigte sich leicht.

„Wir müssen uns schnell diesen Arlen schnappen“, sagte Geroux.

„Schau dich auch weiter bei den anderen um, Geroux. Wir können nicht alles auf eine Karte setzen. Aber, Sparrow?“

„Ja, Boss?“

„Während Geroux diese Akten zu Ende durchgeht, suchst du alles raus, was du über Arlen finden kannst. Ich will alles über ihn wissen – seine Vergangenheit, seine Kreditkartenabrechnungen, mit wem er spricht, welche Seife er benutzt. Er könnte einen Internetzugang haben – kümmere dich bitte auch darum. Er hat vor fünf Wochen mit dem Morden angefangen. Was war der Auslöser? Wenn Arlen unser Mann ist, gibt es etwas in seiner näheren Vergangenheit, das als Stressfaktor gedient haben kann? Sprich mit den Leuten bei Sears, forsche nach, ob er in letzter Zeit abgemahnt wurde. Schau dir seine näheren Verwandten an, seine Exfrauen, alle und alles, das du finden kannst.“

Sparrow lächelte ihn an, wobei sie darauf achtete, ihm nicht ihre Zähne zu zeigen. Die vorderen standen ein wenig schief, was sie wahnsinnig machte. Er fand, das verlieh ihr einen geheimnisvollen Touch, aber sie hasste diesen, in ihren Augen entstellenden Makel.

„Butler, ich denke, du solltest dich daran machen, die Datenbanken abzugleichen. Schau, was du ausgraben kannst. Zwischen Arlens Entlassung aus dem Knast und dem Beginn der Mordserie liegen drei Jahre. Geh ViCAP durch und schau nach, welche anderen Verbrechen in dieser Zeit in dieser Gegend verübt wurden und wirf, nur um sicherzugehen, auch Maryland und West Virginia mit in den Topf.“

„Suchst du nach einem Eskalationsmuster, Doc?“

„Ganz genau. Wir müssen sicherstellen, dass wir nichts übersehen haben.“ Er lächelte Butler an und klopfte ihm auf die Schulter. „Charlotte und ich werden mit den Jungs von der Mordkommission sprechen und sie darüber informieren, was wir vorhaben. Wir haben noch ein paar Stunden Tageslicht, die sollten wir nutzen.“

Als sie das Gebäude verließen, verspürte er einen Funken Hoffnung. Vielleicht würden sie den Fall doch noch lösen können.

22. KAPITEL

Nashville
11:00 Uhr

Taylor und McKenzie verließen die Hillsboro High School mit den Akten verschiedener Schüler, darunter die von Juri Edvin, und einer Liste von Kindern, die von den Vertrauenslehrern als der Gothic-Szene zugehörig beschrieben worden waren. Taylor war überrascht, einen bekannten Namen auf der Liste zu finden – Letha King schien auch dazuzugehören. Taylor fragte sich, ob sie wohl in die Vorfälle verwickelt war.

Könnte ein Mädchen seinen eigenen Bruder ermorden? Die Antwort lautete unglücklicherweise ja. Sie rief Marcus an und bat ihn, für später am Tag ein Treffen mit dem Mädchen zu vereinbaren.

Jetzt wollte Taylor erst einmal ins Krankenhaus fahren und sich mit Juri Edvin unterhalten, danach ein paar Fotos zusammenstellen und mit denen zu Theo Howell fahren, um zu sehen, ob er den Drogendealer identifizieren konnte, der sich Thorn nannte. In Taylors Augen ergab es durchaus Sinn, dass Thorn und Juri ein und derselbe waren. Und vielleicht könnte Theo auch ein wenig Licht in die Beziehung zwischen seinem Freund Jerry und dessen kleiner Schwester Letha bringen und sie aufklären, worüber Jerry und Brandon Scott sich gestritten hatten.

Doch auf dem Weg zurück in die Stadt klingelte ihr Handy. Es war Marcus.

„Das ging schnell. Was ist los?“ In der einen Hand hielt sie das Handy, mit der anderen lenkte sie. Sie waren in Hillsboro Village und fuhren gerade am Vanderbilt vorbei. Sie sprach ein schnelles Gebet für Brittany Carson.

„Wir haben den Mann, der an den Tatorten war. Keith Johnson. Er besteht darauf, King Barent genannt zu werden und behauptet, für die Morde verantwortlich zu sein.“

„Wirklich. Wieso klingst du dann so wenig überzeugt?“

Sie hörte ihn seufzen. „Ich weiß es nicht. Er kennt ein paar Details, die nicht veröffentlicht wurden, aber vielleicht hat er einfach nur das Online-Video gesehen.“

„Okay, dann kommen wir erst zu dir. Kannst du dich derweil nach Juri Edvins Befinden erkundigen? Ich bin immer mehr davon überzeugt, dass er der Junge namens Thorn ist, der die Drogen an der Hillsboro verkauft. Sorg bitte auch dafür, dass vor seinem Zimmer eine Wache steht. Sollte er es gewesen sein, der versucht hat, Brittany Carson umzubringen, möchte ich nicht riskieren, dass er es nun noch einmal versucht."

„Klar, mach ich. Wo wir gerade davon sprachen, am Haus der Carsons wurde an der Außenmauer unter dem Erkerfenster ein Samenspritzer gefunden. Das Fenster gehört zu dem Arbeitszimmer."

„Samen, hm? Dann hab ich wohl nicht ganz falsch gelegen. Ich wette, Mr Edvin hat durchs Fenster geschaut und sich zum Anblick der sterbenden Brittany Carson einen runtergeholt. Mieser kleiner Bastard. Ich hätte ihn von Max in Stücke reißen lassen sollen."

„Soll ich die Probe auch an Private Match schicken und von Edvin eine DNA-Probe besorgen, um sie abzugleichen?"

„Ja bitte."

„Eine Sache noch. Der Brief. Tim Davis lässt dir ausrichten, dass er glaubt, das Blut stamme von verschiedenen Quellen. Vermutlich von den Opfern. Die Blutgruppen stimmen überein."

„Mein Gott. Dann wurden die Symbole also mit dem Blut der Opfer gemalt?"

„Sieht so aus."

„Wow. Okay. Ich bin in wenigen Minuten da."

Sie legte auf und brachte McKenzie auf den neuesten Stand. Sie waren schon ganz in der Nähe des Broadways, nur noch wenige Minuten vom CJC entfernt.

„Du siehst erschöpft aus, LT."

„Bin ich auch. Du etwa nicht?"

„Doch. Aber ich finde, das ist ein unglaublich faszinierender Fall. Hexen und Vampire und Goths, Teenager, die möglicherweise ihre Mitschüler umbringen, alles in einem großen psychotischen Schmelztiegel vereint. Das muss man doch einfach mögen."

Sie lachte auf. „Ich bin froh, dass du das alles faszinierend findest. Ich will einfach nur die Puzzleteile zusammensetzen und herausfinden, wer dafür verantwortlich ist. Komm, hören wir uns mal an, ob der Vampirkönig weiß, wovon er spricht."

Das Aussehen des Mannes, der sich selbst „König der Vampire" nannte, überraschte Taylor. Er war auf unsportliche Weise kräftig, das rotblau gestreifte Rugbyshirt spannte sich straff über seinem Bauch. Sein mausbraunes Haar dünnte am Oberkopf schon aus und fiel in fettigen Strähnen über den Kragen seines Hemdes. Seine Haut war fahl und seltsam haarlos – keine Anzeichen von Bart oder Augenbrauen. Braune, nicht unintelligent dreinschauende Augen saßen hoch oben in seinem mondförmigen Gesicht.

Sie betrachtete ihn auf dem Videobildschirm, der im Nebenzimmer des Verhörraums stand, und versuchte, sich einen Eindruck von ihm zu verschaffen. Er schien weder nervös noch aufgeregt zu sein, nur gelangweilt. Ein langer Finger schlängelte sich zu seinem Kinn und dann weiter zu seiner Nase. Mit einem verstohlenen Blick zur Tür fing er an, in der Nase zu bohren und schaute sich seinen Fund dann interessiert von allen Seiten an. Taylor drehte sich angeekelt weg.

McKenzie und Marcus schauten interessiert zu. „Erstaunlich. Er hat auch Reißzähne. Obwohl ich nicht sagen könnte, ob es der Mund aus dem Internetfilm ist. Was meinst du, LT?"

„Hat er seinen Finger im Mund?", fragte sie.

„Nein." McKenzie lachte.

„Ich muss mir den Film noch einmal ansehen, um sicher zu sein, aber er könnte es sein. Obwohl mir irgendwie so ist, als wäre das Gesicht in dem Film schmaler – es hatte ein spitzeres Kinn. Ich werde mich erst einmal allein mit ihm unterhalten. Ihr Jungs schaut von hier aus zu."

Verhörzimmer Eins lag direkt nebenan. Sie betrat den Raum und Barent sprang auf die Füße. Die Bewegung kam so plötzlich und überraschend, dass Taylors Hand automatisch zu ihrer Waffe griff. Sie öffnete die Sicherung mit dem Mittelfinger. Der Mann trat einen Schritt zurück und zischte.

„Setzen Sie sich, Sir." Ihre Stimme klang autoritär. Er täuschte eine Bewegung nach links an, dann nach rechts, wobei er die ganze Zeit dieses grauenhafte Geräusch einer erstickenden Katze von sich gab. Der Raum war klein – er würde sie aus dem Weg räumen müssen, um hier rauszukommen. Sie hörte, dass die Tür geöffnet wurde, ließ Barent aber nicht eine Sekunde aus den Augen. Er starrte sie an, als wenn sie ihm ein Messer an die Kehle halten würde. Endlich löste er seinen Blick von ihr, und das war alles, was sie brauchte. Sie packte ihn, drehte in herum und drückte ihn mit dem Gesicht voran an die Wand. Er schnappte nach ihr und sie lehnte sich ein Stück zurück, während er sich wehrte. Dann war Marcus neben ihr und kurz darauf wurde Barent in Handschellen auf den Stuhl gedrückt. Er keuchte und die Frustration strahlte in Wellen von ihm ab. Taylor hielt den Atem an und trat beiseite, damit Marcus den Mann sichern konnte.

„Was stimmt nicht mit Ihnen?“, schrie sie ihn an.

„Halt sie fern, halt sie fern, halt sie fern.“ Barent war panisch, Schweiß tropfte von seiner Stirn und Taylor wusste nicht, was sie tun sollte, außer ihm zuzuhören.

„Detective Wade, ich warte draußen auf Sie“, sagte sie und drehte sich um. Das Keuchen verebbte hinter ihr, die Tür schwang zu. Zwei Sekunden später kam Marcus raus. Beim Anblick seiner Miene musste sie ein Kichern unterdrücken. Das Adrenalin löste sich langsam auf.

McKenzie gesellte sich zu ihnen.

„Was zum Teufel war da los?“, fragte sie.

„Ich weiß es nicht. Er hat eine komplett reale und instinktive Reaktion auf dich gezeigt.“

„Er hat mir fast einen Herzinfarkt verursacht. Als er auf mich zugesprungen ist, hätte ich den Idioten beinahe erschossen. Marcus, war er schon die ganze Zeit so?“

„Nein. Er war total normal. Nun ja, so normal halt jemand sein kann, der behauptet, ein Vampir zu sein.“

Sie kehrten zum Monitor im Nebenraum zurück. Barent hatte sich beruhigt, seine Augen waren das Einzige, was sich bewegte. Sie schauten sich konstant im Raum um.

„Gibt es in seiner Akte irgendwelche Hinweise auf eine Geisteskrankheit?“, fragte McKenzie.

Marcus schüttelte den Kopf. „Ich habe nichts dergleichen gesehen. Warum lasst ihr mich es nicht noch mal mit ihm versuchen? Bei mir ist er bisher nicht ausgeflippt.“

„Traust du dir das zu?“, fragte Taylor.

„Ja. Haltet einfach nur die Taser bereit, falls er doch durchdreht.“

Sie sahen, wie er den Raum betrat. Barent erschrak kurz bei dem Geräusch, entspannte sich aber gleich wieder, als er Marcus sah.

„Bitte, bitte, bitte, lass sie nicht noch einmal hier rein.“ Er beugte sich flehend vor, seine Lippen zitterten vor Angst.

„Sie ist draußen und schaut nur zu“, sagte Marcus. „Was haben Sie mit ihr für ein Problem?“

„Haben Sie sie nicht erkannt? Natürlich nicht, wie sollten Sie? Sie sind keiner von uns, Sie verstehen das nicht. Sie ist Bruxa. Sie ist Lilith, Lilitu. Sie ist in der Nacht zu mir gekommen und hat mein Blut getrunken, hat mich zu einer der ihren gemacht. Sie war meine Mutter. Sie tötet mich in allen meinen Leben."

Marcus setzte sich vorsichtig auf den Stuhl gegenüber von Barent. „In allen Ihren Leben?"

Barent erwärmte sich zusehends für das Thema. „Wir sind die Wiedergeborenen, mein Junge. Wir finden einander, unsere Seelen reisen quer durch die Jahrhunderte, um in einem physischen Körper einen sicheren Hafen zu finden. Traditionell sind wir Agenten der Zerstörung, aber einige von uns haben eine machtvolle Wiederauferstehung erlebt und erkannt, dass die Liebe unsere sadistischen Naturen ausgleicht. Aber Lilitu tötet das alles. Sie wünscht, dass wir zu den Alten Sitten zurückkehren, uns von dem Blut von Kindern ernähren und den Moralkodex, der von dem Sanguinarium erlassen wurde, verwerfen."

„Das Sanguinarium?"

„Unsere Führung. Unsere Kirche. Alle psychischen und sanguinen Vampire folgen einem bestimmten Moralkodex. Wir sind keine blutrünstigen Monster, die von ihrem Verlangen nach Tod und Zerstörung angetrieben werden. Na ja, zumindest nicht alle von uns. Wie ich Ihnen vorhin schon gesagt habe, leite ich die Vampyre Nation. Wir sind eine Unterabteilung des Sanguinariums – es gibt sehr viele Familien, die über die ganze Welt verstreut sind."

„Psychische und sanguine Vampire? Was sind das?"

Barent wurde jetzt richtig lebendig. Seine Augen funkelten, während er sprach. „Psychisch gegen sanguin. Energie gegen Blut. Viele von uns trinken kein Blut mehr. Wir haben uns weiterentwickelt. Wir können uns von Energie ernähren. Aber manche ziehen den sanguinen Lebensstil trotzdem noch vor. Er existiert immerhin schon länger."

Marcus schaute zu der Kamera hoch, eine stumme Nachricht an Taylor und McKenzie. *Was für ein Irrer.*

Taylor drehte sich zu McKenzie um. „Ich bin also Lilith?"

„Der Sukkubus. Die Gerüchte um dich stimmen also. Ich wusste nur nicht, dass Männer das anhand deiner Aura erkennen können."

„Ach, du bist ein Komiker. Was machen wir jetzt mit diesem Kerl?"

„Ihm zuhören. Ich habe keine Ahnung, ob etwas Brauchbares dabei herauskommt, aber man kann nie wissen."

„Dann redest du mit ihm, weil du seine Sprache sprichst. Ich bleibe hier. Ich fühle mich gerade nicht sonderlich gut."

„Was ist los, LT?“

„Ich habe das Gefühl … als wäre … meine ganze Energie … weg.“ Sie brach in lautes Lachen aus und fühlte sich gleich viel besser. Es gab keine Vampire, sondern nur komische Leute, und in diesem Fall hatte sie es mit einer ganzen Menge von ihnen zu tun. Punkt, aus, Ende der Geschichte.

„Sehr witzig, LT.“ Er ging in den Nebenraum und sie machte sich auf den Weg in ihr Büro.

Auf dem Stuhl vor ihrer Tür saß eine junge Frau. In dem kleinen Raum befanden sich einige Detectives, die ihrer Arbeit nachgingen und sich alle auffallend von der Frau fernhielten. Es gab viele Seitenblicke, es wurde sich viel geräuspert. Als Taylor eintrat, stand die Frau auf. Ihr langer schwarzer Rock raschelte bei der Bewegung. Das dicke schwarze Haar fiel ihr in Wellen beinahe bis zur Taille. Sie war klein, gerade mal eins sechzig, und schaute mit Augen von der Farbe des Meeres zu Taylor auf. Taylor war wie gebannt.

Die Frau streckte ihr lächelnd die Hand entgegen.

„Ich bin Ariadne“, sagte sie. „Ich bin hier, um Ihnen zu helfen.“

23. KAPITEL

Northern Virginia
15. Juni 2004
Charlotte

Charlotte tigerte in den Räumen der Mordkommission von Fairfax County auf und ab. Guter Gott, was dauerte das denn so lange? Sie hatte heute noch andere Dinge zu tun.

Baldwin saß ruhig da und blätterte wieder und wieder die Akte durch. Sie versuchte, seine Aufmerksamkeit zu erregen, indem sie an ihm vorbeiging und mit dem Fuß an seiner Wade entlangstrich, aber er ließ sie abblitzen und räusperte sich vielsagend. Endlich schaffte sie es, seinen Blick aufzufangen. Eine Mischung aus Verlangen und Verzweiflung verschleierte das klare Grün. Sie blinzelte ihm zu und setzte dann ihren Weg durch den Raum fort.

Sie warteten seit über einer Stunde auf Max Goldman, den Leiter der hiesigen Mordkommission. Endlich trottete er durch die Tür, wobei er sich mit der Hand durch die schütteren schwarzen Haare fuhr und sie mit dieser Geste aus seiner hohen Stirn strich. Baldwin sprang auf die Füße und schüttelte die ausgestreckte Hand. Goldman begrüßte Charlotte erst als Zweite und berührte ihre Fingerspitzen auf diese bizarre verweichlichte Art, die einigen Männern zu eigen war. Sie nahm an, die Geste rührte aus der Zeit, als eine Berührung der Finger einen sanft auf den Handrücken gehauchten Kuss zur Folge hatte. Aber sie schrieben das Jahr 2004, um Himmels willen. Als wenn eine Frau von einem richtigen Händedruck Läuse kriegen würde. Sie nahm es ihm allerdings nur mäßig übel, dass er sie als Zweite begrüßt hatte; so war der meiste Handschweiß bei Baldwin gelandet.

„Tut mir leid, dass ich zu spät bin. Ich bin heute Vormittag bei Gericht aufgehalten worden. Womit kann ich Ihnen helfen? Haben Sie etwas Neues für mich, was dieses Uhrwerk-Arschloch angeht? Wir reißen uns hier den Arsch auf und haben nichts. Gar nichts. Ich hasse es, mich mit Kinderschändern befassen zu müssen." Während er sprach, führte er sie in sein Büro.

Charlotte teilte Leute auf einer Skala von eins bis zehn ein. Zehn waren diejenigen, mit denen sie sofort ins Bett wollte, eins bedeutete, sie würde denjenigen nicht einmal mit einer fünf Meter langen

Eisenstange berühren wollen. Goldman war definitiv eine Eins. Er hatte gelbliche Zähne, die sich in seinem Mund zusammendrängten, als planten sie einen Gefängnisausbruch, und zum Mittag hatte er etwas mit Zwiebeln gegessen – das roch sie aus drei Metern Entfernung. Die sie aus genau diesem Grund auch beibehielt, an eine Anrichte in der Nähe der offenen Tür gelehnt, um ab und zu ein wenig frische Luft schnappen zu können. Baldwin setzte sich dem Mann direkt gegenüber. Gott segne ihn.

Goldman plapperte immer noch vor sich hin. „Ich hoffe, Sie haben etwas für mich, denn ich werde hier bald gesteinigt. Und zwar von jedem im Umkreis von hundert Meilen, der ein Mikrofon in Händen hält."

Was für eine blumige Sprache dieser Mann hatte. Sie passte hervorragend zu seinem Atem.

Baldwin nickte. „Unser Team hat noch ein paar weitere Spuren, die wir genauer untersuchen. Wir haben das Profil verfeinert und haben jemanden im Auge, von dem wir glauben, er könnte unser Verdächtiger sein."

„Das klingt verdammt noch mal fantastisch." Er schaute auf die Uhr. „Los, gehen wir und verhaften ihn. Wenn wir es gleich machen, schaffen wir es noch in die Fünf-Uhr-Nachrichten und haben die kleine Kaylie bei Einbruch der Dunkelheit wieder sicher zu Hause."

„Gehen wir erst noch mal die Einzelheiten durch, okay? Charlotte?"

Charlotte wandte den Kopf in Goldmans Richtung.

„Sein Name ist Harold Arlen. Er ist ein verurteilter Sexualstraftäter und lebt in der Gegend um Great Falls. Wir glauben, Sie sollten ihn beschatten lassen."

Goldman wirkte beeindruckt. „Wie war das noch mit der großen Ansprache, die Sie mir gehalten haben, dass Sie keine Verdächtigen nennen, sondern uns nur in die generelle Richtung der Persönlichkeit weisen, mit der wir es zu tun haben? Nutzen Sie jetzt auch Voodoo?"

Baldwin lachte kurz auf, wurde dann aber sofort wieder ernst. „Nein. Wir haben an dem Profil gearbeitet und er passt auf viele der wichtigsten Punkte. Wir glauben, der Mann, der diese Verbrechen begeht, ist ein Sexualstraftäter, Mitte dreißig, der die Privatsphäre seines eigenen Hauses benötigt, um seine Fantasien auszuleben. Wie wir schon besprochen haben, besitzt er eine umfangreiche Sammlung an Kinderpornografie. Dieser Verdächtige ist von Kindern fasziniert, allerdings nur von Mädchen. Vielleicht ist er in seiner Kindheit missbraucht worden, bevor er zehn oder so war. Vielleicht von einer Babysitterin oder einer nahen Verwandten. Er ist kontrollierend, manipulierend und hinterlistig. Er hat keine wirklichen Freunde. Dafür hat er etwas an sich, das dafür sorgt, dass die Kinder keine Angst vor ihm haben. Er ist also nicht sichtbar körperlich entstellt. Aber er ist impotent und nicht in der Lage, tiefer gehende Beziehungen zu Erwachsenen oder Kindern einzugehen. Davon abgesehen ist er charmant und passt sich an. Sein Auto ist unauffällig, vermutlich eine Limousine. Ein hochpreisiger Honda oder Nissan oder ein günstiger Lexus, etwas, das weder positiv noch negativ auffällt und in die demografische Struktur der Nachbarschaft passt. Das mittlere Einkommen in seiner Wohngegend liegt bei ungefähr 170.000 Dollar im Jahr, also fährt er keine Klapperkiste. Außerdem ist er ein Weißer."

„Das ist nicht viel, Doc. Sie haben die Hälfte der Mitglieder meines Country Clubs beschrieben und drei Viertel der Leute, die im Great Falls Pub abhängen."

Charlotte stieß sich von der Anrichte ab. Sie hatte genug vom Vorspiel – es war Zeit, an die Arbeit zurückzukehren. „Hören Sie, Arlen arbeitet bei Sears in der Fotoabteilung, was ihm Zugang zu Kindern verschafft. Wie er den Job kriegen konnte, ist mir ein Rätsel. Unser Täter hatte in seiner Jugend eine gewalttätige Phase, bevor er gelernt hat, sein Temperament zu zügeln. Also empfehle ich, Arlens Vorleben genauer zu untersuchen. Vielleicht findet sich was in seiner Jugendakte. Wir arbeiten derweil am anderen Ende weiter."

Goldman warf einen anerkennenden Blick auf ihre Beine und wandte sich dann wieder Baldwin zu.

„Kann ich Ihnen eine Frage stellen, Doc? Wie sind Sie auf diesen Mann gekommen?"

„Durch das Depo-Provera. Das Erstechen ist ein Ersatz für sexuelle Penetration. Arlen ist der einzige von zehn Fällen in den örtlichen Akten, der genau auf das Profil passt. Ich lasse meine Leute gerade nach möglichen Stressoren suchen, Auslösern, die ihn dazu getrieben haben könnten, mit dem Morden anzufangen. Und um ganz ehrlich zu sein, als ich mit ihm gesprochen habe, hab ich mich ein wenig gegruselt."

„Das ist verdammt wissenschaftlich, wenn Sie mich fragen. In unserem Job ist Instinkt oftmals alles."

„Ich weiß. Instinkt kann man nicht lernen. Ich sage meinem Team auch immer, sie sollen ihrem Bauchgefühl folgen. Also gehe ich mit gutem Beispiel voran. Arlen hängt da irgendwie mit drin."

„Okay, wenn Sie das sagen, trommle ich meine Leute zusammen und wir riskieren mal einen Blick."

Baldwin stand auf und streckte die Hand aus, um sich zu verabschieden. Charlotte stand einfach nur an seiner Seite, hörte zu, spürte, wie die Macht von ihm ausstrahlte. Er roch gut. Warm und sauber, nach Seife und Shampoo und einen winzigen Hauch von Männerschweiß. Er benutzte keinen Duft, was sie zufrieden stimmte. Sie mochte Männer, die nach Mann rochen, nicht nach Blumen oder Holz oder Zeder. Ihre Gedanken glitten zum heutigen Morgen zurück.

Ein paar Sekunden später war die Unterhaltung zu Ende. Sie hatte was verpasst. Wow, sie musste sich wirklich besser konzentrieren. Allein in seiner Nähe zu sein ließ sie Zeit und Raum um sich herum vergessen.

„Gut. Danke, dass Sie sich die Zeit genommen haben. Wir fahren ins Büro zurück, wo wir noch ein paar Befragungen durchgehen müssen. Ich habe meine Leute darauf angesetzt, alle Papiere zu Arlens Leben rauszusuchen. Sagen Sie einfach Bescheid, wenn Sie was brauchen", sagte Baldwin.

Er und Goldman schüttelten einander die Hände, dann sagte Goldman: „Ich sage Bescheid. Da ist nur ein kleines Problem – wir brauchen irgendeinen Beweis, um einen Durchsuchungsbefehl beantragen zu können. Die Richter hier oben sind nicht so leicht zu überzeugen."

„Erinnern Sie sie dran, dass wieder ein Mädchen vermisst wird. Mal sehen, ob sie Kaylies Tod auf ihre Kappe nehmen wollen."

„Ja, ich weiß, was Sie meinen."

Baldwin schien gewillt, es dabei zu belassen, aber Charlotte fand, dass Goldman ihre Bitte nicht ernst genug nahm.

„Mr Goldman, wir brauchen diesen Durchsuchungsbefehl. Wir müssen Beweise finden", sagte sie.

„Dann tun Sie das, Mädchen. Finden Sie etwas, das die Richter davon überzeugt, uns in das Haus des Kerls zu lassen."

„Es heißt Agent, nicht Mädchen, *Sir.*"

„Hm. Stimmt. Tut mir leid."

Er lächelte vielsagend. Ihm tat es überhaupt nicht leid. Charlotte hatte schon ihr ganzes Leben im Schatten der Männer um sich herum verbracht, und langsam war sie es leid, sich immer wieder beweisen zu müssen.

Goldman begleitete sie hinaus, und Charlotte wartete, bis sie auf dem Parkplatz waren, bevor sie sprach. Sich bei Baldwin über Goldmans Verhalten zu beschweren würde nichts bringen. Außerdem konnte sie für sich selbst eintreten. Sie entschied sich, eine andere Taktik anzuwenden.

„Ging das nur mir so oder wirkte der Commander, als hätte er es sehr eilig, jemanden festzunehmen?"

Baldwin schaute sie eigenartig an. „Du findest, er sollte es langsam angehen? Wir haben ein vermisstes und bereits fünf tote Mädchen."

„Nein, nicht langsam. Aber wir brauchen erst noch weitere Informationen über diesen Typen, bevor wir ihn verhaften können. Goldman hat recht – wir müssen einen Beweis für sein Fehlverhalten finden. Im Moment gehen wir nur nach einem Gefühl. Unserem Gefühl."

„Charlotte, du hast freie Hand, jeden nur möglichen Beweis gegen den Kerl aufzutreiben, den du kannst." Er hielt ihr die Wagentür auf. Sie ließ beim Einsteigen ihre Hand über seinen Bauch gleiten.

Nachdem er selber eingestiegen war und das Auto gestartet hatte, beugte Charlotte sich zu ihm hinüber und streichelte seinen Schritt. „Was meinst du, wollen wir auf dem Weg zum Büro schnell auf einen Quickie irgendwo anhalten?"

„Das ist jetzt nicht der richtige Zeitpunkt. Das müssen wir auf später verschieben." Baldwin setzte seine Sonnenbrille auf und fuhr einen Hauch schneller als nötig vom Parkplatz.

Charlotte langweilte es langsam, abgewiesen zu werden. Das war sie nicht gewohnt. Die meisten Männer, mit denen sie schlief, konnten nicht genug von ihr kriegen. Nun, sie wusste, wie sie ihm das abgewöhnen konnte. Sie wartete, bis sie auf dem Highway waren, bevor sie sich erneut zu ihm hinüberbeugte und den Reißverschluss seiner Hose öffnete. Er stöhnte.

„Das wirst du nicht."

„Und wie ich das mache."

Sie hörte ein leises Lachen von oben.

„Sie werden uns festnehmen", sagte er ein paar Augenblicke später.

Sie hielt inne und schaute zu ihm hinauf, ihr Hinterkopf stieß gegen das Lenkrad. „Bau bitte keinen Unfall. Ich bin nicht angeschnallt."

24. KAPITEL

Nashville
16:45 Uhr

Taylor hatte sich noch nie so sehr gewünscht, dass ein Tag endlich enden möge. Selbst gedrehte Horrorfilme, Vampire und nun eine selbst ernannte Hexe. Sie wartete nur noch darauf, dass ein Werwolf sich freiwillig stellen würde, um das Ensemble komplett zu machen.

Ariadne saß ihr gegenüber, den Rücken kerzengerade, ohne die Rückenlehne des Stuhls zu berühren. Die Frau blinzelte sehr wenig, was Taylor etwas irritierend fand. Sie schob mit dem Finger eine Briefklammer über ihren Schreibtisch.

„Okay, noch einmal von vorne. Sie sind eine Hexe."

Ariadne lachte, ein melodisches, perlendes Geräusch, bei dem Taylor ungewollt lächeln musste. „Ich bin eine allein praktizierende Dianische Hexe, ja. Ich studiere die Lehren der Wicca seit vielen Jahren, aber meine Familie stammt von Hexen ab – meine Mutter war eine und ihre auch. Ich habe meinen Weg Mitte zwanzig gefunden, als ich die Macht, die ich erlangte, nicht länger leugnen konnte. Ich habe Veränderungen verursacht, Probleme, und musste einen Weg finden, mir diese Macht, die sich in mir aufbaute, zunutze zu machen. Durch ausgiebiges Training ist es mir gelungen, mich zu zügeln und meine Energien zu konzentrieren. Normalerweise würde ich im Büro der Mordkommission nicht tot überm Stuhl hängen wollen, aber die Göttin hat mich gebeten, Ihnen zu helfen. Und vertrauen Sie mir, Sie benötigen Hilfe. Sie haben es mit etwas sehr Starkem, Bösem zu tun und brauchen einen Beschützer." Sie hielt inne und musterte Taylor mit schief gelegtem Kopf. „Aber wer hätte je gedacht, dass ich einmal Athene beschützen würde?"

„Wie bitte?"

„Sie kennen sich selber nicht sehr gut, Lieutenant Jackson."

Taylor ließ die Briefklammer los. „Hören Sie, das ist alles ganz toll und ich weiß es sehr zu schätzen, dass Sie mir helfen wollen. Aber ich glaube nicht an Zaubersprüche und Magie, und ich habe eine ganze Menge zu tun." Sie wollte sich erheben und diese verrückte Frau, die direkt durch sie hindurchzuschauen schien, hinausbegleiten.

„Wirklich nicht?", fragte Ariadne ungerührt. „Sie sind nicht das kleinste bisschen abergläubisch? Sie werfen kein Salz über Ihre Schulter oder wünschen sich nicht etwas, wenn Sie eine Sternschnuppe sehen?“

Taylor verschränkte die Arme vor der Brust. „Ich bin genauso abergläubisch wie jeder Mensch. Aber das bedeutet nicht, dass ich an Hexen glaube.“

„Aber Sie glauben an das Böse, Lieutenant. Sie haben es mit eigenen Augen gesehen. Ich weiß, dass das Böse existiert. Ich denke, Sie werden feststellen, dass wir einander sehr nützlich sein können, wenn Sie mich helfen lassen.“ Sie hielt inne und konzentrierte sich auf ihre Hände, die anmutig und manikürt auf ihrem Schoß lagen. „Ich verspreche, Ihnen keine Warze an die Nase zu hexen.“

Sie schaute grinsend auf und Taylor konnte nicht anders, als das Lächeln zu erwidern. Die Frau hatte eine bezaubernde Lache und kleine, weiße Zähne – sie entsprach definitiv nicht dem Bild, das Taylor sich von einer Hexe gemacht hatte.

Aus dem Augenwinkel nahm sie eine Bewegung wahr. Sie schaute auf und sah die zarte, geflochtene Kette aus Silber um Ariadnes Hals, deren reich verzierter Anhänger in Form eines Pentakels genau in der Kuhle zwischen ihren Brüsten und ihrem Hals lag. Ohne nachzudenken zuckte sie leicht zurück.

„Jungfrau, Mutter und altes Weib“, sagte Ariadne.

„Wie bitte?“

„Sie haben gedacht, dass ich nicht wie eine Hexe aussehe. Wir glauben an Inkarnationen. Jungfrau – die junge Hexe. Mutter – die fruchtbare Hexe. Altes Weib – die weise Frau. Ich befinde mich noch mehr auf der jungfräulichen Seite, wie Sie sehen können.“ Sie lachte wieder, und Taylor fiel in ihr Lachen mit ein. Sie fühlte sich gut, voller Energie. Sie setzte sich wieder und kaute nachdenklich auf ihrer Unterlippe.

„Okay, woher wussten Sie, was ich denke?“

„Ich habe Ihre Gedanken gelesen.“

Taylor zuckte zusammen. Ariadne lehnte sich auf ihrem Stuhl vor. Ihre Augen funkelten.

„Ich mache Witze. Ich habe nicht Ihre Gedanken gelesen, obwohl wir so etwas können. Es ist allerdings nicht das Gedankenlesen, an das Sie denken, es ist mehr ein Halbschlaf, eine Art, in Ihre Gefühle zu schauen. Sein Bauchgefühl, seine Emotionen helfen einem, zu entscheiden, was ein Mensch wirklich denkt. Sie machen das doch auch,

Lieutenant. Genau wie ich. Und ich bin ehrlich gesagt ziemlich gut darin. Ich muss immer aufpassen, nicht zu tief zu schauen. Das ist nämlich nicht sonderlich höflich. Aber ich hatte keinen Anlass, in Ihren Kopf zu gucken – Ihr Gesicht ist wie ein Spiegel Ihrer Seele. Durchsichtig. Transparent. Sie haben es mir selber verraten."

Taylor war erschrocken. Sie hatte ihre Miene immer für undurchschaubar gehalten, das war eine ihrer Stärken. Fitz hatte ihr beigebracht, dass ein guter Cop ein halber Schauspieler sein musste, um das Vertrauen der Verdächtigen zu erlangen – deshalb war sie in Befragungen so gut. Ein leichter Schmerz schoss durch ihren Körper. Sie richtete sich auf und versuchte ihn zu verdrängen.

„Intuition hat nichts mit Gedankenlesen zu tun", sagte sie.

„Aber sicher hat es das. Sie assimilieren die Gefühle Ihres Gegenübers und stellen sie in einen Kontext." Das Lächeln verschwand und Ariadne zog die Stirn ein wenig kraus. „Hören Sie, Sie mögen nicht an Hexen glauben, und das ist in Ordnung. Aber diese Morde, diese Situation, ist sehr, sehr ernst. Das hier hat nichts mit Gläserrücken auf Pyjamapartys zu tun. Das hier ist echt und es ist gefährlich. Es gibt in Nashville eine ganze Gemeinde von Leuten, die verschiedene heidnische Religionen ausüben. Mehr, als Sie sich vorstellen können. Die Zahl geht in die Tausende. Es ist eine friedliche, sanfte Religion, aber es gibt immer jemanden, der die Macht der Göttin zum Schaden anderer nutzen will. Mit so jemandem haben wir es hier zu tun, und Sie brauchen meine Hilfe, um ihn aufzuhalten."

„Ihn?", fragte Taylor.

„Ja. Ich weiß seinen Namen nicht, aber er ist mächtig – und jung. Und er ist nicht allein."

Taylor ließ Ariadne in ihrem Büro zurück. Sie brauchte eine kleine Pause.

Sie fand McKenzie und Marcus in eine Unterhaltung vertieft auf dem Flur.

„Was ist los?", fragte sie.

McKenzie zog eine Grimasse. „Barent hat nach seinem Anwalt verlangt. Wir mussten seine Befragung abbrechen."

„Das ist zu schade. Habt ihr vorher irgendetwas Interessantes aus ihm herausbekommen?"

Marcus rieb sich das Kinn. „Nicht wirklich. Ich glaube, wir haben genug, um einen Durchsuchungsbefehl für sein Haus anzufordern – mit seiner Behauptung, die Morde begangen zu haben, und den Videos, die seine Anwesenheit an den Tatorten bestätigen, sollte das kein Problem sein. Ich werde gleich den Antrag stellen und gucken, was ich noch organisiert bekomme. Er weiß definitiv mehr, als er zugibt, aber ich bin immer noch nicht überzeugt, dass er wirklich der Verantwortliche ist. Seine Persönlichkeit ist etwas stark fragmentiert, wenn ich das mal so sagen darf. Ich habe ihn vorsichtshalber erkennungsdienstlich behandeln und in eine Zelle bringen lassen. Ich wollte ihn nicht nach Hause schicken und riskieren, dass hier irgendetwas schiefläuft. Er wirkt, als müsste er etwas beweisen, aber ich glaube einfach nicht, dass er die Kinder ermordet hat."

McKenzie lehnte sich gegen die Wand. „Er ist ein wahrer Narzisst, so viel steht fest. Und ein wahrer Gläubiger. Er glaubt wirklich, ein psychischer, sich von Energie ernährender Vampir zu sein und einer ganzen Nation von Vampiren vorzustehen. Er erzählte uns, er führte seit zwei Jahren Krieg gegen einen anderen Vampirkönig namens Laurent. Sie haben eine Online-Kampagne gegeneinander laufen und ihre Jünger attackieren einander gegenseitig aufs Heftigste. Die schöne neue Welt der Vampirkriege findet im Cyberspace statt."

Lincoln gesellte sich zu ihnen. Die kleine Besprechung erregte die Aufmerksamkeit einiger vorbeikommender Officers, die sich keine Mühe gaben, ihre Neugierde zu verbergen.

„Bist du sicher, dass wir es nicht mit irgendeiner Form von LARP zu tun haben?"

„LARP? Was ist das denn?", fragte Marcus.

McKenzie erklärte: „Live Action Role Play, also eine realistische Form von Rollenspiel. LARPs sind unglaublich intensiv. Für jemanden, der mental labil ist, kann so ein Rollenspiel der entscheidende Wendepunkt sein. Ein sehr guter Hinweis, Lincoln. Das wäre nicht das erste Mal. In Orlando hatten wir einen Fall mit einem Vergewaltigungsrollenspiel namens RapeAid, in dem ausführliche Massenvergewaltigungen vorkamen. Ein paar Männer entschieden, diese Fantasie auch in der realen Welt auszuleben – sie haben vier Frauen vergewaltigt, bevor wir sie fassen konnten."

„Ist es möglich, dass der Mörder irgendetwas aus diesen LARPs nachgespielt hat? Und es deshalb gefilmt und online gestellt hat?", wollte Taylor wissen.

„Möglich ist alles“, erwiderte McKenzie.

„Ich kann auch noch was aus der Ecke beisteuern. In meinem Büro sitzt eine Frau, die behauptet, eine Hexe zu sein. Sie heißt Ariadne.“

McKenzie schaute sie kopfschüttelnd an. „Ariadne die Hexe. Das ist echt gut.“

„Warum?“

„Kennst du die Geschichte von Ariadne nicht?“ Drei fragende Augenpaare richteten sich auf ihn. Er schüttelte erneut den Kopf. „Was hab ich mir mit euch nur eingebrockt. Ariadne war die Tochter von König Minos von Kreta. Sie half Theseus, das Labyrinth zu überwinden, ohne vom Minotaurus getötet zu werden, und hat dann später Dionysos geheiratet.“

Taylor hob eine Augenbraue. „Griechische Mythologie. Jetzt ergibt es einen Sinn, dass sie mich Athene genannt hat“, sagte sie.

„Das passt.“ McKenzies Augen funkelten amüsiert. „Stellst du sie mir vor?“

„Sicher.“ Sie machten sich zusammen auf den Weg zu den Büros der Mordkommission.

„Mit etwas Glück sind wir dem Mörder am Ende des Tages schon auf der Spur. Wir müssen uns alle ein wenig ausruhen – ihr Jungs seht ganz schön mitgenommen aus. Schlaft euch heute Nacht mal richtig aus, und morgen früh gehen wir dann alles in neuer Frische an, falls nicht bald ein Durchbruch kommt.“

„Das gilt auch für dich, LT“, sagte Lincoln.

„Ich weiß, und ich werde mich dran halten. Aber ich muss erst noch mit Juri Edvin sprechen. Wie geht es mit dem Internetkram voran?“

Lincoln blieb stehen und lehnte sich gegen die Wand. „Es ist der totale Albtraum. Jedes Mal, wenn das Video irgendwo entfernt wird, wird es sofort wieder hochgeladen. Aber langsam kriegen sie es in den Griff – sie arbeiten ja erst seit ein paar Stunden daran. Sie versuchen alles, um alle Aktivitäten nachzuverfolgen. Mein Kontakt bei YouTube soll mich im Laufe des Tages noch anrufen. Da heute Samstag ist, müssen sie einige der erfahrenen Leute reinholen, die am Wochenende nicht arbeiten, und das nimmt etwas mehr Zeit in Anspruch. Als wir das letzte Mal telefoniert haben, glaubten sie, eine mögliche Spur zu der Originalseite zu haben, von der das Video hochgeladen wurde.“

„Gut. Ich bin froh, dass sie uns so bereitwillig helfen. Das ist mal eine nette Abwechslung. Du kümmerst dich weiter darum und hältst mich auf dem Laufenden, was passiert. Marcus, besorg einen Durchsuchungsbefehl. Wollen wir doch mal sehen, was Mr Vampire in seinen Schränken versteckt. Lass dich von nichts aufhalten."

Ariadne war immer noch da, wo Taylor sie zurückgelassen hatte. Sie saß auf dem Stuhl in Taylors Büro. Taylor schlug vor, in den Konferenzraum zu wechseln, damit sie mehr Platz hatten.

Lincoln starrte Ariadne einen Moment mit offener Neugierde an, dann entschuldigte er sich, aber nicht ohne der Frau einen Moment zu lange die Hand zu schütteln. Ariadne lächelte ihn an und Taylor hätte schwören können, dass Lincoln errötete.

McKenzie schüttelte ihr ebenfalls interessiert die Hand, aber sein Blick war kühl und abschätzend und verriet nichts außer professioneller Neugierde. Marcus hielt sich im Hintergrund, was Taylor interessant fand. Er murmelte etwas wegen des Durchsuchungsbefehls und eilte aus dem Raum.

Taylor und McKenzie setzten sich Ariadne gegenüber an den Tisch. Taylor bedeutete ihr, anzufangen. „Erzählen Sie uns bitte, was Sie wissen. Aber würden Sie mir vorher noch eine andere Frage beantworten? Warum wollen Sie uns helfen?"

„Nun, das ist nicht schwer. Dieser Hexenmeister ist für uns alle eine Bedrohung. Haben Sie je von der Wiccan Rede gehört?", fragte Ariadne.

„Nein", sagte Taylor.

„Das ist unser Moralkodex, das, woran alle guten kleinen Hexen und Hexenmeister glaubten. Es ist unsere Version des Hippokratischen Eids. Die Rede selbst ist lang und kompliziert – sie gibt zum Beispiel Anleitungen, welche Feinheiten bei der Arbeit mit Zaubersprüchen an Feiertagen zu beachten sind und so etwas. Aber am wichtigsten sind die letzten beiden Zeilen. ‚Diese acht Worte erfüllen die Wicca-Weisung: Wenn du niemandem schadest, tue, was du willst.' Wir glauben, dass jeder Zauber, den man wirkt, dreifach auf einen zurückfällt. Das Gesetz der Wiederkehr nennen wir das. Was bedeutet, wenn man jemanden mit einem negativen Zauberspruch belegt, fällt die Negativität auf einen selber zurück und beißt einen in den Hintern."

„Warum sollte eine Hexe dann jemals einen negativen Zauberspruch verhängen?", fragte Taylor.

„Manche glauben, sie könnten es kontrollieren, anderen ist es einfach egal. Manchmal ist es wichtig und notwendig, wie bei einem

Fesselungsbann. So wie ich versucht habe, den Mörder mit einem Fesselungsbann zu belegen, um ihn davon abzuhalten, noch weitere Unschuldige zu töten. Aber die große Mehrheit der guten Hexen wagt sich nicht einmal in die Nähe von negativen Zaubersprüchen. Sie sind einfach zu unvorhersehbar."

„Ihrer Meinung nach waren die Morde von gestern also die Arbeit einer Hexe?"

„Eines Hexers. Ein junger, mächtiger Hexenmeister. Ich glaube sogar, dass ein ganzer Coven daran beteiligt war. Ich habe sie letzte Nacht im Subversion gesehen."

„Was ist das?"

„Ein Coven? Das ist eine Gruppe gleichgesinnter Hexen, die zusammenarbeiten wollen, um sich gegenseitig mit ihrer Macht zu stärken. Ein Hexenzirkel, sozusagen."

„Ich meinte das Subversion. Davon habe ich noch nie gehört."

„Oh, tut mir leid, Lieutenant. Das ist ein Club auf der Second Avenue. Er findet nur einmal im Monat oder so statt und an besonderen Tagen wie Samhain – sorry, Halloween. Als ich von den Morden gehört habe, habe ich sofort angefangen, nach ihnen Ausschau zu halten. Sie haben mich zu dem Club geführt. Es waren zwei, ein Junge und ein Mädchen. Übrigens, nur so nebenbei, nicht, um sie zu verwirren, aber sie praktizieren auch Vampirismus, die Frischlinge. Ein zweites Mädchen hat sich zu ihnen gesellt. Sie hatten einen fürchterlichen Streit, dann ist sie weggelaufen. Die beiden Älteren sind ihr gefolgt. Ich habe sie dann verloren. Es war eine ziemlich heftige Nacht. So viele dieser Gothic-Kids glauben, sie seien Psychovampire und gehen in die Clubs, um ihren Hunger zu stillen. Die Energie ist überwältigend, vor allem an einem Feiertag. Sie entziehen einem jegliche eigene Energie – verdammt, es hat sogar mich nicht unberührt gelassen, und ich habe einen felsenfesten Schutz. Sich ohne ausdrückliche Erlaubnis an anderen zu laben ist eine ganz schlechte, dunkle Angewohnheit, die wir nicht gutheißen."

„Sie haben sie Frischlinge genannt."

„Das ist ein Spitzname für junge Goths. Im Wicca nennen wir sie Fluffy Bunnys – Kuschelhäschen. Aber Fluffys sind noch etwas anderes – sie sind mehr Poser, Möchtegerns. Diese Frischlinge wissen, was sie tun – sie sind nur noch zu jung, um von einem traditionellen Coven aufgenommen zu werden. Dafür muss man mindestens achtzehn sein."

„Frischlinge“, sagte Taylor. „Wie sahen sie aus?“

„Das Mädchen war groß, so groß wie Sie. Schwarzes Haar, bleiche Haut, grüne Augen. Sehr grüne Augen – vielleicht waren es gefärbte Kontaktlinsen. Sie trug die traditionelle Kleidung – ihr Make-up zeichnete sie als RomantiGoth aus.“

„RomantiGoth? Was ist das nun wieder?“, fragte Taylor.

Nun schaltete sich McKenzie ein. „Es gibt Tausende von Untergruppen in der Gothic-Szene – Feen und Industrials und Cybergoths und Gravers. Ich könnte ewig so weitermachen. Jeden Tag tauchen neue Gruppierungen auf.“

Ariadne musterte ihn mit Interesse. „Sie sind also einer von uns?“, fragte sie.

„Nicht mehr“, gab McKenzie gelassen zurück.

„Hm.“ Ariadne legte den Kopf schief und wandte sich dann wieder Taylor zu. „Das ist hauptsächlich ein amerikanisches Phänomen. In Europa ist die Trennung längst nicht so stark. Wir brauchen hier einfach für alles ein eigenes Label.“

„Aha. Fahren Sie bitte fort“, bat Taylor.

„Der Junge war ähnlich gekleidet, trug aber schwarze Hosen statt eines Rocks. Die beiden trugen ein Korsett, Plateaustiefel, die bis zum Knie geschnürt wurden, und Umhänge. Sein Haar ist ganz kurz und schwarz gefärbt. Sie trugen beide Make-up, aber ich würde sie wiedererkennen, wenn ich sie sehe. Sie stachen aus der Menge heraus, haben mich irgendwie beeindruckt. Die Jüngste war auch geschminkt, aber nicht so aufwendig gekleidet.“

„Können wir Ihnen Fotos zeigen?“

„Sicher.“

„Was ist der Unterschied zwischen Goths und Wicca?“

„Oh, da gibt es viele. Wicca ist eine erdverbundene Religion. Goths sind … lassen Sie es mich so sagen, die meisten Leute mögen es nicht, traurig zu sein. Die Welt sagt, man soll glücklich sein. Goths hingegen empfangen die Dunkelheit mit offenen Armen. Sie erkunden ihre eigene Traurigkeit und die Traurigkeit von anderen.“

Sie schaute zu McKenzie, der nickte, obwohl er offensichtlich peinlich berührt war. Der arme Junge wurde vor seiner Chefin bloßgestellt. Taylor hatte Mitleid mit ihm.

„Und das Make-up?“, fragte sie.

„Das ist eine Form, sich auszudrücken. Sie mögen es, zu verschwinden, die Aufmerksamkeit von ihrer körperlichen Form abzulenken und auf ihre spirituelle Seite zu richten. Die Echten sind erfahrene Hexen und Hexenmeister – sie verstehen das Heidentum und all seine Spielarten durch und durch. Wenn Sie diesen Jungen finden, werden sie auch ein Zauberbuch finden, das wir normalerweise unser Buch der Schatten nennen. Es ist unser intimstes Werkzeug, voller Hoffnungen und Träume, Zaubersprüche und Notizen darüber, was funktioniert hat und was nicht. Es ist ein wichtiger Teil unseres Lebens und wird Ihnen viele Hinweise liefern. Genau wie sein Altar."

„Mir scheint, durch ihre Andersartigkeit lenken sie die Aufmerksamkeit erst recht auf sich, anstatt von sich weg", merkte Taylor an.

„Das ist die Sicht eines Außenseiters. Die meisten suchen, forschen, versuchen, ihren Platz in der Welt zu finden. Sie finden den Gothic-Lifestyle und er passt ihnen, so wie man die Lieblingsjeans anzieht und weiß, dass man in ihr fabelhaft aussieht. Es ist sowohl eine emotionale als auch eine körperliche Reise."

„Aber die schwarze Kleidung, das Herumhängen auf Friedhöfen. Was hat es damit auf sich?"

Ariadne lächelte. „Das liegt daran, dass sie traurig sind. Aber anders als die meisten heißen sie dieses Gefühl willkommen. Wenn man innehalten und in sich hineinschauen könnte, zugeben, was einen wirklich unglücklich macht, um dann zu versuchen, sich aus den richtigen Gründen zu verändern – nämlich zur Stärkung des eigenen Ichs –, wäre man besser dran. Es ist in Ordnung, traurig zu sein. Man muss nicht immer glücklich sein. Es ist gesund, ab und zu depressive Gedanken in seiner Psyche zuzulassen, über all das Schlimme nachzudenken, das passieren kann, ohne dass man von der Gesellschaft dafür verurteilt wird. Schauen Sie sich die Buddhisten an. Sie sind meist die leitende Kraft hinter den disziplinierten Goths. Buddha lehrt uns, sich nicht mit den Gefühlen zu verbinden, während man sie erlebt. Gefühle sind einfach nur eine Reaktion auf einen Reiz, eine Empfindung, die dich nicht erklärt, nicht definiert. Diese Ebene der Selbsterkenntnis ist der Schlüssel zum Lebensstil der Goths. Kurz gesagt, sie trauern um die Menschheit."

„Das sind Teenager. Wie viel Selbsterkenntnis können die schon besitzen?"

„Sehr viel. Sie suchen nach einer unglaublich intelligenten Person, Lieutenant, die sehr belesen ist, sich von Mythologie über Naturalismus bis Botanik in allem sehr gut auskennt. Jemanden, der Fähigkeiten besitzt, der ein natürlicher Anführer sein kann. Jemanden, der gelernt hat, dass die Dunkelheit eine Spannung in sich trägt, der glaubt, dass er sich von den Energien der Nacht ernähren kann, und jemand, der uns alle, die wir danach streben, für das Gute zu arbeiten, in Angst und Schrecken versetzen kann. Wenn Sie ihn gefasst haben, möchten Sie vielleicht seinen Athame auf Blutspuren untersuchen. Ich nehme an, dass er die Opfer damit geritzt hat."

„Was wissen Sie darüber?"

„Über die Schnitte? Die Pentakel? Nun, das war überall in den Nachrichten. Das dient der Anregung, dem Nervenkitzel. Es garantiert, dass darüber gesprochen wird. Der Mörder ist außergewöhnlich egozentrisch – er will seine Signatur hinterlassen."

Ariadne setzte sich anders hin und ihr Ton wurde jetzt ernster. „Das war nicht irgendein Typ, der vom Glockenturm geschossen hat, Lieutenant. Das war methodisch, geplant, und vielleicht ist es noch nicht vorbei. Sie müssen nach jemandem mit ganz speziellen Fähigkeiten Ausschau halten."

„Nach jemandem wie Ihnen", warf McKenzie ein.

Ungerührt erwiderte Ariadne: „Ja, nach jemandem wie mir. Aber ich würde nie töten, um meine Ziele zu erreichen. Das ist streng verboten. Sie sollten das am besten wissen. Außerdem widerspricht es meinem persönlichen Ehrenkodex."

„Ich wundere mich schon ein wenig, wie gut Sie informiert sind, Ariadne", sagte Taylor. „Und nicht nur oberflächlich, sondern Sie wissen Einzelheiten und haben aktiv in eine polizeiliche Ermittlung eingegriffen."

„Das stimmt." Ein kleines Lächeln umspielte ihre Mundwinkel.

„Wir haben einen Mann in Gewahrsam genommen, der behauptet, die Morde begangen zu haben", sagte McKenzie. „Er behauptet außerdem, der König der Vampire zu sein."

Ariadne warf die Hände in die Luft, ihre langen Haare wogten wie eine Welle um ihren Körper. *„Hah!* Die Vampyre Nation ist ein Witz. Sie sind Parasiten, Ungeziefer. Dieser sogenannte Vampirkönig lügt. Der Hexenmeister, der das hier getan hat, ist zu klug, um sich selber zu stellen." Sie hielt einen Moment inne, dann fuhr sie fort: „Obwohl er natürlich schon damit angeben will. Hat er Ihnen schon einen Brief geschickt? Ich dachte, ich hätte letzte Nacht so etwas aufgeschnappt."

McKenzie schaute sie eindringlich an. „Sie würden eine gute Polizistin abgeben, Ariadne."

Taylor lehnte sich auf ihrem Stuhl zurück. Sie kniff die Augen zusammen. Was hatte diese Frau vor? Ja, es war ein sensationeller Fall, der jeden berührte, der mit ihm zu tun hatte. Und es war nicht ungewöhnlich, dass Menschen sich selber stellten oder zugaben, bestimmte Kenntnisse von einem Verbrechen zu haben. Es hatte schon in der Vergangenheit selbst ernannte Hellseher gegeben, die versucht hatten, ihr ihre Dienste anzudienen. Menschen, die behaupteten, sie könnten Vermisste finden, mit ihren Seelen kommunizieren, wenn sie bereits verstorben waren. Alle von ihnen hatten sich schlussendlich als Scharlatane herausgestellt, als Ruhmessüchtige, die versuchten, die Ermittlungen so zu beeinflussen, dass sie ihren verqueren Zielen dienten. Bei einem so großen Fall wie diesem konnte Taylor das Risiko einfach nicht eingehen. Sie erkannte, dass sie bereits eine Entscheidung getroffen hatte.

„Ariadne, ich werde Ihnen jetzt Ihre Rechte vorlesen. Sie verstehen, dass ich Sie als Verdächtige behandeln muss – Sie lassen mir keine andere Wahl. Das dient Ihrem Schutz genauso sehr wie meinem."

Ariadne nickte zustimmend. „Tun Sie, was Sie für nötig halten, Lieutenant. Ich habe nichts zu verbergen – mein Herz ist rein. Sie müssen tun, was Ihnen Ihr Weg erzählt. Ich bin nicht beleidigt. Ehrlich gesagt, wenn Sie das nicht tun würden, hätte mich das ein wenig misstrauisch gemacht."

„Wieso das?"

„Weil ich jetzt weiß, dass Sie mir glauben."

25. KAPITEL

Sie ließ McKenzie mit der Hexe zurück und ging zu ihrem Auto. Er würde aus ihr herauskriegen, was auch immer es war, das Ariadne zurückhielt.

Um ehrlich zu sein, in der Gegenwart dieser Frau fühlte sie sich unbehaglich. Gedankenleserin hin oder her, sie war definitiv zu scharfsinnig. Taylor hatte den Blick bemerkt, mit dem sie den Strauß weißer Rosen von Memphis angeschaut hatte, und sich gefragt, ob sie wohl die Dreistigkeit besäße, die Karte zu lesen, während Taylor sich im Flur mit ihrem Team beriet. Vermutlich. Alles Betrüger, diese Leute, die behaupteten, sich vom Übernatürlichen leiten zu lassen. Sie glaubte nicht, dass diese Frau eine Hexe war, aber sie glaubte, dass sie irgendwie mit der Sache zu tun hatte. Und da es öfter vorkam, dass Verdächtige sich in laufende Ermittlungen einschalteten, war Ariadnes Auftauchen hier definitiv suspekt.

Und was hatte es mit diesem gruseligen Barent auf sich? Er behauptete, ein Vampir zu sein und dass Taylor ihn wieder und wieder getötet hätte. Marcus hatte die entsprechenden Anträge für einen Durchsuchungsbefehl eingereicht, nun hieß es erst einmal abwarten und Tee trinken. Sie war im Moment nur von Verrückten umgeben.

Und von einem cleveren Mörder, der sie ihre eigenen Schwänze jagen und in den dunklen Schatten nach Antworten suchen ließ.

Beim Gedanken, noch einmal zum Haus der Kings zu fahren, überlief Taylor eine Gänsehaut, aber sie musste mit Letha sprechen, bevor sie weitermachen konnte. In der Auffahrt standen einige Autos – Kondolenzbesucher und Nachbarn mit warmem Essen in den Händen und unbändiger Neugierde in den Herzen. Die in den Südstaaten übliche Tradition der Totenwache hatte Taylor schon immer leichtes Unbehagen eingeflößt. Zu viele Leute schienen nur für Tragödien zu leben, waren von Tod und Krankheit umgeben. Sie waren die Ersten, die Fremde trösteten und Hilfe anboten, wenn die Familien der Opfer eigentlich nur die Schotten dicht machen und in aller Ruhe genesen wollten. Diese Szenerie spielte sich an diesem Nachmittag überall in Nashville ab.

Sie klopfte an die Tür und war überrascht, dass Letha öffnete. Ihr Gesicht war geschrubbt, das Haar sauber, der schwarze Lack von den Fingernägeln verschwunden. Ihre Augen waren klar.

„Letha, ich bin Lieutenant Jackson. Wir haben uns gestern kennengelernt. Das mit deinem Bruder tut mir sehr leid. Kann ich reinkommen?"

Letha warf einen Blick über ihre Schulter. „Macht es Ihnen etwas aus, wenn wir uns hier draußen unterhalten? Drinnen ist es ziemlich voll."

„Sicher, kein Problem."

Das Mädchen kam heraus und zog die Tür leise hinter sich ins Schloss, so als wollte sie nicht, dass irgendjemand auf sie aufmerksam würde. Taylor lehnte sich gegen die Brüstung der Veranda.

„Ich war heute Morgen in der Schule, und da ist dein Name gefallen. Du hängst mit den Goth-Kids ab?"

Letha beugte sich vor und hob einen Zweig auf, der auf die Treppe gefallen war. „Ich hänge nicht wirklich mit ihnen ab. Ich habe nur … ein wenig experimentiert."

„Wer sind denn dann deine Freunde?"

„Ich bin mal hier, mal da. Ich habe keine feste Clique."

„Theo Howell hat uns erzählt, dass du Jerry gestern gefunden und dann Theo und seine Schwester angerufen hast, damit sie dir helfen. Du musst doch mit den beiden befreundet sein, wenn du dich als Erstes an sie gewandt hast?"

„Theo und Jerry sind Freunde. Waren Freunde. Ich wusste nicht, wen ich sonst hätte anrufen sollen."

„Vielleicht die Polizei?"

Sie schüttelte den Kopf. „Ich wollte nicht, dass Jerry Probleme bekommt."

Taylor unterdrückte ein lautes Stöhnen. Teenagerlogik.

„Du hättest sofort den Notruf wählen müssen, als du ihn gefunden hast. Das weißt du doch, oder?"

„Ja, Ma'am. Tut mir leid."

„Du musst dich nicht entschuldigen. Also gehörst du nicht zu der Clique der Beliebten."

„Ich sagte es doch bereits. Ich gehöre zu keiner bestimmten Gruppe." Sie warf den Zweig auf den Rasen. Taylor sah die unterdrückte Wut in der angespannten Haltung des Mädchens.

„Was weißt du über Drogen an eurer Schule?"

Ihr Blick huschte zur Seite und sie murmelte: „Nichts."

„Vi-Fri? Bist du sicher, dass du darüber auch nichts weißt?"

Jetzt war sie merklich erschüttert. „Woher wissen Sie davon?", fragte sie.

Taylor schob ein gefallenes Blatt mit dem Stiefel beiseite. „Theo hat mir davon erzählt. Hat Jerry Drogen genommen?"

Sie nickte kaum merklich.

„Du auch?"

„Vielleicht ein wenig X hier und da, aber nichts Härteres. Nur an den Wochenenden. So wie Jerry. Wenn er guter Stimmung war, hat er mir immer was abgegeben. Bitte erzählen Sie es nicht meinen Eltern, die wären wirklich böse auf mich."

„Nur wenn du mir sagst, von wem Jerry die Drogen gekauft hat."

Das Mädchen ließ den Kopf sinken. „Er heißt Thorn. Er ist ein Freshman."

„Wie heißt er wirklich?"

„Ich weiß es nicht. Irgendetwas Ausländisches. Ich erinnere mich nicht. Kann ich jetzt wieder reingehen? Meine Mom wird sich Sorgen machen, wo ich so lange bleibe."

„Juri Edvin?"

Sie wirkte überrascht – sie kannte den Namen. „Vielleicht. Ich weiß es wirklich nicht."

„Wie sieht Thorn aus?"

„Ich weiß nicht. Klein, so wie ich. Ein wenig kräftiger. Er gehört wirklich zur Goth-Clique."

Taylor beobachtete das Mädchen. Sie kaute auf dem Daumennagel und war offensichtlich aufgebracht. Log sie? Oder sagte sie nur nicht die ganze Wahrheit? Taylor glaubte es nicht, aber es schadete nie zu fragen.

„Letha, dein Bruder und Brandon hatten letzte Woche einen heftigen Streit. Weißt du, worum es dabei ging?"

„Nein." Die Antwort kam zu schnell. Sie presste die Lippen aufeinander, was Taylor vermuten ließ, dass die Antwort eigentlich ja lautete.

„Letha. Ging es um Drogen? Haben sie sich wegen Juri Edvin gestritten? Wegen Thorn?"

„Ich weiß es wirklich nicht", sagte sie.

„Fällt dir noch etwas ein, das uns helfen könnte, den Mörder deines Bruders zu fassen?"

Sie schüttelte nur stumm den Kopf.

„Das habe ich mir gedacht." Taylor gab dem Mädchen ihre Karte.

„Wenn dir noch irgendetwas einfällt, ruf mich bitte an." Sie wandte sich zum Gehen.

„Ma'am?"

Sie schaute sich zu dem Mädchen um. „Ja?"

„Stimmt es, das mit Brandon? Also, dass er … verstümmelt wurde?"

„Wo hast du das gehört?"

„Äh … ich habe das Video im Internet gesehen. War das echt?"

Taylor rang mit sich. Brandon war ein gut aussehender Junge gewesen. Sie bemerkte, dass Letha wirklich besorgt war. Das war die Verbindung.

„Es könnte sein. Letha, kennst du Brandon?"

Die Augen des Mädchens füllten sich mit Tränen, die mühsam errichtete Mauer bröckelte. „Wir sind … waren zusammen, haben aber vor einer Weile Schluss gemacht. Er hatte … hatte eine andere. Jerry war so wütend auf ihn, weil er mir so wehgetan hat. Ich bin mir sicher, dass es in ihrem Streit darum ging. Sie haben sich in letzter Zeit oft gestritten." Sie klang viel zu verbittert für ihre vierzehn Jahre.

„Das tut mir leid", sagte Taylor.

Letha nickte nur und schlüpfte dann leise durch die Tür ins Haus und zog sie fest hinter sich ins Schloss.

Das war's. Das Mädchen wusste nicht mehr. Taylor spürte, dass sie zumindest im Großen und Ganzen die Wahrheit gesagt hatte. Es war an der Zeit, die schweren Geschütze aufzufahren.

26. KAPITEL

Quantico
16. Juni 2004
Baldwin

Jessamine Sparrow hatte wirklich einen unpassenden Namen. Bulldogge hätte viel besser zu ihr gepasst als Spatz, fand Baldwin, denn ihre Beharrlichkeit war die Eigenschaft, die ihn bei ihrer Einstellung am meisten beeindruckt hatte. Als sie nun zu ihm sagte, „Hey, Boss, schau dir das mal an", und eine unverkennbare Neugierde in ihrer Stimme mitschwang, ließ er seine Akten fallen und drückte in Gedanken die Daumen.

Er streckte sich und stand dann auf, um durchzuatmen. Seit über zwei Stunden studierte er die Beweisakten, und von der winzigen Schrift taten ihm die Augen weh. Er brauchte zwar noch keine Brille, aber die Wörter verschwammen vor seinen Augen im kalten, fluoreszierenden Licht des Konferenzraums.

Sparrow konnte es nicht viel besser gehen. Sie durchsuchte seit beinahe zwanzig Stunden das Internet.

Auf ihrem Monitor herrschte das reinste Chaos. Offene Fenster in allen nur denkbaren Größen, Formen und Farben. Sie klickte eines der Fenster in der oberen linken Ecke an, sodass es den ganzen Bildschirm füllte. Es handelte sich um einen Nachruf aus der *Washington Post* vom 12. Januar 2004. Ein kleines Gesicht lächelte ihn traurig an, ein junges Mädchen, vielleicht acht, neun Jahre alt. Sie hatte keine Haare – sein erster Gedanke war Krebs.

„Wer ist das?", fragte er.

„Sie heißt Evie Kilmeade. Neun Jahre alt. Sie ist im letzten Januar nach längerem Kampf an Leukämie gestorben."

„Das ist ja schrecklich."

„Ja, stimmt." Sparrow sagte das ohne die Überzeugung, die die meisten Frauen in eine solche Aussage gelegt hätten. Obwohl erst Ende zwanzig, war Sparrow unverheiratet und hatte keinerlei Aussicht oder gar brennendes Interesse daran, ihr Leben in naher Zukunft mit einem Mann oder Kindern zu bereichern. Sie konnte leidende Kinder immer noch mit einer gewissen Distanz betrachten. Baldwin hatte sich gefragt, ob sie vielleicht lesbisch war, den Gedanken dann aber beiseitegeschoben. Ihre sexuelle Orientierung hatte absolut nichts mit ihren Fähigkeiten im Job zu tun, und Sparrow einzustellen war eine der besten Entscheidungen, die er seit Langem getroffen hatte.

„Also, wieso ist das für uns wichtig?“

„Mir kam der Name bekannt vor. Kilmeade ist nicht gerade häufig, und als wir Arlens Nachbarn befragt haben, ist er mir aufgefallen. Dann sehe ich das hier, und als ich nachforsche, finde ich ihre Adresse. Rate mal, wo die kleine Evie gewohnt hat?“ Sie schaute über ihre Schulter, um sicherzugehen, dass er hinschaute, dann ließ sie das entsprechende Fenster auf ihrem Monitor aufpoppen.

Baldwin musste es drei Mal lesen. „Du machst Witze“, sagte er schließlich ungläubig.

„Nein. Sie hat die letzten Tage auf dieser Erde direkt gegenüber von dem großen bösen Wolf verbracht.“

Baldwin ging in Gedanken zurück und holte sich ein mentales Bild des Hauses gegenüber von Arlens vor Augen. Es stimmte. Vor zwei Tagen hatte er kurz mit den Bewohnern gesprochen. Die Kilmeades waren ein offenes, freundliches, besorgtes Ehepaar mit zwei kleinen Jungen. Sie hatten nichts von einem kleinen Mädchen erwähnt, und sie waren die Einzigen, die ein wenig Mitgefühl für ihren perversen Nachbarn aufbrachten. Kilmeade war irgendeine Art Psychologe und arbeitete mit Häftlingen.

„Welche Haarfarbe hatte sie?“, fragte Baldwin.

„Lustig, dass du das fragst. Nach gründlichem Nachhaken und der Androhung, mit einem Durchsuchungsbefehl wiederzukommen, hat Sears alle Negative von allen Fotos geschickt, die Arlen gemacht hat. Dafür kannst du dich bei Butler bedanken. Evie Kilmeade ist auch dabei. Als sie noch Haare hatte, waren sie blond.“

„Lass mich mal sehen.“

Sparrow klickte ein paar Mal mit der Maus, dann erschien ein Vollbild auf dem Monitor. Es war das gleiche Mädchen, doch auf diesem Bild war sie fröhlich und gesund und hatte lange, in Wellen über ihre Schultern fallende, blonde Haare.

„Sie passt also zum physischen Profil der Opfer, lebte gegenüber von unserem Hauptverdächtigen und ist jetzt tot. Aber es gibt keinerlei Hinweise auf einen Mord – sie ist an Leukämie gestorben, richtig?“

„Ja, das stimmt. Vor sechs Monaten.“

„Wo ist die Verbindung, Sparrow? Ich brauche mehr.“

„Ich habe mir das Online-Kondolenzbuch genauer angeschaut. Darin fand sich auch ein Eintrag von Arlen. Ich habe ihn für dich ausgedruckt."

Sie reichte ihm ein Stück Papier. Beim Lesen der Worte überlief ihn ein Schauer.

Liebe Evie,
ich werde dein strahlendes Lächeln vermissen, deine Neugierde, dein bezauberndes Lachen und deine liebevollen Umarmungen. Ruhe sanft, meine Kleine. Du hast eine Pause verdient.
In Liebe,
dein Harry

„Verdammter Hurensohn. *Dein Harry?* Er gibt da mit seinen eigenen Worten eine Beziehung zu. Sparrow, du weißt, was das bedeutet, stimmt's? Er hatte persönlichen und körperlichen Kontakt mit einer Minderjährigen. Das verstößt gegen seine Bewährungsauflagen. Wenigstens dafür kann Fairfax County ihn festnehmen. Wir können ihn sogar selbst holen, wenn es nötig ist."

Sparrow nickte. „Oberflächlich betrachtet sieht es aus, als wenn Evie und Arlen befreundet gewesen wären. Ich denke, ihr Tod könnte der Auslöser gewesen sein. Er verliert Evie, fängt dann an, sie neu zu erschaffen und all die grauenhaften Fantasien auszuleben, die er in Bezug auf sie die ganze Zeit über gehabt hat. Schließlich reichen die Fantasien nicht mehr und er fängt an zu töten."

Baldwin wandte sich wieder dem Bild auf dem Monitor zu und fuhr mit dem Finger das spitze Kinn des Mädchens nach. Natürlich. Wenn Arlen eine – aus seiner Sicht – Verbündete gefunden hatte, ein kleines Mädchen, das seine Fantasien beflügelte, und ihn dann im Stich ließ, indem es einfach starb … ja, das könnte gut der Auslöser gewesen sein. Zumindest war es eine gute Basis für ein Motiv. Baldwin fuhr sich mit den Fingern durch die Haare, als wenn er alle Gedanken wieder in seinen Kopf hineinschieben wollte, und atmete seufzend aus.

„Gute Arbeit, Sparrow. So könnte es gewesen sein. Komm, sprechen wir mit ihren Eltern, um herauszufinden, wie nahe ihre Tochter dem Pädophilen gestanden hat. Wo ist Charlotte?"

Sparrow schaute ihn nicht an, sondern schloss nach und nach die Fenster auf ihrem Bildschirm. „Sie ist bei der Spurensicherung, glaube ich. Sie wollte irgendetwas bezüglich der Beschriftung der Beweise nachgucken."

„Was?"

„Weiß ich nicht. Tut mir leid, Boss, ich hab nicht richtig zugehört."

„Kein Problem."

Baldwin hielt ihr die Tür auf und ließ sie als Erste aus dem Konferenzraum gehen.

„Hey, Boss?" Sparrows breite, klobige Absätze klackerten auf dem Linoleumboden.

„Ja?", erwiderte Baldwin abgelenkt. Konnte das sein? Konnte sie wirklich die winzigkleine Verbindung gefunden haben, die alles erklärte?

„Wo wir gerade von Charlotte sprechen."

Das brachte seine Aufmerksamkeit zurück auf die Unterhaltung. Vorsichtig sagte er, „Ja?"

Sparrow biss sich auf die Lippen und wendete dann kopfschüttelnd den Blick ab. „Ach, nichts, Boss. Schon gut." Sie beschleunigte ihren Schritt und Baldwin stockte der Atem. *Sie wusste es. Vermutlich wussten es alle. Verdammte Scheiße.*

Und es bedurfte nicht mehr als dieser kleinen Unsicherheit von Sparrow, um eine Entscheidung zu treffen. Er wusste, was er zu tun hatte. Er musste das Team an erste Stelle setzen. Er war auf mehr als nur eine Weise für sie verantwortlich.

27. KAPITEL

Nashville
19:00 Uhr

Der Krankenhausflur war für Taylors übermüdete Augen zu grell erleuchtet und zu weiß. Sie war auf dem Weg zu Brittany Carsons Zimmer, danach wollte sie sich mit Juri Edvin zusammensetzen. Seine Operation war gut verlaufen und er war schon aus dem Aufwachraum in sein Zimmer gebracht worden. Also stand einem Gespräch mit ihm nichts mehr im Wege. Sie würde dieses Krankenhaus erst verlassen, wenn sie ein paar Antworten hatte, egal, wie lange es dauerte.

Im Vanderbilt University Medical Center war immer viel los. Leute aller Altersstufen und von verschiedensten Krankheiten geplagt bevölkerten die Gänge. Sie war schon oft hier gewesen – in der Psychiatrie, um Verdächtige zu verhören, die zu gewalttätig oder zu verrückt waren, um ins normale Gefängnis gebracht zu werden; in der Notaufnahme, um sich um schwer verletzte Opfer zu kümmern. Einmal war sie sogar direkt vom Tatort aus mit dem Rettungshubschrauber eingeflogen; ein verzweifelter und hektischer Abend, der trotz aller Bemühungen in einer Katastrophe geendet hatte. Es roch überall gleich – bitter und ätzend, überlagert von dem kränklich süßen Geruch vorzeitiger Verwesung, der von den schlimmsten Fällen ausstrahlte. Sie hasste Krankenhäuser.

Auf der Intensivstation nahm man es mit den Besuchszeiten sehr ernst, aber ihre Marke ermöglichte ihr jederzeitigen Zutritt. Die leitende Krankenschwester schüttelte nur den Kopf und erklärte eilig, dass es dem Mädchen nicht gut gehe, bevor sie sich wieder um die Vielzahl an Patienten kümmerte, denen noch geholfen werden konnte.

Taylor atmete tief durch und trat durch die Tür. Sie wollte wenigstens die Chance, irgendetwas zu tun. Zum Beispiel sich von einem Mädchen zu verabschieden, das sie gar nicht gekannt hatte. Vor Brittany Carsons Zimmer blieb sie stehen. Eine Wache saß keinen Meter entfernt von der Tür. Sie zeigte auf die Marke an ihrem Gürtel; er nickte und wandte sich wieder seiner *Sports Illustrated* zu.

Sie schaute durch die Glaswand zu dem Mädchen, das zwischen den Maschinen, die es am Leben hielten, winzig klein aussah. Schläuche krochen in ihren Mund, die Beatmungsmaschine zischte mit jedem

Hub, nicht ahnend, dass ihre Arbeit völlig umsonst war. Sie pumpte zuverlässig weiter und weiter Sauerstoff in die Lungen und das tote, graue Fleisch des Mädchens.

Eine abgekämpfte Stimme erklang an Taylors Ohr.

„Sie ist hirntot."

Taylor drehte sich um. Brittany Carsons Mutter Elissa trug immer noch ihre rote Bluse. Verdächtige dunkle Streifen zogen sich über ihre Brust und Schultern. Ihr gesträhntes Haar war von der Sorge ganz zerzaust und klebte platt an ihrem Kopf. Ihre Augen waren trocken. Später bliebe noch Zeit genug zum Weinen.

„Es tut mir leid", sagte Taylor.

„Mir auch. Sie ist ein fröhliches Mädchen, das Licht meines Lebens. Seitdem ihr Vater uns verlassen hat, hieß es: Wir zwei gegen den Rest der Welt. Wir haben uns mal darüber unterhalten. Sie hat eine Geschichte über ein kleines Mädchen gelesen, das ein Spenderherz von einem Unfallopfer erhalten hat. Brittany hat sofort erklärt, dass sie auch Organspenderin sein möchte." Sie schaute ins Zimmer, wischte sich mit dem Finger über die Augen und schenkte Taylor ein bittersüßes Lächeln. „Ich habe gerade das Formular für die Organspende unterschrieben. Wenn ich sie schon verlieren muss, können durch ihr Opfer wenigstens ein paar andere weiterleben. Gottes Wege sind unergründlich, wie man so sagt."

„Ja, Ma'am, das sind sie."

Taylor sah, wie sie mit ihrer Hand über das Glas strich und das Gesicht ihrer Tochter liebkoste.

„Ich werde sie so sehr vermissen."

Taylor musste die Tränen zurückdrängen, die ihr unerwartet in die Augen stiegen. Das Grauen dessen, was Elissa Carson durchlitt, die Stärke, die sie dabei zeigte, beschämte Taylor zutiefst. Sie bezweifelte, dass sie so versöhnlich reagieren würde, wenn ihre Tochter an einer Beatmungsmaschine hinge, ihr Herz schwach und langsam schlagend, die Gliedmaßen wie abgebrochene Zweige unter dem weißen Laken und alles nur aus einer Laune des Bösen heraus.

„Wann?", fragte sie, weil sie nicht wusste, was sie sonst sagen sollte.

„Ich werde es innerhalb der nächsten Stunde erfahren. Sie informieren gerade die verschiedenen Transplantationsteams. Sie müssen Brittany so lange in diesem Zustand halten, bis sie mit der Organextraktion anfangen können. Dann werden wir die Maschinen abstellen und sie gehen lassen."

Guter Gott. Taylor ertrug das nicht. Sie musste diesen Mörder finden, musste Brittany Carson Gerechtigkeit widerfahren lassen. Mehr konnte sie nicht tun. Sie drehte sich um und umarmte die Frau, weil sie ihrer eigenen Stimme nicht traute. Elissa Carson drückte sie fest um die Taille, ein stummer Schluchzer schüttelte sie, dann trat sie zurück, die Hand vor den Mund gepresst.

„Finden Sie ihn", befahl sie und floh den Flur hinunter.

Taylor schaute noch einmal zu dem sterbenden Mädchen, das im gleißenden Krankenhauslicht so wächsern aussah.

„Das werde ich", versprach sie flüsternd.

Juri Edvin lag auf der chirurgischen Station. Auf dem Weg zu seinem Zimmer bekämpfte Taylor die Wut, die jeden ihrer Schritte antrieb. Sie versuchte, ihren Ärger beiseitezuschieben – immerhin hatte sie keine Beweise. Aber die brauchte sie. Ihr Bauchgefühl sagte ihr, dass Edvin bei Brittanys zu frühem Ableben eine Rolle gespielt hat, und sie wollte verdammt sein, wenn sie ihn damit davonkommen lassen würde. Ob er Brittany die Drogen gegeben, das Pentakel in ihren Bauch geritzt oder einfach nur dabei gestanden und von draußen zugeschaut hatte, wie sie um Atem rang, er war bei ihrem Kampf dabei gewesen. Das wusste Taylor einfach. Sie wollte seinen kleinen Arsch festnageln.

Ein junger Arzt, braunhaarig und offensichtlich müde, kam gerade aus Edvins Zimmer. Das Stethoskop hing wie eine Stola um seine Schultern, in einer Hand hielt er eine Krankenakte, in der anderen einen Pieper. Sein Namensschild wies ihn als S. Pearson aus.

Er achtete nicht darauf, wohin er ging, und stieß mit Taylor zusammen. Sie packte seinen Arm, damit der Arzt nicht stolperte.

„Doktor, sorry, Lieutenant Jackson von der Metro-Mordkommission."

Der Arzt warf ihr einen beiläufigen Blick zu. „Er kann nicht mit Ihnen sprechen. Er hat eine sehr ernste Operation hinter sich und steht noch unter Betäubungsmitteln." Er wollte weitergehen, aber sie hielt ihn fest.

„Ist er wach, Doktor? Denn das Mädchen, das er vielleicht getötet hat, wird oben gerade von den Transplantationsteams vorbereitet. Ich würde gerne wenigstens einen Versuch wagen, mit ihm zu sprechen.

Denn ich möchte Gerechtigkeit für Brittany Carson und für sieben weitere Jugendliche."

Pearson blieb stehen und schaute ihr in die Augen. „Ich habe gehört, dass es ihr nicht gut geht. Die Entscheidung ist also gefallen?"

„Ja. Ich habe gerade eben mit ihrer Mutter gesprochen."

„Ah. Nun, ich kann Ihnen, was Mr Edvin angeht, nichts versprechen. Er hatte ein Trauma und die Medikamente beeinträchtigen seine Denkfähigkeit. Aber versuchen Sie es ruhig, wenn Sie möchten. Leider muss ich Sie jetzt allein lassen, ich bin gerade in den Operationssaal gerufen worden. Und gehen Sie nicht zu hart mit ihm um – ich kann nicht gebrauchen, dass er einen Schock erleidet."

Sie ließ ihn los und er eilte davon. Ein ganz seltsames Gefühl überkam sie – auf diesen hellen Korridoren flohen die Leute vor ihr, als wäre sie der Grund aller Qualen, die sich in diesem Gebäude abspielten. Sie schüttelte den Gedanken ab und gab der Wache vor Edvins Zimmer ein Zeichen.

„Haben Sie die Eltern gesehen?"

Er senkte genervt seine Zeitschrift – ihre Unterbrechung störte seine Entspannung. „Sie holen sich gerade einen Kaffee. Sie haben darum gebeten, dass jeder, der mit ihrem Sohn sprechen will, zuerst mit ihnen spricht. Ich schätze, da zählen Sie auch dazu."

„Wo sind sie?"

Er zeigte den Flur hinunter. Links hinter dem Zimmer der Stationsschwestern befand sich eine Tür mit der Aufschrift Aufenthaltsraum. Sie dankte ihm, ging den Flur hinunter und betrat das Zimmer. Sie sah einen Fernseher, ein paar Sofas, verschiedene Stühle und Sessel und einen Tisch mit Kaffee und Tee und kleinen Erfrischungsbonbons. Zwei leere Bonbonpapiere lagen zerknüllt daneben.

Ein Mann und eine Frau standen ein paar Schritte voneinander entfernt und starrten auf den Fernseher. Er war auf Channel 50 eingestellt, die Kabelversion des örtlichen CBS-Ablegers. Taylor hörte weg, als ihr Name blechern aus den Lautsprechern kam.

„Mr und Mrs Edvin?"

Das Ehepaar drehte sich zu ihr um. Sie hatten beide kurze blonde Haare und eckige schwarze Brillen – sie sahen sich so ähnlich, dass Taylor sie eher für Bruder und Schwester als für ein Ehepaar hielt.

„Wir haben nichts zu sagen", sagte der Mann und drehte sich wieder um. Er schlang einen Arm um seine Frau und zog sie an sich.

„Sir, ich bin keine Reporterin. Ich bin Lieutenant Taylor Jackson, Mordkommission. Ich muss mit Ihnen über Ihren Sohn sprechen.“

Die Frau zischte Taylor an. „Worüber? Ihre Leute haben doch dafür gesorgt, dass er jetzt hier ist. Er wäre beinahe gestorben; falls Sie wegen einer Entschuldigung hier sind, wüsste ich nicht, worüber wir reden sollten.“

„Nun, nun, meine Liebste. Juri sagte, er ist weggelaufen, deswegen haben sie ihn verfolgt. Ich entschuldige mich für meine Frau, Lieutenant. Der Vorfall hat sie sehr mitgenommen.“ Sein Englisch hatte einen Akzent; er betonte die Vokale auf breite, skandinavische Art.

„Das tut mir sehr leid. Juri ist weggelaufen und hat sich geweigert, stehen zu bleiben. Wir hatten keine andere Wahl, als ihn durch den Hund stellen zu lassen. Hat er Ihnen erzählt, warum wir ihn verfolgt haben?“

„Er sagt, Sie dachten, er wäre jemand anders“, sagte Mr Edvin.

„Das stimmt nicht ganz. Er hielt sich am Tatort eines Mordes auf. Er behauptet, auf seiner Halloweenrunde gewesen zu sein, aber er war Meilen von seinem Zuhause entfernt und unkostümiert.“ Sie musste vorsichtig sein. Die Edvins sahen aus, als würden sie langsam zutraulich werden. Sie wollte sie nicht verschrecken, indem sie alles preisgab und damit riskierte, dass die beiden wieder dichtmachten und sie nur in Anwesenheit eines Anwalts mit Juri würde sprechen können.

„Ich muss ihm ein paar Fragen stellen. Wenn er sich nichts zuschulden kommen lassen hat, sollte das keine große Sache sein und Sie erhalten eine vollständige Entschuldigung von mir und meinem Department.“

„Und wenn er etwas getan hat?“ Mrs Edvins Akzent war stärker als der ihres Mannes. „Werden Sie ihn dann einsperren?“

„Das kommt ganz drauf an, Ma'am. Warum machen wir uns darum nicht erst Gedanken, wenn es so weit ist? Ist Juri ein guter Junge? Macht er Ihnen irgendwelche Probleme?“

„Oh nein“, erwiderte sie schnell, aber ihre Augen waren überschattet. Das linke Auge war im äußeren Winkel ein wenig gelblich verfärbt – ein verblassender blauer Fleck. Taylor schaute Mr Edvin an. Er hatte die Stirn gerunzelt. Sie sah den Puls an seinem Kiefer pochen. Er sah aus wie ein Hase, der sich zur Flucht bereit machte; das Weiße in seinen Augen wurde sichtbar, als er die Entfernung schätzte, die er überwinden müsste, um in Sicherheit zu sein.

So war das also.

„Ich weiß, wie schwer das sein kann“, sagte Taylor. „Sich vor dem eigenen Sohn zu fürchten ist schrecklich. Würden Sie mir mehr darüber erzählen?“

Die Edvins schauten einander an und schienen ein wenig zu schrumpfen. Sie ließen sich auf die am nächsten stehende Couch fallen und atmeten schwer.

„Wir wissen einfach nicht, was wir noch mit ihm machen sollen“, weinte Mrs Edvin. „So war er noch nie. Er ist immer so ein süßer Junge gewesen. Wir sind in die USA gezogen, als er zehn war, und er veränderte sich. Er schleicht sich raus. Letztes Jahr finde ich Marihuana in seiner Sporttasche. Er kommt nachts nicht mehr nach Hause. Und jetzt trifft er sich mit so einer Göre, die mich finster anschaut, wenn sie zu uns kommt. Sie gehen in sein Zimmer und er versperrt die Tür. Als ich letzte Woche versucht habe, sie aufzuhalten, hat er mich geschlagen. Seitdem ist er nicht mehr zu Hause gewesen.“

„Haben Sie ihn als vermisst gemeldet?“

Sie schüttelten die Köpfe. „Es ist nicht das erste Mal“, sagte Mr Edvin. „Wir glaubten, es wäre eine gute Idee, nach Finnland zurückzuziehen, aber er hat einen solchen Aufstand gemacht, dass wir den Gedanken wieder verworfen haben. Er sagt, eher bringt er uns im Schlaf um, als dass er dorthin zurückkehrt. Wir schließen unsere Tür inzwischen nachts ab, weil wir Angst haben, er könnte uns wirklich töten. Wir wissen nicht, was mit unserem Jungen passiert ist.“

„Wissen Sie den Namen seiner Freundin?“

„Er nennt sie Ember. Wir kennen ihren ganzen Namen nicht. Sie bringt ihm Make-up und dann ziehen sie sich an wie Vogelscheuchen und laufen durch die Innenstadt. Wir haben genauso viel Kontrolle über ihn wie über den Wind.“

Das war die passendste Beschreibung eines verstörten jungen Mannes, die sie je gehört hatte.

„Erlauben Sie mir, ihn zu befragen?“ Technisch gesehen brauchte sie ihre Erlaubnis nicht, aber normalerweise riefen Eltern sofort nach einem Anwalt, sobald sie erkannten, dass ihr Kind in echten Schwierigkeiten steckte. Sie hielt den Atem an – sie dachte, sie wären auf ihrer Seite, aber da konnte man sich nie sicher sein. Die Edvins schauten einander an. Sie sah die stumme Unterhaltung, die sich in ihren Blicken abspielte. Endlich löste Mr Edvin sich von seiner Frau.

„Ja. Sie können mit ihm sprechen. Wir wären nur gerne dabei."

„Okay. Aber ich muss Sie bitten, den Raum zu verlassen, sollte Juri in Ihrer Anwesenheit nicht mit mir sprechen wollen. Gehen wir."

Sie führte sie zurück zum Zimmer ihres Sohnes. Die Wache stand auf, als er sie auf sich zukommen sah. Taylor bedeutete ihm, sich ihnen anzuschließen.

„Kommen Sie bitte als Zeuge mit hinein, ja?"

Schweigend wie ein Grab legte der Streifenpolizist sein Magazin beiseite. Taylor hatte schon ein oder zwei Mal mit ihm zu tun gehabt, ein Mann namens Rob, dem seine weiblichen Kollegen etwas suspekt waren, der aber effizient und verlässlich seinen Dienst versah. Er öffnete ihnen die Tür. Taylor ließ die Edvins zuerst eintreten.

Juri Edvin hatte die Augen geöffnet. Sie waren ein wenig glasig, aber er erkannte Taylor sofort. Da er ihr nicht entkommen konnte, zuckte er nur mit den Schultern und drehte seinen Kopf zum Fenster. Sollte er seine Eltern auch gesehen haben, so zeigte er es nicht.

„Juri, wir müssen uns unterhalten." Taylor zog einen Stuhl ans Bett. Sie war so verdammt müde, und die Vorstellung, sich hinzusetzen, war mehr als willkommen. Sie hoffte außerdem, dass es den Jungen zugänglicher machte. Über ihm aufzuragen würde ihn nur an ihre autoritäre Stellung erinnern. Wenn sie sich Auge in Auge gegenüber waren, würde er sich vielleicht ein wenig entspannen. Der Stuhl kratzte über den Linoleumboden, das Geräusch schickte Taylor einen Schauer über den Rücken.

„Dann reden Sie", sagte Edvin, ohne sie anzuschauen. Er klang etwas benommen, aber wach genug.

„Du bist ein kleiner Klugscheißer, nicht? Okay, dann rede ich. Erzähl mir, warum sie dich Thorn nennen."

Sie hatte ihn. Seine Augen wurden groß, das Weiße blitzte auf. Er fing an zu strampeln, erkannte dann, dass er keine Kraft hatte und auch nirgendwo hinfliehen konnte. Er ließ sich wieder auf das Kissen fallen.

„Also du bist der Dealer, hm? Ich habe alles über dich gehört. Warum hast du sie umgebracht, Juri?"

„Ich habe niemanden umgebracht." Heiße Tränen fingen an, ihm übers Gesicht zu laufen. „Ich habe keinen Grund, irgendjemanden zu töten. Mama. Papa. Helft mir."

Juri hatte offensichtlich nie die Geschichte von dem Jungen gehört, der zu oft „Wolf“ gerufen hatte. Die Reaktion der Edvins beeindruckte Taylor – sie rührten sich nicht, der Vater straffte nur ein wenig seine Schultern.

„Du musst dem Lieutenant sagen, was sie wissen will, Juri. Wenn du etwas angestellt hast, musst du dafür geradestehen. Das haben wir immer versucht, dir beizubringen.“

„Ach, fickt euch, ihr Freaks.“

Mrs Edvin fing an zu weinen. Taylor konnte sich gerade noch zurückhalten, dem Jungen eine Ohrfeige zu verpassen. Sie drehte sich zu den Eltern um.

„Vielleicht wäre es besser, wenn wir jetzt erst einmal ohne Sie weitersprechen.“

Mr Edvin erwiderte ihren Blick leer und hoffnungslos. „Ja, vielleicht.“

„Ihr könnt mich nicht einfach mit der Polizei alleine lassen“, beschwerte Juri sich aufgebracht. „Was für Eltern seid ihr eigentlich? Ihr solltet mich lieben, doch stattdessen werft ihr mich den Wölfen zum Fraß vor? Danke für nichts.“

Taylor sprang vom Stuhl auf und packte Mr Edvins Arm, bevor dieser den Raum durchqueren und seinen Sohn schlagen konnte. Sie drängte ihn und seine Frau in Richtung Tür.

„Gehen Sie“, sagte sie. „Ich komme zu Ihnen, wenn ich hier fertig bin.“

Die beiden verließen das Zimmer, das Quietschen der Sohlen ihrer Schuhe war das einzige Geräusch, das Juris schniefendes Wimmern übertönte.

Taylor atmete tief durch und drehte sich wieder zum Bett um. Sie hörte ein Geräusch hinter sich und wandte den Kopf in die Richtung.

Die Tür zu Juris Zimmer ging auf. Ein kleines, blasses Mädchen mit großen, schwarz umrandeten Augen schlüpfte hinein und schloss die Tür sorgfältig hinter sich. Sie schaute noch einmal nach draußen, dann flüsterte sie: „Thorn, deine Eltern und die Wache sind weg. Wir können jetzt gehen.“

Sie drehte sich um, sah Taylor und stieß einen Schrei aus. Die Wache packte sie am Arm. Sie spuckte und knurrte und biss dem Polizisten in die Hand. Er schrie auf und ließ sie los. Das Mädchen nutzte die Gelegenheit zu fliehen. Sie riss die Tür auf und rannte den Flur hinunter in Richtung Treppenhaus.

Taylor rief dem Polizisten zu, er solle dort bleiben, und nahm die Verfolgung auf.

Das Mädchen war schnell, athletisch, etwas untersetzt, aber trainiert. Sie war eine gute Läuferin. Sie schaffte es bis zur Treppe und riss die Tür auf. Dann jedoch verrechnete sie sich. Anstatt weiterzulaufen, versuchte sie, die Tür hinter sich zuzuziehen. Taylor stürmte durch die Tür und warf das Mädchen zu Boden. Sie rappelte sich wieder auf und rannte die Treppe hinunter. Sie schaffte eine ganze Etage, bevor Taylor mit ihren längeren Beinen aufholen konnte. Taylor packte das Mädchen an den Haaren und zog es daran zu sich wie ein wildes Pferd. Sie atmete schwer und wehrte sich heftig. Taylor umfasste ihre Schulter, drehte das Mädchen herum und legte ihm Handschellen an.

„Schlampe", schrie die Kleine.

„Ich freue mich auch, dich kennenzulernen. Wie heißt du?"

„Fick dich."

Taylor war es langsam wirklich leid, sich von Kindern beleidigen zu lassen. Sie war so viel größer, dass es nicht viel Kraft bedurfte, um das Mädchen gegen die Wand zu drücken.

„Hör mal gut zu, du kleine Göre. Du zeigst mir etwas Respekt, oder ich werde deinen kleinen Arsch in den Knast verfrachten. Hast du das verstanden?"

„Sie können mich nicht verhaften. Ich bin noch minderjährig."

Taylor lachte. „Das werden wir ja sehen."

Sie zog das Mädchen am Arm mit sich die Treppen hinauf und auf die Station zurück. Während sie mit dem sich wehrenden Mädchen den Flur hinunterging, holte sie ihr Funkgerät heraus. „Zentrale, ich brauche Verstärkung. Vanderbilt, chirurgische Station. Ich muss eine Gefangene abtransportieren."

„Das können Sie nicht machen. Ich habe gar nichts getan", kreischte das Mädchen. „Ich will meine Eltern."

„Oh, wir werden deine Eltern schon holen, Kleine. Obwohl du besser dran wärst, wenn du jetzt erst einmal mit mir sprichst. Nach allem, was ich bisher weiß, hast du nichts falsch gemacht, außer, dass du versucht hast, deinen Freund zu besuchen. Ich nehme doch an, dass Juri dein Freund ist?"

Sie waren jetzt beim Aufenthaltsraum angekommen und Taylor öffnete die Tür und schob das Mädchen hinein. Die Edvins waren nicht da. Gut. Sie führte das Mädchen zur Couch, wo es dank der auf dem

Rücken gefesselten Arme ungelenk Platz nahm und sie wütend anstarrte. Die Kleine war nicht dumm – sie wusste, dass sie verloren hatte. Um zu fliehen, müsste sie erst an Taylor vorbei, aber mit den Handschellen … Sie ließ sich tiefer in die Couch sinken und schürzte die Lippen.

Taylor verschränkte die Arme vor der Brust und lehnte sich gegen die Tür.

„Ist Juri dein Freund?"

Schweigen.

„Antworte mir, verdammt noch mal. Ich bin nicht in der Stimmung für Spielchen."

Das Mädchen war auf eine mürrische, verstörte Art hübsch. Sie hatte sehr volle Lippen und ihre Wangen und die Stirn waren von Sommersprossen gesprenkelt. Sie kämpfte gegen die Tränen an.

„Er heißt Thorn", sagte sie schließlich etwas besänftigt. „Und ja, er ist mein Partner."

„Siehst du, war doch gar nicht so schlimm, oder? Wo wolltet ihr beide hingehen?"

Ihre Stimme war jetzt stärker. „Irgendwohin. Nur weg von hier. Wir müssen fort. Hier ist es nicht sicher."

„Nicht sicher?"

Die Augen des Mädchens blitzten auf, doch ihre Lippen blieben fest zusammengepresst. Okay. Taylor versuchte es noch einmal.

„Was hat Juri mit den gestrigen Morden in Green Hills zu tun? Und welche Rolle spielst du in all dem? Wenn du irgendwie daran beteiligt warst, wirst du dafür genauso bezahlen, als hättest du selber die Drogen verabreicht oder das Messer geführt."

„Ich hatte nichts damit zu tun. *Gar nichts.* Genau wie Thorn. Er war die ganze Nacht bei mir."

„Ach, wirklich? Als ich ihn durch den Wald gejagt habe, war er aber nicht bei dir. Also probieren wir es noch einmal. Wo warst du gestern Abend?"

Ein spöttischer Blick. „Ich habe gepackt. Thorn war einkaufen."

„Dann halten wir also fest, Juri ist Thorn. Gut. Du weißt, dass er gegen mehrere Gesetze verstoßen hat und wir ihn des Mordes an sieben Menschen verdächtigen?"

„Er. Hat. Nichts. Getan", zischte sie. Taylor spürte eine leichte Wärme in ihrer Brust, als sie sah, dass die Lippen des Mädchens sich bewegten. Sie trat beiseite und unterbrach den Blickkontakt. Die Wärme ebbte ab. Einen kurzen Moment lang dachte Taylor an Ariadne und fragte sich, was die wohl davon halten würde. Obwohl die Frau nicht zurechnungsfähig war, fühlte Taylor sich in Ariadnes Nähe gut. Jetzt hingegen fühlte sie sich verärgert und ausgelaugt. Sie schob es auf die Erschöpfung und kehrte zu dem Mädchen zurück.

„Die Beweise sagen etwas anderes. Und was ist mit deinen Eltern? Würden die sich keine Sorgen machen, wenn du wegliefest?"

Sie warf den Kopf in den Nacken und keuchte auf, als ihre Schultern sich schmerzhaft zusammenzogen. Sie hatte die Handschellen vergessen. Mit Verachtung im Blick leckte sie sich über die Lippen. „Denen bin ich vollkommen egal."

„Ich bin mir sicher, dass das nicht stimmt. Wie heißt du?"

Sie sagte nichts, also riet Taylor einfach drauf los. „Du bist Ember, richtig?"

Das Mädchen versteifte sich.

„Ember, wie heißt du wirklich?"

Sie setzte sich kerzengerade hin. „Der einzige Name, den ich habe, ist Ember. Und ich will jetzt nicht mehr mit Ihnen reden. Besorgen Sie mir einen Anwalt oder lassen Sie mich gehen."

Seit wann kannten die Kids sich mit dem Gesetz so gut aus? Taylor seufzte, löste ihren Pferdeschwanz und massierte sich die Schläfen. Das Funkgerät erwachte knackend zum Leben – ihre Verstärkung war da. Eine Minute später kamen sie auch schon durch die Tür, Paula Simari und Bob Parks.

Parks nickte Taylor zu. „Was haben wir?"

„Hey. Das Mädchen hier sagt, sie heißt Ember, aber das ist nicht ihr richtiger Name. Sie hat gerade von ihrem Aussageverweigerungsrecht Gebrauch gemacht. Lest ihr ihre Rechte vor, bringt sie aufs Revier, findet ihren echten Namen heraus und ruft ihre Eltern an. Tut, was immer nötig ist", fügte sie mit hochgezogenen Augenbrauen hinzu. Kinder einzuschüchtern war zwar nicht ihr favorisierter Zeitvertreib, aber sie brauchte Antworten, und zwar sofort.

Simari ließ ihre Knöchel knacken, und Ember zuckte zusammen. Taylor fragte sich, warum das Mädchen so angespannt war. Sie halfen ihr auf die Füße. Im Rausgehen drehte sich das Mädchen noch einmal zu Taylor um. Ein wissendes Lächeln umspielte ihre Mundwinkel.

„Rufen Sie Miles Rose an. Er ist der Anwalt meines Vaters."

Sie sah Taylor direkt in die Augen, aufsässig bis zum Schluss.

Taylor trat näher. „Miles Rose ist ein Strafverteidiger, noch dazu ein ziemlich schmieriger. Wozu braucht dein Vater einen Verteidiger?“

„Er hat ihn nach dem Mord an meinem Bruder angeheuert. Wir wissen, wie die Justiz in diesem Land funktioniert. Die Unschuldigen werden angeklagt und die Schuldigen freigelassen.“

„Dein Bruder?“, fragte Taylor verwirrt.

Ember schüttelte den Kopf. „Mein Gott, Sie sind echt dumm, oder? Sie haben bereits mit meinen Eltern gesprochen. Mein Bruder heißt Xander.“

„Xander Norwood?“ Endlich dämmerte ihr, wer Ember wirklich war. „Dann bist du Susan Norwood?“

Die Miene des Mädchens verschloss sich. „Mein Name ist Ember. Das ist alles, was Sie wissen müssen.“

Taylor kehrte zu Juri zurück. Vielleicht könnte sie diese neue Information irgendwie zu ihrem Vorteil nutzen.

Die Eltern waren wieder bei ihrem Sohn und versuchten, ihn zu überreden, der gute Junge zu sein, zu dem er hätte heranwachsen sollen. Er ging jedoch nicht darauf ein, sondern hielt lieber auch die andere Wange hin und ignorierte sie völlig.

Taylor tippte Mr Edvin auf die Schulter. „Darf ich?“, fragte sie.

Sein Gesicht war verhärmt, tiefe Furchen hatten sich in seine Stirn gegraben. „Nur zu gerne, Lieutenant. Ich denke, Helga und ich werden irgendwo eine Kleinigkeit zu Abend essen. Nehmen Sie sich alle Zeit, die Sie brauchen. Ich gehe davon aus, dass unser Sohn heute nicht mit uns nach Hause kommt?“

„Vermutlich nicht, Mr Edvin. Er wird bestimmt noch ein paar Tage im Krankenhaus bleiben müssen. So lange wird die Wache vor seiner Tür bleiben. Vielen Dank, dass Sie mit mir zusammenarbeiten. Ich weiß Ihre Hilfe wirklich zu schätzen. Wir kommen später bei Ihnen zu Hause vorbei, um uns weiter zu unterhalten. Hier ist meine Karte. Bitte rufen Sie mich jederzeit an, Tag oder Nacht, wenn Sie irgendwelche Fragen oder Sorgen haben.“

Taylor hielt ihnen die Tür des Krankenzimmers auf und bedeutete Rob, wieder hereinzukommen. Er folgte ihrer Aufforderung und lehnte sich im Zimmer gegen die Wand.

Die Tür fiel hinter den Edvins sanft ins Schloss. Taylor ließ sich

Zeit, sich wieder erschöpft auf den Stuhl neben dem Bett sinken zu lassen. Sie legte die Stiefel auf den Rahmen und kreuzte die Beine an den Knöcheln.

„Also, Juri, jetzt sind es nur wir zwei. Wäre es dir lieber, wenn ich dich Thorn nenne?“

Ein kleiner zustimmender Laut erklang vom Bett.

„Thorn, woher bekommst du die Drogen? Wer ist dein Dealer?“

Er drehte sich zu ihr um. Er versuchte so sehr, seine Gefühle unter Kontrolle zu halten, dass die Haut sich straff über seine Wangenknochen spannte und diese weiß hervorzutreten schienen. Sie sah die Tränenspuren, die sich bis zu seinem Kinn zogen. „Geht es Ember gut? Kann ich sie sehen?“

„Sie wird gerade ins Criminal Justice Center gebracht, wo wir sie befragen werden. Danach werden wir sehen. Wo wolltet ihr beide hin?“

„Weg.“

„Okay. Ich verstehe. Ihr wart zu Hause nicht glücklich und wolltet weglaufen. Aber ich muss wirklich wissen, woher du die Drogen hast.“

Er schwieg einen Moment und sagte dann: „Von einem Freund.“

„Der Name des Freundes, Thorn. Komm schon, Mann, lass mich dir helfen.“

Er schüttelte den Kopf. „Er würde mich umbringen. Er wird mich aufspüren und umbringen. Das weiß ich.“

„Okay, dann lass uns über Brittany Carson sprechen. Was hast du an ihrem Haus gemacht?“ Er setzte an zu sprechen, doch sie brachte ihn mit einer Geste zum Schweigen. „Nein, versuch es gar nicht erst. Im Moment wird deine DNA analysiert, und ich wette, sie passt zu den Samenflecken, die wir unterhalb des Erkerfensters an der Außenwand gefunden haben. Hast du da gestanden und masturbiert, während du Brittany beobachtet hast?“

Er nickte langsam mit feuerrotem Gesicht.

„Danke, dass du mir die Wahrheit sagst. Das ist schon mal ein Anfang. Hast du ihr welche von den Drogen gegeben?“

Er nickte erneut. Taylor spürte, wie der Atem ihren Körper verließ. Sie schaute zu Rob, der den Jungen interessiert musterte.

„Thorn, ich weiß, dass man dir bereits deine Rechte vorgelesen hat, aber ich werde es noch einmal tun, okay? Denn ich muss dich wegen Mordes verhaften.“

„Ich habe sie nicht umgebracht! Es war Embers Idee – sie hat sie gehasst. Wirklich gehasst. Ich habe nur mitgemacht, weil sie es so wollte.“ Er fing an, sich im Bett hin und her zu werfen und schaffte es dieses Mal, den Tropf loszureißen und seinen Herzüberwachungsmonitor abzustreifen. Die Maschine fing an zu piepen und Taylor wusste, dass sie hier fertig war. Zwei Krankenschwestern eilten ins Zimmer und schoben Taylor beiseite. Sie trat zurück und sah zu, wie die Sensoren wieder angebracht und die Infusion neu gelegt wurde.

Als sie endlich fertig waren, las sie ihm seine Rechte vor, ließ den kleinen Scheißkerl von Rob mit Handschellen ans Bett fesseln und ging langsam den Flur hinunter zu den Fahrstühlen. Sie schaute auf ihre Uhr – 19:00 Uhr. Die Organextraktion an Brittany Carson hatte bereits begonnen. Sie erstickte beinahe an der Trauer und drückte den Knopf fürs Erdgeschoss.

Einen hatte sie gefasst. Wieso nur hatte sie das Gefühl, dass das erst der Anfang war?

28. KAPITEL

Northern Virginia
16. Juni 2004
Baldwin

Baldwin trommelte mit den Fingern auf das Lenkrad, während Sparrow hektisch auf ihrem Laptop herumtippte. Die Fahrt von Tür zu Tür dauerte nur eine Stunde – sie hatten wirklich Glück, wenn man die Tageszeit und den üblichen Verkehrsstau in den Randgebieten von D. C. bedachte. Sie flogen die 95 hoch, nahmen den George Washington Parkway, umfuhren den westlichen Rand von D. C., den Potomac River hinauf und rüber zur McLean, dann nahmen sie den Georgetown Pike direkt nach Great Falls. Als sie an der Spring Hill Road vorbeikamen, fiel Baldwin ein, dass er mal mit einer Frau aus dieser Gegend ausgegangen war. Die Viertel hier waren sehr schön mit uralten Bäumen, Pferderanches und tiefen Schluchten, die zu umwerfenden Häusern fernab der viel befahrenen Straßen führten. Nicht die Gegend, in der man normalerweise einen Mord erwarten würde – wenn man die berüchtigte Geschichte der Rektorin der Madeira School, Jean Harris, außer Acht ließ, die ihren ehemaligen Liebhaber Herman Tarnower, den Erfinder der Scarsdale-Diät, ermordet hatte. Oder den irren Edward Chen, der seine Familie tötete und sie dann vier Jahre im Haus verrotten ließ, bevor er und ein Freund sie zerstückelten und die Leichenteile in der Chesapeake Bay versenkten. Baldwin erinnerte sich noch lebhaft an den Fall – er hatte mit dem Detective zusammengearbeitet, der damals den Durchbruch erzielt hatte.

Und nun reihte sich der Uhrwerk-Mörder in diese illustre Gesellschaft ein. Er würde vermutlich alle anderen vorherigen und vermutlich auch zukünftigen Mordgeschichten überschatten.

Die Kilmeades und Harold Arlen wohnten an der Walker Road, direkt vor der Kurve, hinter der der River Bend Country Club lag. Die Häuser waren großzügig geschnitten und standen auf ebenso großzügigen Grundstücken, doch die umgebende Nachbarschaft an sich war wie ein Kreuzgang angelegt, mit eng beieinanderstehenden Häusern, in denen sich unten die Garagen und oben die Wohneinheiten befanden. Der Architekt hatte sich um einen den englischen Kutscherhäusern ähnelnden Stil bemüht, und Baldwin erinnerte die Gegend sehr an Notting Hill.

Die Sonne stach Baldwin in die Augen, als er vor dem im Tudorstil gehaltenen Haus ausstieg. Er konnte nicht anders, als einen Blick auf Arlens Haustür zu werfen, die geschlossen war und den Eindruck erweckte, als hätte ihr Bewohner keine Ahnung von dem Sturm, der sich über ihm zusammenbraute.

Sie stiegen die Stufen zur sauberen, aufgeräumten Veranda der Kilmeades hinauf. Baldwin klingelte, und ein paar Minuten später öffnete Mrs Kilmeade in einer mehlbestäubten Schürze die Tür. Der köstliche Geruch von frisch gebackenem Brot strömte auf die Veranda hinaus.

„Oh, hallo. Kann ich Ihnen helfen?"

„Mrs Kilmeade, ich weiß nicht, ob Sie sich erinnern … Ich bin Supervisory Special Agent John Baldwin, und das ist meine Kollegin Special Agent Jessamine Sparrow. Wir haben vor zwei Tagen kurz miteinander …"

„Ja, ja. Ich erinnere mich. Wie könnte ich das vergessen? So eine schreckliche Zeit für diese armen Familien."

„Das ist es, Ma'am. Wir hatten gehofft, Ihnen ein paar Momente Ihrer wertvollen Zeit stehlen zu dürfen, wenn es möglich wäre. Wir haben ein paar Fragen bezüglich Ihrer Tochter Evie."

Kurz entgleisten ihre Gesichtszüge, dann hatte sie sich wieder unter Kontrolle. „Sicher. Wenn es Ihnen nichts ausmacht, dass ich weiterarbeite, während wir reden. Ich bin gerade mitten in einem Projekt mit meinen Jungen. Wir backen einmal die Woche unser eigenes Brot – die ersten drei Laibe sind schon fertig."

Sie führte Baldwin und Sparrow in die Küche ihres Hauses. Ihre natürliche Anmut konnte kaum den perplexen Ausdruck auf ihrem Gesicht verbergen.

Wie angekündigt waren die Jungen in der Küche und kneteten schweigend Brotteig. In der angrenzenden Essecke saß Mr Kilmeade mit einem so dicken Buch, dass Baldwin es erst für eine Enzyklopädie hielt. Mrs Kilmeade beugte sich vor und flüsterte ihm etwas ins Ohr. Er drehte sich um und schaute Baldwin direkt in die Augen, bevor er sich erhob.

Baldwin hatte gar nicht so falsch gelegen. Kilmeade brachte das Buch mit in die Küche – es war ein Weltatlas.

„Etwas leichte Lektüre?", fragte Baldwin, um das Eis zu brechen.

„Ja, so in der Art." Er legte das Buch auf die Arbeitsfläche. „Wir unterrichten unsere Kinder zu Hause. Ich bereite gerade die morgige Erdkundestunde vor."

Die Jungen stöhnten, schauten ihren Vater aber lächelnd an.

Baldwin erinnerte sich daran, wie sein Vater ihm bei den Hausaufgaben geholfen hatte. Seine Dad schien immer die Zeit gehabt zu haben, zu helfen; jetzt verstand er, dass er sie sich genommen hatte. Natürlich war das vorher gewesen. Bevor Baldwins Leben in tausend Teile zersprungen war.

Er war gerade einmal sechzehn Jahre alt gewesen, als seine Eltern bei einem Autounfall ums Leben kamen. Die Schwester seiner Mutter, Agatha, war seine einzige lebende Verwandte, und sie war viel älter als seine Mutter. Er war zu ihr in Nashvilles Westen gezogen und hatte die Schule besucht, die sie für ihn herausgesucht hatte, die Father Ryan. Er hatte beinahe jede Sekunde dort gehasst. Obwohl offiziell Katholik, betrachtete Baldwin sich inzwischen als einen der Gefallenen.

Die Erinnerungen stürmten auf ihn ein, aber er wischte sie fort. Er musste arbeiten, und die schmerzhaften Episoden seiner Vergangenheit zu besuchen würde ihm dabei nicht helfen.

Er räusperte sich. „Ich verstehe. Würde es Ihnen und Ihrer Frau etwas ausmachen, wenn Special Agent Sparrow und ich für einen Moment allein mit Ihnen sprächen?"

Kilmeade wirkte kurz überrascht, nickte dann aber. „Jungs. Wieso geht ihr nicht die Geometrieaufgabe durch, die wir vorhin abgebrochen haben. Ich komme in ein paar Minuten nach, um euch abzufragen."

Höflich und respektvoll erhoben sich die Kilmeade-Jungen vom Küchentisch und verließen den Raum. Kilmeade lauschte mit geübtem Ohr, bis er das leise Geräusch einer zufallenden Tür hörte, dann drehte er sich mit einem Lächeln zu Baldwin um.

„Also, was ist los? Julie sagte mir, Sie wollen mit uns über Evie sprechen?"

„Sind Sie bereit, uns ein paar Fragen zu beantworten?"

„Natürlich. Evie ist schon vor Monaten von uns gegangen. Wir haben es so gut wir können mit Gott an unserer Seite durchgestanden. Er hat uns geholfen, auf dem rechten Weg zu bleiben. Sie war ein besonderes kleines Mädchen – wir waren nicht überrascht, dass der Herr entschieden hatte, sie von uns zu nehmen. Sie ist immer schon ein Engel auf Erden gewesen."

Die Worte klangen gut, aber Baldwin hörte den verzweifelten Unterton, der sie begleitete, sah kurz den Schmerz in den Augen des Mannes aufblitzen. Kilmeade war ein Mann, ein Ernährer, ein Vater, und er nahm diese Aufgaben offensichtlich sehr ernst.

„Außerdem", warf Julie Kilmeade ein, „arbeiten wir daran, unsere Familie zu vergrößern." Sie berührte beinahe ehrfürchtig ihren Bauch. Baldwin sah die leichte Wölbung, die von der Schürze verborgen wurde. Ein totes Kind durch einen lebenden, atmenden Stellvertreter ersetzen?

Die Kilmeades machten auf ihn den Eindruck einer glücklichen, einander nahestehenden Familie, die allerdings an den Rändern kleine braune Flecken aufzeigte wie die verwelkenden Blätter einer Rose. Was kaum überraschend war, wenn man den unfassbaren Verlust bedachte, den sie erst so kürzlich erlitten hatten. Interessant, dass sie bei dem vorherigen Gespräch nichts davon erwähnt hatten.

„Meinen Glückwunsch", sagte Baldwin.

„Danke sehr." Kilmeade nahm die Hand seiner Frau. „Nun, wie können wir Ihnen helfen?"

„Wir müssen über Harold Arlen sprechen."

„Harry? Warum denn das? Warum sollte sich das FBI für Harry interessieren?"

Baldwin setzte sich auf einen der Küchenstühle. „Ich muss Ihnen ein paar schwierige Fragen stellen. Würde es Ihnen etwas ausmachen, sich zu mir zu setzen?"

Alle setzten sich und Baldwin fuhr fort.

„In dem Kondolenzbuch Ihrer Tochter haben wir einen Eintrag von Harold Arlen gefunden." Er zog die ausgedruckte Seite aus seiner Tasche und strich das Papier auf dem Küchentisch glatt.

„Nun, sicher. Sie waren Kumpel, Evie und Harry. Sie hat ihn angebetet. Er war am Boden zerstört, als sie starb."

„Mr Kilmeade, Sie wussten doch, dass Harold Arlen ein verurteilter Sexualstraftäter war, oder?"

„Ja, das war ein Teil von Harrys Vergangenheit. Er war vollständig rehabilitiert. Er hat ja selber eine Gruppe für die weniger Glücklichen geleitet, die immer noch mit ihren Zwängen kämpften. Aber Harry? Nein, er ist einer von den Guten. Er hasste es, dass er solche Dinge getan hatte, und er war so froh, endlich auf dem richtigen Weg zu sein. Gott hat ihm im Gefängnis zugelächelt, wissen Sie."

Tat er das nicht immer? Wenn Baldwin für jeden verurteilten Verbrecher, der ihm erzählt hatte, im Knast zu Jesus gefunden zu haben, einen Dollar bekommen hätte, könnte er sich jetzt zur Ruhe setzen.

„Mr Kilmeade, Sie sind Psychologe, richtig? Sie arbeiten mit Gefangenen?"

„Das stimmt. Ich bin gerade dabei, meine Dissertation fertigzustellen. Ich plane, eine private Praxis aufzumachen, die sich auf die Rehabilitation von Straftätern spezialisiert."

„Dann verstehen Sie auf empirischer Ebene, dass Sexualstraftäter sich selten ändern. Sie tarnen ihr Verhalten nur."

Kilmeade atmete scharf ein, rutschte an die vordere Kante seines Stuhls und verengte die Augen. „Wollen Sie damit andeuten, dass Harry unserer Evie etwas angetan hat? Denn ich sage Ihnen, das hat er nicht. Er war nie allein mit ihr."

„Niemals? Dessen sind Sie sich absolut sicher?"

„Ja, das bin ich. Hören Sie, Sie haben gewisse Vorurteile gegenüber Harry, aber er ist ein guter Mann. Er hat Evie geliebt, als wäre sie seine eigene Tochter. Als sie starb ..." Seine Stimme brach, und er räusperte sich kräftig. „Als sie starb, hat er tagelang geweint. Er war die ganze Zeit da und hat uns geholfen. Ich kenne Harry. Er hätte Evie nie etwas antun können. Oder sonst jemandem."

An diesem Punkt reichte es Sparrow und sie schaltete sich in das Gespräch ein. „Fanden Sie es nicht alarmierend, dass ein erwachsener Mann mit einem bekanntermaßen abweichenden Sexualverhalten sich so sehr für ihre minderjährige Tochter interessierte?"

„Sparrow", sagte Baldwin mit leichtem Unterton.

Kilmeade winkte seine Warnung ab. „Nein, ist schon gut. Ich bin sicher, für einen Außenstehenden muss das sehr seltsam aussehen. Aber Harry hat sich verändert. Er hat in der Vergangenheit einige dumme, schreckliche Dinge getan, aber der Aufenthalt im Gefängnis hat ihn wirklich verändert. Er würde niemals, *niemals* etwas tun, das seine Freiheit gefährden könnte. Ich bin kein Idiot. Ich bin ein ausgebildeter Psychologe. Meine Aufgabe ist es, Leuten wie ihm zu helfen. Wenn ich ihn für eine Bedrohung gehalten hätte, hätte ich ihn hochkant rausgeschmissen. Wie ich schon sagte, er war nie mit Evie allein. Entweder ihre Mutter oder ich oder einer ihrer Brüder waren immer dabei."

„Ralph?" Mrs Kilmeade hatte bislang geschwiegen, aber ihre Augen waren rot gerändert vom Druck der Tränen, die sich darin bildeten.

„Ja, Honey?"

„Darf ich mich entschuldigen? Ich muss mich einen Moment hinlegen."

„Meine Güte, Liebes, natürlich. Ich komme gleich zu dir. Ich werde nur noch die Agents zur Tür begleiten. Wir sind hier doch fertig, oder?"

Es lag eine gewisse Endgültigkeit in seiner Frage. Sie waren fertig, ob Baldwin das nun auch so sah oder nicht.

Also nickte er. Alle standen auf, als Mrs Kilmeade die Küche verließ. Sparrow fing Baldwins Blick auf, und er verstand die Nachricht, die sie ihm schickte. Irgendetwas mit dem Bild stimmte ganz und gar nicht. Er stimmte ihr vollkommen zu.

Kilmeade hatte aber offensichtlich alles gesagt, was er zu diesem Thema zu sagen gewillt war. Sie hatten dennoch, was sie brauchten. Der Tod der kleinen Evie könnte sehr gut als Stressor für Arlen interpretiert werden.

An der Tür gab Kilmeade ihnen noch einen letzten Gedanken mit.

„Ich würde es sehr zu schätzen wissen, wenn mögliche weitere Unterhaltungen in der Zukunft in meinem Büro stattfinden könnten. Meine Frau hat dieses Mal einige Schwierigkeiten mit der Schwangerschaft, und mit dem ganzen Trubel nach Evies Tod geht es ihr nicht sehr gut. Das verstehen Sie sicher." Sie schüttelten sich die Hände und er schloss die Tür. Baldwin und Sparrow standen auf der Veranda und schauten über die Straße auf Arlens Haus.

Was für ein Monster lebte hinter diesen vier Wänden?

Und was für ein Vater ließ seine sterbende Tochter mit einem Sexualstraftäter spielen?

Charlotte

Es war schon spät. Charlotte hatte Hunger und Durst, aber sie blieb wie festgewachsen auf dem Stuhl an ihrem Schreibtisch sitzen. Sie kaute auf dem Ende eines Stifts und dachte nach. Sie stimmte mit Baldwin überein, dass Harold Arlen ihr Täter war. Das Problem war nur, sie hatten bisher nur Indizien. Wo waren die Beweise? Und wo war der Durchsuchungsbefehl, den sie so dringend benötigten? Vielleicht müsste sie später noch mal zum Gericht fahren, an ein paar Türen klopfen, sehen, ob sie die Sache so ins Rollen bringen könnte. Sie hasste es, die Sache in die eigenen Hände nehmen zu müssen, aber sie mussten diesen Fall abschließen. Kindermörder waren ihr nicht geheuer. Sie verstand nicht, wie Baldwin das aushielt.

Wenn man vom Teufel sprach. Charlotte sah Baldwin näherkommen und ihr Puls beschleunigte sich. Sein Anblick machte sie jedes Mal sprachlos. Er war die pure Verkörperung von groß, dunkel und gut aussehend. Jetzt, wo sie ihn hatte, würde sie ihn nicht so schnell wieder loslassen. Er war der perfekte Fang, der perfekte Mann. Aufmerksam und liebevoll im Bett, bereit, ein paar Risiken einzugehen und ohne Angst davor, seine Gefühle zu zeigen. Er schnarchte nicht einmal. Was für eine Kombination.

Er wurde langsam auch anhänglich, das spürte sie. Jeder Blick, jede Berührung schrie *Du gehörst mir, Weib.* Dabei wurde ihr ganz warm. Sie musste zugeben, sie hatte ihn vom ersten Tag an auf dem Radar gehabt. Er war von Natur aus ein Retter, ein weißer Ritter, die Art Mann, die es nicht ertrug, eine Frau weinen zu sehen, der sich von Zerbrechlichkeit angezogen fühlte. Sie würde das nur noch ein kleines bisschen länger aufrechterhalten müssen, dann hätte sie ihn endgültig am Haken.

Bisher hatte sie sich keine großen Gedanken darüber gemacht, sich mit einem Mann oder auch einer Frau häuslich niederzulassen. Doch in letzter Zeit kam es ihr wie ein … interessantes Konzept vor. Ein Mensch fürs ganze Leben. Sie fragte sich, wie lange es wirklich halten würde.

Vielleicht müsste sie die Abteilung wechseln, wenn sie heirateten, aber das wäre in Ordnung. Sie könnte sich mit Leichtigkeit auch auf anderen Gebieten beweisen. Eventuell wäre das aber auch gar nicht nötig: Baldwin würde sicher bald aus der BAU herausbefördert werden – war in seinem Job zu gut, zu versiert, zu gründlich. Der Titel Direktor stand ihm quer übers Gesicht geschrieben. Oh, welche Macht er dann hätte. Und sie wäre an seiner Seite, die perfekte Gefährtin.

Sie würden sich eine neue Wohnung suchen müssen – sein Apartment war nichts, was man Zuhause nennen könnte. Es gab unzählige reizende Vororte in der Gegend nördlich von Richmond, die mit dem Auto schnell zu erreichen waren. Und sie bräuchten eine Wohnung in D. C., bevorzugt in Georgetown, damit sie Tür an Tür mit echtem Geld leben konnte. Die Macht in D. C. war es, die das FBI für sie überhaupt erst interessant gemacht hatte.

Oh, es war so schön, endlich mit ihm zusammen zu sein. Sie war so vorsichtig gewesen, so subtil vorgegangen. Und er schien immer so traurig zu sein. Jetzt jedoch wirkte er trotz des grauenhaften Falles, an dem sie arbeiteten, beinahe fröhlich. Fast schon glücklich.

Als er ihr Büro betrat, schenkte Baldwin ihr ein Grinsen, bei dem ihr das Herz stehen blieb.

„Rate, was wir haben?“, fragte er.

„Herpes?“

Er blieb stehen und sah sie fragend an. „Was?“

„Ich mache nur Witze. Was haben wir?“

„Oh. Mein Gott, Charlotte, das ist nicht im Entferntesten witzig. Goldman hat gerade angerufen. Vor fünf Minuten ist der Durchsuchungsbefehl für Arlens Haus unterschrieben worden. Die Kilmeades haben zugegeben, dass Arlen regelmäßig Kontakt mit ihrer Tochter hatte. Das ist ein Verstoß gegen seine Bewährungsauflagen, was dem Richter gereicht hat. Wir sind drin.“

Abnehmender Mond
Zwanzig Prozent voll
Odinsfest
(Allerseelen)

29. KAPITEL

Nashville
Mitternacht

Taylor lag im Bett und sah eine Wiederholung der Spätnachrichten im Fernsehen. Noch kämpfte sie gegen den Schlaf an, würde sich ihm aber in wenigen Minuten ergeben. Sie war jetzt seit sechsunddreißig Stunden wach, und selbst für sie, die nie gut schlief, war es jetzt an der Zeit, ein wenig Ruhe zu bekommen.

Nashville würde sich niemals an Nachrichten über tote Teenager gewöhnen. Vor allem um die Feiertage und zu Zeiten der Abschlussprüfungen brachten die abendlichen Nachrichten Geschichten voller Trauer und Reue. Mutige Mädchen, die gegen Meningitis kämpften. Dumme Jungen, die zu viel tranken und dann ihre Autos um Bäume wickelten. Cheerleader, die am Steuer sitzend ihren Footballhelden-Freunden eine SMS schickten und dabei in einen entgegenkommenden Truck rasten.

Aber nie hatte Nashville eine Berichterstattung in dieser Größenordnung erlebt. Es wurde noch schlimmer durch das erweiterte Grauen, das folgte – keine zwei Tage nach den Vorfällen, als die klaffenden Wunden in den Herzen aller langsam anfingen, sich wieder zu schließen, erschien das süße Gesicht der jungen Brittany Carson, das den Massen über die Bildschirme zulächelte und alles wieder aufriss.

Ihr Tod war als Sondermeldung von einer tränenerstickten jungen Reporterin vermeldet worden, die noch zu jung war, um gegen die beinahe täglichen Schilderungen von Tod und Gewalt, die auf Nashvilles Straßen tobten, abgehärtet zu sein. In den Zehn-Uhr-Nachrichten war Brittanys Organspende die Hauptnachricht – irgendein Geier berichtete aus dem Krankenhaus, dass sie während einer entsprechenden Kampagne in der Schule einen Organspenderausweis beantragt hatte. Die Medien stürzten sich auf diese Neuigkeit und erhielten von ihrer Mutter eine Bestätigung – Elissa, die immer noch die rote Bluse trug, die vom Blut ihrer Tochter durchtränkt war.

Sie war nicht die Einzige; die ganze Stadt hegte die Hoffnung, dass eines ihrer Kinder diese Tragödie überleben würde. Söhne und Töchter, Brüder, Schwestern, Pärchen, Alleinstehende, alle waren zum Sterben gekennzeichnet. Es schien keine Logik und keinen Grund für die

Auswahl der Opfer zu geben. Sie hatten nichts Konkretes, nichts außer dem Wissen, dass ein Junge einem Mädchen eine Pille gegeben hatte, die mit einem Gift getränkt war, das sie töten sollte, und dann masturbiert hatte, während er ihr beim Sterben zusah.

Taylor seufzte und drehte sich auf den Rücken. Sie starrte die Decke an.

Die Bilder auf dem Fernseher waren durchsetzt gewesen mit lächelnden Gesichtern voller Hoffnung. Es war nahezu unmöglich, sich die gleichen Jungen und Mädchen auf den Edelstahltischen in der Rechtsmedizin vorzustellen, ihr jungfräuliches Fleisch durch Y-Schnitte brutal zerstört.

Die Rechtsmediziner waren vollkommen überfordert. Eltern, die auf Reisen gewesen waren, kehrten zurück, das Wissen um den Tod ihres Kindes lastete schwer auf ihrem Gewissen. Sie mussten sich verabschieden. Sie warteten in der Lobby des rechtsmedizinischen Instituts, bis sie an der Reihe waren, wurden einer nach dem anderen in einen Nebenraum geführt, wo eine Videoaufzeichnung lief, anhand derer sie ihre Toten identifizieren mussten.

Die ersten offiziellen toxikologischen Gutachten kamen rein. Alle acht Opfer wiesen hohe Dosen von Ritalin, Kodein, PMA, MDMA und Valium auf, versteckt in den kleinen, unauffälligen Ecstasy-Tabletten, die Juri Edvin ihnen verkauft hatte.

Taylor ertrug es nicht mehr. Sie schaltete den Fernseher aus. Sie wünschte, Baldwin wäre hier, stellte sich vor, wie er sie in die Arme nahm. Die Dunkelheit umfing sie, und sie fiel in einen tiefen Schlaf.

30. KAPITEL

Mitternacht

Ariadne schaute zu dem Streifenwagen, der vor ihrem Haus geparkt war, und seufzte. Wenigstens hatte man sie nach Hause gehen lassen. Einen Moment lang hatte sie befürchtet, Lieutenant Jackson würde sie verhaften und über Nacht in eine Zelle sperren. Stattdessen war sie jedoch nach Hause gebracht und angewiesen worden, hierzubleiben, bis man sie riefe. Das war für sie in Ordnung – sie hatte genug zu tun.

Sie löschte die Lichter im Haus und bereitete sich vor, indem sie ein langes, reinigendes Bad nahm, sich mit wohlriechenden Kräutern einrieb und ihrem Geist erlaubte, sich zu öffnen. Nachdem sie mit dem rituellen Bad fertig war, ging sie in ihren Salon. Sie entzündete ein Feuer, machte ein paar Kerzen an, öffnete ihr Buch der Schatten und kniete vor ihrem Altar nieder.

„Sei so ehrlich zu mir, wie ich es zu dir bin. Ehre, was ich geschaffen habe, so wie ich dich ehre. Göttin, höre meine Gebete. Was niemandem schadet, soll geschehen."

Sie hielt einen Moment inne und ließ die Wirkung ihrer Worte durch ihren Körper stürmen. Ihre Gottheit, die Göttin des Mondes, Diana, war beharrlich, und sie antwortete. Die pulsierende Energie, die Ariadne erfüllte, ließ sie aufkeuchen.

Sie war sehr früh schon ausgewählt worden, als Diana sich ihr während einer hellseherischen Sitzung offenbart hatte. Nachdem Ariadne ihren Weg erkannt hatte, war sie stärker geworden. Stark genug, um die Position der Hohepriesterin in ihrem Coven einzunehmen, bevor sie ihn verließ.

Alleine zu praktizieren war besser für sie. Sie liebte es, die Alten Sitten zu lehren, also unterhielt sie einen Blog, dem täglich Tausende folgten, aber sie hielt sich aus den politischen Verstrickungen heraus, die ihresgleichen beherrschten.

Die Ereignisse der vergangenen zwei Tage waren jedoch zu wichtig, um ignoriert werden zu können. Während der Rest ihres Gefolges tratschte und betete, fühlte sie sich berufen zu helfen.

Um ehrlich zu sein, Lieutenant Jackson faszinierte sie. Sie hatte keine Ahnung, wie dominant sie wirklich war. Wenn Ariadne nur etwas mehr Zeit mit dieser Frau verbringen, ihre Skepsis ein wenig lindern könnte. Aber nein. Taylor Jackson war ein Mensch, der sich allein auf seine Erfahrungen verließ – mit festen Meinungen und einem ausgeprägten Sinn für Gerechtigkeit. Sogar bei einem Beweis für die Existenz der Anderwelt würde ihr Geist noch eine rationale Erklärung finden.

Ariadne entzündete eine weitere Kerze, starrte in das flackernde Licht und rief sich das Bild von Taylor Jackson vor Augen. Es waren die Augen, die als Erstes auffielen. Athenes Augen von dem Grau eines stürmischen Herbstnachmittags, Wolken, die sich über den Himmel ziehen. Das rechte Auge war dunkler als das linke, was stärker auffiel, wenn sie verärgert war. Ihre Nase, ein wenig schief. Und der breite Mund. Hinter dem dunklen Schleier der Wimpern verborgen strahlte eine Macht. Eine Macht, von der die Frau nicht wusste, dass sie sie besaß. Sie war fair, ohne zu urteilen, skeptisch, aber gewillt, Hilfe zu akzeptieren. Das war selten bei einem Menschen zu finden, besonders bei einem Cop.

Angezogen von der Energie, die Ariadne ausstrahlte, schmiegte ihre Katze sich um ihre Beine. Sie nahm sie hoch, kuschelte einen Augenblick mit ihr und blies dann die Kerzen aus. Sie lud ihr Unterbewusstsein ein, mit ihr ins Bett zu kommen, damit ihre Träume ihr erzählen würden, was sie wissen musste. Sie hatte heute Nachmittag das Grauen gespürt, es war stark und lebhaft, und sie fürchtete sich vor den Konsequenzen.

Doch sie musste es versuchen.

Es ging nicht anders.

31. KAPITEL

Mitternacht

Raven stand auf dem Friedhof, Fane an seiner Seite. Sie hatten den Kreis gezogen, die Ecken angerufen, ihren Spruch gesprochen. Sie hatten Ember mit einem Bann belegt, der sie sowohl davor zurückhalten sollte, etwas über ihre Aktivitäten zu sagen, als auch sie zu verlassen. Es war ein sehr mächtiger Bann – Raven war sicher, dass Ember bei ihm zu Hause auf sie warten würde.

Er machte sich mehr Sorgen um Thorn. Bisher hatte er kein Wort von ihm gehört. Er war der Dreh- und Angelpunkt. Sie banden auch ihn mit einem Bann an sich.

Nur um ganz sicher zu gehen, hatten sie ihre Hexenflaschen in ihrem heiligen Kreis vergraben. Vor genau einem Jahr hatten sie sie hergestellt und seitdem bei Raven im Schrank aufbewahrt. Die Flasche war voller dunkler Essenzen, den speziellen Kräutern – Kamille und Salbei, Belladonna und Alraune, Pfefferkörner und Rosmarin – für Schutz und Gleichgewicht; Späne ihrer Lieblings-CD von den Crüxshadows; zerbrochene Eierschalen und eine abgefallene Kralle von Fanes Katze; Reißzwecken und Nägel, Rasierklingen, die Scherben eines zerbrochenen Tellers. Nachdem alle Teile zusammen waren, hatten sie die Flasche bis zum Rand mit dem ersten Morgenurin von ihnen beiden gefüllt. Raven hatte noch seinen Samen hinzugefügt, dann hatten sie sich die Arme aufgeritzt und ihr Blut in die Flasche tropfen lassen. Versiegelt mit schwarzem Wachs und Isolierband war sie eine mächtige Abschreckung voll negativer Energie.

Sie waren gezwungen worden, die Flaschen herzustellen, nachdem einer ihrer Klassenkameraden Raven zusammengeschlagen hatte. Diese Bedrohung war jetzt neutralisiert und würde demnächst in der Erde verrotten, aber es erschien ihnen sicherer, die Flaschen aufzuladen und weit entfernt von ihrem täglichen Leben tief im Boden zu vergraben, um alle negativen Kräfte von ihnen selber abzulenken.

Fane wischte sich den Schweiß von der Stirn. „Was machen wir, wenn es nicht funktioniert?"

Raven drehte sich zu ihr um, nahm die Schönheit ihres Gesichts in sich auf, das im Licht des Mondes schimmerte.

„Das ist ganz einfach, meine Liebe. Dann bringen wir sie um."

32. KAPITEL

Nashville
2. November
7:00 Uhr

Taylor erwachte mit Sonnenaufgang, in Gedanken bereits wieder tief in ihren Fall eingetaucht. Sie hatte letzte Nacht von den Toten geträumt, die Geister der Kinder hatten auf ihrer Bettkante gesessen und sie angestarrt.

Acht Tote. Wie konnte ein verwirrter Teenager so ein Verbrechen begehen? Ihr Bauchgefühl sagte ihr, dass er es nicht alleine getan hatte, dass da noch jemand war, jemand Älteres, Verschlageneres, die leitende Hand hinter all dem. Der Vampirkönig Barent? Die sogenannte Hexe Ariadne?

Sie fragte sich, wann die Beerdigungen losgehen würden.

Dieser Gedanke reichte, um sie aus dem Bett zu treiben. Sie duschte, zog sich eine Jeans und ihr bequemstes Paar Tony-Lama-Stiefel an und einen schwarzen Rollkragenpullover gegen die Kälte über. Die nassen Haare band sie zu einem straffen Knoten zusammen. Nachdem der Albtraum von ihrem Körper gewaschen war, fühlte sie sich gleich viel besser und ging nach unten, um sich einen Tee zu machen.

Während sie am kräftigen Earl Grey nippte, schaute sie aus dem Fenster. Es regnete. Das leise Plätschern auf den Blättern der Schwarzbirke weckte in ihr den Wunsch, direkt wieder nach oben und ins Bett zu gehen. Sie schüttete ein wenig Müsli in eine Schale und aß es, ohne wirklich etwas zu schmecken. Danach schälte sie sich noch eine Banane, weil sie wusste, dass sie die Energie benötigen würde, um den Tag durchzustehen.

Sie hatte gerade Waffe und Marke an ihrem Gürtel befestigt, als das Telefon klingelte.

Baldwin.

Sie ging mit einem Lächeln ran, dankbar für die Möglichkeit, seine Stimme zu hören.

Er brachte sie kurz auf den neuesten Stand seiner Anhörung, ohne irgendwelche Details zu verraten. Sie spürte, dass ihn irgendetwas belastete.

Im Gegenzug erzählte sie ihm, was in der Zwischenzeit in Nashville alles passiert war. Irgendwie hatte sie sich mehr Interesse von ihm erwartet. Schließlich fragte sie. „Hey, was ist los? Du scheinst vollkommen woanders zu sein.“

„Nein, ich bin hier. Ich muss dir nur etwas sagen. Ich habe vor wenigen Minuten einen Anruf aus North Carolina erhalten.“

Fitz. Sie spürte, wie die Furcht durch ihre Adern rauschte. Sie vermisste ihn so sehr. Ihn nicht bei sich zu haben war, als fehlte ihr ein Stück ihrer selbst. Er war immer die erdende Kraft in allen Fällen gewesen, ihr Resonanzboden. Er hatte dafür gesorgt, dass sie sich konzentrierte, fest mit beiden Beinen auf der Erde stand. Sie wollte alles in den Wind schießen, ins Auto steigen und nach North Carolina fahren, um bei der Suche nach ihm zu helfen. Gott, wenn ihm irgendetwas passiert war …

Baldwin schwieg, und Taylor merkte, wie der Schmerz sich in ihr aufbaute. Ihr Herz raste, als das Adrenalin ihren Körper überschwemmte. Sie spürte förmlich, dass ihr Blutdruck in die Höhe stieg, ihr Magen sich zersetzte. Sie hörte ihren Herzschlag in den Ohren, spürte ihn in der Kehle. Sie schluckte schwer.

„Nein. Bitte nicht. Sag mir nicht, dass sie seine Leiche gefunden haben.“ Ihre Stimme klang wie weit entfernt, gar nicht wie sie.

„Es tut mir leid, dass ich in diesem Moment nicht bei dir sein kann, Taylor. Ich weiß, das muss die Hölle für dich sein. Sie haben seine Leiche nicht gefunden, Honey. Aber etwas anderes. Es ist noch ganz frisch, sie wissen selber erst seit ein paar Tagen davon. Ein Wohnwagen, der unbeaufsichtigt auf einem Campingplatz in der Nähe von Asheville steht. Sie schauen sich gerade den Mietvertrag an.“

Taylor sprach durch zusammengebissene Zähne. „Was haben sie darin gefunden, Baldwin? Sag es mir.“

„Sie haben eine an dich adressierte Notiz gefunden. Darauf steht ‚*Ajin tachat ajin*‘.“

„Was bedeutet das?“

„Das ist Hebräisch und heißt ‚Auge um Auge‘.“

„Auge um Auge? Glaubst du, die Nachricht stammt vom Pretender?“

„Er hat sie so unterschrieben, ja.“

„Was ist das für ein verdammtes Spiel, das er da spielt? Auge um Auge?“

„Ich weiß es nicht.“ Er schwieg wieder. Taylor hörte ihn schlucken, tat es ihm nach, indem sie versuchte, die Muskeln in ihrer Kehle zu zwingen, den Speichel herunterzuschlucken.

Eine unheimliche Ruhe überkam sie, ein gewisses Gefühl der Ungläubigkeit, eine beinahe außerkörperliche Erfahrung, die sie immer erlebte, wenn sie kurz davor stand, schlechte Neuigkeiten übermittelt zu bekommen. „Was ist es, Baldwin? Ich merke doch, dass du etwas auslässt. Was haben sie noch in dem Wohnwagen gefunden?"

„Honey, es ... Sie haben ein Auge gefunden, Taylor. Sie glauben, es gehört Fitz."

33. KAPITEL

Nachdem sie sich beruhigt hatte, hatte sie Baldwin gezwungen, seinen Freund beim NCSBI zurückzurufen, damit sie persönlich mit ihm sprechen und dem Mann jedes noch so kleine Detail entlocken konnte. Der Umfang der Ermittlungen hatte sich erweitert, sie befanden sich jetzt auf einer Such- und Rettungsmission, versuchten, den Mann aufzuspüren, den man nur als den Pretender kannte. Sie hofften, Fitz in einem Stück zurückzubekommen und nicht in zwanzig.

Wir haben ein starkes Team im Einsatz, Ma'am. Wir versprechen, dass wir ihn finden, Ma'am. Es tut uns leid, dass die Ermittlungen eine Zeit lang in die falsche Richtung gelaufen sind, Ma'am.

Sie musste ihnen glauben. Baldwin versicherte ihr, dass sein Freund einer der Besten war.

Bei dem Gedanken an Fitz, der Schmerzen litt, gefoltert wurde, hätte sie am liebsten geschrien und sich die Haare ausgerissen. Aber das war keine Lösung. Es würde Fitz auch nicht nach Hause bringen.

Baldwin schwieg am anderen Ende der Leitung. Er ließ sie ohne Unterbrechung ihre Gedanken durchleben.

„Lies mir noch einmal die Zeile aus dem zweiten Buch Mose vor."

Sie hörte, wie er den Hörer enger ans Ohr drückte. „Zweites Buch Mose, Kapitel einundzwanzig, Vers dreiundzwanzig bis siebenundzwanzig: ‚*Kommt ihr aber ein Schaden daraus, so soll er lassen Seele um Seele, Auge um Auge, Zahn um Zahn, Hand um Hand, Fuß um Fuß, Brand um Brand, Wunde um Wunde, Beule um Beule.*'"

Taylor stöhnte leise. „Er wird ihn umbringen."

„Ich weiß nicht, Taylor. Der Vers geht wie folgt weiter: *Wenn jemand seinen Knecht oder seine Magd in ein Auge schlägt und verderbt es, der soll sie frei loslassen um das Auge.*"

„Was sagst du da? Du glaubst, er hat ihn freigelassen? Wo ist er dann? Warum hat er noch nicht Kontakt zu uns aufgenommen?"

„Ich weiß nicht, was ich glauben soll, Taylor. Der Pretender ist immer noch auf dich fixiert, so viel ist sicher. Er tut Dinge, von denen er weiß, dass sie dir persönlich wehtun."

„Ich muss mich auf die Morde in Nashville konzentrieren. Aber sobald ich damit fertig bin, schließe ich mich der Jagd an."

„Hältst du das für klug, Taylor? Diese Männer und Frauen wissen, was sie tun."

„Ich will ihnen ja nicht in die Quere kommen. Ich bin auch Polizistin. Ich kenne das Protokoll. Ich kann helfen."

Baldwin seufzte schwer. „Taylor, das will er doch nur. Genau darauf zählt der Pretender. Er kennt dich, für meinen Geschmack sogar etwas zu gut. Er weiß, wenn er dir nur einen kleinen Köder vor die Nase hält, wirst du dich kopfüber darauf stürzen."

Ihr wurde ganz eng um die Brust, ihr Magen zog sich frustriert zusammen. Sie wusste, dass sie für das hier verantwortlich war. Nur ihretwegen musste Fitz Qualen erleiden. Es war alles ihre Schuld. Daran musste sie nicht erinnert werden.

„Das war ein Schlag unter die Gürtellinie, Baldwin."

„So war es aber nicht gemeint. Wenn du da draußen wärst und die Polizei Körperteile von dir fände, glaubst du nicht, ich würde genau das Gleiche tun? Ich würde ihn jagen und ihm die Gliedmaßen einzeln herausreißen. Aber das darfst du nicht. Du bist sein Ziel. Du bist, was er will. Du musst in Nashville bleiben. Auf unserem Boden, mit unseren Leuten als Unterstützung im Rücken. Wenn du dich alleine rauswagst, bist du zu angreifbar."

„So angreifbar bin ich nun auch wieder nicht, Baldwin. Ich habe eine Waffe. Ich weiß mich zu wehren."

Er hob die Stimme. „Das hast du an deinem Hochzeitstag auch schon gewusst, und wo hat es dich hingebracht? Gefesselt an einen verdammten Stuhl in einem Lagerhaus in New York." Sie konnte förmlich hören, wie er mit den Zähnen knirschte, um die ätzenden Worte zurückzuhalten, die er nie wieder zurücknehmen könnte. Nun wurde sie auch langsam wütend.

„Wage es ja nicht, mich anzuschreien. Ich war an dem Tag nicht auf der Hut. Wer wäre das schon gewesen? Ich steckte in einem verdammten Hochzeitskleid auf dem Weg, *dich* zu heiraten." Sie war wütend und fühlte sich unwohl. Diese Diskussion hatten sie noch nie zuvor gehabt; sie wusste nicht, ob er sie für schwach hielt, weil sie sich an dem Tag hatte entführen lassen.

„Ich weiß, Taylor. Mein Gott, ich weiß. Wenn ich nicht gewesen wäre, wäre nichts von all dem passiert."

„Ach, hör auf. Du warst genauso wenig der Grund dafür wie ich. Es war die Situation, und ich habe mich nicht richtig verhalten. Glaub mir, der Fehler wird mir nicht noch einmal passieren."

In dem Moment, in dem sie die Worte ausgesprochen hatte, bereute sie sie. „Das habe ich so nicht gemeint“, sagte sie sanfter. „Ich meinte, ich werde immer auf der Hut sein. Ich werde immer nach ihm Ausschau halten.“

„Also willst du mich immer noch heiraten?“

Sie versuchte, ihren Atem zu beruhigen.

„Natürlich will ich das. Ich trage schließlich deinen Ring, oder nicht?“

Seine Stimme war ausdruckslos. „Obwohl ich dich nur in Gefahr bringe? Du bist eine Frau, die schwer zu beschützen ist, Taylor. Meine Arbeit, die Leute, mit denen ich in Kontakt komme, das alles bringt dich in Gefahr. Denk an Aiden. Wenn der Pretender ihn nicht umgebracht hätte, was würden wir jetzt tun?“

„Ich weiß nicht. Wir …“

„Wir würden vor dem Hurensohn davonlaufen, das würden wir jetzt tun.“

Sie gab sehr auf den Klang ihrer Stimme acht. Diese Unterhaltung könnte schnell außer Kontrolle geraten, und das wollte sie nicht. Nicht jetzt. Nicht am Telefon, wo der kleinste falsche Ton missverstanden werden könnte.

„Hör auf, mich anzuschreien, Baldwin. Du hast keine Ahnung, wohin es geführt hätte. Hör auf, dir immer das Schlimmste vorzustellen, und lass mich meinen Job machen.“

„Dein Job ist es, in Nashville zu sein, falls du das vergessen haben solltest. Deine Fälle, dein Team. Du hast Verantwortung, Taylor. Du kannst nicht einfach alles stehen und liegen lassen und dich an einer sinnlosen Verfolgungsjagd beteiligen.“

Er schnaubte und schluckte die Wörter herunter.

Taylor hatte auf die harte Tour gelernt, dass sich mit jemandem zu streiten, den man liebte, gewissen Regeln unterlag. Sie hatte gelernt, nicht immer gleich damit herauszuplatzen, was ihr als Erstes in den Kopf schoss. Oder als Zweites. Oder sogar als Drittes.

Sie atmete tief durch, um sich zu beruhigen, und sagte dann: „Du glaubst, dass Fitz schon tot ist, oder?“

„Ich weiß es nicht. Aber ich weiß, wenn du hierauf hereinfällst, wenn du ihm nachrennst, wirst du es bald sein. Und ich kann dich nicht verlieren, Taylor. Nicht so. Nicht an jemanden wie ihn.“

„Also verbietest du mir zu gehen? Sprichst ein Machtwort, bestehst auf dein Recht?“

„Nein, so etwas würde ich niemals tun. Aber ich kann dich darum bitten, oder? Ich kann dich anflehen, dich von diesem Fall fernzuhalten. In Nashville zu bleiben, damit ich leichter atmen kann, weil ich weiß, dass du von Leuten umgeben bist, denen ich vertraue, dass sie dich beschützen. Alles, worum ich dich bitten kann, ist, dass du auch an mich denkst, bevor du etwas so Waghalsiges unternimmst. Würdest du das tun, Taylor? Würdest du bitte, bitte darüber nachdenken, was du tust, bevor du es tust?"

Könnte sie das? Die andere Sache mit der Liebe war, wie sie sehr schnell gelernt hatte, dass man immer erst an den anderen denken musste und erst dann an sich und seine eigenen Wünsche. Jede Zelle in ihrem Körper schrie förmlich danach, sich in ein Auto zu setzen und zu dem Campingplatz zu fahren, zu sehen, was passiert war, sicherzugehen, dass die Kollegen dort das Richtige unternahmen. Aber Baldwin hatte recht. Der Pretender versuchte, sie herauszulocken, sie aus dem Gleichgewicht zu bringen. Sie würde Fitz keine Hilfe sein, wenn sie sich fangen ließe oder gar tot wäre.

„Okay", sagte sie schließlich. „Okay. Ich bleibe hier."

„Danke." Seine Stimme war kaum mehr ein Flüstern. „Du weißt, dass ich alles in meiner Macht Stehende tue, um dich zu beschützen. Du bist mein Herz, Taylor."

Am Fuß der Auffahrt bildete sich eine Pfütze. Ein kostenloses Anzeigenblatt, versehentlich an die falsche Adresse geliefert, schwamm darauf in seiner Plastikhülle. Sie fuhr darüber hinweg auf die Straße, Scheibenwischer und Scheinwerfer eingeschaltet, Gedanken komplett und vollständig ausgeschaltet.

Armer Fitz. Als Werkzeug in diesem lächerlichen Spiel missbraucht. Zu wissen, dass sie ihm solches Leid verursacht hatte, war überwältigend, und sie erkannte, dass der Pretender genau das geplant hatte. Das Leid derer, die sie liebte, war seine Strafe, bis er so weit war, sie sich zu holen.

Sie holte McKenzie an seinem Haus ab und war ihm dankbar, dass er sofort erkannte, dass sie andere Dinge im Kopf hatte. Er schwieg, bis sie endlich sprach.

„Wo stehen wir mit dem Fall?"

Er klappte sein Notizbuch auf. „Ich denke, wir sind nah dran. Wir haben alle Mitspieler. Juri Edvin wird für den Mord an Brittany Carson verhaftet. Seine Freundin Susan Norwood wusste von seinen Taten – sie hat versucht, ihm bei seiner Flucht zu helfen. Heute holen wir aus ihm ein Geständnis für die anderen sieben Morde raus und schließen den Fall ab."

„Ich denke immer noch, dass etwas anderes dahintersteckt."

„Was denn?"

„Das ist mir alles zu ausgefeilt, um von einem Teenager allein ausgeführt worden zu sein. Ich finde, wir sollten uns unseren Vampir und unsere Hexe noch einmal genauer ansehen. Marcus hat einen Durchsuchungsbefehl für das Haus des Vampirkönigs beantragt. Ich will sehen, was er so gebunkert hat."

„Ariadne hat nichts damit zu tun", sagte McKenzie mit einer gewissen Endgültigkeit in der Stimme.

„Woher willst du das wissen? Sie ist total durchgedreht. Woher weißt du, dass sie uns nicht auf die falsche Fährte lockt?"

„Das ist nur so ein Bauchgefühl, mehr nicht. Ich habe gestern ein wenig über sie recherchiert, während du im Vanderbilt warst. Sie hat keinerlei Vorgeschichte als jemand, der sich in Fälle hineindrängt. Sie war eine mächtige politische Figur in der Wicca-Bewegung, eine Hohepriesterin, die gleichzeitig als Richterin in einem Disziplinarausschuss gedient hat. Aber sie ist vor mehreren Jahren ausgestiegen. Als Grund gab sie persönliche Konflikte mit der Richtung, die die Religion einschlug, an."

„Dann könnte sie auf Rache aus sein."

„Das glaube ich nicht. Ich denke, sie sagt die Wahrheit."

„Du glaubst, sie kann Gedanken lesen und Energie heraufbeschwören?"

„Ich weiß nicht. Ich glaube allerdings durchaus, dass *sie* glaubt, sie könne helfen. Tu mir einfach einen Gefallen und hör dir an, was sie zu sagen hat. Ich habe sie gebeten, später am Vormittag bei uns vorbeizuschauen."

Taylor stellte den Wagen ab, und gemeinsam überquerten sie die Straße. Als sie ihre Schlüsselkarte durch den Kartenleser an der Hintertür zog, wandte sie sich zu McKenzie um.

„Okay. Ich vertraue dir."

Ein kleines Lächeln erschien auf seinem Gesicht, doch er sagte nichts.

Paula Simari saß im Büro der Mordkommission und plauderte mit Marcus Wade, als Taylor und McKenzie hereinkamen. Sie war in voller Fahrt und gestikulierte wild, um ihren Standpunkt zu verdeutlichen.

„An der Art, wie ein Mann seinen Hund behandelt, kann man ihn genau einschätzen, Wade. Du musst nur zusehen. Ruckt er am Halsband, um den Hund auf Linie zu halten? Zieht er ein wenig zu hart, wenn er trainiert, oder ist es angebracht? Hunde lieben es, zu arbeiten, weißt du. Sie mögen es, einen Job, einen Daseinszweck zu haben. Max kennt seine Aufgabe ganz genau und ist am glücklichsten, wenn er arbeiten darf. Aber ich will verdammt sein, wenn ich jemals so an seinem Kopf herumreiße."

„Morgen ihr zwei", grüßte Taylor. „Was gibt's Neues?"

Simari verzog ihr Gesicht und drehte sich zu ihr um. Sie hatte tiefe Ringe unter den Augen. „Ein Fall von Gewalt gegen Tiere ist heute Nacht reingekommen – er ist an mir hängen geblieben. Ich hasse die Mistkerle, die ihre Hunde anketten und behaupten, es wäre gut für deren Charakter. Das Arschloch hat seinen Rottweiler trainiert und dabei ein Würgehalsband so fest zugezogen, dass er ihm das Genick gebrochen hat. Das hat das arme Ding aber nicht getötet. Wir mussten ihn einschläfern, als wir ankamen. Ich kann dir gar nicht sagen, wie gerne ich das auch mit dem Besitzer machen würde."

„Oh Gott, Simari, das ist ja schrecklich."

„Ja, nun ja. Ist nicht dein Problem. Ich bin eigentlich vorbeigekommen, um euch bei der Durchsuchung zu unterstützen. Wade hat darum gebeten, dass Max und ich mitkommen."

„Bist du denn dazu in der Lage? Du warst die ganze Nacht auf."

„Ja, alles gut. Wir ruhen uns danach aus."

„Also haben wir den Durchsuchungsbefehl, Marcus?", fragte Taylor.

„Unterschrieben, besiegelt und zugestellt. Mr Johnson war letzte Nacht unser Gast."

„Was ist mit Susan Norwood, dem Mädchen, das sich Ember nennt?"

„Ist um Mitternacht in die Obhut ihrer Eltern übergeben worden."

Taylor schlug mit der Hand auf den Tisch. „Mist. Ich wollte sie noch hierbehalten. Was ist passiert?"

Marcus schüttelte den Kopf. „Wir hatten nichts gegen sie in der Hand. Sich in das Krankenhauszimmer eines Jungen zu schleichen reichte nicht. Miles Rose, der schleimige Bastard, hatte keine Probleme, sie hier rauszukriegen."

Taylor kaute einen Moment nachdenklich auf ihrer Unterlippe. „Ich will, dass sie rund um die Uhr von einem Officer bewacht wird. Sie hat mit dieser Sache zu tun."

Marcus zeigte auf einen Stapel Papier, der, wie Taylor annahm, die Überwachungsanordnung war. „Schon erledigt. Juri Edvin hat eine ruhige Nacht im Vanderbilt verbracht. Sie glauben, er kann morgen in unsere Obhut entlassen werden. Lincoln sitzt noch an den Videosharing-Seiten im Internet."

„Ausgezeichnet. Danke für die Zusammenfassung. McKenzie, um welche Zeit soll Ariadne hier sein?"

„Die Streife soll sie um zehn Uhr heute Morgen hier absetzen."

„Dann los. Simari, Marcus, ihr kommt mit uns."

Ein paar Minuten später verließen sie das Gebäude. Taylor fuhr, McKenzie saß neben ihr. Marcus telefonierte auf dem Rücksitz. Simari folgte in ihrem Streifenwagen. Max hielt seine Schnauze aus dem offenen Fenster und ließ sich die frische, kühle Luft um die schwarze Nase wehen.

Der Berufsverkehr war fast vorbei, doch auf den Straßen drängelten sich immer noch die zu spät Kommenden, die durch zwei Unfälle mit leichtem Blechschaden aufgehalten wurden. Die Fahrt nach Joelton dauerte normalerweise dreißig Minuten; sie waren schon seit einer Stunde unterwegs und Taylor wurde langsam unruhig. Sie hasste es, im Verkehr festzustecken.

Lincoln rief an, als sie gerade vom Highway abbogen. Marcus hörte ihm ein paar Minuten zu und ließ sein Handy dann zuschnappen.

„Gute Neuigkeiten", sagte er. „Eine der Videosharing-Seiten hat eine Adresse gefunden. Sie versuchen gerade, sie nachzuverfolgen."

Taylor schaute ihn über den Rückspiegel an. „Was meinst du damit, sie haben eine Adresse gefunden?"

„Erinnerst du dich, dass Lincoln gestern gesagt hat, in der IP-Adresse gäbe es einen sogenannten Geist, der zeigte, dass die Uploads umgeleitet worden waren? Es gibt mehrere IP-Adressen zu den Uploads und er hat jetzt darin ein Muster entdeckt."

„Ehrlich gesagt ist das Thema an mir vorbeigegangen."

„Es gibt andere Videos, die von der gleichen Person gepostet wurden wie das Original. Sie verfolgen gerade die IP-Adressen nach. Sie glauben, bis Mittag was Konkretes zu haben."

„Big Brother is watching you", sagte McKenzie trocken.

Obwohl es noch Morgen war, strahlte die Sonne schon mit voller Kraft. Taylor setzte ihre Sonnenbrille auf. Sie warf Marcus noch einen Blick zu und amüsierte sich darüber, wie schlapp seine Haare heute herunterhingen. Der Junge hatte nicht viel geschlafen, sonst hätte er sich mehr Mühe gegeben, das wusste sie. „Tja, in diesem Fall bin ich Big Brother ziemlich dankbar, denn es könnte unsere einzige wertvolle Spur sein. Auf Juri Edvins und Susan Norwoods Computern ist vermutlich nichts aufgetaucht?"

„Der von Susan ist noch nicht untersucht worden – ihre Eltern stellen sich ein wenig quer. Aber die Edvins waren sehr zuvorkommend und haben Juris Laptop gestern Abend bei Lincoln abgegeben. Der Junge ist ganz schön schräg unterwegs. Sein Browser-Verlauf liest sich wie das Who is Who der Verrückten – viel illegales Zeug, Sadomaso-Bilder, eine Anleitung zum Bombenbau, was über Vergiftung mit Zyanid, wie man jemandem das Genick bricht, all so etwas. Sein Interesse gilt vor allem Gewalt und gewalttätigen Tötungsmethoden. Er passt haargenau auf unser Profil."

„Können wir ihn irgendwie mit Barent in Verbindung bringen? Gibt es irgendwelche Korrespondenz zwischen den beiden?"

„Bisher haben wir nichts dergleichen gefunden. Wir analysieren gerade seine SMS, aber das wird ein Weilchen dauern."

„Haben die Sicherheitsaufnahmen an einem der Häuser irgendetwas Interessantes ergeben?"

„Die Einzigen mit einer Kamera waren die Norwoods, aber die war ausgestellt. Die anderen zeigten alle von den Tatorten weg und sind für uns somit nutzlos."

„Nun, wenn die kleine Miss Ember sich nachts rausgeschlichen hat, um ihren Freund Thorn zu besuchen, könnte sie an der Kamera herumgefummelt haben, um ihre Spuren zu verdecken."

„Wir müssten mit den Norwoods sprechen, um die ganze Geschichte zu erfahren. Die Sicherheitsfirma sagte, die Kamera wäre irgendwann in der ersten Septemberwoche ausgeschaltet worden, weil Mrs Norwood sich zu beobachtet gefühlt hat."

„Zu beobachtet? Ich werde niemals verstehen, warum Menschen Unmengen an Geld für ausgefeilte Sicherheitssysteme ausgeben und sie dann nicht benutzen."

„Vielleicht wusste Mrs Norwood von der Neigung ihrer Tochter, sich nachts aus dem Haus zu schleichen, und war damit einverstanden“, sagte McKenzie.

„Gibt es wirklich Eltern, die es gutheißen, wenn ihre Kinder sich nachts herumtreiben?“, fragte Marcus.

Taylor schaute ihn über den Rückspiegel an. „Du wärst überrascht. Ich habe Eltern schon die aberwitzigsten Dinge tun sehen. Wenn die Edvins sich so von ihrem Sohn bedroht fühlen, wer sagt dann, dass es den Norwoods mit ihrer Tochter nicht ähnlich erging? Vielleicht diente es reinem Selbstschutz.“

„Glaubst du, sie hätte ihren eigenen Bruder töten können?“

„Ich weiß es nicht, Marcus. Ich weiß es einfach nicht.“

McKenzie zeigte auf einen verzierten Briefkasten. „Hey, da ist es.“

Taylor trat so hart auf die Bremse, dass der Wagen auf dem rauen Asphalt ein wenig schlitterte. Zwei einen Meter achtzig hohe verputzte Steinsäulen flankierten ein Tor, das auf eine Schotterauffahrt führte. Die Flügel aus schwarzem Schmiedeeisen standen günstigerweise offen.

Taylor setzte ein Stück zurück und fuhr dann durch das Tor. Staub wirbelte in erstickenden Wolken unter den Rädern ihres Lumina auf.

Die Auffahrt war ungefähr eine Meile lang. Eine Hecke zu beiden Seiten versperrte die Sicht auf das Grundstück.

„Das ist ein ganz ordentliches Stück Land, das er hier draußen sein Eigen nennt“, sagte Taylor und biss die Zähne zusammen, als sie durch ein unerwartetes Schlagloch fuhr und alle ordentlich durchrüttelte. „Tut mir leid, das hab ich nicht gesehen.“

Die Straße verlief in einem Bogen und öffnete sich dann zu einem wunderschönen, mit Kopfsteinpflaster ausgelegten Parkplatz. Dahinter erhob sich ein Haus, das die gesamte Länge des runden Vorplatzes umschloss. Seine drei im gotisch-viktorianischen Stil gehaltenen Stockwerke wurden von hohen Säulen gestützt, das Mauerwerk war weiß verputzt, die Fensterläden in hellem Grau gestrichen. Es war ein zauberhaftes Haus mit Balkonen und einem Turm, und es war gut in Schuss – keine abblätternde Farbe, keine Spinnweben. Wäre es heruntergekommen, hätte Taylor sich eher vorstellen können, dass der König der Vampire hier lebte. Doch das Haus machte beinahe einen fröhlichen Eindruck. Sie schnaubte unterdrückt, stellte die Automatik auf Parken und stieg aus dem Wagen.

Simari parkte neben ihr, ließ Max im Wagen und gesellte sich zu ihnen.

Marcus schaute sich bewundernd um. „Ich wette, das ist mal eine Farm gewesen. Seht ihr, wie die Wiesen abfallen? Hier könnte man prima Wein anbauen."

„Hier oben gibt es viel gutes Farmland. Hauptsächlich werden Baumwolle und Mais angebaut, ab und zu auch Tabak."

Sie zuckten alle zusammen, als die Stimme ertönte, und drehten sich um. Ein kleiner Mann in einem Overall kam eine Harke schwingend auf sie zu.

„Sie befinden sich hier auf Privatgelände. Kann ich Ihnen irgendwie helfen?"

Taylor trat einen Schritt zurück und tippte gegen die Marke an ihrem Gürtel. „Ja, Sir. Mein Name ist Lieutenant Jackson von der Metro-Mordkommission. Das hier sind Detective Wade, Detective McKenzie und Officer Simari. Wir haben einen Durchsuchungsbefehl für das Anwesen."

Max fing an zu bellen und Taylor warf Simari einen warnenden Blick zu. *Es hat keinen Sinn, diesen Mann unnötig gegen uns aufzubringen. Beruhige den Hund.* Simari drehte sich um und ging zu ihrem Streifenwagen. Max' kehliges Bellen wurde leiser.

Der Mann nutzte die Harke wie einen Stock. Er stützte sich darauf und kratzte sich seinen sommersprossigen, kahl werdenden Kopf. Kleine Haarbüschel quollen ihm wie weiße Wattebäusche aus den Ohren.

„Wieso um alles in der Welt haben Sie einen Durchsuchungsbefehl? Für was? Warum müssen Sie mein Haus durchsuchen?"

„Ihr Haus? Wir hatten den Eindruck, dass dieses Haus einem Keith Barent Johnson gehört."

„Ha!" Der kleine alte Mann lachte. „Das bin ich, und das hier ist mein Haus. Aber ich habe nichts falsch gemacht."

„Sir, wir haben einen Mann verhaftet, der behauptet, sein Name wäre Keith Barent Johnson. Er gibt diese Adresse als seine an."

Der Mann nahm die Harke in die andere Hand. Taylor sah, wie er nachdachte. Endlich seufzte er schwer, wischte sich die Stirn mit einem roten Tuch ab und winkte sie zur Terrasse.

„Sie sprechen vermutlich von meinem Sohn Barry. Kommen Sie rein, ich brauche einen Kaffee. Dann können wir reden."

Der Kaffee, den Mr Johnson in die Tassen goss, war beinahe so zähflüssig wie Honig.

„Barry ist ein guter Junge, müssen Sie wissen. Er ist nur ein kleines bisschen verwirrt im Kopf. Wussten Sie, dass er Soldat war? Ein verdammt guter, soweit ich gehört habe."

„In welcher Einheit war er?", fragte Taylor. Sie tat so, als würde sie einen Schluck aus ihrer Tasse nehmen, aber normaler Kaffee war nicht wirklich nach ihrem Geschmack.

„Bei den Marines. Im Ersten Golfkrieg. Er ist ausgebildeter Chemieingenieur, landete dann aber bei der Infanterie. Der Junge kann mit Waffen umgehen – das habe ich ihm beigebracht, als er noch ein Junge war, und die haben ihm den letzten Feinschliff verpasst. Parris Island, dann SOI im Camp Geiger."

„SOI?", fragte Taylor.

„School of Infantry. Er ist in einem Stück zurückgekommen, aber sein Kopf war nicht mehr ganz klar, wenn Sie wissen, was ich meine. Sie nennen es das Golfkriegssyndrom. Er ist als voll berufsunfähig entlassen worden und wird regelmäßig im Veteranenkrankenhaus untersucht. Sie haben da eigentlich ganz gute Arbeit mit ihm geleistet. Seitdem seine Momma gestorben ist, Gott hab sie selig, gibt es nur noch uns beide. Er ist einsam, das weiß ich. Ich versuche, ihn beschäftigt zu halten, aber er verbringt viel Zeit an seinem Computer oder draußen in seinen Schuppen."

„Haben Sie sich keine Sorgen gemacht, als er gestern Abend nicht nach Hause kam?", wollte McKenzie wissen.

Johnson goss sich eine weitere Tasse Kaffeeschlamm ein. „Nö. Er zecht ab und zu mal einen. Er hat was mit einer Witwe oben am Pleasant View angefangen. Sie war die Frau eines Freundes aus seiner alten Einheit. Hin und wieder fährt er abends zu ihr. Sie ist ein nettes Mädchen. Kirchgängerin. Auch ein bisschen weich in der Birne, aber sie verstehen sich gut. Als ich gestern vom Einkaufen nach Hause kam und er nicht da war, nahm ich an, er ist bei ihr. Schätze, Sie hatten ihn abholen lassen, was?"

„Das stimmt."

„Werden Sie mir verraten, was er angestellt hat, oder muss ich raten?"

Taylor hasste es, Eltern schlechte Nachrichten zu überbringen, egal, wie alt die Kinder waren oder was sie angestellt hatten. „Sir, Ihr Sohn hat behauptet, in die Morde an sieben Teenagern in Green Hills am Nachmittag von Halloween involviert gewesen zu sein."

Er schüttelte den Kopf. „Nein. Das war nicht mein Junge. An Halloween war er bei mir." Der Mann schloss seinen kleinen Mund entschlossen.

„Er behauptet außerdem, König der Vampyre Nation zu sein", fügte McKenzie hinzu.

Der alte Mann schloss kurz die Augen und schüttelte den Kopf. Seine Stimme war ganz weich. „Das ist seine Krankheit. Er ist total durcheinander aus dem Krieg heimgekommen. Hat über Vampire gesprochen, die Blut aus seinem Körper saugen. Er fing an, den ganzen Tag zu schlafen und nachts aktiv zu werden. Hat seine Zähne zu diesen dummen Reißzähnen feilen lassen. Ich habe darin nichts Schlimmes gesehen – er tut ja niemandem was. Er kommuniziert über den Computer mit seinesgleichen. Sie haben einfach Spaß miteinander. Aber er würde nie einer Fliege etwas zuleide tun."

„Sir, Sie verstehen sicherlich, dass wir diesen Durchsuchungsbefehl trotzdem ausführen müssen. Ihr Sohn wusste Einzelheiten über die Verbrechen, die der Presse nicht mitgeteilt worden waren. Und er ist auf mehreren Bändern zu sehen, die an den Tatorten aufgenommen wurden. Wir wissen also, dass er nicht bei Ihnen zu Hause war."

„Dann muss er gegangen sein, nachdem ich mich schlafen gelegt habe. Ich habe einen Polizeiempfänger im Wohnzimmer. Er hört gerne dem Funk zu. Ich bin sicher, dass er dadurch von dem Verbrechen erfahren hat und beschloss, sich das einmal anzusehen."

„Sir, ich weiß Ihre Kooperation zu schätzen, doch wir müssen das Haus trotzdem durchsuchen. Am besten bringen wir es so schnell wie möglich hinter uns." Sie stand auf und stellte ihre Tasse in die Spüle. „Ich hole nur eben Simari."

McKenzie blieb bei dem alten Mann. Sie wusste, dass er versuchen würde, weitere Informationen aus ihm herauszukriegen und ließ ihn machen.

Marcus und Simari lehnten ungeduldig an Simaris Streifenwagen, bereit, endlich mit der Durchsuchung anzufangen. Max war angeleint und hatte seine Nase schon auf dem Boden. Er zitterte am ganzen Körper vor Anspannung.

„Marcus, fang du doch schon mal im Haus an. Mr Johnson hat erwähnt, dass sein Sohn gerne in den Schuppen herumwerkelt. Ich dachte, die könnten Simari und ich uns einmal anschauen."

Er nickte und stieß sich vom Wagen ab. Im Gehen zog er ein paar lilafarbener Latexhandschuhe aus seiner Hosentasche und streifte sie über. Taylor schaute ihm hinterher, dann wandte sie sich an Simari.

„Meinst du, Max könnte ein wenig für mich schnüffeln, während wir hier sind?“

„Natürlich. Meinst du wegen Drogen?“

„Darauf hoffe ich, ja. Okay, fangen wir an.“

Sie nahmen einen Weg, der sich rechts am Haus entlang in Richtung der Hügel schlängelte. Der rückwärtige Garten war genauso gepflegt wie der Vorgarten – Azaleen, Hortensien und Kreppmyrten waren schon für den Winter zurückgeschnitten, Hartriegelsträucher und Tulpenbäume erstreckten sich über den weiten, immer noch grünen Rasen.

„Mein Gott, er muss Stunden hier verbringen“, bemerkte Simari. Max hatte die Nase auf dem Kiesweg und schnüffelte.

„Im Frühling muss es hier wunderschön sein. Ich liebe Hartriegel.“

„Oh, LT. Wie romantisch von dir.“ Sie lachten gemeinsam, und während sie weitergingen, knirschte der Kies unter ihren Stiefeln. Die Schuppen standen gute hundert Meter weiter. Es waren drei, alle rot gestrichen mit weißen Bordüren wie normalerweise für Ställe üblich.

Sie kamen an einer kleinen Feuerstelle vorbei. Die verkohlten Überreste von Laub und Zweigen sammelten sich am Rand, als wenn jemand mit einem Stock in dem Loch herumgerührt hätte. Simari blieb stehen und ließ Max riechen. Er schlug nicht an, also gingen sie weiter.

Als sie nur noch zwanzig Meter von den Schuppen entfernt waren, bemerkte Taylor, dass Max anfing zu zittern. „Hier ist irgendetwas“, sagte Simari.

„Ja, das glaube ich auch. Hat er unterschiedliche Signale für unterschiedliche Drogen?“

„Nein, aber er bellt, wenn er auf etwas stößt, das er kennt. Er ist super, was Haschisch und Kokain angeht.“

Taylor atmete den beißenden Geruch von Aceton ein und blieb stehen. „Wie ist er mit Meth?“, fragte sie im gleichen Moment, in dem Max siegreich aufheulte.

„Auch ziemlich gut“, erwiderte Simari mit hochgezogenen Augenbrauen.

34. KAPITEL

Max hatte das richtige Gespür bewiesen.

Die drei Schuppen im hinteren Bereich des Johnson-Anwesens beinhalteten ein hoch entwickeltes Meth-Labor. Nach einem kurzen Blick hinein zog Taylor sich wieder zurück, ließ den Durchsuchungsbefehl umschreiben und rief die Experten der Drogeneinheit, um das Labor auseinandernehmen zu lassen. Meth-Labore waren ein gefährliches Gebiet für Leute, die sich damit nicht auskannten – und für alle anderen auch nicht viel besser. Vorsichtig warf sie einen Blick in alle drei Schuppen. In zweien befanden sich die ganzen Schläuche und Fässer, alle hoch entzündlich, dazu lagen Schachteln über Schachteln von Pseudoephedrin in den überquellenden Mülleimern. Der letzte Schuppen war zum Chemielabor ausgebaut worden. Vielleicht, um Chargen von hoch dosiertem Ecstasy herzustellen? Sie sorgte dafür, dass der Fall mit höchster Dringlichkeit behandelt wurde.

Mr Johnson hatte erzählt, dass sein Sohn ein Chemieingenieur war. So weich konnte er im Kopf gar nicht sein, wenn er noch Meth kochen konnte.

Sie kehrte zum Haus zurück. Der ganze Wirbel hatte Mr Johnson ziemlich aufgeregt – McKenzie versuchte, ihn zu beruhigen. Taylor fing seinen Blick auf und bedeutete ihm, mit ihr zu kommen.

Ein paar Augenblicke später standen sie auf der Veranda des Hauses.

„Wir haben im Garten ein Meth-Labor gefunden“, sagte sie. „Hat er dir noch irgendetwas über Barent verraten?“

„Entweder ist er ein verdrehter alter Mann und ein hervorragender Lügner oder er hält tatsächlich einfach die andere Wange hin.“

„Vielleicht ein wenig von beidem. Hat Marcus schon was gefunden?“

„Ja. Du solltest mal zu ihm hochgehen. Ich halte Mr Johnson aus dem Weg. Wir kommen zu spät zu unserem Termin mit Ariadne.“

Zwei große, weiße Vans bogen auf den Parkplatz ein. Die Jungs von der Drogenfahndung waren da. Taylor hoffte, dass sie nicht alle in einem riesigen Feuerball aufgehen würden.

„Lincoln kann sich erst einmal um sie kümmern. Ich würde Geld drauf wetten, dass das hier die Quelle unserer verunreinigten Drogen ist. Der dritte Schuppen sieht aus wie ein Chemielabor. Bestimmt kam das Ecstasy daher.“

„Das wäre ein netter Coup, nicht wahr?“ Er lächelte sie an und sie lächelte zurück.

„Aber warum um alles in der Welt würde er sich selber stellen, wenn er doch wissen musste, dass wir hierher kommen und alles finden würden?“

„Ehrlich gesagt, glaube ich, dass der Mann ernsthafte Probleme hat. Nach dem, was sein Vater mir erzählt hat, hat er seit seiner Rückkehr aus dem Krieg eine fürchterliche Zeit gehabt. Offensichtlich war er der einzige Überlebende einer Panzerexplosion – der Panzer ist von einer Scud-Rakete getroffen worden. Sie haben ihrer Einheit Deckung gegeben und sind alle zerfetzt worden. Er wurde nach dem Krieg ausgemustert, ist seitdem aber nie wieder derselbe gewesen. Es ging vielmehr stetig bergab. Das Golfkriegssyndrom ist nicht leicht zu behandeln – sie wissen nicht, ob es durch irgendetwas in der Luft ausgelöst wurde, eine Bakterieninfektion, Schwermetalle, chemische Waffen oder sonst etwas. Es kann sich sowohl in körperlichen als auch in geistigen Symptomen äußern.

Wenn er schon von Anfang an eine eher instabile Persönlichkeit hatte, könnte der Verlust seiner Kameraden der Auslöser gewesen sein. Er steckt jetzt so tief in seiner Vampirwelt, ich bezweifle, dass irgendetwas ihn da noch herausholen kann. Er muss einen Anfall von geistiger Klarheit gehabt und erkannt haben, dass er die Drogen verkauft hat, die die Kinder getötet haben. Es könnte auch sein, dass er sich einfach wünscht, ein Teil des Ganzen zu sein. Ich weiß es nicht. Wir müssen die Akten aus dem Veteranenkrankenhaus einsehen und mit seinen behandelnden Ärzten sprechen, um uns ein vollständiges Bild machen zu können.“

„Wo ist seine Verbindung zu unseren Verdächtigen?“

„Das gilt es herauszufinden. Juri Edvin hat seine Drogen irgendwo gekauft.“

„Du meinst von Barent? Sie treiben sich höchstwahrscheinlich mit den gleichen Leuten rum, wenn sie beide in der Vampirszene sind. Die kann hier in Nashville nicht allzu groß sein.“

„Vermutlich nicht, obwohl du überrascht wärst, wie weit verbreitet diese Untergrundkulturen sind.“

„Okay. Ich werde mal gucken, was Marcus hat, und dann können wir in die Stadt zurückfahren.“

Sie ging durch die Küche in die Eingangshalle. Von dort ging sie, immer zwei Stufen auf einmal nehmend, die Treppe hinauf. Sie konnte

Marcus hören und folgte seiner Stimme einen langen Flur entlang zum dritten Zimmer auf der rechten Seite. Sie trat ein und blieb wie erstarrt stehen.

Das ganze Zimmer war in schwarzen und roten Samt gehüllt. An den Wänden hingen unzählige Fotos von weit aufgerissenen Mündern mit Fangzähnen, von denen das Blut tropfte, Kehlen, denen sich ein Schrei entrang. Der Effekt war erschreckend. Sie fühlte sich, als würde sie gleich von allen Seiten gebissen werden. Ein riesiges Himmelbett – einst vermutlich aus Messing, das aber schwarz gestrichen worden war – mit schwarzen Laken und Kissen stand in der Mitte dieses Mahlstroms an Mündern. Sie riskierte einen Blick unter den Himmel über dem Bett – ja, noch mehr Münder.

Der Raum roch nach alten Sachen, getrocknetem Blut und vermoderten Blättern, darüber irgendein eklig süßes Räucherstäbchen. Durch den Mund atmend schaute sich Taylor um.

Marcus saß an einem Tisch, der mit einem schwarzen Fellüberwurf bedeckt war, und durchsuchte den Computer.

„Das ist … interessant", sagte Taylor. Ein Schauer lief ihr über den Rücken. „Hier drin stinkt es."

„Was du nicht sagst. Ich habe das dringende Bedürfnis, mich zu duschen, und ich habe außer der Tastatur noch nichts angefasst. Alleine hier zu sitzen gruselt mich. Wir sollten den Computer einfach mitnehmen – er ist eine wahre Goldgrube an Informationen. Sieht so aus, als wäre Barry ein erstklassiger Drogendealer. Er führt genau Buch darüber, was funktioniert und was nicht, listet alle seine Käufer und Wiederverkäufer auf. Dazu kommt jede Menge Vampirscheiß."

„Hast du auf der Liste irgendwelche bekannten Namen entdeckt?"

„Jupp. Juri Edvin steht drauf. Genau wie Susan Norwood, allerdings beide mit ihren Spitznamen. Thorn und Ember."

„Bingo", sagte Taylor. „Das sollte ausreichen, um Susan Norwood zu verhaften, oder?"

„Wir müssen beweisen, dass Susan Norwood und Ember die gleiche Person sind, aber ja, hier ist genug, um sie für lange Zeit wegzusperren."

„Ausgezeichnet. Der Beweis wird einfach sein – die Edvins kennen sie nur als Ember. Sie sollten sie also ohne Probleme identifizieren können. Macht Barent alle Drogen selber oder kauft er auch woanders ein? Es wäre nett, der Spezialeinheit einen kleinen Tipp zu geben."

„Das kann ich noch nicht sagen. Hier steht nur, was er verkauft und an wen. Ich habe bereits Gerald Sayers angerufen – sie warten auf uns. Er wollte dabei sein.“

„Super. Das ist genau sein Fachgebiet. Okay, schnapp dir den Computer. Müssen wir den Durchsuchungsbefehl noch wegen irgendetwas erweitern lassen?“

„Nein. Ich habe bereits Tim Davis angerufen und ihn gebeten, herzukommen und alles gründlich zu untersuchen. Er kann alles andere, was wir noch brauchen, eintüten und mitbringen. Ich denke, wir sollten zurückfahren und uns an die Arbeit machen. Wir sind verdammt nah dran.“

Er schenkte ihr ein Grinsen, was ihn jünger aussehen ließ. Sie konnte nicht anders, sie musste es erwidern. Alles in allem fing der Morgen sehr gut an.

35. KAPITEL

Quantico
2. November

Baldwin hasste es, sich mit Taylor zu streiten.

Ihr am Telefon von Fitz zu erzählen war eine Katastrophe. Er hätte Sam zuerst anrufen sollen, hätte sie bitten sollen, bei Taylor zu sein. Er hörte, wie sich Risse in Taylors sonst so harter Schale bildeten, und das brach ihm das Herz. Sie war die stärkste Frau, die er kannte, und die mutigste. Und die törichteste, wenn sie in Rage geriet. Er hoffte von ganzem Herzen, dass er zu ihr durchgedrungen war, dass sie auf ihn hören und in Nashville bleiben würde. Sie hatte es zwar versprochen, aber er war nicht vollkommen überzeugt. Zu wissen, dass ihr Freund irgendwo da draußen in Gefahr war, konnte mehr sein, als sie ertrug.

Er musste diese Anhörung hinter sich bringen und zu Taylor zurückkehren, bevor sie etwas Dummes anstellte.

Er schaute auf die Uhr. In zwanzig Minuten würden sie weitermachen. Er musste die Sache irgendwie beschleunigen.

Als er vor dem Sitzungssaal ankam, wartete Reever bereits auf ihn.

„Was hat dich so lange aufgehalten? Ich dachte schon, du würdest gar nicht mehr auftauchen."

„Dann weißt du ja, wie ich mich gestern gefühlt habe, Reever."

„Touché."

„Hör mal, was glaubst du, wie lange das noch dauern wird?"

„Das kommt ganz drauf an, Doc. Wie viel hast du ihnen noch zu erzählen?"

Baldwin schaute seinen Freund an. Ja, wie viel mehr war da noch? Er könnte sich einfach selber opfern, sich in sein Schwert stürzen, ihnen jetzt gleich alles geben und weggehen. Es wäre nicht das erste Mal, dass er darüber nachdächte, das Bureau zu verlassen.

Aber mit dem Pretender irgendwo da draußen brauchte er die gesamte Stärke des FBI hinter sich. Nein, er musste weiter vorsichtig vorgehen, nichts zugeben, das nicht absolut notwendig war. Er wusste immer noch nicht, was genau sie gegen ihn in der Hand hatten, obwohl er langsam eine Ahnung bekam. Und wenn er recht hatte, steckte er in größeren Schwierigkeiten, als selbst der Disziplinarausschuss ahnte.

„Baldwin, wir müssen jetzt rein. Bist du so weit?“

„Ja.“

Sie setzten sich an ihren Tisch. Tucker betrat den Raum wie ein Richter; Baldwin wartete auf die Aufforderung „Alle erheben sich“. Stattdessen schenkte Tucker ihm ein Lächeln, was Baldwin vollkommen verstörte. Es war nicht freundlich gemeint, so viel war sicher.

Tucker stellte sicher, dass seine Speichellecker bereit waren, und schaute dann Baldwin über seine lange Nase hinweg an.

„Sie können dort fortfahren, wo Sie gestern aufgehört haben, Dr. Baldwin.“

„Gut. Bei Tagesanbruch haben wir die Durchsuchung durchgeführt. Wir hatten so sehr gehofft, Kaylie Fields lebendig zu finden.“

Northern Virginia
17. Juni 2004
Baldwin

In einem abgewetzten Bademantel über einem kurzen, blau gestreiften Pyjama kam Harold Arlen an die Tür. Er trug Hausschuhe aus Elchfell und hielt ein Glas Orangensaft in der Hand. Alles in allem sah er aus wie jeder andere Bewohner dieses Viertels, der in seiner morgendlichen Routine unterbrochen worden war.

„Was zum Teufel soll das?“, verlangte er zu wissen.

Der Detective vom Fairfax County hielt ihm die Papiere vor die Nase. „Wir haben einen Durchsuchungsbefehl für diese Räumlichkeiten. Bitte treten Sie zur Seite, Mr Arlen.“

„Durchsuchungsbefehl? Warum? Ich habe nichts getan. Worum geht es hier, verdammt noch mal?“

„In den letzten paar Wochen sind mehrere kleine Mädchen verschwunden und …“

Arlen klappte der Unterkiefer herunter. „Sie glauben, ich bin der Uhrwerk-Mörder? Sind Sie bescheuert, Mann? Das ist das Lächerlichste, was ich je gehört habe.“

Die Luft knisterte, die Spannung wuchs. Baldwin und Charlotte hielten sich im Hintergrund. Das hier war Sache der Jungs von der Fairfax-Mordkommission. Goldman war da und überwachte die Ausführung des Durchsuchungsbeschlusses durch seine Männer. Arlens

Bewährungshelfer war auch da. Als sie ins Haus drängten und Arlen einfach beiseiteschoben, packte der Bewährungshelfer ihn und hielt ihn fest. Das dämpfte sein Temperament jedoch kein bisschen – er hörte nicht auf, seiner Wut und Entrüstung Luft zu machen. Er sah Baldwin in die Augen, als wüsste er, wer hinter all dem steckte, und Baldwin spürte die unausgesprochene Drohung. Er lächelte einfach nur. Sie würden diesen Fall heute abschließen. Vielleicht, ganz vielleicht, würde die kleine Kaylie gefunden werden, bevor es zu spät war.

Ein tiefes Donnergrollen erklang in der Ferne. Baldwin konnte nicht sehr weit sehen. Sie waren zwischen den Häusern eingeschlossen, doch der Wetterbericht hatte für den heutigen Tag heftige Stürme vorhergesagt. Das fehlte ihnen gerade noch – Regen, der ihre Suche behindern würde.

Baldwin sah, dass die Gardine im Haus der Kilmeades gegenüber sich bewegte. Einige Sekunden später wurde die Haustür geöffnet. Mr Kilmeade trat auf die Terrasse. Trotz der frühen Stunde war er schon komplett angezogen. Selbst aus der Ferne war sein missbilligender Gesichtsausdruck zu erkennen. Entschlossen ging er die Treppe hinunter. Baldwin löste sich von den anderen, um ihm entgegenzugehen. Er traf ihn am Ende der Auffahrt. Kilmeade hatte sich so in Rage gebracht, dass Baldwin einen Arm ausstrecken musste, um ihn aufzuhalten.

„He, Sie können da jetzt nicht rüber."

„Was ist los? Ist Harry verhaftet worden?"

„Hier findet lediglich eine Hausdurchsuchung statt. Durch den Kontakt mit Ihrer Tochter hat Arlen gegen seine Bewährungsauflagen verstoßen. Sie müssen in diesem Fall jeder Spur nachgehen, und Arlen passt."

Kilmeade zitterte vor Wut. „Das sind doch alles nur Vorurteile. Ich habe Ihnen gesagt, Harry würde nie einem Kind was zuleide tun. Das liegt nicht in seiner Natur. Und wie können Sie es wagen, mein totes Kind für Ihren Fall zu missbrauchen? Was ist sie für Sie – nur ein Mittel zum Zweck? Sie lebt nicht mehr, um sich selber zu verteidigen, es zu erklären. Wie können Sie es nur wagen?"

„Es tut mir leid, dass Sie das so aufregt, Mr Kilmeade, aber im Moment muss ich Sie bitten, zurückzutreten und die Polizei ihre Arbeit machen zu lassen. Warum gehen wir nicht in Ihr Haus zurück und trinken einen Kaffee?"

Kilmeade schüttelte den Kopf. „Nein. Sie sind in meinem Haus nicht willkommen. Sie haben mich und meine Familie benutzt, um Ihre schäbigen Ziele zu verfolgen. Ich werde jetzt einen Anwalt anrufen. Sie haben kein Recht, hierher zu kommen und Harry vorschnell zu verurteilen, nur weil er Ihren Vorstellungen eines Mörders entspricht."

„Mr Kilmeade", setzte Baldwin an, aber der Mann riss sich von ihm los und stürmte zurück in sein Haus. Großartig. Genau, was sie jetzt brauchten. Noch mehr Anwälte.

Baldwin überquerte die Straße und wurde von Charlotte mit einem breiten Grinsen an der Tür empfangen.

„Was ist los? Habt ihr Kaylie gefunden?"

„Nein, haben wir nicht. Aber er hat Unmengen an Kinderpornos auf seinem Computer. Er war angeschaltet – wir haben ihn wohl in seiner morgendlichen Andacht unterbrochen. Es sieht auch so aus, als wenn er sie sich nicht nur anschaut, sondern damit handelt. Und er hat Fotos von allen unseren Opfern, inklusive Kaylie, und verschiedenen Mädchen, die wir noch nicht identifiziert haben."

„Dann haben wir ihn!" Baldwin musste den Drang unterdrücken, Charlotte in die Arme zu ziehen. Stattdessen drückte er ihre Hand. Das waren fantastische Neuigkeiten.

„Aber es gibt keinerlei Hinweise auf Kaylie oder darauf, wo er sie festhält?"

„Nein. Das wird hier noch eine Weile dauern. Sie haben Arlen seine Rechte vorgelesen. Goldman lässt ihn zur Befragung nach Fairfax County bringen."

„Hat er schon nach einem Anwalt gefragt?"

„Noch nicht, aber sein Bewährungshelfer dreht durch. Er behauptet, Arlen sei unschuldig und hätte mit all dem nichts zu tun."

„Sind sie das nicht alle? Also unschuldig, meine ich. Kilmeade von gegenüber ist auch total aufgebracht und hat angekündigt, für Arlen einen Anwalt zu besorgen. Bereite dich also schon mal darauf vor. Die Mordkommission kümmert sich um die Familien, richtig? Müssen wir dabei sein?"

„Nein, das schaffen die alleine. Wir können uns ganz darauf konzentrieren, Kaylie zu finden."

Baldwin nickte. „Okay. Ich will mir das Haus einmal anschauen, ein Gefühl für ihn kriegen, und ich will dabei sein, wenn sie ihn verhören.

Irgendetwas übersehen wir noch.“

„Das habe ich mir schon gedacht. Goldman hat gesagt, er fährt dich rüber, wann immer du so weit bist. Es wird sowieso ein Weilchen dauern, bis Arlen erkennungsdienstlich erfasst ist und alles. Ich bleibe hier, wenn das für dich in Ordnung ist. Ich will sehen, was sie noch alles so finden.“

„Das klingt gut. Wir sehen uns dann später in Quantico.“

36. KAPITEL

Nashville
12:00 Uhr

Die Stimmung auf dem Weg zurück zum CJC war blendend. Taylor rief Commander Huston an und erzählte ihr von den Ereignissen des Vormittags und bekam im Gegenzug ein Lob, das ihre Stimmung noch ein wenig mehr hob. Sie waren ganz nah dran.

Lincoln begrüßte sie am Eingang zur Mordkommission, sein Grinsen reichte von einem Ohr zum anderen. Sogar die Lücke zwischen seinen Vorderzähnen sah fröhlich aus. Er hatte einen Stapel Papiere in der Hand. „Hab sie", sagte er.

„Wen?", fragte Taylor und hängte ihre Lederjacke an den Haken hinter der Tür zu ihrem Büro.

„Die IP-Adresse desjenigen, der die Videos hochgeladen hat. Ich habe die IP-Adressen mit denen abgeglichen, die die Videosharing-Seiten mir gegeben haben, und habe einen Treffer hier in Nashville. Im Moment suche ich nach dem eigentlichen Ort, an dem der Film hochgeladen wurde. Er muss irgendwo im Davidson County liegen, so viel weiß ich schon. Ich warte auf Rückmeldung von BellSouth bezüglich der tatsächlichen Adresse."

„Wow, das sind ja hervorragende Neuigkeiten. Was meinst du, wie lange wird das dauern?"

„Sie müssten sich innerhalb der nächsten Stunde melden."

„Großartige Arbeit, Lincoln. Wirklich."

„Ich bin außerdem gerade dabei, einige Berichte von den Autopsien für dich zusammenzustellen. Gib mir noch fünf Minuten. Sam will, dass du heute Nachmittag bei ihr im Büro vorbeischaust, wenn es geht. Sie hat etwas, das sie dir zeigen möchte."

„Okay, verstanden. Mein Büro ist für unsere Besprechung zu klein, lasst uns in den Konferenzraum ziehen."

Sie fühlte sich gut; das übliche Hoch, wenn ein Fall kurz vor dem Durchbruch steht. Sie waren seit achtundvierzig Stunden dabei und hatten beinahe alle Puzzleteile zusammen. Und allein durch gute alte Polizeiarbeit und nicht durch Gedankenlesen und anderen Nonsens.

Ariadne betrat das Büro der Mordkommission. Der Streifenpolizist, der sie begleitete, wirkte nervös. Ein Effekt, den Ariadne auf viele

Männer zu haben schien, wie Taylor bemerkte.

Sie nickte der Frau zu, dankte dem Polizisten, der sich verstohlen die Hand an der Uniform abwischte und auf den Flur zurücktrat.

„Es tut mir leid, dass wir so spät dran sind. Kommen Sie, wir gehen in mein Büro."

„Okay", erwiderte Ariadne.

Taylor ging vor und schloss dann die Tür hinter ihnen.

„Sie sehen heute früh sehr zufrieden aus", merkte Ariadne an.

„Es ist bislang ein sehr produktiver Tag gewesen. Hören Sie, ich habe hier das, was wir ein Sixpack nennen – sechs Fotos, die Sie sich bitte einmal anschauen möchten. Sagen Sie mir, ob einer der Männer der ist, den sie an Halloween im Subversion gesehen haben, ja?"

„Sicher. Wenn ich Ihnen damit helfen kann."

Taylor legte das Blatt so auf den Schreibtisch, dass die sechs Gesichter zu Ariadne zeigten. Sechs Augenpaare schauten sie vor einem weißen Hintergrund an. Ariadne beugte sich vor, fuhr mit den Fingern über die Bilder, nahm sie ganz genau in sich auf.

Schließlich lehnte sie sich zurück. „Tut mir leid. Keines der Bilder zeigt den Jungen, den ich gesehen habe."

Taylor schüttelte leicht den Kopf. „Schauen Sie noch mal genau hin." Sie durfte die Frau nicht in eine Richtung drängen, aber Juri Edvin war der Zweite von rechts in der oberen Reihe. Wenn Ariadne wirklich die Wahrheit gesagt hatte, müsste sie ihn wiedererkennen.

„Es tut mir leid", wiederholte Ariadne. „Der Junge, über den wir gesprochen haben, ist nicht auf diesen Fotos."

Taylor spürte, wie alle Luft aus ihren Lungen wich. Sie zog das Blatt mit den Frauenfotos hervor und reichte es Ariadne.

„Wie steht es hiermit?", fragte sie.

Dieses Mal reagierte Ariadne schnell. „Das ist sie. Unten rechts. Das ist das Mädchen, das ich im Subversion gesehen habe. Diejenige, die den Jungen geohrfeigt hat."

Ein Hauch von Erleichterung breitete sich in Taylor aus. Wenigstens hatten sie jetzt eine positive Bestätigung von Susan Norwood.

„Okay. Wären Sie bereit, sich mit einem unserer Zeichner hinzusetzen, damit er ein Phantombild von dem Jungen und dem Mädchen erstellt, die sie gesehen haben?"

„Das ist nicht nötig, Lieutenant." Sie griff in ihre große Samttasche und zog eine Rolle Pergament hervor. „Ich habe für Sie schon eine

Zeichnung der beiden angefertigt."

Sie entrollte das Papier. Das steife Pergament knisterte leise. Es zeigte eine Barszene: fröhliche Gesichter, lachende und tanzende Menschen im Hintergrund. Taylor hörte förmlich die Musik, zu der sie sich bewegten. In der Mitte des Bildes standen ein Junge und ein Mädchen. Das Mädchen war groß und sehr schlank, der Junge stand kerzengerade vor ihr. Sie sahen aus, als trügen sie Masken.

„Sie sind eine hervorragende Künstlerin", sagte Taylor. „Sind das die beiden, von denen Sie gesprochen haben?"

Ariadne nickte.

„Es gibt nur ein Problem. Mit all dem Make-up wird es schwer, sie zu identifizieren."

„Ich habe mir erlaubt, auch das auszuprobieren." Ariadne schob den Bogen zur Seite und enthüllte eine weitere Zeichnung. Sie fing die gleiche Szene ein, doch dieses Mal war keiner der Jugendlichen hinter Make-up verborgen.

„Ah", sagte Taylor. „Damit können wir arbeiten, wenn sie das sind."

„Ja, das sind sie. Das kleine Mädchen von dem Foto hat den Jungen geohrfeigt, dann sind sie hinter ihr hergelaufen. Es tut mir leid, das ist das Beste, was ich unter den Umständen hinbekommen habe."

Taylor war froh, dass sie Ariadne letzte Nacht unter Obhut eines Streifenpolizisten nach Hause geschickt hatten, um sicherzugehen, dass sie nicht abhauen würde. Sie stellte sich vor, dass es keine sonderlich lustige Nacht für die Frau gewesen war. Doch ihre Zeichnungen waren mindestens genauso gut, wenn nicht sogar besser als alles, was ihre Zeichner hier im Revier hätten anfertigen können, so viel stand fest. Taylor schaute sich die Bilder noch einmal in Ruhe an.

„Sind Sie damit einverstanden, dass ich die Zeichnungen mitnehme? Ich muss schauen, ob irgendjemand diese Kinder erkennt und identifizieren kann. Was haben Sie jetzt vor?"

„Beten. Ich habe vor, die Göttin um Erfolg zu bitten."

Taylor starrte noch ein paar Minuten auf die Bilder, dann schaute sie Ariadne direkt in die Augen. Sie wog ihre Worte sorgfältig ab.

„Mein Detective meint, ich könne Ihnen vertrauen."

„Er ist ein sehr kluger Mann."

„Dann sagen Sie mir die Wahrheit. Glauben Sie wirklich an all das?"

Ariadne zuckte nicht mal mit der Wimper. Aber ihre Pupillen weiteten sich ein wenig. „Ja, das tue ich, Lieutenant. Von ganzem Herzen. Denn all das ist, was ich bin. Ich weiß, für Sie ist das schwer zu verstehen – Sie sind ein Mensch, der sehr in Schwarz und Weiß denkt. Was überhaupt nicht verkehrt ist, gar nicht. Ich stelle mir vor, in Ihrem Beruf ist es vermutlich sogar von Vorteil. Aber ich … ich sehe alle Farben des Universums und noch mehr. Ich finde den Weg zwischen den Markierungen und mache mich auf. Was in den letzten zwei Tagen passiert ist, ist böse. Es ist schlimm. Es ist falsch. Keine wahre Hexe würde je bewusst versuchen, solche Macht über andere auszuüben. Psychovampire schon. Aber Wicca ist der Weg des Lichts, des Guten. Es war keiner von uns, das kann ich Ihnen versprechen."

Taylor musste zugeben, dass Ariadne zumindest teilweise richtiglag. Sie sah die Welt in Schwarz und Weiß. Nur so fand sie nachts überhaupt Schlaf.

„Okay", sagte sie schließlich. „Das kann ich respektieren."

„Gut. Dann können wir Freunde sein." Ariadne streckte ihre Hand aus und Taylor schüttelte sie.

„Sie tragen eine Riesenlast auf Ihren Schultern, Lieutenant. Darf ich Sie Ihnen ein wenig erleichtern?"

„Was meinen Sie?"

Ariadne deutete erst auf die Rosen, dann auf Taylor. „Hinter Ihren Augen braut sich ein Sturm zusammen. Sie leiden, versuchen, eine wichtige Entscheidung zu treffen. Auf der einen Seite liegt Ihr wahrer Weg. Der andere führt zu Schmerzen und Leid. Sie werden den richtigen Weg wählen, und Sie wissen bereits, welcher das ist. Aber es muss ein Opfer gebracht werden. Nutzen Sie Ihre Stärken, um Ihren Weg zu erspüren."

Fitz? Oder Memphis? Von wem sprach die Hexe? Und wieso fing sie auf einmal an, weiszusagen?

„Mein Weg. Was wissen Sie von meinem Weg? Von meinen Verpflichtungen? Von den Leuten, die mir am Herzen liegen und denen ich am Herzen liege?"

Ariadne schaute sie mit Mitgefühl in den Augen an. „Es steht alles in Ihrem Gesicht und in Ihrer Aura, Lieutenant. Und vielleicht habe ich aus reiner Neugier letzte Nacht die Tarotkarten gelegt. Wenn Sie mir Ihre Hand geben, kann ich Sie leiten. Der Schlüssel zum Okkulten ist, das anzuwenden, was für einen selber funktioniert. Sie müssen Ihre eigenen Wahrheiten finden."

„Ariadne, jetzt wird es albern. Tarotkarten und Handlesen? Ich bitte Sie."

Sie lächelte verschmitzt. „Sind Sie denn kein bisschen neugierig, Lieutenant? Nicht ein winziges bisschen?"

„Nein, bin ich nicht. Ich habe keinerlei Interesse, zu erfahren, was die Zukunft bringt."

Ein Bild von Fitz schoss ihr durch den Kopf; blutend, verletzt. Sie musste die Augen schließen und schluckte schwer.

„Ich kann Ihnen sagen, was mit ihm geschehen wird, wenn Sie es wissen wollen", sagte Ariadne leise.

Taylor öffnete die Augen und schaute in das tiefe Blau der Seele der Hexe. Ja, sie könnte vermutlich eine Schätzung abgeben. Immerhin standen die Chancen 50:50, dass sie richtigliegen würde. Fitz hatte nur zwei Möglichkeiten – entweder er überlebte oder er starb. Taylor wusste nicht, ob sie über die letzte Möglichkeit weiter nachdenken wollte.

Ariadne rührte sich nicht. Sie schien nicht einmal zu atmen. Sie standen einfach da, sahen sich in die Augen, bis Taylor als Erste wegschaute.

„Er wird leben", sagte Taylor entschlossen. Dann rauschte sie aus ihrem Büro und ließ die Hexe allein zurück.

Oh Gott, ich hoffe nur, dass ich recht behalte.

37. KAPITEL

Northern Virginia
17. Juni 2004
Charlotte

Charlotte sah Baldwin hinterher, als er mit den Männern vom Fairfax County wegfuhr. Dann machte sie sich auf ihre eigene Runde durch das Haus von Harold Arlen. Der ganze Vorfall verstörte sie zutiefst. Arlen hatte aufrichtig gewirkt, als er behauptete, nicht schuldig zu sein, und dass jemand die Fotos ohne sein Wissen auf seinen Rechner gespielt hatte. Er hatte zugegeben, ab und zu Pornos zu schauen, aber nur zu schauen. Mein Gott, er konnte doch nichts mehr tun, dafür sorgten die Spritzen. Wo blieb also der Spaß an der Sache? Er konnte nicht erklären, wie die Fotos der toten Mädchen auf seinen Computer gekommen waren. Zu dem Zeitpunkt, als sie ihn abführten, war er den Tränen nahe.

Sie hörte den Sturm näherkommen, den Donner grollen. In den Bewegungen aller lag eine gewisse Dringlichkeit; Beweise durch Wind und Regen zu schleppen war das Letzte, was sie tun wollten. Sie hörte die gedämpften Rufe der Leute, die versuchten, einen Schutz zwischen den Vans der Spurensicherung und der Haustür aufzubauen. Arlen war auf dem Weg zum Revier – einen Moment lang hatte sie das Gefühl, praktisch allein mit den Gedanken des Mannes zu sein.

Sie nahm sich viel Zeit, um sein Schlafzimmer anzuschauen. Er war sehr organisiert, methodisch. Die Hemden im Schrank waren nach Farben sortiert – er hatte nur weiße und blaue langärmlige Button-down-Hemden. Es gab vier Paar Chinos und einen leeren Bügel, darunter drei Paar braune Slipper. Sein Bademantel hing an einem Haken an der Innenseite der Badezimmertür. Sein Spiegelschrank beinhaltete alles, was wichtig war – Rasierschaum, Aspirin von Kirkland. Er kaufte offensichtlich bei Costco ein. Die Dusche war sehr sauber, was Charlotte nicht weiter überraschte. Dieses Haus war ein Spiegelbild seines Verhaltens – kontrolliert und kontrollierend. Alles an seinem Platz. Ein weiterer Punkt auf dem Profil, den sie abhaken konnte.

Charlotte ließ sich durchs Haus treiben, schaute sich alles genau an. Die unnatürliche Ordnung zeigte sich in jedem Zimmer. Hier Beweise zu finden würde schwierig werden. Er war sehr sorgfältig. Aber sie brauchten physische Beweise, um Arlen mit dem Uhrwerk-Mörder in Verbindung zu bringen. Irgendwo in diesem Haus gab es ein Messer mit einer fünfundzwanzig Zentimeter langen Klinge und Fesseln und einen Baseballschläger oder eine Eisenstange, mit der den Mädchen die Beine gebrochen worden waren. Der Rechtsmediziner war sich ziemlich sicher gewesen, dass die Mädchen gelegen hatten, als man ihnen die Beine brach, und dass ein abgerundetes Instrument für die glatten Brüche von Schien- und Wadenbein verantwortlich war.

Wo also hatte er es getan? Auf dem Bett? Auf dem Boden? Auf einem Tisch? Charlotte versuchte in Arlens Kopf zu kriechen. Was würde sie tun, wenn sie ein junges Mädchen fesseln müsste?

Sie schloss die Augen und ließ sich vom Grauen überwältigen.

Sie würde es irgendwo hinbringen, wo es Angst hätte. Ins Dunkel. Weg von jeglichem Licht. Mit ekligen Krabbeltieren wie Ratten und Spinnen und kalter, dunkler, abgestandener Luft, die einem verriet, dass man unterhalb der Erde war.

Eine ungebetene Erinnerung erhob sich. Ihr Vater – an seinen guten Tagen ein fürchterlicher Tyrann –, der sie als Strafe für irgendein vermeintliches Vergehen in den Weinkeller seines Hauses einsperrte.

Ein Schauer überlief sie. Dann machte sie sich auf die Suche nach Arlens Keller.

38. KAPITEL

Nashville
12:30 Uhr

Der Konferenzraum war genauso vorbereitet, wie Taylor es am liebsten hatte – vor Informationen überquellende Whiteboards, die Fotos der Opfer in der obersten Reihe, damit sie alle Teile der Viktimologie ausfüllen konnten. Eine zweite Tafel war den Informationen über den oder die Mörder vorbehalten. Taylor ging darauf zu, entrollte Ariadnes Zeichnung und heftete sie daran.

„Wer ist das?", wollte Marcus wissen.

„Das ist eine Zeichnung, die Ariadne von den Teenies gemacht hat, die sie an Halloween verfolgt hat. Ihre Sicht auf die Mörder. Mit und ohne Make-up. Sie hat Thorn nicht identifizieren können, aber sie hat Susan Norwood bei der Fotogegenüberstellung erkannt. Sie ist in die Morde und die Drogen verwickelt."

„Ich kümmere mich darum." Marcus eilte aus dem Raum.

Lincoln tippte auf seinem Laptop. Er stieß einen langen, leisen Pfiff aus, dann stand er auf und schaute sich die Zeichnungen genau an. Wieder zurück an seinem Laptop tippte er irgendetwas ein. „Ich hab hier was, LT, das du dir mal ansehen solltest."

Taylor ging zu ihm und schaute über seine breite Schulter auf den Monitor. Er war auf einer Videosharing-Seite.

„Bitte sag mir, dass das nicht schon wieder der Film ist", bat sie.

„Nein. Der hier kommt von einer Adresse, die Teil der Geist-IP war. Ein weiteres Upload vom gleichen Ort."

Er drückte Play.

Ein grauenhafter Krach ertönte aus den Lautsprechern, irgendwelche mit einer Melodie unterlegten dröhnenden Industriegeräusche. Ein tiefer Schrei, dessen Worte kaum zu verstehen waren. Ein Untertitel wurde eingeblendet. *Anleitung für ein Gothic Make-up*. Der Bildschirm wurde eine Sekunde schwarz, dann erschien das Gesicht eines Mädchens. Es war hübsch. Hohe Wangenknochen und große Augen, die sehr, sehr grün waren. Taylor erkannte sofort, dass es sich um gefärbte Kontaktlinsen handelte. Baldwin hatte natürlich grüne Augen, die genauso hell strahlten, aber viel schöner waren. Das Video lief nun mit doppelter Geschwindigkeit, während das Mädchen sein Gesicht mit perlmuttfarbener Grundierung schminkte, Rouge auflegte, die Augenbrauen nachzeichnete und sich dann an ihre Augen machte.

Die schwarzen Ringe wuchsen und wuchsen, jeder mit sicherer Hand aufgemalt. Sie baute den Lidschatten in mehreren Schichten auf, jede ließ die Augen tiefer und größer wirken. Eine Lage Mascara nach der nächsten sorgte dafür, dass das Grün wie ein Smaragd erstrahlte und den Rest ihres Gesichts verschwinden ließ. Sie widmete sich ihrem Mund, umrahmte ihn mit schwarzem Lipliner und malte die Lippen dann mit einem Pinsel aus. Über den Amorbogen zog sie einen weißen Strich, dann kehrte sie zu ihren Augen zurück und fügte lange, sich über ihre Wangen windende schwarze Ranken hinzu.

„Fertig!“ verkündete der Untertitel, dann folgte eine kleine Vorher-Nachher-Einblendung. Das Mädchen lächelte und ihre Zähne hoben sich weiß von dem schwarzen Hintergrund ab. Die spitzen Reißzähne ließen Taylor an die aufgerissenen Münder in Barent Johnsons Schlafzimmer denken. Dann war das Video zu Ende und das grelle Geräusch verstummte.

„Was hältst du davon?“, fragte Lincoln.

Taylor schenkte ihm ein Lächeln und ging dann zum Whiteboard, um Ariadnes Zeichnung zu holen.

„Das ist sie, oder?“, fragte sie.

Lincoln nickte. „Ich glaube auch. Es sieht ihr zumindest verdammt ähnlich.“

„Bitte sag mir, dass es einen Namen zu dem Video gibt.“

„Den gibt es. Der Abspann sagt ‚in der Hauptrolle die Hohepriesterin Fane als sie selbst‘.“

„Fane. Fane. Wieso kommt mir der Name so bekannt vor?“, überlegte McKenzie laut.

Taylor trat an den Konferenztisch und nahm die Mappe, die sie von den Lehrern der Hillsboro High School erhalten hatte, und hielt sie triumphierend in die Höhe.

„Sie steht hier drin. Auf der Liste der Gothic-Kids von der Hillsboro.“

Taylor schlug die Mappe auf und überflog die Namen, bis sie fand, wonach sie suchte. Sie las laut vor: „Hier steht es. Fane Atilio. Im letzten Jahr. Hängt mit den Gothic-Kids ab. Einserschülerin. Hervorragend in Englisch und Geschichte.“

„Hat sie einen Freund?“

„Das steht hier nicht. Die Informationen über sie sind recht spärlich. Sieht so aus, als hielte sie sich sehr bedeckt. Sie hat nie Schwierigkeiten gehabt, ist nie abgemahnt worden."

„Gibt es eine Adresse?"

„Ja, gibt es. Lust auf einen kleinen Ausflug? Ich fordere vorsichtshalber ein paar zusätzliche Streifenwagen an. Vielleicht haben wir ja Glück."

„Darauf kannst du wetten."

39. KAPITEL

„Ich habe etwas für dich geschrieben, meine Liebe."

Raven lag auf Fanes Bett, der Kopf hing über die Bettkante, und beobachtete sie, wie sie ein Buch über alte Runen las. Sie schaute auf, legte das Buch zur Seite und krabbelte quer durch den Raum zu ihm, wobei sie ihrer Strumpfhose weitere Laufmaschen zufügte. Als sie ihn erreicht hatte, ließ sie ihre Zunge in seinen Mund gleiten, saugte an seiner Oberlippe und setzte sich dann auf.

„Hast du? Was ist es? Ein Zauberspruch?"

„Auf gewisse Art schon. Denn du besitzt unendliche Schönheit und meine immerwährende Liebe. Sag es drei Mal bei Vollmond und deine geheimsten Wünsche werden wahr."

„Mach dich nicht lustig, Raven. Du bist mein geheimster Wunsch, mein Liebster. Nur du. Darf ich es sehen?"

Er reichte ihr den Zettel. Sie kuschelte sich an seine Seite, und er beobachtete, wie ihre Lippen sich leicht bewegten, während sie seine Worte las.

„Ode an Antigone
Schwarz brodelt es unter zartem rosa Fleisch
Geschmolzene Emotionen verschlingen rationale Gedanken
Aas greift das kindliche Band der Lust an,
Das ungeschützt, makellos in
Ödipalem Übermut liegt, gebrochen von Gier,
Verdammt zu einer unendlichen äußeren Hölle,
Für die unbekannten Sünden eines anderen.
Die Rettung durch eine blutende Hand
Greift durch die irdischen Bindungen,
um das Leben nach dem Tod zu erleben.
Hades, Kreon, Zeus seien verdammt,
Nur Antigone wird dorthin getragen,
Wo eine seidene Schärpe unvorhergesehene Kräfte hat;
Haemons Liebe kann das bräutliche Grab
Nur Schicht um Schicht durchdringen,
Wenn gehämmertes Metall durch eine Rippe stößt
Und das Leben auf den modrigen grauen Boden sickert.
Für immer in tödlicher Ehe verbunden,

Zwei Geister, die sterbliche Gedanken überschreiten,
Sich der Legende nach zur Unsterblichkeit hingezogen fühlen,
Weiter und tiefer bindet sich die blutlose
Reinheit mit der blutigen Leidenschaft.“

Fane umarmte ihn und wischte sich die Tränen von den Wangen. „Oh, Raven. Das ist wunderschön. Du hast es extra für mich geschrieben?“

„Ja. Ich wollte, dass du etwas Besonderes hast. Etwas nur für dich. Jetzt wo Ember und Thorn ... weg sind, wollte ich dir meine Seele schenken.“

Sie ließ sich wieder zu seinen Füßen auf dem Boden nieder und streichelte seine Wade. „Ich nehme deine Seele – und sie sollen verdammt sein. Wie konnten sie es nur wagen, einfach davonzulaufen? Nein, ich kann nicht glauben, dass sie uns verraten. Dahinter muss etwas anderes stecken. Embers Eltern könnten ihr das Handy weggenommen haben, und du weißt, dass Thorn immer irgendwo in ihrer Nähe ist.“

Er glitt ebenfalls auf den Fußboden und legte seinen Arm um ihre dünnen Schultern. Er liebte es, die Knochen unter ihrer Haut zu fühlen, so nah an der Oberfläche, dass er sie beinahe sehen konnte.

„Ich weiß das, Liebste. Ich muss einfach glauben, dass sie gegen ihren Willen festgehalten werden. Der Zauber, den wir letzte Nacht gewirkt haben, war so stark. Das Einzige, was sie von uns fernhalten könnte, ist, dass man sie irgendwo festhält. Ich sollte wirklich einmal nachschauen gehen – vielleicht finde ich heraus, was passiert ist. Es ist definitiv zu still dort draußen.“

„Wo willst du hingehen?“

„Zurück zu meinem Haus. Ich kann in den Spiegel sehen, schauen, ob ich sie irgendwo finde.“ Er stand auf und sie rappelte sich auf die Füße.

„Ich komme mit dir“, sagte sie.

„Nein. Das muss ich alleine tun. Du weißt, ich brauche meine ganze Konzentration, um wahrzusagen, und du wärst eine zu große Ablenkung. Eine sehr schöne Ablenkung, aber dennoch.“

Er gab ihr einen innigen Kuss und ließ seine Hände über ihren Körper wandern. Als sie ihre Arme um seinen Hals schlang und ihn an sich zog, verspürte er das unglaubliche High, das keine Droge ihm jemals verschaffen könnte. Sie fuhr mit ihrer Hand in seine Hose und brachte ihn sofort in Erregung. Ihre Zunge glitt über sein Schlüsselbein und dann immer weiter an seinem Körper nach unten.

Er stieg aus der Hose und führte ihren Mund zu seinem Schwanz. Er genoss den warmen Schmerz, der sich in seinen Eiern aufbaute, als sie an ihm lutschte. Als er sich dem Höhepunkt näherte, griff er nach unten und zog sie zu sich hinauf. Er küsste sie. Er liebte es, sich auf ihren Lippen zu schmecken. Ohne den Kuss zu unterbrechen, schob er ihren Rock hoch. Sie trug seine Strumpfhalter und das Höschen mit den silbernen und schwarzen Streifen. Es war im Schritt offen und sie war feucht, bereit. Er hob sie von den Füßen und legte sie aufs Bett, stieß mit einem einzigen Stoß in sie hinein, hielt sie mit den Händen am Hintern fest, um so tief wie möglich in sie einzudringen. Sie zuckten zusammen, wurden eins, kamen schnell dem Höhepunkt näher. Keine Zaubersprüche, keine Zaubertränke, nur ihre Liebe, die zwischen ihnen explodierte.

Er kam wieder zu sich und fürchtete, Fane zu zerquetschen, obwohl sie sich nicht beschwerte. Er setzte sich auf, streichelte sie und lächelte dann.

„Ich bin in einer Stunde zurück", sagte er.

40. KAPITEL

Northern Virginia
17. Juni 2004
Baldwin

Baldwin beobachtete Harold Arlen durch den Einwegspiegel. Goldman ging ihn hart an. Arlen saß einfach nur da, schüttelte den Kopf und wiederholte immer wieder: „Ich war es nicht. Ich habe das nicht getan."

Baldwin suchte nach nonverbalen Hinweisen, nach der Lüge. Nach der Spur, die Arlen für sich selbst hinterlassen hatte, den gewundenen, schmalen Pfad zurück in die Wirklichkeit. Zurück zu dem gemarterten Körper eines weiteren kleinen Mädchens.

Die Anzeichen waren alle da. Es waren nicht die offensichtlichen Hinweise, die er normalerweise sah, wenn er Kindesmörder befragte; die gierigen Gesichter, das Aufplustern, das Kichern. Die toten Augen, die nur lebendig wurden, wenn Bilder vom Tatort auf den Tisch kamen. Nein, Arlen war wesentlich subtiler. Es war beinahe nicht sichtbar, meisterhaft unter der Oberfläche verborgen.

Arlens Leugnen war wie ein Sperrfeuer, er wurde immer wütender, je länger er im Befragungsraum war. Baldwin war vollkommen schockiert, dass er noch nicht nach einem Anwalt gefragt hatte. Irgendetwas stimmte da nicht.

Immer noch wurde ein junges Mädchen vermisst. In Arlens Haus waren keine Hinweise auf ihren Aufenthalt gefunden worden. Keine Spur, wo sie sein könnte. Wenn er sich an das Muster gehalten hatte, war sie bereits tot, obwohl sie das den Eltern noch nicht erzählt hatten. Baldwin fand es grausam, sie hoffen zu lassen, wenn das ganze Team wusste, dass es keine Hoffnung gab, aber das lag nicht in seiner Verantwortung. Das hier war nicht seine Ermittlung – er und sein Team dienten nur zur Unterstützung.

In der Zwischenzeit durchsuchte Sparrow Grundbucheinträge und Steuerbescheide, nach irgendetwas, das Arlen oder jemandem, der ihm nahestand, zugeordnet werden konnte. Bisher hatte sie nichts gefunden. Butler ging es genauso – er hatte innerhalb eines dreihundert Meilen umfassenden Radius nicht einen Fall gefunden, der zu den vorliegenden passte. Geroux kümmerte sich weiter um die anderen möglichen Verdächtigen, aber sie fielen einer nach dem anderen weg. Arlen war ihre letzte reale Hoffnung, dem allen ein Ende zu setzen.

Baldwin war darin ausgebildet, sich in die Gedanken eines Mörders zu versetzen, anhand der vorherigen Morde gewisse Annahmen zu treffen. Arlen war so porentief rein, dass sich langsam ein neuer Gedanke in ihm aufbaute.

Könnte es zwei von ihnen geben?

Eine Bewegung erregte Baldwins Aufmerksamkeit und verscheuchte das Bild eines Teams von seinem inneren Auge. Er beobachtete Arlens Hände. Er rieb immer wieder mit dem Daumen über seinen Zeigefinger. Baldwin beugte sich näher zum Lautsprecher, um besser hören zu können. Goldman befragte ihn gerade nach Kaylie Fields. Arlens Körper war stocksteif, bis auf diese kleine Bewegung. Es war beinahe, als liebkoste er ... Baldwin erkannte, dass Arlen mental masturbierte. Er nutzte die Beschreibung des vermissten Mädchens für seine ekelhaften Fantasien. Nachdem er körperlich nicht mehr in der Lage zu sexuellen Reaktionen war, benutzte er nun Gesten als Ersatz.

„Wir haben genau nichts, Sir." Die Stimme ließ Baldwin zusammenzucken.

Er schenkte Butler ein schiefes Grinsen. „Du hast mich erschreckt."

„Tut mir leid, Boss. Nächstes Mal warne ich dich vor."

Butler war klein, gerade mal eins siebzig, dünn und drahtig. Er hatte einen leichten britischen Akzent, Überbleibsel der zwei Jahre, die er als Kind in England verbracht hatte. Er passte vom Aussehen her überhaupt nicht zum FBI – die sandblonden Haare waren ein wenig zu lang, in der linken Ohrmuschel hatte er ein Piercing, er trug Jeans anstelle eines Anzugs. Baldwin war es egal, wie er aussah – der Mann war ein forensisches Genie.

„Was wolltest du sagen?"

„Die Spurensicherung von Fairfax County hat nichts. Kein einziges Haar, keine winzige Faser, kein Fitzelchen Mitochondrien. Nichts. Das Haus war komplett sauber. Es gibt keinerlei Beweise, die die Theorie unterstützen, dass auch nur eines der Mädchen dort gefangen gehalten worden ist. Nun ist gerade der Strom in dem Viertel ausgefallen, sodass wir die Durchsuchung beenden mussten. Der Sturm ist ziemlich heftig. Bislang über drei Zentimeter Regen."

Ja, er hatte gehört, dass der Wind die Bäume gegen die Mauern geschlagen hatte, hatte den sintflutartigen Regen gesehen. Doch er hatte nur an Kaylie denken können, die alleine irgendwo in diesem grausamen Sturm war. Baldwin wandte sich wieder dem Fenster zu. Er hatte den letzten Wortwechsel verpasst. Goldman war rot vor Wut. Arlen grinste leicht. Oh nein. Was war da gerade passiert?

Goldman stürmte aus dem Befragungsraum.

„Der verfickte Schwachkopf hat nach seinem Anwalt gefragt."

„Jetzt?", fragte Baldwin. „Er ist seit Stunden da drin. Wieso erst jetzt? Was haben Sie ihn als Letztes gefragt?"

„Ich habe nach Evie Kilmeade gefragt. Er hat zugemacht wie eine Auster, mir nur dieses gruselige Lächeln gezeigt und nach einem Anwalt verlangt."

Baldwin warf einen Blick durch den Einwegspiegel. Arlen hatte seinen Fingersex wieder aufgenommen, die Augen geschlossen, ein leichtes Lächeln auf den Lippen. Warum jetzt? Nachdem er seit Stunden befragt worden war, nach all den Spielen, dem Leugnen, warum sorgte der Name Evie Kilmeade dafür, dass er dichtmachte?

Weil er mit ihnen spielte. Und darin war er verdammt gut.

41. KAPITEL

Nashville
14:30 Uhr

Taylor und McKenzie fuhren bei Fane Atilios Adresse vor. Bob Parks war direkt hinter ihnen und ein weiterer Streifenwagen auf dem Weg. Taylor erwartete nicht, bei einem fünfzehnjährigen Mädchen auf große Probleme zu stoßen, aber falls ihr Freund hier war … Sie fragte sich, worauf sie eigentlich gerade vertraute. Auf Ariadnes Eindruck eines Teenagerpärchens in einem Club oder auf ihr eigenes Bauchgefühl, das ihr sagte, da würde noch mehr kommen?

Bisher fielen alle Jugendlichen, mit denen sie in diesem Fall gesprochen hatte, in die beliebte Kategorie der guten Schüler, der Athleten, der Erfolgreichen. Sie hatten höfliche Umgangsformen, man kam mit ihnen gut aus und sie kooperierten freiwillig. Vermutlich logen sie, dass sich die Balken bogen, um ihren eigenen Arsch zu retten, aber wenigstens benahmen sie sich dabei respektvoll. Die schlechten Samen machten ihrem Ruf ebenfalls alle Ehre – Juri und Susan waren unhöfliche, schlecht erzogene Blagen.

Die große Ausnahme von allen war Theo Howell. Der smarte Junge, der die Drogen eingesammelt hatte, um seine Freunde zu beschützen. Er würde heute gegen Mittag ins Büro kommen. McKenzie hatte ihr erzählt, dass Theos Eltern von ihrer Reise zurückgekehrt waren und ihren Sohn begleiten würden. Sie fragte sich, was er verbarg. Den normalen Selbstschutz einmal beiseitegelassen, war er ein wenig zu zuvorkommend gewesen. War er wirklich der gute Junge, als der er sich dargestellt hatte, oder gab es da eine dunkle Seite, eine unterdrückte Wahrheit, die nur darauf wartete, ans Licht zu kommen?

Sie schob die Gedanken beiseite. Das Haus der Atilios sah verlassen aus. Es war zweistöckig aus gelbbraunen Ziegeln mit himmelblauen Fensterläden – eine fürchterliche Kombination. Taylor stieg aus dem Wagen und schaute zu den Fenstern hoch. War es das jetzt? Würde dieses Mädchen der Schlüssel sein?

Sie ging die fünf Stufen zur Haustür hinauf. Sie klingelte und trat dann einen Schritt zur Seite. Auf ihr Signal hin nahmen McKenzie und Parks ihre Positionen links und rechts von ihr ein.

Sie hörte Schritte und berührte kurz ihre Glock, löste die Sicherung vom Holster, damit sie die Waffe schnell ziehen könnte, wenn es nötig würde. Die Tür schwang auf. Eine sinnliche Stimme sagte: „Warum benutzt du nicht deinen Schlüssel, Dummerchen?“

Taylor trat in den Sichtbereich der Tür. Ein junges Mädchen stand da, derangiert, die Haare zerzaust und nur mit einer Korsage und einem Rock bekleidet. Langes schwarzes Haar. Grüne Augen. Ihr Mädchen.

„Wer sind Sie?“, fragte sie mit solchem Entsetzen in der Stimme, dass Taylor beinahe laut aufgelacht hätte. Sie biss sich auf die Lippe und fragte: „Fane Atilio?“

Das Mädchen richtete sich auf – sie war genauso groß wie Taylor.

„Wer will das wissen?“

„Lieutenant Jackson, Mordkommission. Ich …“

Sie konnte den Satz nicht zu Ende bringen. Mit panischer Miene versuchte das Mädchen, die Tür zuzuschlagen.

Taylor schaffte es gerade noch rechtzeitig, ihren Stiefel in den Türspalt zu schieben. Doch dafür bezahlte sie einen hohen Preis. An dem blauen Fleck auf ihrem Spann würde sie sicher noch Wochen Freude haben.

„Aua!“, rief sie und drückte die Tür mit der Schulter auf. „Hör auf damit, Fane.“

Wenig überraschend hörte das Mädchen nicht auf sie. Mit anmutigen Schritten ihrer langen Beine rannte sie die Treppe hoch. Taylor setzte ihr hinterher und hörte, wie eine Tür zugeschlagen wurde.

„Komm aus deinem Zimmer, Fane. Sofort. Schließ die Tür auf“, befahl Taylor.

Es war kein Geräusch zu hören. Parks und McKenzie hatten zu Taylor aufgeschlossen. Parks flüsterte: „Wir sind bereit.“

Taylor nickte. „Fane, wenn du die Tür nicht freiwillig aufmachst, muss ich es mit Gewalt tun. Du hast drei Sekunden. Drei, zwei, eins.“

Nichts. Taylor machte einen Schritt zurück und trat die Tür auf. Sie schwang nach innen und knallte so heftig gegen die Wand, dass sie beinahe wieder zugeschwungen wäre. Taylor hielt sie mit ihrer linken Hand auf und zeigte mit der Glock in das Zimmer.

Fane Atilio versuchte aus dem Fenster zu klettern. Ein Bein hatte sie bereits über dem Sims, mit einer Hand hielt sie sich an dem Baum fest, der vor dem Fenster stand. Taylor steckte ihre Waffe weg, durchquerte den Raum mit drei großen Schritten und packte das

Mädchen am Handgelenk.

„Hör auf. Komm wieder rein." Sie zog das Mädchen förmlich vom Fenster weg. Obwohl Fane sehr dünn war, war sie dank ihrer Größe trotzdem schwer. Sie sackte auf dem Fußboden zusammen und weigerte sich, hochzuschauen. Ein tiefes, klagendes Stöhnen schlüpfte über ihre Lippen. Taylor stieß sie mit der Spitze ihres Stiefels an.

„Zieh dir was an. Wir müssen reden."

„Ich habe Ihnen nichts zu sagen." Fane schenkte Taylor einen hochmütigen Blick aus ihren geschminkten Augen.

„Ach, wirklich? Das werden wir noch sehen, kleines Mädchen. Denn ich denke, du hast mir mehr zu sagen, als du dir vorstellen kannst."

42. KAPITEL

Taylor nahm das widerspenstige Mädchen mit zum Criminal Justice Center, las ihm seine Rechte vor, machte ein paar Polaroids von ihr und steckte sie in ein Befragungszimmer. Ariadne hatte Fane aus der neuen Fotogegenüberstellung sofort erkannt.

Taylor versuchte, das Gute an der Geschichte zu sehen. Sie hatten zwei Mädchen, die eindeutig identifiziert worden waren, einen Drogendealer, dem ein Stück seiner Wade fehlte, und vielleicht das Genie, das hinter dem Ganzen steckte. Die Sondereinheit hatte bestätigt, dass Barent Johnson Methamphetamin und Ecstasy herstellte, womit die Herkunft der Drogen schon einmal gesichert war. Wie das alles jedoch zusammenpasste – daran arbeitete Taylor noch.

Ariadne beharrte darauf, dass Juri Edvin nicht der Junge war, den sie im Subversion gesehen hatte. Ihre Zeichnung von Fane Atilio stimmte haargenau, sowohl mit als auch ohne Make-up. Also vielleicht hatte sie recht, was diesen mysteriösen Vierten anging.

Fane Atilio hingegen war nicht kooperativ. Der Tag näherte sich dem Ende, die Dunkelheit setzte bald ein. Taylor hatte Hunger und war frustriert.

Sie atmete tief durch und probierte es noch einmal.

„Fane. Wo sind deine Eltern?"

Nichts.

„Fane, wo warst du an Halloween?"

Leere, seelenlose Blicke, die niemals Taylors Augen berührten. Nichts.

„Fane, wie heißt dein Freund?"

Auf diese Weise machten sie gute dreißig Minuten weiter, bevor Taylor endgültig die Nase voll hatte, aufstand und den Raum verließ.

McKenzie saß im Beobachtungsraum und schaute zu.

„Sture Göre", sagte Taylor.

„Stimmt. Aber sie ist auch eine wahre Gläubige. Willst du, dass ich mal mit ihr spreche?"

„Klar, warum nicht. Ich bekomme aus ihr nichts raus. Sie ist mir irgendwie unheimlich. Woher haben diese Mädchen nur diese Haltung?"

„Hattest du die nicht, als du fünfzehn warst?"

„Nur auf gute Art, aber nicht so." Sie errötete. Er hatte recht, sie war genauso übellaunig und unkooperativ gewesen, als sie mit dreizehn wegen unerlaubten Alkoholkonsums festgenommen worden war. Sie hatte damals gar nicht getrunken, das waren ihre Freunde, mit denen sie sich herumtrieb. Der Streifenpolizist, der ihre Freunde festnahm, hatte ihr geglaubt. Dieser Polizist war Fitz gewesen, und er hatte sie mit einer Warnung gehen lassen. Er hatte sie mit Respekt behandelt, hatte ihr wirklich zugehört, als sie behauptete, nichts damit zu tun zu haben. Seine faire Art hatte sie beeindruckt und zum Nachdenken gebracht. Kurz danach war sie nahezu besessen davon gewesen, Polizistin zu werden, fair und gerecht zu sein. Sie hatte so etwas noch nie zuvor erlebt und es hatte ihr gefallen.

„Alles okay?", fragte McKenzie.

Sie riss sich von der Vergangenheit los und zwang sich, das Bild von Fitz' Auge, das auf einem Tisch in North Carolina lag, aus ihren Gedanken zu verbannen.

„Ja, alles okay."

Er schaute sie von der Seite an, doch sie beschäftigte sich so lange mit ihrem Pferdeschwanz, bis McKenzie schließlich sagte: „Lincoln hat einen Durchsuchungsbefehl für Fanes Handy und Laptop. Er ist gerade dabei, ihn durchzuführen. Ariadne hat sie identifiziert, oder? Das sollte für den Anfang reichen."

„Ja. Obwohl ich dir gar nicht sagen kann, wie sehr ich mich darauf freue, mit dieser Zeugenaussage zur stellvertretenden Staatsanwältin zu gehen."

„LT, sie ist glaubwürdig, egal, woran sie selber glaubt. Da wirst du keine Probleme kriegen. Ich habe gerade Theo Howell und ein Paar gesehen, von dem ich denke, dass es sich um seine Eltern handelt. Sie warten auf dich."

„Ich bleibe noch ein paar Minuten hier, wenn das für dich in Ordnung ist. Ich würde gerne sehen, wie du dein Wunder wirkst."

Er lächelte sie an. „Tut dein Fuß noch weh?"

„Ja, aber ich werde es überleben."

„Gut. Wird schon schiefgehen." Er ging in den Befragungsraum.

Als McKenzie eintrat, richtete Fane Atilio sich auf und schaute ihn aus großen Augen an. Taylor sah, dass ein winziges Lächeln ihre Mundwinkel umspielte, und verstand es sofort. Fane schaute zur Tür, sah, dass niemand sonst kam, und fing prompt an zu weinen. Sie sah aus wie ein verletztes Kätzchen, die Augen feucht und rund, die langen, schwarzen Wimpern von salzigem Tau benetzt. Sie weinte sehr hübsch, züchtig und leise, und schaute nur ab und zu auf, um ihren Effekt zu überprüfen.

Taylor stellte die Lautstärke der Aufnahme lauter. Sie hatte solche Frauen schon öfter gesehen. Frauen, die mit Männern spielten, die sich vollkommen verletzlich gaben, nur um Aufmerksamkeit zu erregen. Taylor hatte auch schon viele Männer sich überschlagen sehen, nur um einem hilflosen Mädchen zu helfen, einer wahren Jungfrau in Nöten.

Taylor war ganz anders. Sie hatte sich schon immer an den eigenen Haaren aus dem Sumpf gezogen, den Staub abgeklopft und sich dem Leben mit all seinen Herausforderungen alleine gestellt. Allein die Vorstellung, dass ein Mann zu ihrer Rettung eilen könnte, jagte ihr einen Schauer über den Rücken. Das war auch das Hauptproblem zwischen ihr und Baldwin – sein Wunsch, sie zu beschützen, und ihre hartnäckige Weigerung, das zuzulassen.

Doch als sie jetzt weiter zusah, erkannte sie, dass Fane das totale Gegenteil von ihr war. Das Mädchen war erst fünfzehn, aber schon sehr beschlagen in der Kunst, Männer durch das Vorspielen von Zerbrechlichkeit um den Finger zu wickeln. Sie blinzelte unter ihren Wimpern hervor, um zu sehen, welchen Effekt ihre Tränen auf McKenzie hatten. Meine Güte, dachte Taylor, die Kleine ist genauso wie meine Mutter Kitty.

McKenzie fiel jedoch zum Glück nicht darauf herein, sondern nutzte die kleine Vorstellung zu seinem Vorteil. Fane hatte sich für ihr Spiel einen ebenbürtigen Gegner ausgesucht und ahnte es nicht einmal.

„Das Mädchen hat es faustdick hinter den Ohren."

Taylor drehte sich herum. Joan Huston stand neben ihr und schaute interessiert auf den Videomonitor.

Taylor nickte nur. „Ja, das hat sie. Aber wenigstens hat sie angefangen zu reden. Ich war vorhin eine halbe Stunde mit ihr da drin und sie hat nicht mehr als ein gelegentliches Grunzen von sich gegeben."

„Ist sie Ihre Verdächtige?", fragte Huston.

„Eine von ihnen. Wir können ihre Eltern nirgends finden und sie kooperiert in keinster Weise, also müssen wir sie eine Weile hierbehalten, bis wir klarer sehen. Uns fehlt noch ein Verdächtiger, aber ich bin sicher, sie gehören alle zusammen. Unsere Augenzeugin hat Susan Norwood identifiziert und eine Zeichnung von diesem Mädchen angefertigt, die ihr bis aufs Haar gleicht.

„Welche Ziele verfolgt diese Zeugin?"

„Das ist eine gute Frage. Ich versuche gerade, das herauszufinden. Bis jetzt will sie anscheinend einfach nur helfen, aber wer kann das schon genau wissen? Wir haben die Drogen zum Dealer zurückverfolgen können. Ich warte auf Nachricht vom Labor, ob die Funde von der Hausdurchsuchung heute Morgen zu den Drogen von dem Howell-Jungen passen. Wenn ja, können wir Keith Barent Johnson und Juri Edvin wegen vorsätzlichen Mordes an Brittany Carson anklagen. Was ich nur noch nicht herausgefunden habe, ist, wie die beiden Mädchen – Fane Atilio und Susan Norwood – ins Bild passen und welche Verbindung zu den anderen sieben Opfern besteht."

„Der Bruder des Norwood-Mädchens war eines der Opfer, oder?"

„Ja, Ma'am. Er ist mit seiner Freundin Amanda Vanderwood zusammen gefunden worden. Als ich am Tatort mit den Eltern sprach, haben sie gesagt, ihre Tochter wäre mit der Nanny zusammen zu Hause. Sie schienen nicht zu wissen, dass sie das Haus zwischendurch verlassen hatte. Und Xanders bester Freund war Theo Howell. Er war der Letzte, der mit Xander gesprochen hat. Ich fürchte, wir haben ziemlich viele lose Enden."

„Wo wir von den Norwoods sprechen, sie sind gerade hier und veranstalten einen ziemlichen Wirbel. Ich schlage vor, Sie unterhalten sich mit Ihnen und versuchen, sie ein wenig zu beruhigen."

„In einer Minute. Ich will McKenzie dabei haben. Er hat einen guten Draht zu diesen Kids. Seine Eindrücke waren bisher von unschätzbarem Wert für uns."

„Er ist ein guter Detective, oder?"

„Ja, das ist er."

Huston schenkte ihr ein breites Grinsen. „Sagen Sie mir, Lieutenant, stimmt es, dass Sie bei diesem Fall eine Wahrsagerin einsetzen?"

Taylor wandte sich vom Bildschirm ab. „Eine Wahrsagerin? Davon weiß ich nichts. Gestern tauchte diese Frau hier auf, Ariadne. Sie ist der Meinung, diese Kinder seien für die Morde verantwortlich. Ich bin mir nicht sicher, ob ich ihr glauben soll, aber sie behauptet, eine Hexe zu sein."

„Hm", sagte Huston. „Vielleicht sollte ich sie bitten, mir die Zukunft vorherzusagen."

Taylor erkannte, dass ihre Chefin sie aufzog, und lächelte. „Wir stehen kurz vor der Lösung, Ma'am. Ganz kurz davor."

„Gut. Halten Sie mich auf dem Laufenden. Gute Arbeit, Lieutenant."

Sie ging davon und Taylor wandte sich wieder dem Verhörzimmer zu. Sie stellte die Lautstärke höher. McKenzie hatte das Gesicht alarmiert verzogen – sie hatte irgendetwas verpasst. Fane sprach wieder.

Taylor spürte, wie ihr Blut gefror, als sie die Worte des Mädchens hörte.

„Sie wissen gar nichts. Er wird sie umbringen. Er wird sie alle umbringen.“

43. KAPITEL

Quantico
17. Juni 2004
Charlotte

Der Tod faszinierte Charlotte. Sie fühlte sich zu Hause, behaglich, entspannt, wenn sie in den Abgrund schaute. Ihr Job gab ihr die beste aller möglichen Welten, eine überwältigende Menge an Tötungsdelikten, um zu analysieren, Hypothesen zu formulieren und Täter aufzuspüren. Rational betrachtet wusste sie, dass es Monster waren, aber ihre Taten übten trotzdem eine ungemeine Faszination auf sie aus. Die Zielstrebigkeit, mit der diese Menschen ihre Gelüste befriedigten, indem sie ihre Beute vernichteten. Jäger waren ihre Spezialität. Ihr Innerstes zu kennen, ihre kleinen Geheimnisse zu wissen, die verdrehten, verdorbenen Gedanken zu spüren, die sie antrieben – darin war sie besonders gut.

Sie hatte Baldwin bisher noch nichts von dem Keller erzählt. Von Arlens Keller. Die Spurensicherung hatte ihn untersucht und nichts gefunden. Er war leer, und außer dem Mangel an Spinnweben und Staub deutete nichts darauf hin, dass er je benutzt worden war. Was nicht überraschte, wenn man bedachte, wie organisiert und sauber der Rest des Hauses war. Aber da unten, in der feuchten, kalten Dunkelheit, hatte sie etwas gespürt. Etwas Böses und Falsches. Sie hatte Baldwin bislang noch nichts davon erzählt, weil es mit bloßem Auge nicht sichtbar war. Doch Baldwin ihre Theorie zu erzählen, zu versuchen, ihm ihre Gedankengänge zu erklären, würde unweigerlich zu einer Enthüllung ihrer eigenen Vergangenheit führen, und dazu war sie noch nicht bereit.

Sie hatte die Akte des Uhrwerk-Mörders aufgeklappt auf ihrem Schoß liegen, neben ihr auf dem Tisch stand ein Glas Scotch mit einem Schuss Wasser. Baldwins Couch war erstaunlich bequem. Die Tatsache, dass Baldwin am anderen Ende saß und in die Luft schaute, machte es nur umso vergnüglicher.

Sie fragte sich, worüber er nachdachte. Natürlich über den Fall, aber war da nicht noch was anderes in seinem Gesichtsausdruck? Eine Spur von Zärtlichkeit vielleicht? Konnte es wirklich sein, dass er an sie dachte?

Sie hatten einander fürchterlich abgelenkt. Sparrow wusste es, das erkannte Charlotte an der Art, wie sie zurückgezuckt war, als Charlotte versucht hatte, ihren Arm zu streicheln. Sie war überrascht, dass Sparrow nicht gewillt war zu teilen. Aber das war in Ordnung. Mit Baldwin hatte sie sowieso mehr. Eine Zukunft. Ein Leben.

Baldwin atmete tief durch und drehte sich zu ihr um. „Charlotte, wir müssen reden."

„Das klingt aber nicht gut", sagte sie leichthin. Sie wollte ihn nicht verschrecken. Noch nicht. Nicht, wenn alles gerade so gut lief. Sie hatte alles bis ins kleinste Detail geplant, da konnte sie es nicht gebrauchen, dass er jetzt auf einmal Gewissensbisse bekam und alles ruinierte.

„Es ist nicht schlimm. Nur … notwendig. Diese Affäre muss ein Ende haben."

Charlotte klappte die Akte in ihrem Schoß zu und saß ganz still da. „Ich dachte, wir hätten Spaß zusammen", sagte sie.

„Ich weiß. Das haben wir auch. Aber ich bin dein Vorgesetzter, Charlotte. Ich bin verantwortlich für dich, für das Team. Ich kann nicht mit dir schlafen. Das ist einfach nicht richtig."

„Ich könnte mich versetzen lassen."

Sie spürte, wie er sich verspannte. „Das würdest du tun? Du hast so hart dafür gearbeitet, in die BAU zu kommen. Du wärst gewillt, das für mich aufzugeben?"

„Ja, das wäre ich." Sie zog ihre Beine an und drehte sich zu ihm. Ihre Aussage hatte ihn offensichtlich überrascht. Sie beschloss, aufs Ganze zu gehen. „Du bist das Beste, das mir seit langer Zeit passiert ist. Mit dir zusammen zu sein ist mir wichtiger, als in der BAU zu bleiben. Ich würde mich mit Freuden versetzen lassen, wenn das bedeutet, dass wir einander weiter treffen können."

„Ich weiß gar nicht, was ich sagen soll. Ich hätte nie gedacht …"

„Wäre es dir lieber, ich bliebe und wir sähen einander nicht mehr?" Da. Sie hatte ihn herausgefordert. Jetzt würde sie erfahren, wie wichtig sie ihm wirklich war.

Baldwin antwortete nicht gleich. Mist. Das war nicht die Reaktion, auf die sie gehofft hatte.

„Vergiss, dass ich überhaupt etwas gesagt habe." Sie legte so viel Kälte in ihre Stimme, wie sie nur konnte. Dann erhob sie sich und legte die Akte auf den Tisch. Dabei stieß sie gegen ihr Scotchglas und ein paar Spritzer landeten auf dem Aktendeckel.

„Hey, Charlotte, ganz ruhig." Baldwin war sofort auf den Füßen und umfasste ihre Arme wie ein Schraubstock. Er war so verdammt stark. Selbst wenn sie sich von ihm losreißen wollte, würde sie es nicht schaffen.

Er beugte sich vor, um sie zu küssen. Sie versuchte, ganz still zu stehen und nicht zu reagieren, aber sie hielt nur wenige Augenblicke durch. Sie spürte seine Zunge an ihrer Lippe und öffnete den Mund, lud ihn ein. Er schmeckte nach Scotch und Honig, und sie küsste ihn gierig, unsicher, ob das der Abschied oder ein neuer Anfang war.

Als sie sich endlich voneinander lösten, schenkte Baldwin ihr ein Lächeln.

„Wir sprechen morgen noch einmal darüber."

44. KAPITEL

Nashville
17:00 Uhr

McKenzie beugte sich über den Tisch.

„Wer ist er, Fane?"

Das Mädchen schüttelte nur den Kopf. Ihr Blick huschte zur Tür.

„Sprich mit mir, Fane. Wer wird alle umbringen?"

Sie funkelte ihn an, die Lippen fest aufeinander gepresst. McKenzie versuchte es noch ein paar Mal, dann schüttelte er den Kopf in Richtung Kamera. Er stand auf und verließ den Raum. Taylor fing ihn im Flur ab.

„Wenigstens hat sie nicht gleich nach einem Anwalt verlangt wie Susan Norwood."

„Ja, das ist ein Vorteil. Allerdings können wir ihre Eltern nirgendwo auftreiben."

„Hat die Spurensicherung im Haus irgendetwas gefunden?"

„Ich habe noch nichts gehört. Aber ich werde gleich mal Tim anrufen und fragen, wie es aussieht. Susan Norwoods Eltern sind inzwischen hier, hast du Lust, mich bei der Unterhaltung mit ihnen zu unterstützen?"

„Klar. Wann fährst du zur Rechtsmedizin rüber?"

„Oh verdammt, ich habe ganz vergessen, dass Sam mit mir sprechen wollte. Ich ruf sie besser mal an." Sie klappte ihr Handy auf und wählte Sams Kurzwahl. Sam meldete sich mürrisch und ungeduldig.

„Wird auch verdammt noch mal Zeit, dass du mich zurückrufst. Ich habe was für dich."

„Tut mir leid, ist ein verrückter Morgen gewesen. Kannst du es mir am Telefon sagen oder muss ich vorbeikommen?"

„Ich erzähl's dir einfach. Brandon Scott hat anale Verletzungen, alles weist auf schweren sexuellen Missbrauch hin. Es handelt sich sowohl um frische als auch schon ältere Traumata."

Taylors Herz schlug langsamer. „Du machst Witze."

„Ich wünschte, es wäre so. Entweder ist er ein aktiver Homosexueller oder er ist wiederholt vergewaltigt worden."

„Wie frisch sind die Verletzungen? Ist er auf irgendwelche Spuren untersucht worden?"

„Ja, und diese Suche hat genau gar nichts ergeben. Ich habe eine Blutkultur angelegt, aber es stellte sich als seines heraus. Andere Körperflüssigkeiten gab es nicht. Nur Hinweise auf ein Gleitmittel, vermutlich von einem Kondom. Ich kann dir nicht genau sagen, wann es das letzte Mal passiert ist, aber es ist nicht allzu lange her. Und noch etwas – sein Drogentest hat nichts ergeben, genau wie wir vermutet haben. Er ist einfach überwältigt und zu Tode geprügelt worden. Todesursachen sind stumpfe Gewalteinwirkung und begleitendes Verbluten. Die anderen sind alle an einer Überdosis gestorben.

Er ist auch vor den anderen gestorben. Die Lebertemperatur und die Glaskörperflüssigkeitsmessung bestätigen das. Er starb zwischen 12.30 Uhr und 14:00 Uhr am einunddreißigsten Oktober. Die anderen sind alle zwischen zwei und drei Uhr am Nachmittag gestorben."

Verdammt. Das war der Grund, warum sie gerne persönlich bei den Autopsien anwesend war. Sie hätte diese Informationen in ihren Verhören nutzen können. Egal, jetzt hatte sie sie ja.

„War das gepanschte Ecstasy der Grund?"

„Höchstwahrscheinlich."

„Okay, Sam. Vielen Dank. Ich packe das zu unseren Informationen. Brauchst du sonst noch was von mir?"

„Hör einfach auf, meinem Mann Arbeit zu schicken. Ich habe ihn seit zwei Tagen nicht gesehen." Doch in ihrer Stimme klang ein Lächeln mit.

„Ich bin euch beiden ein nettes Abendessen schuldig. Wir sind kurz vor dem Durchbruch, also werden wir Simon hoffentlich nicht sehr viel länger in Beschlag nehmen. Mach dir einen schönen Nachmittag, ja?"

„Du dir auch. Arbeite nicht zu hart." Sie legte auf und Taylor erzählte McKenzie, was sie soeben über Brandon Scott erfahren hatte.

Er schaute gequält drein. „Wirklich? Ich frage mich ..." Er fuhr sich mit den Fingern durchs Haar. Seine Augen nahmen einen abwesenden Ausdruck an, den Taylor inzwischen kannte. Er würde eine Vermutung wagen.

„Was fragst du dich?"

„Erinnerst du dich, dass Ms Woodall in Hillsboro gesagt hat, Jerrold King und Brandon Scott hätten sich letzte Woche gestritten? Es seien sogar Drohungen ausgestoßen worden?"

„Ja, ich erinnere mich. Letha King meinte, es wäre um sie gegangen –

sie und Brandon waren ein Paar und Jerrold war verärgert, dass Brandon sie hat fallen lassen. Meinst du, da steckte etwas anderes dahinter?"

„Vielleicht waren Jerrold und Brandon ein Paar."

„Hätte Sam dann nicht auch an Jerrold Kings Leiche irgendwelche Hinweise darauf gefunden?"

„Das kommt darauf an, wer Fänger und wer Werfer war, wenn du verstehst, was ich meine."

Taylor dachte eine Minute darüber nach. „Also hat Jerrold King in einem Anfall von Wut Brandon Scott getötet, ist dann nach Hause gefahren und hat sich mit einer Überdosis Ecstasy umgebracht? Das wäre eine logische Erklärung, wenn es nicht noch sechs weitere tote Jugendliche gäbe."

„Guter Punkt. Trotzdem sollten wir dem noch mal nachgehen."

„Einverstanden. Ich frage mich, ob Theo Howell etwas darüber weiß? Er scheint in dieser Gruppe ziemlich gut vernetzt zu sein."

„Nun, warum fragen wir ihn nicht einfach?"

Das Büro der Mordkommission war gepackt voll mit Leuten. Alle Befragungsräume waren besetzt – die Norwoods mit Tochter und Anwalt in Raum eins, Fane Atilio in Raum zwei, Theo Howell und seine Eltern in der drei. Lincoln, Marcus und Renn waren alle im Büro und in eine ernste Unterhaltung vertieft. Taylor räusperte sich, und alle zuckten zusammen.

„Was ist los?", wollte sie wissen.

Lincoln zupfte an seinen Dreadlocks. „Noch nichts Gutes, LT. Das Video ist definitiv von Fane Atilios Laptop hochgeladen worden. Aber darauf sind Unmengen an Korrespondenz. Wir brauchen eine Ewigkeit, die zu sichten. Eine Adresse taucht am häufigsten auf und der Schriftwechsel hat ziemlich eindeutige Inhalte. Alles nicht jugendfrei."

„Hoffentlich keine Kinderpornografie."

Marcus errötete. „Nah dran. Sextalk zwischen Fane und einem Jungen. Sie nennt nie seinen Namen, aber ansonsten spart sie nicht mit Worten. Ich hatte das Gefühl, einen Erotikroman zu lesen."

„Kannst du die E-Mail-Adresse nachverfolgen?"

„Ich bin dran", sagte Lincoln. „Aber irgendetwas ist damit komisch. Sie ist Teil eines Single-Accounts."

„Was heißt das?"

„Wenn man ein E-Mail-Konto eröffnet, kann man ja mehrere Adressen einrichten – die nennt man Alias. Angenommen, du und Baldwin habt eine DSL-Verbindung über BellSouth und ihr wollt beide eine eigene E-Mail-Adresse, aber nicht für verschiedene Accounts zahlen. Ihr könntet bis zu fünfzig Alias auf diesem einen Account einrichten, ohne dass es euch einen Cent extra kostet."

„Und wem gehört der Account?"

„Jacqueline Atilio."

„Ist das Fanes echter Name? Jacqueline?"

„Nein, ihr Name ist Fane Rebecca Atilio."

„Also ist Jacqueline womöglich die Mutter, die wir nicht auftreiben können?"

„Das habe ich auch gedacht. Ich habe mir ihre Kontoauszüge angesehen und außer einigen Abhebungen an Geldautomaten in den letzten drei Wochen keinerlei Aktivitäten feststellen können. Alle Abhebungen sind an der gleichen Filiale der U.S. Bank in Green Hills getätigt worden. In der letzten Woche wurde jeden Tag das Tageslimit von dreihundert Dollar abgehoben."

„Das ist seltsam. Besorgen wir die Kameraaufnahmen von dem Automaten."

„Schon angefordert."

„Was haben wir noch, Lincoln?"

„Ich stecke bis über beide Ohren in SMS und IMs, die ich entschlüsseln muss. Ich bin alle Laptops und Handys durchgegangen und habe nach etwas gesucht, das aus dem Rahmen fällt. Diese Kids verbringen verdammt viel Zeit online, so viel ist mal sicher."

„Was ist mit Facebook, MySpace, Twitter? Wird irgendwo darüber gesprochen?"

„Wir haben die Profile von allen ungefähr zur Hälfte durch. Bis jetzt ist noch nichts Auffälliges dabei gewesen."

„Überprüf auf jeden Fall Fane Atilio. Überprüf, ob sie da irgendwelche Verbindungen hat. Und lass mich so schnell wie möglich wissen, was es mit den Geldabhebungen auf sich hat."

„Mach ich."

McKenzie fing ihren Blick auf. „Du hast mitbekommen, dass die Howells hier sind, oder?"

„Ja. Ich bin quasi auf dem Weg zu ihnen. Und zu den Norwoods."

„Gut. Äh, wegen der Autopsie des Scott-Jungen. Ich würde gerne seine Akte nach Hinweisen durchgehen, die uns eine Antwort auf die

Frage nach seinem … Zustand bringen könnten.“ McKenzie sprach das Wort so vorsichtig aus, dass Taylor wusste, wie schwer es ihm fiel.

Sie schaute ihm tief in die Augen. „Gut. Ich zähle darauf, dass du etwas findest. Ich glaube, es ist wichtig. Ich denke immer noch, dass Brandon das eigentliche Opfer dieses Angriffs war. Finde für mich heraus, warum, okay?“

„Ja, LT. Ich mach mich gleich dran.“

„Marcus, wo stehen wir mit den Tatorten? Irgendwelche Verbindungen?“

„Wir haben Massen an Fasern und Flüssigkeiten und Fingerabdrücken. Es wird noch eine Zeit dauern, die alle zu isolieren.“

„Irgendetwas, das auf unsere Verdächtigen hindeutet?“

„Noch nicht. Ich rufe gleich Simon Loughley bei Private Match an. Er sagt, er würde die DNA von den Wunden besonders schnell erledigen. Vielleicht hat er schon was gefunden. Es gibt allerdings keine weiteren Treffer zu den schwarzen Haaren, die am Tatort der Vanderwoods gefunden wurden.“

„Okay. Ich muss los. Ich denke, ich werde zuerst mit den Howells sprechen.“

Keiner rührte sich. „Taylor“, setzte Marcus an und brach dann ab.

„Was?“

„Ariadne hat gesagt, Fitz sei etwas zugestoßen. Weißt du irgendetwas darüber?“

Taylor erstarrte. Wie konnte sie es wagen? Wie konnte sie es wagen, ohne Taylors Erlaubnis mit ihren Mitarbeitern zu reden? Was hatte die Frau für ein Problem? Das ging sie alles nichts an und sie wusste sowieso nichts.

„Was hat sie gesagt?“, fragte sie mit hohler Stimme.

Marcus sah mit einem Mal sehr jung aus. „Dass er verletzt worden ist und du dir fürchterliche Sorgen um ihn machst.“

Taylor löste mit einer beinahe brutalen Geste ihren Pferdeschwanz, sodass die blonden Haare ihr über die Schulter fielen. Sie wollte diese Unterhaltung jetzt nicht führen; sie brauchte ein Team, das sich voll konzentrierte. *Sie* musste sich voll konzentrieren.

„Ariadne weiß überhaupt nichts über Fitz’ Fall. Baldwin hat mich heute Morgen angerufen. Das State Bureau of Investigation glaubt, dass sie seine Spur aufgenommen haben. Die gute Nachricht ist, die Polizei von North Carolina verstärkt ihre Suchanstrengungen. Wir haben unbestätigte Meldungen bezüglich einer Verletzung seines … Auges vorliegen, aber mehr wissen wir nicht. Ich werde euch informieren, sobald ich weitere Informationen habe. Versprochen."

Es war keine direkte Lüge. Sie hasste es, sie alle im Unklaren zu lassen, aber sie durfte nicht zulassen, dass ihre Gedanken sich mit irgendetwas anderem als dem aktuellen Fall beschäftigten. Nicht, wo sie so kurz vor dem Durchbruch standen.

„Das sind doch gute Neuigkeiten, oder?", fragte Marcus.

„Ich hoffe es, Kleiner, ich hoffe es. Okay, an die Arbeit. Wer hat ein Auge auf die Gute Hexe Glinda? Oder ist sie schon wieder auf ihrem Besenstiel nach Hause geflogen?"

„Ich bin hier, Lieutenant." Taylor wirbelte herum – sie hatte die Frau nicht hereinkommen hören. Ariadne trug ihr übliches sanftmütiges Lächeln und schien sich an Taylors verbaler Spitze nicht zu stören. Taylor war nicht sicher, ob sie die Wirkung dieser Frau auf sich mochte. Ihr war in ihrer Nähe sehr unbehaglich.

„Wir fliegen nicht wirklich auf Besen, wissen Sie", sagte sie.

„Sie war in deinem Büro, LT." Lincoln besaß so viel Anstand, verlegen zu wirken. „Abgesehen vom Konferenzraum war das der einzige Raum, in dem wir sie unterbringen konnten."

„Und im Konferenzraum mit all den gesammelten Informationen wollten Sie mich bestimmt nicht haben. Man kann ja nie wissen, was alles so verloren geht." Ariadne lächelte Taylor süßlich an.

Mit zusammengekniffenen Augen sagte Taylor: „In mein Büro. Sofort." Sie wandte sich an ihr Team. „Und ihr macht euch an die Arbeit."

Auf dem Weg zu ihrem Büro spürte sie Ariadne hinter sich. Sie trat ein, ging zu ihrem Schreibtisch und bedeutete Ariadne, die Tür zu schließen und sich auf den Besucherstuhl gegenüber zu setzen. Nachdem sie beide saßen, verschwand Ariadnes Lächeln.

„Lieutenant, ich spüre große Turbulenzen …"

Taylor unterbrach sie. „Hören Sie mal gut zu. Sie haben uns einen großen Gefallen getan, indem Sie uns anscheinend den richtigen Hinweis zu diesen Morden gegeben haben. Aber ich werde Sie jetzt nach Hause bringen lassen. Ab hier können wir übernehmen."

„Nein, das können sie nicht", sagte sie schlicht.

„Oh doch, das können wir. Wir haben alle Komponenten beisammen, es müssen nur noch die Beweise aufgedeckt werden. Wir sind beinahe am Ziel."

Ariadne schüttelte den Kopf. „Sie verstehen es einfach nicht, Lieutenant. Es ist noch nicht vorbei. Sie haben immer noch nicht den Hexenmeister, der hinter all dem steckt."

„Wissen Sie, wo er ist?"

Sie schüttelte den Kopf. „Aber ..."

„Dann müssen Sie nach Hause gehen und uns unsere Arbeit machen lassen. Wir sind ziemlich gut darin, Leute aufzuspüren, müssen Sie wissen."

„Nicht wenn Unsichtbarkeitszauber am Werk sind. Sie werden ihn nicht sehen, bevor er es nicht will, Lieutenant. Und dann wird es bereits zu spät sein."

„Unsichtbarkeitszauber? Ich bitte Sie. Langsam fangen Sie an, einfach nur verrückt zu klingen. Es ist an der Zeit zu gehen." Taylor stand auf. Mit maskenhafter Miene blieb Ariadne steif auf ihrem Stuhl sitzen.

„Wissen Sie, wie viele es da draußen von uns gibt? Sowohl die, die sich bekennen, als auch die, die sich noch nicht geoutet haben?"

„Geoutet?"

„Einige Covenmitglieder verheimlichen ihre Gesinnung. Sie möchten nicht, dass alle Welt erfährt, dass sie praktizierende Hexen sind. Samhain, Halloween, ist die einzige Nacht des Jahres, wenn sie sich öffentlich zeigen können. Christen, Juden, Wicca, Goths, Heiden – alle alternativen und die meisten etablierten Religionen wissen um die Bedeutung dieser Nacht. Harmlose Aktivitäten haben die heidnischen Rituale ersetzt – sich verkleiden, von Tür zu Tür ziehen, Kürbislaternen aufstellen. Indem wir diese Symbole Jahr für Jahr anerkennen, werden Assoziationen geknüpft. Sie haben diesem Datum Bedeutung zugestanden, und daher stammt seine Macht. Es ist der einzige Feiertag, den wir alle gemeinsam haben – die Religiösen und die Weltlichen auf der ganzen Welt –, und das macht ihn doppelt mächtig. Wenn jemand uns an Samhain erkennt, werden unsere Seelen wiedergeboren, weil wir glauben, dass wir noch lange nach unserem Tod weiterleben werden. An Samhain haben wir sehr große Macht. Diese Kinder wissen das. Sie haben die Symbolik für ihre Zwecke missbraucht. Sie haben unsere Sitten pervertiert, und dafür möchte ich sie bestraft sehen."

„Das müssen die Gerichte entscheiden, Ariadne."

„Das stimmt nicht ganz, Lieutenant. Wir sind für die Taten dieser

Kinder genauso verantwortlich, wie sie es sind."

„Ariadne, wirklich. Ich weiß Ihre Hilfe zu schätzen, aber ich muss jetzt in die reale Welt zurückkehren. Ich rufe einen Streifenwagen, der Sie sicher nach Hause bringt."

Die Endgültigkeit in ihrer Stimme reichte schließlich, dass Ariadne den Kopf neigte, sich erhob und sagte: „Wie Sie wünschen."

45. KAPITEL

Quantico
18. Juni 2004
Baldwin

Baldwin wurde vom Klingeln des Telefons geweckt. Er sah die Nummer und fluchte. Goldman. Er hielt sich den Hörer ans Ohr und tat so, als wäre er hellwach, dabei war es erst sechs Uhr morgens.

„John Baldwin hier."

„Wir haben sie gefunden."

Vier kleine Worte. Baldwin wurde das Herz schwer. Sie hatten wieder einmal versagt. Zum sechsten Mal hatten sie versagt.

Im Wald war es ganz still. Der Regen hatte den Pfad rutschig gemacht, sie kamen nur langsam voran. Die Vögel wussten von ihrer Ankunft und hatten sich nach mehreren Warnrufen mit flatternden Flügeln davongemacht. Alles, was Baldwin hörte, war das Geräusch der Schritte seines Teams auf dem Kiesweg, die von einer feinen Lage gefallener Blätter gedämpft wurden. Der Zyklus des Lebens war für ihn nirgendwo ersichtlicher als in einem Wald. Egal, welche Jahreszeit herrschte, irgendetwas starb immer und irgendetwas wuchs immer.

Charlotte atmete schwer hinter ihm. Sie gingen jetzt seit fast einer Stunde bergauf und ihr ging langsam die Puste aus. Wenigstens trug sie Stiefel, aber er sah, dass sie nagelneu waren und hätte wetten können, dass sie schon gehörige Blasen hatte. Er kannte sie nur barfuß oder in High Heels.

Er warf ihr einen Blick zu. Ihr rotes Haar rutschte aus dem Pferdeschwanz, ein leicht missfallender Ausdruck lag um ihren Schmollmund. Sein Atem stockte, als er daran dachte, wie diese Haare über seine Oberschenkel geflossen waren. Sie war diese Woche jede Nacht bei ihm gewesen, und langsam fing er an, es zu genießen, morgens nicht alleine aufzuwachen. Sie war nicht nur eine Bettgefährtin, sondern inzwischen auch ein Trost, und er wusste, dass er sich schon viel zu tief in diese Affäre verstrickt hatte. Die beiden Hälften seines Gehirns stritten im Hintergrund und verursachten dabei eine Geräuschkulisse wie ein nicht richtig eingestelltes Radio. Er hatte sich sehr bemüht, den Streit zu ignorieren, aber in der Stille des Waldes konnte er ihn nicht einfach ausblenden. Sie wollte sich tatsächlich von der BAU versetzen lassen, damit sie zusammen sein könnten. Der Gedanke machte ihm mehr Angst als alles andere. Er war noch nicht so weit.

Es ist doch nur Sex, verdammt noch mal. Was stellst du dich so an?

Ich bin schon zu lange allein, daran liegt's. Ich könnte mich zu sehr daran gewöhnen, und wer weiß schon, wo das hinführt.

Das sind deine Hormone, die da reden. Sie ist es wert, sich nach ihr zu verzehren. Wer weiß, vielleicht mag sie dich ja wirklich, Blödmann. Hast du darüber mal nachgedacht?

Das hatte er nicht. Nicht wirklich. Er hatte einfach angenommen, ein Werkzeug für sie zu sein, eine Stufe auf der Karriereleiter. Was, wenn er damit falschlag? Was, wenn sie wirklich Gefühle für ihn hatte? Was, wenn *er* wirkliche Gefühle für *sie* empfand?

Konzentrier dich, verdammt noch mal. Du wirst gleich ein totes Mädchen sehen. Eines, das gestorben ist, weil du zu sehr damit beschäftigt warst, Charlotte zu bumsen, anstatt den Mörder zu fassen.

Er atmete tief ein, synchronisierte seine Atmung mit der leichten Brise, die durch die duftenden Kiefern strich. Sonnenlicht sprenkelte die dicken Äste und verwandelte den Weg in pures Gold. Körperlich gesehen ging es ihm gut. Er hatte die letzten Monate für den Marine-Corps-Marathon trainiert und war in der besten Form seines Lebens. Emotional jedoch – das war eine ganz andere Geschichte.

Er war sich seines Bauchgefühls noch nie im Leben so sicher gewesen. Harold Arlen war ihr Täter. Er war der Uhrwerk-Mörder. Jeder Polizist, jeder Nachbar, jeder Journalist, alle, alle hielten Arlen für verantwortlich. Die Bilder auf seinem Computer, seine Interaktionen mit Evie Kilmeade, alle seine Handlungen ließen nur diesen einen Schluss zu.

Aber noch immer gab es keinerlei physische Beweise. Sie hatten keinen Samen, keinen Speichel, kein Haar, Blut, Hautschuppen, Fingerabdrücke. Nichts. Er hatte gegen seine Bewährungsauflagen verstoßen, aber nach der Anhörung hatte der Richter ihn aus unverständlichen Gründen aus der Haft entlassen.

Ein erfahrener Strafverteidiger würde aus ihrer Anklage Hackfleisch machen, und das wusste Arlen. Er hatte seine Spuren einfach zu gut verwischt.

Baldwin hatte das Gefühl, Harold Arlen besser kennengelernt zu haben als die meisten Verdächtigen, die er jagte. Kilmeade hatte recht.

An der Oberfläche war Arlen das Aushängeschild für die Rehabilitation von Sexualstraftätern. Der netteste Zug war die Leitung der Gruppe für geläuterte Kinderschänder, die sich regelmäßig trafen und sich durch ein speziell für sie entwickeltes Zwölf-Punkte-Programm halfen. Aber niemand konnte in seinen Kopf reinkriechen – in die winzigen, hinterhältigen kleinen Ecken, in denen er seine tiefsten Sehnsüchte verbarg. Während der Befragungen hatte Baldwin den einen oder anderen kleinen Eindruck erhalten, immer dann, wenn Goldman einen Nerv getroffen hatte, auf den Arlen reagierte. Aber die meiste Zeit waren die Anschuldigungen an Arlen abgeperlt und er hatte nur hin und wieder den Kopf geschüttelt und seinen „Sponsor“ zitiert.

Sie hatten ihn rund um die Uhr überwachen lassen, jede seiner Bewegungen nachvollzogen. Und doch waren sie nun hier, mitten im Wald, um die Leiche des letzten Mädchens zu sehen, das heute vor genau einer Woche verschwunden war. So genau wie ein Uhrwerk.

46. KAPITEL

Nashville
18:00 Uhr

Taylor geleitete Ariadne aus dem Gebäude und gesellte sich dann zu Marcus, um mit den Howells zu sprechen. Die Norwoods hatten bereits ihren Anwalt dabei und machten lautstark auf sich aufmerksam – es hatte keinen Sinn, sie noch länger warten zu lassen. Aber Taylor musste Theo Howell erst eine Frage stellen, bevor sie weitermachen konnte.

Er und seine Eltern saßen ruhig und still in dem Befragungsraum. Blake Howell war ein gut gebauter Mann, sauber rasiert mit schwarzem Anzug, weißem Hemd und orangefarbener Seidenkrawatte. Seine Frau war ähnlich gut gekleidet und hatte einen wunderschönen Paschminaschal in karminrot um die Schultern geschlungen. Ihr blondes Haar war perfekt gesträhnt und mit Haarspray in Form gebracht; seines wies erste Anzeichen von Grau auf. Sie beide standen auf und stellten sich vor, als Taylor das Zimmer betrat.

„Mr und Mrs Howell, schön, Sie kennenzulernen. Danke, dass Sie heute so viel Geduld mit uns haben – wie Sie sich vorstellen können, haben wir viel zu tun. Ich habe jetzt auch nur einen Moment und werde dann gleich noch einmal zu Ihnen zurückkommen. Ich muss Theo nur kurz eine Frage stellen."

Mr Howell setzte sich wieder. „Warten Sie eine Sekunde, Lieutenant. Steckt Theo in irgendwelchen Schwierigkeiten? Brauchen wir einen Anwalt?"

„Das ist Ihr gutes Recht, Sir. Aber im Moment haben wir nicht vor, Anklage gegen Theo zu erheben. Wir brauchen nur ein paar Informationen."

„Ist schon okay, Dad." Theo schaute Taylor an. „Ich habe meinen Eltern gestern Abend alles erzählt. Jetzt habe ich Hausarrest."

„Das kann ich mir vorstellen", erwiderte Taylor. „Okay, du musst für mich über etwas nachdenken. Erinnerst du dich, dass Jerrold King und Brandon Scott sich letzte Woche gestritten haben?"

Theo runzelte einen Moment die Stirn, dann sagte er: „Oh ja. Das war vor dem Sport. Ich nahm an, sie stritten über Letha."

„Letha King, Jerrolds kleine Schwester?"

„Ja. Sie und Brandon waren Anfang des Jahres zusammen. Sie hat allerdings Anfang Oktober mit ihm Schluss gemacht. Und dabei ziemlich anzügliche Sachen über ihn gesagt. Er hat sie daraufhin mit einigen Schimpfworten bedacht, sie haben einander online bekriegt und sich gegenseitig Gemeinheiten an den Kopf geworfen. Aber das hat schon vor Wochen aufgehört."

Vor Wochen. Ah, wie schnell die Zeit für die Jugend doch verfliegt.

„Warum würden sie sich dann heute streiten?"

„Wie ich schon sagte, Letha hat ein paar ... Dinge über Brandon gesagt." Er warf seinen Eltern einen Blick zu. Seine Ohren waren ganz rot. „Sie hat ihn eine Schwuchtel genannt."

„War Brandon homosexuell?"

„Ich weiß es nicht. Vielleicht. Er ist mit vielen Mädchen ausgegangen, war superbeliebt, aber er schien es nie wirklich zu genießen, wenn Sie verstehen, was ich meine."

„Kennst du irgendwelche Jungen, mit denen er sich vielleicht getroffen hat?"

„Nein, nicht wirklich. Das ist nichts, worüber wir offen reden, wissen Sie?" Er zappelte unruhig auf seinem Stuhl herum. Theo Howell war kein besonders guter Lügner.

„Irgendeine Chance, dass Brandon und Jerrold zusammen waren?"

Theo lachte. „Auf gar keinen Fall. Jerry stand total auf Mädchen. Er war wütend, dass Brandon seine kleine Schwester als Feigenblatt missbraucht hat, sozusagen."

Evelyn Howell berührte den Arm ihres Sohnes. „Theo", sagte sie mit warnendem Unterton.

„Tut mir leid. Nein, Jerry war es definitiv nicht. Aber es kann sein, dass er ein paar Mal mit diesem Typen Schuyler zusammen war. Das besagten zumindest die Gerüchte. Aber Schuyler geht nicht mehr auf die Hillsboro. Seine Eltern haben ihn vor ein paar Semestern in irgendeine Besserungsanstalt in Virginia geschickt oder so. Ich habe keine Ahnung. Es waren sowieso bloß Gerüchte."

Mrs Howell fielen fast die Augen aus dem Kopf. „Schuyler Merritt? Meinst du den? Jackie Merritts Junge?"

Theo nickte.

„Ich hatte ja keine Ahnung. Die Merritts sind Freunde von uns, Lieutenant. Sie haben einige der Veranstaltungen im Buchladen gesponsert. Aber das war einmal. Letztes Jahr haben sie sich getrennt. Die

Scheidung ist vor ein paar Monaten rechtskräftig geworden. Jackie hat sofort wieder geheiratet, da war die Tinte auf dem Papier noch nicht ganz trocken. Ihr neuer Ehemann ist ein Marine, er ist ein paar Wochen, nachdem sie aus den Flitterwochen zurückkamen, ausgeschifft worden. Schuyler senior hat das alles schwer mitgenommen, er hat angefangen zu trinken. In den letzten paar Monaten ist mit ihm nicht mehr viel anzufangen gewesen. Für die Kinder war es auch hart, sie haben sie untereinander aufgeteilt."

„Kinder?", fragte Taylor.

„Schuyler hat eine Schwester. Sie ist immer noch auf der Hillsboro, oder, Theo? Wie heißt Jackie jetzt noch mal mit Nachnamen, Blake?"

„Lass mich nachdenken. Irgendetwas mit At… am Anfang."

„Skys Schwester heißt auf jeden Fall Fane", sagte Theo. „Ein wunderschönes Mädchen – zumindest war sie das einmal. Sie und Sky standen einander sehr nahe. Es hat sie zerrissen, als er weggeschickt wurde. Sie fing an, mit den Goths abzuhängen und dieses ganze verrückte Make-up zu tragen."

„Fane Atilio?" Taylors Stimme klang selbst in ihren Ohren ungewöhnlich hohl.

„Richtig, so heißen sie. Atilio", sagte Evelyn Howell lächelnd.

„Heilige Scheiße", platzte es aus Taylor heraus. „Oh, tut mir leid. Wenn Sie mich bitte kurz entschuldigen."

„Hab ich irgendetwas Falsches gesagt?", hörte sie Mrs Howell ihren Ehemann fragen, während sie den Raum verließ. Ihre Stimmen wurden leiser, als sie erkannten, dass irgendetwas los war. Taylor zog die Tür hinter sich ins Schloss. McKenzie wartete auf dem Flur auf sie.

„Wir müssen uns noch einmal mit Fane Atilio unterhalten."

Fane lächelte McKenzie gewinnend an und warf Taylor einen hasserfüllten Blick zu. Taylor hatte nicht vor, sich dieses Verhalten länger gefallen zu lassen. Sie ging um den Tisch herum, riss Fanes Stuhl an der Rückenlehne zurück, dass die metallenen Beine auf dem Linoleum quietschten, und setzte sich dann direkt neben dem Mädchen hin.

„Fane, du hast einen Bruder. Schuyler. Wo ist er?"

Fane schaute Taylor an, dann senkte sie den Blick. „In Virginia."

„Wir brauchen seine Nummer. Sofort."

„Die weiß ich nicht. Die hab ich zu Hause." Sie schaffte es, gelangweilt auszusehen. Ihr Make-up blätterte langsam ab. Seit ihrer letzten

Unterhaltung hatte sie offensichtlich irgendwann geweint. Schwarze Schlieren hingen unter ihren Augen. Ihre Haut, blass wie ein Opal, war noch weißer geworden.

„Du hast sie nicht in deinem Handy?", fragte Taylor.

„Nein. Es war mir nicht erlaubt, ihn dort anzurufen."

„Ist Schuyler wirklich in Virginia? Oder ist er hier in Tennessee?"

Ihre Augen bewölkten sich. „Ich weiß nicht, wovon Sie reden. Ich habe ihn nicht gesehen."

„Du lügst, Fane. Wir haben bei deiner Mutter in der Firma angerufen. Sie sagen, sie ist seit mehreren Wochen krank. Sie war aber nicht zu Hause. Wo ist deine Mutter? Wir wissen, dass dein Stiefvater in Übersee ist, aber wo ist Jackie?"

Fane fletschte ihre Reißzähne und leckte sich dann über die Lippen.

„Das würden Sie wohl gerne wissen", sagte sie. Dann klappte sie den Mund zu, verschränkte die Arme vor der Brust und schloss die Augen.

Taylor ließ sie einen Moment lang so sitzen. Sie hatte ein ganz schlechtes Gefühl, was Jackie Atilio betraf.

Etwas, das Ariadne über den Coven gesagt hatte, kam ihr wieder in den Sinn. Das Band zwischen diesen Kindern war stark, daran bestand kein Zweifel. Teilen und herrschen, das war der Weg zu ihnen. Man musste sie gegeneinander aufwiegeln, sie in dem Glauben lassen, die anderen hätten gesprochen. So würde sie in ihre Köpfe hineingreifen und die Wahrheit herausholen können. Nicht durch Drohungen oder Schmeicheleien oder Versprechungen. Sie stand auf und räusperte sich.

„Fein", sagte sie sehr sanft. „Wir werden uns dann noch mal mit Thorn unterhalten. Er und Ember haben uns sowieso schon einen Großteil der Geschichte erzählt. Wir wissen, dass ihr alle an den Morden mitgewirkt habt."

Der Effekt setzte unmittelbar und gewalttätig ein. Fane stürzte sich mit erhobenen Händen auf Taylor, als wollte sie sie schlagen.

„Lügnerin", schrie sie. „Sie würden uns niemals verraten. Die Strafen sind zu hart."

Taylor packte sie beim Arm, zwang das Mädchen, sich wieder auf den Stuhl zu setzen. Fane schnaubte vor Wut. Taylor spürte, dass sie langsam ins Wanken geriet.

„Da bin ich ganz anderer Ansicht, kleines Mädchen. Wie wäre es, wenn du mir von dem Film erzählst, den du und dein Freund gemacht habt? Der über die Morde?"

Fane schaute auf den Boden, ihr Atem kam in kurzen, keuchenden Zügen. „Welcher Film? Ich weiß nichts von einem Film."

Taylor ließ den Arm des Mädchens los. „Sieh mich an."

Fane schaute sie wütend an.

„Hör auf zu lügen, Fane. Er ist von deinem Computer ins Netz hochgeladen worden. Mein Techniker sieht sich gerade deinen Laptop an. Sie haben das Original darauf gefunden."

Innerhalb eines Herzschlags sammelte Fane sich. „Oh, das. Das ist alles nur Spaß. Nur geschauspielert."

„Wie kannst du annehmen, dass ich das glaube, wenn ihr den Film an den Tatorten geschossen habt und außerdem den Mord an Brandon Scott aufgenommen habt? Glaubst du wirklich, ich nehme dir ab, dass es sich um einen Zufall handelt? Hältst du uns für so dumm, Fane?"

Fane hatte sich jetzt beruhigt und saß wieder aufrecht und gefasst da. „Nun ja. Wir sind inzwischen echt gut. Nichts davon ist echt."

„Klar. Und was ist mit dem Brief, den ihr an *The Tennessean* geschickt habt? War der auch nicht echt?"

„Sagt *er* denn gar nichts?" Fane drehte sich zu McKenzie um und schaute ihn flehend an. „Sie können doch nicht zulassen, dass sie so mit mir redet."

McKenzie beugte sich vor. Seine Stimme war tief und ernst. „Fane, ich bin von dir sehr enttäuscht. Wir haben vorhin darüber gesprochen. Je mehr du uns hilfst, desto geringer fällt deine Strafe aus. So funktioniert das hier. Wir wissen, dass du beteiligt bist. Du hältst den Schlüssel zur Lösung dieses Geheimnisses in der Hand. Wir wollen dir helfen, aber dafür musst du uns im Gegenzug auch helfen."

„Hören Sie doch auf mit der Scheiße. Ich werde Ihnen nicht helfen. Ich bin Ihnen doch vollkommen egal. Sie haben gesagt, Sie machen sich Sorgen um mich, aber das stimmt nicht." Sie fing wieder an zu weinen. McKenzie schaute Taylor an und verdrehte die Augen.

Taylor reichte Fane ein Taschentuch. „Putz dir die Nase. Du kannst von uns keine Nachsicht erwarten, nur weil du weinst. Sag uns, was wir wissen müssen."

Fane schniefte in das Taschentuch. „Ich war es nicht. Ich weiß nicht, wovon Sie reden. Und ich glaube, ich habe genug davon, Ihre Fragen zu beantworten. Ich will einen Anwalt."

Mist. Sie hatten zu viel Druck ausgeübt.

„Das ist dein gutes Recht, Fane. Obwohl, wenn du mit all dem nichts zu tun hast, solltest du keinen Anwalt brauchen. Aber wir werden dir einen besorgen. Eine Kleinigkeit noch – wir müssen deine Eltern informieren. Ich habe das vorhin ernst gemeint, ich muss wissen, wo deine Mutter ist."

„Vermutlich in der Hölle", sagte sie. Dann presste sie ihre Lippen zusammen und legte den Kopf auf den Tisch. Sie würden nichts mehr aus ihr herausbekommen.

Sie ließen Fane allein in dem Raum zurück. Der Flur war hell erleuchtet. Taylor fühlte sich, als hätte sie die Hälfte dieses Falles auf den Korridoren des CJC stehend verbracht und versucht, die Lügen, die in den Befragungsräumen verbreitet worden waren, zu interpretieren. Es juckte sie in den Fingern, rauszugehen, an die Tatorte zurück. Von da würden die Antworten kommen, nicht von dieser fröhlichen Runde fehlgeleiteter Gothic-Jünger, die sich ihren Weg durchs Leben erlogen und betrogen.

„Wir müssen diesen mysteriösen Bruder finden. Mein Instinkt sagt mir, dass er damit zu tun hat", sagte McKenzie.

Taylor lehnte sich gegen die Wand, einen Fuß gegen die angemalten Ziegel gestemmt. „Ich will die Mutter finden. Das Ganze gefällt mir gar nicht."

„Was, meinst du, ist hier los?"

„Ich glaube, wir haben es mit einer äußerst ungesunden Beziehung zwischen einem Bruder und seiner Schwester zu tun, die getrennt wurden, als ihre Eltern sich scheiden ließen. Zusammen zu sein war das Wichtigste. Als man sie trennte, fingen sie an, alles zu tun, was sie nur konnten, um wieder zusammen zu sein. Ich denke, wir müssen uns das Haus der Atilios noch einmal gründlich vornehmen, den Ehemann informieren, schauen, ob wir die Mutter irgendwo finden können. Ihre Abwesenheit ist zu auffällig, als dass sie etwas Gutes bedeuten könnte."

„Da könntest du recht haben. Die Trennung der Geschwister könnte das auslösende Ereignis gewesen sein. Fane zeigt definitiv soziopathische Tendenzen. Wenn sie Wicca praktiziert, denkt sie sicherlich, sie hat die Kontrolle und kann den Verlauf ihres Lebens nach ihren Wünschen verändern. Glück wird ihr ein Dorn im Auge sein – sie wendet sich gegen alles, was sie an das erinnert, was sie mal gehabt hat. Dir ist sicher aufgefallen, dass alle Familien, mit denen wir gesprochen haben, relativ glücklich waren und die Eltern noch zusammen waren. Das könnte den Impuls für die Auswahl der Opfer gegeben haben."

„Also arrangiert sie mit ihrem Freund Thorn, dass die Partydrogen der Kids gepanscht werden, dann schleicht sie in ihre Häuser und ritzt ihnen Pentakel in die Bäuche? Die Theorie ist auch nicht schlechter als alle, die ich bisher hatte. Abgesehen von einer Sache: Woher wusste sie, wer die Pillen nehmen würde und wer nicht? Theo Howell hatte alle gewarnt. Hätte es sonst noch mehr gegeben? Und wie hätte Fane davon erfahren?"

„Acht Opfer. Mindestens drei davon miteinander verbunden. Ich weiß nicht, LT. Vielleicht war sie dabei, als die Drogen genommen wurden."

„Und Brandon Scott? Er hat die Drogen nicht genommen und wurde deshalb zu Tode geprügelt. Ich glaube, wir gehen das auf die falsche Art an. Diese Verbrechen sind miteinander verbunden, aber es ist trotzdem noch ein zu großer Zufall, dass einige Kids die Drogen genommen haben und andere nicht. Ich denke, diejenigen, die die Tabletten nahmen, wurden dazu gezwungen."

„Was bedeuten würde, Fane wäre an allen Tatorten gewesen. Oder ..."

Taylor schlug sich gegen die Stirn. „Sie haben sie aufgeteilt. Fane, Juri Edvin und Susan Norwood haben die Opfer untereinander aufgeteilt, sodass sich jeder nur um ein paar kümmern musste. Sie haben sich vermutlich unter dem Deckmantel, die Drogen abzuliefern, Einlass verschafft. Erinnerst du dich, dass es keinerlei Anzeichen für ein gewalttätiges Eindringen gab? Sie tauchten mit den Drogen in der Hand an der Tür auf, hatten irgendeine Waffe dabei und zwangen ihre Opfer, die Tabletten zu nehmen. Die Überdosis setzte sofort ein und die Jugendlichen starben schnell. Die Mörder warteten so lange ab, bis die Opfer bewusstlos waren, arrangierten die Leichen, ritzten die Pentakel, drehten die Filmsequenzen und verschwanden."

„Drei Jugendliche, acht Opfer, inklusive Brittany Carson – das ist für das Zeitfenster ganz schön eng. Aber bei vier Jugendlichen sähe die Sache schon ganz anders aus", überlegte McKenzie laut.

„Zumal Brittanys Mord als letzter passierte. Laut Juri Edvin hatten sie und Susan Norwood Streit. Brittany ist mit Norwoods Exfreund ausgegangen, was sie rasend gemacht hat. Juri hat gesagt, Susan wollte, dass er Brittany tötete. Es wäre ihre Idee gewesen. Das würde diesen Fall klären."

Sie hielt inne. McKenzie grinste sie an – sie waren zur gleichen Zeit auf die gleiche Lösung gekommen.

„Aber was ist mit dem Bruder? Wir müssen immer noch den Jungen von Ariadnes Zeichnung identifizieren. Glaubst du, es ist Schuyler Merritt?“

„Ich wette, er ist es. Warum zeigen wir das Bild nicht ein wenig herum? Fangen wir mit Susan Norwood an. Mal sehen, wie sie reagiert. Sie ist die Verletzlichste von allen.“

47. KAPITEL

Nashville
19:00 Uhr

Ariadne zerrieb die Kräuter zwischen ihren Fingern, ihren Handflächen, rieb sie vor und zurück, sodass die wohlriechenden Zweiglein gleichmäßig ins Feuer fielen.

„Isis, Astarte, Diana, Hekate, Demeter, Kali, Inana."

Sie wiederholte den Gesang der Göttinnen noch vier Mal, ruhig und monoton, zog das letzte *A* von Inana in die Länge, fühlte, wie sie selber eins wurde mit ihrem Pantheon. Wahrsagen mithilfe des Feuers war ihre Spezialität, so machte sie es am liebsten, und sie war sicher, sie würde die Schritte des Hexenmeisters nachvollziehen können, nun, wo das Band zu seinem Coven unterbrochen worden war. Er würde seine Gefühle im Wind herumwirbeln, nach Wegen suchen, sie wieder zusammenzubringen, und Ariadne war sicher, dass sie sich mit ihm verbinden könnte.

Die Flammen vor ihr schlugen hoch. Sie waren mit Rosmarin für das Erinnern parfümiert und mit Jasmin, weil das der Duft des Hexenmeisters war. Sie schloss ihre Lider und fühlte, wie sie tiefer und tiefer in Trance sank. Dann öffnete sie die Augen und starrte suchend in die Flammen.

Sie sah einen Altar. Einfach, beinahe grob, und einen Athame mit schwarzem Griff. Zwei Körper, weiblich und männlich, wanden sich im Großen Akt. Dann sah sie die Frau weinen und den Mann verschwinden. Das war alles.

Sie zog sich zurück und zeichnete den Altar, den sie gesehen hatte. Auf ihm wurde eine weibliche Gottheit verehrt. Zwischen den Laren, den Schutzgöttern bestimmter Orte und Familien, und den Penaten, den Schutzheiligen der heimischen Vorräte, waren wertvolle Hinweise verstreut. Sie versuchte, in all dem einen Sinn zu sehen.

Sie wusste, die männliche Gestalt, die sie in den Flammen gesehen hatte, war der Junge aus dem Subversion. Sie wusste nur nicht, wer er war oder welche Rolle er spielte. Die weibliche Gestalt schien die Stärkere der beiden zu sein, aber vielleicht missinterpretierte sie das auch. Männer hielten in Gegenwart einer Frau, die sie liebten, oft ihre Stärke zurück und behandelten sie als Gleichgestellte. Als sie die beiden in der Stadt gesehen hatte, war ihr der Junge als die stärkere Hälfte vorgekommen. Eines war sicher – ihre Verbindung war sehr intensiv.

Sie wusste nicht, was sie sonst noch tun könnte. Also verbreitete sie eine Nachricht unter ihren Brüdern und Schwestern. Alle hielten bereits nach dem Hexenmeister Ausschau. Schließlich sank sie in einen leichten Schlaf, das Notizbuch nah bei sich in der Hoffnung, dass ihr Pantheon ihr im Traum den Weg zeigen würde.

48. KAPITEL

Northern Virginia
18. Juni 2004
Baldwin

Kaylie Fields war kleiner als die anderen. Behutsam an den Fuß eines Baumstamms gebettet, hielten die Fesseln sie in einer liebevollen Umarmung fest. Ihr Haar klebte an ihrem Gesicht – sie war während des Sturms hier draußen gewesen, genau, wie er befürchtet hatte. Trauer wallte in ihm auf. Als Kind hatte er Angst vor Stürmen gehabt; er fragte sich, ob sie sich auch gefürchtet hatte. Aber das war dumm – sie war lange vor Ausbruch des Sturms getötet und an den Baum gebunden worden. Sie hatte keine Angst mehr empfinden können – und mal ehrlich, was war schon ein Unwetter mit Regen und Gewitter im Vergleich dazu, entführt, geschlagen und ermordet zu werden? Ihre Beine waren offensichtlich gebrochen, ein grausamer Akt, von dem Baldwin vermutete, dass er direkt nach der Entführung stattfand, damit die Opfer nicht weglaufen konnten. Bei keiner der Autopsien waren Fesselspuren am Körper entdeckt worden – warum sollte man auch jemanden fesseln, wenn man ihn auf diese Art wehrlos machen konnte?

Baldwin hörte einen der Jungs vom Fairfax County ein paar Schritte zur Seite stolpern und sich dort erbrechen. Vermutlich war es seine erste Leiche oder zumindest das erste Kind als Opfer. Kaylie sah aus, als würde sie selig schlafen. Ein Eindruck, der nur von dem hellroten Fleck auf ihrem Torso und den seltsam verbogenen Schienbeinen gestört wurde. Mitten durchs Brustbein gestochen. Genau wie bei den fünf vorherigen Mädchen. Der Uhrwerk-Mörder hatte erneut zugeschlagen.

Bei diesem Mord gab es jedoch ein paar Unterschiede zu den vorhergegangenen. Der erste war die Entfernung zu den anderen Fundorten. Die ersten fünf Opfer waren direkt neben dem Hauptwanderweg gefunden worden. Kaylie hingegen lag tief im Wald verborgen, weggeworfen wie Überreste eines Campingausflugs. Sie hätten sie nicht so schnell gefunden, wenn ihre Eltern nicht einen Anruf erhalten hätten, in dem der Ablageplatz detailliert beschrieben worden war. Eine weitere Abweichung vom Modus Operandi. Der Anruf war aus einer Telefonzelle in einer dunklen Gasse in Downtown D. C. getätigt worden – entweder von dem Mörder selber oder von jemandem, den er dafür bezahlt hatte. Die Kollegen schauten sich gerade auf den Überwachungsbändern des Parks die ankommenden und abfahrenden Autos der letzten Stunden an, doch bisher ohne Glück. Sie hatten immer noch keine Ahnung, wie die Leichen in den Park transportiert wurden.

Noch nie hatte er gefühlt so wenig Kontrolle über einen Fall gehabt wie jetzt.

Charlotte seufzte. Baldwin drehte sich um und sah, dass sie sich Notizen machte.

„Es ist anders als sonst“, sagte er.

„Er war es trotzdem“, sagte sie. „Er lässt uns nur ein wenig tanzen.“

Von da an war der Tag nicht besser geworden.

Die Männer von der Spurensicherung hatten Kaylies Leiche ohne Ergebnis untersucht. Es waren weder auf dem Körper noch an der Ablagestelle oder im größeren Umkreis Beweise gefunden worden. Der Sturm hatte mögliche vorhandene Spuren einfach weggefegt. Baldwin ließ Bodenproben unter der Leiche nehmen in der Hoffnung, dass sie in dem angeschwemmten Schlamm vielleicht etwas finden würden, das sie in die richtige Richtung wies. Von den Rangern des Great Falls Parks hatte niemand etwas gesehen. Die Videokameras hatten Unmengen an Autos aufgezeichnet, die kamen und fuhren, aber alle waren clean. Es war, als wäre der Mörder eingeflogen, hatte die Leiche am Boden des Abhangs fallen lassen und wäre wieder davongeflogen.

Was natürlich nicht der Fall war. Er war hier gewesen. Aber wie? Sie hatten Arlens Haus beobachtet. Die ganze Nacht über hatte es keinerlei Bewegungen hinein oder heraus gegeben. Er musste die Leiche abgelegt haben, bevor sie mit ihrer Überwachung angefangen hatten, anders ging es nicht.

Unglücklicherweise waren weitere Befragungen von Harold Arlen durch einen teuren Strafverteidiger vereitelt worden, den die Muttergesellschaft von Arlens Zwölf-Punkte-Programm zur Verfügung gestellt hatte. Er behauptete lautstark, sein Mandant wäre vorschnell verurteilt worden. Er nutzte ihre eigene Arbeit gegen sie – sie beobachteten das Haus, sie wussten, dass er nicht in der Lage war, ungesehen zu verschwinden und eine Leiche irgendwo abzulegen. Dazu kam das kleine aber schwerwiegende Problem der mangelnden Beweise. Die Bilder auf dem Computer reichten einfach nicht. Arlen beharrte weiter darauf, dass er nicht wusste, wie sie dorthin gekommen waren, und wenn sie damit vor Gericht gingen, könnte ein guter Anwalt durchaus argumentieren, sie wären ihm untergeschoben oder von ihm versehentlich heruntergeladen worden. Es brauchte nur einen Geschworenen, der das glaubte, und schon wäre ihre Anklage gescheitert. Ohne andere Beweise hatten sie einfach nicht genug in der Hand.

Die Presse verlor langsam das Vertrauen in die Polizei. Immer mehr Anschuldigungen wurden erhoben. Und wenn der Mörder seinem Muster weiter folgte, würde heute Abend ein weiteres Mädchen verschwinden.

Es war schon spät, als Baldwin sein Team entließ, damit seine Leute ein wenig Ruhe fanden, falls das überhaupt möglich war. Er und Charlotte waren noch eine Weile im Büro geblieben und hatten gewartet. Als kein Anruf kam, entspannten sie sich ein wenig, und Baldwin entschied, sie sollten sich etwas zu essen besorgen, ihre Batterien auftanken und am nächsten Morgen ausgeruht weitermachen. Der Schlaf war diese Woche sein Feind gewesen – er funktionierte nur noch durch Koffein und Fast Food, wogegen sein Körper rebellierte. Dazu kam noch Charlotte, die ihm jedes Mal, sobald sie nur ein paar Minuten alleine waren, die Kleider vom Leib riss. So intensiv und heftig der Sex auch war, der Druck machte ihm langsam zu schaffen. In ihrem Liebesspiel schwang inzwischen ein wenig Verzweiflung mit, ein Gefühl von Unsicherheit und Fehlbarkeit. Er hatte das Gefühl, Charlotte würde ihn ausbluten lassen, wenn sie die Chance dazu bekäme.

Und doch lag er wieder erschöpft und keuchend auf dem Bett.

Charlotte marschierte im Schlafzimmer auf und ab. Sie war nackt. Bei jeder Drehung schwang ihr Haar hinter ihr her.

„Er war es. Verdammt. Wir wissen, dass er es war. Da muss doch irgendetwas zu finden sein. Irgendeine Erklärung. Wo hält er sie fest? Wie kann er mit ihnen so einfach verschwinden? Alle halten die Augen offen. Wir haben jetzt seit Tagen mehrere Einheiten auf Arlen angesetzt. Er kann nicht unbemerkt entkommen sein. Wir verfolgen einen verdammten Geist."

„Er ist kein Geist. Er ist direkt vor uns. Wir übersehen nur ein entscheidendes Detail."

Sie drehte sich zu ihm um, die kleinen, weißen Zähne gebleckt. „Was könnten wir denn übersehen haben? Wir waren in seinem Haus. Wir haben ihn beobachtet. Er ist der perfekteste bekehrte Kinderschänder, den ich je gesehen habe."

„Exakt. Das ist es, was nicht mit ihm stimmt. Er ist zu perfekt. Er wird einen Fehler machen, Charlotte. Uns läuft die Zeit davon, ja, aber er wird einen Fehler machen."

„Wie viele Mädchen müssen noch sterben, bevor das geschieht, Baldwin?" Ihre Stimme brach. Diese Verletzlichkeit hätte er bei ihr nicht erwartet.

„Komm her", sagte er.

Gehorsam kam sie zum Bett. „Noch mal", forderte sie heiser, und er hätte beinahe gelacht.

„Charlotte, ich bin nur ein Mann. Ich glaube nicht, dass ich noch einmal ..."

Sie bewies ihm erneut das Gegenteil.

49. KAPITEL

Nashville
19:30 Uhr

In Anwesenheit ihrer Eltern gab Susan Norwood sich sanftmütig und fügsam. Taylor fragte sich, ob ihre Mutter von ihrem Alter Ego Ember wusste und von ihrem Freund, dem Drogendealer Juri Edvin alias Thorn. Wenn nicht, würde sie es früh genug herausfinden.

Mr und Mrs Norwood wirkten heute kleiner, vor Trauer geschrumpft. Erst die Ermordung ihres Sohnes, dann die Verdächtigungen gegen ihre Tochter. Sie lächelten nicht, als Taylor und McKenzie den Raum betraten. Miles Rose stand zur Begrüßung auf und zog Taylor ein wenig zur Seite, außer Hörweite seiner Klienten.

„Sie haben besser was in der Hand, Lieutenant. Ihre Eltern rufen schon nach Ihrer Marke, weil Sie eine Minderjährige gegen ihren Willen und ohne Begleitung hier festgehalten haben."

„Hören Sie auf, sich so aufzuplustern, Miles. Sie wissen genauso gut wie ich, dass es mir gestattet ist, auch ohne Anwesenheit der Eltern mit dem Mädchen zu sprechen. Außerdem ist besagte Minderjährige vor mir davongelaufen, hat versucht, mich zu schlagen und hat ihre Rechte vorgelesen bekommen, bevor sie auch nur ein Wort gesagt hat. Die Anklage lautet auf Mord, Angriff auf einen Polizeibeamten und Flucht vom Tatort. Sie sind hier nicht zur Verteidigung eines süßen, unschuldigen kleinen Mädchens."

Er zeigte kurz die Zähne, der Versuch eines Lächelns, und kehrte dann zu seinen Klienten zurück. Mit den Händen fuhr er sich durch die dünnen schwarzen Strähnen auf seinem kahl werdenden Schädel. Taylor überkam immer der Wunsch nach einer Dusche, nachdem sie Miles Rose die Hand geschüttelt hatte.

Sie setzte sich auf die andere Tischseite und stellte McKenzie den Norwoods vor. Nachdem die Höflichkeiten ausgetauscht worden waren, fragte Mrs Norwood: „Gibt es Neuigkeiten zum Mord an unserem Sohn, Lieutenant?"

„Gute Frage", erwiderte Taylor. „Warum geben wir die nicht an Susan weiter? Susan, was hältst du von all dem?"

Das Mädchen funkelte sie an, und Taylor hob eine Augenbraue. Wenigstens nach außen hin stand das Mädchen immer noch unter der

Kontrolle seiner Eltern.

„Warum um alles in der Welt fragen Sie Susan? Sie hat mit all dem nichts zu tun. Und ich will wissen, warum sie gestern Abend festgenommen und hierbehalten wurde, Lieutenant. Was genau geht hier vor?"

Taylor lehnte sich auf ihrem Stuhl zurück. „Nun, zum einen geht Ihre Tochter mit einem Drogendealer aus. Er hat sie mit einem Mord in Zusammenhang gebracht, den er begangen hat."

„Was zum Teufel …! Das war's. Wir gehen." Die Norwoods sprangen auf.

„Sie können gerne gehen, aber Susan bleibt. Wir klagen sie an wegen vorsätzlichen Mordes."

Laura Norwood fing an zu stottern, und Susan stieß einen Klagelaut aus. Miles Rose lehnte sich in seinem Stuhl zurück und verschränkte die Finger vor dem Bauch – in seinen Augen tanzten schon die Dollarzeichen.

Mr Norwood sagte: „Aber sie ist noch minderjährig. Sie können sie doch bestimmt nicht anklagen. Sie hat nichts falsch gemacht."

„Das stimmt. Ich habe nichts gemacht. Ich habe mit all dem nichts zu tun." Susan bedachte Taylor mit einem glühenden Blick.

„Lass mich dir eine kleine Geschichte erzählen, okay? Du kannst mich gerne korrigieren, wo ich falschliege. Du verbringst deine Zeit mit einem Jungen namens Juri Edvin, auch bekannt als Thorn, der die Hälfte der Schüler der Hillsboro High School mit Drogen versorgt. Sagt dir der Name Vi-Fri etwas? Dein Freund hat Brittany Carson eine gepanschte Ecstasy-Tablette gegeben und dann durch das Fenster ihres Hauses von draußen zugeschaut, wie sie gestorben ist. Er hat seine DNA an der Hauswand hinterlassen, es liegt also keine Verwechslung vor. Bist du nicht mit Brittany befreundet gewesen? Juri sagte gestern etwas in der Art."

„Das ist Blödsinn", sagte Susan.

„Susan!", rief Mrs Norwood ihre Tochter zur Ordnung. „Wo bleiben deine Manieren? Du entschuldigst dich sofort beim Lieutenant." Sie suchte in ihrer großen Handtasche nach einem Taschentuch. „Hier liegt offensichtlich ein Missverständnis vor. Susan und Brittany *waren* einmal Freundinnen. Sie haben gemeinsam babygesittet. Dann wechselte Brittany dank eines Stipendiums auf die St. Cecilia's und die beiden sahen einander nicht mehr so häufig. Brittany hat angefangen, mit einem von Susans ehemaligen Freunden auszugehen, und sie haben sich ein wenig gestritten. Aber ihr hattet immer noch ab und zu Kontakt, oder?“

„Halt. Den. Mund. Mom.“ Susan biss die Zähne so sehr zusammen, dass Taylor Angst hatte, sie würden ihr abbrechen.

„Du warst es, die ihr die Drogen gegeben hat“, sagte Taylor ungläubig. „Du hast sie umgebracht.“

„Das stimmt nicht. Es war Thorn. Er hat ihr die Drogen gegeben. Ich hatte nichts damit zu tun. Mit nichts von allem.“ Ihr Blick glitt auf der Suche nach Unterstützung wild durch den Raum. Ihre Eltern starrten sie entsetzt an. Taylor beugte sich vor.

„Susan, er hat gesagt, du hättest ihn darum gebeten, aber das stimmt nicht, oder? Ihr seid gemeinsam hingegangen, habt sie gezwungen, die Tablette zu schlucken, und nachdem sie das getan hatte und am Boden lag, hast du ihr das Pentakel in den Bauch geritzt, genau wie bei deinem Bruder und Mandy Vanderwood und Brandon Scott und Chelsea Mott und …“

„Nein! So war es nicht!“

Die Gesichter von Susans Eltern waren aschfahl. Ihre Mutter stieß einen leisen Schrei aus. Taylor ignorierte sie und beugte sich noch näher zu Susan.

„Warum erzählst du mir dann nicht, *wie* es war, Susan? Erzähl uns, was genau passiert ist.“

Das Mädchen fing an zu weinen. Lange, quälende Schluchzer schüttelten ihren Körper. „Es war Raven“, sagte sie schließlich unter Schluckauf. „Raven hat es uns befohlen.“ Nachdem sie den Namen ausgesprochen hatte, stieß sie unzusammenhängende Geräusche aus und schlang sich die Arme um den Bauch. Weder ihr Vater noch ihre Mutter versuchten sie zu trösten.

Taylor war auch nicht gewillt, dem Mädchen gegenüber irgendwelche Milde walten zu lassen. Tief in den Falten ihres verdrehten kleinen Gehirns steckte der Schlüssel zur Lösung dieses Falls.

Susan schüttelte den Kopf und stieß ein lang gezogenes Stöhnen aus. „Ich kann es Ihnen nicht sagen. Ich kann seinen Namen nicht laut aussprechen. Gebunden durch Feuer, gebunden durch Blut, gemeinsam verbunden zu höchstem Mut.“

„Wovon sprichst du da?“, fragte Mrs Norwood. Taylor ignorierte sie.

„Susan. Kannst du es aufschreiben? Kannst du seinen Namen aufschreiben?“

„Nein. Ich darf ihn nicht verraten. Er würde mich umbringen." Sie sagte erneut den Sprechreim auf.

„Ich glaub das alles nicht", murmelte Mrs Norwood. Sie streckte die Hand aus, zog Susans Hände vom Gesicht und gab ihr eine Ohrfeige. „Hör sofort auf, dich so zu benehmen, und erzähle dem Lieutenant, wer Raven ist. Sofort."

Taylor war im Bruchteil einer Sekunde um den Tisch herum und riss Mrs Norwood auf die Füße. „Ma'am, das ist nicht nötig. Vielleicht möchten Sie und Mr Norwood den Rest der Befragung über draußen warten." Sie ließ ihnen keine Wahl und schoss Miles Rose einen scharfen Blick zu. Er stand auf und tätschelte Mrs Norwoods Arm.

„Das wird vermutlich das Beste sein. Ich bleibe hier. Ich werde nicht zulassen, dass man ihr schadet." Sie hörten nicht zu, sondern starrten ihre Tochter an, als wäre sie eine Fremde.

„Sie hat etwas mit dem Tod unseres Sohnes zu tun?" Die leise Stimme verriet, dass Mr Norwood immer noch versuchte, das alles zu verarbeiten. Sein Mund öffnete und schloss sich wie ein Fisch an Land.

Ihre Mutter schrie jetzt. „Das ist unmöglich. Susan, sag es ihnen. Sofort. Sag ihnen, dass du damit nichts zu tun hast."

Das Mädchen richtete sich auf seinem Stuhl auf. „Ich hatte mit dem Mord an meinem Bruder nichts zu tun, Lieutenant. Er hätte gar nicht dabei sein sollen."

„Heilige Muttergottes, du weißt tatsächlich etwas darüber. Warum, Susan? Warum?" Ihre Mutter war mit den Nerven am Ende. Taylor wollte nicht, dass sie das Mädchen noch einmal schlug; dieser kleine Vorfall hatte ihr einen guten Einblick in das Leben von Susan gegeben. Taylor nahm Mrs Norwood am Ellbogen und berührte Mr Norwood an der Schulter.

„Lassen Sie uns von hier aus alleine weitermachen. Warum gehen Sie nicht nach draußen und schnappen ein wenig Luft?"

Sie brauchte die Unterstützung von Miles, um die beiden aus dem Raum zu schaffen. Schluchzend erlaubte Mrs Norwood ihrem Mann, einen Arm um sie zu legen. Er starrte im Hinausgehen noch immer wie in Trance seine Tochter an.

Als die Tür sich hinter ihnen schloss, wandte Taylor sich dem Mädchen zu. Sie entrollte den Papyrus mit Ariadnes Zeichnung und legte ihn flach auf den Tisch. Susan starrte sie mit weit aufgerissenen Augen an.

„Ist das Raven?“, fragte Taylor.

Susan sagte nichts, sondern nickte nur.

Taylor rollte das Papier wieder auf.

„Und jetzt erzähl mir alles“, verlangte sie.

Raven fuhr mit seinem alten Auto zurück zu Fanes Haus. Er bog in ihre Straße ein und sah den Tumult – Autos, uniformierte Polizeibeamte, die ins Haus hineingingen und wieder herauskamen. Da war sogar jemand mit einem Spürhund. *Oh nein. Oh nein, oh nein, oh nein.* Wo war Fane? Wo steckte sie?

Er schickte ihr eine SMS. Seine Hände zitterten so sehr, dass er die Tasten kaum richtig drücken konnte.

Sie antwortete nicht.

Oh Azræl, hast du mich bereits verlassen?

Er trat heftig auf die Bremse, legte den Rückwärtsgang ein und schoss die Hobbs hoch. Was sollte er tun? Was sollte er tun?

Die Ampel an der Kreuzung Hobbs und Estes sprang auf Rot – er musste stehen bleiben. Er nutzte den Moment und fühlte nach innen, spürte den Ranken der Seelen seiner Jünger nach. Er fand keine. Sie hatten ihn verlassen. All die zarten Verbindungen zu seinem Coven waren gerissen. Ein herzzerreißendes Gefühl der Einsamkeit brach über ihn herein und ließ ihn atemlos vor Schmerz zurück. Er war allein. Oh, was hatte er nur falsch gemacht? Die Zaubersprüche waren richtig gewesen, die Taten gerecht. Warum passierte das jetzt?

„Warum!“, schrie er und schlug mit den Händen aufs Lenkrad.

Sie würden nicht reden, dessen war er sicher, aber er musste trotzdem fliehen. Nur für den Fall.

Er war in letzter Zeit viel zu viel geflohen.

Er bog in die Auffahrt seines Hauses ein und eilte nach drinnen, um all seine Habseligkeiten zusammenzuraffen – sein Buch der Schatten, seinen tragbaren Altar. Er stopfte seinen Laptop in seine Schultasche, dazu ein paar Klamotten zum Wechseln, seinen Umhang, seine Make-up-Tasche. Seinen Athame in der Scheide aus weichem Leder. Die Flugtickets nach Los Angeles. Er hatte die Hoffnung noch nicht aufgegeben.

Auf dem Weg nach unten war er sich wohl bewusst, dass er schwer und schnell atmete, als wenn er Meilen gerannt wäre. Panik. Er schloss die Augen und versuchte, sein rasendes Herz zu beruhigen. Dann betrat er den kühlen, zugigen Keller.

Der Geruch war verschwunden. Der frisch gegossene Zementboden war dünn, aber stabil. Er schritt über sie hinweg, unverhohlene Nichtachtung rieselte aus jedem seiner Schritte auf den Boden. Die Schweine. Das war alles ihr Fehler.

Er kannte die Kombination für den Safe. Er stellte die richtigen Zahlen ein und lächelte, als das dumpfe Klicken ertönte, mit dem das Schloss sich öffnete. Er zog die Tür auf, griff in den Safe hinein und nahm den Inhalt an sich. Die metallenen Waffen klapperten in seiner Tasche. Er nahm so viele Patronen mit wie er konnte und schloss dann die Tür zum leeren Safe.

Zorn, Angst, Einsamkeit tobten durch seinen Kopf. Er spürte, wie sich Wut in seinem Inneren aufbaute, drehte sich um und schlug wieder und wieder gegen die gemauerte Wand, bis seine Knöchel bluteten. Dann hämmerte er mit den seitlichen Fäusten weiter gegen den Beton. Ein roter Schleier vernebelte ihm die Sicht, während er das störrische Objekt weiter bearbeitete. Er wusste nicht, wie lange es gedauert hatte, aber seine angestaute Wut loszulassen, hatte geholfen; als das Blut von seinen Fäusten tropfte, konnte er endlich wieder klar sehen.

Er schaute zu Boden. Der neue Zement hob sich dunkel vom alten ab. Er durfte nicht riskieren, dass sie ihm auf die Spur kamen.

Ravens Blick fiel auf den vollen Benzinkanister, der in einer Ecke stand. Er lächelte. Wie passend. Genau das würde er tun.

Er schulterte die schwerste Tasche und brachte sein gesamtes Gepäck nach oben und in sein Auto. Dann kehrte er ins Haus zurück. Das Benzin – gerade so viel, wie man für ein nachmittägliches Rasenmähen an einem ruhigen Samstag benötigte – plätscherte fröhlich gegen die Wände. Dankbar sog er den Geruch ein. Es war Zeit, diesen Kokon endgültig abzustreifen.

Er nahm eine Zigarette aus der Packung Camels, die seit drei Wochen auf dem Sims lag, und das Feuerzeug. Er achtete darauf, nicht einzuatmen – niemals würde er den Tempel seines Körpers mit etwas so Unnatürlichem beschmutzen. Ein paar Züge, dann glühte das Ende rot. Er warf die Zigarette die Kellertreppe hinunter. Nichts geschah.

Frustriert nahm er das Feuerzeug und ein Geschirrhandtuch, ging die Treppe halb hinunter, zündete das Handtuch an und warf es auf den Boden. Eine dünne blaue Flamme lief los und explodierte mit einem Röhren, als sie den Rand der Benzinpfütze erreichte.

Raven eilte aus dem Haus in sein Auto. Seine weltlichen Besitztümer befanden sich hinter ihm, der Geruch nach Angst und Bedauern wurde davongespült, als er den Motor startete und ein letztes Mal von der Auffahrt auf die Straße fuhr. Er schaute zurück und hätte schwören können, dass die Flammen ihm zum Abschied winkten. Dann wurde das Haus von ihnen verschlungen.

Es gab nur einen Ort, an dem er heute Nacht sicher wäre. Er fuhr Richtung Westen, zu seinem Friedhof, wo er Schutz unter der Eiche fände. Am Morgen würde er ihnen allen zeigen, was es hieß, ein Gott zu sein.

Ariadne wachte erschrocken auf. Das Bild aus ihrem Traum tanzte noch lebhaft auf ihren geschlossenen Lidern. Sie ließ es sich noch einen Moment entfalten, dann setzte sie sich auf und fing an zu zeichnen. Gitter. Eine Uniform. Das blasse Gesicht eines jungen Mannes, weit weg von zu Hause. Traurigkeit in den Augen.

Dann ein Feuer, ein rasendes Inferno, das ihn mit sich riss, seine Seele verbrannte. Der Junge erschien unter einer Eiche, auf einem Friedhof, zu einem Ball zusammengerollt, weinend.

Ariadne wusste, wo er war.

Sie legte sich wieder hin und bemerkte abwesend, dass es draußen dunkel war. Sie hatte mehrere Stunden geschlafen. Nach ein paar Augenblicken warf sie die Decke beiseite und ging zu ihrem Altar. Sie musste über dieser Vision meditieren, um den richtigen Weg zu finden, das Böse zu bekämpfen.

Wenn die Polizei nicht auf sie hörte, müsste sie es eben alleine tun.

50. KAPITEL

Quantico
2. November

Baldwin wog sorgfältig ab, wie er diesen Teil der Geschichte erzählen wollte. Er begab sich auf höchst gefährliches Terrain. Er war weit entfernt davon, unschuldig zu sein. Aber ein Fehltritt hier würde ihn seine Karriere kosten. Mit einem Mal war er sich sicher, dass er beim FBI bleiben wollte. Er wollte weiter mit der BAU zusammenarbeiten, wollte Garrett helfen. Seine ganzen früheren Zweifel hatten sich in Luft aufgelöst. Ihm blieb nur, die Wahrheit zu sagen und auf das Beste zu hoffen.

„Dr. Baldwin? Wir warten."

Reever schaute ihn besorgt an. „Alles okay, Kumpel? Brauchst du eine kurze Pause?"

Baldwin schüttelte den Kopf. „Nein. Nein, mir geht es gut." Er atmete tief ein und erzählte die Geschichte zu Ende.

Quantico
19. Juni 2004
Baldwin

Die Dämmerung brach früh herein. Baldwin hatte es geschafft, ein paar Stunden zu schlafen. Charlotte war in der Küche – er hörte sie hantieren und roch frischen Kaffee. Er stieg aus dem Bett, duschte schnell und zog sich an.

Als er in die Küche kam, saß Charlotte am Küchentisch, die Füße untergezogen, die Arme um die Knie geschlungen.

„Ich weiß, was wir tun müssen", sagte sie.

„Und zwar?"

„Wir wissen, dass er es ist, stimmt's? Wir wissen, Arlen ist unser Mann. Das geht nicht nur mir so."

„Stimmt. Ich habe auch nicht den geringsten Zweifel."

„Dann ist es an uns, ihn aufzuhalten."

„Natürlich ist es das. Wir tun bereits unser Bestes. Die Mordkommission aus Fairfax arbeitet ausgezeichnet. Sie werden schon noch etwas finden."

„Ja, das werden sie. Ich habe trotzdem eine Idee. Ich glaube, es ist an der Zeit, Fairfax außen vor zu lassen und die Sache selber in die Hand zu nehmen."

„Charlotte, das können wir nicht machen. Es ist ihr Fall. Wir sind nur auf ihren Wunsch hin als Berater tätig. Wenn wir zu viel Druck machen, lässt Goldman uns in Nullkommanichts von dem Fall abziehen. Glaub nicht, dass er das nicht fertigbringt. Er ist ziemlich frustriert."

„Ja, ja, ich weiß. Aber das meine ich auch gar nicht."

„Tut mir leid, ich kann dir nicht folgen."

Sie seufzte ungeduldig. „Denk doch mal nach, Baldwin. Wir haben Zugriff auf die Blutproben."

Die Richtung, die das Gespräch nahm, gefiel ihm gar nicht. Alle Alarmglocken fingen an zu läuten.

„Ja, und?"

„Wir brauchen nur ein paar Tropfen. Ein paar Spritzer auf einem Taschentuch. Wir ordnen eine erneute Durchsuchung seines Hauses an und voilà, da ist der Beweis, den wir benötigen, um den Bastard für immer hinter Schloss und Riegel zu bringen."

Baldwin stockte der Atem. „Charlotte. Du sprichst davon …"

Sie wirbelte mit verzerrtem Gesicht zu ihm herum. Er hatte sie noch nie wütend gesehen, und der Anblick verstörte ihn.

„Ich weiß. Ich weiß! Aber was haben wir sonst für Möglichkeiten? Wir müssen die Sache in die eigenen Hände nehmen. Niemand wird je davon erfahren. Denk doch einmal an all die Leben, die wir retten würden, den Trost, den die Familien fänden. Es dient einem höheren Ziel."

Sie stand nur wenige Zentimeter vor ihm, die Hitze strahlte in Wellen von ihrem Körper aus. Rechtschaffene Entrüstung stand ihr nicht gut. Jeder Muskel in seinem Körper spannte sich an. Er erkannte, dass er sie schlagen wollte. Er hatte noch nie eine so reine, pure Wut durch seine Adern fließen gespürt.

Sie packte seine Hand, und er zog sie zurück, als hätte er sich verbrannt. Sie ignorierte das, griff noch einmal nach ihm. Er erstarrte, als ihre Arme sich um seinen Körper schlangen. Sie fing mit ihrem dämonischen Tanz an, dessen Bewegungen darauf ausgerichtet waren, sein Blut in Wallung zu bringen. Doch er spürte nichts. Mit einem einzigen laut ausgesprochenen Gedanken hatte sie jegliche Gefühle, die er für sie gehabt haben mochte, getötet.

Das war nicht, was er wollte. Das hier war falsch, und zwar alles daran. Er hatte es immer gewusst, aber dieser offene Verführungsversuch, nachdem sie eben versucht hatte, ihn dazu zu bringen, gegen seinen Ehrenkodex zu verstoßen, machte ihn krank. Er trat zurück und packte ihre Arme, hielt sie daran von seinem Körper weg. Er konnte nicht anders, er schüttelte sie leicht, versuchte, ihre volle Aufmerksamkeit zu erlangen. Er schaute ihr direkt in die Augen, um sicherzugehen, dass sie ihn klar und deutlich verstand.

„Hör mir genau zu. Ich werde vergessen, dass du das gesagt hast. Ich werde in die andere Richtung schauen, während du deine Sachen zusammensuchst und so schnell wie möglich aus meiner Wohnung verschwindest. Ich werde dich von diesem Fall abziehen. Es ist dir ab sofort untersagt, auch nur in die Nähe von Harold Arlen zu gehen. Hast du mich verstanden?"

Charlotte presste die Lippen aufeinander und riss sich von ihm los. „Fick dich, Baldwin. Du hast mir gar nichts zu sagen. Du willst mich genauso, wie ich dich will. Das kannst du nicht leugnen. Und tief in deinem Herzen weißt du, dass mein Vorschlag der einzig richtige ist."

„Du könntest dich nicht mehr irren. Geh jetzt, Charlotte. Hau endlich ab."

Er schrie und musste alle Kraft zusammennehmen, um seine Stimme wieder zu beruhigen.

Sie starrte ihn an, der Schmerz in ihren bernsteinfarbenen Augen war greifbar und tödlich.

„Wage es ja nicht, mich aus deinem Leben zu werfen, Baldwin. Sonst werde ich dafür sorgen, dass du es bereust."

„Oh, eine Drohung, Charlotte? Behältst du so die Leute in deinem Bett, in deinem Bann?"

„Ich liebe dich." Sie fing an zu weinen, die Tränen flossen über ihr Gesicht, tropften von ihrem Kinn. Sie versuchte nicht, sie zu verbergen, sondern stand stolz und mit geradem Rücken da und schaute ihm in die Augen.

„Ich sagte, ich liebe dich. Du kannst mir nicht erzählen, dass du nicht das Gleiche für mich empfindest."

Baldwin schüttelte nur den Kopf. Er nahm ihre Drohung nicht ernst. Mal ehrlich, was konnte sie schon tun? Ja, er hatte eine nicht sonderlich glückliche Affäre gehabt, aber damit war er beim Bureau nicht der Erste und er würde auch nicht der Letzte sein. Er bekäme eine Verwarnung und das wäre es.

Er senkte die Arme und ging ein paar Schritte zur Seite. Charlotte weinte weiter, doch ihr Blick war jetzt wachsam. Er spürte, dass die Erkenntnis langsam einsickerte und die Wut sich in ihr breitmachte.

Er drehte sich um und sagte: „Ich liebe dich nicht."

„Nun, dann haben wir ein kleines Problem. Denn ich bin schwanger."

Er erstarrte und drehte sich ganz langsam zu ihr um.

„Was hast du gesagt?"

Sie reckte das Kinn und schaute ihm direkt in die Augen. „Ich bin schwanger."

Er konnte die Gefühle nicht benennen, die durch seinen Körper tobten. Das konnte nicht sein. Sie verarschte ihn. Doch irgendetwas in ihrer Miene verriet ihm, dass sie keine Witze machte.

„Ist es von mir?", fragte er.

„Fick dich, Baldwin. Fick. Dich." Große, dicke Tränen rollten über ihr Gesicht. „Wie kannst du so etwas fragen?"

„Weil es noch zu früh ist. Wir sind erst seit wenigen Wochen zusammen."

Sie drehte sich um und griff nach ihrer Handtasche. Sie wühlte eine Weile darin herum, dann holte sie etwas heraus und warf es ihm zu. Er fing es auf – ein Schwangerschaftstest mit zwei rosafarbenen Linien.

Was für ein Desaster.

Sie fand ihren Stolz wieder. Ihr Gesicht zeigte keine Regung.

„Da du es ja offensichtlich nicht willst, werde ich es abtreiben lassen."

„Charlotte, ich …"

„Fahr zur Hölle, John Baldwin. Fahr einfach zur Hölle."

In einem Wirbel aus Schmähungen und fliegenden roten Haaren stürmte Charlotte aus der Wohnung. Er lief ihr nicht nach. Es gab zu viel, das er erst verdauen musste. Er schloss die Tür hinter ihr und lehnte sich mit einem Seufzer dagegen. Gott, was hatte er getan? In was für einen Schlamassel hatte er sich da nur hineingeritten?

Schwanger.

Oh Gott. Er hatte sie geschwängert.

Und das war nur das halbe Problem. Um Himmels willen, sie hatte vorgeschlagen, Beweise unterzuschieben.

Er war vollkommen ratlos.

Er glitt an der Wohnungstür hinunter und schlug die Hände vors Gesicht. Was sollte er tun? Er atmete ein paar Mal tief durch. Das war schon besser.

Der erste Schritt wäre, zu Garrett Woods zu gehen und ihm zu erklären, dass er Charlotte nicht mehr in seinem Team haben konnte. Er würde vor Ort entscheiden, ob er ihm die ganze Geschichte erzählte oder nicht. Es war gut möglich, dass Garrett seinem Wort einfach vertraute und sie versetzen ließ. Wenn nicht, würde er die Strafe wie ein Mann ertragen. Es war immerhin seine Schuld. Er hatte zu sehr mit seinem Schwanz gedacht.

Sollte er sie heiraten? Sie davon abhalten, das Kind abzutreiben, sie heiraten und das Kind mit ihr gemeinsam aufziehen? Er hatte sich nie in der Rolle des Vaters gesehen. Natürlich war bisher auch noch keine der Frauen, mit denen er zusammen gewesen war, schwanger geworden.

Sein Handy klingelte, doch er ging nicht ran. Er kämpfte sich auf die Füße, biss die Zähne zusammen. Eine ungekannte Schwere umhüllte ihn. Der Druck des Falles, das Chaos, das Charlotte mit ihrem Schwachsinn angerichtet hatte, der Geist eines ungeplanten Kindes …

Das war alles zu viel. Er ging in die Küche, spritzte sich kaltes Wasser ins Gesicht, ging dann ins Wohnzimmer und schaltete den Fernseher ein. Eine Eilmeldung flackerte rot über den Bildschirm. Sein Herz wurde schwer. Die Nachrichtensprecherin hatte Tränen in den Augen, als sie die Nachricht verlas.

„Der Uhrwerk-Mörder hat erneut zugeschlagen."

„Du Scheißkerl!" Baldwin warf die Fernbedienung quer durch das Zimmer. Sie knallte gegen die Wand und fiel in mehreren Stücken zu Boden. Das perfekte Sinnbild seines Lebens. Zerbrochene Teile. Kleine Mädchen, wie Maiskörner im Wald verstreut. Ein Verdächtiger ohne Beweise, die ihn mit den Verbrechen in Verbindung brachten. Eine irre Profilerin, die sich auf Teufel komm raus selber zerstören wollte. Sein Leben war auf den Kopf gestellt. Wie viele weitere Katastrophen konnte dieser Tag noch bringen?

Charlotte

Charlotte saß zitternd in ihrem Auto. Sie konnte nicht fassen, dass Baldwin sie infrage gestellt hatte. *Ist es von mir?* Der Scheißkerl. Wie konnte er etwas anderes denken? Seit über zwei Wochen fickte er sie bei jeder passenden und unpassenden Gelegenheit. Wie konnte er es wagen, so dreist zu sein? Nach allem, was sie ihm gegeben hatte? Nach allem, was sie gesagt hatte?

Sie liebte ihn wirklich, ob er das nun glaubte oder nicht. Ihre Liebe zeigte sich vielleicht nicht auf eine Art, die andere Menschen einfach entziffern konnten, aber trotzdem war es Liebe. Sie hatte sich noch nie zuvor einem Mann so hingegeben. Und wohin hatte es sie gebracht? Sie saß allein und schwanger in ihrem Auto und weinte.

Wütend wischte sie die Tränen weg. Heulen war keine Lösung.

Er hatte nur Angst. Das war alles. Sie hätte ihm nicht vorab von ihrem Plan erzählen sollen. Sie hätte ihn langsam heranführen müssen, ihm von dem Baby erzählen, ihn erst einmal glücklich sein lassen. Dann hätte er verstanden, dass ihr Plan fehlerlos und außerdem das Richtige war.

Sie legte einen Gang ein. Sie musste heute noch so viel tun. Sie würde sich ihm beweisen, und er würde zu ihr zurückkommen. Dafür würde sie sorgen.

51. KAPITEL

Nashville
21:00 Uhr

Taylor war im Konferenzraum des CJC und ließ sich über einen Jungen namens Schuyler Merritt briefen, den Susan Norwood und Juri Edvin nur Raven nannten. Immer schneller und schneller fielen die einzelnen Puzzleteile an ihren Platz. Sie hatten die Howells nach Hause geschickt – es gab nichts mehr, wobei Theo ihnen heute helfen könnte. Die Norwoods hatten auch gehen dürfen. Susan war zur Aufnahme begleitet worden, nachdem sie Taylor die ganze Geschichte erzählt hatte. Wie die vier die Tatorte untereinander aufgeteilt hatten, in die Häuser ihrer Feinde gegangen waren, ihnen Waffen an den Kopf gehalten und sie zur Einnahme der gepanschten Drogen gezwungen hatten. Wie Raven und Fane ihre Liebe pervertiert und einen Film über ihre Taten gedreht hatten. Von ihrem Coven hatte sie erzählt und davon, dass sie Hexerei und Vampirismus betrieben.

Nachdem er einen Namen wusste, mit dem er arbeiten konnte, hatte Lincoln sehr schnelle Ergebnisse erzielt. Schuyler Merritts Geschichte breitete sich mit rücksichtsloser Unbekümmertheit auf dem Konferenztisch aus. Irgendwo in diesen Worten verbarg sich ein Hinweis darauf, wo der Junge zu finden war.

„Ich habe die Besserungsanstalt in Virginia angerufen, die er besucht hat. Sie sagten, er wäre vor drei Wochen weggelaufen. Seine Eltern sind sowohl telefonisch als auch schriftlich darüber informiert worden. Sie haben einen Brief zurückgeschickt, in dem sie schreiben, dass sie ihn ab jetzt zu Hause unterrichten werden. Die Schule hat diese Nachricht mit großer Erleichterung aufgenommen. Offensichtlich war er kein leichter Schüler."

Das Faxgerät im Konferenzraum surrte seit dreißig Minuten ohne Unterlass. Die Schule faxte Schuylers Akte inklusive seiner psychologischen Begutachtungen. Wie eine Armee marschierten die Seiten aus dem Fax und verrieten einen Vorfall nach dem nächsten, die sich in den wenigen Monaten von Schuylers Aufenthalt an der Schule zugetragen hatten.

Taylor blätterte die Seiten durch und fragte sich, wie ein Kind so verstört enden konnte. Nicht, dass sie es nicht schon viele Male zuvor gesehen hätte. Aber Schuyler Merritt schien schlimmer zu sein als die meisten.

„Irgendein Wort über den Aufenthaltsort der Mutter, Jackie Atilio?"

„Nein. Wir können auch Schuyler senior nirgends finden."

Taylor wandte sich an McKenzie. „Meinst du, er hat seine Eltern aus dem Weg geräumt?"

„Unglücklicherweise ja. Ein Leichenspürhund ist gerade auf dem Grundstück und im Haus der Atilios unterwegs."

„Ja. Ich habe aber noch nichts davon gehört, dass er etwas gefunden hat."

„Vielleicht sollten wir ihn auch noch zum Haus des Vaters schicken."

„Das habe ich schon veranlasst. Hat irgendjemand einen sicheren letzten Aufenthaltsort von einem der Eltern ausfindig machen können?"

„Marcus hat den Commander von Mrs Atilios Ehemann erreichen können. Er ist auf einer Übungsmission und hat seit mindestens zwei Wochen keinen Kontakt mehr zu seiner Familie gehabt. Er hat ganz sicher nicht mit ihr gesprochen."

„Okay. Sucht weiter."

Taylor blätterte in der aus den gefaxten Seiten selbst zusammengebastelten Schülerakte von Schuyler herum. Die Bilder zeigten einen dünnen Jungen mit raspelkurz geschnittenem, vanillegelbem Haar und blauen Augen, in denen die Wut funkelte. Seine Lippen waren zusammengepresst, die Kragenecken seines Hemdes passten zur spitzen Form seines Kinns.

Die Berichte aus der Schule strotzten nur so vor Vorfällen. Von Hexerei über Schikane gegenüber Schwächeren bis zu homosexuellen Affären. Die Schulpsychologen bekamen ihn einfach nicht in den Griff. Egal, auf welche Weise sie versuchten, zu ihm durchzudringen, er zog sich zurück und brach nur ab und zu sein Schweigen, um rechtschaffene Funken des Zorns über sie niederregnen zu lassen. Als er mitten in der Nacht aus der Anstalt davongelaufen war, hatte der Lehrkörper kollektiv erleichtert aufgeseufzt. Die Akten zeigten außerdem, dass er schwer am Verlust seiner Schwester trug. Die Trennung von ihr schien der schwierigste Teil seines Lebens zu sein.

Nach Aussage von Susan und Juri war das Mädchen der Schlüssel. Alles, was Raven tat, tat er für Fane.

Taylor hatte Susan und Juri noch einmal befragt, hatte dafür gesorgt, dass ihre Aussagen über ihr Quartett so klar und real wie möglich waren. Sie konnten ihr keine hilfreichen Informationen geben. Sie wussten nicht, wo er war. Sie wusste nicht, wohin er gehen würde. Sie wussten gar nichts. Taylor hingegen wusste, dass sie logen; auf eine verdrehte, geheimnisvolle Art verehrten sie diesen Jungen, den sie Raven nannten. Doch sie hatte keine Ahnung, wie sie die beiden erreichen sollte. Sie hatte kein Lockmittel, keinen Köder. Sie waren beide des Mordes angeklagt, und auf keinen Fall würde sie einem von ihnen einen Deal anbieten.

Fane war auch keine große Hilfe. Sie war in einen tiefen Singsang verfallen und saß kerzengerade auf ihrem Stuhl und murmelte vor sich hin. Es wurde langsam spät. Taylor sorgte dafür, dass die drei die Nacht über im Gefängnis untergebracht wurden.

Frustriert rief sie schließlich Ariadne an, erreichte sie jedoch nicht. Sie hinterließ eine Nachricht mit der Bitte um Rückruf. Taylor kannte sich in dieser Welt überhaupt nicht aus und hatte das Gefühl, dass Ariadne ihr helfen könnte. Inzwischen tat es ihr leid, dass sie sie vorhin weggeschickt hatte.

Sie tigerte im Konferenzraum auf und ab, als ihr Handy klingelte.

„Taylor?“ Taylor erkannte die atemlose Stimme als die von Marcus, obwohl seine Nummer unterdrückt war.

„Was ist los? Du klingst vollkommen außer Atem.“

„Ich bin beim Haus von Schuyler Merritt. Ich glaube, er war hier.“

„Wirklich? Wie lange ist das her?“

„Nicht sehr lange. Das Haus brennt lichterloh.“

Der Mond hing tief am Himmel, eine perfekte Sichel, an deren Spitze das kleine Licht des Planeten Venus glitzerte. Die Nacht war klar und kalt, die Luft brannte in Taylors Nase.

Sie und McKenzie unterhielten sich auf der Fahrt nach Green Hills, während die nächtlichen Straßen Nashvilles an ihnen vorbeiflogen.

„Was glaubst du, unternimmt er als Nächstes, McKenzie?“

„Ich weiß es nicht. Er könnte versuchen zu fliehen. Vor allem, wenn er weiß, dass seine Kumpanen hinter Gittern sitzen. Er könnte auch bleiben und kämpfen. Ich weiß es einfach nicht.“

„Was ich wissen will, ist: Ist er fertig?“

Er sagte nichts, sondern schaute nur aus dem Fenster. Sie waren auf der Twenty-first Avenue, die Straßen waren für diese abendliche Zeit erstaunlich leer. Die Nachwehen der Feiertage; die Stadt schlief nach der langen Nacht am Freitag.

„Hast du Ariadne angerufen?", fragte er.

„Ich habe es versucht. Sie geht nicht ran."

„Wir müssen ein Auge auf sie halten. Sie könnte versuchen, ihn selber aufzuspüren und zu stellen. Du hast sie vorhin abgewiesen, vielleicht vertraut sie dir jetzt nicht mehr."

„Hör mal, ich weiß, dass du selber nicht an den ganzen okkulten Kram glaubst, McKenzie."

„Stimmt, aber ich weiß genug darüber, um zu erkennen, dass einige Menschen sehr wohl daran glauben. Schau dir diese Teenager an. Sie haben mit Hexerei herumgespielt. Sie glauben. Sie denken, dieser Junge, Raven, hat sie mit einem Bann belegt, damit sie nicht über ihn sprechen können. Es ist nicht so, dass sie nicht sprechen wollen. Das tun sie. Aber sie glauben allen Ernstes, dass sie es nicht können. Das ist ein äußerst faszinierendes Phänomen. Eine Art Stockholm-Syndrom."

„Du glaubst wirklich, dass er solche Macht über sie hat?"

„Ja. Zumindest über Fane. Aber alle vier haben bei der Umsetzung seines Plans mitgemacht. Ich denke, Raven hat für sich behalten, dass er Embers Bruder töten wollte. Von da aus ist dann alles schiefgegangen. Er hat vielleicht geglaubt, dass sie es so wollte, aber damit hat er falschgelegen. Er hat seine Grenzen überschritten und das Einzige gefunden, was zum Bruch ihrer Gruppe führen konnte. Du hast gehört, was sie über die sexuellen Riten gesagt haben. Fane und Raven haben miteinander geschlafen. Zwischen ihnen besteht eine starke Verbindung. Inzestuöse Beziehungen wie diese sind für die Beteiligten oft überwältigend. Sie liebt ihn, weil er zu ihrer Familie gehört, aber sie liebt ihn auch als Mann. Sie ist noch nicht erwachsen genug, um Liebe und Sex voneinander trennen zu können. Er sorgt dafür, dass sie sich gut fühlt und sich gleichzeitig dafür schämt. Ich wette Geld darauf, dass ihr Dad sie auch missbraucht hat. Vielleicht hat sie sich zum Schutz an ihren Bruder gewandt."

„Sie kommt mir nicht sonderlich unschuldig vor."

„Unschuldig nicht, nein. Aber missbraucht. Sie sucht überall nach Liebe. Ich nehme an, dass der Junge auch misshandelt wurde – schau dir seine bisexuellen Tendenzen an. Für ihn ist Sex gleichbedeutend mit Liebe. Bei jemandem, der so jung ist, ist diese krankhafte Störung meist erlernt."

Taylor bog auf den Woodmont ab und dann links auf den Hilldale Drive. Das Haus der Merritts stand nur wenige Hundert Meter die Straße hinunter. Sie konnte den Rauch schon riechen. Der übliche Herbstgeruch Nashvilles – verbrennendes Laub und verrottendes Gras – wurde von dem Gestank nach Benzin überlagert.

Das Haus war nicht zu verfehlen – schwarze Rußspuren um die Tür, eine Gruppe Streifenwagen, einige mit blinkenden Lichtern, andere mit weit aufgerissenen Türen. Der Feuerwehrwagen wurde gerade wieder eingeräumt, die Feuerwehrmänner rollten die Schläuche ein und verschlossen den Hydranten. Sie hatten das Feuer schnell unter Kontrolle bekommen und gelöscht. Taylor wusste, wie hart die Feuerwehr arbeitete, und war froh, dass sie heute Abend so schnell reagiert hatten.

Sie und Simari kamen aus unterschiedlichen Richtungen gleichzeitig bei den Merritts an. Sie ließ Simari parken und Max sichern. Marcus wartete bereits mit gehetztem Blick auf sie.

„Was ist los?", fragte Taylor.

Der Feuerwehrchef stand mit dem Rücken zu ihr hinter Marcus. Als er ihre Stimme hörte, drehte er sich mit einem breiten Grinsen um. Er kam die paar Schritte zu ihr und schüttelte ihre Hand. Sie spürte, wie die kleinen Knochen in ihrer Hand aufeinander rieben.

„Lieutenant Jackson. Was für ein Abend. Sind Sie schon die ganze Zeit hier draußen?"

„Nein, Sir, wir sind gerade erst gekommen. Chief Andrew Rove, darf ich Ihnen Detective Renn McKenzie vorstellen, meinen aktuellsten Neuzugang."

Der Chief streckte seine fleischige Hand aus, die ganz schwarz vor Ruß war. McKenzie schüttelte sie, lächelte und wischte die Hand dann verstohlen an seiner Hose ab. Rove sah in seiner Montur aus wie ein Bär, sein Helm hing gefährlich schief auf seinem Kopf. Seine kleinen, blaubeerfarbenen Augen waren blutunterlaufen und müde, aber sein Lächeln wirkte aufrichtig.

„Schön, Sie bei uns zu haben, mein Sohn. Wir sind hier fertig. Wir haben das gesamte Haus genau unter die Lupe genommen. Definitiv Brandstiftung. Ihre Jungs von der Spurensicherung sind schon drinnen und sammeln Beweise."

„Sehr gut. Haben Sie schon eine Vorstellung, welcher Brandbeschleuniger benutzt wurde?"

„Kein Zweifel, das war Benzin. Ole Sniff hat den Ausgangspunkt des Feuers, wo das Benzin ursprünglich verschüttet worden ist, im Keller gefunden. Definitiv das Werk eines Amateurs. Wer auch immer das getan hat, hat gedacht, das ganze Haus ginge in Flammen auf, wenn er das Feuer weit unten legt. Vielleicht war er in Eile, vielleicht war er auch einfach nur faul."

Er wandte sich an McKenzie. „Ole Sniff ist unser Detektor für entflammbare Gase. Der beste auf dem Markt. Er entdeckt jeden Brandbeschleuniger. Aber wir haben auch einen leeren Benzinkanister gefunden. Wenn es noch mehr gibt, werden wir es auch finden."

„Danke, Chief. Vielen Dank, dass Sie sich darum gekümmert haben. Ihre Jungs werden uns den Bericht zuschicken?"

„Sicher." Er gähnte, ohne sich die Hand vor den Mund zu halten, und schlenderte dann zu seinem Auto.

Tim Davis kam aus dem Haus. Er trug mehrere Tüten in den Händen. Taylor joggte zu ihm. „Hey, Tim. Was ist da drin?"

Er schenkte ihr ein müdes Lächeln und hielt die Tüte in seiner linken Hand hoch. „Ruß und Asche." Er hob die andere Hand. „Noch mehr Ruß und noch mehr Asche."

„Großartig."

„Das ist nur der Anfang. Im Keller gibt es zwei Leichen. Das Hauptfeuer hat dort unten getobt. Das Erdgeschoss ist auch ein wenig in Mitleidenschaft gezogen worden, aber das Feuer hat sich schnell ausgebrannt. In den oberen Stockwerken ist der Rauch das größere Problem."

„Wessen Leichen?"

„Eine Frau und ein Mann, beide in mittleren Jahren. Das ist alles, was ich bisher herausgefunden habe. Die Rechtsmediziner sollten bald hier sein." Er ging weiter zu seinem Auto. Armer Mann, seine Nacht fing gerade erst an.

Taylor drehte sich zu McKenzie um. „Wollen wir wetten, dass es sich um Schuyler Merritt senior und seine Exfrau Jackie Atilio handelt?"

„Da werde ich bestimmt nicht gegenhalten", erwiderte er.

Eine kleine Menschenmenge hatte sich versammelt, um dem Feuer und den Löscharbeiten zuzusehen. Nun, nachdem die Aufregung vorbei war, wanderten die meisten wieder hinaus in die Nacht. Als der Van der Rechtsmedizin vorfuhr, wurde die Gruppe wieder größer. Das

Auto blieb stehen und Sam hüpfte heraus.

„Na, wo brennt's", sagte Sam und schenkte Taylor ein Lächeln.

„Hey." Taylor war überrascht. „Ich dachte, du wärst schon längst zu Hause."

„Ich bin mit der Nachtschicht dran. Ich habe mit Dr. Fox getauscht."

„Das ist schön. Im Keller liegen zwei Leichen."

„Verbrannt?", fragte Sam, während sie ihre Schutzkleidung anlegte.

Marcus schüttelte den Kopf. „Nur an den Rändern ein wenig verschmort. Sie waren in einem flachen Grab im Keller begraben und nur von einer dünnen Betonschicht geschützt. Das Feuer hat um sie herum ziemlich heiß gebrannt. Irgendwie kam die Stelle dem Feuerwehrmann, der sich da unten umgeschaut hat, seltsam vor. Er hat mit seinem Pickel in den Boden gehackt und das Grab problemlos aufgeknackt."

„Wenn sie begraben waren, nehme ich an, das Feuer wurde erst nach ihrem Tod gelegt."

„Ich denke, da könntest du recht haben. Sie sind nicht mehr taufrisch. Ich schätze, sie fehlen schon seit ein paar Wochen. Da unten riecht es ziemlich fies."

„Okay. Taylor, willst du mitkommen?"

„Nein", sagte sie, aber sie hatte schon Überschuhe und Latexhandschuhe angezogen und band sich gerade einen neuen Zopf. McKenzie winkte ihr zu und zeigte auf die Menge. Er würde sich erst einmal umhören, was die Leute so gesehen hatten.

Simari entschuldigte sich, um mit Max das Grundstück abzusuchen, nur für den Fall, dass es noch weitere Überraschungen gab.

Marcus sagte: „Ich begleite dich hinein. Die Feuerwehr ist an einigen Stellen immer noch zugange, doch alles in allem waren sie schnell hier. Ich habe eine Zeugin, die etwas von einer alten Klapperkarre erzählt hat, die normalerweise hier herumsteht und jetzt fehlt. Sie sagt, der Junge, der hier gewohnt hat, sei damit gefahren. Sie kann sich nicht daran erinnern, wann sie Merritt senior das letzte Mal gesehen hat."

„Besorg die Daten von dem Fahrzeug, damit wir es zur Fahndung ausschreiben können. Schuyler Merritt war heute also hier. Verdammt. Wir waren so nah dran."

„Das sind wir meistens. Pass am Eingang auf deine Schritte auf, da ist es immer noch ziemlich warm."

Im Inneren des Hauses roch es nach nassem, verbranntem Teppich. Die Demarkationslinie, die den Verlauf des Feuers anzeigte, verlief vom Keller durch die einzelnen Zimmer bis in die Küche. Der durch den Rauch angerichtete Schaden war immens – es wäre ein Höllenjob, das Haus wieder sauber zu bekommen. Obwohl, wenn der Besitzer tot war, wäre das erst einmal nicht so wichtig.

Immer noch hingen dichter Rauch und ein Geruch nach verbranntem Holz und Plastik in der Luft. Taylor hielt sich die behandschuhte Hand vor den Mund und folgte Marcus hustend die rußigen Kellertreppen hinunter.

Sie sah schnell, warum nicht viel verbrannt war – das einzige Möbelstück hier unten war ein großer Waffenschrank. Stein und Metall waren die besten Hitzeschilde – während das Holz im Haus stark verkohlt war, befand sich der Rest in einem einigermaßen passablen Zustand.

In der Mitte des Fußbodens klaffte ein Loch. Zwei Leichen lagen nebeneinander darin, die Gesichtszüge durch die fortgeschrittene Verwesung bereits unkenntlich gemacht.

„Mein Gott. Können wir sie identifizieren?"

Sam umkreiste das Loch einmal, beugte sich dann hinunter und berührte das Handgelenk der Leiche, die ihr am nächsten lag. „Ja, es ist noch genug übrig für eine Identifizierung. Ein Abgleich des Zahnschemas geht vermutlich am schnellsten – vorausgesetzt, wir finden ihre Zahnärzte. Übrigens fehlt beiden ein Finger."

„Ist er im Feuer verbrannt?"

Sam hockte sich hin, um die Hände genauer in Augenschein zu nehmen. „Nein. Ganz gerade abgetrennt. Vielleicht mit einer Schere? Sie sind absichtlich und mit Gewalt abgetrennt worden."

„Meine Güte. Marcus, gibt es irgendwelche persönlichen Gegenstände, die das Feuer überlebt haben?"

„Ja. Ich gehe mal oben schauen, was ich finden kann. Das Büro ist vom Feuer gänzlich verschont geblieben, und wenn ich das richtig gesehen habe, lagen auf dem Schreibtisch mehrere Scheckbücher und so Zeug." Er wirkte erleichtert, den Keller verlassen zu können.

Einen Augenblick später kam McKenzie die Treppe hinunter und betrachtete die Szene unter erhobenen Augenbrauen.

„Die Nachbarn sagen, der Junge ist in den letzten Tagen immer wieder mal gekommen und gegangen. Es ist hauptsächlich Klatsch und Tratsch – offensichtlich war Merritt senior ein ziemlicher Einzelgänger. Die Frau hat ihn verlassen, hat wieder geheiratet, das Mädchen mitgenommen und den Jungen hiergelassen. Er war eine Weile fort – das muss die Zeit in der Besserungsanstalt gewesen sein –, aber seit ungefähr drei Wochen ist er wieder hier. Ungefähr seit dem Zeitpunkt ist der Vater von niemandem mehr gesehen worden."

„Der Zeitraum passt zu der Verwesung", sagte Sam.

„Hast du schon irgendeine Ahnung, wie sie getötet worden sind?"

„Ja. Komm her, sieh es dir an."

Sam hielt den Kopf von einem der Opfer in der Hand. Taylor beugte sich über das Grab und legte den Kopf auf die Seite. „Schusswunde. Bei beiden. Linker Schläfenlappen. Kleinkalibrige Pistole."

„Wenigstens wissen wir jetzt, was für eine Waffe er hat", sagte Taylor. „Ich kann mir vorstellen, wenn ein Junge mit einer Pistole in der Hand in dein Schlafzimmer eindringt und dir sagt, du sollst die Pille schlucken, die er dir hinhält, wirst du es vermutlich tun."

„Das ergibt Sinn", sagte McKenzie.

Taylor schaute ihn an. „Also, wo ist dieser Raven jetzt?"

52. KAPITEL

Northern Virginia
19. Juni 2004
Baldwin

Baldwin saß in Goldmans Büro. Seine persönlichen Probleme konnten warten. Endlich war er so auf den Fall fokussiert, wie er es verdient hatte. Er schickte ein stummes Gebet gen Himmel, dass die Familien der ermordeten Mädchen es verstehen würden. Es wäre nett, ihre Absolution zu erhalten, auch wenn er sich selber niemals würde vergeben können.

Gretchen Rice war seit weniger als vierundzwanzig Stunden verschwunden. Es bestand Hoffnung, dass sie noch am Leben war. Das war es also. Ihr letzter Versuch, Arlen an die Wand zu nageln. Trotz der Rundumbewachung hatte er es geschafft, sich noch ein Mädchen zu schnappen.

Baldwin hatte die Akten wieder und wieder durchgeblättert und war immer nur zu dem gleichen Schluss gekommen. Alle Wege führten zu Harold Arlen. Er wusste, da draußen musste es Beweise geben, richtige Beweise. Bei dem Gedanken brannte es heiß in seiner Brust – er war immer noch wütend auf Charlotte. Was hatte sie sich nur gedacht? Sie könnten, nein, sie *würden* diesen Fall auch ohne die Regeln zu brechen lösen können. Und dazu mussten sie noch einmal Arlens Haus durchsuchen. Langsam, sorgfältig, methodisch. Dieses Mal würde er sich an der Suche beteiligen. Ihnen war bisher etwas entgangen, und bei Gott, er würde ihnen helfen, es zu finden.

Goldman kam endlich ins Büro und reichte Baldwin einen Stapel Papiere.

„Der neue Durchsuchungsbefehl ist gerade hereingekommen. Glauben Sie, dass wir dieses Mal endlich etwas finden?“

„Ich kann es nur hoffen. Es ist mehr eine Formalität, aber ich muss einfach sichergehen. Ich will jeden Zentimeter des Hauses auf den Kopf gestellt haben und meinen Leuten die Chance geben, sich alles einmal live anzuschauen. Wir haben etwas übersehen. Und aufgrund unserer Unachtsamkeit ist ein weiteres Mädchen verschwunden.“

Goldman sah ihn mit zusammengezogenen Augenbrauen an.

„Dr. Baldwin, Sie wissen, dass das nicht stimmt. Sie machen diese

Arbeit schon eine ganze Weile. Sie wissen, dass Sie für die Taten nicht verantwortlich sind. Das ist Arlen, wenn er denn unser Mann ist. Es ist seine Schuld, nicht Ihre. Sie haben die Mädchen nicht entführt und umgebracht."

„Wie auch immer, ich will Gretchen finden, und ich will sie ihren Eltern heil und gesund zurückbringen."

„Das wollen wir alle."

„Dann lassen Sie uns loslegen."

Baldwin fuhr mit Goldman zusammen nach Great Falls. Geroux, Sparrow und Butler erwarteten sie bereits vor Arlens Haus. Charlotte war nirgendwo zu sehen, und das war auch gut so. Sie hatte sich nicht bei ihm gemeldet, aber auch das war ihm egal. Er wollte sich im Moment nicht mit ihr und der Bombe befassen müssen, die sie in seinen Schoß hatte fallen lassen. Er musste sich darauf konzentrieren, Gretchen lebend zu finden.

Er hatte für später am Abend einen Termin mit Garrett Woods vereinbart. Er würde Garrett zum Dinner einladen, ihm bei Steak und Whiskey sein Geheimnis beichten und auf das Beste hoffen. Garrett hatte wissen wollen, worum es bei dem Treffen ginge – instinktiv hatte er gespürt, dass etwas nicht stimmte, doch Baldwin war absichtlich vage geblieben. Er wollte warten, bis die Durchsuchung heute vorüber war. Was die anging, hatte er ein gutes Gefühl. Er wollte zu seinem Boss gehen und ihm einen Sieg zu Füßen legen können, bevor er seine Verfehlungen eingestand.

Die Affäre mit Charlotte war ein großer Fehler gewesen, und Garrett würde ihm helfen, zu entscheiden, was als Nächstes zu tun war. Von da aus könnte er alle notwendigen Schritte unternehmen, um das Vertrauen seines Teams wiederaufzubauen. Denn seine Leute waren nicht dumm. Er hatte das Gefühl, alle wussten, was zwischen ihm und Charlotte gewesen war – es hatte genügend schräge Blicke und geflüsterte Unterhaltungen gegeben. Sparrow war die letzten Tage besonders distanziert gewesen. Ja, das war der richtige Weg. Er würde Asche auf sein Haupt streuen und dann könnten sie sich alle wieder an die Arbeit machen, ohne dass Charlottes Schatten wie ein gut angezogener, hartnäckiger Geist um sie herumschwebte.

Und er könnte endlich eine Entscheidung treffen, welchen Weg er für seine eigene Zukunft einschlagen wollte.

Goldman und Baldwin stiegen aus dem Wagen. Goldman überprüfte aus Gewohnheit seine Waffe. Die Sonne strahlte auf sie nieder. Zwanzig Grad und ein wolkenloser Himmel waren eine willkommene Abwechslung nach dem Regen der letzten Tage. Dieser Juni war für Washingtoner Verhältnisse extrem feucht gewesen, was ihre Suchaktionen erheblich erschwert hatte. Der heftige Regen hatte jedoch die Schwere aus der Luft hinfort gespült.

Geroux winkte sie zu sich. „Wir sind gerade erst angekommen. Wir haben keine Ahnung, wo er ist."

„Was meinen Sie mit ‚wo er ist'?", fragte Goldman.

„Arlen. Er macht nicht auf. Wir haben ungefähr fünf Mal geklopft – keine Reaktion."

„Das gibt es nicht. Meine Leute haben ihn die ganze Nacht überwacht. Der Strom war bis zum frühen Morgen aus – auf gar keinen Fall hat er sein Auto aus der Garage holen können. Und wir haben sowohl die Vorder- als auch die Hintertür unter Beobachtung."

„Na ja, ich weiß nur, dass er nicht aufmacht."

Baldwin eilte die Stufen zur Haustür hinauf. „Wir müssen uns sofort Zugang verschaffen. Ich wette, der Mistkerl hat sich umgebracht."

„Das fürchten wir auch."

Baldwin hämmerte einmal gegen die Tür und versuchte dann den Knauf zu drehen. Verschlossen. Er zog seine Waffe, hob ein Bein und trat zu. Zum Glück war kein Sicherheitsriegel vorgeschoben. Die Tür schwang krachend auf, das Holz splitterte aus dem Rahmen. Vorsichtig verteilten sie sich im Haus. Baldwins Herz klopfte so laut, dass er kaum hörte, was die anderen im Untergeschoss sagten.

„Gesichert."

„Gesichert."

„Garage ist gesichert."

Baldwin stand jetzt in Arlens Schlafzimmer. Nichts fehlte, nichts stand am falschen Platz. Im Schrank befand sich nur Kleidung. Er rief: „Gesichert" und kehrte nach unten zurück.

„Wir haben nichts", sagte Geroux. „Es ist, als ob er sich in Luft aufgelöst hätte."

Baldwin hörte, dass Goldman in der Küche einem seiner Detectives einen gehörigen Anschiss verpasste. Offensichtlich war Arlen während des Stromausfalls unerkannt aus dem Haus geschlüpft. Allerdings gab es keine offenen Fenster und die Hintertür war genauso verschlossen, wie es die Vordertür gewesen war. Trotzdem lag es im Bereich des Möglichen, dass Arlen einfach auf den perfekten Moment gewartet und unbemerkt zur Tür hinausgeschlüpft war.

Der Detective beharrte darauf, dass es sich so auf keinen Fall abgespielt haben konnte. Er und sein Partner waren die ganze Zeit am Haus gewesen. Der einzige Mensch, der gestern während des Sturms hinein- und herausgegangen war, war die FBI-Agentin gewesen. Goldman wollte davon nichts hören.

Baldwin schloss einen Augenblick seine Augen, blendete die Unterhaltung aus und zwang seine Adrenalinausschüttung auf ein normales Maß zurück. Er atmete tief ein und aus. Ein Gedanke schoss ihm durch den Kopf. Oh Gott. Warum war ihm das nicht eher eingefallen?

„Der Keller. Wir müssen uns den Keller noch einmal ansehen."

Goldman unterbrach seine Tirade. „Warum? Da waren wir doch schon."

„Weil es einen Tunnel gibt", erwiderte Baldwin.

Im Keller war es so still wie in einem Grab. Baldwin ging als Erster. Vorsichtig schlich er die Treppe hinunter. Arlen konnte sonst wo sein. Er konnte nicht glauben, dass er da nicht früher drauf gekommen war.

Er spürte den Luftzug, bevor er die Öffnung sah. Roch die feuchte, muffige Luft. Alte Luft.

In der Tasche hatte er eine kleine Maglite. Er schaltete sie ein und ließ den Lichtstrahl über die Wand gleiten. Da. Das Licht verschwand in einem Loch in der Mauer, ein dunkler Durchgang irgendwohin. Das Regal war nach vorne gezogen worden und mit ihm die Trockenbauwand dahinter. Im Licht sah es aus wie Risse im Putz, wie man sie in einem unfertigen Keller erwarten würde. Baldwin schluckte seinen Ärger auf die Spurensicherung des Fairfax County und auf sein eigenes Team darüber herunter. Mein Gott, sie hätten Kaylie vielleicht retten können, wenn sie das hier eher entdeckt hätten.

Er hatte sich gerade umgedreht, um Geroux ein Zeichen zu geben, als die Schüsse fielen.

Er wirbelte herum und sah Sparrow zu Boden gehen. Er zielte in die Richtung, aus der die Schüsse gekommen waren, und sah aus dem Augenwinkel auch Butler zusammensacken. Während er schnell auf den Tunneleingang zuging, drückte er den Abzug immer wieder durch. Er presste sich gegen die eine Wand, Geroux nahm die andere. Goldman und sein Detective waren in Deckung gegangen.

Baldwin wollte Geroux gerade ein Zeichen geben, da drehte der sich in den Tunneleingang, gerade als ein weiterer frischer Kugelhagel durch die Luft sauste. Immer noch schießend wurde Geroux am Hals getroffen und sackte zusammen.

Baldwin drückte den Abzug durch. Das Feuer auf der anderen Seite verstummte. Aus ungefähr fünf Metern Entfernung ertönte ein gurgelndes Geräusch. Er hatte den Schützen getroffen. Wie in seiner jahrelangen Ausbildung gelernt, tat er jetzt automatisch alles, was nötig war, um die Bedrohung zu neutralisieren. Ein weiterer Schuss, dann verstummte das Gurgeln mit einem erstickten Seufzen.

Stille. Waren das Schritte? Nein, vermutlich bildete er sich das ein – nach den Schüssen klingelte es in seinen Ohren. Mithilfe der Taschenlampe erkundete er das andere Ende des Tunnels. Arlen saß mit dem Rücken zu ihm auf dem Boden. Er musste dabei gewesen sein, wegzulaufen, als Baldwins und Geroux' Schüsse ihn getroffen hatten. Baldwin stieß ihm mit der Schuhspitze die Waffe aus der Hand und kniete sich hin, um seinen Puls zu fühlen. Er war tot.

Rufe und Schreie nach einem Krankenwagen ertönten. Die Jungs von Fairfax County machten sich nützlich. Baldwin war wie betäubt und spürte seine Hand nicht. Er musste beide Hände benutzen, um seine Waffe wieder ins Holster zu stecken. Nur langsam gelang es ihm, seine Atmung unter Kontrolle zu bekommen. Schließlich hielt er einfach den Atem an und wartete, bis sein Herz sich ein wenig beruhigt hatte, bevor er weiteratmete.

In dem Augenblick hörte er das Weinen. Leise und ganz schwach.

Er stolperte über Arlens Leiche hinweg in die Dunkelheit, nur der schmale Schein der Taschenlampe wies ihm den Weg tief und tiefer in den Tunnel hinein. Er bog um eine Ecke und sah Gretchen auf dem Boden. Sie trug ein Nachthemd. Ihre Beine waren gebrochen, aber ansonsten war sie sehr lebendig.

Er nahm das Mädchen in seine Arme, spürte, wie ihre Stirn sich gegen seinen Hals drückte. Sie schluchzte. Er konnte nicht sagen, wessen Tränen auf seinem Hemd landeten – ihre oder seine.

53. KAPITEL

Nashville
22:00 Uhr

Ariadne hatte es sich zur Aufgabe gemacht, zu wissen, wo die verschiedenen Coven sich versammelten. Als sie noch Teil des Rats gewesen war, hatte das zu ihren Rechten und Pflichten gehört. So wundervoll Wicca auch war, es gab immer welche, die es missbrauchten. Die versuchten, Macht über ihre Covenmitglieder zu gewinnen. Es gab ein besonderes Regelwerk, das die Arbeit in Hexenzirkeln regelte – Geld zu nehmen war verboten, genau wie darauf zu beharren, dass der Große Akt auf körperliche Weise ausgeführt werden musste, um im Coven aufgenommen zu werden. In den Zeremonien wurde der Große Akt nur symbolisch ausgeführt – ein Athame, der in einen Kelch getaucht wurde; ein Kelch, der sich dem Athame öffnete. Es gab viele Regeln, um sicherzustellen, dass auch bei diesen Zeremonien der freie Wille und die Freiheit des Einzelnen geachtet wurden.

Aber zu den Menschen gehört nun mal auch die Sünde des Machtstrebens. Ariadne war eine höhere Autorität, an die sich diejenigen wandten, die von der Macht in ihrem Coven missbraucht worden waren. Sie hatte solide Kenntnisse darüber, wo die meisten Coven aus der Gegend praktizierten, und eine noch bessere Antenne für die spirituellen Portale – Orte in der Natur, die der Göttin besonders nahestanden.

Sie erkannte den Ort aus ihrem Traum als heiligen Boden – sowohl für die Kirche als auch für Wicca. Ein Stück Land, das das Gute und das Böse gesehen hatte und somit von mächtigen Geistern durchdrungen war. Es handelte sich um einen privaten Friedhof am westlichen Rand des Davidson Countys. Am Ende eines kleinen Weges, der von einer zweispurigen Landstraße namens McCrory Lane abging.

Ihr Haus lag Downtown in der Sixteenth Avenue South, nur ein Stück entfernt von dem Teil der Stadt, der als Music Row bekannt war. Sie hatte die ganzen schweren Renovierungsarbeiten selber ausgeführt – die avocadogrüne Küche aus den 1960er-Jahren und ein schlecht mit Holz verkleidetes Büro herausgerissen und stattdessen weißen Marmor und halbhohe Wandvertäfelungen eingesetzt. Die Wände waren in satten Ostereierfarben gestrichen, der Stuck weiß angemalt worden. Die Kassettentüren hatten kristallene Türknäufe erhalten. Den Salon zierte ein originaler Fries von einem Wagenrennen im alten Rom, den sie restauriert hatte. Sie fuhr mit der Hand über die Wandleiste im Flur, froh, dass ihre Gemeinschaft Stolz nicht als Sünde ansah.

Die Fahrt zum Friedhof dauerte zwanzig Minuten. Durch das Village, an dem immer noch zu Halloween geschmückten Green Hills vorbei zum Old Hickory. Zu ihrer Rechten glühte die offene Fläche des unbeleuchteten Leichtathletikstadions schwarz in der Nacht. Sie bog links auf den Highway 100 ab. Die im Dunkeln liegende Straße wand sich durch die Landschaft, über die rollenden Hügel und die geschützten Wälder, an Pferderanches vorbei, bis sie schließlich an der Ensworth High School wieder in die Zivilisation mündete. Sie überquerte die Kreuzung Highway 100 und Old Harding und sah mit Entsetzen, dass mitten in der Natur eine neue Ladenzeile entstanden war. Dann verschwand die Straße wieder in der Dunkelheit.

Die Abzweigung war genau hier, direkt hinter dem Loveless Café und der Shell-Tankstelle. Sie bog ab und die freundlichen Lichter verschwanden. Die Straße schien direkt ins Verderben zu führen.

Da, auf der rechten Seite.

Sie fuhr langsamer und parkte auf dem grasbewachsenen Randstreifen. Das Land war hier flach, ging aber in hundert Metern in den Wald über. Der Pfad führte tief in den Wald hinein und endete in einer kleinen Lichtung. Die Grabsteine schauten wie Pilze aus dem Boden.

Sie legte sich den Umhang um die Schultern und zog ihn gegen die kühle Nachtluft dicht um ihren Körper. Der Sichelmond schickte nur spärliches Licht auf die Erde. Sie konnte gerade weit genug sehen, um nicht zu stolpern. Es war sehr still. Die Vögel und Eichhörnchen waren still wie ein Grab. Irgendjemand war in der Nähe.

Ihr Herz klopfte in ihrer Kehle, während sie immer schneller vorwärtsging, dann wenige Meter vom Auto entfernt über ein Loch stolperte und sich schmerzhaft den Knöchel vertrat. Sie biss sich auf die Lippe, um den Schrei zu unterdrücken. Unterdrückt fluchend kehrte sie zu ihrem Auto zurück, um die Taschenlampe zu holen.

Das künstliche gelbliche Licht würde ihr helfen, weiteren Stolperfallen aus dem Weg zu gehen. Sie setzte ihren Weg dieses Mal etwas langsamer fort und hielt den Strahl der Lampe so auf den Boden gerichtet, dass der Junge, wenn er denn hier war, sie nicht kommen sah. Die Bäume erhoben sich drohend über ihr, schwarze Stämme reckten sich gen Himmel, Äste waren wie zum Gebet erhoben.

Die Leere der Nacht war ihr nicht fremd. Sie spürte, wie die im Dunkeln liegende Erde um sie herum atmete, summte, fragte. Lebendig war. All die kleinen Gräser und Gebüsche traten im Zwielicht deutlicher hervor. Eine kleine Nebelbank hatte sich zwischen ihnen gebildet. Sie roch den Regen am Horizont, sah den Schatten einer Wolke unter der Spitze des Mondes hindurchsegeln.

Die Nacht war ihre Welt und sie ihre Geliebte.

Schritt für Schritt kam sie näher. Vierzig Meter. Zwanzig. Zehn. Sie roch ein Feuer. Eiche und Pappel und Blätter und Zweige, an denen die Flammen leckten. Sie wurde langsamer, schlich sich weiter heran. Das flackernde Feuer knackte, übertönte ihre leisen Geräusche. Sie schaltete die Taschenlampe aus. Der Nebel umfing ihn wie einen Liebhaber, verbarg ihn in seiner dichten Umarmung.

Er schlief. Sie konnte ihn nicht lesen. Tiefe Atemzüge mischten sich mit dem Rauschen des Windes.

Sie überlegte einen Moment, dann entfernte sie sich von der Lichtung und kehrte zu ihrem Auto zurück. Sie sollte keine Angst vor diesem Jungen haben, doch die hatte sie. Ihre Hände zitterten. Sie würde den Lieutenant anrufen, damit sie kam und ihn abholte.

Sie trat auf einen Zweig. Das Knacken des Holzes hallte durch die Stille. Sie erstarrte.

Am Feuer öffnete Raven seine Augen.

54. KAPITEL

Nashville
22:05 Uhr

Taylor ließ das Handy angewidert in ihren Schoß fallen. „Wo ist diese verdammte Frau?", fragte sie wohl zum fünfzigsten Mal.

„Ich weiß es nicht." McKenzies Stimme beruhigte sie sofort ein wenig. Sie war verdammt müde, überdreht und frustriert. Es wollte ihr nicht in den Kopf, wie ein Junge von siebzehn Jahren ihnen ständig entwischen konnte. Sie wusste, wer er war, wo er wohnte, was für ein Auto er fuhr, und doch war er so unsichtbar wie ein Geist.

„Warum fahren wir nicht bei ihr vorbei? Vielleicht hat sie nur ihr Telefon ausgestellt", schlug McKenzie vor.

Taylor klopfte mit den Fingern auf das Lenkrad. Das Trommeln half ihr beim Nachdenken. Sollte sie einer Frau nachjagen, die behauptete, eine Hexe zu sein, oder sich der Suche nach einem jugendlichen Mörder anschließen? Wenn sie ehrlich zu sich war, musste sie zugeben, dass Ariadne ihr geholfen hatte. Sie hatte ihnen mit ihrer vorausschauenden Wachsamkeit und ihren Zeichnungen Tage mühsamer Ermittlungsarbeit erspart. Das machte sie nicht zu einer Hexe, sondern zu einem aufmerksamen Menschen.

„Okay. Hast du die Adresse?"

„Ja. Gleich am anderen Ende der Music Row."

„Das ist ja zum Glück nicht weit." Taylor legte einen Gang ein und fuhr los. Nach fünf Minuten bogen sie in das ruhige Viertel an der Music Row ein. Taylor hielt vor einem dreistöckigen Haus im viktorianischen Stil an, das dem des Vampirkönigs Keith Barent Johnson verstörend ähnelte. Es war vollständig renoviert und in einem hellen Salbeigrün mit weißen Akzenten gestrichen worden. Ein Asphaltweg mit zwei Stufen führte zur umlaufenden Veranda, die über fünf Stufen zu erreichen war. Die Außenbeleuchtung war an, aber drinnen brannte keinerlei Licht. Die Haustür hatte eine Milchglasscheibe, in die stabile Eisenstangen eingelassen waren. Das sanft glühende rote Auge eines Bewegungsmelders leuchtete hinter dem Garderobenständer hervor. Klug von ihr, eine Alarmanlage zu haben. Das hier war eine sichere Gegend, aber jede intelligente, allein lebende Frau sollte kein unnötiges Risiko eingehen. Obwohl, wenn Ariadne eine Hexe war, hatte sie bestimmt verschiedene Schutzzauber um ihr Haus gelegt.

Taylor glaubte allerdings nicht dran, dass so etwas half, ein mögliches Verbrechen zu verhindern.

Eine weiße Korbschaukel mit grün, gelb und weiß gestreiften Kissen hing von der Verandadecke. Taylor sah förmlich vor sich, wie Ariadne in warmen Nächten darin saß, die Füße untergezogen wie eine Katze, das schwarze Haar ein scharfer Kontrast zu dem weißen Holz.

„Sie ist nicht da", sagte sie, drückte aber trotzdem auf die Klingel. Eine tiefe Melodie ertönte, doch niemand öffnete.

Taylor drehte sich zu McKenzie um. „Und nun?"

Er starrte abwesend auf die Vordertür und antwortete nicht.

Taylor schritt die Veranda ab und schaute durch die Fenster ins Haus. Noch mehr weiße Korbmöbel, eine Sitzgruppe um einen frei stehenden Kachelofen. Nichts, das helfen würde, Ariadne zu finden.

„Wir müssen etwas anderes versuchen. Wir können ..."

Sie unterbrach sich, als ihr Handy klingelte. Das Display sagte *unbekannter Teilnehmer, unbekannte Nummer*. Das Herz klopfte ihr bis zum Hals. Das letzte Mal, als sie diese Kombination auf ihrem Handy gesehen hatte, war es der Pretender gewesen, der sie warnte, dass er hinter ihr her war. Sie gab McKenzie ein Zeichen und hob langsam ihr Telefon ans Ohr.

„Jackson."

Die verängstigte Stimme der Hexe durchbrach die Stille der Nacht.

„Gott sei Dank, dass Sie rangehen, Lieutenant. Ich bin es, Ariadne. Ich habe ihn gefunden. Ich habe den Hexenmeister gefunden."

Taylor eilte mit großen Schritten auf ihren Wagen zu, die Schlüssel in der linken Hand. „Wir haben den ganzen Abend versucht, Sie zu erreichen. Wo sind Sie?", fragte sie.

Ariadne flüsterte. Das Raue in ihrer Stimme wurde durch den Lautsprecher noch betont. „Ich bin im westlichen Davidson County. Kennen Sie die McCrory Lane?"

„Ja." Eine pure Untertreibung. Sie und Baldwin wohnten nicht weit davon entfernt.

„Dort gibt es einen alten, verlassenen Friedhof – er ist über zweihundert Jahre alt. Ein heiliger Ort. Ich habe ihn in einem Traum gesehen."

Taylor blieb stehen und lehnte sich gegen die Motorhaube ihres Autos. *Heilige Scheiße.*

„Sie haben ihn also in einem Traum gesehen, Ariadne? Das ist alles? Um Himmels willen …“

„Nein, nein, hören Sie zu. Nicht auflegen. Ich habe davon geträumt, das stimmt, aber dann bin ich hergefahren, um nachzusehen, und er ist hier. Er hat beim Feuer geschlafen. Aber ich glaube, er hat mich gehört. Ich muss hier sofort weg.“

Taylor drückte das Handy gegen die Stirn. *Gott beschütze mich vor Leuten, die glauben, sie könnten Verbrechen lösen.*

„Ja, das müssen Sie. Verschwinden Sie sofort. Fahren Sie zur Tankstelle an der Kreuzung von Highway 100 und McCrory Lane, gehen Sie rein und bitten Sie darum, dass der Besitzer alle Türen verschließt. Ich schicke sofort einen Streifenwagen dorthin. Der Junge ist bewaffnet, und er ist gefährlich. Wir treffen Sie dort. Es wird allerdings ein Weilchen dauern, wir sind gerade bei Ihnen zu Hause.“

„Lieutenant?“

Taylor stieg ein, startete den Motor und fuhr los.

„Ja?“

„Beeilen Sie sich.“

„Legen Sie nicht auf“, rief Taylor, aber Ariadne war bereits weg. Sie fluchte, holte dann das Blaulicht heraus und setzte es aufs Dach. Sie durften keine Zeit verlieren. Das rotierende Licht verursachte ihr zwar Kopfschmerzen, aber sie wollte, dass die Leute ihr den Weg frei machten.

„Wo ist sie?“, fragte McKenzie.

„McCrory Lane.“ Sie nahm das Funkgerät zur Hand und rief in der Zentrale an. „Lieutenant Jackson, E, 10-82, 10-13, 10-54. Verdächtiger gesichtet. Ich brauche Verstärkung. 8 zur Shell-Tankstelle an der McCrory Lane und Highway 100.“

Sie hörte die Bestätigungen – sie hatte um Verstärkung gebeten, die Kollegen wissen lassen, dass der Verdächtige eine Waffe hatte und sehr gefährlich war. Die Streifenpolizisten in der Gegend würden sich überschlagen, als Erstes vor Ort zu sein.

Die Kunst würde darin bestehen, die ganze Belegschaft in Position zu bringen und Schuyler Merritt junior zu verhaften, bevor die Presse ankam. Die lokalen und überregionalen Medien hatten inzwischen ein lebhaftes Interesse an dem Fall.

Das Funkgerät knackte. Eine Streife kam vom Highway 70 South, voraussichtliche Ankunftszeit in drei Minuten. Taylor atmete erleichtert aus. Ariadne wäre in Sicherheit.

„Was zum Teufel glaubt dieser Frau eigentlich, was sie tut?“

„Sie glaubt zu helfen, LT.“

„Ich habe nie um Hilfe gebeten. Sehe ich aus, als bräuchte ich eine okkulte Miss Marple, um meinen Fall zu lösen?“

„Nun, ich habe Miss Marple nie in Korsage und Umhang gesehen, aber ich verstehe, worauf du hinauswillst.“

Sie lächelte ihn an. „Sie könnte Morticia noch was beibringen, so viel steht mal fest. Verdammt dumm, die Frau, einfach so einem Mörder hinterherzujagen. Ich hätte nicht schlecht Lust, sie wegen Behinderung der Polizeiarbeit anzuzeigen. Sie hätte mich anrufen sollen. Wenn das hier danebengeht ...“

Er saß kreidebleich neben ihr, sagte aber: „Es wird nicht danebengehen.“

Sie waren jetzt auf der Old Hickory. Das rote Warnlicht brach sich an den Backsteinhäusern, die Bäume glühten kurz blutrot auf, als sie vorbeiflogen. Sie scheuchten eine Schar Truthähne auf, die im Rough am achten Loch des Harpeth Hills Golfplatzes zu nah an der Straße hockten. Die Vögel stoben auf, flohen vorm Licht, verschwanden im Unterholz, die weißen Schwanzfedern glühten weiß in der Dunkelheit auf.

Das Funkgerät knackte erneut – der erste Streifenwagen war an der Shell-Tankstelle angekommen.

Die Zentrale meldete sich. „Bitte um Anweisungen, Lieutenant Jackson.“

„Wir suchen nach einer blassen Frau mit schwarzen Haaren. Sie heißt Ariadne. Sie sollte sich im Gebäude eingeschlossen haben.“

„Negativ, LT. Hier ist niemand, auf den die Beschreibung zutrifft.“

Sie hörte die Worte von drei verschiedenen Stimmen. Schweißperlen bildeten sich auf ihrer Stirn. Sie drückte das Gaspedal durch. Der Lumina flog den Highway 100 entlang. Sie löste den Blick gerade lang genug von der Straße, um McKenzie einen Blick zuzuwerfen. *Hab ich doch gesagt.*

55. KAPITEL

Nashville
23:00 Uhr

Schon lange bevor sie auf den Zweig getreten war, hatte Raven sie, das Gewicht ihrer Anwesenheit, gespürt. Er wusste nicht, wer sie war. Nur, dass sie kein Freund war. Sie war stark, aber trotzdem keine Gegnerin für ihn. Es gab Stärke, und dann gab es die unveränderliche Kraft von Stahl und Eisen, eine Tatsache, über die nicht diskutiert werden konnte.

Sie war sofort geflohen, als sie wusste, dass er wach war. Er stand auf, streckte sich, nahm die Pistole aus dem Gürtel. In der Besserungsanstalt hatte ihm ein Freund gezeigt, wie man mit so einer Waffe umgeht. Er war ein eifriger Schüler gewesen. Der kalte Stahl erwärmte sich in seiner Hand. Er hielt die Pistole mit leichtem Griff, den Finger am Abzug, den Lauf nach unten auf den Boden gerichtet. Er würde sie erst heben, wenn er bereit war, sie zu benutzen. Es war eine kleinkalibrige Waffe. Damit sie Wirkung zeigte, musste er sehr nah dran sein.

Wie bei seinen Eltern.

Bei dem Gedanken an die beiden flutete Blut seine Lenden. Wie Ratten, die an ein Labor verkauft werden sollten, hatten sie im Wohnzimmer gekauert. Dieser Tag, der längste in seinem Leben, hatte sich für immer in die Tiefen seines Bewusstseins eingebrannt.

Seine Mutter, die Schlampe, hatte ihn und Fane in flagranti erwischt und war ausgerastet. Ihre Eltern hatten es natürlich gewusst – deshalb hatte man sie ja getrennt und ihn fortgeschickt.

„Das ist nicht normal.“ Sein Vater hatte die Worte förmlich ausgespuckt, der Ekel war seiner Stimme deutlich anzuhören gewesen.

„Normal genug für dich“, hatte er geschrien. „Du fickst Fane doch schon, seit sie vier ist.“

„Ich habe das Mädchen nie angerührt, und das weißt du auch.“

„Sky, wie kannst du so etwas nur sagen?“ Seine Mutter. Bittende Augen. Verloren in einer Welt, die sie nicht verstehen wollte.

„Frag sie doch, Mom. Frag Fane. Sie wird es dir sagen. Ich musste in ihrem Zimmer schlafen, in manchen Nächten sogar die Tür versperren, um ihn von ihr abzuhalten. Aber was wir haben, ist anders. Wir sind füreinander geschaffen. Wir lieben uns. Ihr könnt uns nicht aufhalten.“

Der Streit war hin und her gegangen, aber am Ende hatten seine Eltern ihn fortgeschickt. Seine Mutter reichte wegen unüberbrückbarer Differenzen die Scheidung ein. Sein Vater unterschrieb mit steinerner Miene die Papiere. Nach diesem Abend hatten sie nie wieder miteinander gesprochen, sondern über alle familiären Belange nur noch per E-Mail kommuniziert. Seine Mutter hatte es immer gewusst, dessen war er sicher. Nachdem sie die Augen nicht mehr vor der Wahrheit hatte verschließen können, dass ihre kleine Tochter all die Jahre von ihrem liebenden Vater missbraucht worden war, hatte sie nur noch weggewollt.

Und es hatte für Jackie Merritt funktioniert. Sie fand schnell einen neuen Mann, einen guten Mann in ihren Augen, einen Soldaten, erzogen zu Gewalt und Chaos, doch zu ihr so sanft wie ein Lamm. Sie heiratete erneut. Fane machte eine Szene, aber Jackie konnte die andere Wange hinhalten, weil sie wusste, dass sie jetzt vor ihren beiden Schuylers in Sicherheit war. Nur das zu sehen, was sie sehen wollte, war Jackies größtes Talent.

Bis zu dem Abend vor drei Wochen, als Raven nach Hause gekommen war. Jackie hatte ohne anzuklopfen Fanes Zimmer betreten. Das Lächeln gefror zu einer Maske des Grauens, als sie sah, wie ihre Kinder es miteinander trieben. Raven, der die ewigen Tiraden über eine Liebe leid war, die in seinen Augen so natürlich wie erfüllend war, hatte ein Familientreffen einberufen und darauf bestanden, dass sie alle kamen. Er hatte sie im Wohnzimmer seines Vaters Platz nehmen lassen, Fane in den Arm genommen und erklärt, dass sie verheiratet waren. Es war eine Trauung nach Wicca-Tradition gewesen, ja, aber so bindend für sie wie eine kirchliche Hochzeit für den Rest der Gesellschaft.

Ihre Eltern hatten es nicht gut aufgenommen.

Raven stand ein paar Meter entfernt, die Pistole im Hosenbund, und beobachtete amüsiert ihren Streit. Als ob das was ändern würde. Er fing Fanes Blick auf und verdrehte die Augen. Sie nickte. Es war an der Zeit. Es war erstaunlich einfach – der Vater zuerst, damit er keinen Widerstand leisten konnte. Ein glatter Schuss von hinten links. Dann die Mutter. Sie fielen gegeneinander, die Münder protestierend geöffnet.

Die plötzliche Stille war atemberaubend.

Das Grab auszuheben dauerte nur eine knappe halbe Stunde. Der Keller war alt, der Beton schon rissig und spröde. Die Leichen hineingeworfen, die Finger abgeschnitten, die sie für ihre Zaubersprüche brauchten, ein wenig Schnellbeton angerührt und schon waren sie frei.

Schwitzend, müde und triumphierend hatten sie Sex im Wohnzimmer gehabt, wo ihre Flüssigkeiten sich mit dem Blut ihrer Eltern vermischten. Jetzt konnte sie niemand mehr auseinanderbringen.

Dieser erste Geschmack der Freiheit hatte ihn davon überzeugt, dass es an der Zeit war, sich um all die anderen Leute zu kümmern, die ihn ausgestoßen und missbraucht hatten. Nichts würde die Unsterblichen mehr aufhalten.

Er kam zu sich und erkannte, dass er draußen stand, das Mondlicht glitzerte auf dem feuchten Gras. Der Nebel war dichter geworden, rankte und schmiegte sich um Ravens Beine, als er losging. Die Frau war in ihrem Auto. Sie hatte ihm den Rücken zugewandt und sprach in ihr Handy. Er musste sichergehen, dass sie ihn nicht bemerkte. Er duckte sich, sodass sie ihn im Rückspiegel nicht sehen konnte. Ganz langsam schlich er näher. Sie beendete den Anruf, ließ das Handy in ihren Schoß fallen und lehnte den Kopf gegen die Kopfstütze.

Jetzt.

Er stürmte zur Fahrertür. Sie war verschlossen, so wie er es vermutet hatte. Mit dem Griff der Pistole schlug er das Fenster ein, packte die Frau an den Haaren und zerrte sie durch die Fensteröffnung aus dem Auto. Sie war klein, leicht, zartgliedrig. Ihr langes Haar bot einen perfekten Griff. Er konnte sie komplett herausziehen und auf die Erde legen. Er hockte sich über sie und drückte sie zu Boden. Sie kämpfte und wand sich, versuchte zu schreien, aber er versetzte ihr mit seiner freien Hand einen Schlag.

Sie war hübsch. Ihre Haut war sehr blass, er sah die Röte, die sich an den Stellen bildete, an denen seine Knöchel ihre Wange getroffen hatten. Ermutigt schlug er sie noch ein paar Mal, und sie hörte auf zu schreien. Blut floss aus ihrer Nase, ihre Lippe war geplatzt. Einem Impuls folgend beugte er sich runter und leckte ihr Gesicht ab, genoss die salzige Essenz ihres Herzens.

Er bemerkte seine pochende Erektion. Nun, warum nicht? Die Schlampe war hier, um ihn auszuspähen, sie verdiente es nicht anders. Er hielt ihr die Waffe an die Schläfe. Sie hörte auf, sich zu wehren. Vorsichtig griff er nach hinten und schob ihr Kleid über ihre Oberschenkel hinauf. Seine suchenden Finger fanden ihren Slip. Ein kurzer Ruck und er war weg. Sie fing wieder an, sich zu wehren, sodass er sie mit dem Griff der Waffe schlug. Ein klaffender Riss zog sich über ihre weiche Stirn. Ihr Kopf zuckte zurück und landete mit einem dumpfen Knall auf der Erde.

Er öffnete seine Jeans – es war schwer, die Knöpfe über seiner Erektion mit nur einer Hand zu öffnen, aber er schaffte es. Er rutschte ein wenig nach hinten und unten, schob seinen Körper zwischen ihre Beine, zwang ihre Schenkel mit seinem Knie auseinander und stieß hart zu. Mit einem Stoß hatte er sein Ziel erreicht. Sie stieß einen hohen Schrei aus, strampelte wild mit den Beinen. Er schlug erneut mit der Waffe zu, um sie zum Schweigen zu bringen. Sie wehrte sich stärker, und mit jeder Bewegung glitt er in sie hinein und heraus, sodass er gar nichts tun musste. Er beugte sich vor, nahm ihre Arme und hielt sie mit der linken Hand über ihrem Kopf fest, während er zu seinem Ende kam – ein weiß blendender Orgasmus, der ihn vergessen ließ, wer und wo er war.

Sein Atem kam in kurzen, erstickten Zügen. Sein Blick klärte sich langsam. Die Frau klagte, weinte, versuchte, sich von ihm zu befreien. Er war so schwer, dass es einiger Anstrengung bedurfte, unter ihm herauszukommen, aber schließlich schaffte sie es. Sie schob ihn von sich und rollte sich ein paar Meter entfernt zu einer Kugel zusammen.

Er brauchte eine Minute, um wieder zu Atem zu kommen. Er wusste nicht, wen sie angerufen hatte – er musste hier weg. Sollte er sie vorher umbringen? Er hatte noch nie zuvor jemanden vergewaltigt; er hatte kein Kondom benutzt, es würde Beweise geben. Auf lange Sicht gesehen war das egal. Er hatte das Stundenglas in Fanes Zimmer gesehen, die kleinen Sandkörner, die unaufhaltsam ihrem Ende zurieselten. Er hatte gewusst, dass es ein Zeichen war. Nein, er würde sie hier zurücklassen. Aber vorher würde er sicherstellen, dass sie niemandem je davon erzählen würde.

Er knöpfte seine Hose zu, stand auf und wischte sich Blätter und Gras von den Knien. Als sie sah, dass er sich rührte, rappelte sie sich auf alle viere auf und versuchte, davonzukrabbeln. Er ging zu ihr – sie bewegte sich langsam wie eine Schnecke – und trat ihr in die Rippen. Sie landete auf der Seite, der Atem wich hörbar aus ihren Lungen.

„Wenn du irgendjemandem davon erzählst, bringe ich dich um. Hast du mich verstanden, Schlampe?“

Die Frau sagte etwas, das er nicht verstand. Es klang wie eine Beschwörung. Er hörte genauer hin. Sie drückte ihre Hände auf ihren Bauch und flüsterte.

„Isis, Astarte, Diana, Hekate, Demeter, Kali, Inana."

Der Gesang der Göttinnen? Was zum Teufel sollte das? Wer war diese Frau?

Er fragte sie nach ihrem Namen, doch sie schüttelte nur den Kopf und fuhr mit der Beschwörung fort.

Grauen stieg in Raven auf. Furcht. Er hatte noch nie solche Angst gehabt. Er musste hier weg. Er musste sofort hier weg. Stolpernd entfernte er sich rückwärts, fiel auf den Hintern, schrammte sich die Hände und Ellbogen auf. Die Waffe fiel ihm aus der Hand. Er drehte sich auf alle viere, packte sie und rannte los. Die Ratte, sein Auto, parkte auf der anderen Seite der Straße im Unterholz und so weit vom Weg entfernt, dass sie von der Straße aus nicht gesehen werden konnte. Er eilte zu seinem Wagen, versuchte, Schlüssel und Pistole gleichzeitig zu halten. Er hatte ein schlechtes Gefühl. Ein ganz schlechtes Gefühl.

Mit einem Röhren erwachte der Motor zum Leben, als er den Schlüssel im Zündschloss herumdrehte. Er lenkte den Wagen aus dem Busch, rumpelte über den Straßenrand und bog auf die Straße.

Er wandte sich nach rechts, die McCrory Lane hinauf Richtung Highway. Es gab noch einen Ort, an den er sich zurückziehen konnte. Einen Ort, der vor langer, langer Zeit seine Zuflucht gewesen war. Er folgte der Straße nach Osten und in die Nacht hinein, der Gesang der Göttinnen ein leises Echo in seinen Ohren. Er sah die blitzenden Blaulichter nicht, die sich hinter ihm versammelten. Er sah gar nichts.

56. KAPITEL

Als Taylor auf die Shell-Tankstelle bog, warteten dort bereits drei Streifenwagen auf sie. Doch kein Zeichen von Ariadne. McKenzie hatte versucht, sie auf dem Handy anzurufen, doch sie ging nicht ran.

Taylor rannte in die Tankstelle hinein und beschrieb Ariadne dem Tankwart, doch er hatte sie nicht gesehen. Genauso wenig wie er jemanden gesehen hatte, der der Zeichnung ähnelte, die sie aus der Tasche zog. Also keine Ariadne und kein Schuyler Merritt. *Mist.*

Sie ging wieder nach draußen und gab den Beamten ein Zeichen. „Einsteigen. Wir fahren die McCrory hoch und gucken, ob wir ihr Auto irgendwo sehen."

Sie stiegen alle wieder in ihre Autos und fuhren los. Taylor führte die Kolonne an. Die blinkenden blauen und weißen Lichter erhellten die Straße wie zu Weihnachten. Nach nur wenigen Minuten sahen sie einen Subaru Forester am Straßenrand stehen. Er stand direkt vor einem Hügel, doch es war kein Anzeichen von Leben zu entdecken. Kein Licht, kein laufender Motor.

„Das ist ihr Auto", sagte McKenzie unnötigerweise. Taylor lenkte ihren Wagen dahinter, die drei Streifenwagen bezogen vor und neben ihr Position und blockierten so effektiv die Straße.

Taylor sprang aus dem Wagen. Sie hielt die Glock mit beiden Händen, den Lauf auf den Boden gerichtet. Sie näherte sich dem Fahrzeug. Das Fenster der Fahrerseite war zerbrochen, überall im Auto und davor lagen Glasscherben. Eine Scherbe schimmerte dunkel im Mondlicht; Taylor roch Blut.

„Was ist das?", flüsterte McKenzie ihr ins Ohr. Sie hielt inne und lauschte. Ein leises Weinen, ungefähr fünf Meter entfernt.

„Ariadne?", rief sie und ging auf das Geräusch zu. Sie sah einen Haufen auf dem Boden und rief: „Sie ist hier. Mist. 10-47, 10-67, Code 3!" Sie steckte ihre Waffe weg, kniete sich hin und rollte Ariadne auf den Rücken, die dabei laut aufschrie.

„Entspannen Sie sich, meine Liebe. Es ist alles okay. Hilfe ist unterwegs. Wo ist der Junge?"

Man musste kein Genie sein, um zu erkennen, was geschehen war. Ariadne war voller Schmutz und Blätter, ihr Rock zerknüllt, die weißen Schenkel blutverschmiert. Sie schrie erneut auf, als Taylor sie vorsichtig abtastete. Gebrochene Rippen, vielleicht auch ein gebrochener

Kiefer. Ein blutiger Riss auf der Stirn.

„Als Sie angerufen haben, sagten Sie, er habe Sie gehört. War das Schuyler Merritt, Ariadne? Hat er Sie vergewaltigt?"

Ein geisterhaftes Nicken. Sie versuchte zu sprechen, die Worte purzelten leise und durcheinander aus ihrem Mund. Taylor beugte sich vor, um etwas verstehen zu können.

„Weiß nicht, wie er heißt ... Hat mich ... aus dem Auto ... gezogen. Verge... verge... vergewaltigt. Ist danach weggefahren."

Das Sprechen erschöpfte sie. Sie ließ ihren Kopf wieder zu Boden sinken. Taylor fühlte nach ihrem Puls und war froh, ihn kräftig schlagen zu spüren. Die Verletzungen waren nicht lebensgefährlich.

„Jetzt wird alles gut. Ich bin bei Ihnen."

McKenzie hockte einen halben Meter neben ihr. Er nahm ihre Hand und flüsterte: „Es tut mir so leid. Wir hätten eher auf Sie hören sollen."

Taylor warf ihm einen Blick zu, unterbrach ihn jedoch nicht. Eine Klage gegen sich und ihr Team, weil sie zugelassen hatten, dass eine Zeugin zum Opfer wurde, war gerade ihre geringste Sorge.

Sie hörte den tröstenden Klang von Sirenen. Rettung nahte.

Sie drückte Ariadnes Hand. Wo war der kleine Scheißkerl jetzt? Sie hatten seine Frau und seine Freunde in Gewahrsam genommen. Seine Mutter und sein Vater waren tot. In den beiden Häusern, in denen er Zuflucht suchen könnte, wimmelte es von Polizisten. Wohin könnte er sich zurückziehen?

„Ariadne, wissen Sie, wohin er gefahren ist?"

„Nein", flüsterte sie. Taylor hasste es. Sie hasste es mehr, als sie sagen konnte. Diese sonst so lebhafte Stimme so mutlos zu hören weckte in ihr den Wunsch, auf irgendetwas einzuschlagen.

Der Rettungswagen fuhr vor. Nach einem kurzen Briefing löste Taylor sich von Ariadnes Seite, damit man sie behandeln konnte. Mit Erleichterung nahm sie wahr, dass es sich um Sanitäterinnen handelte. Manchmal weigerten sich Vergewaltigungsopfer, sich von Männern behandeln zu lassen – der 10-67 hatte sie zwar entsprechend vorbereitet, aber trotzdem war es pures Glück, dass es geklappt hatte. Sie legten Ariadne auf eine Trage und schoben sie schnell in den Krankenwagen.

„Wo bringt ihr sie hin?"

„Baptist", kam die kurze Antwort.

Taylor trat an die Tür und schaute zu, wie Ariadne versorgt wurde. In dem grellen Licht waren die Prellungen im Gesicht und der ausgerenkte Kiefer gut zu erkennen. Taylor wusste, dass ihr alles wehtun musste. Und gebrochene Rippen, deren spitze Enden in Lunge und Haut stachen, waren auch kein Picknick. Ariadne war unglaublich tapfer; sie weinte nicht, sondern hielt ihre leuchtenden blauen Augen auf Taylor gerichtet, die unter dem Blick zusammenzuckte. Sie las die Worte, die Ariadne ihr in Gedanken einflüsterte, und drehte sich um. Die Hände gegen die Kälte tief in den Taschen vergraben, trat sie ein paar Schritte beiseite.

„Es ist nicht Ihre Schuld", sagte Ariadne so deutlich, als hätte sie die Worte laut ausgesprochen. „Es ist nicht Ihre Schuld."

57. KAPITEL

Quantico
2. November

Baldwin gab sein Möglichstes, um seine Stimme ruhig zu halten. „Geroux und Sparrow sind vor Ort verstorben. Butler starb im Krankenhaus während der Operation. Gretchen hat überlebt."

„Sie haben nach dem Feuergefecht eine Auszeit genommen, ist das korrekt?"

„Ja, Sir, das habe ich. Ich fühlte mich … verantwortlich. Für ihren Tod. Wenn mir die Möglichkeit eines Tunnels früher eingefallen wäre, wäre nichts von all dem passiert."

„Und die Beweise, die Harold Arlen mit dem Fall in Verbindung bringen?"

Baldwin versuchte, sich sein Unbehagen nicht anmerken zu lassen. Jetzt waren sie beim Kernproblem angekommen. Was er jetzt sagte, würde seine Zukunft bestimmen, die Zukunft seines Teams, seines Lebens mit Taylor. Alles. Er schluckte schwer.

„Sir, ich glaube, die Blutspuren, die man in Harold Arlens Kommode fand, sind dort von Charlotte Douglas platziert worden."

Gemurmel erhob sich. Reever drückte ihm unter dem Tisch das Knie.

„Und doch sind ihre Notizen sehr eindeutig. Sie war in der Nacht vor dem Schusswechsel bei Ihnen. Sie haben sich geliebt. Sie haben ihr gesagt, dass Sie die Lösung für den Fall hätten. Dann haben Sie eine kleine Phiole Blut aus dem Fairfax-County-Labor genommen, es auf einem Socken verteilt und den in Harold Arlens Haus zurückgelassen. Leugnen Sie diese Anschuldigungen?"

„Ja, Sir, das tue ich. Ich habe das nicht getan. Meine Handlungen haben dazu geführt, dass drei hervorragende Agents getötet wurden, und dafür werde ich mir niemals vergeben. Aber wie ich vorhin schon aussagte, ist Charlotte Douglas mit der Idee auf mich zugekommen. Es war mein Fehler, dass ich sie daraufhin nicht sofort gemeldet habe." Er atmete tief durch. „Sir, in einer Million Jahren hätte ich niemals damit gerechnet, dass sie das wirklich durchzieht."

„Aber wir haben weder für die eine noch für die andere Aussage einen Beweis. Wenn Sie direkt nach der Schießerei auf uns zugekommen wären, uns hätten wissen lassen, dass der gefundene Beweis fraglich ist, vielleicht wäre das nächste Mädchen dann nicht gestorben. Und die Frau, von der Sie behaupten, sie sei dafür verantwortlich, ist tot und kann sich nicht mehr verteidigen."

Ah, so lief der Hase. Die Wahrheit war, sie hatten alle versagt. Hinter diesem Fall steckte mehr, als sie alle gedacht hatten, und Baldwin war blind gewesen. Er atmete tief durch.

„Sir, ich konnte nicht wissen, dass Kilmeade der Partner von Harold Arlen war. Ich hatte angenommen, es handle sich um eine etwas verdrehte Männerfreundschaft, aus der heraus Kilmeade ihm erlaubt hat, sich mit seiner Tochter anzufreunden. Aber die Wahrscheinlichkeit, dass zwei Pädophile zusammenarbeiten? Das war zu der Zeit eine vollkommen absurde Vorstellung. Oberflächlich betrachtet wirkte es, als hätte Kilmeade die Mädchen für seinen Freund entführt. Aber nachdem Arlen tot war, hat er weitergemacht. Er war offensichtlich der Dominante in ihrer Beziehung, und das ist uns entgangen. Der Tunnel zwischen ihren beiden Häusern war der Schlüssel. Sie haben die Mädchen hin und her tragen können, ohne gesehen zu werden, und dann im Great Falls Park abgelegt. Wenn wir den Tunnel eher entdeckt hätten … Es ist vollkommen inakzeptabel, Sir. Keinem von uns ist es aufgefallen. An diesem Fall haben mehrere Ermittler gearbeitet. Unglücklicherweise war ich durch mein und Charlottes Verhalten abgelenkt. In Verbindung mit dem Schock, drei meiner Kollegen zu verlieren, muss ich gestehen, dass ich nicht so klar gedacht habe, wie es mir sonst möglich ist. Das ist keine Entschuldigung, aber die Wahrheit."

„Nein, das haben Sie tatsächlich nicht. Denn wenn Sie klar gedacht hätten, hätten sie Charlotte Douglas' illegale Aktivitäten diesem Gremium gemeldet und wir hätten sie sofort angeklagt. Sie wären gemeinsam mit ihr angeklagt worden, weil Sie zugelassen haben, dass sie gegen die Ehre und den Moralkodex des Bureaus verstieß. Ich weiß nicht, was schlimmer ist, Dr. Baldwin. Ihre Lügen, mit denen Sie versuchen, Charlotte Douglas' Taten zu vertuschen, oder Ihre Lügen, mit denen Sie Ihren eigenen Arsch retten wollen."

Reever räusperte sich. „Für diese Ausdrucksweise besteht kein Anlass, Sir. Dr. Baldwin war aufrichtig und direkt. Er hat alle Ihre Fragen so offen und ausführlich beantwortet wie nur möglich. Und wenn ich darauf hinweisen darf, es ist beinahe Mitternacht. Vielleicht sollten wir uns für heute vertagen."

„Wir werden uns noch nicht vertagen. Wir sind uns alle einig. Dr. Baldwin hat sich des groben Fehlverhaltens schuldig gemacht. Das wird ernsthafte Konsequenzen haben. Wir werden uns jetzt zurückziehen, um zu besprechen, welche Strafe dafür angemessen ist. Sie dürfen so lange draußen warten."

Baldwin und Reever saßen seit einer knappen Stunde in kameradschaftlichem Schweigen zusammen, als Baldwins Handy klingelte. Er zuckte erschrocken zusammen. Garrett. Das konnte nichts Gutes bedeuten. Er entschuldigte sich mit einer Geste bei Reever und nahm den Anruf an.

„Beraten sie immer noch?"

„Ja. Hast du schon was gehört? Wie haben sie entschieden?", wollte Baldwin wissen.

„Ich weiß es noch nicht."

„Sie sind schon seit einer Stunde da drin. Wirklich, was wollen die denn noch von mir? Ich habe ihnen die Wahrheit gesagt, so wie sie drum gebeten haben."

„Die ganze Wahrheit?"

„So viel, wie sie davon wissen mussten."

„Nun, dann wird alles gut. Du bist für all das bereits genug gestraft worden. Sie können dir nichts mehr antun, was schlimmer wäre als das, was du dir selber schon angetan hast."

Das stimmte. Baldwin hatte sein Leben nach Charlottes Enthüllung, dem Tod von Harold Arlen und dem Untergang seines Teams nicht sonderlich gut im Griff gehabt. Anstatt sich dem zu stellen, hatte er die Stadt verlassen. Hatte sich eine Auszeit genommen, war nach Tennessee zurückgekehrt und hatte die nächsten sechs Monate praktisch komatös auf seiner Couch verbracht. Alkohol war sein Freund gewesen, ein Mittel, um der täglichen Schuld zu entkommen. Es hatte viel Zuspruchs von Garrett und des Kennenlernens von Taylor bedurft, um ihn aus seiner Depression zu ziehen.

Die Tür zum Verhandlungssaal öffnete sich. Reever stand auf und packte Baldwins Arm.

„Garrett, sie sind jetzt so weit."

„Okay. Halte durch."

Er steckte sein Handy ein, straffte die Schultern und betrat den Saal.

58. KAPITEL

Nashville
23:40 Uhr

Taylor war nur eine Meile von ihrem Zuhause entfernt, aber an den heimischen Herd würde sie noch ein paar Stunden nicht zurückkehren können. McKenzie saß neben ihr und gähnte lang und ausführlich.

„Wohin fahren wir?", fragte er.

„Ich dachte, wir könnten es im Subversion versuchen. Oder hast du sonst eine Idee, wohin er gegangen sein könnte?"

„Weiß er, dass Juri Edvin im Krankenhaus liegt?"

„Ich weiß nicht." Sie rief Marcus an. Er ging beim ersten Klingeln ran. Sie erklärte ihm die Situation mit Ariadne und Schuyler Merritt und bat ihn dann, ins Vanderbilt hinüberzugehen. Juri Edvin musste bewacht werden. Wenn Schuyler sich entschloss, bei seinem Freund vorbeizuschauen, würden sie ihn erwarten. Marcus erzählte ihr, dass der Fahndungsaufruf nach Schuyler Merritts Wagen raus war – ein silberner Hyundai Elantra von 2000. Gut, dann hielten wenigstens alle Einheiten nach ihm Ausschau.

Sie flog die Interstate 40 entlang. Um diese Uhrzeit bestand der einzige Verkehr aus Schwertransportern und Lastwagen, dazwischen ein paar Betrunkene auf dem Heimweg von der Bar. Autos und Trucks machten ihr Platz, überließen ihr die linke Spur. Sie fuhr schnell, über neunzig Meilen. Wie eine Flucht vor Ariadne.

„Verdammt, was hat die Frau sich dabei gedacht, sich allein auf die Suche zu machen?"

McKenzie schüttelte den Kopf. „Sie dachte, sie könnte es mit ihm aufnehmen."

„Ja, genau. Der Junge hat bereits sieben Morde auf dem Kerbholz, dazu seine Eltern und Gott weiß wen noch. Sicher kann sie es mit ihm aufnehmen, eine einzelne Frau, allein im Dunkeln, ohne jegliche Unterstützung. Ich wünschte wirklich, die Leute wären nicht so dumm."

„Sie hat gedacht, er wäre einer von ihnen. Sie ist sehr mächtig. Ich wette, sie dachte, er würde sich ihrer Autorität beugen. Sie war fehlgeleitet, ja, aber du siehst doch auch, dass sie nur helfen wollte."

„Ich sehe vor allem, dass sie dabei beinahe getötet worden wäre. Sie ist vergewaltigt worden, McKenzie. Du weißt, welche Auswirkungen das auf eine Frau hat. Sie wird nie wieder ruhig schlafen."

„Sie nicht oder du nicht?" Er sagte es freundlich, aber sie sprang trotzdem darauf an.

„Das ist nicht meine Schuld", sagte sie. Gerade fuhren sie am Hustler Store in der Church Street vorbei. Taylor fuhr weiter bis zum Broadway und bog dann links ab. Sie wollte zum Lower Broadway und sich dort die Gesichter auf der Straße anschauen, sehen, ob sie den Nachwuchsvampir in der Masse entdeckte.

„Natürlich nicht. Das heißt aber nicht, dass du dir nicht die Schuld daran gibst. Du hättest das aber nicht verhindern können."

„Ich hätte früher darauf kommen können, wer Schuyler Merritt ist. Wenn ich von Anfang an auf Ariadne gehört hätte …" Ihre Stimme verebbte. Instinktiv wusste sie, dass das nicht stimmte. Mein Gott, der Fall war erst achtundvierzig Stunden alt und sie waren dem letzten Verdächtigen dicht auf den Fersen. Das war verdammt gute Arbeit von ihrem Team und das wusste sie. Trotzdem fühlte es sich wie ein Fehlschlag an. Sie würde das Bild von Ariadnes blutbeschmierten Schenkeln für immer mit sich herumtragen.

Sie fuhren zwei Stunden lang herum, machten einen Abstecher zum Subversion, das nur einmal im Monat die Pforten öffnete, nicht jeden Abend, wie sie gedacht hatte. Das war also eine Sackgasse. Um zwei Uhr morgens drehte sie an der Second und Lindsley um, fuhr noch ein letztes Mal die Straße entlang und schaute sich alle Autos und Gesichter genau an. Als sie wieder am Hooters vorbeikamen, sagte sie: „Ich geb's auf. Hier ist er nicht."

„Lass uns für heute Schluss machen. Wir brauchen ein wenig Schlaf. Jede Streife auf Nachtschicht hält nach ihm Ausschau."

„Macht es dir was aus, noch kurz am Krankenhaus anzuhalten, bevor ich dich nach Hause bringe?"

„Natürlich nicht."

Sie fuhr über die Church Street rechts auf die Baptist und bog auf den Parkplatz vor der Notaufnahme ein. Sie stellte das Fahrzeug in einer Ecke ab und gemeinsam gingen sie hinein.

An der Rezeption zeigte Taylor ihre Marke und sagte, dass sie sich nach einem Vergewaltigungsopfer erkundigen wollten. Ariadne war eine Statistik geworden, für immer gezeichnet. Taylor erkannte erst, als die Worte raus waren, was sie getan hatte – verdammte Gewohnheiten. Deshalb brachte man ihnen bei, sich von den Opfern zu distanzieren, damit dieses brennende Gefühl der Schuld nicht überhandnahm. Wenn sie das nicht täte, würde sie nie mehr essen, schlafen, Ruhe finden. Aber Ariadne fühlte sich wie eine Freundin an, und sie als Nummer zu behandeln, schmerzte.

Die Schwester zeigte ihnen den Weg zum Untersuchungszimmer – wenigstens hatte man ihr etwas Privatsphäre gegönnt und nicht in einem der nur durch Vorhänge voneinander getrennten Betten untersucht. Durch den Dschungel aus Piepen und Rufen hörte Taylor kleine Schmerzlaute durch die Notaufnahme sausen. Irgendjemand übergab sich, ein Kind weinte, eine Frau stöhnte unter den ersten Wehen. Elend in höchstem Maße, so fühlte sich die Notaufnahme für sie an.

Sie klopften an die Tür von Ariadnes Zimmer und traten ein, ohne auf eine Antwort zu warten.

Die Hexe lag im Bett, das weißblaue Krankenhaushemd war am Hals zugebunden. Verschiedene Prellungen zeichneten ihr Gesicht, die Wunde an der Stirn war mit mehreren Stichen genäht worden, die sich schwarz von der violetten Schwellung abhoben. Ihre Augen waren geschlossen, aber Taylor hörte den flachen Atem – sie schlief nicht. Taylor trat ans Bett und unterdrückte den Drang, ihren Arm auszustrecken und Ariadnes Hand zu nehmen.

„Es tut mir leid", sagte sie nur leise.

Ariadne öffnete die Augen. Der himmelblaue Blick war unendlich traurig. „Mir auch", sagte sie. Ihr Kiefer war geschwollen und beinahe schwarz verfärbt. An dem Lichtkasten neben dem Bett hing ein Röntgenbild, auf dem der Haarriss im Unterkiefer deutlich zu sehen war.

„Sie werden mir den Kiefer für ein paar Wochen verdrahten", nuschelte sie.

„Nicht sprechen", sagte Taylor. „Ich will nicht, dass Sie noch mehr Schmerzen erleiden müssen."

Ariadne verdrehte die Augen. „Hey, vielleicht nehme ich ein paar Pfund ab. Das wäre gar nicht so schlecht."

Taylor versuchte sich an einem Lächeln. Wenn sie Witze machen konnte, war ihr Lebensmut nicht gebrochen. Ihr fiel eine Last von den Schultern. Sie trat näher ans Bett.

„Ich werde ihn finden", schwor sie.

„Ich weiß. Er wird bestraft werden. Genau wie Sie, wenn Sie nicht aufpassen. Seien Sie vorsichtig, Lieutenant." Ariadne war erschöpft. Sie schloss die Augen. Taylor war sicher, dass sie ihr ein starkes Beruhigungsmittel gegeben hatten, um sowohl den körperlichen als auch den seelischen Schmerz zu lindern.

Sie tätschelte ihr unbeholfen die Hand und verließ dann das Zimmer. McKenzie blieb noch ein paar Minuten, bevor er sich wieder zu ihr gesellte.

„Was hat sie gesagt?“, fragte Taylor.

„Nichts. Sie schläft. Ich wollte nur …“

Er brach ab, und Taylor nickte. Sie wusste, was er getan hatte. Das Gleiche wie sie: stumm um Vergebung gebeten.

„Komm, fahren wir heim.“

Sie hatte sich noch nie so ausgelaugt gefühlt wir in diesem Moment, in dem sie in ihre Garage fuhr. Die Außenbeleuchtung des Hauses brannte dank der Zeitschaltuhren und hieß sie fröhlich willkommen. Die Trauer in ihrem Magen galt nicht nur Ariadne, sondern allen Opfern – den Kindern, die gestorben waren, Brittany Carson und ihrer Entscheidung, im Tod Leben zu spenden, dem Jungen, Brandon Scott, von seiner Liebe betrogen. Nashville würde nach diesem Halloweenwochenende nie wieder das Gleiche sein, wäre für immer gebrandmarkt durch die verdrehten Sehnsüchte eines Teenagers. Man würde sich für immer an das Green-Hills-Massaker erinnern. Ariadne hatte recht: Solange es lebende Menschen gab, die der Toten gedachten, würden sie immer weiterleben.

Würde sie auch über Fitz so denken können, wenn man ihn niemals finden sollte? Wäre eine Erinnerung an den Mann ausreichend?

Wenn sie jetzt zusammenbrach, würde es vielleicht kein Zurück mehr geben. Sie entschied sich, stark zu bleiben, nahm sich eine Flasche Bier aus dem Kühlschrank und ging hinauf in das Extrazimmer. Ihr geliebter Billardtisch stand schweigend im Raum und wartete auf sie.

Sie nahm die Hülle ab, trank das Bier aus, nahm sich eine weitere Flasche aus dem kleinen Kühlschrank, den sie für genau diesen Zweck hier oben installiert hatte.

Anpeilen, stoßen. Anpeilen, stoßen. Der Rhythmus beruhigte sie. Sie räumte den Tisch in fünf Minuten leer, spielte 8-Ball gegen sich selbst und baute die Kugeln dann für eine Runde mit neun Bällen auf. Als sie die Sieben versenkte, glimmte in ihrem Hinterkopf ein Gedanke auf. Bei der gelb und weiß gestreiften Neun spürte sie, wie Frieden sich in ihr ausbreitete. Vielleicht war es das Bier, vielleicht das Spiel, vielleicht das Wissen, dass egal, was passierte, Baldwin zu ihr zurückkommen und sie zusammen sein würden. Sie vergab sich selbst und ging ins Bett.

Das Telefon klingelte. Taylor hörte es und ein Teil ihres Gehirns erkannte das Geräusch. Sie war so müde und der Schlaf gab sein Bestes, um sie wieder in seine dunklen Arme zurückzuziehen. Sie blinzelte zur Uhr. 6:40 Uhr. Verdammt.

Sie nahm den Hörer ab und zwang sich, wach zu klingen.

„Lieutenant? Commander Huston hier. Sie müssen sich sofort bei der Hillsboro High School melden. Die Schüler werden bedroht. Wir haben alles abgeriegelt. Sieht aus, als wenn Ihr Verdächtiger dort mit einer Waffe herumfuchtelt. Er hat eine Klasse als Geiseln genommen, und mir ist berichtet worden, dass ein Sicherheitsbeamter überwältigt wurde. Ich weiß allerdings keine Einzelheiten. Sie werden dort so schnell wie möglich gebraucht. Und Lieutenant? Seien Sie vorsichtig. Es klingt, als hätte dieser Junge nichts mehr zu verlieren.

Taylor war bereits aus dem Bett gesprungen. „Ich bin auf dem Weg“, sagte sie atemlos und legte auf.

Abnehmender Mond
Fünfzehn Prozent voll
Drei Tage nach Samhain
(Halloween)

59. KAPITEL

Quantico
3. November
7:10 Uhr

„Also, was willst du nun tun?“, fragte Garrett.

Sie saßen beim Frühstück in dem kleinen Diner, das sie so mochten. Baldwin hatte nicht geschlafen. Seine Bartstoppeln juckten. Den Arlen-Fall noch einmal durchzumachen war Folter gewesen. Sich an die schlimmste Zeit seines Lebens zu erinnern, an sein größtes Versagen, zehrte an ihm.

Und die Mistkerle vom Disziplinarausschuss hatten ihn suspendiert. Vielleicht sogar für immer.

„Ganz ehrlich? Ich will nach North Carolina fliegen und gucken, ob ich mit dem Pete-Fitzgerald-Fall helfen kann. Ich weiß, dass der Pretender dahintersteckt. Wir wissen ja nicht, wie lange die meine Suspendierung aufrechterhalten wollen.“

„Bis Tucker davon überzeugt ist, dass du deine Lektion gelernt hast und nie wieder auf eigene Faust handelst. Was genau das ist, was du jetzt tun willst.“

„Garrett, dieser Fall steht kurz davor zu explodieren, das spüre ich. Und wenn wir das nicht in die Hand nehmen, werden wir am Ende noch dümmer dastehen. Das Bureau kann sich noch mehr schlechte Presse nicht leisten.“

Garrett hob eine Augenbraue.

„Ich weiß, ich weiß. Ich bin derjenige, der im Moment für schlechte Presse sorgt. Was das zu einem umso besseren Fall für mich macht. Ich verlasse die Stadt und helfe dabei, meinen befleckten Ruf wiederherzustellen.“

„Du bist suspendiert, Baldwin. Du musst nach Nashville zurückkehren und den braven Hausmann spielen, bis sie dich rufen.“

Er legte seine Gabel beiseite. Er hatte noch nicht einen Bissen gegessen. „Würdest du das tun?“

Garrett schenkte ihm ein schiefes Lächeln. „Natürlich nicht. Aber ich bin nicht du. Ich kann dir nicht versprechen, dass ich dir den Rücken frei halten kann, wenn du Tucker weiter auf die Nerven gehst. Er hat es auf dich abgesehen.“

„Ich weiß. Gott sei Dank gibt es Reever. Wenn er nicht angefangen hätte, sich aufzuregen, hätten sie mich vielleicht gefeuert."

Garrett trank seinen Kaffee aus.

„Fahr nach North Carolina. Sieh, was du ausbuddeln kannst. Aber verhalt dich ruhig. Um alles andere kümmere ich mich von hier aus."

„Du bist der Beste, Garrett."

„Was wirst du Taylor erzählen?"

Er spielte mit seiner Tasse.

„So wenig wie möglich. Sie hat schon genug um die Ohren. Ein Serienkiller, der sie verfolgt, eine Vaterfigur, die vermisst wird. Außerdem hat sie gerade erst ihren Posten wiederbekommen. Das Letzte, was sie jetzt hören muss, ist irgendwelcher Dreck über Charlotte und mich."

„Ich sag's dir, Baldwin, ich glaube, du wärst gut beraten, ihr die Wahrheit zu sagen. Und zwar die ganze Wahrheit."

„Sie würde mir niemals vergeben."

„Baldwin. Du trägst diese Last seit fünf Jahren mit dir herum. Niemand wird dir einen Vorwurf machen."

„Ich glaube schon. Aber egal, jetzt ist nicht der richtige Zeitpunkt."

„Den wird es niemals geben, das weißt du. Charlotte ist tot. Der Junge nicht. Sei vorsichtig, Mann. Du willst doch nicht riskieren, sie zu verlieren."

„Ich weiß. Danke, Garrett." Er stand auf, warf einen Zwanziger auf den Tisch und bemühte sich, das Bild seines lächelnden, grünäugigen, rothaarigen Sohnes aus dem Kopf zu kriegen.

„Wir sehen uns."

60. KAPITEL

Nashville
3. November
7:10 Uhr

Der Verkehr war vollkommen zum Erliegen gekommen. Taylor klemmte das Blaulicht aufs Dach des Lumina – sie hatte ihn über Nacht behalten, weil sie wusste, wenn sich am Morgen irgendetwas ergeben würde, hätte sie nicht die Zeit, erst zum Hauptquartier zurückzufahren, um ihren Privatwagen gegen einen offiziellen auszutauschen. Und da sie nun wieder den Rang eines Lieutenants einnahm, durfte sie das auch. Es gab nicht genügend Fahrzeuge für alle Zivilbeamten, also wurden sie geteilt. In ihrer Vorstellung gehörte es zu einem guten Chef, seine eigene Bequemlichkeit niemals über die ihres Teams zu stellen. Ihre Mitarbeiter wussten das zu schätzen, und so fühlte sie sich auch nicht schuldig, wenn sie es doch einmal tat, so wie heute.

Die Hillsboro High School lag vor ihr auf der rechten Seite. Sie fuhr vorsichtig auf den Straßenrand an einem schwarzen BMW 6er Coupé vorbei, ohne sich die Zeit zu nehmen, das Auto mit einem neidischen Blick zu würdigen, und bog auf den Parkplatz der Schule ein.

Es sah aus wie im Kriegsgebiet.

Alle diensthabenden Streifenbeamten waren anwesend, dazu die schnelle Eingreiftruppe. Mist. Das SWAT-Team war nie ein gutes Zeichen. Der Verhandlungsführer bei Geiselnahmen, Joe Keller, stand neben dem mobilen Kommandostand. Er trug Anzug und Krawatte, die grauen Haare waren militärisch kurz geschnitten und zeugten von einer gewissen Autorität. Er sah angemessen betroffen, aber auch aufgeregt aus. Niemand war besonders scharf auf Geiselnahmen, aber sie trieben einem definitiv den Blutdruck in die Höhe.

Taylor ging direkt zu Keller. Zum Glück war er es. Sie waren zusammen auf der Academy gewesen und kamen gut miteinander zurecht.

„Keller.“ Sie stellte sich rechts neben ihn. Er starrte die Schule an, als würde jeden Moment eine Bombe hochgehen. „Da hast du ja ein ordentliches Team zusammengerufen.“

„Jackson.“ Er umarmte sie. „Verdammt gut, dich zu sehen. Ist schon eine Weile her. Ja, irgendein Dummkopf hat sich mit dreißig Kids, einem Lehrer und einem Assistenzlehrer in einem Klassenzimmer eingeschlossen. Sieht so aus, als wäre er letzte Nacht eingebrochen. Der

Hausmeister hat ihn gefunden, ist dann aber überwältigt worden. Genau wie der Sicherheitsbeamte."

„Was für Waffen hat er? Übrigens, ich glaube, ich weiß, wer er ist. Sein Name ist Schuyler Merritt, auch bekannt als Raven. Er steckt hinter den Morden von Freitagabend."

„Er ist mit einer kleinkalibrigen Pistole bewaffnet. Vor einiger Zeit haben wir ein paar Schüsse gehört, wir wissen allerdings nicht, wie viel Munition er dabei hat."

„Was waren das für Schüsse?"

„Keine Ahnung. Wir haben noch keine Berichte über Tote. Vielleicht waren es nur Warnschüsse. Dieser Junge, du sagst, sein Name ist Merritt? Er scheint nicht darauf aus zu sein, zu reden. Er ist allerdings verdammt clever. Hat alle Handys eingesammelt und aus dem Fenster geworfen, was er danach verschlossen hat. Wir glauben, dass er sich immer noch in dem Raum aufhält, können es aber nicht mit Sicherheit sagen."

„Wollen wir stürmen?"

„Das musst du entscheiden. Dein Fall, dein Verdächtiger. Ich würde natürlich lieber erst einmal mit ihm sprechen, aber ich habe auch einen Alternativplan – die Jungens und Mädels wissen, was zu tun ist. Wir können nicht zulassen, dass er jemanden erschießt, also müssen wir uns schnell entscheiden."

„Einverstanden. Ist irgendeiner meiner Jungs hier?"

„Ja. Vor ein paar Minuten habe ich Ross und Wade gesehen. Keine Ahnung, was mit McKenzie ist."

„Super, Keller. Vielen Dank. Ich bin gleich wieder bei dir."

Sie nahm ihr Handy zur Hand und rief Lincoln an – er leitete sie zu einem ungefähr zehn Meter entfernt stehenden Fahrzeug.

„Sorry, LT, ich hab dich nicht kommen sehen. Wir haben gerade die registrierten Waffen von Merritt senior überprüft. Er hatte ein Gewehr registriert, eine Browning X-Bolt und ein paar .22er Handfeuerwaffen, eine Smith & Wesson und eine Bersa Thunder Concealed Carry sowie eine Smith & Wesson M&P 9 Millimeter."

„Das reicht, um das hier zu Ende zu bringen."

„Genau. Die Waffen scheinen allein dem Selbstschutz gedient zu haben. Er war kein Jäger, sonst hätten wir Flinten oder Halbautomatische auf der Liste stehen."

„Wirkt er wie ein Mann, der alles sorgfältig registriert hat?"

„Auf jeden Fall. Die Papiere waren alle in Ordnung, er hat die Waffen alle legal gekauft. Die vier Pistolen von der Liste, das Gewehr, die beiden .22er und eine 9 Millimeter. Er hat auch Kaufbelege für die Munition – drei Schachteln .22er Patronen und eine Schachtel 9er."

„Also verfügt er über ein sehr begrenztes Schusspotenzial. Sagen wir, einhundert Schüsse verteilt auf alle vier Waffen?"

Sie schauten sich düster an. „Das reicht, um jeden, der sich noch im Gebäude befindet, zu töten."

„Okay. Ich informiere Keller. Macht ihr hier weiter. Wir wissen nicht, was noch relevant wird. Wo ist McKenzie?"

Marcus rieb sich die Augen. „Juri Edvin ist heute Morgen verlegt worden und McKenzie hat mich abgelöst. Ich war die ganze Nacht über da, ist aber nichts passiert."

„Danke, das weiß ich sehr zu schätzen. Lincoln, gibt es was Neues von dem Video?"

„Die Videosharing-Seiten haben die Signatur des Videos blockiert, sodass es automatisch blockiert wird, sollte jemand versuchen, es hochzuladen. Da sind wir also ein Stück weiter. Aber der Brief, den *The Tennessean* bekommen hat, ist heute Morgen veröffentlicht worden."

„Heilige Scheiße, machst du Witze? Ich hatte Dave Greenleaf gebeten, genau das nicht zu tun."

„Er hat uns mehr als einen Tag Vorlauf geschenkt – das ist für einen Reporter ziemlich viel."

„Zu diesem Zeitpunkt wird es noch als Manifest des Jungen enden." Sie deutete in Richtung der Schule, wo es nur so vor Polizisten und Waffen wimmelte. „Wir haben hier die Schlacht am Little Bighorn. Gute Arbeit, Jungs."

Sie kehrte zu Keller zurück und informierte ihn darüber, was der Junge an Waffen und Munition bei sich hatte. Er berichtete, dass der Verdächtige sich immer noch nicht gemeldet hätte und sie somit reingehen würden. In dreißig Minuten wären sie bereit. Sie ging zu ihrem Auto und holte ihre Weste – die Gelegenheit würde sie sich auf keinen Fall entgehen lassen. Sie würde mit dem SWAT-Team zusammen reingehen. Besser gesagt, direkt hinter ihm, aber trotzdem. Vielleicht gab es eine Möglichkeit, den Jungen zur Aufgabe zu überreden.

Während sie die Weste anlegte, wusste sie allerdings schon, dass dies ein utopischer Wunsch war. Sie band sich die Haare mit einem schwarzen Haargummi zu einem hohen Pferdeschwanz. Überprüfte ihre Waffen, nahm sich ein paar Extramagazine für ihre Glock und einen Schnelllader für den Revolver, den sie am Knöchel trug. Er passte perfekt in den Stiefel und war für Augenblicke purer Not gedacht. Sie hatte ihn noch nie benutzen müssen und hoffte, dass heute nicht das erste Mal sein würde.

Keller hatte kein Glück, zu dem Jungen durchzudringen. Er antwortete nicht. Aber zumindest waren keine weiteren Schüsse gefallen.

Kampfbereit kehrte sie zu Keller zurück. Er schaute sie an und sagte: „Wow, was hast du denn vor?"

„Ich werde mit euch zusammen reingehen."

„Lieutenant, du weißt, dass ich das nicht zulassen kann. Wir haben unsere zugeteilten Rollen, unsere festgelegten Schussfelder. Unsere Pläne sind wieder und wieder geprobt worden, und du kommst darin nicht vor."

„Ich habe eine SWAT-Ausbildung, Keller, das weißt du. Und ich weiß, was ich tue. Ich bleibe im Hintergrund, aber ich gehe mit rein."

Zum Glück stand sie im Rang über ihm, sodass sie ihren Willen kriegen würde, egal, ob er damit einverstanden war oder nicht.

„Wie du meinst", lenkte er schließlich ein. Sie lächelte und ging zu der wartenden Gruppe schwer bewaffneter Männer und Frauen, die sich bereit machten, das Gebäude zu stürmen.

Es war an der Zeit. Sie spürte, wie ihre Konzentration stieg, und nahm ihren Platz hinter der Eingreiftruppe ein. Ihr Ohrstöpsel juckte; sie richtete ihn. Die Sonne kam heraus, strahlte hell vom Betonboden ab, aber das war in Ordnung, sie setzten sich jetzt in Bewegung. „Los, los, los!", hörte sie in ihrem Ohr. Sie lief hinter ihnen her, die gezogene Waffe fest in beiden Händen.

Die erste Leiche war die des Sicherheitsbeamten. Sein Blut glitzerte auf dem Linoleumboden. Er war in den Hals getroffen worden. Eine klaffende Wunde. Der menschliche Körper hatte über fünfeinhalb Liter Blut in seinen Adern und Venen. Taylor hatte das Gefühl, dass mindestens siebzig Prozent davon sich unter ihm auf dem Boden verteilt hatten.

Sie spürte den Druck, der sich in ihrer Brust aufbaute.

Über den Ohrstöpsel hörte sie Stimmen. Ein Scharfschütze war in Stellung gegangen, bereit, den finalen Rettungsschuss abzugeben, wenn nötig. Sie näherten sich dem Klassenzimmer, lauschten auf Geräusche. Nichts. Taylor hörte das Bersten einer Fensterscheibe, die Blendgranaten waren geworfen worden. Die Tür zur Klasse stand jetzt offen, es gab Schreie und Rufe, die drängelnden Körper verströmten den kalten, strengen Geruch der Angst.

Es gab keine Schüsse, keine Rufe. Sie beobachtete, wie das Team den Raum räumte, sah aber niemanden, der drohend eine Waffe auf sie gerichtet hielt.

Merritt war nicht hier.

Ein paar Augenblicke des kontrollierten Chaos folgten, als das SWAT-Team die Situation unter Kontrolle brachte, die Geiseln aus dem Raum führte, sie in der Halle versammelte und als Gruppe gemeinsam nach draußen in die helle Morgensonne brachte. Taylor erkannte in dem Durcheinander ein paar Gesichter. Theo Howell, Panik im Blick, und ein paar andere von seiner Party, die sich Schutz und Trost suchend aneinander drängten. Gott sei Dank war niemand verletzt worden.

Das Klassenzimmer war jetzt geräumt. Taylor lehnte sich ein wenig abseits gegen die Wand. Er war hier irgendwo. Das hier war seine Schule. Er kannte die besten Verstecke. Sie packte sich die beiden am nächsten stehenden SWAT-Jungs und sagte: „Folgen Sie mir."

Vorsichtig und in perfektem Einklang schlichen sie über die Flure. Jede dunkle Ecke barg das Versprechen des baldigen Todes, und Taylor war nicht in der Stimmung, sich oder einen der Männer töten zu lassen. Sie durchsuchten die gesamte Schule, fanden jedoch nichts. Taylor fing an, sich zu entspannen. Aber wie war der Junge entkommen? Die Schule war umstellt.

Vom Parkplatz ertönten Rufe, panische Schreie, und dann fiel es ihr wie Schuppen von den Augen. Das Grauen drohte, ihr die Kehle zuzuschnüren.

„Er ist draußen!", rief sie und rannte den Flur hinunter, das SWAT-Team ihr dicht auf den Fersen. Sie stürmten aus der Tür und zu der Gruppe evakuierter Geiseln. Alle hatten ihr den Rücken zugewandt und bewegten sich so schnell sie nur konnten.

Da. Da war er.

Sie hatte ihn drinnen nicht gesehen, weil er eine schlecht sitzende Baseballkappe trug. Er musste direkt an ihr vorbeigelaufen sein. Verdammter Mist.

Das schwarz gefärbte Haar lugte unter der Kappe hervor. Sie wusste, dass er es war. Sie näherte sich ganz vorsichtig, um ihn nicht zu alarmieren. Vor dem Jungen kauerten mehrere Menschen. Er hatte seine Arme ausgestreckt, in jeder Hand eine Waffe, und zielte auf die Menge.

Sie rief: „Hör sofort auf, Schuyler."

Die Menschen rannten panisch davon, weinten, aber sie blieb ungerührt stehen, genau wie der Junge. Als spürten sie, dass das ihre Gelegenheit war, verschwanden die Menschen um ihn herum, sodass er ganz allein dort stand.

„Dreh dich um! Auf den Boden. Hände auf den Kopf. Auf den Boden, sofort, verdammt noch mal!"

Er hob seine Hände und drehte sich langsam auf seinem rechten Fuß um. Jetzt, wo sie ihn das erste Mal von Angesicht zu Angesicht sah, war Taylor erschrocken, wie jung er wirklich noch war. Sie hörte Geräusche in der Ferne, Waffen, die gezogen wurden, wusste, dass ihr Team bei ihr war, doch sie fühlte sich gefangen, von dem Blick des Jungen angezogen wie ein Mungo von einer Kobra.

„Es ist vorbei, Schuyler", sagte sie. „Lass die Waffen fallen und leg dich auf den Boden."

Er fuhr fort, sie einfach anzuschauen. Seine kohlschwarzen Augen blitzten. Ihre Blicke trafen sich, ein Messen der Willenskraft. Er blinzelte schließlich zuerst.

„Ich heiße Raven!", schrie er.

Sie spürte die Bewegung, bevor sie sie sah. Seine Hand kam hoch, das Glitzern von Stahl, das Sonnenlicht, das sich im Lauf der Waffe brach. Sie dachte nicht nach, zögerte nicht, sondern drückte drei Mal in Folge den Abzug durch. Blut strömte aus Brust und Stirn des Jungen – drei tödliche Schüsse, sauber, perfekt. Die Zeit blieb stehen.

Er sah einen Moment überrascht aus, dann sackte er in einem blutigen Haufen zu Boden.

„Sanitäter, schnell!", rief sie und lief zu ihm. Sie kickte die Waffen beiseite und tastete seinen Körper ab. Er war sauber. Er schaute ihr direkt in die Augen, und ein eiskalter Schauer durchfuhr sie. Blut sprudelte über seine Lippen, als er starb.

Hände zogen sie von ihm fort. Ihre Waffe wurde ihr abgenommen – das gehörte zum Standardvorgehen. Das Blut rauschte in ihren Ohren. Sie hatte das Gefühl, ohnmächtig zu werden. Kaltes Wasser wurde an ihre Lippen gedrückt. Lincoln rieb ihr den Rücken. Sie kam wieder zu sich, erkannte, dass das ohrenbetäubende Dröhnen der Schüsse alle anderen Geräusche blechern klingen ließ. Keine Ohrenschützer, dachte sie und unterdrückte ein hysterisches Lachen.

Der Junge lag auf dem harten Boden, die Augen leer, und wartete darauf, vom Rechtsmediziner für tot erklärt zu werden. Schießereien mit Beteiligung eines Officers waren für alle ein Albtraum.

Taylor wurde zur Seite genommen, erstattete Bericht, hörte aber die Worte nicht, die ihren Mund verließen. Das Krachen der Waffe, der verwunderte Blick des Jungen, das Blut, das aus der Stirn des Jungen spritzte – all das wiederholte sich in einer Endlosschleife in ihrem Kopf.

Ihr Tag fing gerade erst an. Sie würde befragt und von jedem Fehlverhalten freigesprochen werden. Aber trotzdem hätte sie einen weiteren Fleck in ihrer Akte.

Guter Gott, was habe ich getan? Er war doch nur ein Junge. Nur ein Junge. Was habe ich getan?

Sie schaffte es, sich loszureißen, ihr Handy aufzuklappen, Baldwins Nummer zu wählen. Er würde es verstehen. Er würde ihr vergeben.

Baldwin ging nach dem ersten Klingeln ran. Ihre Stimme klang fremd, als gehöre sie ihr nicht. Ein Echo in ihrem Geist, das ihm erzählte, was gerade geschehen war.

„Taylor, geht es dir gut?“

Nein, es ging ihr nicht gut. Es würde ihr nie wieder gut gehen. Sie hatte gerade einen Jungen getötet. Nicht einen Mann, nicht einen finsteren Kriminellen, sondern einen Jungen.

Es war gerechtfertigt, das wusste sie. Vielmehr verstörte sie, was in dem kurzen Augenblick der Klarheit geschehen war, den sie erlebt hatte, bevor sie ihn erschoss.

Sie hatte die Seele des Jungen gesehen. Eine dunkle Masse aus Hass und Feuer, die sich ihr genau in dem Moment zeigte, als ihr Finger den Abzug drückte. Sie hatte schon einmal einen Mann gesehen, in ihren Träumen, der die gleiche Form selbstgerechten Hasses auf sie gerichtet hatte. Ansonsten hätte ihr Finger sich vielleicht nicht bewegt.

Als sie Raven erschoss, hatte sie den Geist des Pretenders gesehen, der sie aus den schwarzen Augen des Jungen anstarrte.

61. KAPITEL

Taylor saß auf dem Adirondack-Stuhl auf der hinteren Veranda ihres Hauses. Sie spürte die Kälte in der Luft, ignorierte sie aber, ließ sich von ihr beißen und kneifen. Sie war über den Punkt hinaus, an dem sie noch irgendetwas fühlte. Zumindest glaubte sie das. Als das Telefon klingelte, sah sie, dass es Baldwin war, ging aber nicht ran.

Ein paar Minuten später verstummte das Klingeln. Ruhe legte sich über sie. Sie wollte im Moment mit niemandem sprechen.

Wie angeordnet hatte sie sich mit der Polizeipsychologin getroffen, und das hatte auch ein wenig geholfen, aber es reichte noch nicht. Sie war vorerst freigestellt worden, erzwungene Ferien, während ihre Kollegen versuchten, das Chaos von der Hillsboro High School zu klären. Sie musste sich wieder zusammenreißen, musste herausfinden, was sie tun wollte.

Nichts. Sie wollte nichts tun. Sie wollte nur sein.

Das Bild der Schießerei aus dem Kopf zu kriegen, erwies sich schwieriger als gedacht. Die Erinnerung an diese Augen hatte sich in ihr Gedächtnis gebrannt. Die Pistole, die wieder und wieder schoss. Die kleine Blutfontäne, die sich aus den Wunden ergoss. Der überraschte Gesichtsausdruck auf seinem Gesicht, als er zu Boden sank. Das Sonnenlicht, das auf dem silbernen Henkelkreuz funkelte, das der Junge um den Hals trug. Nein, diese Bilder würden nicht so schnell verschwinden.

Sie nahm einen großen Schluck Bier, schloss die Augen und badete in dem schwachen Sonnenlicht. Als sie ihr Kinn senkte, glaubte sie, einen schwarzen Schatten zu sehen. Einen Raben? Das wäre passend.

„Lieutenant?“, fragte eine verzerrte Stimme. Das schwarze Ding kam näher. Taylor öffnete ein Auge ganz und sah ein Gesicht.

„Ariadne.“ Sie setzte sich etwas aufrechter hin. „Sie sehen fürchterlich aus, wenn ich das so sagen darf.“

Ariadne kam die Stufen zur Veranda hoch und setzte sich schulterzuckend in den freien Stuhl. Ihr Kiefer war immer noch verdrahtet, die Prellungen waren jedoch am Abklingen. Sie heilte schnell. Taylor fragte sich müßig, wie sehr sie heilen könnte, ließ den Gedanken dann aber ziehen. Ihr Kopf sank wieder nach hinten. Sie war so müde.

„Ich habe geklingelt, aber Sie haben nicht reagiert.“

„Wie haben Sie mich gefunden?“

„Durch Detective McKenzie."

Verdammt sollte er sein.

„Ich hatte erwartet ..." Ariadne zögerte. Ihre anmutigen Hände flatterten wie kleine Vögel in ihrem Schoß. „Ich dachte, sie wären erleichtert. Sie haben den Fall gelöst."

Taylor schaute zu dem Wäldchen, das an ihren Garten grenzte. Wenn es eines gab, dass sie in all den Jahren bei der Mordkommission gelernt hatte, dann, dass es niemals so etwas wie einen gelösten Fall gab. Gesichter, Wunden, letzte Worte, die Schreie derer, die zurückblieben, Bilder von Särgen, die in kalte, harte Erde heruntergelassen wurden – all das blieb lange noch bei einem, nachdem die juristische Schlacht ausgetragen und die Akten ins Archiv gebracht worden waren. Normalerweise konnte sie eine gute Lösung feiern, aber dieser Fall gehörte nicht dazu.

„Oh", sagte Ariadne. „Ich hatte ja keine Ahnung."

Wut flammte auf, verlieh Taylor einen Hauch von Klarheit. „Sie lesen schon wieder meine Gedanken?"

„Man muss kein Hellseher sein, um zu erkennen, dass Sie leiden. Vielleicht sollten Sie das Bier beiseitestellen. Wie wäre es, wenn ich Ihnen einen Tee mache?"

Taylor schaute die Hexe aus zusammengekniffenen Augen an und leerte ihr Bier in einem Zug. Sie warf die Flasche hinter sich und hörte, wie sie gegen die anderen leeren Flaschen stieß.

„Das ist es also? Sie sitzen hier und tun sich selber leid?"

Taylor musste sich bemühen, nicht ausfallend zu werden. „Ariadne, warum sind Sie hier?"

„Ich mache mir Sorgen um Sie. Detective McKenzie hat mir erzählt, dass Ihr Mann nicht in der Stadt ist. Sie sollten jetzt nicht alleine sein."

„Baldwin hatte keine Wahl. Er wäre hier, wenn er könnte."

Während sie die Worte aussprach, wurde ihr erst bewusst, wie traurig es sie machte, dass Baldwin nicht derjenige war, der sich um sie kümmerte und sie durch seine Fürsorge auf ein gesundes mentales Level zurückbrachte. Sie kam sich dumm vor. Sie hatte seine Anrufe ignoriert, weil sie sauer auf ihn war, dass er sie nicht durch dieses Chaos leitete. Seit wann war sie so abhängig von ihm? War es überhaupt Abhängigkeit oder etwas anderes?

„Ihre Liebe für ihn ist Ihre Rettung, wissen Sie."

„Verdammt, Ariadne. Hören Sie auf. Das ist nicht fair."

„Oh, Lieutenant. Sehen Sie es denn nicht? Liebe ist Menschlichkeit. Wenn Sie nicht fühlen können, werden Sie so leer und tot wie der Junge. Er hat keine Liebe erfahren – zumindest nicht die richtige Form. Sein Weg war schon lange, bevor Sie ihm begegnet sind, vorherbestimmt. Aber Ihrer? Ihrer wird immer noch geschrieben. Sie haben eine Wahl. Die Liebe wird Sie retten. Wenn Sie es zulassen."

„Hat die Liebe Sie gerettet, Ariadne?" Die Worte klangen schneidend, und als sie Ariadne zusammenzucken sah, taten sie Taylor einen Moment lang leid. „Es tut mir leid. Ich bin … durcheinander. Das alles ist für mich sehr schwer gewesen. Ich hasse es, zu töten, hasse es mehr als alles andere. Und er war nur ein Junge."

„Raven hätte Sie ohne mit der Wimper zu zucken getötet, Lieutenant. Und dann hätte er die Waffe auf die Menge gerichtet. Er hat sich entschieden. Sehen Sie das denn nicht? Haben Sie nicht gesehen, dass er aufgegeben hatte? Sein Leben war in dem Moment verwirkt, in dem er das erste Mal Blut vergossen hat. Das wusste er. Er hatte es akzeptiert. Und das müssen Sie auch."

„Mein Leben ist auch verwirkt. Das wollen Sie mir doch damit sagen, oder?"

„Nein", erwiderte Ariadne sanft. „Sie sind berufen worden, eine Retterin zu sein. Das ist Ihre Rolle, ob Sie sich darin nun wohlfühlen oder nicht. Und Retter müssen Opfer bringen."

Taylor nahm sich ein neues Bier. „Ariadne, warum sind Sie wirklich hier? Warum erzählen Sie mir das alles?"

„Weil Sie und ich miteinander verbunden sind, ob Ihnen das nun gefällt oder nicht." Mit niedergeschlagenen Augen faltete sie ihre Hände über ihrem Bauch.

Taylor sah die Geste und der Atem stockte ihr. Sie stellte das Bier unangetastet auf die Brüstung. In ihrem Kopf wirbelten die Gedanken durcheinander.

„Nein. Es ist zu früh, das zu sagen."

„Haben Sie Ihnen im Krankenhaus denn nichts gegeben?"

Ariadne lächelte, die dünnen Lippen pressten sich eng an ihre Zähne. „Ich habe mich geweigert, es zu nehmen. Leben ist, ungeachtet seiner Herkunft, ein Geschenk."

Taylor stellte beide Füße auf den Boden. „Das ist ja eine ganz entzückende Haltung, aber um Himmels willen, er hat Sie vergewaltigt."

„Und Sie haben ihn getötet." Sie sagte das nicht anschuldigend, aber

Taylor fühlte sich, als hätte man sie geohrfeigt.

Ariadne beugte sich vor und nahm Taylors Hände. Sie sprach leise. „Sie hatten keine Wahl, Taylor. Wer weiß, wie viele Leben Sie gerettet haben? Sie haben im Bruchteil einer Sekunde eine Entscheidung getroffen. Dazu sind Sie ausgebildet worden. Und es war die richtige Entscheidung. Deshalb habe ich mich geweigert, die Pille danach zu nehmen. Ich spürte tief in meinem Inneren, dass genug Blut geflossen war. Ich habe auch eine Wahl getroffen."

Wie schnell ein Leben doch enden konnte. Eine Kugel, ein Messerstich. Ein Herz, das vor Verzweiflung versteinert.

Das Telefon klingelte erneut, laut und lang, zerrte an ihren Nerven. Sie schaute auf das Display. Baldwin.

Ariadne lächelte. „Er wird nicht aufhören, es zu versuchen, wissen Sie? Er ist an Sie gebunden. Er wird Sie beschützen, ob Sie das nun wollen oder nicht. Gehen Sie zu ihm, Lieutenant. Lassen Sie sich von ihm trösten."

Taylor starrte in die blauen Augen der Hexe. So eine Ruhe, so eine Reinheit. So sicher, was ihren Weg, was ihre Überzeugungen anging. Taylor wünschte, sie besäße diese Sicherheit.

Widerstand war zwecklos. Sie nahm den Anruf an.

Baldwins tiefe Stimme erklang durch die Leitung. Erleichterung durchflutete jedes Wort.

„Ich dachte nicht, dass du rangehen würdest. Honey, geht es dir gut?"

„Ja", sagte sie und nahm überrascht wahr, wie hohl ihre Stimme klang. So ging es nicht. Es hatte keinen Sinn, Baldwin zu bestrafen. Sie versuchte es erneut.

„Ariadne, die Frau, die mit uns an dem Fall gearbeitet hat, ist hier. Wir haben uns … unterhalten."

Sie hörte das Lächeln in seiner Stimme. „Gut. Du kannst ein wenig Aufmunterung gebrauchen. Und ich werde dir dabei helfen. Ich habe gute Neuigkeiten."

„Wirklich?", fragte sie. „Kommst du nach Hause?"

„Noch viel besser. Viel, viel besser. Honey, wir haben Fitz gefunden. Er lebt. Er ist ziemlich schwer verletzt, aber er lebt."

„Was?", flüsterte sie ungläubig.

„Wir haben ihn. Er will dir kurz Hallo sagen. Ich reiche das Telefon an ihn weiter." Sie hörte die überschwängliche Freude in Baldwins Stimme. Sie stand auf, konzentrierte sich auf das Rascheln im Hintergrund. Einen Augenblick später hörte sie die vertraute, raue Stimme.

„Hey, kleines Mädchen. Wie ist es dir ergangen?"

„Fitz? Bist du das wirklich?"

Das rostige Lachen, nach dem sie sich so sehr gesehnt hatte, klang in ihren Ohren wie purer Sonnenschein. „Ja, ich bin's wirklich. Wer sollte ich denn sonst sein?"

Die Gänsehaut, die sich auf ihren Armen bildete, war so stark, dass Ariadne sie anstarrte.

„Gott sei Dank", flüsterte Taylor.

Zum ersten Mal, seit sie Schuyler Merritt getötet hatte, fing sie an zu weinen.

– ENDE –

DANKSAGUNGEN

Wie immer hatte ich eine ganze Kompanie, die mir auf dem Weg zur Vollendung dieses Romans geholfen hat.

Scott Miller – mein fabelhafter Agent, ohne den ich verloren wäre.

Linda McFall – meine brillante Lektorin, die die Vision hat, meine Geschichten zum Leuchten zu bringen.

MacKenzie Fraser-Bub – die Freude eines jeden Tages, und der Rest der Trident-Media-Crew für all ihre harte Arbeit.

Sam Wilson – der Stein zu unserem Papier.

Megan Lorius – meine Schwester im Geiste des Verbrechens. Danke für die Details!

Deborah Kohan und Christine Khoury von Planned Television Arts, ihr seid einfach wundervoll.

Kim Dettwiller von Team Strategies – meine Insider in Nashville.

Der Rest des MIRA-Books-Teams: Donna Hayes, Alex Osuszek, Loriana Sacilotto, Margaret Marbury, Diane Moggy, Heather Foy, Don Lucey, Michelle Renaud, Adrienne Macintosh, Nick Ursino, Tracey Langmuir, Kathy Lodge, Emily Ohanjanians, Karen Queme, Alana Burke, Tara Kelly und Gigi Lau – bessere Unterstützer könnte man gar nicht verlangen. Ihr seid die Besten!

Die BMWs (Del Tinsley, JB Thompson, Janet McKeown, Cecilia Tichi, Peggy Pegen, Mary Richards, Rai Lynn Wood) fürs Zuhören, Kritisieren und mich immer wieder ermuntern.

Meinen Mitschreibern Laura Benedict, Jeff Abbott, Erica Spindler, Allison Brennan, Toni McGee Causey, Zoë Sharp und Alex Kava für die täglichen Inspirationen und Erholungspausen für den Geist.

Meinen Kumpels bei Murderati – der beste Blog auf Erden.

Evanescence dafür, dass sie mich in Stimmung gebracht haben.

Keith Barent Johnson dafür, dass er einen Namen eines Charakters ersteigert hat und mir erlaubte, ihn zum Vampyre King zu machen. Du bist ein cooler Typ, Keith.

David Archord, der immer eine Antwort hat.

Andromeda DeArmande für ihren Blog Spell Works, der mich auf den richtigen Weg gebracht hat.

Angie und Traci für die großartigen Ratschläge zum Thema Meditation und Seelenreisen. Nein, ich werde die Zaubersprüche nicht mehr laut aufsagen. Böses Mädchen.

Und last but not least einen Dank an meine liebsten Eltern dafür, dass sie mich immer lieben, und an den Rest meiner großartigen Familie dafür, dass sie immer da ist.

Und Randy, mein liebeskranker Romeo. Danke, dass du dich in mich verliebt hast. Was würde ich ohne dich tun?

Es war eine Freude, dieses Buch zu schreiben – überraschenderweise hatte ich keinen einzigen Albtraum. Ich habe ein paar Blogs gelesen und mich mit der Welt der Goths, der Wicca und der Heiden befasst. Ich fand die Recherchen unglaublich faszinierend. Die Blogs sind über Google einfach zu finden, aber hier ein paar der Bücher, die mich auf dem Weg zu diesem Buch begleitet haben.

Allen, Sarah Addison. *Mein zauberhafter Garten*
München: Goldmann Verlag, 2010.

Belanger, Michelle. *The Psychic Vampire Codex: A Manual of Magick and Energy Work*
Newburyport, MA: Red Wheel/Weiser, 2004.

Buckland, Raymond. *Buckland's Complete Book of Witchcraft, 2nd ed.*
St. Paul, MN: Llewellyn Publications, 2007.

Cunningham, Scott. *Handbuch der Natur- und Elementarmagie: Gesamtausgabe*
Uhlstädt-Kirchhasel: Arun-Verlag, 2010.

Digitalis, Raven. *Goth Craft: The Magickal Side of Dark Culture*
Woodbury, MN: Llewellyn Worldwide, 2007.

Grimassi, Raven. *Ways of the Strega: Italian Witchcraft: The Old Religion of Southern Europe, 2nd ed.*
Woodbury, MN: Llewellyn Worldwide, 2006.

Hesiod. *Theogony* (Translated by M. L. West)
Oxford: Oxford University Press, 1988.

Hesiod. *Works and Days* (Translated by M. L. West)
Oxford: Oxford University Press, 1988.

Illes, Judicka. *The Element Encyclopedia of 1,000 Spells: A Concise Reference Book for the Magical Arts*
London: HarperCollins, 2008.

Konstantinos. *Vampires: The Occult Truth*
Woodbury, MN: Llewellyn Worldwide, 2006.

Konstantinos. *Gothic Grimoire*
Woodbury, MN: Llewellyn Worldwide, 2007.

Sabin, Thea. *Wicca for Beginners: Fundamentals of Philosophy and Practice*
Woodbury, MN: Llewellyn Worldwide, 2006.

Theitic, ed. *The Witches' Almanac: Spring 2008 to Spring 2009 (Issue 27)*
Newport, RI: The Witches' Almanac.

Winkowski, Mary Ann. *When Ghosts Speak: Understanding the World of Earthbound Spirits*
New York: Grand Central Publishing, 2007.

Lesen Sie auch:

Andrea Kane

Dein ist das Leid

Band-Nr. 25656
8,99 € (D)
ISBN: 978-3-86278-705-0

Eiskalte Luft. Kahle Bäume. Die Straße in Tribeca glitzerte vor Weihnachtsbeleuchtung.

Das *Triangle Below Canal Street* in Downtown Manhattan, ursprünglich ein Industriebezirk, war zu einem Künstlerviertel mit vielen Ateliers in den Lofts, Galerien und Restaurants geworden, in dem Prominente wie Robert De Niro, Mariah Carey oder Beyoncé lebten. Doch abends um Viertel nach neun war das vierstöckige Sandsteingebäude, in dem sich die Büros von *Forensic Instincts* befanden, ein abgeschiedener Zufluchtsort, isoliert vom lärmenden Dschungel der Großstadt. Zu beiden Seiten des Hauses standen zwei ausgreifende Weidenbäume, die ihm einen so friedvollen Anschein verliehen, dass es eher wie ein gemütliches Heim wirkte und nicht wie die Zentrale von *Forensic Instincts*.

Heute Nacht war es sogar noch ruhiger als sonst. Casey Woods, die Chefin der Agentur, erledigte mit einigen Freunden Weihnachtseinkäufe. Der größte Teil des hoch spezialisierten Teams hatte längst Feierabend gemacht. Alle waren noch dabei, sich von den aufregenden Fällen zu erholen, die ihnen in den letzten anderthalb Monaten zugesetzt hatten – allen voran die Ermittlung in einem nervenaufreibenden Entführungsfall.

Marc Devereaux war im Augenblick als einziges Mitglied des Teams von *Forensic Instincts* vor Ort. Und er war überhaupt nicht bei der Arbeit. Stattdessen machte er in einem der leeren Konferenzräume hundert Liegestütze, fühlte, wie der Schweiß seine Sachen durchtränkte, und hoffte, die immense Kraftanstrengung könnte die Geister der Vergangenheit verscheuchen, die in den letzten Monaten mit aller Macht zurückgekommen waren und ihn verfolgten.

Sie hatten ihn eine Weile in Ruhe gelassen. Aber seit der Entführung von diesem kleinen Mädchen …

Marc riss abrupt den Kopf hoch, als er die Türklingel hörte. Es war niemand aus dem Team, alle hatten Schlüssel und kannten den Sicherheitscode. Instinktiv griff Marc nach seiner Pistole, die auf dem Tisch lag. Er erhob sich und warf einen Blick auf das kleine Fenster auf dem Computerbildschirm, das ein Bild der Überwachungskamera über der Haustür zeigte.

Eine Frau stand davor.

Marc drückte auf den Knopf der Sprechanlage. „Ja?"

Stille.

„Ist dies das Büro von Forensic Instincts?", hörte er die Stimme der Frau.

„Ja." Marc hätte sie auf die absurde Uhrzeit hinweisen können. Aber er war fünf Jahre lang in der Abteilung für Verhaltensanalyse beim FBI gewesen. Durch die Zeit bei der Behavioral Analysis Unit konnte er Menschen und ihre Stimmlagen lesen. Und diese Stimme klang matt und mitgenommen. Panisch. Das würde er nicht ignorieren.

„Ich ... ich habe gar nicht geglaubt, dass noch jemand da sein würde. Ich habe gebetet, dass es so wäre." Ihre Worte bestätigten seine Einschätzung. „Ich hatte Angst, dass Sie nicht rangehen würden, wenn ich anrufe. Bitte ... darf ich hereinkommen? Es ist wichtig. Mehr als das. Es geht um Leben und Tod."

Noch bevor sie mit ihrer verzweifelten Bitte fertig war, hatte sich Marc schon entschieden. Er steckte seine Pistole weg. „Ich komme runter."

Er legte sich ein Handtuch um den Hals und lief zur Treppe. Ein professionelles Erscheinungsbild war ihm im Augenblick ziemlich unwichtig.

Im Foyer gab er den Code ein und öffnete die Tür.

Die Frau, die dort mit einer Aktenmappe unter dem Arm stand, war brünett und etwa Mitte dreißig, obwohl die Anspannung, die sich in ihrem Gesicht abzeichnete, und die dunklen Ringe unter ihren Augen sie älter wirken ließen. Sie steckte in einem dicken Wintermantel, sodass ihre Figur schwer abzuschätzen war.

Sie starrte Marc aus großen Augen an, seine imposante Statur, die hohen Wangenknochen, den dunklen Teint und die aristokratische Nase, die er von seinen französischen Vorfahren geerbt hatte, und die nachdenklichen, leicht asiatischen Augen, Zeichen der Herkunft seiner Großeltern mütterlicherseits.

„Sie sind nicht Casey Woods", stellte sie das Offensichtliche fest. Sie war nicht nur unsicher, sondern stand erkennbar unter Schock.

„Ich heiße Marc Devereaux, ein Partner von Casey", erwiderte Marc mit einer Stimme, die absichtlich beruhigend klang. „Und Sie sind ...?"

„Amanda Gleason." Sie riss sich zusammen. „Tut mir leid, dass ich so spät hier auftauche. Aber ich konnte das Krankenhaus nicht früher verlassen. Ich habe nicht viel Zeit. Bitte, kann ich mit Ihnen reden? Ich möchte Sie gern engagieren."

„Krankenhaus? Sind Sie denn krank?"

„Nein. Ja. Bitte … ich muss Ihnen das erklären.“

Marc zog die Tür ganz auf und bedeutete ihr, hereinzukommen. „Entschuldigen Sie mein legeres Erscheinungsbild. Ich hatte keine Klienten mehr erwartet. Dann folgen Sie mir bitte in den Konferenzraum.“ Er zeigte auf die zweite Tür links und geleitete sie hinein.

„Hallo, Marc“, begrüßte ihn eine unsichtbare Stimme, gleichzeitig blinkten Lichter an einer Wand in Übereinstimmung mit dem Ton. „Du hast einen Besucher. Die Raumtemperatur beträgt achtzehn Grad. Soll ich sie erhöhen?“

„Ja, Yoda“, erwiderte Marc. „Auf einundzwanzig Grad bitte.“

„Die Temperatur wird in ungefähr sieben Minuten einundzwanzig Grad erreichen.“

„Prima. Danke.“ Marc bemerkte Amandas erstauntes Gesicht und lächelte. Sie wollte feststellen, wo die Stimme herkam.

„Das war Yoda“, teilte er ihr mit. „Eine der unerklärlichen Erfindungen von Ryan McKay, unserem Technikgenie. Er ist allwissend … und ganz harmlos.“ Marc zog einen Stuhl zurück. „Nehmen Sie Platz. Vielleicht wollen Sie den Mantel lieber anbehalten, bis es hier drin ein bisschen wärmer wird.“

„Vielen Dank. Sie sind sehr freundlich.“ Amanda ließ sich auf den Stuhl sinken, immer noch den Mantel und die Aktenmappe umklammernd. Sie wirkte wie ein verschreckter kleiner Vogel, hinter dem ein Raubtier her ist.

„Nun, dann verraten Sie mir mal, wie wir von Forensic Instincts Ihnen helfen können.“

Amanda holte unsicher Luft. „Indem Sie jemanden für mich finden. Wenn er noch am Leben ist.“

Marc ließ sich in seinem Stuhl zurücksinken, um nicht bedrängend zu wirken, obwohl seine Gedanken rasten. „Um wen handelt es sich dabei, und warum wissen Sie nicht genau, ob er noch lebt?“

„Es geht um meinen Freund. Sein Verschwinden wurde zu einem Mord ohne Leiche erklärt. Die Polizei hat seinen Wagen gefunden, draußen beim Lake Montauk, der Fahrersitz und die Windschutzscheibe waren voller Blut. Es gab Spuren, dass man ihn zu einem anderen Auto geschleift hat. Die Polizei glaubt, dass er ermordet und im Ozean versenkt wurde. Die Küstenwache hat tagelang nach ihm gesucht, mit sämtlichen komplizierten Geräten, die sie haben. Aber sie haben nichts gefunden. Der Fall wurde zu den Akten gelegt.“

„Wann ist das passiert?"

„Im April."

„Und nun kommen Sie acht Monate später zu uns. Wieso jetzt? Haben Sie irgendwelche neuen Hinweise, dass er vielleicht doch noch am Leben sein könnte?"

„Ich habe sowohl neue Hinweise als auch einen dringenden Grund, ihn sofort zu finden." Amanda beeilte sich, den auf der Hand liegenden Verdacht aus der Welt zu schaffen. „Ich weiß, Sie denken, wenn er noch lebt, will er vielleicht nicht gefunden werden. Selbst wenn das stimmen sollte, was ich nicht glaube, hat er keine Wahl. Jetzt nicht mehr."

„Wie heißt dieser Mann?"

„Paul Everett."

„Und warum müssen Sie ihn so dringend finden?"

Amanda schluckte und rang die Hände im Schoß. „Wir haben einen Sohn. Er ist jetzt drei Wochen alt. Kurz nach seiner Geburt habe ich die Diagnose bekommen, dass er etwas hat, das sich SCID nennt – *Severe Combined Immunodeficiency*, schwerer kombinierter Immundefekt. Er besitzt keine körpereigenen Abwehrkräfte, die kleinste Infektion kann ihn umbringen. Er braucht eine Stammzellentransplantation von einem passenden Spender oder er muss sterben."

Marc legte den Stift hin. „Ich nehme an, Sie sind keine geeignete Kandidatin?"

Sie schüttelte den Kopf. „Die Tests haben ergeben, dass ich nicht infrage komme. Als Kind hatte ich einen schweren Autounfall. Durch eine der Bluttransfusionen damals habe ich Hepatitis C. Also scheide ich aus. Bis jetzt hat auch das Nationale Knochenmarkspender-Programm keinen geeigneten Kandidaten für uns gefunden. Die beste und wahrscheinlich einzige Hoffnung ist Justins Vater." Tränen liefen ihr über die Wangen. Mit einer zornigen Bewegung wischte sie sie weg. „Ich könnte Ihnen die genaue wissenschaftliche Erklärung geben, Mr Devereaux. In den letzten Wochen hat mich nichts anderes beschäftigt, ich weiß jetzt viel mehr über alle möglichen Arten, wie der menschliche Körper versagen kann, als ich je für möglich hielt. Aber wir haben keine Zeit mehr. Durch mich hat Justin schon eine Infektion und zeigt Symptome einer Lungenentzündung."

„Durch Sie?"

„Ich habe ihn gestillt. Offensichtlich trage ich einen ruhenden Virus namens CMV in mir, den Cytomegalie-Virus, der mir nichts antut. Mit der Muttermilch habe ich diesen Virus an Justin weitergegeben. Er hat angefangen zu husten, und er hat Fieber – beides Anzeichen dafür, dass er eine CMV-Lungenentzündung entwickelt. In den zwei Wochen, die ich mit ihm zu Hause war, hat er sich außerdem mit Parainfluenza angesteckt, das ist keine richtige Grippe, führt aber zu grippeähnlichen Symptomen. Diese Viren sind so weit verbreitet, dass sich praktisch jedes Kind unter zehn Jahren damit ansteckt, was bei den meisten nicht besonders schlimm ist. Er atmet unregelmäßig, seine Nase läuft … Ich hatte keine Ahnung, dass er kein funktionierendes Immunsystem hat, sonst hätte ich niemals Besucher ins Haus gelassen. Das ist jetzt nicht mehr zu ändern. Er bekommt Antibiotika und Gammaglobulin. Aber die unterdrücken den CMV-Virus bloß, heilen können sie ihn nicht. Außerdem können sie für ein Kind giftig sein. Gegen die Parainfluenza können sie ihm überhaupt nichts geben. Justin ist noch keinen Monat alt. Sein winziger Körper kann sich nicht lange selbst erhalten. Es geht wirklich um Leben oder Tod."

„Das tut mir außerordentlich leid."

„Dann helfen Sie mir."

Amanda zog das Gummi von der Aktenmappe, schlug sie auf und holte einen USB-Stick, eine DVD und zwei Zeitungsausschnitte heraus. „Das ist die Todesanzeige und ein Artikel aus der *Southampton Press*, der Lokalzeitung da draußen. Ziemlich kurz. Paul war in der Immobilienbranche und hatte keine Familie. Aufregend zu berichten war nur, dass er wahrscheinlich ermordet wurde." Sie zeigte auf die DVD. „Ein örtlicher Kabelsender hat auch einen kurzen Bericht darüber gebracht. Mehr gab es nicht in den Medien."

Marc überflog die Anzeige und den Artikel und nahm sich vor, sowohl mit der Zeitung als auch mit dem Sender in Verbindung zu treten. Er zog seinen Laptop heran und steckte den USB-Stick ein. Auf dem Monitor erschienen nebeneinander zwei Fotos. Das erste zeigte Amanda und einen Mann – vermutlich Paul Everett –, die Arm in Arm in Skijacken an einem windumtosten Strand standen. Ihre Gesichter und ihre vertraute Haltung ließen keinen Zweifel daran, dass sie sehr verliebt ineinander waren. Auf dem zweiten Bild waren die beiden bei irgendeinem formellen Anlass zu sehen. Sie lächelten und blickten direkt in die Kamera.

„Und jetzt sehen Sie sich das hier an." Amanda zog ihr Handy hervor und legte es vor Marc auf den Tisch.

Auch auf dem Display war ein Foto, das Marc genau studierte. Es schien mit dem Handy aufgenommen und war wesentlich körniger als die beiden anderen. Aber es war eindeutig das Bild eines Mannes, der an einer belebten Straßenecke stand und ungeduldig darauf wartete, dass eine Ampel grün wurde. Er starrte auf das rote Licht, was dem Fotografen die Gelegenheit gab, ihn von vorn zu erwischen.

An den Gesichtszügen, dem Gesichtsausdruck und der Körperhaltung konnte Marc erkennen, dass es sich um denselben Mann handelte wie auf den beiden anderen Schnappschüssen.

„Wann ist dieses Foto gemacht worden?", fragte er. „Und wo?"

„Gestern. In Washington, D. C."

„Von wem?"

„Einer Freundin von mir, die auch Fotografin ist. Sie hat sofort die Ähnlichkeit dieses Mannes mit Paul erkannt, aber sie hatte nicht die Zeit, ihre Kamera auszupacken und bereit zu machen, also hat sie benutzt, was sie gerade zur Hand hatte – ihr Handy. Vor ein paar Stunden hat sie mir das Bild gemailt. Ich habe es erst gesehen, als ich vorhin aus dem Krankenhaus kam, um mal kurz Luft zu schnappen."

„Also hat sie Paul und Sie als Paar gekannt."

„Ja. Und sie wusste auch, dass ich Paul gar nicht mehr sagen konnte, dass ich schwanger war. Sie wollte mir sofort die unfassbare Nachricht schicken, dass Paul noch lebt."

Paul Everett hat gar nichts von der Schwangerschaft gewusst, dachte Marc. Damit fiel ein möglicher Grund für sein Verschwinden weg. Trotzdem wollte Marc auch mit Amandas Freundin reden.

Amanda hielt sein nachdenkliches Schweigen für Skepsis. „Ich habe keine Ahnung, wieso Paul ohne ein Wort verschwunden sein könnte, oder warum er anderswo ein neues Leben anfangen wollte. Nachdem ich dieses Bild bekommen hatte und wusste, dass er noch am Leben sein könnte, war ich erleichtert, aber gleichzeitig auch wütend. Ich fühlte mich – ich fühle mich immer noch – betrogen. Als man mir sagte, dass Paul tot war, war ich bereit, mein Kind allein großzuziehen. Aber jetzt, wo es eine Chance gibt, dass er noch lebt und dass er Justins Leben retten kann … mein Stolz spielt da keine Rolle. Ich muss einfach versuchen, Paul zu finden."

Marc blickte immer noch konzentriert vom Monitor zum Handy, suchte nach weiteren Einzelheiten, die bestätigen konnten, dass es sich auf den Fotos um denselben Mann handelte. „Haben Sie wegen dieses neuen Bildes die Polizei angerufen?"

„Ja, im Taxi auf dem Weg zu Ihnen. Zweimal dürfen Sie raten, ob man mich da für glaubwürdig hält." Amandas Lippen zitterten, und Tränen liefen ihr über die Wangen. „Deshalb bin ich hier. Seit Paul im letzten April verschwand, habe ich schon mit der Idee gespielt, zu Ihnen zu kommen in der Hoffnung, Sie könnten vielleicht ein Wunder vollbringen. Nach diesem Foto habe ich den Entschluss gefasst. Sie haben den Ruf, Fälle zu lösen, die niemand sonst lösen kann. Bitte. Es geht um das Leben meines Babys ... Werden Sie mir helfen? Ich kratze jeden Penny zusammen, um Ihnen Ihr Honorar zu bezahlen. Ich verkaufe mein Apartment, wenn es sein muss. Das macht mir nichts aus. Ich will nur, dass Justin wieder gesund wird." Sie vergrub das Gesicht in den Händen und schluchzte hemmungslos.

„Um Geld geht es nicht", versicherte Marc ihr. Er hatte bereits seinen Entschluss gefasst, als sie ihm ihre Lage mit dem Kind schilderte. „Wir berechnen unser Honorar immer nach den finanziellen Möglichkeiten unserer Klienten."

„Worum geht es dann?", fragte Amanda, als Marc nichts mehr sagte.

Marc antwortete nicht gleich. Das Problem war, dass er hier auf einem heißen Stuhl saß. Forensic Instincts hatte eine Regel, die noch nie gebrochen worden war: Sie nahmen nie einen Fall an, bevor das ganze Team darüber diskutiert hatte und zu einer einstimmigen Entscheidung gekommen war.

Aber hier waren die Umstände wirklich grauenvoll. Und weil sonst keiner aus dem Team da war und es seine Zeit brauchen würde, sie alle zu erreichen und hierher zu bringen – zum Teufel, es gab für alles ein erstes Mal.

„Es ist nichts, womit ich nicht fertig werde", teilte er ihr nüchtern mit. „Wir werden Paul Everett finden, Ms Gleason. Wenn er noch lebt, finden wir ihn. Und wir tun, was immer notwendig ist, damit er kooperiert."

Amanda hob den Kopf, er sah einen Funken Hoffnung in ihrem tränenüberströmten Gesicht. „Oh danke. Vielen Dank. Ich danke Ihnen von ganzem Herzen."

„Danken Sie uns, wenn wir die Sache erledigt haben." Marcs Gedanken rasten mit Vollgas. „In welchem Krankenhaus liegt Ihr Sohn?"

„Im Sloan-Kettering. Er wurde aus dem Mount Sinai dorthin überwiesen, nachdem sie da die Diagnose gestellt hatten."

„Sie sind also immer dort zu erreichen?"

„Bis vorhin habe ich sein Zimmer nie verlassen."

„Gut." Marc nickte. „Ich möchte, dass Sie mir dieses Handyfoto zumailen. Außerdem brauche ich einige Informationen von Ihnen – zum Beispiel Name und Kontaktadresse Ihrer Freundin, der Fotografin. Dann kümmern Sie sich wieder um Ihr Baby. Lassen Sie mir etwas Zeit, das Team hier zu versammeln, und alles mit den anderen durchzusprechen. Morgen früh werden wir einen Plan haben."

Zu dem Plan gehörte allerdings auch, dass man ihm gehörig in den Hintern trat.

J.T. Ellison
Judasmord

Erschlagen liegt die schwangere Corinne Wolff in ihrem eigenen Haus. Neben ihr harrt ihre kleine Tochter aus. Wer tut so etwas nur, fragt sich Taylor Jackson, als sie den Tatort betritt. Der Hauptverdächtige ist der Ehemann – bis bekannt wird, dass hinter der adretten Fassade der Familie ein wahrer Abgrund lauert. Taylor ahnt nicht, mit wem sie es wirklich zu tun hat – und das könnte sie das Leben kosten …

Band-Nr. 25579
8,99 € (D)
ISBN: 978-3-86278-300-7
eBook: 978-3-86278-384-7
336 Seiten

J.T. Ellison
Todessymphonie

Ein totes Mädchen. Drapiert wie auf einem alten Gemälde. Dazu spielt klassische Musik. Schnell ist klar, dies ist das Werk des Dirigenten. Eines Psychopathen, der sich junge Frauen greift und sie in einem gläsernen Sarg verhungern lässt, bevor er sich an ihnen vergeht. Und der sein Unwesen offensichtlich nicht nur in Nashville treibt. Bald werden in Italien ganz ähnlich hergerichtete Opfer gefunden. Handelt es sich wirklich um einen international agierenden Serienmörder? Oder liegen hier zwei Künstler im Wettstreit um das ultimative Meisterstück?

Band-Nr. 25623
8,99 € (D)
ISBN: 978-3-86278-470-7
eBook: 978-3-86278-537-7
368 Seiten

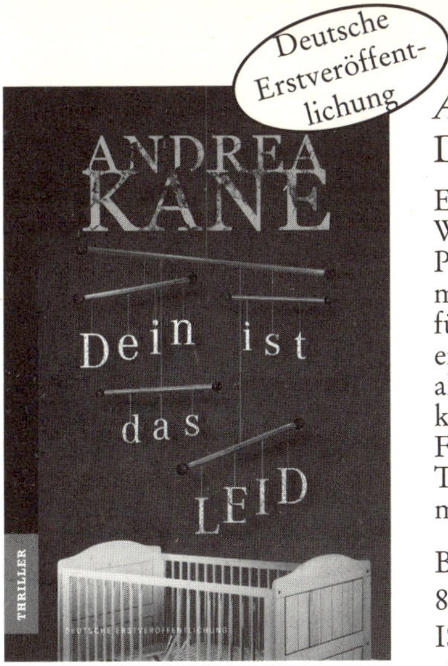

Andrea Kane

Dein ist das Leid

Ein brisanter Fall für Casey Woods: Amanda Gleasons Freund Paul starb bei einem Überfall. Und mit ihm die Hoffnung auf Heilung für ihr todkrankes Baby Justin. Da erhält sie eine E-Mail mit einem aktuellen Foto von Paul. Ein makabrer Scherz – oder lebt er noch? Fieberhaft beginnen Casey und ihr Team von Forensic Instincts zu ermitteln …

Band-Nr. 25656
8,99 € (D)
ISBN: 978-3-86278-705-0
eBook: 978-3-86278-758-6
320 Seiten

Andrea Kane

Ewig bist du mein

Fieberhaft versucht Profilerin Casey Woods die kleine Tochter der Richterin Hope Willis zu finden. Schnell wird klar: Dies ist kein Routinefall! Bereits Hopes Zwillingsschwester wurde entführt, als sie noch ein Kind war. Die Liste der Verdächtigen ist lang, doch alle Spuren führen ins Leere. Bis ein Mord geschieht – und Casey auf ein dunkles Familiengeheimnis stößt …

Band-Nr. 25566
8,99 € (D)
ISBN: 978-3-86278-968-9
eBook: 978-3-86278-136-2
432 Seiten